MEGAN PARKER

# TIME OF LUST 4

## GELIEBTER SCHMERZ

ROMAN

W0333136

www.blue-panther-books.de

BLUE PANTHER BOOKS TASCHENBUCH
BAND 2209
1. AUFLAGE: JULI 2015

VOLLSTÄNDIGE TASCHENBUCHAUSGABE

ORIGINALAUSGABE
© 2015 BY BLUE PANTHER BOOKS, HAMBURG
ALL RIGHTS RESERVED

COVER: © CONRADO @ SHUTTERSTOCK.COM
UMSCHLAGGESTALTUNG: WWW.HEUBACH-MEDIA.DE
GESETZT IN DER TRAJAN PRO UND ADOBE GARAMOND PRO

PRINTED IN GERMANY

ISBN 978-3-86277-335-0

WWW.BLUE-PANTHER-BOOKS.DE

# INHALT



Mit dem Gutschein-Code **MP6TBKPCJ**
erhalten Sie auf **www.blue-panther-books.de**
diese exklusive Zusatzgeschichte als E-Book
in den Formaten PDF, E-PUB und Kindle.
Registrieren Sie sich einfach online oder
schicken Sie uns die beiliegende Postkarte
ausgefüllt zurück!

# Die Höhle

Warmer Nieselregen prasselte sanft auf meinen Körper, ich legte meinen Kopf in den Nacken und empfing die feinen Strahlen direkt auf meinem Gesicht. Wie von selbst öffnete sich mein Mund, um das betörende Prickeln von meinen Lippen in meine Kehle zu verlagern. Es kitzelte, entlockte mir ein Lachen und sogar ein vergnügtes Gurgeln, als sich das Wasser an meinem Gaumen überschlug. Doch schon nach ein paar Sekunden wurden all die Reize zu intensiv und ich ließ den Unfug wieder sein! Ich spuckte das Wasser aus, nahm stattdessen etwas Shampoo aus dem Spender und massierte es in meine langen Haare.

Dabei hatte ich mir angewöhnt, auf meinen gläsernen High Heels möglichst still zu stehen, um das Risiko, in der Dusche auszurutschen, so gering wie möglich zu halten. Der Boden war aus rauem Stein, doch in Verbindung mit Shampoo wurde auch der zu einer Rutschbahn. Erst als ich meine Haare ausspülte, mich bedacht drehte und einen größeren Schritt zur Seite wagte, wurde ich mir der schmerzhaften Erfahrung von gestern wieder bewusst. Wasser, vermischt mit Seife, lief zwischen meine Pobacken, wo es noch empfindlich brannte. Die Wirkung der Betäubungscreme hatte sich längst verflüchtigt. Vorsichtig berührte ich mich selbst und glaubte sagen zu können, dass ich wund war, aber nicht verletzt. Die rohe Begierde zweier Männer und der monströse Plug danach waren einfach zu viel gewesen. Nun brauchte ich dringend eine Heilsalbe.

Ich stellte die Dusche ab und war erleichtert, als gleichzeitig auch die sphärischen Weltraumklänge verstummten. Ich konnte die Musik nicht mehr ertragen. Manchmal war es wie in einem Horrorfilm. Wenn man unter der Felsendusche die Augen schloss, glaubte man, an einem Tiefenrausch mit Sinnesstörungen zu leiden! Ich fragte mich, ob Santiago diese Musik mochte oder ob es ihm bloß darum ging, uns Mädchen damit Unbehagen zu bereiten!?

Doch genau dieses Gefühl sollte für mich an jenem Tag noch zur Herausforderung werden ... Vielleicht war das auch der Grund, warum ich mich gerade jetzt – nach dem Schock im Keller der Villa, nach Santiagos glorreicher Verkündung, die mir den Boden unter den Füßen entrissen und mich in eine bodenlose Finsternis gestürzt hatte – an jenen Tag erinnerte ...

***

Als ich mich abgetrocknet, geschminkt und meine langen Haare geföhnt hatte, fand ich eine Heilsalbe in den Regalen der Männer. Vorsichtig brachte ich sie auf und sie verschaffte mir tatsächlich etwas Linderung. Somit waren die Voraussetzungen perfekt, dass heute ein schöner Tag werden konnte, denn Santiago hatte angekündigt, mit einer Yacht mit mir rausfahren zu wollen!

»Bist du fertig?«, fragte Damian, als er wenig später zu mir ins Zimmer kam.

Ich nickte und betrachtete ich mich noch einmal im Spiegel. Der weiße Bikini mit seinen zarten goldenen Verzierungen machte sich sehr hübsch auf meiner braunen Haut. Bei unserem letzten Ausflug mit der *Sea Star* hatte ich deutlich an Farbe zugelegt und der Kontrast schmeichelte meiner Figur. Fertig gestylt und bewaffnet mit einer Sonnenbrille begleitete ich Damian die breite Treppe hinunter.

»Kommt sonst niemand mit?«, fragte ich erstaunt.

»Santiago und Marcus sind schon auf der *Symphonie*«, erklärte er.

Ein kleiner Schrecken durchfuhr meine Magengrube. »Die *Symphonie*?« Allein bei der Vorstellung, schon wieder als einziges Mädchen mit mehreren Männern an Bord der *Symphonie* gehen zu müssen, wurde mir übel.

»Keine Angst«, raunte Damian. »Es ist nicht, wie du vielleicht denkst. Santiago hat ein neues Spielzeug, dem seine ganze Aufmerksamkeit gilt.«

»Ein neues Mädchen?«, fragte ich betroffen.

»Nein, kein Mädchen.«

»Ein Mann?!«

Damian lachte. »Nein. Definitiv ein Spielzeug.«

Ich nickte skeptisch.

Damian half mir in den High Heels über den langen Schotterweg. Auf dem steileren Stück nahm er mich sogar auf seine Arme, und fast hatte es etwas Romantisches, als ich mein Gesicht dabei an seine breiten Schultern schmiegen durfte – wäre er nicht auch einer der beiden Männer gewesen, die mich erst am Tag zuvor im Flugzeug auf unserem Kurztrip nach New York so rüde misshandelt hatten, dass ich jetzt eine Heilsalbe brauchte.

Mit dem Speedboot fuhren wir hinaus zur großen Yacht. Marcus half mir an Bord, ich nahm die Sonnenbrille ab und steckte sie in meine Haare.

Santiago begrüßte mich mit seinem charakteristischen schiefen Lächeln. Sein zweiter Blick lief über meinen Körper, er kam mir näher und raunte: »Du darfst heute als einziges Mädchen mit mir den Tag verbringen. Freust du dich?«

Ich lächelte. »Ja.«

»Warum sehe ich das nicht?«, entgegnete er streng.

Was sollte ich tun? Sollte ich seine Füße küssen? Nach kurzem Zögern und nachdem er mir seine Hand nicht angeboten hatte, kniete ich vor ihm nieder und küsste seine bloßen Füße. Er trug eine lange weiße Hose aus leicht glänzendem Material, mit roten Streifen an den Seiten, und darüber ein Polo-Shirt. Doch seine Füße waren nackt. Als ich mit meinen Lippen zärtlich den Rist jeder Seite mit kleinen Küssen bedeckt hatte, stand ich wieder auf.

Santiago nickte besänftigt und wandte sich an Marcus: »Fahren wir!«

Wir blieben im Freien in der Sonne und nahmen auf den cremefarbig gepolsterten Sitzbänken im hinteren Teil der Yacht Platz. Beiläufig bemerkte ich, dass die *Symphonie* neuerdings eine Art Rettungsboot hinter sich herzog. Aus unserer Perspektive sah es aus wie ein schmales Motorboot, das man mit einer steilen Zeltplane abgedeckt hatte. War das sein Spielzeug? Vielleicht ein Motorscooter auf einem Beiboot?

Die Maschinen starteten und es presste mich dezent in den Sitz. Das Meer war außergewöhnlich ruhig für einen Vormittag zu dieser Jahreszeit und bald glitten wir gleichmäßig dahin. Damian und Santiago begaben sich unter Deck, und ich rutschte ganz an die Außenseite zur Reling, wo ständig etwas Wasser über die Bordkante hochspritzte. Der Fahrtwind blies angenehm durch meine Haare, ich inhalierte die frische Meeresluft und machte mir Gedanken über alles Mögliche ... über mein Leben und Dinge, die für mich nicht erreichbar waren, über David ... und über Santiago.

Nach einiger Zeit spritzte ein Schwall Wasser hoch bis über meinen Arm und ich merkte, dass Marcus den Kurs geändert hatte. Als ich hinter mich blickte, war Ivory nicht mehr zu sehen. Die *Symphonie* wurde langsamer und schließlich hielten wir an einer Stelle mitten im Meer an.

Vorsichtig erhob ich mich und blickte über die Reling nach unten. Durch das klare Wasser sah man bis auf den Grund.

Allzu tief konnte es hier nicht sein. Vielleicht war ein Riff in der Nähe?

»Gehen wir Schnorcheln?«, fragte ich Marcus.

Er lächelte und schüttelte entschuldigend den Kopf, als müsse er mir etwas verheimlichen. Ich seufzte, und da die Yacht noch immer leicht schaukelte, setzte ich mich wieder nieder, während Santiago und Damian aus der Kajüte die Treppe hochkamen. Marcus warf den Anker aus und danach versammelten sich alle in meiner Nähe am Heck ...

Das Beiboot, das wir nachgeschleppt hatten, wurde mit einer Winde herangezogen und seitlich gedreht, bis es an Steuerbord andockte. Marcus sprang hinunter auf die Plane und löste sie rundum. Dann zog er sie ab und mir stockte der Atem, als darunter ein Ding zum Vorschein kam, das auf den ersten Blick aussah wie eine Rakete!

Ich hatte mich noch nie übermäßig für sogenanntes »Millionärsspielzeug« begeistern können, waren es teure Autos, Flugzeuge, Helikopter oder protzige Yachten gewesen. Allerdings hatte ich bis jetzt auch kein Problem damit gehabt. An Komfort und Luxus gewöhnte man sich schnell, doch dieses Gefährt war mir schon auf den ersten Blick nicht geheuer. Es war metallisch schwarz, hatte eine äußerst schnittige Form und so etwas Ähnliches wie Tragflügel an den Seiten. An einem davon entdeckte ich die Aufschrift *Black Shark*. Also sollten es vielleicht doch eher Flossen sein? Ein schwarzer Hai. Es hatte auch eine mächtige Rücken- und eine Schwanzflosse! Vielleicht konnte man das Ding fernsteuern? Aber dafür erschien es mir wiederum reichlich groß.

Santiago besprach sich mit Damian, während Marcus den *Black Shark* vom Beiboot langsam ins Wasser gleiten ließ. Ich ging entlang der Reling ein Stück nach vorn, in Richtung der beiden Männer, und als ich beiläufig hinaus aufs Meer blickte, bemerkte ich, dass wir doch in der Nähe einer kleinen Insel waren! Eine karge Felsformation ragte nicht weit von uns aus dem Meer. Vermutlich hatte mir zuvor die Kajüte der Yacht die Aussicht dorthin verstellt. Und Damian hatte nun tatsächlich eine Art Fernbedienung in der Hand, während Santiago sich seiner Kleidung entledigte und nur noch rote Badeshorts anbehielt.

»Ist das ferngesteuert?«, fragte ich Damian und war leicht irritiert, weil Santiago sich entkleidete. Das konnte aber auch an der Hitze liegen. Was mich viel mehr beunruhigte, war, dass Santiago keineswegs den Eindruck erweckte, als wolle er sich nun mit einem Spielzeug vergnügen. Seine Miene war ernst und konzentriert, als hätte er in Kürze eine geschäftliche Besprechung.

»Die Fernbedienung ist nur für das Glasdach«, erklärte Damian. Santiago kam näher und während wir auf *Sharky* hinabblickten, schob sich der vordere Teil des Dachs auseinander und zum Vorschein kam ein Cockpit, ähnlich wie in einem kleinen Flugzeug – ein edles Armaturenbrett, Steuerknüppel und zwei sportlich schmale Ledersitze. Unter dem getönten Glas hatte man all das zuvor nicht erkennen können. Nun wurde mir erst recht mulmig zumute, denn die schnittige Form schrie geradezu nach Geschwindigkeit. Santiago strich sich affektiert über die Haare. Er wollte sich doch nicht etwa da hineinsetzen?!

»Sie soll besser die High Heels ausziehen«, empfahl Damian.

Santiago nickte.

Ich lachte ... »Nein, ich steige da bestimmt nicht ein!«

Nun hatte auch Santiago wieder ein Lächeln auf den Lippen.

Mir schauderte. »Was ist das überhaupt?«, fragte ich. »Ein U-Boot oder ein Speed-Boot?«

»Beides! Man kann damit auf der Oberfläche gleiten, aber

auch abtauchen«, erklärte Damian freundlich. »Und mit genügend Schub kann man bis zu vier Meter aus dem Wasser springen. Es ist das schnellste Modell derzeit auf dem Markt. Der Ferrari unter den Sport-U-Booten.«

Ich suchte verzweifelt nach meiner Stimme. »Und da soll ich mitfahren?!«, hauchte ich.

»Ja, Santiago wird mit dir fahren. Aber erst ziehst du die High Heels aus!«

Fassungslos wandte ich mich an Santiago, der mir gerade näher kam. »Warum ich?«, hauchte ich entsetzt. »Die Männer reißen sich vermutlich um so etwas. Warum ist Edward nicht hier?«

»Weil ich mit *dir* fahren will!«, fauchte er mir direkt ins Gesicht.

Das klang höchst überzeugend. Trotzdem fragte ich mich, ob man das nicht erst lernen musste. Immerhin hatte Damian vorhin erzählt, es wäre ein »neues« Spielzeug. Also war Santiago vielleicht noch nie damit gefahren!

»Muss man das nicht lernen?«, fragte ich schüchtern.

»Zweifelst du an meinen Fahrkünsten?«, raunte Santiago.

»Nein«, hauchte ich eilig und verkniff mir jeden weiteren Einwand.

Santiago trat zur Seite. Marcus reichte ihm die Hand und half ihm hinunter auf den Fahrersitz. Inzwischen half Damian mir aus den High Heels. Mein Herz raste. Ein wenig fühlte ich mich ja auch geschmeichelt, dass er tatsächlich mit mir allein irgendwohin fahren wollte – ohne Leibwächter! Ich konnte mir nicht mal vorstellen, mit ihm zu zweit in einem Auto zu sitzen und durch die Straßen von Miami zu düsen. Aber trotzdem hatte ich auch Angst.

Nun reichte Marcus mir die Hand. Barfuß stieg ich auf das schwarze Fieberglasdach, über Santiago hinweg und einen großen Schritt hinunter auf den Beifahrersitz. Augenblicklich wurde mir noch mulmiger zumute, denn die Sitze waren nicht wie in einem Sportwagen komfortabel und breit, jeder für sich, sondern dicht beisammen, sodass ich Santiago an seinem Oberarm und Oberschenkel zwangsläufig berührte. Langsam schloss sich das Dach und ich lächelte hilflos verzweifelt – konnte selbst nicht glauben, was ich da tat. Plötzlich musste ich an meine Eltern denken ... Nicht mal in *Disney-World* wäre ich in ein solches Gefährt gestiegen!

»Bitte sag mir, dass du schon einmal damit gefahren bist«, flehte ich leise flüsternd.

Santiago sah mich an und auf dem engen Raum hier konnte ich nicht mal vor ihm zurückweichen! Es war, als hätte man uns unzertrennlich miteinander verbunden und ich fühlte mich in seiner atemberaubenden Aura mit eingeschlossen! Mit zittrigen Fingern fuhr ich durch meine Haare, wagte aber nicht, Santiago anzusehen.

»Ich hab den ›Shark‹ schon seit meinem Geburtstag«, brummte er. »Es gab eine Einweisung vom Hersteller, ein Fahrtraining und ich bin auch schon mit Lilienné unterwegs gewesen! Beruhigt dich das?!«

»Ja«, hauchte ich dankbar. Auch wenn er das mit Lilienné nicht hätte erwähnen müssen, in diesem Fall beruhigte es mich tatsächlich.

Santiago schnaubte. »Gurte dich an!« Dann legte er seine Hände an die zwei Steuerknüppel. Mein Sitz begann zu vibrieren, ein dumpfes Dröhnen erklang, zuerst lauter, dann pendelte es sich auf ein erträgliches Summen ein. Wir fuhren los und wurden kontinuierlich schneller, glitten auf der Wasseroberfläche dahin ... bis *Sharky* schließlich zum Geschoss wurde ...

Wir zogen Kurven und Kreise, die spektakuläre Fontänen hinterließen. *Sharky* war wendig. Die ganze Zeit erwartete ich, dass wir abtauchen würden, doch Santiago reizte alle Techniken aus, die er über Wasser zu bieten hatte. Ich kämpfte verzweifelt gegen die Fliehkraft, mein Kopf und meine Beine schlugen von links nach rechts, meine Haare wirbelten herum, ich stöhnte, japste, schnappte nach Luft, versuchte ständig, mich irgendwo festzuhalten, mich zu beruhigen und tapfer zu sein. Die kleine Felseninsel hatte ich längst aus den Augen verloren, wir steuerten immer weiter aufs offene Meer hinaus, wo der Seegang etwas lebendiger wurde. Plötzlich betätigte Santiago einen anderen Hebel und wir tauchten ab.

Von einer Sekunde auf die andere veränderte sich die Kulisse um hundert Prozent. Hatten wir gerade noch Himmel, Meer und Sonnenschein gehabt, war nun die Sicht erheblich beeinträchtigt. Ich fand keine Anhaltspunkte mehr, unterschiedliche Blautöne wechselten einander ab. So heftig, wie es mich allerdings in den Sitz presste, wusste ich, dass wir nach wie vor unsagbar schnell unterwegs waren und meine größte Angst war nur noch, hier im Meer mit voller Wucht gegen irgend ein Hindernis zu prallen. Santiago kannte diese Angst offensichtlich nicht, denn meinem Gefühl nach wurden wir immer schneller. Wie es schien, hatte ihn jetzt der Geschwindigkeitsrausch gepackt. Immer wieder entkam mir ein kleiner Schrei, wenn er unvermittelt die Richtung wechselte. Ich atmete kaum noch, hielt mit einer Hand meine Haare fest und mit der anderen fallweise meine Augen zu. Plötzlich zogen wir in die Höhe, durchbrachen die Oberfläche und *Sharky* schoss aus dem Wasser ...

Ich kreischte wie von Sinnen ... Wir flogen viele Meter, dann die Landung, der Aufschlag, und sofort tauchte er wieder ab. Keuchend und zitternd saß ich neben Santiago und zum ersten Mal wagte ich nun doch einen Blick zur Seite, um in sein Gesicht zu sehen. Er sah konzentriert nach vorn, aber nebenbei grinste er unverhohlen. Und schon wieder flogen wir durch die Luft. Der Aufprall traf mich mit voller Wucht. Ich schrie und krümmte mich zusammen, konnte mir kaum vorstellen, dass sein Platz besser gefedert war als meiner, aber Santiago schienen die Schläge kaum etwas auszumachen. Wieder lächelte er. Ängstlich verspreizte ich mich auf meinem Sitz. Und er tat es immer wieder. Ein kurzer Flug in das gleißende Sonnenlicht, danach der Aufprall und das erneute Abtauchen. Unter Wasser zogen wir schnittige Kurven, und als ich schließlich kreidebleich, zitternd und durchgeschüttelt neben ihm saß, stellte er endlich die Luftsprünge ein.

Santiago nahm eine Hand vom Steuer und streichelte über meinen nackten Oberschenkel. Ich fragte mich, ob er spüren konnte, dass ich schwitzte. Aber von da an glitten wir nur noch gleichmäßig dahin. Die Unterwasserwelt zog an uns vorüber und langsam kam ich wieder zu Atem. Es war eindrucksvoll, als wir an einem Korallenriff vorbeisegelten. Santiago drosselte die Geschwindigkeit und drückte selbstbewusst meinen nackten Oberschenkel. Doch wir waren zu schnell, um einzelne Fische beobachten zu können, bloß die Farbenpracht insgesamt blieb mir in Erinnerung.

Langsam wechselte das Riff seine Beschaffenheit, es wurde felsig und wir tauchten tiefer – geradewegs auf eine finstere Schlucht zu ... Santiago machte die Scheinwerfer an, der Fels wurde sparsam ausgeleuchtet und *Sharky* schlüpfte durch eine Enge in eine Art natürlich gewachsenen Tunnel!

»Oh mein Gott!«, stöhnte ich. »Warst du schon mal hier?«

Santiago nickte unmerklich.

Die steilen Wände und vor allem die massive Felsdecke über uns erschienen mir beängstigend. Die Wege waren kaum breit genug für *Sharky* und vermutlich hätte man hier auch nicht wenden können. Gab es einen Ausgang auf der anderen Seite?

Was, wenn uns der Sauerstoff ausging? Wie sollten wir von hier aus jemals wieder die Oberfläche erreichen? Schleichend langsam fuhren wir die letzten paar Meter, dann plötzlich endete der Tunnel an einer breiteren Stelle. Santiago nahm die Hand von meinem Knie, betätigte einen roten Knopf und wir gewannen an Höhe ... die Scheinwerfer hoben sich aus dem Wasser ... *Sharky* tauchte auf ... und wir befanden uns im Lufteinschluss einer kugelförmigen Höhle! Egal in welche Richtung ich blickte, ringsum ragten steile Felswände aus dem Wasser empor, die sich in einem Deckengewölbe trafen, bloß an einer Seite gab es ein paar monströse Felsbrocken und möglicherweise ein winziges Stück Land.

»Was machen wir hier?«, flüsterte ich.

»Wir steigen aus!«, entgegnete Santiago.

Er löste unsere Gurte und öffnete das Glasdach. Ich war mir nicht sicher, ob ich dieses Vorhaben gut finden sollte. Santiago stieg als erster über die seitlich niedrige Karosserie. Wir waren offenbar ein Stück ins Seichte getrieben, denn das Wasser reichte ihm bloß bis zu den Oberschenkeln.

»Gibt es hier Schlangen?«, fragte ich ängstlich.

»Nein.« Er half mir aus dem Boot und schon hatte ich meine Beine im Wasser. Barfuß watete ich hinter Santiago her. Die Luft war kühl und es roch modrig. Zum Glück gab es hier keine Fledermäuse, soweit ich das beurteilen konnte. *Sharkys* Front- und Seiten-Scheinwerfer leuchteten die Höhle ganz gut aus. Und während sich das Wasser noch leicht bewegte, warf es unzählige Lichtreflexe in die Steinwände. Ich fühlte mich wie im Inneren einer Discokugel.

Nach ein paar Schritten auf glitschigem Untergrund erreichten wir über eine Stufe das Ufer und plötzlich hatte ich feinen hellen Kies unter meinen Füßen. Offenbar hatte sich jemand die Mühe gemacht, Kies hierher zu bringen und neben den hinkelsteinartigen Felsbrocken eine kleine Fläche damit zu ebnen. Ich musste schmunzeln ... Jetzt war es doch irgendwie romantisch. Allein mit Santiago, auf diesem winzigen Stück Land. In einer Höhle. Einsamer ging ja gar nicht mehr! Ein Hauch von Begeisterung überkam mich.

Santiago hingegen zeigte kaum eine Gefühlsregung. Er berührte mich kurz an der Taille, danach im Gesicht. »Gefällt es dir hier?«, fragte er.

Ich nickte glücklich.

Santiago erwiderte mein Nicken mit einem sanften Lächeln. »Zieh dich aus ...«, hauchte er verführerisch.

Er hielt seine Hand auf, und ich öffnete zuerst das Oberteil meines Bikinis, entließ meine bloßen Brüste in die Freiheit, dann bückte ich mich, streifte das Höschen über meine Beine nach unten und stieg heraus. Sorgfältig legte ich beide Teile zusammen und gab sie Santiago in die Hand.

Seine Augen funkelten undefinierbar. Er küsste mich auf die Stirn und befahl leise: »Warte hier ...« Daraufhin ging er zurück zum Wasser und ich dachte, er wollte unsere Kleidung ins Boot bringen und vielleicht eine Decke holen, um sie für uns auf diesem kleinen Kiesstrand auszubreiten. Doch als er *Sharky* erreicht hatte, stieg er ein! Ich konnte es nicht glauben und gegen das Scheinwerferlicht auch nur schlecht erkennen, aber er setzte sich tatsächlich ans Steuer und das Glasdach schloss sich über ihm! Dann hörte ich den Motor starten, *Sharky* trieb ein paar Meter rückwärts und tauchte ab! Nur in einem kurzen Augenblick, als sich die Scheinwerfer bereits unter Wasser befanden, während die Kabine noch hell erleuchtet war, konnte ich durch die Scheibe Santiagos Gesicht erkennen ... Ich konnte sehen, dass er mich eiskalt anstarrte und unverschämt grinste.

Das durfte doch nicht wahr sein! Wollte er mich etwa hier

zurücklassen? Fassungslos beobachtete ich, wie der *Black Shark* unter Wasser wendete und sich langsam entfernte. Luftblasen stiegen an die Oberfläche und zerplatzten. Die Lichter wurden immer schwächer. Schließlich waren sie ganz verschwunden und ich blieb allein in der dunklen Höhle zurück.

Wie angewurzelt stand ich auf dem kleinen Fleckchen Kies. Nicht mal meine eigene Hand sah ich vor Augen, ich war nackt und wagte keinen einzigen Schritt, in welche Richtung auch immer. Gutgläubig vertraute ich darauf, dass Santiago umkehren würde. Jede andere Möglichkeit verbannte ich aus meinem Bewusstsein. Ich konnte mir nicht vorstellen, dass er mich tatsächlich hier aussetzen wollte. Er hatte bestimmt geplant, mir nur einen Schrecken einzujagen und würde gleich wiederkommen. Minutenlang stand ich regungslos, in völliger Dunkelheit, und weigerte mich, aufzugeben. Ich wollte mich nicht bewegen, mich nicht niedersetzen oder über irgendetwas nachdenken. Santiago würde zurückkommen!

Eine gefühlte halbe Stunde später zerbrach plötzlich all meine Hoffnung. Für wie lange wollte er mich noch hier aussetzen?! Etwa für immer?! War er noch ganz bei Trost? Ich liebte ihn. Und ich hatte alles für ihn gegeben ... Ich hatte mich für ihn eingesetzt – erst gestern, in New York, als es darum ging, David zurückzuholen! Ich hatte seine Ehre verteidigt ... seine Reue beschworen ... seine Unschuld bezeugt. Ich hätte alles für ihn getan! Sollte das nun der Dank dafür sein?

Tief erschüttert wandte ich mich vom Wasser ab. Jetzt bereute ich, dass ich so lange den schwindenden Lichtern hinterhergestarrt hatte. Ich hätte die Zeit besser nutzen und mich hier umsehen sollen! Mit ausgestreckten Armen tastete ich vor mir her, bis ich den ersten Felsen berührte, doch ich sah davon ab, irgendwo hochzuklettern. Die kleine Kiesfläche war umzingelt von mächtigen Steinbrocken und soweit ich mich erinnern konnte, ragten die Felswände dahinter senkrecht empor. Ich brach in Tränen aus. Verzweifelt ließ ich mich zu Boden sinken und heulte haltlos.

Mein Schluchzen erfüllte die ganze Höhle und wurde in kleinen Echos beharrlich zurückgeworfen ... Doch nach einer unbestimmten Zeitspanne bildete ich mir plötzlich ein, noch etwas anderes gehört zu haben ... Ich hielt den Atem an, aber ich konnte absolut nichts sehen. Jedes Mal, wenn ich meine Augen von Tränen befreit hatte, glaubte ich, von der Dunkelheit erdrückt zu werden. Es war unvorstellbar, wie konsequent man das Licht aus einem solch riesigen Raum verbannen konnte! Bloß mein Bewusstsein wollte sich nicht damit abfinden und spielte mir üble Streiche. Die Dunkelheit nahm Formen an. Mir war, als ob finstere Gestalten auf mich zu kamen, der Boden sich in mächtigen Wellen vor mir aufwarf und gespenstische Tiere durch die Luft flögen. Jede Sekunde hoffte ich auf das Zurückkehren eines Lichterscheins oder auf das ersehnte Geräusch von Motoren.

Wieder hörte ich etwas! Ein leises Knirschen. Doch diesmal war ich mir sicher, mich nicht getäuscht zu haben! Augenblicklich erhob ich mich auf meine Füße. Ich hatte panische Angst vor Ratten, Schlangen oder allem möglichen anderen Getier. Noch ein Knirschen ... dann ein helles Platschen ... als ob ein Stein ins Wasser gefallen wäre. Mein Atem beschleunigte sich. Bildete ich mir das alles bloß ein? Die Dunkelheit bewegte sich auf mich zu. Ich verfluchte mein hektisches Keuchen und den dröhnenden Pulsschlag in meinen Ohren, denn es gelang mir kaum, mich auf die Umgebung zu konzentrieren. Und dann, zum ersten Mal, war es eindeutig. Eine schlurfende Wellenbewegung im Wasser. Jemand oder etwas watete durch das seichte Wasser!

Eilig flüchtete ich bis zum entferntesten Felsbrocken. War

das ein Mensch? Ein Taucher? Ich hatte keine Geräte gehört, kein Zischen von Sauerstoff, kein Abtropfen nasser Kleidung. Konnte man als Taucher lautlos aus dem Wasser steigen? Vielleicht doch ein Reptil? Kurz überlegte ich, einfach draufloszuschreien, um etwaige Tiere zu vertreiben. Doch dann passierte es! Ein unverkennbares Knirschen verriet, dass jemand oder etwas aus dem seichten Wasser und auf den Kiesstrand getreten war! Zitternd tastete ich mit meinen Fingern den Felsen hinter mir ab. Mein Atem wurde immer kürzer. Ich nahm mir vor, wild um mich zu schlagen, falls mich etwas berühren sollte. Und im selben Moment sah ich erstmals einen winzigen roten Lichtpunkt in der Luft! Er schwebte etwa in Augenhöhe und mit jedem weiteren Knirschgeräusch kam auch dieser Lichtpunkt näher. War das ein Nachtsichtgerät? ... Plötzlich fragte ich mich, ob das am Ende alles geplant war ... Vermutlich gab es keinen Höhlenmenschen mit Nachtsichtgerät, der hier zufällig vorbeikommen und über mich herfallen würde. Viel größer war die Wahrscheinlichkeit, dass Santiago jemanden geschickt hatte, um mir Angst einzujagen. Aber Garantie dafür hatte ich keine. Als der kleine rote Punkt mir beängstigend nahe kam, entschied ich, mich im Fall des Falles schlagkräftig zu wehren.

Und plötzlich berührte er mich! Ich stieß einen hysterischen Schrei aus. Etwas hatte mich an der Brust berührt! Reflexartig schnellten meine Hände nach vorn. Ich prallte gegen einen Körper und erntete dafür einen harten Schlag ins Gesicht, der mich fast zu Boden warf, aber etwas hielt mich zurück und wirbelte mich herum. Von seinen Armen umfangen wollte ich nach ihm treten ... Es war zweifellos ein Mann, viel größer und stärker als ich. Ich bemerkte, dass er feste, dichte Kleidung trug, die sich auf meiner nackten Haut wie ein Arbeits-Overall anfühlte. Doch noch bevor ich einen nennenswerten Treffer landen konnte, schleuderte er mich gegen eine Felswand. Wieder schrie ich, diesmal vor Schmerzen. Eine illustre Wunschvorstellung erwachte in mir, dass es vielleicht sogar Santiago selbst sein könnte. Unsanft packte er mich an den Händen und zog mich höher, schob mich auf den runden Felsen und plötzlich rasteten meine Handgelenke in eisernen Manschetten ein. Offenbar gab es hier Vorrichtungen im Stein! Ich hatte vollständig den Boden unter den Füßen verloren und trat panisch hinter mich. Doch er fing beinahe mühelos ein Bein nach dem anderen in der Luft ab, spreizte meine Schenkel und zwang sie ebenfalls in eiserne Manschetten. Bäuchlings lag ich nun auf dem Hinkelstein, mit leicht angewinkelten Beinen, wie ein Frosch, bedingt durch die kugelförmige Wölbung des riesigen Felsens. Hektisch schnellten meine Blicke in alle Richtungen auf der Suche nach dem kleinen roten Lichtpunkt. Doch ehe ich ihn ausmachen konnte, packte er mich grob an den Haaren und riss meinen Kopf in den Nacken. Gleichzeitig berührte er mich von hinten im Schritt!

Mir fehlte die Luft, um zu schreien. Seine Finger verfolgten offenbar ein klares Ziel, sie bewegten sich in meiner Spalte, drangen kurz in mich ein und verteilten Feuchtigkeit.

»Bitte ... bitte nicht!«, flehte ich ihn an und riss an allen Manschetten gleichzeitig, doch ich hatte keine Chance zu entkommen. Ich wimmerte und meine ganze Hoffnung bestand darin, dass es, wenn nicht Santiago, wenigstens irgendjemand anderer von Ivory war, mit dem ich es hier zu tun hatte. Plötzlich hörte ich das leise Surren eines Reißverschlusses, der Fremde spuckte – vermutlich in seine Hand – und mir schwante Schlimmes. Er wollte doch nicht etwa von hinten in mich eindringen?! Kaum hatte ich es gedacht, spürte ich auch schon die feuchte pralle Eichel, die sich zwischen meine Pobacken zwängte. So etwas konnte Santiago nicht angeordnet haben! Er musste doch wissen, dass ich noch wund war – von gestern.

Ich fühlte das beharrliche Drängen und schrie in einem Anfall neuer Panik, woraufhin er mich noch stärker an den Haaren zog, bis mein Hals so sehr überstreckt war, dass kein Ton mehr aus meiner Kehle kam. Nun presste sich sein ganzer Körper gegen meinen Rücken, ich spürte den heißen Atem in meinem Nacken und ein seltsames Aftershave stieg in meine Nase. Seine große Hand wanderte aus meinen Haaren an meinen Hals, während sein Penis weiter zwischen meine Pobacken drängte. Er glitt ein paarmal hoch und tief, als wollte er mich vorbereiten, seine Eichel war prall und ließ an der Härte seiner gesamten Erektion keinen Zweifel. Dann presste er sich in mich … und rutschte ab. Ein zweites und ein drittes Mal gelang es ihm nicht, in mich einzudringen. Sekunden verstrichen. Die Hand an meiner Kehle wurde immer unbarmherziger und erst, als ich nachgab und mich für einen Moment überwinden konnte, ihm seinen Willen zu gewähren, hatte er Erfolg.

Ich sah Sterne, als er abrupt in mich fuhr. Es fühlte sich an, als hätte er mit einem Dolch zugestoßen. Mein Körper pulsierte und versuchte verzweifelt, mit dem Schmerz und der Dehnung fertig zu werden. Aber noch bevor mir das gelang, nahm er ein Tempo auf, bei dem er wohl jeden einzelnen Stoß zu genießen gedachte. Er quälte mich mit großzügigen Bewegungen, die er dem Rhythmus seiner tiefen Atemzüge anpasste. Bei jedem gepressten Lufthauch, den ich im Nacken spürte, stieß er zu.

Meine Hände griffen ins Leere und auch meine Füße fanden keinen Halt. Ich jammerte und stöhnte schmerzgeplagt, während sein dicker Kolben in mir rein und raus ging. Dabei kreisten meine panischen Gedanken erneut um seine Identität. Die Horrorvorstellung, es hier mit einem völlig Fremden zu tun zu haben, der sich so genussvoll an mir bediente, wurde immer realer. Ich durfte mir nichts vormachen … Kein Mann von Ivory hätte sich beim Eindringen so ungeschickt angestellt! Sie alle hatten reichlich Erfahrung auf diesem Gebiet. Außer vielleicht Santiago. Aber der verweigerte diese Praktik strickt und generell! War es also vielleicht nur Zufall gewesen, dass es nicht auf Anhieb geklappt hatte?

Immer beherzter stieß er in mich. Sein Atem wurde schneller. Ich merkte, dass er bald einen Rhythmus gefunden hatte, der seine Erregung kontinuierlich steigerte. Angestrengt hielt ich mich für ihn geöffnet, willig und verfügbar, um meine eigenen Schmerzen so gering wie möglich zu halten. Auch die Heilsalbe erfüllte plötzlich einen ungeahnten Zweck. Dann musste ich wieder an das mir unbekannte Aftershave denken und verspürte unsägliche Kränkung darüber, dass Santiago mich ohne jede Ankündigung an einen Fremden verliehen hatte, der sich hier so enthusiastisch an mir vergehen durfte. Ich fühlte mich verschenkt und gedemütigt. Mein Peiniger hingegen atmete aufgebracht und lustvoll in meine langen Haare. Vermutlich war er kurz davor zu kommen. Der fremde Samen würde in mich schießen ... und er widerte mich bereits jetzt an!

Dann geschah es – mit einer harten Hüftbewegung stemmte er sich gegen mich, er hielt mich fest, stöhnte und ergoss sich in meiner engen Höhle. Hitze breitete sich in mir aus. Sofort überflutete Gänsehaut meinen ganzen Körper. Bis in die Haarwurzeln konnte ich meine Abneigung gegen diesen unerwünschten Einlauf spüren und hoffte, dass es nun wenigstens vorüber wäre ... Im Zeitlupentempo zog er seinen glühenden Schwanz aus mir heraus. Ein paar Tropfen liefen über die Innenseiten meiner Schenkel. Ich schluchzte und jammerte gedemütigt. Doch sein Körper war noch immer dicht hinter meinem und seine Hände berührten mich nun besitzergreifend. Er fasste an meine Taille, meine Brüste und strich auch langsam über meine Arme, die auf dem Felsen ausgestreckt lagen. Wimmernd versuchte ich ihn abzuschütteln. Ich zappelte und stemmte mich gegen ihn. Aber er gab nicht auf. Verzweifelt brach ich in Tränen aus. Was wollte er denn noch? Ich konnte nicht mehr. Er musste mich freilassen!

»Schhh...«, zischte es plötzlich dicht neben meinem Ohr und ich erstarrte.

Dem Zischen folgte ein monotones Summen, »Mmmh...«, und zum ersten Mal vernahm ich dabei den Klang seiner tiefen Stimme. Sein Brustkorb vibrierte auf meinem Rücken.

Erneut sammelte ich Energie, um mich zu wehren ... Ich wollte bloß noch weg hier. Er war ein Psychopath. Irgendwie musste ich die Ketten sprengen. Doch er hielt mich immer fester. »Erkennst du mich denn nicht?«, flüsterte er in mein Ohr.

Seine Worte fuhren wie ein Blitz durch meinen Körper! Ein grelles Schluchzen brach aus meiner Kehle. Daraufhin küsste er mich am Hals und raunte mitleidig: »Du hast mich nicht erkannt, Baby ...«

»Nein«, schluchzte ich und zitterte am ganzen Körper. Wie war er bloß hierhergekommen?! Und wie konnte er mich so täuschen?! Ich fühlte, wie die Erleichterung mich übermannte, während ich Santiagos vertraute Küsse in meinem Nacken registrierte.

»Du hast dich viel zu zaghaft gesträubt!«, tadelte er mich und das Gewicht seines Körpers verschwand von meinem Rücken. Endlich öffnete er meine Manschetten. Doch im nächsten Moment zuckte ich erschrocken zusammen ... Er hatte schallend laut in seine Hände geklatscht und in derselben Sekunde waren unzählige Lichter angegangen!

Ich rutschte vom Felsen und wirbelte herum. Völlig aufgelöst blickte ich in Santiagos Antlitz. Ich musste blinzeln, denn die ganze Höhle war plötzlich hell erleuchtet. Er aber grinste ein Siegerlächeln. »Wen hattest du erwartet?«, fragte er interessiert.

Ich wischte die Tränen aus meinen Augen, mein Popo brannte wie die Hölle und ich konnte mich kaum besinnen. Was war das für eine Kleidung, die er da trug? Und was zum Teufel hatte er mit mir gemacht?! War es am Ende gar ein Gerücht, dass er diese Praktik verabscheute? Hatte vielleicht nur ich noch nie diese Ehre mit ihm gehabt? »Ich ... ich dachte, es wäre Damian ... oder ... ein Fremder!«, stotterte ich.

Santiago nickte, während er beide Mundwinkel verächtlich nach unten zog. »Ich hätte erwartet, dass du dich energischer wehrst!«, wiederholte er streng.

Was wollte er? Hatte er mit mir kämpfen wollen? War das eine Schutzkleidung, die er da trug?

»Ich hab mich gewehrt!«, trotzte ich beleidigt. »Außerdem hast du mich hierhergebracht und ich hab angenommen, es geschah in deinem Auftrag!«

Santiago seufzte und kämmte mit seinen Fingern durch meine langen Haare. »Es gibt Dinge, um die ich mich lieber selbst kümmere. Auch wenn sie mir nicht liegen«, betonte er. »Du gehörst mir, Zahira. Alles an dir gehört mir! Und wenn es sein muss, dann kann ich dir das beweisen! ... Ich möchte, dass du immer daran denkst.«

Ergriffen von seinen Worten nickte ich.

»Du brauchst David nicht!«, fügte er beschwörend hinzu.

David!? ... Da war es wieder ... Plötzlich hallte es in meinem Kopf – Santiagos triumphale Verkündung im Keller der Villa ... seine Worte in meinen Ohren: »Ich werde David heiraten.«

Sie hatten mir den Boden unter den Füßen entrissen und mich in eine hoffnungslose Finsternis gestürzt ... in eine Finsternis, die mich in Gedanken zwei Wochen zurück – hierher in diese Höhle – gebracht hatte.

# Neue Regeln und Rituale

Die Landung in der Realität war hart ...

Ich lag auf der Matratze in meinem Verlies und David saß neben mir. Er trug noch dieselbe Kleidung wie gerade eben – die schwarze enge Hose mit ihrem edlen Glanz und das aufgeknöpfte weiße Hemd. Es konnten bloß ein paar Minuten vergangen sein, seit Santiago die »frohe Botschaft« verkündet hatte.

Noch immer fassungslos starrte ich in Davids jadegrüne Augen. Er hielt meine Hand und schwieg.

Ich spürte, er wollte sich dazu nicht äußern, und mein erster Impuls war, ihm auch keine Fragen zu stellen. Doch wenn ich an die geplante Hochzeit dachte, kamen Gefühle in mir hoch, die ich so noch nie wahrgenommen oder bis dahin unterdrückt hatte ... Es fühlte sich an, als hätte ich bei Santiago für immer verspielt. Mir war nicht mal bewusst gewesen, dass ich ihn vielleicht auch hätte heiraten wollen, aber dass er jemand anderen heiraten würde, schmerzte unsagbar, und dass dieser »Jemand« David war, machte die Sache nicht besser. Wie es aussah, sollte ich also zwei Männer auf einen Schlag verlieren. Ich wandte ich mich von David ab und heulte bitterlich.

Zärtlich legte er seine Hand auf meinen Rücken und streichelte mich. David ließ mir Zeit ... Erst, als ich mich nach einer Weile nicht beruhigen konnte, fasste er an meine Schulter und drehte mich wieder auf den Rücken.

»Wieso trifft dich das so sehr?«, fragte er leise.

»Ich weiß es nicht«, schluchzte ich. »Vielleicht hätte ich ihn auch heiraten wollen.« Unweigerlich dachte ich an das lange intime Gespräch, das ich erst gestern mit David geführt hatte ... und an meinen Herzenswunsch. Hatte ich einen Fehler gemacht? Hätte ich mir etwas anderes wünschen sollen? War es falsch gewesen, mir nichts sehnlicher zu wünschen, als eine Nacht mit David und Santiago gemeinsam verbringen zu dürfen, während offenbar viel mehr auf dem Spiel gestanden hatte.

David nickte verständnisvoll. »Es hätte mich gewundert, wenn du es nicht gewollt hättest. Alle Mädchen hier auf Ivory würden ihn heiraten. Die einen sagen es offen, die anderen nicht. Vermutlich würden auch die meisten Frauen da draußen ihn heiraten. Er ist attraktiv, steinreich und lebt im Paradies. Da lässt es sich schnell über seine sexuellen Eskapaden hinwegsehen ... Aber Santiago heiratet keine Frau! Er würde nie eine Frau heiraten oder einem weiblichen Wesen diesen Stellenwert an seiner Seite geben. Mit Frauen hat er Sex, vielleicht leidenschaftlichen Sex, vielleicht hast du das Gefühl, er liebt dich, aber nichts davon bringt dich je auf eine Ebene mit ihm, weil er das nicht zulässt! Wann begreifst du das endlich?«

Entsetzt starrte ich David an. Seine Worte überrollten mich wie eine Naturkatastrophe. Wie konnte er bloß so grausam sein? Ich weinte haltlos und rang nach Luft.

»Ja ... Jetzt gerade!«, japste ich, drehte mich wieder von ihm weg und erstickte meinen Schmerz hemmungslos lautstark in der Matratze.

Ich hörte, dass David langsam aufstand und ging. Ein paar Augenblicke lang war es ruhig, danach betrat jemand anderer mein Verlies. Ich drehte mich wieder auf den Rücken und erkannte durch den Schleier meiner Tränen Santiago. Schluchzend wischte ich über meine Augen.

Er wirkte besorgt. »Ich will dich jetzt aber nicht verlieren!«, meinte er gebieterisch.

Eilig schüttelte ich den Kopf. Ich wollte ihn auch nicht verlieren. Ich wollte ihn heiraten.

Santiago sah mich skeptisch an, setzte sich zu mir auf die Matratze und kam mit seinem Gesicht ganz nahe vor meines. »Du hast kein Recht zu gehen, vergiss das nicht!«, beschwor er mich.

Ich nickte.

Daraufhin begann er, mich leidenschaftlich zu küssen. Und während seine Hitze sich auf mich legte und seine Begierde in meinen Mund strömte, wollte ich alles um mich herum vergessen.

Aber sein Kuss war nur ein schwacher Trost ...

Während der nächsten Tage fühlte ich, *ihn* zu verlieren. Er war restlos stolz und überschwänglich verliebt in David. Alles drehte sich um die geplante Hochzeit. Darüber konnten mich auch die neuen Regeln und Rituale nicht hinwegtrösten ...

***

Damian kam kurz nachdem Santiago gegangen war. Ich lag noch sinnlich benebelt von seinem Kuss auf der Matratze. Er zog mir die High Heels aus und erklärte mir, dass wir sie ab sofort im Verlies nicht mehr tragen mussten – vor allem in der Nacht nicht! Für alle Inselrundgänge gäbe es Sportschuhe und am Strand sollten wir barfuß laufen. Auch die Matratze, auf der ich lag, durfte ich behalten. Damian meinte, die gehöre von nun an zur Grundausstattung im Verlies und würde mir auch niemand mehr wegnehmen.

»Heißt das, ich bleibe im Keller?«, fragte ich entsetzt, schließlich hatte ich bis heute Morgen noch oben in der Villa gewohnt.

Damian nickte. »Ja. Alle Mädchen bleiben im Keller. Daran soll sich auch nichts mehr ändern.«

Ich wurde blass vor Schreck und setzte mich auf, um ihm näher zu sein. »Worum soll ich dann noch kämpfen?«, klagte ich vorwurfsvoll.

»Bis zur Hochzeit um gar nichts, Zahira! Das ist vergebene Liebesmüh.«

»Und wann ist die?«

»In zwei bis drei Wochen. Der Termin steht noch nicht fest.«

»So schnell schon?! Lädt er keine Leute ein?«

Damian lächelte. »Nein, er möchte einen privaten Rahmen. Vermutlich nur mit David allein. Aber das ist alles noch nicht fix.«

Mir kamen schon wieder die Tränen. Ich wollte fragen, ob ich dabeisein durfte, aber ich schaffte es nicht, die Worte aus meiner Kehle zu würgen.

»Aber ... ich muss mich noch von Jana verabschieden!«, schluchzte ich, als mir einfiel, dass Santiago heute Morgen entschieden hatte, sich von ihr und Amanda zu trennen. Jana sollte auf irgendein Anwesen von Davids Bekannten kommen, die ebenfalls eine blinde Tochter hatten.

Damian seufzte. »Ihr habt euch bereits verabschiedet. Die Szene heute Morgen war emotional genug!« Dann setzte er sich zu mir und streichelte über meine Haare. »Alice geht es ähnlich wie dir«, sagte er.

Ich schniefte. Sollte mir das etwa helfen?

»Ihr müsst aufpassen«, meinte er weiter. »Lilienné steckt das alles ganz locker weg! Sie gibt sich unheimlich souverän, und wenn Santiago sich heute für eine von euch entscheiden müsste, dann würde er Lilienné wählen. Sie ist sehr stark und lässt ihn nie daran zweifeln, dass sie mit ihm glücklich ist. Egal, welche Entscheidungen er für sie oder sich selbst trifft.«

Ich spürte Hitze in mir aufsteigen. »Lilienné fickt mit Edward!«, wollte ich ihm am liebsten ins Gesicht schreien! Konnte das niemand sehen?! Ich hätte es David sagen sollen, als ich Gelegenheit dazu hatte. Es war leicht, sich von Santiago emotional zu distanzieren, wenn man hier auf Ivory jemand anderen hatte, den man liebte. Ich hatte es David in unserem Gespräch noch anvertrauen wollen, aber dann in letzter Sekunde zurückgehalten. Ich konnte Lilienné das nicht antun. Edward nutzte jede Gelegenheit, um mit ihr allein zu sein, er nahm sie beim Sport zur Seite, am Strand oder wenn wir mit einer Yacht ausfuhren ... Und Santiago war wohl geblendet, weil sie seit Neuestem die Königsdisziplin beherrschte! Aber das taten auch Alice und ich!

»Du bist sehr unausgeglichen«, stellte Damian fest, während er in meinem Gesicht zu lesen versuchte.

»Ja!«, sagte ich mit einem Hauch von unterdrücktem Zorn.

Damian nickte. »Dann wird dir unser neues abendliches Ritual guttun. Ich hole dich später ab.«

Er stand auf und wollte gehen.

»WARTE!«, platzte es aus mir heraus. »Lilienné schläft mit Edward!«, fügte ich leise hinzu. Mein Herz klopfte mir bis zu Hals. Ich glaubte, ich würde sie verraten.

Damian aber blieb unbeeindruckt. »Ja. Edward hat eine Erlaubnis.«

»Eine Erlaubnis? ... Wofür?!«

»Edward darf im Keller frei wählen. Das hat er sich mit Santiago in einem günstigen Moment ausgehandelt«, erklärte Damian. »Ich muss jetzt gehen, Zahira. Wir sehen uns später.«

Die Tür schloss sich und ich blieb allein in meiner Zelle zurück.

Ich konnte es nicht glauben. In einem günstigen Moment? Zum ersten Mal hatte ich das Gefühl, die Welt hätte sich gegen mich verschworen!

Und dieses Gefühl wollte nicht enden! Zu späterer Stunde holte uns Damian aus den Verliesen. Ich musste meine High

Heels wieder anziehen. Dazu gab er mir ein kurzes rosa kariertes Faltenröckchen, das kaum mehr als ein breiterer Stoffgürtel war, und ein Bustier, ebenfalls so knapp geschnitten, dass ich direkt fürchten musste, meine Brüste würden bei der ersten Bewegung herausspringen. Eine schmale weiße Lederkrawatte rundete die Schulmädchenuniform ab. Noch nie hatte ich eine Krawatte gebunden, aber Damian musste uns allen dreien damit helfen. Unsere Haare sollten wir zu einem hohen Pferdeschwanz zusammenfassen, danach gingen wir den Flur entlang zu den hinteren Räumlichkeiten des Kellers. Ich konnte mich erinnern, hier von Amistad einmal ausgepeitscht worden zu sein. Doch nun wurden meine Blicke von anderen Geräten angezogen.

Damian führte uns zu einem niedrigen Gestänge, das gegenüber der Tür vor einem Spiegel aufgebaut war. Bevor er etwas dazu erklärte, gab er uns jeweils einen roten Gummiball als Knebel in den Mund. Die Riemen wurden im Nacken festgezurrt.

»Die Geräte sind noch von Amistad«, erklärte Damian. »Er hat sie für seine Mädchen benutzt, wenn er keine Zeit für sie hatte, und soweit ich mich erinnern kann, hatte auch Natalie einmal das Vergnügen. Ihr werdet auf allen vieren kniend fixiert und anschließend eine Stunde lang von der Maschine befriedigt. Dieses Ritual wird euch von jetzt an jeden Abend begleiten. Etwas Ähnliches haben wir für den morgendlichen Frühstückstisch vorgesehen. Santiago möchte, dass ihr in Zukunft täglich mit ihm oben in der Villa frühstückt.« Damian lächelte aufmunternd, als müssten wir uns über diese Ausgeburt an guten Nachrichten freuen.

Auf eine einladende Geste hin knieten wir nieder und beugten uns über zwei waagrechte Stangen nach vorn, wie über eine große Kiste. Ich spürte, dass durch die Bewegung mein Busen aus dem Korsett rutschte und bei einem Blick in den Spiegel vor mir sah ich, dass es Lilienné und Alice nicht anders ergangen war. Die Bustiers waren viel zu knapp und unsere Brüste hingen frei. Handgelenke, Füße und Knie rasteten in Manschetten ein, die sich bei Kontakt schlossen, und Damian erklärte uns, dass wir, wenn wir wollten, die Stirn auf der dritten Stange vor uns auflegen konnten. Dazu war das kleine Lederkissen darauf angebracht.

Danach benötigte er ein paar Minuten, bis er die Maschine hinter uns in Position geschoben hatte. Drei lange hautfarbene Dildos zielten nun auf unsere Hinterteile. Damian zog einen Handschuh über, besprühte uns mit Gleitgel und verrieb es mit flotten Fingern. Dann schob er das Gerät so nahe an uns heran, bis jeweils die Spitze eines Dildos die Schamlippen eines Mädchens berührte. Ich konnte nicht nach vorn ausweichen, denn in der Beuge meiner Hüfte lag eine quergeführte Eisenstange, von der ich zurückgehalten wurde. Damian betätigte einen Schalter und das Gerät begann leise zu surren. Gleichzeitig fühlte ich, wie der Dildo langsam meine Schamlippen teilte und in mich eindrang. Ich stöhnte, genau wie Lilienné und Alice. Der Dildo war feucht, rutschte gut, doch das erste Eindringen war ein Erlebnis, denn wir alle wussten nicht, wie tief es sein würde. Danach steigerte sich das Tempo und später merkte ich, dass das Gerät ein eigenes Programm verfolgte, bei dem sich Tempo und Tiefe der Stöße eigenmächtig regulierten.

»Alles in Ordnung?«, fragte Damian.

Lilienné sah ihn im Spiegel an und nickte. Alice nickte mit etwas Verzögerung. Ich seufzte, verdrehte meine Augen und legte meine Stirn auf das kleine Kissen vor mir. Es war gewöhnungsbedürftig, von einer Maschine so tief gestoßen zu werden und nicht ausweichen zu können.

»Der Dildo sondert von selbst immer wieder Gleitgel ab«, informierte uns Damian. »Es kann also nichts passieren. Und ihr dürft kommen, so oft ihr wollt!«

*Wie großzügig!*, dachte ich und konnte mir nicht vorstellen, neben Lilienné, die in unserer Mitte kniete, zu kommen.

Danach sah ich im Spiegel, dass Damian den Raum verließ. Die Maschine machte rhythmische Geräusche, die mich an das monotone Rumoren einer Waschmaschine erinnerten. Damian kehrte erst nach ein paar Minuten wieder zurück und zu meinem Entsetzen waren nun auch David und Santiago bei ihm.

Die Männer flüsterten und begutachteten kritisch, wie das Gerät im Einsatz funktionierte, während wir Mädchen vor den Spiegeln knieten und ihnen unsere Hinterteile zugewandt hatten.

Nach einer Weile kam Santiago näher, er hockte sich vor mich hin und packte mich mit einem strengen Griff an den Haaren, sodass ich ihn ansehen musste. Ich hätte sterben wollen vor Scham. Doch er nahm sich Zeit, den Ausdruck in meinem Gesicht zu beobachten, während ich von der Maschine bedient wurde. Ich fühlte das feuchte, geschmeidige Eindringen, die Konturen des Dildos, die mich in ihrer Bewegung mehr und mehr erregten. Verkrampft stöhnte ich mit dem Ball in meinem Mund. Santiago streichelte meine Brüste und knetete sie liebevoll, während die Maschine kontinuierlich ihren Rhythmus steigerte. Doch dann lächelte er und küsste mich auf die Wange. Er war distanziert, vermutlich, weil mir bereits Speichel aus dem Mund lief. Als nächstes wanderte er ein Stück weiter zu Lilienné und machte dasselbe mit ihr. Doch ihr nahm er den Knebel ab! Sie konnte ihren Mund schließen und lächeln ... aber viel mehr stöhnte sie, und während er sie festhielt und im Gesicht küsste, kam sie lautstark zu einem Orgasmus. Ich sah, wie er verzückt ihre Gefühlsexplosion mit gierigen Küssen empfing, wie er lächelte und stolz auf sie war. Und mir kam es exakt zur selben Zeit, denn unsere Maschinen verfolgten dasselbe Programm und hatten nun offenbar den ersten Höhepunkt erreicht. Doch die meisten meiner Laute wurden von dem Knebel erstickt. Hitze schoss mir ins Gesicht, ich schnaubte gepresst und sabberte. Auch Alice gab nur ein hektisches Brummen von sich, während Lilienné frei heraus stöhnte.

Nachdem sich Santiago ausgiebig an uns erfreut hatte, stand er auf, tätschelte Alice kurz die Wange und ging wieder zu den beiden Männern. »Wie viele Höhepunkte haben wir eingebaut?«, fragte er Damian.

»Planmäßig sind es vier«, erklärte er. »Es gibt alle fünfzehn Minuten diese schnellere Sequenz, aber das ist keine Garantie für einen Höhepunkt. Es hängt von den Mädchen ab, ob sie bereit dafür sind.«

»Wenn du hierbleibst, ist die Erfolgsquote vermutlich höher«, sagte David.

Sanitago lächelte geschmeichelt. Ich konnte es im Spiegel sehen. Er strich David durch die Haare und begann, ihn hingebungsvoll zu küssen.

Damian gab Lilienné inzwischen den Knebel wieder in den Mund und zurrte ihn im Nacken fest, danach verließen uns alle Männer. Ernüchtert sahen wir noch einmal in den Spiegel, unsere Blicke trafen sich für einen Moment, dann legte ich meine Stirn auf dem kleinen Kissen vor mir ab und gab mich dem Rhythmus der Maschine hin.

Ein paar Minuten später erlebten wir einen neuen Höhepunkt und ich stellte fest, wenn man auch nur ein bisschen empfänglich für die lustvollen Geräusche war, die eine Frau im Orgasmus von sich geben konnte, dann fiel es einem neben Lilienné ganz besonders schwer, sich zurückzuhalten. Ihre Ekstase war ansteckend. Daran änderte auch der Ball in ihrem Mund nicht viel. Sie verstand es, ihre aufflammende Erregung ohne Scheu in sehnsüchtige Töne zu verpacken, die mit jeder Steigerung drängender und flehender wurden, sodass man direkt mit ihr hoffte, dass sie bald kommen würde. Als ich heimlich zu ihr rübersah, beobachtete ich ihren zierlichen Körper, wie er sich unter schweren Atemzügen wand, zitterte und bebte. Und ihr Ausbruch war spektakulär, genau wie vorhin mit Santiago. Ihr Stöhnen und Japsen riss sowohl Alice als auch mich mit.

Erhitzt und mit weichen Knien wurden wir nach Ablauf der vier Sequenzen von Damian wieder abgeholt. Wir durften duschen und danach empfing mich die Matratze in meinem Verlies. Damian gab mir ein neues Nachthemd. Er hatte noch eine Überraschung für mich: Mit einem ehrlichen Lächeln vertraute er mir ein paar Bücher und Kataloge an, die Santiago angeblich nicht mehr benötigte. Sie waren aus den Besprechungen mit den Architekten während der Umgestaltung seines Zimmers übriggeblieben und zeigten verschiedene fernöstliche Einrichtungsstile. Teilweise waren es auch Hotelkataloge über Luxusresorts oder Bildbände über exotische Länder. Er meinte, ich hätte mir in den zwei Wochen, als Santiago neben mir im Tiefschlaf gelegen hatte, doch ständig so etwas angesehen.

Bestimmt wollte er mir damit einen Gefallen tun, aber ich konnte mich nicht wirklich darüber freuen. Es war etwas anderes, neben Santiago im Bett zu liegen und von fernen Ländern, Reisfeldern, Vulkanen und Baumhäusern zu träumen, oder dabei jeglicher Träume beraubt in einem kleinen Verlies zu sitzen. Vielleicht hätte er sich das denken können!

Ich beschloss, die Bücher nicht anzurühren, und schlief erschöpft von vier Orgasmen und all den Aufregungen des Tages ein.

***

Das Spiel beim Frühstück war ein anderes. Hier ging es Santiago offensichtlich nicht darum, uns zu befriedigen, sondern eher um Stimulation und Schikane. Er hatte für uns Mädchen neue Sessel anschaffen lassen. Sie waren weiß und rosa, im Stil von Barbie, jedoch massiv und keineswegs aus billigem Kunststoff. Ich fand bloß, sie passten überhaupt nicht zum braunen Tropenholz der übrigen Garnitur.

Wieder mussten wir diese knappen Schulmädchen-Uniformen tragen, von denen es offensichtlich viele Modelle gab – Karos in unterschiedlichsten Farben. Santiago erwartete uns bereits im Wohnzimmer der Villa.

Wir gingen zu unseren Plätzen und ich merkte schnell, dass man auf den neuen Sesseln nur in einer Position Platz nehmen konnte, da sie extrem ergonomisch geformt waren. Meine nackten Schenkel legten sich in vorgegebene Ausbuchtungen und meine Scham wurde von dem aufgeworfenen Falz geteilt. Mein Po berührte die Rückenlehne und ein festes Kissen brachte mein Kreuz in eine aufrechte Haltung. Ich musste flach atmen, damit mir die Brüste nicht aus dem Korsett rutschten. Damian schob uns allen die Sessel etwas näher an den Tisch heran. Danach nahm er uns gegenüber Platz.

Auch David, Edward und Marcus saßen auf der anderen Seite des Tisches, von der aus man Aussicht auf das Meer hatte, während Santiago wie gewohnt das Kopfende für sich beanspruchte.

Die Männer unterhielten sich und begannen frohgemut zu frühstücken. Bevor ich selbst zu einem Brötchen griff, bemerkte ich eine neue Fernbedienung, direkt neben Santiagos linker Hand. Das kühle Material meines Sessels hatte sich mittlerweile leicht angewärmt. Ich hatte beim Hinsetzen einen kleinen Noppenteil auf der Falz entdeckt, der sich nun zwischen meine Schamlippen drängte. An dieser Stelle fühlte sich das Material etwas anders an. Unweigerlich machte ich mir Gedanken, ob Santiago das, was ich vermutete, wirklich tun wollte.

Vorsichtig griff ich nach einem Brötchen, ohne meine Schultern oder Arme zu ausladend zu bewegen. Lilienné saß links von mir und hatte sich bereits ein Müsli gemischt. Alice zu meiner Rechten hatte eine Scheibe Lachs mit etwas Senfdillsauce auf dem Teller, als plötzlich das griffige Silikon zwischen meinen Schamlippen heftig zu vibrieren begann.

»Whuouu!«, entfuhr es Lilienné mit heller Stimme. Ich schnappte nach Luft, Alice ließ vor Schreck ihre Gabel fallen.

Die Männer lachten. Santiago hatte seine Hand auf dem Touch-Screen der Fernbedingung. Der Reiz an meinem Kitzler war betörend. Die Vibrationen setzten sich in meinem ganzen Unterleib fort. Ich atmete aufgeregt und blickte zu Alice, die gerade damit zu kämpfen hatte, dass ihre Brüste aus dem Korsett gerutscht waren. Verlegen strich sie sich durch die Haare, doch sie konnte so schnell nichts daran ändern. Die Oberteile waren so eng, dass man sie komplett öffnen, abnehmen und neu hätte anlegen müssen, um dieses Missgeschick zu korrigieren. Sie hatte also die Wahl, damit zurechtzukommen oder sich neu schnüren zu lassen. Doch als ich tiefer Luft holen musste, passierte mir fast dasselbe. Allerdings rutschte bei mir nur ein Busen aus dem Korsett. Wie in Zeitlupe quoll er hervor, bis Vorhof und Nippel etwas gepresst über den Rand eines Körbchens lugten. Ich schämte mich in Grund und Boden, wusste nicht, was schlimmer war ... mit beiden Brüsten am Frühstückstisch blank zu ziehen oder diese Asymmetrie? Unangenehme Hitze stieg mir ins Gesicht. Nebenbei vibrierten die kleinen Noppen ohne Unterlass in meiner mittlerweile feuchten Spalte. Hilfesuchend blickte ich zu Damian, mit der unausgesprochenen Frage in meinen Augen, ob ich das Bustier korrigieren durfte. Alice tat vermutlich dasselbe, denn Damian zeigte daraufhin mit dem Buttermesser abwechselnd auf unsere Brüste, um großzügig für alle anwesenden Männer zu sprechen: »Ich denke, wir können damit leben.«

Die Männer lachten.

Lilienné war die Einzige, die noch alles unter Dach und Fach hatte, ihr Dekolleté saß perfekt und die intime Stimulation konnte sie nicht weiter irritieren. Sie löffelte ihr Müsli und schielte mehrmals auf das Display bei Santiago, wo er die Stärke der Vibrationen steuerte. Ich merkte schnell, dass er es genoss, uns zu schikanieren. Er verstärkte die Vibrationen immer dann, wenn wir versuchten, zu essen. Kaum hatte ich etwas in meinem Mund, wurden die Reize unerträglich. Immer wieder brachte er eine von uns an den Rand eines Höhepunktes. Auch ich musste das erleben. Ich atmete schwer, glaubte in dem engen Mieder zu ersticken, merkte, wie sich mein Brustkorb heftig hob und senkte, und meine nackte Brust sich vulgär bewegte. Doch, kurz bevor ich kam, versiegten die Vibrationen abrupt und Santiago grinste anmaßend. Dieselben Phänomene beobachtete ich bei Alice und Lilienné. Sie legten jedes Mal das Besteck zur Seite und atmeten aufgebracht. Doch keine von uns durfte kommen. Und während Alice sich für ihre Erregung schämte, sah Lilienné ihm sogar dreist in die Augen. Sie gönnte Santiago damit das Vergnügen, erst ihr sehnsüchtiges Verlangen und danach ihre Frustration zu sehen, wenn er abbrach. Nebenbei unterhielten sich die Männer über andere Dinge. Ich konnte aber den Gesprächen kaum folgen, war viel zu sehr mit mir selbst beschäftigt. Ständig sexuell stimuliert zu werden und nebenbei essen zu müssen, war wie eine innere Blockade und in meinem Hirn kaum vereinbar.

Nach dem gemeinsamen Frühstück wurden wir auf wackeligen Beinen wieder zurück in den Keller gebracht. Santiago schloss das nette Beisammensein mit den Worten: »Die Erlösung gibt's für euch am Abend.«

***

Bis dahin hatte ich immer gedacht, ich könnte mich an nahezu alles gewöhnen, doch die Wochen vor der Hochzeit wurden für mich zur Qual. Langsam begannen sogar mein Vertrauen zu David und die Hoffnung, die ich in seine Verbesserungsvorschläge gesetzt hatte, zu schwinden.

Die schlimmste Ernüchterung erlebte ich bereits am zweiten Tag, als ich feststellen musste, dass Lilienné am abendlichen Ritual nicht mehr teilnehmen musste, weil sie von Edward auserwählt worden war, und laut Damian würde der sie ohnehin befriedigen! Aus demselben Grund nahm sie auch an den darauffolgenden Tagen nie wieder daran teil!

Also blieben Alice und ich allein an den Geräten. Doch während Alice damit offenbar irgendwie zurechtkam, machte mir dieses Ritual zu schaffen. Und je öfter es sich wiederholte, desto entwürdigender fand ich es.

Edward war derjenige, der täglich Sport mit uns trieb. Er lief gewöhnlich mit Lilienné voraus, während Alice und ich den beiden folgten. Bei einer kurzen Pause auf der anderen Seite der Insel gelang es mir, ihn unter vier Augen anzusprechen.

»Hat dir Lilienné von unserem abendlichen Ritual erzählt?«, fragte ich ihn.

Er nickte.

»Du weißt also, was sie sich erspart, weil du sie jeden Tag auswählst?«

»Ja«, meinte er und sah mich mitfühlend an.

Unweigerlich traten Tränen in meine Augen. Selten zuvor hatte ich mich Edward so sehr ausgeliefert gefühlt wie in diesem Moment. »Du könntest auch ein anderes Mädchen wählen«, hauchte ich geknickt.

Er nahm mich in seine Arme und streichelte über meinen Rücken.

»Du müsstest ja gar nichts mit mir machen«, schluchzte ich. »Es weiß ja keiner.«

Er seufzte. »Wenn ich dich auswähle, kann ich Lilienné nicht auswählen«, gab er mir zu bedenken.

»Bitte ...«, flehte ich.

»Zahira, ich kann nicht. David hat es verboten. Du darfst das eigentlich nicht wissen, aber er hat Exklusivität für dich angeordnet. Auch Damian darf nicht! Und David selbst verzichtet. Außer Santiago schläft keiner mit dir.«

»Was?« Erschrocken löste ich mich aus seiner Umarmung. »David? ... Wieso tut er das?«

»Ich weiß es nicht«, versicherte Edward.

Er hatte keine Erklärung dafür und wir liefen weiter. Doch von diesem Moment an war mir Davids Verhalten noch viel unerklärlicher.

***

Ich ließ ein paar Tage vergehen und versuchte verzweifelt, mit meinem Schicksal zurechtzukommen, und damit, dass jeden Tag dasselbe mit uns passierte und wir nichts dagegen tun konnten. Man holte uns morgens und abends für die geplanten Rituale. Während wir morgens ausgiebig erregt wurden, wurden wir abends ausgiebig befriedigt, zwischendurch ging Edward mit uns zum Laufen, die gesamte übrige Zeit verbrachten wir einsam in den Verliesen.

Ich begann sogar, die Bücher und Kataloge durchzublättern, die mir Damian gebracht hatte. Immer wieder blieb ich bei Berichten über Bali und die Südsee hängen. Für mich waren es damals die schönsten Plätze auf der Welt und ich musste direkt schmunzeln, wenn mir auffiel, wie wählerisch ich doch war ... anstelle von der Ferne zu träumen, wäre ich doch schon glücklich gewesen, einfach nur nach oben zu dürfen, zu David und Santiago. Aber die beiden waren offensichtlich zu sehr mit ihren eigenen Plänen beschäftigt, um sich mit uns zu befassen.

Wehmütig blätterte ich auch jene Kataloge durch, die mich weniger interessierten. Ich fand einen über Luxushotels in der Karibik, und er weckte plötzlich mein Interesse, als ich auf das *Seven Seas* stieß. Es war das Resort auf Aruba, in dem ich damals bei meinem Bikini-Model-Shooting untergebracht gewesen war! Ich hatte nicht damit gerechnet, ein Hotel in diesen Katalogen zu finden, in dem ich selbst einmal logiert hatte. Interessiert las ich die Beschreibung und plötzlich entdeckte ich auch ein Bild von Ronan! Offensichtlich hatte er sich, als es darum ging, die Hotelbar ansprechend in Szene zu setzen, selbst als Model zur Verfügung gestellt! Er trug einen dunklen Anzug, saß einsam mit einem Glas Whiskey an der Bar und lächelte charmant. Als ich daneben auch noch ein Bild von der kleinen Strandhütte entdeckte, wo wir uns das erste Mal nähergekommen waren, stiegen mir Tränen in die Augen ... Wie attraktiv er doch war, wie sexy und verführerisch, und wie sehr ich ihn begehrt hatte! Alles hätte damals so schön sein können, wären da nicht die Schatten aus meiner Vergangenheit gewesen, die meiner Unbeschwertheit einen Riegel vorgeschoben hatten. Ich seufzte ... Gleichzeitig fiel die erste Träne auf das Papier ... eine zweite und eine dritte.

Ich musste aufhören an Ronan zu denken! Solange mein Leben mit Santiagos Liebe und Aufmerksamkeit noch ausgefüllt gewesen war, hatten mich Gedanken an Ronan nie belastet, aber heute machten sie mich traurig.

Schweren Herzens schlug ich den Katalog wieder zu und widmete mich einem Bildband über Indonesien.

***

Inzwischen hatte ich mich an das Frühstücksritual zumindest soweit gewöhnt, dass ich neben der intimen Stimulation auch essen und den Gesprächen der Männer folgen konnte. Ich spitzte jedes Mal meine Ohren, wenn es um die Hochzeit ging. In Etappen fand ich heraus, dass sie auf einer Insel heiraten und einen erlesenen Kreis von maximal zehn Personen einladen wollten. Und auch wir Mädchen dürften mitkommen! Santiago überlegte sogar, Natalie für die Tage der Feierlichkeiten von Los Angeles einfliegen zu lassen, weil er eine Anzahl von drei Mädchen als zu gering, unausgeglichen und nicht standesgemäß empfand. Gegen Jana oder Amanda verwehrte sich David.

Bloß über die Destination war man sich noch nicht im Klaren. Hawaii, Fidschi und Bora Bora standen zur Diskussion. Der Klang der Südseeinseln in meinen Ohren ließ mein Herz sofort höher schlagen und ich hatte direkt Probleme, meinen Atem in diesem engen Bustier zu regulieren. Aber sie erwogen auch Santiagos Stammhotel auf den Bahamas, wo die Anreise weit kürzer und alles schon auf Santiago abgestimmt war. David meinte, jedes neue Hotel wäre ein Risiko, da man sich bei Santiagos Allüren nie sicher sein konnte, dass der Urlaub dort nicht in einem Fiasko enden würde.

Andere Einzelheiten über Kleidung, Gästeliste oder den Termin konnte ich nicht herausfinden. Ich wusste auch nicht, ob ein Hochzeitsplaner beauftragt worden war. Ich hatte das Gefühl, jedes Mal, wenn es interessant wurde, war unsere begrenzte Zeit auch schon vorüber und man schickte uns in den Keller, wo sich die leidigen Sitten und Rituale fortsetzten.

Ich beneidete Lilienné. Sie hatte wenigstens Edward, an den sie denken konnte und von dem sie jeden Abend wieder abgeholt werden würde. Vermutlich hätte ich ahnen sollen, dass man Edward derzeit nicht vertrauen konnte. Es war leichtsinnig gewesen, eine Bitte an ihn zu richten ... Aber das wurde mir erst in der letzten Woche vor unserer Abreise bewusst ...

# Neunzig Minuten

Es war mitten in der Nacht, als sich die Schiebetür zu meinem Verlies unerwartet öffnete. Damian flüsterte mir zu, ich solle aufstehen und ihm eilig folgen. Gemeinsam schritten wir den Flur entlang zu einem etwas abgelegenen Verlies, das ich bis dahin noch nie gesehen hatte. Es war gut doppelt so groß wie alle anderen, aber genauso leer und auf den ersten Blick ohne jegliche Einrichtung.

»Hier, deine Schuhe. Zieh sie an!«, meinte Damian leise.

Er gab mir die High Heels und auch hübsche weiße Spitzendessous, die ich gegen mein Nachthemd tauschen sollte.

Schlaftrunken wechselte ich die Kleidung. Als die kleinen Schlösser an den Riemen meiner Schuhe eingerastet waren und ich mich wieder erhoben hatte, war Damian verschwunden.

Nervös ging ich ein paar Schritte auf und ab und kämmte mit den Fingern durch meine langen Haare. Würde ich jetzt Santiago sehen? High Heels und hübsche Dessous – das waren doch Zeichen. Hatte Edward nicht gesagt, außer Santiago würde keiner mit mir schlafen? War es jetzt soweit? Hatte er sich an mich erinnert? Hatte er Sehnsucht nach mir? Unweigerlich ging mein Atem plötzlich schneller, ich konnte kaum sagen, ob vor Nervosität oder Vorfreude. Mit dem Kopf voller Hirngespinsten bemerkte ich auch erst nach ein paar Minuten die Besonderheiten in diesem Raum, die meine sentimentalen Wunschträume leicht irritierten ...

In der Mitte des Pflastersteinbodens gab es einen ungewöhnlich großen Abfluss – eine kreisrunde Öffnung von der Größe eines Fußballs – und der Wasserstand darin war kurz vor dem Überlaufen. Aber das war nicht das Einzige. Etwas weiter hinten im Raum entdeckte ich einen dünnen durchsichtigen Schlauch, der nicht weit über dem Boden aus der Wand ragte. An seinem Ende hing ein kleiner Trichter. Würde hier das Wasser rauskommen?

Leicht verunsichert überlegte ich, wozu man bei einem so dünnen Schlauch einen solch riesigen Abfluss brauchte ... doch dann ertönte das vertraute elektronische Summen der Schiebetür, sie öffnete sich, und mein Blick fiel auf gleich drei unserer Männer! Edward, Damian und Santiago!

»Lass das Video in Zahiras Verlies in einer Schleife laufen«, beorderte Santiago Damian. »Es wird David nicht auffallen, die letzten zwei Wochen bieten genügend Material. Und lösch das hier!« Er zeigte auf die Kamera über ihm im Flur. »Das Frühstück für die Mädchen ist für die nächsten drei Tage gecancelt. Sie dürfen sich erholen«, fügte er gönnerhaft hinzu.

Damian nickte und machte sich an die Ausführung der Befehle, während Santiago nun mit Edward mein Verlies betrat. Die Tür schloss sich automatisch hinter ihnen und mein Herzschlag legte deutlich an Tempo zu. Was wollte er mit Edward hier?

Ich ging ein paar Schritte rückwärts und gab acht, dabei nicht in das große Wasserloch zu treten. Santiago war elegant gekleidet. Ungewöhnlich für diese Uhrzeit trug er Anzug, Hemd, Krawatte und schöne Straßenschuhe. Ich kam nicht umhin, ihn attraktiv zu finden, auch wenn sein nächtlicher Besuch und sein Auftreten bedrohlich auf mich wirkten.

Er schmunzelte herablassend und rieb sich das Kinn. »Du hast Edward angebettelt, mit dir zu schlafen?«, raunte er.

»Nein ...«, hauchte ich. »Nein, das hab ich nicht! Ich wollte nur von ihm ausgewählt werden. Er hätte überhaupt nichts mit mir tun müssen! Es ... es ging mir bloß darum ... dem Abendritual zu entkommen.«

»Was stört dich am Abendritual?«, fragte er.

»Es ist entwürdigend«, entgegnete ich. »Ich möchte nicht von einer Maschine zwangsbefriedigt werden! Nicht jeden Tag!«

Amüsiert verzog Santiago seine Miene. »Du findest das entwürdigend?«

Zögerlich nickte ich. »Lilienné muss auch nicht daran teilnehmen ... Warum kann nicht einer der Männer einmal mich auswählen?«

Santiago lächelte. »Lilienné bläst fantastisch! Sie hat eine Bevorzugung verdient.«

»Ich nicht?«, hauchte ich.

»Du hast einige Schwachstellen in deiner Technik«, entgegnete Santiago.

Ich fühlte, wie ich errötete. »Ich könnte mit Edward üben«, schlug ich kleinlaut vor.

Santiago zischte. »Du glaubst doch nicht ernsthaft, dass sein Körper mit meinem auch nur annähernd zu vergleichen ist!?«

Hastig schüttelte ich den Kopf.

»Ich denke, wir werden besser daran arbeiten, dass du das Abendritual nicht mehr so entwürdigend findest und dich aus tiefstem Herzen fügen kannst«, fuhr er fort.

Leicht verunsichert blickte ich in seine dunklen Augen.

»Willst du das auch?«, fragte er.

Ich nickte.

»Fein! Wie lange kannst du unter Wasser die Luft anhalten?«

»Ich weiß nicht«, hauchte ich.

»Dann gib dir Mühe, ich werde mitzählen.«

»Was?«, fragte ich verwirrt und stand damit zweifellos auf der Leitung.

Santiago warf einen bedeutungsvollen Blick zwischen seine Beine. Er stand etwas gegrätscht über dem Wasserloch, sodass ich es in der Mitte zwischen seinen eleganten Schuhen gut sehen konnte.

»Ich soll mein Gesicht da eintauchen?«, hauchte ich entsetzt.

Santiago grinste. »Nein. Du sollst deinen Kopf bis zum Hals eintauchen und die Pose halten, solange du es kannst.«

Sprachlos sah ich ihn an.

Daraufhin packte er mich an den Handgelenken und knallte mir eine Ohrfeige ins Gesicht, sodass ich wieder zu mir kam.

Eilig kniete ich nieder. Ich keuchte aufgeregt, versuchte kurz, meinen Atem zu beruhigen, um tiefer Luft zu holen. Mit zwei Fingern fasste ich in das Wasser und stellte fest, dass es unfassbar kalt war. Ein letztes Mal sah ich zu Santiago auf, dann tauchte ich meinen Kopf zwischen seinen Füßen in das Abflussrohr.

Die Kälte war im ersten Moment ein Schock. Und ich musste fast mein ganzes Gewicht auf meine Hände verlagern, um wirklich bis zum Hals eintauchen zu können. Währenddessen merkte ich, dass Santiago vorsichtig auf meine Finger trat. Die Schmerzen waren erträglich, doch ich wusste kaum, ob ich mich nun eher dafür genieren sollte, dass ich meinen Kopf so demütig zwischen seinen Füßen ins Wasser gesteckt hatte oder dass mein Hinterteil bei dieser Stellung so unzüchtig in die Höhe ragte, während Edward zusah. Je länger es dauerte, umso mehr schmerzte die Kälte auf meiner Stirn, aber ich bemühte mich, durchzuhalten. Erst, als ich wirklich nicht mehr konnte, riss ich meinen Kopf aus dem Loch und kreischte nach Luft.

»Vierundzwanzig«, meinte Santiago unbeeindruckt und stieg von meinen Fingern. »Edward kann das um Längen besser!« Mit einem selbstgefälligen Grinsen wandte er sich an seinen Leibwächter.

Der stieß leere Luft aus uns sah Santiago an, als hoffe er

auf einen Scherz.

»Ich will das sehen, Edward! Zeig ihr, wie man es richtig macht. Sie hatte eine falsche Haltung.« Erwartungsvoll platzierte er sich wieder über dem Wasserloch.

Ich war inzwischen zurückgewichen, wrang meine triefenden Haare aus und keuchte noch immer.

»Das ist ein Befehl, Edward!«, wurde Santiago leicht ungehalten. »Und zieh deine Kleidung aus. Ich will deinen Luxus-Körper nackt sehen.«

Edward verdrehte die Augen, er atmete bebend, doch nach kurzem Nachdenken fügte er sich.

Santiago gab mir mit einem Handzeichen zu verstehen, dass ich weiter zurückweichen sollte. Als Edward splitternackt war, kniete er vor Santiago nieder. Er nahm die Hände auf den Rücken und verschränkte die Unterarme. Dann beugte er sich vornüber und tauchte den Kopf zwischen Santiagos Füßen ins Wasser, bis seine breiten Schultern auf dem Steinboden auflagen. Der Ausblick, den ich nun auf ihn hatte, zauberte mir neue Röte ins Gesicht. Edward hatte seine Beine leicht gegrätscht ... Ich konnte seine gesamte Männlichkeit unverhüllt von hinten sehen ...

»Erregt dich das?«, fragte Santiago lächelnd.

Ich nickte atemlos. Allein, dass sich ein Mann so unterwürfig zu Santiagos Füßen warf ... Aber dann noch der Ausblick auf seine herabhängenden vollen Bälle ... Wie lange hatte ich keinen richtigen Mann mehr angefasst? Ständig wurden wir nur künstlich erregt und maschinell befriedigt.

»Edward kann zwei Minuten die Luft anhalten«, erklärte Santiago. »Er hat eine kräftige Lunge. Komm her und streichle seine Bälle, damit er eine kleine Herausforderung darin sieht.«

Ich traute meinen Ohren kaum, doch ich wusste auch, dass ich mir keine Zeit lassen durfte und nahm das Angebot überglücklich an. Eilig hockte ich mich hinter Edward und berührte seine Männlichkeit. Mit zärtlichen Fingern strich ich zuerst ein paarmal die gespannte Haut auf und ab, die von seinem Damm zu den gewichtigen Juwelen führte, bevor ich die dicken Bälle direkt in meine Hände nahm. Im Vergleich zu meinen nassen, kalten Fingern waren sie warm und geschmeidig. Verzückt drückte und knetete ich sie. Nebenbei beobachtete ich, wie sich Edwards Unterarme anspannten, einzelne Sehnen hervortraten und seine Hände sich zu Fäusten ballten.

»Tu ihm weh!«, verlangte Santiago.

Entsetzt schüttelte ich meinen Kopf.

»Doch! Du nimmst sein Gemächt in eine Hand, spannst es und schlägst mit der anderen drauf. Genau so, wie ich dich vorhin ins Gesicht geschlagen hab. Nicht stärker!«

»Das kann ich nicht!«, hauchte ich.

»ZAHIRA!«, fauchte er.

Erschrocken zuckte ich zusammen und gehorchte. Mit einer Hand spannte ich Edwards Hoden, mit der anderen schlug ich drauf.

Edward explodierte förmlich vor meinen Augen. Er riss den Kopf aus dem Wasser, fiel zur Seite und schrie. Im nächsten Moment brachte ihn Santiago wieder in Bauchlage, sodass nun sein Schwanz ins eiskalte Wasser hing. Er hielt seine Arme fest, drückte ihm das Knie auf den Rücken und zwang ihn so, auf dem Boden liegen zu bleiben. Edward jaulte und stöhnte. Er wehrte sich unkoordiniert, doch nach diesem Tiefschlag hatte er gegen Santiagos Kräfte keine Chance.

Erst, als er wieder ruhig durchatmen konnte, durfte Edward aufstehen. Santiago nickte seinem schönen Leibwächter anerkennend zu und wollte nun mit mir allein sein.

»Du hast gesehen, welche Haltung ich erwarte!«, tadelte er mich und streichelte dabei demonstrativ über die plötzlich große Ausbuchtung in seinem Schritt.

Ich nickte ängstlich. Noch immer war mir nicht ganz klar, was er mit all dem bezweckte. Wollte er mir zeigen, dass es weit erniedrigendere Dinge gab, als abends von einer Maschine befriedigt zu werden? Irgendwie hatte mich diese Vorführung auch erregt, und fast empfand ich nun sogar ein bisschen Vorfreude auf die nächste abendliche Befriedigung. War das sein Ziel gewesen. Sollte ich ihm dankbar sein?

Einladend breitete er nun seine Hand aus, ich durfte vor ihm niederknien und mein Gesicht an seine Lenden schmiegen. Durch den feinen Stoff seiner Hose fühlte ich die stolze Form seiner Härte und blickte sehnsüchtig zu ihm auf.

»Willst du ihn?«, fragte er.

Ich nickte.

Santiago grinste. »Bis zur Hochzeit ist mein Schwanz tabu!«, klärte er mich auf. Gleichzeitig öffnete sich die Tür und Damian kam zurück in unser Verlies. Er hatte einen silbernen Reifen mit einem kleinen Aufsatz dabei.

Santiago trat zur Seite und Damian legte mir den Schmuck wie ein Stirnband an, wobei sich der Aufsatz an meinem Hinterkopf befand. Ich merkte, dass er sich bemühte, den Großteil davon unter meine nassen Haare zu ziehen. Einen zweiten Reifen brachte er an meinen Schläfen senkrecht dazu an. Er umrahmte mein Gesicht vom Scheitel bis zur Kehle. Danach knarrte das Gerät an meinem Hinterkopf lautstark, und kaum hatte er seine Hände weggenommen, begann es zu ticken!

»Das ist eine Zeitschaltung«, erklärte Damian. »Alle neunzig Minuten wird der Wecker läuten. Das ist das Zeichen für deinen Einsatz!«

»Welchen Einsatz?«, fragte ich.

Er deutete auf den Abfluss.

»Wenn es läutet, soll ich untertauchen?«

»Ja. Wenn du zwanzig Sekunden durchhältst, hört das Signal auf. Der Wecker ist wasserdicht. Sensoren registrieren, wie weit und wie lange du untertauchst!«

»Ab dem nächsten Mal wirst du die Haltung einnehmen, die Edward dir gezeigt hat!«, fügte Santiago hinzu.

»Und wenn das Läuten vorbei ist«, meinte Damian, »drehst du den Schalter einmal im Kreis und die nächsten neunzig Minuten beginnen.«

Entsetzt starrte ich die beiden an. »Wie oft soll ich das machen?«

Santiago verkniff sich ein Lächeln.

»Ich soll alle eineinhalb Stunden meinen Kopf ins Wasser tauchen?! Und die ganze Zeit soll es an meinem Hinterkopf ticken?!«, hauchte ich entrüstet. »Wann soll ich dann schlafen?! Das Läuten wird mich ständig aufwecken!«, klagte ich.

Nun nahm das verschmitzte Lächeln in Santiagos Mundwinkeln üble sadistische Züge an.

»Aber ... aber was wird David dazu sagen, wenn ich nicht schlafen kann?«, keuchte ich.

»David wird davon nichts mitbekommen. Dieser Raum ist der einzige im Haus, der nicht an die Videoüberwachung angeschlossen ist«, erklärte Damian kühl.

Mir schauderte. »Und wozu das Ganze, wenn mich keiner sehen kann?«, klagte ich.

»Ich kann alles sehen, was in meinem Haus passiert! Mach dir darüber keine Gedanken!«, raunte Santiago. »Erklär ihr den zweiten Teil!«, befahl er Damian.

Der nahm mich am Handgelenk und führte mich zu dem dünnen Schlauch, der etwas weiter hinten aus der Wand hing. »Das ist bereits eine Vorbereitung auf das, was Santiago nach der Hochzeit mit dir geplant hat«, erklärte Damian. »Du möchtest doch irgendwann wieder seine Nummer Eins werden, oder?«

Ich nickte treu ergeben.

Santiago lehnte sich mit einer Schulter lässig gegen die Wand und lächelte.

»Zieh das aus!«, befahl Damian und tippte auf mein weißes Spitzenhöschen. »Setz dich auf den Boden und öffne deine Beine.«

Gehorsam tat ich, was er verlangte. Inzwischen nahm er das trichterförmige Ende des Schlauchs in die Hand und während ich mich etwas zurücklehnte und meine Beine vor ihm öffnete, stülpte er es über meine Muschi.

Sofort konnte ich fühlen, dass es in diesem Trichter einen Luftzug gab, ein Vakuum. Es saugte meinen Schamlippen an. Und meinen Kitzler! Aufgeregt sah ich zu, wie mein Geschlecht rhythmisch aufgepumpt und immer größer wurde. Schließlich sog ich scharf Luft durch meine Zähne, weil es schmerzte.

»AUA!«, keuchte ich.

Damian hielt meine Hände fest. »Das ist schon das Maximum«, beruhigte er mich. »Schlimmer wird's nicht. Die Steuerung ist automatisch und dauert zehn Minuten. Dann wird das Vakuum wieder schwächer, sodass du den Aufsatz leicht abnehmen kannst. Wenn du ihn wieder anlegst, saugt es sich wieder für zehn Minuten fest.«

Verwirrt nickte ich und blickte hilfesuchend zu Santiago.

»Ich möchte, dass du diese Pumpe immer dann anlegst, wenn du traurig bist!«, beschwor mich Santiago. »Wenn du diesen sanften Schmerz an deinem Geschlecht spürst, darfst du dich von mir getröstet fühlen!«

Wie gebannt sah ich in seine Augen. Und während ich das tröstliche Saugen und Ziehen zwischen meinen Schenkeln spürte, verfolgte ich, wie beide Männer sich von mir abwandten und zur Tür gingen.

»Lass mich nicht allein«, flehte ich Santiago an.

Er nickte gütig. »Damian wird dich zum Abendritual holen.«

Dann verließen beide den Raum.

Ich wollte eigentlich noch wissen, was er nach der Hochzeit mit mir geplant hatte, doch, von den ganzen Erklärungen sprachlos überwältigt, saß ich auf dem Boden, in meinem Kopf tickte es und an meiner Muschi saugte vermeintlich ein Elch. Noch immer hatte ich Santiagos Antlitz vor meinen Augen, seinen Duft und das Gefühl seiner harten Erektion an meinen Wangen ... Ich empfand auch Dankbarkeit für die unverhoffte Zuwendung, die ich gerade erfahren hatte – mitten in der Nacht.

Oh mein Gott, es war mitten in der Nacht! Bis zum nächsten Abendritual würde es ewig dauern! Wie sollte ich das durchhalten? Bange blickte ich nach unten auf meine Muschi, die auf ein beträchtliches Ausmaß angeschwollen und leicht rot unterlaufen war. Es sah ziemlich pervers aus und das rhythmische Pumpen schmerzte. Zögerlich berührte ich auch das kleine Kästchen an meinem Hinterkopf ... Es fühlte sich an wie eine alte Küchenuhr mit Drehschalter. Und das laute Ticken klang entsprechend. Vorsichtig legte ich mich auf dem Boden zur Seite und wartete, dass die Vakuumpumpe mich wieder freigab. Bis jetzt ging es mir noch recht gut ... doch die Nacht würde wohl lang werden ...

Zu meiner Überraschung brachte mir Damian wenig später eine Matratze und ein kleines Chemieklo. Also stimmte es vermutlich, dass ich nicht hinaus auf den Flur und auf die Toilette durfte, wo die ganzen Kameras hingen.

»Kann Santiago mich hier wirklich sehen?«, fragte ich ihn skeptisch.

»Ja. Er hat eine Live-Schaltung auf sein Handy«, erklärte Damian und gab mir noch zwei große Flaschen Trinkwasser und drei Energieriegel, die ich mir einteilen sollte.

Als er fort war, legte ich mich auf die Matratze und lauschte dem aufdringlichen Ticken in meinem Kopf. Ich versuchte, ruhig zu bleiben und mich auf den angekündigten Alarm einzustellen ... Doch bereits das erste Läuten erschreckte mich unsagbar.

Es war wie das Schellen eines alten Doppelglockenweckers! Ich brauchte gut eine Minute, bis ich mich soweit beruhigt hatte und besinnen konnte, dass ich tiefer Luft holen und meinen Kopf in das kalte Wasser tauchen konnte. Quälend langsam zählte ich bis zwanzig und als ich wieder auftauchte, war es still ... Ich wischte das Wasser aus meinem Gesicht und drückte meine Haare aus. Erschöpft lehnte ich mich gegen eine Wand und nur durch einen kleinen Geistesblitz erinnerte ich mich daran, dass ich die Uhr wieder aufziehen musste. Ich griff an meinen Hinterkopf und drehte den Schalter einmal im Kreis, um es mit den nächsten neunzig Minuten aufzunehmen. Es tickte ... Ich legte mich wieder auf die Matratze und nahm mir vor, stark zu sein und mich von dem Psychoterror nicht unterkriegen zu lassen.

Aber nachdem ich wiederholt meiner Müdigkeit und dem Drang, mich hinzulegen, nachgegeben hatte und immer wieder von schrillenden Glocken aus einem leichten Dämmerzustand gerissen worden war, fühlte ich mich ziemlich zermürbt. Ängstlich blieb ich die nächsten Male sitzen und wartete bewusst auf den Alarm. Als ich mir sicher war, es konnte nicht mehr lange dauern, kniete ich mich bereits vor den Abfluss, um dem Terror im Fall des Falles so schnell wie möglich ein Ende zu bereiten. Dennoch erschrak ich jedes Mal ganz unbeschreiblich, wenn es plötzlich zu klingeln begann. Der Schock raubte mir den Atem und meist dauerte es gut eine Minute, bis ich Luft holen und untertauchen konnte.

Ich hielt meine Arme hinter dem Rücken verschränkt, wie Santiago es wollte, und während ich meinen Kopf in das Abflussrohr steckte, lagen meine Schultern auf dem Steinboden auf – genau wie bei Edward. Ich fühlte direkt Santiagos Blicke auf mir, vor allem auf meinem Hinterteil, das ich so vulgär in die Höhe reckte. Und ich spürte ein unkontrolliertes Zittern am ganzen Körper. Es war die Kälte. Aber auch die Demütigung machte mir zu schaffen. Mehr und mehr wurde mir bewusst, dass Santiago wohl nicht ständig zusehen würde. Bestimmt schlief er in der Nacht. Dennoch befolgte ich seine Anweisungen pflichtbewusst, in tiefer Ergebenheit und vermutlich auch aus Angst vor Konsequenzen. Artig hielt ich alle neunzig Minuten meinen Kopf für ihn unter Wasser wie ein Vogel Strauß, der ihn in den Sand steckte.

Als wiederholt die zwanzig Sekunden vorüber waren, fiel ich nur noch erschöpft zur Seite und blieb liegen. Meine Hand bewegte sich schon fast automatisch an meinen Hinterkopf, um die Uhr wieder aufzuziehen, bis das Ticken, das immer lauter zu werden schien, mich von Neuem begleitete. Ich hatte Schüttelfrost, ständig nasse Haare und nichts anzuziehen. Ein Teil meiner Matratze war nass, weil ich mich immer wieder hingelegt hatte, genau wie nahezu der ganze Boden im Verlies, weil ich meine Haare unbedacht ausgewrungen hatte. Ich hatte keine Ahnung, wie oft ich meinen Kopf schon ins eisige Nass getaucht hatte, aber zum ersten Mal konnte ich nun meine Tränen nicht mehr zurückhalten. Und ich erinnerte mich daran, dass Santiago mir befohlen hatte, die Pumpe immer dann anzulegen, wenn ich traurig war.

Also schob ich die Matratze in die Nähe des Schlauchs, griff nach dem kleinen Trichter und stülpte ihn über meine Muschi. Der leichte Schmerz, als mein Geschlecht maximal aufgepumpt war, lenkte mich ein wenig ab. Ich legte mich auf die Seite, winkelte meine Beine an und ließ es zehn Minuten lang wimmernd über mich ergehen. Von da an wurde auch die Pumpe zu meinem regelmäßigen Begleiter. Nach jeder eiskalten Kopfspülung, liefen mir vor lauter Selbstmitleid haltlos Tränen über die Wangen und ich musste den Trichter anlegen.

Doch irgendwann schließlich holte mich Damian zum Abendritual. Er nahm mir den Stirnreifen ab und ich wechselte für die Kameras auch meine Kleidung. Meine nassen Haare band ich zu einem Pferdeschwanz und folgte Damian in den hintersten Kellerraum.

Eine Stunde später – wieder zurück in meinem Verlies – befahl er mir, mich über das Abflussrohr zu knien. Ich hatte vier Orgasmen gehabt und triefte vor Feuchtigkeit. Und im Gegensatz zu Alice war es mir nicht erlaubt gewesen, danach zu duschen. Dafür fasste Damian nun ins eisig kalte Wasser und wusch meine Muschi aus. Ich japste und zuckte zusammen.

»Warum ist das so kalt?!«, zischte ich verzweifelt.

Damian seufzte. »Der Behälter ist gekühlt. Wie ein Sektkühler. Das Wasser hat fünf Grad Celsius. Anders würdest du vermutlich nicht viel spüren, wenn es Raumtemperatur hätte.«

»Fünf Grad?!«, keuchte ich.

Damian nickte und legte mir mein Kopf-Geschirr wieder an. Die Uhr, die inzwischen weitergelaufen war, zeigte noch eine Minute Restlaufzeit an. Damian wartete die Minute ab und sah noch zu, wie ich meinen Kopf in dasselbe Wasser tauchte, in dem er eben meine Muschi ausgewaschen hatte. Ich hoffte inständig, dass sich das Wasser in diesem Behältnis von selbst immer wieder erneuern würde ...

Als ich auftauchte, war Damian verschwunden.

Danach ging wieder alles von vorn los. Das grässliche Ticken, Schüttelfrost, Tränenausbrüche ... und das Saugen an meiner Muschi ...

Nach weiteren drei Zyklen, fühlte ich mich nervlich ziemlich am Ende. Ich kroch nur noch zwischen Wasserloch und

Schlauch hin und her, verzichtete darauf, meine Haare auszupressen, da sie ohnehin ständig nass blieben, ich fror entsetzlich und schrieb die feuchte Matratze endgültig ab. Mittlerweile musste ich jeweils zweimal den Trichter an meine Schamlippen führen, bevor es wieder mit dem Kopf ins Wasser ging. Ich hatte meine Tränen einfach nicht unter Kontrolle und fürchtete mich vor Santiagos Reaktion, wenn ich es nicht tat.

Aber dann passierte etwas Unerwartetes. Ich hatte keine Ahnung, wie viel Zeit inzwischen vergangen war, aber plötzlich war Damian wieder bei mir. Ich lag bibbernd auf dem Boden und meine Muschi klemmte seit Minuten an dem fiesen Vakuumsauger. Er blieb neben mir stehen und massierte sich selbst verführerisch im Schritt. Mit einem Fuß schob er meine Beine ein Stück auseinander, damit er besser sehen konnte, was da passierte. Doch er sah mir auch ins Gesicht, sah meine Tränen und meine Verzweiflung. »Santiago hat mich gefragt, wie viele Tage du das durchhalten kannst«, raunte er mit belegter Stimme. Gleichzeitig zog er seinen erigierten Schwanz in voller Länge aus der Hose, als wollte er mir zeigen, dass ihn mein Anblick erregte.

Genüsslich ließ er ihn durch seine hohle Hand gleiten und seine Bewegungen wurden immer schneller. Ich stöhnte, ebenfalls erregt durch den Anblick, wie auch durch das starke Saugen an meiner empfindlichsten Stelle. Es dauerte nicht lange und eine Fontäne weißen Spermas spritze über meinen Körper. Das Meiste davon landete in meinem Gesicht und ich glaubte fast, im selben Moment zu kommen. Plötzlich zog Damian den kleinen Trichter von meiner Muschi. Er berührte meinen Kitzler, der nun hochsensibel war, und ich schrie. Doch er ließ mich nicht los. Elektrische Blitze schossen durch meinen Körper, ich zuckte in wilden Spasmen und wickelte mich dabei verkrampft und hektisch keuchend um Damians Füße. Er erhob sich und stieg behutsam auf meinen Kopf, während all die Endorphine mich beglückten, bis meine Zuckungen nachließen.

»Also, so lange du noch so viel Spaß dabei hast«, meinte er kühl, »kannst du ja ein paar weitere Tage durchhalten.«

»Nein!«, keuchte ich. »Bitte nicht!«

Damian lächelte. »Willst du Santiago nicht zufrieden stellen?«

»Doch!« schluchzte ich. »Aber ich werde hier erfrieren, an einem Herzinfarkt sterben oder an Schlafmangel.«

»Hast du nicht geschlafen?«, fragte er überrascht.

»Nein«, hauchte ich.

Damian dachte nach. Er hockte sich zu mir auf den Boden uns streichelte über mein Gesicht. »Du kannst jedes Mal zwischen deinen Einsätzen schlafen, du wirst sehen, wenn du müde genug bist, wird dir das gelingen. Und ich werde die Temperatur hier im Raum für dich um zwei Grad höher drehen«, bot er schließlich an. »Dafür schenkst du Santiago zwei weitere Tage.«

Niedergeschlagen nickte ich und schluckte den Kloß in meinem Hals runter.

»Sehr gut!«, befand Damian. »Schon bald wirst du wieder seine Nummer Eins sein.«

Ich schniefte. »Was bedeutet das?«, fragte ich. »Was hat Santiago nach seiner Hochzeit mit mir geplant?«

Damian fasste nun an den Schlauch und wechselte den Trichter gegen ein wesentlich kleineres Anschlussstück. »Ich will es dir sagen …«, raunte er. »Wenn du nach der Hochzeit seine Nummer Eins sein möchtest, wirst du dich damit anfreunden müssen, für David und Santiago zu einem gemeinsamen Objekt der Begierde zu werden. Hat man dir jemals erzählt, was für ein Arzt David ist?«

»Schönheitschirurg!«, entgegnete ich.

Damian schmunzelte. »Ja, aber welches Spezialgebiet?«

Ich zuckte mit den Schultern.

»Er ist Spezialist für Geschlechtsumwandlungen!«, klärte mich Damian auf.

Verwirrt starrte ich ihn an.

»Das bedeutet«, fuhr Damian fort, »er hat großen Spaß daran, aus Mädchen halbe Jungen zu machen!«

»BITTE?«, keuchte ich entsetzt.

Damian lachte. »Keine Sorge, es gibt da eine große und eine kleine Variante und bei hübschen Mädchen wie dir machen wir ausschließlich die kleine. Das heißt, David wird deinen Kitzler in einer kurzen OP ein bisschen modellieren und danach entsprechend aufspritzen, sodass er aussieht, wie ein kleiner Penis. Danach macht er zwei Säckchen Silikon in deine Schamlippen, um kleine Hoden zu formen, die deinen Schwanz von hinten noch ein bisschen unterstützen. Santiago findet das sehr reizvoll, wenn ein Mädchen ein Lustzentrum hat, das hervorsteht wie eine kleine Erektion, die permanent um Erlösung fleht!«

Mit offenem Mund starrte ich Damian an.

»Das wird David nicht machen!«, stieß ich hervor.

Er lachte. »Zahira, du hast keine Ahnung! Glaubst du etwa, weil du ein paar Monate mit David verbracht hast, könntest du seine sexuellen Begierden einschätzen!«

Ich fühlte, dass ich immer schwerer Luft bekam. Inzwischen spannte Damian bereits die zarte Haut rund um meinen Kitzler und setzte das neue Röhrchen in der Mitte an, woraufhin meine kleine Lustperle in ein schmerzhaftes Vakuum gesaugt wurde.

»AUA!«, stöhnte ich erneut.

»Sehr gut!«, lobte er mich. »Sieh mal, er sieht schon jetzt aus wie ein kleiner Penis. Wenn David sein Werk gutmacht, wird es ganz ähnlich werden. Und mit der Vakuumpumpe können wir noch mehr rausholen, dann wird er auf gut das Doppelte anschwellen und steif von dir abstehen«, versprach er mir.

Ich schluchzte und blickte auf meinen Kitzler, wie er rosa und verletzlich immer mehr anschwoll. Das Vakuum schmerzte.

»Es wird empfohlen, schon einige Wochen vor der OP mit der Vakuumpumpe zu trainieren«, erklärte Damian. »Je früher sich dein Gewebe an die neuen Dimensionen gewöhnt, umso besser. Also wirst du von jetzt an mit diesem Röhrchen üben. Alles andere bleibt gleich. Alle neunzig Minuten tauchst du deinen Kopf ins Wasser. Und, wie gesagt, ich werde die Temperatur hier um zwei Grad raufdrehen, damit du nicht frierst.«

Fassungslos schüttelte ich den Kopf und hoffte, dass er daraus schloss, dass ich das alles nicht wollte ...

Doch Damian reagierte nicht, und bevor er den Raum verließ, stellte er sich breitbeinig über das Wasserloch und pinkelte hinein.

Ich senkte meinen Blick und fuhr hysterisch angewidert durch meine Haare. Die Erniedrigung strahlte von meinem Unterleib bis in alle Enden meines Körpers aus.

Als Damian fort war, überschlugen sich die Gedanken in meinem Gehirn. Ich wusste nicht mehr, was ich glauben und wem ich vertrauen sollte. Ich konnte mir nicht vorstellen, dass David so etwas wirklich tun würde! Meine Gefühle waren wie gelähmt. Und die folgenden zwei Tage wurden zum blanken Horror ...

Der Duft des verunreinigten Wassers war anfangs kaum merkbar, doch mit der Zeit hatte ich das Gefühl, alles an mir roch nach Urin. Immer wieder musste ich meinen Kopf in das flüssige Gemisch tauchen, danach rann das Wasser aus meinen Haaren über meinen ganzen Körper. Es saugte sich in die Matratze und trocknete auf meiner Haut. Mittlerweile war ich auch endgültig so erschöpft, dass ich tatsächlich immer wieder einnickte, um kurz darauf mit schrillenden Glocken aus einem Tiefschlaf gerissen zu werden. Nach jedem Tauchgang hatte ich das Verlangen, mich in tiefstem Selbstmitleid gebadet in den Schlaf zu heulen. Doch sichtbare Tränen verlangten nach entsprechender Tröstung. Ich musste das kleine Röhrchen über meinen Kitzler stülpen und zusehen, wie ich praktisch selbst Vorarbeit leistete für Santiagos widerwärtige Pläne. Ich half selbst mit, dass aus meinem kleinen Knubbel eines Tages ein kleiner Penis werden würde. Er schwoll an, wurde in diesem Röhrchen immer dicker und länger ... und jedes Mal hatte ich Angst, dass sich diese Schwellungen danach nicht mehr zurückbilden würde. Doch ich bekam auch mit, dass die Angst mit jeder weiteren Wiederholung des Ablaufs schwächer wurde. Ich konnte selbst kaum fassen, dass es mir mit diesen Aussichten immer wieder gelang, einzuschlafen! Wo ich doch wusste, dass es nicht mal die ersehnte Erholung brachte, sondern bloß den Sinn hatte, kurz darauf bis in die Eingeweide erschreckt zu werden!

Aber ich war wohl zu erschöpft und zermürbt und empfand mit der Zeit sogar ein tiefes, befriedigendes Gefühl von Hingabe, wenn ich meine Augen schloss, mich unter dem aufdringlichen Ticken entspannte und den Schlaf zuließ. Die Panik, die wenig später in meinem Herzen ausbrach, versuchte ich, mit der Demütigung zu heilen, wenn ich meinen Kopf in das eisige Wasser tauchte. Ich brauchte auch keine Tränen mehr, um die Vakuumpumpe anzulegen und meine kleine Lustperle zum Schwellen zu bringen. Ich tat es aus bedingungslosem Gehorsam und freiem Willen. Ich tat es für Santiago.

***

Zwei Tage später war ich wieder zurück in meinem Verlies. Santiago hatte Edward geschickt, um mich aus der »Wasserhölle« zu befreien. Er selbst stattete mir keinen Besuch mehr ab. Stattdessen hatte er seinem Leibwächter offenbar auch die Genehmigung erteilt, sein geknicktes Ego an mir zu reparieren.

Als Edward zu mir in die Nasszelle kam, rümpfte er als erstes die Nase. Ich konnte mich vor Erschöpfung kaum mehr aufrecht halten, lag zusammengekauert in einer Ecke, während es in meinem Kopf tickte und ich auf meinen nächsten Einsatz wartete. Dass ich es bereits überstanden hatte, merkte ich erst, als Edward mir das Kopf-Geschirr abnahm, doch zuvor spritzte er mich mit einem Schlauch aus sicherer Distanz sauber ...

In der Mitte des Raumes lief nun tatsächlich das Wasser ab. Die Matratze und das kleine Chemie-Klo stieß Edward hinaus auf den Flur und schließlich blieb nur noch ich in einer Ecke zurück. Meine nassen Dessous hatte ich längst ausgezogen und nun befahl er mir, meine Beine zu spreizen, damit er mich auch an intimer Stelle säubern konnte – was mit dem starken Wasserstrahl wahrlich kein Vergnügen war, vor allem, wo mein Kitzler ohnehin eine ziemliche Tortur hinter sich hatte, an Sensibilität und, wie es schien, auch an Größe deutlich zugelegt hatte. Fast schämte ich mich, meine Beine vor Edward zu öffnen. Ich dachte, er musste es doch sehen! Aber nachdem er mir ein Shampoo für Körper und Haare gegeben, ich mich gründlich gewaschen und er mich wieder abgespritzt hatte, stellte Edward das Wasser schließlich ab und hockte sich vor mich hin.

Ich bibberte vor Kälte und Schwäche, strich über meine nassen Haarsträhnen und drückte ein paar davon aus. Doch es war ein aussichtsloses Unterfangen, solange er mir kein Handtuch gab. Irgendwie fühlte ich auch eine schreckliche Unruhe in mir. Es war fast, als ob mir das rhythmische Ticken nun fehlte. Hecktisch nestelte ich in meinen Haaren herum, ich schluchzte und konnte Edward kaum in die Augen schauen.

Er hingegen fasste ungeniert an meine Knie und öffnete meine Schenkel. Abschätzig berührte er meinen Kitzler, als wollte er ihn wach schütteln. »Ganz schön gewachsen das kleine hässliche Ding!«, befand er.

Ich schämte mich in Grund und Boden und fühlte Tränen in mir aufsteigen. Er wusste genau, wie er mir jetzt wehtun konnte. Es gab wohl kaum etwas Schlimmeres, als dass Santiago nun vielleicht das Ergebnis meiner Bemühungen nicht gefallen könnte!

Edward lachte amüsiert. Dann fasste er an mein Kinn und brachte mich dazu, in seine Augen zu sehen. »Das war ein Scherz, Zahira, oder glaubst du das wirklich? ... Kannst du es nicht selbst sehen? Du siehst genauso aus wie immer! Genauso hübsch und makellos. Bewirken drei Tage Psychoterror tatsächlich, dass du dir einbildest, er wäre gewachsen?«

Verwirrt schüttelte ich den Kopf. »Ich ... Edward ... Ich weiß überhaupt nichts mehr ...«

Verständnisvoll nickte er und streichelte über meine Wange. »Santiago hat sich einen Scherz mit dir erlaubt. Ihm ist einer dabei abgegangen, dass du drei Tage lang dachtest, er würde dich umoperieren lassen! Und dass du auch noch so fleißig mitgeholfen hast, deinen Körper dafür in Form zu bringen, wie sehr du seine Wünsche respektierst und deine Ergebenheit gezeigt hast, indem du deinen Kopf immer wieder in das eiskalte Wasser getaucht hast ... Glaub mir, Santiago hatte nichts davon auf seinem Handy. Damian hat ihm gelegentlich Bericht erstattet. Mehr war nicht. Zahira, du kriegst keinen Penis! Es war nur Spaß!«

Ich bibberte und schluckte, war fassungslos ... Alles in mir krampfte sich zusammen. »Ich ... Ich hab's ihm wirklich geglaubt«, japste ich.

»Ich weiß«, hauchte er.

»Ich hab hier für ihn ... ich hab ... meine Kräfte ... und ich ... und er konnte ... mich nicht mal sehen?!«

»Schhhh...«, beruhigte mich Edward. »Ich weiß, du hast dich bis aufs Letzte verausgabt und bist nervlich fertig. Vermutlich möchtest du jetzt auch endlich mal schlafen.«

Ich nickte.

»Zuvor aber noch eine Kleinigkeit! Santiago liegt sehr viel daran, dass David keinen Ton davon erfährt, was hier passiert ist. Vor allem nichts über die Androhung einer OP! Du wirst es doch für dich behalten?«

»Ja«, hauchte ich.

Edward lächelte. »Wie können wir uns da sicher sein?«

Ahnungslos zuckte ich mit den Schultern.

»Sag mir etwas, das ich Santiago von dir ausrichten kann, damit er sich sicher sein kann, dass du schweigen wirst.«

»Ich verspreche es!«, beteuerte ich. »Ich sag David nichts. Ganz bestimmt nicht!«

»Das reicht nicht, Zahira.«

Ich schluckte. Mir fiel ein, dass ich mit Santiago ja ohnehin eine Schweigegeldvereinbarung hatte. Bestimmt würde er diesen Vorfall daran anknüpfen. Davon durfte aber Edward nichts wissen. »Sag ihm, ich liebe ihn«, entschied ich schließlich.

Edward lächelte und streichelte lobend über meine Wage. »Das sind sehr schöne Worte. Ich bin mir sicher, die werden ihm gefallen.«

Ich seufzte erleichtert.

Edward senkte seinen Blick. »Trotzdem habe ich auch noch persönlich etwas mit dir zu klären ...«

Bibbernd sah ich zu, wie er sich langsam erhob.

»Ich finde, wir sollten es feiern, dass so schöne Worte aus deinem Mund kommen.« Er öffnete seine Hose und kurz darauf zwängte er seinen mächtig erigierten Schwanz in meine

Kehle. Was verdammt hatte ihn so erregt? Edward begann, mich tief zu stoßen. Ich würgte und augenblicklich gingen mir auch die Augen über. Glucksende Geräusche kamen aus meiner Kehle, als müsse ich mich übergeben. Offensichtlich war er ganz versessen auf diesen Effekt, denn er hielt meinen Kopf fest und schob seinen Schwanz ganz bewusst und gezielt tief in meinen Hals. Mein Magen kontrahierte bei jeder seiner Bewegungen.

»Jetzt bist du froh, dass du nichts gegessen hast ...«, raunte Edward süffisant.

Ich schnaubte verzweifelt.

Seine Stöße wurden minimal schneller. Dann zwängte er sich wieder bis zum Anschlag in meinen Hals und hielt still. Ich bekam keine Luft und merkte, dass meine Zunge panisch zwischen meiner Unterlippe und seinem Glied hervorschnellte. Ohne dass ich es unter Kontrolle hatte, züngelte ich hektisch die Unterseite seines Schwanzes ab! Edward lachte amüsiert, dann zog er sich wieder ein Stück heraus, damit ich durchatmen konnte.

Kurz sah ich entsetzt zu ihm auf, aber ich hatte keine Kraft, auch nur eine Spur von Abwehr zu zeigen. Daraufhin quälte er mich weiter mit meinem Würgereflex, bis schließlich irgendwann eine längere Folge von glucksenden Geräuschen ihn zum Orgasmus brachte.

Nachdem er sich in meinem Mund ergossen hatte, bückte er sich ... und schnippte mit dem harten Nagel seines Mittelfingers scharf auf meine kleine Lustperle.

Ich kreischte, fiel zur Seite und klemmte meine Hände in meinen Schritt. Der Schmerz jagte mir heiße und kalte Schauer über den Rücken.

»Du weißt, wofür das war«, raunte Edward streng.

Ich wimmerte und nickte.

***

Wieder zurück in meinem Verlies durfte ich mich endlich auf meine frisch duftende Matratze legen und ausschlafen.

Ich verbannte alle Gedanken aus meinem Kopf, die mir einreden wollten, dass Santiago vielleicht tatsächlich irgendwann verwirklichen hätte können, was er mir angedroht hatte. Und als ich mich ausgeruht und wieder besonnen hatte, traute ich auch David einen solchen Verstoß gegen jede ärztliche Ethik nicht mehr zu! Ich wusste, dass ich es auch nicht übers Herz bringen würde, David mit einer Frage in diese Richtung zu beleidigen. Demnach fiel es mir leicht, Santiagos Wunsch zu befolgen und die Vorfälle dieser drei Tage für mich zu behalten.

Vielleicht war diese Einstellung in dem Moment auch die beste für mich. Denn der Tag, an dem sich mir Santiagos wahres Gesicht offenbarte, lag noch in weiter Ferne. Und bis dahin brauchte ich meine Unbeschwertheit, meine ganze Liebe und Energie für ein anderes Projekt.

# LichtBlicke

Es waren die letzten Tage vor dem Abflug. Niemand hatte uns über irgendetwas informiert. Eines Morgens bekamen wir neue Kleider. Vanillegelb, kurz und transparent, jedoch mit weiten langen Ärmeln, wie Tuniken. Der modische Schnitt sah unheimlich sexy an uns aus. Wir hatten jede Menge Gepäck und flogen mit zwei Helikoptern nach Miami.

Auf dem Flughafen erblickte ich Natalie. Sie wartete an einem vereinbarten Treffpunkt und sah atemberaubend hübsch und selbstsicher aus. Ich hatte sie noch nie in engen Jeans gesehen! Sie trug ihre wertvollen gläsernen High Heels und zufällig ein ebenso vanillegelbes Top – als hätten wir uns abgesprochen. Natalie strahlte über ihr ganzes Gesicht, als sie Santiago erblickte. Ich hingegen fand es ziemlich dreist, Santiago in Jeans gegenüberzutreten. Wir durften nie Jeans tragen. Er wollte stets nackte Beine sehen. Aber seine Freude war ungetrübt. Er schloss Natalie in seine Arme und küsste sie zärtlich auf den Mund. Damian gab ihr ein Kleid und sie musste sich auf der Toilette umziehen.

Als Natalie fertig war, versammelten wir uns beim VIP Check-in und ich suchte nach einer Anzeige am Schalter, denn ich wollte endlich wissen, wohin wir fliegen würden, aber auf dem Monitor stand nur die Fluglinie. Damian gab mir auch keine Gelegenheit, Natalie zu begrüßen oder mit ihr zu sprechen, er drängte mich ständig weiter, während sie mit Marcus etwas hinten blieb.

Doch dann passierte es bei der Sicherheitskontrolle: Ich bekam mein eigenes Ticket in die Hände, musste es vorweisen und durch den Metalldetektor gehen. Danach war ich einen Moment lang allein, während Damian sich erst wieder ankleiden musste. Ich warf einen Blick auf das Ticket und glaubte zuerst, an einer Halluzination zu leiden. Erschrocken zwinkerte ich, doch die Schrift veränderte sich nicht. Kurz überlegte ich, ob irgendwo ein Fehler passiert war, ob vielleicht durch einen schicksalhaften Zufall bloß ich ein falsches Ticket bekommen und alle anderen ein anderes hatten. Dieser Gedanke war weit hergeholt. Aber ich konnte es nicht glauben. Auf meinem Ticket stand das Kurzzeichen für den Flughafen von Aruba!

Hinter mir kam David durch die Sicherheitskontrolle und bemerkte sofort, dass etwas mit mir nicht stimmte.

»Was ist passiert?«, fragte er besorgt.

»Wir fliegen nach Aruba!«, hauchte ich.

»Ja. Ist das ein Problem für dich?«

»In welches Hotel?«, fragte ich.

»Das *Seven Seas*! Warum?«

In meinem Kopf brach das Chaos aus ... David gab sich komplett ahnungslos! Er wusste doch, dass ich damals für das Fotoshooting auf Aruba gewesen war! Und von Ronan hatte ich ihm auch erzählt. Hatte ich ihm nicht gesagt, in welchem Hotel das gewesen war? Hatte ich Ronans Namen erwähnt gehabt? Was hatte ich ihm überhaupt erzählt?!

»Willst du dich setzen? Du bist leichenblass!«, hörte ich David weit entfernt sagen.

Ich schluckte. »Nein ... Nein, es geht schon.«

Wir gingen weiter, um keinen Stau an der Sicherheitskontrolle zu verursachen. Danach war wieder Damian bei uns und ich konnte nicht mehr frei sprechen.

Ein wenig beruhigte es mich, dass David nicht anders reagiert hatte. Offenbar hatte er vergessen, dass ich damals auf Aruba gewesen war. Oder ging er davon aus, dass es unmöglich dasselbe Hotel sein konnte. Aber wie es aussah, war es ganz leicht, dasselbe Hotel zu treffen, nachdem Ronan bereits vor Wochen eine verlockende Einladung an Santiago geschickt hatte!

Santiago hatte mir damals von den traumhaften Stränden vorgeschwärmt, von einer luxuriösen Präsidentenvilla, VIP-Service und privaten Yachten. Fast wäre er sogar mit Amanda dorthin geflogen, um romantische Tage zu zweit zu verbringen – wäre nicht das schreckliche Unglück mit Cheyenne dazwischengekommen. Wie es aussah, wollte er diesen Urlaub jetzt nachholen.

***

Die Stimmung im Flugzeug war nicht viel anders als auf Ivory in letzter Zeit. Santiago hatte seinen First-Class-Relax-Sessel direkt neben dem von David. Uns Mädchen hatte man etwas abseits zwischen den anderen Männern platziert, sodass wir nicht miteinander sprechen konnten.

Wie gern wäre ich ein paar Minuten mit Natalie allein gewesen. Ich wollte sie fragen, wie es ihr ging, was sie jetzt machte und wo sie wohnte. Vielleicht war es aber auch nur ein Vorwand in meinem Denken. Ihr konnte es kaum schlechter gehen als mir. In Wirklichkeit wollte ich ihr um den Hals fallen und mich bei ihr ausweinen. Sie sah so stark und so gefestigt aus. Sie wirkte glücklich. Konnte man ohne Santiago glücklich sein?

»Darf ich kurz mit Natalie sprechen?«, fragte ich Edward leise.

»Nein!«, entgegnete er.

»Wieso nicht? Haben wir jetzt auch noch Redeverbot?«, beschwerte ich mich.

Edward lachte. »Nein, entspann dich einfach.«

»Ich will mich nicht entspannen! Bitte, Edward!«

Er seufzte. »Wenn es dir so wichtig ist, dann frag Damian!«

Das ließ ich mir nicht zweimal sagen, ich stand auf und wandte mich an Damian. Und da er in Hörweite von Santiago saß, flüsterte ich ihm meine Bitte ins Ohr. Leider verstrickte ich mich dabei in eine kleine Diskussion, weil er es ebenfalls nicht erlauben wollte und ich mehr als verzweifelt darüber war. Meine Worte wurden schnell lauter. Zuerst erntete ich nur einen bösen Blick von Santiago, doch als ich noch ein Wort sagte, sprang er auf, packte mich an den Händen und schleuderte mich zurück in meinen Sitz, sodass mir kurz die Luft wegblieb.

»Hände runter!«, fauchte er. Er zog den Gurt so fest über meine Arme und meinen Körper, dass ich mich nicht mehr rühren konnte. »Du bleibst sitzen!«, zischte er, fasste an mein Kinn und strafte mich mit einem bitterbösen Blick.

Ich sah, dass sich sein Kiefer bedrohlich nach vorn schob, als wollte er mir ins Gesicht spucken. Doch er tat es nicht. Er ließ mich abrupt los und setzte sich wieder.

Mich schüttelte es innerlich vor Kälte. Hatte Santiago denn nur noch Qualen und Verachtung für mich? Ich hätte meine Hände aus dem Gurt herausziehen können, aber ich traute mich nicht. Nur langsam beruhigte sich mein Atem wieder. Ich fragte mich selbst, warum ich das eben getan hatte. War ich jetzt schon wie Lilienné, dass ich ihn provozieren musste, um mehr Aufmerksamkeit zu bekommen? Ich schloss meine Augen und dachte an Aruba ... Es war tatsächlich dasselbe Hotel. Der schöne Strand. Das Meer. Ronan ... Ich machte mir große Sorgen wegen Ronan. Ich wusste nicht, wie er reagieren würde, wenn er mich sähe. Und ich wusste nicht, wie Santiago reagieren würde.

Ich fürchtete die Begrüßung.

***

Bei unserem Eintreffen im Hotel merkte ich, dass David verstärkt ein Auge auf mich hatte. Es machte mich verrückt, dass ich nicht wusste, woran er sich erinnern konnte. Doch Santiago ließ ihm kaum eine Gelegenheit, sich jemand anderem zu widmen. Er wollte David neben sich haben.

Als wir die schmucke Empfangshalle betraten, war ich dankbar, dass man uns verspiegelte Sonnenbrillen zugestanden hatte. Auf den ersten Blick sah ich nur Angestellte und keine Gäste und sofort fragte ich mich, ob Santiago wohl das ganze Resort gemietet hatte. Unter dem riesigen Strohdach surrten leise die Ventilatoren, all die bequemen Lounge-Möbel schienen verlassen, dafür hatte man viel mehr Glasvasen mit prächtig blühenden Orchideen rundum verteilt.

Die Männer betraten als erstes den mit glänzendem Marmor ausgelegten Bereich der Empfangslounge, Edward hielt sich etwas weiter hinten bei uns Mädchen, und kaum hatte man uns gesehen, war leichte Aufregung an der Rezeption. Eine junge Dame verschwand im Büro, zwei andere arrangierten bunte Cocktails in hohen Gläsern und während ich mich noch umsah, kam Ronan!

Er schritt freudig begeistert auf Santiago zu, als würde er ihn seit Jahren kennen. Aber er schüttelte ihm die Hand und stellte sich höflich vor, wobei er ihn gleichzeitig in einer vertrauten Willkommensgeste am Oberarm berührte.

Genauso herzlich begrüßte er David, und sie wechselten ein paar Worte, bei denen es um die Hochzeit ging und darum, dass es Ronan offenbar leid tat, dass wir alle nicht schon früher hatten Urlaub bei ihm machen können.

Danach ließ er die Cocktails verteilen und setzte seine Begrüßung bei Damian fort. Mein Herz klopfte mir bis zum Hals. Ronan strahlte vor Freundlichkeit und Frohsinn. Ich konnte mir kaum erklären, warum ich einst gemeint hatte, er würde Santiago zum Verwechseln ähnlich sehen, denn jetzt fand ich das überhaupt nicht mehr. Er war zwar groß, schlank und dunkelhaarig und verfügte nach wie vor über männlich dominante Züge, die mich faszinierten, aber er wirkte in seinem ganzen Wesen viel entspannter und unbeschwerter. Er strahlte eine unglaubliche Ruhe und Gelassenheit aus – wie ein Mann, der es verstand, das Leben zu genießen.

Nun küsste er Liliennés Hand und zauberte damit ein verzücktes Lächeln in ihr Gesicht, woraufhin Santiago ihn, leicht genervt, von jeder weiteren Begrüßung abhielt und ihn selbst in ein Gespräch verwickelte. Und nun passierte es zum ersten Mal, dass Ronan mich bewusst ansah. Er sprach mit Santiago, aber zwischendurch fiel sein Blick mehrmals auf mich, und es bestand kein Zweifel, dass er mich trotz der Sonnenbrille erkannte ... Doch ich erschauderte, als ich merkte, dass sein Lächeln dabei zusehends aus seinem Gesicht verschwand – dass er für mich offensichtlich kein Lächeln hatte und ich auch nicht wusste, wie ich seine ernste Miene zu verstehen hatte.

Ich war direkt erleichtert, als eine junge Frau kam, die uns zu den Unterkünften begleiten sollte, während die Männer noch weiter redeten. Einzig Edward blieb bei uns. Wie sich später herausstellte, sollte er während des gesamten Aufenthalts die Verantwortung für uns Mädchen tragen.

Zu fünft folgten wir der Angestellten quer durch die Anlage, vorbei an der Poollandschaft und auch an der kleinen Strohhütte mit den Massageliegen ... Beiläufig fiel mir auf, dass wir doch nicht die einzigen Gäste waren. Unser Weg führte uns aber in einen ruhigen, abgelegenen Teil der Anlage, wo keine anderen Leute mehr hinkamen. Sogar der Sandstrand erstreckte sich hier als eigene kleine Badebucht getrennt vom Rest des Resorts. Und als wir die letzten Büsche und Palmen hinter uns gelassen hatten, lag die pompöse Villa vor uns, in der Santiago für die nächsten Tage logieren sollte.

Sie war riesig und modern, aus edlem Holz und Bambus, viel Glas und Chrom. Die Konstruktion stand auf Stelzen, halb am Ufer und zur Hälfte ins Meer hineingebaut. Ich vermutete einen Pool auf der Vorderseite, aber man konnte von außen nicht viel sehen. Neben der Villa gab es noch zwei weitere Bungalows, die viel kleiner waren. Edward erklärte uns, dass wir vorerst hier bleiben und erst bei der Anreise der Hochzeitsgäste zu Santiago in die Villa übersiedeln würden. Alice und ich sollten uns ein Zimmer teilen, genau wie Natalie und Lilienné.

In unserem Bungalow erhielten wir eine kurze Führung und Einweisung von der netten Hotelangestellten, danach verpasste uns Edward Ausgangsverbot und ließ uns allein, um die anderen beiden Mädchen in ihr Zimmer zu begleiten.

Mein Blick fiel als erstes auf das Sofa im Wohnbereich und ich fragte mich, ob Edward in der Nacht hier schlafen würde. Für Alice und mich war wohl das große Himmelbett im Nebenzimmer gedacht. Ich mochte den Stil der Möbel.

Plötzlich rief mich Alice zum Fenster und wir beobachteten, wie Ronan unsere Männer, eskortiert von einigen Angestellten, zur großen Villa führte. Offenbar legte er Wert darauf, Santiago persönlich seine Unterkunft zu zeigen.

»Ich hüpf schnell unter die Dusche«, informierte ich Alice, denn ich wollte mir den Stress und die Anstrengung der Reise vom Leib waschen. Alice öffnete inzwischen unser Gepäck und begann auszuräumen. Irgendjemand hatte auf Ivory in weiser Voraussicht, dass wir jeweils zu zweit in einem Zimmer schlafen würden, einen Koffer für uns gepackt. Die ganze Kleidung darin war doppelt, wie für Zwillinge.

Als ich wiederkam, hatte sie bereits alles sortiert und Edward war noch nicht zurück, also schlüpfte ich in einen weißen

Bikini, während Alice sich ins Bad zurückzog. Vermutlich war es uns nicht mal erlaubt, eigenmächtig zu duschen, dachte ich. Mit einem flauen Gefühl im Magen und einem Anflug von schlechtem Gewissen setzte ich mich auf unser Bett. Ich sah eine Speisekarte, eine Fernbedienung und ein Telefon auf meinem Nachttisch ... als es an unserer Tür klopfte.

Alice war zuerst dort, sie hatte schnell ein weißes Handtuch übergeworfen, vermutlich in der Annahme, es wäre Edward ... doch es war Ronan.

»Hi«, raunte er freundlich. »Ich wollte nur sehen, ob alles in Ordnung ist ...«

»Ja«, entgegnete Alice, leicht erschrocken, und trat einen Schritt zur Seite.

Daraufhin kam er herein. »Wir hatten noch nicht das Vergnügen«, schmeichelte er, küsste angedeutet ihre Hand und bedachte sie mit einem gewinnenden Lächeln.

Mit dem gleichen gewinnenden Lächeln kam er anschließend auf mich zu. Ich hatte Angst, er könnte jetzt vielleicht einen Fehler machen ... vor Alice ... und blieb wie versteinert auf der Bettkante sitzen.

»Falls Sie noch irgendwelche Wünsche haben, können Sie mich gern jederzeit anrufen«, erklärte er und legte seine Visitenkarte vor mir auf den Nachttisch. Und ... als hätte er es absichtlich getan, fiel sie auf den Boden. Er ging unvermittelt in die Knie, um sie aufzuheben ... doch bevor er wieder aufstand, nahm er meine Hand und küsste sie ebenfalls. »Es freut mich sehr«, raunte er leise. Gleichzeitig schenkte er mir von unten herauf einen Blick, der mich tief berührte. Ich spürte, wie ich auf der Stelle rot anlief und konnte nicht antworten. Es war, als ob all die Erinnerungen an meinen letzten Aufenthalt hier und die Gefühle, die ich für Ronan empfunden hatte, mich nun in einem Schwung geballt erreicht hätten!

Ronan stand wieder auf und begann etwas über den Zimmerservice, die Restaurants und besondere Dienstleistungen zu erzählen, die das Hotel zu bieten hatte. Alles rieselte nur an mir vorbei. Ich glaubte auch zu hören, dass er über Ebbe, Flut, den Mond und die Sterne sprach ... aber vielleicht fantasierte ich in diesen Punkten. Alice gelang es, zwischendurch eine sinnvolle Frage zu stellen. Ich hingegen erwachte erst da wieder, als er mir seine Hand entgegenstreckte ... »Vielleicht sollte ich einer der beiden Damen noch schnell den Whirlpool auf der Terrasse erklären«, schlug er vor.

Bereitwillig stand ich auf und folgte ihm. Ich wusste, dass es nur ein Vorwand war, aber er hatte sich so geschickt ausgedrückt, dass Alice tatsächlich im Zimmer blieb.

Ronan bat mich auf der Terrasse zur Seite, sodass man uns von innen nicht beobachten konnte. »Ich freue mich wirklich, dich zu sehen«, flüsterte er.

Ich nickte betroffen.

»Warum bist du zu ihm zurückgegangen?!«, raunte er vorwurfsvoll.

»Ich freue mich auch so sehr, dich zu sehen«, hauchte ich.

Ronan lächelte ... »Bist du glücklich?«

Eine heiklere Frage hätte er mir wohl nicht stellen können. Unwillkürlich schossen mir Tränen in die Augen. Ich presste meine Lippen aufeinander und schüttelte den Kopf.

Ich sah, wie das Lächeln aus seinem Gesicht verschwand. »Zahira ... Ich weiß, dass du hier nicht leicht weg kannst, aber ich möchte dich sehen ... Ruf mich an oder komm zu mir, ich bin die ganze Zeit im Resort, meistens an der Rezeption oder im Penthouse. Meine Angestellten wissen immer, wo ich bin.«

Ich nickte.

Er streichelte über meine Haare und ließ eine dünne Strähne davon ganz langsam zwischen seinen Fingern hindurchgleiten ... als wäre das das Einzige, was er von mir berühren durfte. Danach erklärte er mir, dass er jetzt besser gehen würde, da er auch im zweiten VIP-Bungalow noch nach dem Rechten sehen musste. Zum Abschied drückte er zärtlich meine Hand und die kleine Berührung brachte meinen Herzschlag endgültig aus dem Gleichgewicht.

Dann verließ er unser Appartement.

Ich seufzte schwer. Nun war mein Gefühlschaos perfekt.

***

Edward verbrachte die Nacht bei Lilienné und Natalie. Er hatte eine Art Babyfon installiert, wodurch er beide Bungalows gleichzeitig überwachen konnte. Alice und ich hätten uns weder über unerlaubte Dinge unterhalten noch unbemerkt aus dem Zimmer stehlen können. Aber Alice war für mich ohnehin nur mit größter Vorsicht zu genießen. Sie war so tief in Santiagos Bann gefangen, dass sie vermutlich auch bei offenen Türen keinen Schritt über die Schwelle gewagt hätte. Und ein Geheimnis, das sich irgendwann vielleicht gegen ihn richten könnte, konnte ich ihr dadurch erst recht nicht anvertrauen. Also behielt ich all meine Gefühle und Sorgen für mich. Und ich ertrug auch schweigend, dass man uns am nächsten Tag wie Tiere im Zoo behandelte.

Edward ließ uns vom Zimmerservice zwei Mahlzeiten bringen. Die restliche Zeit versperrte er unsere Türen und Fenster mit extra Codeschlössern, die er selbst mitgebracht hatte, und ließ uns allein. Er musste an wichtigen Besprechungen für die Hochzeit teilnehmen.

Erst am darauffolgenden Tag durften wir wieder an die Sonne. Die anderen Männer fuhren mit einer großen Yacht aus. Edward blieb bei uns und wir hatten es Lilienné zu verdanken, dass wir Ausgang bekamen. Ihr war der Whirlpool auf unserer Terrasse zu langweilig und Edward hatte bei Santiago durchgesetzt, dass wir an den großen Pool in der Nähe des Hotelgebäudes durften.

Wir konnten uns frei bewegen, in der Sonne liegen, an der Bar etwas trinken oder schwimmen gehen, solange wir in Edwards Sichtweite blieben. Mehrmals sah ich Ronan, wie er sich mit Gästen vor dem Restaurant unterhielt. Und zweimal sah ich auch seine Söhne. Den einen mit Anzug und Laptop, und den anderen in Freizeitkleidung in der Tauchschule.

Ich war gerade aus dem Pool geklettert, als Ronan wieder in Richtung Rezeption ging. Sehnsüchtig verfolgte ich ihn mit meinen Blicken, und diesmal beschloss ich, ihm nachzugehen. Die Situation war günstig, denn Edward war mit den anderen Mädchen noch im Wasser. Trotzdem meldete ich mich artig bei ihm ab ...

»Ich muss zur Toilette«, informierte ich ihn, als er für mich an den Rand des Beckens kam. Daraufhin packte er mich grob am Handgelenk. »Fünf Minuten, Zahira. Wenn du länger brauchst, bleibst du morgen den ganzen Tag gefesselt in deinem Zimmer!«

Ich nickte.

Eilig machte ich mich auf den Weg zur Toilette und bog ungesehen zur Rezeption ab. Ich war dankbar, dass ich keine High Heels anhatte, auch wenn es sich nicht unbedingt schickte, barfuß und im Bikini die Empfangshalle zu betreten.

Leider konnte ich Ronan nirgends finden ...

»Ich hätte gern Mr Defoe gesprochen«, bat ich aufgeregt eine Angestellte an der Rezeption.

»Ist es dringend?«, fragte sie.

»Ja, sehr ...«, entgegnete ich.

Daraufhin sah sie mich entschuldigend an. »Mr Defoe hat gerade eine Telefonkonferenz, aber vielleicht kann Misses Defoe Ihnen helfen ...«

Ich fühlte, wie mein Herzschlag kurz aussetzte, doch ehe ich reagieren konnte, stand plötzlich »Misses Defoe« vor mir. Und das war definitiv nicht seine Mutter!

Sie war bildhübsch, dunkelhaarig, vielleicht Mitte dreißig, und lächelte freundlich. »Geben Sie der jungen Dame bitte einen Bademantel«, wies sie ihre Kollegin an, griff selbst ins Regal und kurz darauf bedeckte weiches Frottee meinen halbnackten Körper.

»Wie kann ich Ihnen helfen?«, fragte sie nun wieder lächelnd.

War das seine Schwester? Sah sie ihm ähnlich? Ich wollte nicht daran denken, dass er in der Zwischenzeit womöglich geheiratet haben könnte. Warum hätte er dann gesagt, er würde sich freuen, mich zu sehen?

»Ich komme ein anderes Mal wieder«, sagte ich. »Ich muss mit ihm persönlich sprechen.«

Mrs Defoe zögerte. Sie sah mich an und es schien, als konnte sie meine Verzweiflung erkennen und Schlüsse daraus ziehen. »Nein, warten Sie ...«, meinte sie plötzlich und ging nach hinten ins Büro.

Ich dachte bloß noch daran, dass ich keine Zeit mehr hatte. Doch sie kam mit Ronan zurück. Er hielt mir die Tür auf und bat mich zu sich ins Büro. Und während ich eintrat, schickte er zwei andere Damen aus dem Raum, damit wir ungestört waren.

»Ich wollte nicht, dass du das so erfährst!«, sagte er leise.

»Du bist verheiratet?«, hauchte ich entsetzt.

»Nein!« Er lächelte kurz. »Belinda ist meine Ex-Frau. Sie ist jeden Sommer für einen Monat hier, weil sie ihre Kinder sehen möchte. Du weißt doch, dass Leon und Patrick bei mir leben.«

Belinda ... Ich nickte, aber ich fühlte nur bedingt eine Erleichterung und konnte nicht antworten.

Ronan seufzte. »Hast du gedacht, ich hätte dir etwas verschwiegen?«

»Nein«, antwortete ich. »Ich weiß auch nicht ...«

»Du hast dich erschrocken«, hauchte er.

Ich lächelte beschämt. »Vielleicht.«

Er presste seine Lippen aufeinander und nickte. »Wie hast du dich am Pool überhaupt davonstehlen können?«

»Ich kann nur fünf Minuten!«, sagte ich. »Und die sind eigentlich schon vorüber. Wenn ich zu spät komme, habe ich morgen den ganzen Tag Hausarrest!«

Ronan sah mich an, als wollte ich ihn auf den Arm nehmen.

»Aber es ist egal«, fügte ich hinzu. »Mach, dass es länger dauert und ich bleibe morgen in meinem Zimmer.«

Amüsiert zog er eine Augenbraue hoch. »Was soll länger dauern?«

Ich zuckte ratlos mit den Schultern. »Ich weiß auch nicht.«

Er lächelte, löste sich von der Schreibtischkante, an die wir uns gelehnt hatten, und kam vor mich. »Zahira, wir müssen reden ...«

»Nicht jetzt, später ...«, flüsterte ich und legte sehnsüchtig meine Hände auf seine Brust. Aber ich fühlte mich so klein, ohne Schuhe, und erinnerte mich an unseren ersten Kuss in der Strandhütte. Damals war es ein Massagetisch gewesen, aber nun hatten wir einen Schreibtisch. Ich schlüpfte aus meinem Bademantel und kniete mich auf die Tischplatte.

Ronan lächelte, nahm mein Gesicht in seine Hände und begann mich zu küssen. Ich öffnete meine Knie, um ihm noch näher zu sein. Mein nackter Bauch schmiegte sich an sein weißes Hemd und meine Begierde war wie damals überwältigend. Ronan küsste wundervoll.

Ich hob meine Hände und fasste ihm in den Nacken, streichelte durch seine Haare und über sein Gesicht. Er sollte sehen, dass ich mich geändert hatte. Ich hatte keine Scheu mehr, ihn zu berühren. Im Gegenteil. Es war berauschend. Ronan hatte ebenfalls eine Hand in meinen Haaren vergraben, während er mit seiner anderen über meinen Körper streichelte. Seine Zunge in meinem Mund war vorsichtig und liebevoll, dennoch spürte ich seine Leidenschaft, wie sie durch meinen ganzen Körper strömte. Ich rutschte fast vom Tisch und musste schließlich meine Beine um seine Hüften schlingen, gleichzeitig hielt ich mich an seinem Nacken fest. Er trug mein ganzes Gewicht, aber er hörte nicht auf, mich intensiv zu küssen. Ich spürte, wie ich feucht wurde und dass auch er erregt war. Seine Härte presste deutlich gegen mein Höschen. Ich war versucht, mich daran zu reiben, doch ich tat es nicht und hielt still. Seine Küsse waren erregend genug, alles an ihm schmeckte und roch nach Sex und zum ersten Mal fühlte ich mich bereit, mit ihm zu schlafen, aber ich war mir nicht sicher, wie weit wir hier in seinem Büro gehen konnten.

Langsam trennte auch er sich von meinen Lippen. Ich keuchte und stöhnte sehnsüchtig und fühlte, wie ich innerlich bebte. Jeder Zentimeter, den sein Mund sich von meinem entfernte, schmerzte. Auch Ronan war außer Atem. Wehmütig streichelte ich durch seine Haare und über seine Wangen. Seine Augen waren glasig, sinnlich erregt. All meine Begierde gehörte ihm.

»Ich will Santiago verlassen …«, keuchte ich mit gebrochener Stimme. »Und ich will nie wieder zu ihm zurückkehren.«

»Dann bleib bei mir«, hauchte Ronan.

Ich hatte so sehr gehofft, dass er das sagen würde. Glücklich nickte ich.

Ronan nickte ebenfalls und sein Blick war wertschätzend und voller Stolz. Er wusste, was eine solche Entscheidung für mich bedeutete. Gerührt schmiegte ich mein Gesicht an seinen Hals und klammerte mich an ihm fest. Ich hatte schon genug Kämpfe mit ihm ausgefochten, in denen er gesehen hatte, wie unverwüstlich die Ketten waren, mit denen mich Santiago an sich gebunden hatte. Beschützend legte er eine Hand in meine Haare und ich hörte sein Herz aufgeregt schlagen, seine Lungen pumpten kräftig nach Luft und seine Haut duftete wie mein Himmelreich.

»Wie willst du ihm das erklären?«, flüsterte Ronan.

»Auf keinen Fall vor der Hochzeit«, hauchte ich. »Am besten erst kurz vor der Abreise.«

»Warum so lange warten? Je eher du von ihm weg bist, desto besser.«

Bestürzt sah ich an. »Wie stellst du dir das vor? Ich kann ihm doch jetzt nicht sagen, dass ich ihn verlasse und mit dir zusammensein will. Dann lässt er aus verletztem Stolz die Hochzeit hier platzen. Das kann ich David nicht antun!«

Ronan legte eine Hand auf meine Schulter, um mich zu beruhigen. »Du sollst ihm ja gar nichts von mir sagen! Wenn du mit ihm Schluss machst, bringe ich dich für ein paar Tage in ein anderes Hotel. Er wird denken, du wärst abgereist.«

»Das kann ich nicht«, entgegnete ich. »Ich möchte auch bei der Hochzeit dabei sein. Bitte! Ich kann mich vorher nicht von ihm trennen.«

Ronan nickte. »Das heißt, ich soll dir eine Woche lang mit ihm zusehen?«

»Es gibt nicht viel zu sehen«, sagte ich. »Er ist nur mit David beschäftigt. Wir wohnen nicht mal zusammen!«

Ronan zischte. »In vier Tagen übersiedelt ihr alle zu ihm in die Villa! Und, glaube mir, ich weiß ansatzweise, was bei seinem Junggesellenabschied alles geplant ist!«

»Ronan, bitte ...«, flehte ich ihn an. »Es ist für mich auch nicht leicht, aber lass es uns wenigstens versuchen. Es liegt mir so viel daran. Ich möchte dabei sein, wenn er David das Ja-Wort gibt.«

Widerstrebend nickte Ronan.

»Ich muss gehen«, hauchte ich und küsste ihn auf die Wange. »Edward wird jeden Moment hier aufkreuzen! Ich bin viel zu spät dran!«

»Brauchst du ein Alibi?«, fragte er.

»Ja«, sagte ich. »Ein gutes!«

»Ich kann dir eine meiner Angestellten mitgeben, sie wird aussagen, was du willst.«

»Nein, danke, ich mach das schon allein«, verweigerte ich. Ich wollte ihn da nicht mit reinziehen. »Und noch etwas ...« Ich streichelte Ronan über die Wange und kam ihm noch einmal nahe, um die Eindringlichkeit meiner Worte zu unterstreichen. »Falls du doch etwas zu sehen bekommst, bitte versuch nicht, mich zu retten. David ist Arzt. Mir passiert nichts. Aber ich könnte es mir nie verzeihen, wenn du etwas tust, wodurch diese Hochzeit hier platzt!«

Ronan nickte.

»Danke«, hauchte ich und küsste ihn auf den Mund.

Ich streifte den Bademantel über und huschte durch die Rezeption hinaus ins Freie. Am Pool bemerkte ich, dass alle Mädchen sich bereits abgetrocknet und auf Liegen verteilt hatten. Edward hatte ein Hemd übergezogen und wollte offenbar gerade aufbrechen, um mich zu suchen. Nun warf er sein Handy wieder in die Badetasche und blickte demonstrativ auf die Uhr. »Warst du shoppen?«, fragte er zynisch, als er meinen Bademantel sah.

»Nein, eine Frau an der Rezeption hat ihn mir gegeben, als ich zur Toilette wollte.«

»Und weiter?«

»Nichts weiter«, sagte ich.

Edward lächelte. »Du warst fünfzehn Minuten weg!«

Ich seufzte. »Ich musste zuerst an der Rezeption warten, dann hab ich auf der Toilette länger gebraucht.«

Er starrte mich wortlos an ...

»Es tut mir leid«, hauchte ich.

»Ich hatte dich gewarnt!«, fauchte er.

Meine Entschuldigung war vergeblich. Am nächsten Tag, nach dem Frühstück, holte Edward mich wieder ins Bett, um mich zu fesseln ...

***

Ich hatte noch mein Nachthemd an, als er mit einem Seil meine Handgelenke und mit einem zweiten meine Füße zusammenband. Er meinte, zur Toilette könne ich gehen, wenn ich kleine Schritte machte. Mehr wäre nicht notwendig.

Als alle fort waren, stellte ich fest, dass er mir auch die Fernbedienungen für TV und Klimaanlage weggenommen hatte. Dafür stand das Babyfon drohend und aktiviert neben meinem Bett. Ich setzte mich auf und dachte an Ronan ...

An der Terrassentür hing ein Codeschloss und auch die Eingangstür war verriegelt.

*Verglichen mit meinem Verlies auf Ivory geradezu ein Luxus-Gefängnis*, dachte ich und suchte nach einer Beschäftigung, um mir die Zeit und meine sehnsüchtigen Gedanken zu vertreiben. Schließlich hatte ich die Idee, mich im Badezimmer zu schminken. Mit gefesselten Händen etwas Farbe in mein Gesicht zu zaubern, wäre bestimmt eine Aufgabe, die mich fordern und ablenken würde.

Doch so weit kam es nicht, denn auf dem Weg dorthin machte ich einen dummen Fehler. Ich vergaß das Frühstück und hüpfte, anstelle mich mit endlos vielen kleinen Schritten aufzuhalten. Und als ich im Badezimmer ankam, war mir plötzlich unsäglich schlecht. Ich hatte das Gefühl, mein Magen würde sich umstülpen und in meinem Gehirn wütete eine Schwindelattacke, als hätte ich eine Fahrt in der Achterbahn hinter mir. Gerade schaffte ich es noch, vor der Toilette niederzuknien und meine Haare aus dem Geschehen zu halten, als ich mich übergeben musste.

Danach war mir jegliche Lust auf Schminkexperimente vergangen. Ich war erschöpft und mein Kreislauf im Keller. Trotzdem putzte ich noch schnell meine Zähne und machte mich frisch, bevor ich mich wieder hinlegte.

Benommen blickte ich an die Decke, in meinem Magen und in meinem Kopf drehte sich alles ... bis ich endlich einschlafen konnte.

Als ich wieder erwachte, lag ich auf der Seite. Ich hatte das Gefühl, mich mehrere Stunden erholt zu haben – Schwindel und Übelkeit waren verflogen. Dennoch bildete ich mir ein, nicht von selbst erwacht zu sein, und plötzlich erinnerte ich mich an ein Geräusch, dass ich kurz zuvor gehört hatte. Ein dumpfes Klopfen. Beschwerlich drehte ich mich zur anderen Seite und erblickte Ronan auf meiner Terrasse!

Er wandte mir den Rücken zu, doch während ich mich aufsetzte, trat er an die Scheibe heran. Er sah mich und lächelte gezwungen. Vermutlich wusste er bereits, dass alle Türen verschlossen waren und man nicht zu mir ins Zimmer gelangen konnte. Ich stellte meine Füße auf den Boden und es tat mir unsagbar leid, dass ich ihm das antun musste ... Bestimmt war es eine Qual für ihn, mir zuzusehen, wie ich mit gefesselten Händen und Füßen mit Babyschritten auf ihn zu schlich. Aber hüpften traute ich mich nicht mehr.

Als ich schließlich vor ihm stand, suchte er sichtlich nach Beherrschung. Dann nahm er sein Handy und deutete auf mein Telefon.

Ich erschrak. Er durfte auf keinen Fall hier anrufen! Das Babyfon! Panisch schüttelte ich den Kopf und presste einen Zeigefinger auf meine Lippen.

Ronan verstand es zum Glück und steckte das Handy wieder

weg. Ich wollte lächeln, aber ich schaffte es nicht. Die Traurigkeit darüber, dass er mich nicht in seine Arme schließen konnte, war viel zu groß. Und ich wusste ja, dass es nur an mir lag ... Schuldbewusst senkte ich meinen Blick.

Ronan legte seine Hand auf das Glas, als könnte er mein Gesicht berühren. Wie gern hätte ich es ihm nachgemacht, aber mit dieser Fesselung war das unmöglich. Also sah ich ihn sehnsüchtig an und küsste seine Finger durch die Glasscheibe ... Im selben Moment streifte mich ein heftiges Déjà-vu! Rund um mich wurde es schlagartig dunkel, als hätte jemand das Licht ausgeknipst. Ich schwankte und musste mich schnell auf den Boden setzen, bevor etwas passierte.

Als ich mich wieder erholt hatte, beobachtete ich, wie Ronan telefonierte. Er schritt mit dem Handy auf der Terrasse auf und ab und blickte mehrmals in eine bestimmte Richtung neben dem Bungalow. Danach kam er wieder zu mir. Er setzte sich auf den Boden und lehnte sich mit dem Rücken an eine Holzwand.

Ich krabbelte näher zu ihm.

Ronan tippte in sein Handy und zeigte mir auf dem Display: »Ich bleibe bei dir!«

Er wollte doch nicht etwa hier auf dem Boden bei mir sitzen bleiben?!

»Hab keine Angst«, schrieb er weiter, »meine Angestellten werden mich warnen, falls jemand kommt.«

Ich nickte, leicht beschämt. Dann zog ich vom Sofa ein großes Kissen zu mir auf den Boden und setzte mich darauf.

Ronan sah mich an und lächelte. Er tippte in sein Handy und zeigte es mir: »Ich hatte mir solche Sorgen um dich gemacht. Du hast mir gefehlt. Ich könnte dich ewig ansehen.«

Ich seufzte. Er musste aufhören, mir nette Dinge zu schreiben. Wenn ich sie nicht erwidern konnte, machten sie mich nur traurig.

Vermutlich hatte er das auch gerade mitbekommen, denn nun schrieb er etwas anderes: »Ich muss dir etwas beichten ...«

Überrascht sah ich ihn an.

»Ich möchte nicht, dass du verärgert bist, weil du es von jemand anderem erfährst«, fuhr er fort.

Unweigerlich dachte ich schon wieder an eine andere Frau.

Doch er schrieb: »Du bist nicht ganz zufällig hier.«

Ich nickte wissend. War das alles? Offenbar meinte er die Einladung, die er an Santiago geschickt hatte.

»Du weißt es schon?«, fragte Ronan.

Ich nickte.

»Und du bist nicht sauer?«, hakte er nach.

Natürlich war ich nicht sauer, dass er Santiago eingeladen hatte. Ich fragte mich bloß, wie er sich hatte sicher sein können, dass ich mitkommen würde. Aber das konnte ich ihn durch die Scheibe nicht fragen. Die Unterhaltung war äußerst einseitig. Ich sah ihn an und deutete: »Nein.«

Ronan schien erleichtert. Doch dann schrieb er etwas höchst Seltsames: »David hat ein gutes Herz. Ich hab größte Achtung vor ihm.«

Jetzt wusste ich tatsächlich nicht mehr, wovon er sprach. David?!

Ronan tippte weiter in sein Handy: »Ich möchte dich glücklich machen, Zahira.«

Ein kurzes Strahlen lief über mein Gesicht. Ich wollte ihn auch glücklich machen ... Es war die reinste Folter hinter dieser Scheibe sitzen zu müssen, während er auf der anderen Seite war. Edward wusste ja gar nicht, wie hart er mich wirklich bestrafte. Traurig senkte ich meinen Blick und seufzte.

Ronan lehnte sich zurück, und es hatte den Anschein, als wollte er noch länger bleiben. Also ließ ich mich seitlich auf das Kissen sinken und streckte mich neben Ronan aus. Ich drehte mich zu ihm und berührte an so vielen Punkten wie möglich die Glasscheibe, als wäre sie sein Körper. Ronan legte eine Hand auf den Boden, direkt vor mein Gesicht, und er machte mit seinen Fingern eine Bewegung, als würde er mich an der Stirn streicheln. Ich schloss meine Augen und genoss es einfach nur, in seiner Nähe zu sein.

Er blieb ewig lange und geduldig bei mir sitzen. Immer, wenn ich zwischendurch meine Augen öffnete, war er noch da. Jedes Mal. Immer wieder. Bis ich irgendwann einschlief.

Als Edward mich weckte, war Ronan fort.

# JungGesellenAbschied

Drei Tage später übersiedelten wir in die große Villa. Bis dahin hatte ich keine Gelegenheit mehr gehabt, mich mit Ronan zu treffen. Es war der Tag der Anreise der Gäste. Und es war der letzte Tag vor der Hochzeit.

Angestellte aus dem Resort trugen unsere Koffer in die neue Unterkunft und mir verschlug es die Sprache, als ich sah, in welch dekadentem Luxus Santiago hier nun schon seit vier Tagen lebte. Dagegen waren unsere ebenfalls sehr edlen Bungalows gerade mal bessere Abstellkammern gewesen. Ich hatte den Eindruck, in Hollywood bei einem Filmstar einzuziehen.

Mein erster Blick fiel durch die Glasfronten über einen Infinity-Pool hinaus aufs Meer. Auf der Terrasse reihten sich prachtvolle Palmen um Designer-Möbel. Aber bevor wir dorthingelangten, mussten wir über verschiedene Ebenen im Wohnbereich, vorbei an einem riesigen Aquarium, einer Bar, einer Bühne, gemütlichen Sitzgelegenheiten, künstlichem Kaminfeuer und vielem mehr, bis wir endlich ins Freie kamen. An mehreren Stellen war der Holzboden von Glasplatten unterbrochen, durch die man hinunter ins Wasser sehen konnte.

Damian begrüßte uns freundlich. Er begutachtete unsere Bikinis und ersuchte uns, vorerst auf der Terrasse zu bleiben. Santiago hätte für den Abend eine bescheidene Feier, eine Art Junggesellen-Abschied in kleinem Rahmen, geplant, und bis dahin würden alle Gäste eintreffen. Als Damian mit seiner

Erklärung fertig war, verteilten wir uns auf den Sonnenliegen unter den üppigen Palmen und mir fiel auf, dass Lilienné ungewöhnlich niedergeschlagen wirkte. Es war, als hätte man ihr übersprudelndes Temperament komplett ausgelöscht. Und wenn ich genauer nachdachte, war auch Edward heute Morgen ein wenig missgestimmt gewesen. Sie hatten doch nicht etwa ihre erste Ehekrise?

Plötzlich erblickte ich David und Santiago durch die offenen Schiebetüren! Ich hatte beide seit der Ankunft im Resort nicht mehr gesehen. Unweigerlich schlug mein Herz schneller, als sie die Terrasse betraten und in unsere Richtung kamen. Santiago schenkte uns Blicke, als wollte er eine von uns auswählen. Doch er setzte sich zu Lilienné, stützte sich mit einem Arm über sie, und seinen Gesichtszügen nach war auch er extrem schlecht gelaunt.

Lilienné lief sofort hochrot an, als hätte sie ein gehörig schlechtes Gewissen. Als er sie mit verächtlichen Blicken ausreichend gestraft hatte, stand er wieder auf und packte sie an den Handgelenken. Er zwang sie, mitzukommen, quer über die ganze Terrasse. David folgte ihnen mit etwas Abstand. Am Ende des Pools blieben sie stehen und plötzlich waren auch ein paar Securities vom Hotel zur Stelle. Santiago zwang Lilienné zu Boden und es sah so aus, als wollte er sie mit dem Kopf ins Wasser tauchen. Aber sie wurde hysterisch und wehrte sich.

»Wovor hat sie solche Panik?«, fragte ich Natalie verwundert.

»Hast du das Haifischbecken nicht gesehen?«, entgegnete sie.

Entsetzt starrte ich sie an. »Was?!«

»Dort vorn ... der ganze Glasboden neben dem Pool! Dort sind Haie drin! Wahrscheinlich will er ihr nur Angst einjagen, aber ich glaube, er hat die Abdeckung öffnen lassen.« Natalie hob den Kopf, um besser sehen zu können.

Ich wollte nicht glauben, was sie sagte, allerdings kniete

Lilienné auf dem Boden und Santiago hielt sie fest. »Aber was hat sie denn angestellt?«, fragte ich.

Natalie verdrehte die Augen. »Wir waren gestern Abend mit Edward in der Hotelbar und es gab einen kleinen Zwischenfall. Lilienné hat mit einem fremden Mann geflirtet, sie haben nur Blicke ausgetauscht, aber Edward hat es gesehen. Wir mussten die Bar sofort verlassen und er hat Lili die ganze Nacht lang bestraft. Und heute Morgen hat er es brühwarm Santiago erzählt.«

Mir schauderte. Im Hintergrund sah ich, wie Santiago Lilienné ins Gesicht spuckte. Dann ließ er von ihr ab und ging mit David wieder nach drinnen. Lilienné rappelte sich mühsam auf und kam auf wackeligen Beinen zurück zu uns. Betreten ließ sie sich auf einer Liege nieder. »Er hat gesagt, er will mich morgen Abend da drin schwimmen sehen«, schluchzte sie.

»Das meint er nicht ernst«, flüsterte Alice. »Das würden die Securities niemals zulassen!«

Lilienné nickte ungläubig.

»Ich kann dir gar nicht sagen, wie froh ich bin, dass ich hier weg bin«, seufzte Natalie.

»Wo wohnst du jetzt?«, flüsterte ich.

»In L. A. bei einer Freundin. Sie ist auch Model und will mich bei ›Elite‹ reinbringen. Sie meinte, die nehmen mich sicher!«

Ich grinste und freute mich für sie. »Ich glaube auch, dass sie dich nehmen!«

Natalie lächelte geschmeichelt. Aber sie wusste vermutlich, dass ich nicht ganz unparteiisch war.

»Hat er dir Geld geboten, weil du heute hier bist?«, fragte ich.

»Nein. Ich will ihn heiraten sehen.«

Ich seufzte. Genauso dachte ich auch.

Doch nun waren wir abgelenkt. Die ersten Gäste trafen ein. Santiago begrüßte seinen engsten Freund, Christian. Er gab sich die Ehre mit vier bildhübschen Mädchen in silbernen Bikinis, und wie ich später feststellte, sollte er damit der einzige Mann in weiblicher Begleitung bleiben. Fünf weitere Männer reisten solo an. Einen von ihnen kannte ich ebenfalls, doch ich wusste nicht gleich woher. Bis mir einfiel, dass es sich um den attraktiven Fremden handelte, der mich einst bei der Glasboden-Party mit dem Snake-Ball besonders kunstvoll verwöhnt hatte ... wenn man außer acht ließ, dass er mich nicht hatte kommen lassen. Aber ich erinnerte mich an seine schönen Hände und seine faszinierenden Augen.

Schließlich erlaubte uns Damian, uns unter die Gäste zu mischen. Wir sollten Smalltalk führen, jedoch ausschließlich mit den Männern und nicht untereinander. Christians Mädchen taten dasselbe. Zuvor mussten wir die Bikini-Oberteile ablegen und er meinte auch, falls uns einer der Herren näher kommen wollte, sollten wir dies zulassen.

Santiago war nun wieder bestens gelaunt. Er unterhielt sich mit seinen Freunden und glänzte mit David an seiner Seite. Die ganze Feier hatte eine sehr vertraute, familiäre Atmosphäre, was es mir ein bisschen leichter machte, mich ungeniert oben-ohne zu bewegen. Einzig das Servicepersonal machte mir Sorgen. Ich wollte nicht, dass unter den Angestellten des Hotels der Eindruck entstand, ich wäre eine billige Nutte, die sich von allen Männern betatschen ließe. Doch wie Damian es formuliert hatte, verlangte Santiago genau das von uns.

Fast war ich froh, als Christian meine Gesellschaft suchte. Ihn kannte ich wenigstens und es hatte nicht den Anschein, als wollte er aufdringlich werden. Wir standen an der Bar und er erzählte mir voller Stolz von neuesten animalischen Errungenschaften, Züchtungen und Dressur-Sensationen, die er auf seinem Anwesen verwahrte. Im Gegenzug interessierte er sich für Santiagos Geburtstagsfeier, die er wegen eines Spitalsaufenthalts leider verpasst hatte. Ich musste ihm erzählen, wie ich all die tierischen Attraktionen erlebt und empfunden hatte. Und ich merkte, dass es ihm die Geschichte mit dem schwarzen Panther besonders angetan hatte. Danach wechselte er zu Natalie. Doch gleichzeitig passierte etwas Unerwartetes ...

Jemand drehte die Musik lauter und das ganze Servicepersonal begann sich zu entkleiden. Es waren ausschließlich junge Männer, zwölf an der Zahl, die sich nun bis auf ihre spärlichen weißen Panties auszogen. Und erst jetzt fiel mir auf, wie gut sie alle gebaut waren. Offenbar handelte es sich gar nicht um Angestellte des Hotels, sondern um eine eigens engagierte Stripper-Truppe, die nebenbei servierte. Und dieser Aufgabe gingen sie jetzt auch wieder nach. Auf goldenen Tabletts balancierten sie kleine delikate Häppchen und Getränke, die sie mit dezentem Körpereinsatz und einem freundlichen Lächeln unter den Gästen verteilten. Ich konnte meine Augen kaum abwenden und freute mich über diese gleich doppelt-positive Wendung an diesem Abend.

Doch dann nahm mich plötzlich meine alte Snakeball-Bekanntschaft in Beschlag. Der fremde Herr wollte mit mir ein Gespräch beginnen, aber er merkte schnell, dass ich mich neben den halbnackt herumtänzelnden Kellnern nur schwer auf ihn konzentrieren konnte, also bat er mich hinaus auf die Terrasse.

»Kann so eine Schwulen-Junggesellenparty auch junge Damen erfreuen?«, fragte er mit einem süffisanten Lächeln auf den Lippen.

»Santiago ist nicht schwul!«, entrüstete ich mich.

»Das wollte ich damit auch nicht sagen«, gab er zurück. »Richard ist mein Name. Wir sind einander noch nicht vorgestellt worden.«

Er reichte mir seine Hand, ich sagte ihm meinen Namen und spürte, dass diesen Mann irgendetwas Besonderes umgab.

Leicht verunsichert wandte ich meinen Blick von ihm ab und wurde mir dabei erst so richtig bewusst, dass ich auf einer der Glasplatten stand, unter denen die Haie schwammen. Also sah ich doch lieber wieder in seine Augen. Richard lehnte sich an den Stehtisch und begann, mit einer Hand meine linke Brust zu streicheln, während er weiter mit mir sprach. »Es tut mir leid, dass ich letztes Mal meinen Part nicht zu Ende bringen durfte«, raunte er. »Wie es klang, warst du kurz davor.«

»Wie es klang?!«, fragte ich.

Er lächelte. »Ja ... Ich kann dir sagen, ich hab selten zuvor eine Frau so inbrünstig und leidenschaftlich stöhnen gehört.«

Erschrocken starrte ich ihn an und meine Augen wurden immer größer. »Man hat das gehört?«, hauchte ich entsetzt.

Richard nickte.

Ich schloss meine Augen und wollte im Erdboden versinken. Uns Mädchen hatte man damals erzählt, diese Glasvitrinen wären schallisoliert! Er wollte mir doch nicht etwa erklären, dass er hatte hören können, wie ich mich unter dem Glas gebärdet hatte?! Plötzlich war mir schrecklich heiß und ich spürte, wie ich im Gesicht hochrot anlief.

Als ich Richard wieder ansah, fasste er an meinen Oberarm. Offenbar sah ich aus, als könnte ich jeden Moment umkippen. »Santiago hat euch das verheimlicht?«, fragte er mitfühlend, während ich mich noch immer zaghaft an dieses Erlebnis erinnerte, und daran, dass ich mir extra noch Mühe gegeben hatte, äußerlich möglichst ruhig zu bleiben, um mir die ärgste Schmach vor den Partygästen zu ersparen. Stattdessen hatte ich meine ganze Erregung und Ekstase in meine Stimme verlagert, da ich mir sicher gewesen war, dass man mich nicht hören konnte. Ich hatte vor Lust gewimmert, gejault und gestöhnt, als gäbe es kein Morgen.

Richard knetete meine Brust und lachte nun unverschämt.

»Ich hatte mir schon so etwas gedacht. Frauen stöhnen anders, wenn sie für Männer stöhnen ... Eher sinnlich, lieblich ...« Er grinste. »Da ist sehr viel Schauspiel dabei und wenig wahre Leidenschaft. Darum fand ich es sehr schön, wie du dich unter meiner Behandlung gehen lassen konntest!«

Ich atmete schwer und fühlte mich bis auf die Knochen entblößt. Aber offenbar genoss er es, diese Situation bis ins Detail auszukosten. »Ihr hattet Mikrofone in diesen Glaskästen«, erklärte er, »und jedes Mal, wenn es interessant wurde, hat man im Raum die Musik abgedreht und eure Stimme auf die große Anlage geschaltet, sodass die ganze Halle davon erfüllt war. Du kannst mir glauben, bei Männern gehen solche Geräusche durch und durch. Vor allem, wenn sie so aufrichtig und zügellos sind, wie es bei dir der Fall war.«

Ich stöhnte. »Wissen das die anderen Mädchen?«

Richard zuckte mit den Schultern und ging auf meine Frage nicht ein. »Ich wette, wenn ich mit dir schlafe, klingst du anders.«

Mir wurde heiß und kalt. Von Schlafen hatte Damian nichts gesagt. Richard lächelte und zwirbelte meine Brustwarze zwischen seinen Fingern. »Komm mit, ich zeige dir etwas!«

Wir gingen nach drinnen und ich musste feststellen, dass die Stimmung jetzt schon wesentlich angeheizter war als noch kurz zuvor. Die Musik hatte gewechselt, einige Mädchen tanzten und die Kellner waren sichtlich lustvoll erregt. Ihre Hotpants beulten sich auffällig und keiner von ihnen versuchte, das zu verbergen. Im Gegenteil. Ich hatte das Gefühl, sie waren richtig stolz auf ihre überdurchschnittlichen Maße. Manche von ihnen rieben sogar zur Schau ihre Lenden aneinander.

Dann kamen wir in einen anderen Raum, wo hinter einer gediegenen Bar die Ausgabe der Getränke und Brötchen stattfand. Santiago hatte sich ganz in der Nähe mit dem Rücken an eine Wand gelehnt. Er rauchte und beobachtete fasziniert das Geschehen hinter der Theke. Und damit war er nicht der Einzige! Offenbar ging irgendeine Attraktion davon aus. Richard führte mich etwas näher heran und kaum hatte Santiago mich erblickt, holte er mich mit einem entschlossenen Griff an seinen Körper. Er umarmte mich von hinten und fasste ungeniert mit einer Hand zwischen meine Beine. Während er weiter entspannt zusah und an seiner Zigarette zog, fassten seine Finger in mein Bikinihöschen und berührten meine feuchten Schamlippen. Aber nun konnte ich wenigstens sehen, was hinter der Bar passierte ...

Wie es aussah, war die Erregung der Kellner nicht allein auf das laszive Tanzen und die Mädchen zurückzuführen! In der Zeit, wo sie hinter dem Tresen neue Getränke und Brötchen auf ihre Tabletts luden, wurden sie selbst sexuell aufgeladen. Sie mussten vor dem Betreten der Bar ihre Hotpants über die Hüften nach unten streifen, und während sie sich auf dem Tresen bedienten, wurden sie unterhalb des Tresens hingebungsvoll verwöhnt. Man hatte dafür drei Kleinwüchsige engagiert, die diese Kunst offenbar bestens beherrschten. Mir blieb regelrecht der Mund offen stehen, weil ich so etwas noch nie gesehen hatte. Gebannt beobachtete ich die kleinen flinken Hände – wie sie über die Penisse rieben oder Hoden massierten, während gleichzeitig ein Prachtexemplar nach dem anderen in deren Mündern verschwand und heftig daran gesaugt wurde. Die beiden kleinwüchsigen Frauen trugen knappe Bikinis und hatten recht üppige gedrungene Körperformen, während der eine Mann eine kleine Badehose trug und selbst erregt war.

Die Kellner nutzten die Zeit, um Getränke zu richten und Brötchen zu dekorieren. Speziell die Sahne musste jedes Mal frisch aufgespritzt und mit einigen Kügelchen Kaviar und einem Minzeblatt dekoriert werden. Wenn sie in den Lenden wieder fit und ausreichend stimuliert waren, nahmen sie zwei Tabletts auf und stellten sich abschließend der Begutachtung eines Kleinwüchsigen im Anzug. War dieser mit dem Gesamtbild zufrieden, wurde der weiße Lendenstoff meist mit etwas Champagner bespritzt, wodurch die stolzen Dimensionen noch aufdringlicher zur Geltung kamen.

Santiagos Finger kreisten auf meinen feuchten Schamlippen ... Als er seine Zigarette fertig geraucht hatte, zog er seine Hand aus meinem Höschen und ich konnte mich in seinen Armen umdrehen. Aus Verlegenheit küsste ich ihn am Hals. Ich war ihm seit Tagen nicht mehr so nahe gewesen. Und beim Gedanken daran, dass es durchaus meine letzten Küsse mit ihm sein könnten, wurde mir leicht mulmig zumute. Ich hoffte bloß, er war mir nicht mehr böse, wegen der Szene im Flugzeug. Aber bevor ich mit ihm sprechen konnte, bat Richard um Verzeihung und entführte mich wieder.

Wir setzten uns in bequeme Polstermöbel in der Nähe des künstlichen Kaminfeuers und das Styling der jungen Männer wurde immer vulgärer. Sie trugen ihre Erektionen jetzt auf obszöne Weise in den Dessous, bei der die blanke Spitze in einem der Beinausschnitte hervorlugte. Einer von ihnen verteilte lange weiße Federn an die Gäste, auch Richard nahm eine, und während man sich nun mit einem Kellner unterhielt, durfte man ihn gleichzeitig mit der Feder necken. Welches Ende der Feder dabei verwendet wurde, blieb dem Gast überlassen.

Richard bestellte für mich ein Glas Champagner und als ich zur Hälfte ausgetrunken hatte, reichte er mir auch eine Feder. Es war mein erster Alkohol seit Wochen und er erfüllte schnell seinen Zweck. Ich durfte mir einen der Kellner aussuchen und ihn nach Lust und Laune kitzeln. Und dank des Champagners hatte ich hatte auch richtig Spaß dabei. Ich kritisierte die Brötchen der Catering-Firma, verwickelte den jungen Mann in ein Gespräch über vegetarische Aufstriche und Bio-Eier, und während er nur stockend antworten konnte, reizte ich ihn mit der Feder. Seine Eichel lag prall geschwollen frei und es war faszinierend zu beobachten, wie sie reagierte, wenn ich sie mit dem feinen Fächer streichelte. Ich sah auch die Zuckungen durch den Stoff der Hotpants, wie sich seine ganze Länge spannte und gegen das Material drückte. Aber noch faszinierender war seine Reaktion auf das andere Ende der Feder. Mit dem dünnen Stiel zog ich kleine Kreise auf seiner empfindlichsten Stelle und entlang dem ausgeprägten Ring, wo sich seine Eichel vom Stamm absetzte. Wie ein pulsierendes Herz begann sie zu pochen und sich zu vergrößern.

Mit Vorliebe reizte ich auch die kleine trichterförmige Öffnung und ganz vorsichtig versuchte ich, mit dem Stiel in sie einzudringen. Mittlerweile hatte er aufgehört zu sprechen. Er blieb still bei mir stehen und ließ zu, dass ich die Feder in sein Rohr einführte. Als ich sie einige Zentimeter versenkt hatte, begann ich sie zu bewegen – wie das Bürstchen in meiner Wimperntusche. Der junge Mann atmete schwer und ich merkte, dass die beiden Tabletts, die er in Händen hielt, bebten. Doch ich durfte ein paar Minuten lang meinen Spaß mit ihm haben. Danach behielt er die Feder tief versenkt in seinem Penis, wie einen stolzen Stammesschmuck.

Richard sah mich befremdlich an. »Hast du öfters solche Gelüste?«, fragte er.

Ich lächelte. »Nein. Bisher noch nie.«

Wir blieben noch eine Weile sitzen, aber rund um uns verschwanden mehr und mehr Leute ins angrenzende Separee. Und irgendwann gab mir Richard zu verstehen, dass wir ihnen nun folgen würden. Ich hatte große Bedenken, denn ich vermutete, dass er mit mir schlafen wollte. Und wenn ich mir in einer Sache sicher war, dann darin, dass meine Gefühle bereits Ronan gehörten. Unter Umständen konnte ich mir vorstellen, noch ein letztes Mal mit Santiago zu schlafen – aus sentimentalen Gründen. Aber bestimmt nicht mit einem Fremden. Auch nicht, wenn es ein Freund von Santiago war!

Unsicheren Schrittes betrat ich das Separee und es dauerte ein paar Sekunden, bis ich realisieren konnte, was sich dort abspielte. Santiago lag mit David auf einem überdimensionalen schwarzen Kuschelsofa. Neben ihnen Christian mit einem Mädchen in verfänglicher Pose. Damian und Edward standen in ihrer Funktion als Bodyguards etwas abseits. Doch auf der anderen Seite des Raumes, direkt gegenüber, erstreckte sich eine viermal so große Liegefläche aus rotem Samt, auf der sich Männer und Mädchen zu einer opulenten Orgie zusammengefunden hatten.

Mittlerweile war auch klar, dass es sich bei den gemieteten Männern weder um Kellner noch um Stripper, sondern viel mehr um Live-Porno-Akteure oder Callboys handelte, die sich sowohl gleichgeschlechtlich untereinander, als auch mit Christians und Santiagos Mädchen vergnügten. Kein einziger von Santiagos Freunden war in der Orgie zu sehen, sie standen als Zuschauer ringsum.

Ich war fassungslos. Ich sah Natalie und Lilienné, wie sie von fremden Männern durchgevögelt wurden. Auf dem Boden lagen aufgerissene quadratische Briefchen. Kondome. An Alice waren sogar zwei Männer gleichzeitig zugange. Daneben ein homosexuelles Trio in einer Pose, die ich bei Männern noch nie gesehen hatte. Kurz wurde mir schwarz vor Augen. Dann spürte ich nur noch den Drang, davonzulaufen. Entsetzt blickte ich zu Santiago. Der war gerade in eine Zärtlichkeit mit David vertieft. Aber es war mir egal, für mich waren nun endgültig alle Grenzen überschritten! Ich nahm mir vor, ihm alles zu erzählen – die Geschichte mit Ronan, die ganze Wahrheit, meine verletzten Gefühle, und dass unsere Liebe keine Zukunft mehr hatte ... Ich wollte nur noch weg von hier.

Doch ich hatte einen Kloß im Hals und unbeschreibliche Angst. In der nächsten Sekunde fühlte ich eine drängende Berührung auf meinem Rücken – Richard gab mir ein Kondom in die Hand und schob mich in Richtung dieser Spielwiese! Panik brach in mir aus. Ich wandte mich um, hatte Tränen in den Augen, fuhr mir nervös durch die Haare und wollte gerade etwas sagen ... als mich David plötzlich am Handgelenk packte!

Er war aufgestanden und holte mich zu sich auf das schwarze Kuschelsofa. Ich fühlte, wie ein Felsen der Erleichterung von meinem Herzen zu Boden donnerte. David nahm mich zwischen sich und Santiago, und bevor ich richtig begreifen konnte, was nun geschehen sollte, hatte ich Santiagos Schwanz in meinem Mund. David zog mir das rote Bikinihöschen aus, ich kniete nach vorn gebeugt, und er begann, mich mit seiner Hand zwischen den Beinen zu massieren. Jemand anderes befreite mich von meinen High Heels und mit Santiagos Schwanz in meinem Mund und unter der gefühlvollen Massage von Davids Fingern verblasste langsam der Schrecken der letzten Minute.

Dann gab es einen kleinen Wechsel, David hielt bloß noch meine Hand und plötzlich spürte ich eine fremde Zunge in meiner feuchten Spalte. Ich schrie und wollte in die Höhe schnellen, doch Santiago drückte blitzartig meinen Kopf nach unten. Er zwang seinen Schwanz tief in meine Kehle, während nun vermutlich einer der Live-Porno-Akteure von hinten an meiner Spalte leckte. David ermutigte mich mit dem Druck seiner Hand zu einem übertriebenen Hohlkreuz, und der Fremde zog meine Beine in eine leichte Grätsche, um besseren Zugang zu haben. Danach züngelte er kunstvoll die kleinen Fältchen meiner Schamlippen ab. Er reizte und massierte mich unfassbar geschickt, bis ich dachte, ich würde überschnappen. Dann leckte er hoch und höher, bis an meine zweite viel engere Öffnung. David streichelte über meinen Rücken und mit Santiagos Schwanz geknebelt musste ich zulassen, dass die fremde Zunge dort in mich eindrang. Sie bewegte sich wie die eines Reptils, stieß in mich und wirbelte im Kreis. Ich stöhnte und konnte mich kaum noch darauf konzentrieren, was ich mit Santiagos Schwanz in meinem Mund machte.

Nach dem Vorspiel fasste David mich um die Taille und zog mich zu sich. Der Callboy war verschwunden. Ich fühlte nur noch David an meinem Rücken. Er hatte sein Hemd komplett geöffnet, genau wie Santiago, und sie trugen beide Hotpants, die man vorn aufknöpfen konnte, sodass sie nicht beengten, man aber trotzdem vor all den Leuten hier nicht restlos nackt war. Ich spürte, wie David seinen Schwanz herausholte und zwischen meine Pobacken schmiegte, während er meinen Oberkörper in seiner Umarmung hielt. Als ich in Santiagos Augen sah, flüsterte David in mein Ohr: »Das wird jetzt dein Herzenswunsch, Kleines.«

Prickelnde Gänsehaut lief über meinen Körper. Ängstlich sah ich Santiago an. Der lächelte blasiert, zog seine Mundwinkel nach unten und fuhr sich durch die Haare. Aber irgendetwas hatte er auch in seinem Blick, das mir sagte, dass ich heute verdammtes Glück hatte und er ausnahmsweise bereit war, David einen Gefallen zu tun. Und er war zweifellos erregt. Ich sah, wie er Hand an sich selbst legte und sich lustvoll berührte – eine vertraute Geste, mit der er mich stets auf die Folter spannen und mir den Mund wässrig machen wollte.

David küsste mich im Nacken und gab mir zu verstehen, dass ich ein Bein für ihn aufstellen sollte. Dann rieb er seinen Schwanz zwischen meinen Schenkeln, benetzte ihn mit meinem Liebessaft und drang gefühlvoll von hinten in mich ein. Ich entspannte mich bewusst, was mit Santiagos Antlitz vor meinen Augen weit schwerer ging, als ich es mit David allein in Erinnerung hatte. Doch er konnte sich schon beim zweiten Eindringen vollständig in mich versenken. Ich seufzte glücklich, und David nahm einen langsamen Rhythmus auf. Er hielt mich in seinen Armen und sein Schwanz bewegte sich geschmeidig in meiner engen Höhle. Santiago taxierte jede Regung in meinem Gesicht und bald kam er mir näher – in eindeutiger Absicht. Aber bevor er in mich eindringen konnte, fasste David in seinen Nacken und warnte ihn: »Vorsichtig!«

Santiago verdrehte die Augen. David zog sich aus mir zurück und Santiago stieß zu. Ein erschrockener Laut brach aus meiner Kehle. Und diesmal riss ihn David an den Haaren!

Santiago lächelte, doch dann begann er ein langsames Tempo und David konnte sich anpassen. David legte großes Augenmerk darauf, nur abwechselnd und nicht gemeinsam in mich einzudringen.

Ich konnte kaum glauben, dass mir das gerade wirklich passierte. Wie lange hatte ich mir diese Konstellation gewünscht. Wie lange hatte ich davon geträumt, von David und Santiago gleichzeitig geliebt zu werden ... Und jetzt fühlte sich alles ganz anders an als erwartet. Es fühlte sich nicht an wie Liebe. Außerdem hatte ich nicht erwartet, dass uns so viele Leute dabei zusehen würden. Enttäuscht fühlte ich Tränen in mir aufsteigen.

Santiago atmete erregt und zwischendurch konnte er mich sogar mitreißen. Ich spürte, wie seine Lust auf mich überschwappte und mich durchströmte. Aber dann überwog doch wieder die Enttäuschung ... Schließlich merkte David, dass ich weinte, und er änderte die Stellung. Er verschwand hinter mir und brachte Santiago dazu, über mich zu kommen. Gleichzeitig gab er eine Anweisung, den Vorhang rund um diese Kuschelzone zu schließen ... und plötzlich waren wir allein! Offenbar durfte das nun niemand sehen ...

David kniete sich von hinten zwischen Santiagos Beine. Und während der auf seine Ellenbogen gestützt auf mir lag und unsere Geschlechter vereint waren, drang David in ihn ein. Von einer Sekunde auf die andere war ich plötzlich massiv erregt. Aus dieser geringen Distanz in Santiagos Gesicht zu blicken, wie er einen Anflug von Schmerz unterdrückte und gleichzeitig sexuelle Erfüllung erfuhr, hatte durchaus seinen Reiz. Er gab sich Mühe, Haltung zu bewahren und gefasst zu wirken, aber niemand wusste wohl so gut wie David, was er brauchte. Und ich war mir sicher, er würde ihn zum Orgasmus bringen.

Die Stöße, die er ihm versetzte, erschütterten seinen Körper wie kurze, harte Schläge. Ich empfing sie indirekt und für mich fühlte sich das fantastisch an. Santiago ertrug die heftige Penetration lautlos. Bloß seine Haare gerieten aus der Form, Strähne für Strähne löste sich aus der Perfektion seiner Frisur. Mit zusammengebissenen Zähnen sah er in meine Augen und ich hatte den Eindruck, dass er darin fast einen Reiz gefunden hatte ... Es war wie das Spiel, wer zuerst wegsehen würde. Und wir beide wollten gewinnen. Vielleicht glaubte er, ich würde aus Verlegenheit meinen Blick abwenden. Aber ich tat es nicht. Und er hatte es viel schwerer. David schaukelte seine Ekstase immer höher. Santiago war die Anstrengung und die Erregung anzusehen, er musste seinen Mund öffnen und stöhnte, während er seine Stirn fast auf meiner ablegte. Ich war versucht, ihn zu küssen, spürte Kontraktionen in meinem Unterleib, meine kleinen Muskeln umklammerten seinen Schwanz bei jeder Bewegung und ich stöhnte ebenfalls. Doch plötzlich gab er ein forsches, unverständliches Kommando durch den Vorhang. Und kurz darauf begann jemand, meine Fußsohlen zu peitschen!

Fremde Hände hielten mich an den Knöcheln fest und scharfe kleine Hiebe brannten sich in meine empfindliche Haut. Ich schrie wie von Sinnen und wehrte mich, aber unter Santiagos Gewicht und gegen die Männer, die meine Füße hielten, hatte ich keine Chance. Der Schmerz jagte von meinen Fußsohlen meinen ganzen Körper hoch. Santiago beobachtete meinen Kampf mit Verzückung. Er stöhnte, sah mich fasziniert und ergriffen an, dann nahm er meinen Kopf an seine Schulter und ich fühlte das Beben, das seinen Körper erfasste. Er kam unter heftigem Stöhnen. Die Energien der Männer verströmten sich. Ich rang nach Luft und keuchte, bis schließlich auch die letzten Hiebe an meinen Fußsohlen versiegten.

Santiago zog sich aus mir zurück und suchte etwas Abstand. Schon ein paar Sekunden später zog er an einer Zigarette und trank Whiskey.

David nahm mich kurz zur Seite. »Für dich ist der Abend gelaufen«, sagte er leise. »Du kannst in deinem Zimmer bleiben. Es ist oben. Das zweite auf der rechten Seite.«

Ich nickte, noch völlig zerstreut. Doch ich war dankbar, dass ich gehen durfte. Die High Heels nahm ich in meine Hände und verließ eilig das Separee.

Noch stundenlang hörte ich Musik, das feine Klirren der Gläser, Männerstimmen und Gelächter ... aber auch helle Schreie. David hatte mich davor bewahrt.

# CountDown

Als ich am nächsten Morgen erwachte, schien bereits die Sonne. Ich hörte Geschirr. Vermutlich frühstückten die anderen schon.

Ich sprang aus dem Bett, und mich überfiel schlagartig mächtige Nervosität, als mir bewusst wurde, welch denkwürdiger Tag heute war. Eilig streifte ich ein kurzes Kleid über und verließ mein Zimmer. Von der Galerie aus sah ich die Mädchen an einem langen Tisch auf der Terrasse. Santiago und David fehlten noch.

Ich musste ins Bad. Doch dann passierte es ... als ich mir die Zahnbürste in den Mund steckte, musste ich mich spontan übergeben. Und erst jetzt merkte ich, wie übel mir eigentlich war. Es war genau wie vor ein paar Tagen ... Aber diesmal war ich nicht gehüpft! Irgendwie kam mir diese neue Angewohnheit seltsam vor und ich war mir nicht sicher, ob ich sie einzig auf meine Nervosität schieben konnte. Zu Hause musste ich mich nie übergeben, egal ob ich hüpfte oder nervös war! Mir wurde heiß und kalt, während ich genauer darüber nachdachte und alle möglichen Gründe dafür in Erwägung zog. Und ich beschloss, David bei Gelegenheit zu fragen, wann ich eigentlich meine letzte Verhütungsspritze bekommen hatte. Gleichzeitig fiel mir ein, dass ich David ja auch noch etwas anderes fragen wollte. Und gerade als ich an Ronan dachte, hörte ich seine Stimme.

Ich war im Badezimmer fertig und stakste mit meinen High Heels vorsichtig die Treppe hinunter. Ronan stand auf der Terrasse und unterhielt sich mit Edward über die Abläufe des heutigen Tages. Er hatte mich kurz gesehen und mit einem kleinen Lächeln gegrüßt. Doch das war alles, was wir austauschen konnten. Ich setzte mich artig zu den Mädchen und frühstückte. Ronan redete noch eine ganze Weile mit Edward und verschwand danach wieder.

»Wo ist David?«, fragte ich anschließend.

»Sie schlafen beide noch«, gab Edward zur Antwort.

Ich nickte und musste mein Vorhaben auf später verschieben.

***

Nach dem Frühstück hatten wir eine Anprobe. Zwei Designer aus New York waren eigens angereist, um zu kontrollieren, wie die Kleider, die sie entworfen hatten, an unseren Körpern zur Geltung kamen. Dass sie uns passten, stand außer Frage, denn sie waren so geschnitten, dass sie vermutlich jeder schlanken Frau gepasst hätten. Bloß, je schöner die Figur, umso atemberaubender war der Gesamteindruck. Diese Kleider lebten von ihren Trägerinnen.

Ich schlüpfte in meines und als mich der Designer von allen Seiten begutachtete, musste ich verlegen lächeln. Vermutlich hätte ich mich komplett nackt kaum anders gefühlt. Viel war ja nicht gerade dran an den Teilen. Eine weiße, mit Gold bestickte Borte bildete den Schultergürtel, unterfüttert und verstärkt gab sie dem Kleid etwas Form und Halt. Von dort aus liefen zwei breite Bahnen weißer Seide nach unten. Ein Teil vorn. Ein Teil hinten. Seitlich blieb alles offen. Unterwäsche gab es keine. Blieb nur darauf zu hoffen, dass bei der Hochzeit kein Wind wehen würde. Ich musste schmunzeln, als mir in den Sinn kam, dass Santiago und David vielleicht dasselbe tragen könnten.

Nachdem ich die Anprobe hinter mich gebracht hatte, entdeckte ich David, allein, im ersten Stock. Ich eilte zu ihm und flüsterte aufgeregt: »Ich muss dich kurz sprechen ... bitte!«

David nickte. »Wir haben auch länger Zeit.« Er legte entspannt seinen Arm um meine Taille und führte mich in eines der Zimmer, das für mich auf den ersten Blick wie ein Büro wirkte. Ein Schreibtisch, eine Sitzgruppe und einige Aktenordner waren darin untergebracht. Aber David blieb stehen und sah mich erwartungsvoll an.

Wo sollte ich bloß beginnen? »Ich hab ein gewaltiges Problem«, erklärte ich.

David presste seine Lippen zusammen und nickte.

»Weißt du davon?«, fragte ich.

Er lächelte. »Kommt darauf an. Erzähl mal ...«

»Warum hat Ronan größte Achtung vor dir und warum ist er der Meinung, du hättest ein gutes Herz?«

David seufzte und begann mich an der Taille zu streicheln. »Was hast du mit Ronan?«, fragte er lächelnd.

Konsterniert blickte ich in Davids Augen und konnte nicht antworten. Ich fühlte, dass Tränen in mir aufstiegen. Daraufhin nahm er mich in seine Arme und hielt mich fest. Zärtlich streichelte er über meinen Rücken. Und für einen Moment war ich mir sicher, er wusste bereits alles. Doch unvermittelt schob er mich wieder von sich. »Also erzähl! Ich höre ...«

»Ich ... ich will euch nicht die Hochzeit verderben«, schluchzte ich, »darum möchte ich noch warten ... Aber ich will Santiago verlassen.«

David nickte gefasst und schwieg.

»Du wusstest, dass ich schon mal hier war!«, beschuldigte ich ihn daraufhin, »... und dass ich etwas mit ihm hatte!«

»Was empfindest du für Ronan?«, fragte David, ohne auf meine Vorwürfe einzugehen.

Ich seufzte. »Ich ... ich weiß nicht. Seit wir hier sind, kann ich es kaum erwarten, in seinen Armen zu liegen ... Aber abgesehen davon, dass ich mich so sehr zu ihm hingezogen fühle, glaube ich, er ist gut für mich ... Ich glaube, er kann gut auf mich aufpassen und er weiß auch von meinen Problemen und von Santiago. Er ist sehr verständnis- und liebevoll.« Ich stockte in meiner Erklärung. »Er ... er kann aber auch das andere«, betonte ich und erinnerte mich an den Tag, als Ronan einmal eine leicht dominante Ader für mich ausgepackt hatte. »Aber ich glaube, er würde mir niemals wehtun. Und er hat mal gesagt, ich wäre ›das einzige Mitglied in seiner Sekte‹!« Ich lächelte hoffnungsvoll.

David nickte und war noch immer skeptisch. »Wie sicher bist du dir, dass du Santiago verlassen willst?«

»Ich würde ihn auch verlassen, falls Ronan es sich anders überlegt«, flüsterte ich geknickt. »Ich kann nicht mehr, David ... ich kann das nicht mehr!«

David streichelte über meine Wange. »Defoe wird sich nichts anders überlegen«, versicherte er mir und führte mich zu der Sitzgruppe am Fenster. Wir setzten uns und David hielt weiterhin meine Hand fest. »Zahira, ich kann dir gar nicht sagen, wie froh ich bin, deine Worte zu hören. Ich hab dir doch gesagt, wenn der Richtige kommt, lasse ich dich gehen. Erinnerst du dich?«

Ich nickte.

»Defoe ist mit ziemlicher Sicherheit ein wundervoller Mann für dich. Vielleicht nicht für immer, das kann keiner sagen, aber jetzt im Moment auf jeden Fall. Und er liebt dich über alles.«

»Wie kommst du darauf?!«, fragte ich verwirrt.

David lächelte geheimnisvoll ... Kurz blickte er aus dem Fenster und zögerte, doch dann sah er mich wieder an. »Defoe war bei mir in New York, Zahira. Es war wie verhext, gleich ein paar Tage nachdem du nach Ivory zurückgegangen warst. Er hat dich gesucht und ist über deine Agentur und dein Handy an mich gekommen.«

Ich starrte ihn entgeistert an. »Ronan war bei dir?«

»Ja. Und du kannst mir glauben, es hat ihn hart getroffen, als ich ihm sagen musste, du wärst wieder bei Santiago und er hätte dich nur knapp verpasst. Am liebsten wäre er auf der Stelle nach Miami geflogen, aber ich konnte ihn überzeugen, es nicht zu tun. Ich hab ihm erklärt, dass es keinen Sinn machte, dich auf Ivory zu treffen ... Er würde erstens nicht bis zu dir durchkommen und du würdest zweitens nicht mit ihm mitgehen, wenn du bei Santiago bist.«

Ich nickte betroffen. Vermutlich hatte David recht. »Aber Ronan hat eine Einladung an Santiago geschickt!«, sagte ich.

»Ja. Darauf haben wir uns geeinigt.«

Ich verstand nur Bahnhof. »Wusstest du damals schon, dass ihr heiraten würdet? Und jetzt sind alle wegen mir hier?«

David lachte. »Nein. Bestimmt nicht. Ronan hat gepokert. Mehr konnte er nicht tun. Er wusste nicht, ob Santiago jemals kommen würde und wen er dann mithätte. Das Einzige, was ich ihm versprechen konnte, war, dass ich ihn informiere, wenn du dich von ihm trennst. Das hätte ich ja vermutlich erfahren.«

»Das heißt, wir sind zufällig hier?«

»Nicht ganz. Santiago hatte die Einladung und etwas Bildmaterial von diesem Resort noch in seinem Zimmer liegen. Und er hat gesehen, dass ich mich außerordentlich dafür begeistern konnte. Aber er denkt natürlich, es wären seine Entscheidung und seine Wahl gewesen.«

Ich lächelte liebevoll und ließ erleichtert meinen Kopf fallen. Gleichzeitig musste ich Davids Hand küssen. Er war einfach der Beste. Ich war so froh, dass ich ihn auf meiner Seite hatte.

Als ich ihn wieder ansah, fragte er: »Hast du schon mit ihm geschlafen?«

»Was?! Wie denn?«, klagte ich. »Ich hatte noch nicht mal Gelegenheit, in Ruhe ein Wort mit ihm zu wechseln. Edward lässt mich nicht aus den Augen. Aber ... wir haben uns heimlich geküsst.«

David schmunzelte. »Wie spannend.«

»Spannend?«, empörte ich mich. »Ich fühle mich wie eine Schwerverbrecherin auf der Flucht. Und ich hab Angst vor Santiago. Ich bin so froh, wenn das endlich vorbei ist!«

Er nickte. »Sag es ihm morgen Nachmittag ... Aber lass mich aus dem Spiel!«, betonte David. »Und lass auch Ronan aus dem Spiel. Sag ihm, dass du noch eine Woche hier bleibst. Die anderen Mädchen fliegen ohnehin nach Hause. Ich fliege mit Santiago weiter nach Maui, Hawaii.«

»Maui!?« Ich strahlte ... »Er fliegt mit dir auf Hochzeitsreise!?«

»Ja. Wir wollten das trennen«, meinte David. »Und für dich ist es die perfekte Gelegenheit, ihn gehen zu lassen.«

Ich nickte und fuhr mir aufgeregt durch die Haare. Ein wenig Bauchkribbeln hatte ich schon davor.

»Dann freue ich mich, dass du heute bei meiner Hochzeit dabei bist«, sagte David abschließend und wollte sich erheben, aber ich hielt ihn auf. »Warte! ... Ich ... ich hab noch eine andere Frage. Brauche ich nicht bald wieder eine Verhütungsspritze?«

David runzelte die Stirn. »Ich glaube nicht. Aber ich kann nachsehen.« Er streckte sich zu einem Kalenderbuch auf dem Schreibtisch, blätterte darin, suchte, und fand schließlich meinen letzten Impfeintrag von Amistad. »Hier, du hast am vierten Mai die letzte Spritze bekommen. ›Depo-Clinovir‹. Das hält drei Monate! Es ist also noch gut einen Monat Zeit.«

Ich atmete auf.

»Wegen Ronan?«, fragte er.

»Ja .... auch ...« Ich lächelte. »Aber mir war heute Morgen übel. Ich musste mich sogar übergeben.«

David streichelte meine Hand. »Ist vielleicht die Aufregung. Wegen der Verhütung brauchst du dir keine Sorgen zu machen. Das Medikament ist sicher!«

Ich nickte erleichtert.

»Wir sehen uns später«, hauchte David und küsste mich auf die Wange.

Zurück in meinem Zimmer fiel ich aufs Bett. Ich war erleichtert. Das hätte mir noch gefehlt.

Nun waren all meine Gedanken wieder bei Ronan. Jetzt wusste ich wenigstens, was er mir hatte beichten wollen. Wie konnte er denken, ich wäre ihm deshalb böse? Auch wenn ich die Vorstellung, dass er sich hinter meinem Rücken mit David getroffen und mit ihm über mich gesprochen hatte, gewöhnungsbedürftig fand, konnte ich es ihm nicht vorwerfen.

***

Die Stunden an diesem Tag vergingen wie im Flug. Im Nu war es Nachmittag und Edward holte uns zur großen Zeremonie. Zwei Stylisten hatten sich alle Mühe gegeben und uns glamourös wie für eine Oscarverleihung zurechtgemacht. Auch Christians Mädchen trugen dieselben Designer-Kleider wie wir, lange offene Haare und gläserne High Heels.

Während wir bedächtig die Treppen hinunterschritten, erklärte uns Edward kurz den geplanten Ablauf ... Er meinte, Santiago hätte sich in letzter Sekunde doch gegen eine Zeremonie am Strand entschieden. Er zog es nun vor, in der Villa zu bleiben. Ihm gefielen der Pool und die Terrasse. Und er wollte die private, vertraute Atmosphäre genießen. Nach der Zeremonie würden wir dann alle gemeinsam auf die große Yacht gehen und zu einer geheimen Lagune fahren, von wo aus man den Sonnenuntergang besonders schön beobachten konnte. Anschließend gäbe es ein Galadinner in der Villa und lockere Abendunterhaltung, bis sich Santiago und David irgendwann zurückziehen würden.

Als wir auf die Terrasse kamen, war bereits alles festlich geschmückt. Exotische Blumen in hohen Vasen, weiße Orchideen, und verstreute Blüten wiesen uns den Weg. Von der Mitte der Terrasse aus ragte eine Brücke auf eine Palmeninsel mitten im Pool, wo offenbar die Zeremonie stattfinden sollte. Der Standesbeamte wartete dort, sieben Fackeln loderten rund um ihn und tauchten den blumengeschmückten Platz in romantische Stimmung.

Wir Mädchen mussten uns zu beiden Längsseiten des Pools aufstellen, während die Männer und alle übrigen Gäste auf der breiten Seite der Terrasse blieben. Ich sah auch Ronan und ein paar mir unbekannte Leute unter den Gästen. Der Gedanke, dass er Ronan zu seiner Hochzeit eingeladen hatte, bereitete mir Unbehagen. Aber ich war dankbar, dass heute zumindest kein Wind wehte. Ich stand am Rand des Pools und blickte wehmütig auf die kleine Palmeninsel. Sie war so weit weg, dachte ich, ich würde kaum etwas von der Zeremonie mitbekommen.

Irgendwann drang leise Klaviermusik an unsere Ohren. Eine der breiten Terrassentüren war aufgeschoben geworden, wodurch man Sicht auf einen weißen Flügel hatte. Die sanften Klänge untermalten das Meeresrauschen sehr stilvoll, ohne aufdringlich zu wirken. Nach der instrumentalen Einstimmung betrat ein junger Mann mit einem Mikrofon in der Hand die Terrasse. Doch nun blickten alle gespannt in die Richtung, aus der Santiago und David erwartet wurden ...

Bodennebel strömte über die Terrasse, ein neues Musikstück erklang, das weiße Wolkenmeer breitete sich gemächlich auf dem Boden aus und als es uns alle erreicht hatte, wurden am Eingang effektvoll zwei Fackeln entzündet. Inmitten von Feuer und Nebel erschien Santiago. Seine Haare glänzten schwarz und seine Ausstrahlung war betörend. Christan stand direkt hinter ihm. Die beiden Männer genossen kurz ihren Auftritt, danach kamen sie durch den Bodennebel die Terrasse entlang. Santiago trug einen edlen roten Anzug mit Stehkragen, aufwändigen Mustern und Stickereien. Christian blieb dicht an seiner Seite. Ihr Weg führte sie über die schmale Brücke hinaus auf die feierliche Insel. Dort berührten sie einander freundschaftlich und Christian flüsterte Santiago etwas ins Ohr, als wollte er ihm zusprechen oder Glück wünschen. Danach zog er sich zurück und ließ ihn mit dem Standesbeamten auf der Insel allein.

Erst jetzt fiel mir auf, dass der Sänger gar nicht gesungen hatte. Santiago stand mir zugewandt und ich hätte theoretisch mit ihm Blicke austauschen können, wenn er das gewollt hätte, doch seine Aufmerksamkeit war gleichmäßig über alle Anwesenden verteilt und galt niemandem bestimmten.

Wieder warteten wir ... Der Klavierspieler begann ein neues Lied und diesmal griff auch der junge Sänger zum Mikrofon. Und dann gehörte plötzlich alle Aufmerksamkeit nur noch einem Mann. David. Er betrat etwas zurückhaltender die Terrasse. David trug einen ganz ähnlichen Anzug wie Santiago, der gleiche Schnitt und dasselbe feine Muster, bloß bei der Farbe hatte man sich bei ihm für Perlmuttweiß entschieden. Neben ihm zeigte sich Damian, in klassischem Schwarz. Und während sie gemeinsam über die Terrasse schritten, begann der junge Sänger sein Lied ...

Ich sah, wie Santiago wohlwollend lächelte. Der junge Mann hatte eine sehr ungewöhnliche gutturale Stimme, die auch in leisen zärtlichen Tönen einen besonderen Reiz entfaltete. Für einen Augenblick blieb David stehen und wandte sich Damian zu. Er fuhr sich zweimal durch seine schönen blonden Haare, bevor er weitergehen konnte. Ich fragte mich, ob er kalte Füße bekommen und kurz gezögert hatte, oder ob er gerührt war über die Auswahl der Musik. Auf seinem weiteren Weg passierte es jedenfalls nicht mehr. David schritt würdevoll und gefasst an den Gästen vorüber und auf Santiago zu, während der Sänger die wohl gefühlvollste Version von »You raise me up« zum Besten gab, die ich je gehört hatte.

Und das Lied war noch nicht zu Ende, als Santiago David in seine Arme schloss und ungeniert zu küssen begann. Der Standesbeamte wollte auf der Stelle eingreifen und unterbrechen, doch in letzter Sekunde besann er sich wohl eines Besseren. Ich atmete auf, wollte mir nicht vorstellen, was passiert wäre, wenn er Santiago dieses intimen Moments beraubt hätte. Er küsste David so innig und leidenschaftlich, dass der Sänger sogar noch eine Strophe »You raise me up« anhing.

Danach grinste Santiago den Standesbeamten hochmütig an und vollzog dabei eine Handbewegung, als würde er ihm nun das Wort erteilen. Vermutlich wussten jetzt alle, dass er auf eine Trauung durch diesen Mann nicht angewiesen war. David gehörte bereits ihm.

Während der nächsten Minuten musste ich schmerzlich feststellen, dass sich meine anfängliche Befürchtung bewahrheiten sollte. Ich konnte von all dem, was der Standesbeamte sprach, nichts hören. Bestimmt erging es auch allen anderen so, denn wir standen alle gleich weit von der Insel entfernt und vermutlich hatte Santiago das so gewollt.

Aber wenigstens konnte ich ihn sehen. Ich konnte sein Gesicht sehen und wie angetan er lächelte. Der ergreifendste Moment war wohl, als er David eine Versprechung machte. Sie war nicht zu knapp, und auch die von David, gespiegelt in Santiagos Gesicht, war ein rührendes Erlebnis. Danach tauschten sie Ringe und mir kamen die Tränen, als ich sah, wie glücklich Santiago strahlte und wie er David bis über beide Ohren verliebt anlächelte ... So verliebt und stolz hatte ich ihn zuletzt nur mit Cheyenne gesehen ...

Plötzlich musste ich an Cheyenne denken ... Und plötzlich überrollten mich ein paar Zahlen wie eine Naturgewalt. In meiner ganzen Zeitrechnung auf Ivory hatte ich kaum etwas von Kalendern oder Terminen mitbekommen. Doch ein Datum hatte sich unweigerlich bei mir eingeprägt und das war der Tag, an dem Cheyenne uns verlassen hatte. Der vierte Mai. Und wenn ich etwas mit Sicherheit sagen konnte, dann, dass ich an diesem Tag – und auch die zwei Wochen danach – nicht geimpft worden war!

Ich schluckte.

Eine schlimmere Erkenntnis hätte mich in diesem Moment nicht erreichen können ... Cheyenne starb am vierten Mai und Amistad hatte vergessen, mich zu impfen!

Ich spürte, wie mir schlecht wurde, gleichzeitig suchten meine Augen nach Ronan. Er sah mich zufällig gerade an. Etwas verschwommen bekam ich gerade noch mit, wie er den Securities hinter mir ein Zeichen gab, und vielleicht hätten sie mich auffangen sollen, aber die Chance bekamen sie nicht ... denn ich fiel nach vorn.

Meine Landung war nass. Ich klatschte in den Pool, ging unter, schluckte Wasser, aber ich war auch sofort wieder bei mir und kämpfte, um nicht zu ertrinken. Der Pool war tief, ich trug verschlossene High Heels und die langen Teile meines Kleides wickelten sich um meine Arme. Hektisch schlug ich um mich, hustete, keuchte, kreischte nach Luft und schaffte schließlich die paar Meter bis zum rettenden Ufer. Doch es war das falsche! David wollte mir helfen ... Santiago drängte ihn zur Seite und reichte mir seine Hand. Mit einem sicheren Griff zog er mich hoch, doch kaum hatte ich beide Knie auf dem Trockenen, knallte er mir eine Ohrfeige ins Gesicht, wie sie härter kaum hätte sein können. Sofort stürzten der Standesbeamte und

David auf ihn zu, um ihn davon abzuhalten, mich weiter zu schlagen. Ich sah, wie auch Damian mit ausladenden Schritten über die Brücke auf die Insel eilte. Santiago vernichtete mich mit seinen Blicken, aber nun nahm er wenigstens seine Hände von mir. Damian half mir hoch, wickelte mich in ein großes Badetuch und nahm mich auf seine Arme.

Ich dachte an meine Haare und an das nasse Kleid. Wie sollte ich so mit Santiago und David in den Sonnenuntergang fahren? Es tat mir auch leid, dass ich die Zeremonie gestört hatte. Das mit der Impfung war schließlich nur eine Vermutung. Wenn auch eine sehr beängstigende. Und eine sehr ernstzunehmende. Ich musste einen Schwangerschaftstest machen!

Damian brachte mich in das Innere der Villa. Er schickte mich ins Bad und zu den Visagisten. Es gäbe auch noch ein Kleid in Reserve, meinte er. Doch nur wenige Minuten später verkündete Edward, dass Santiago entschieden hätte, mich nicht mit auf die Yacht zu nehmen.

Enttäuscht nahm ich seine Entscheidung zur Kenntnis und tröstete mich damit, dass ich wohl ohnehin zwei Stunden brauchen würde, bis ich wieder gestylt wäre. Und während ich duschte, frisiert und geschminkt wurde, spielte mein Hirn alle Horrorszenarien durch, die sich aus einem fehlenden Impfschutz ergeben konnten ...

Allein die Vorstellung, ungewollt in eine solche Lage zu geraten, war erschreckend und beängstigend genug, doch dann kam noch hinzu, dass ich nicht den blassesten Schimmer hatte, mit wem alles ich während der letzten Wochen Sex gehabt hatte! In meiner Bestürzung gelang es mir auch kaum, mich auf irgendwelche Einzelheiten zu konzentrieren. Verzweifelt versuchte ich, alle bedeutsamen Ereignisse seit dem vierten Mai vor meinem geistigen Auge zu rekapitulieren, und ich war direkt schockiert, als ich merkte, dass es derer kaum welche gab. Und ich wurde immer nervöser und aufgebrachter, als sich abzeichnete, dass im Endeffekt nur ein einziges Ereignis übrig blieb ... denn das war mit Santiago! Unsere romantische Nacht am Strand – damals, als er mir vertrauensvoll mitgeteilt hatte, er wolle David zurückholen.

Zufällig war das auch das einzige Mal gewesen, wo er mir weder davor noch danach wehgetan hatte, mich weder erniedrigt noch gedemütigt und mich einfach nur geliebt hatte. Es war mein »One-Million-Dollar-Sex« gewesen, nachdem ich auf eine Erfolgsprämie für meine Unterstützung bei David in eben dieser Höhe verzichtet hatte.

Und daraus ergab sich gleich das nächste Desaster: Santiago war noch keine fünfzig und ich hatte blaue Augen!

Soviel ich von Jana mitbekommen hatte, wollte er sich erst mit fünfzig fortpflanzen und es lag ihm sehr viel daran, dass sein Nachwuchs ihm ähnlich sah. Also hätte er vermutlich freiwillig keine Frau mit blauen Augen ausgewählt. Das hieß, er wollte sich mit mir weder jetzt noch sonst irgendwann vermehren. Betroffen blickte ich in den Spiegel ... Ich hatte seine Haarfarbe, den dunklen Teint seiner Haut und den Körper eines Models, aber meine Augenfarbe war die falsche. Er würde unser Kind nicht lieben. Und plötzlich war ich an genau jenem Punkt angelangt, wo ich nicht weiter darüber nachdenken wollte. Die Visagistin hatte bereits mit meinen ersten Tränen zu kämpfen, die ungebremst über mein Make-up liefen, und sie war sofort besorgt um mich. Daraufhin versuchte ich, mich zu beruhigen. Wenn ich es realistisch betrachtete, war die Wahrscheinlichkeit, dass es ausgerechnet in dieser einen Nacht gefunkt haben sollte, ohnedies sehr gering. Und vielleicht hatte Amistad mich ja doch geimpft. Vielleicht schon früher. Im Keller gab es öfters mal Injektionen, Vitamine und Antibiotika, und vielleicht brachte ich da etwas durcheinander.

Als ich fertig geschminkt und gestylt war, schlüpfte ich in das neue Kleid, und nachdem ich niemanden in meiner Nähe hatte, der auf mich aufpasste oder den ich fragen konnte, erlaubte ich mir selbst, hinunter an den Bootsanlegesteg zu gehen.

Es war Abenddämmerung und der Himmel wunderschön verfärbt. Draußen auf dem Meer sah ich Lichter und nach einer Weile auch die große Yacht, die sie sich gezielt dem *Seven Seas* näherte.

Santiago war mit Damian einer der Ersten, die von Bord gingen. Ich lief ihm entgegen und wollte mich bei ihm entschuldigen, aber er schritt achtlos an mir vorüber. Und da er mich nicht angesprochen hatte, durfte ich es auch nicht tun. Gekränkt blickte ich ihm hinterher.

Im nächsten Moment legte David seine Hand auf meinen Rücken und flüsterte: »Er ist aufgebracht.«

Ich nickte. »Es tut mir so leid, ich wollte euch diesen schönen Moment nicht zerstören.«

»Wie ist denn das passiert?«, fragte David leise, während die anderen Gäste und auch Ronan an uns vorübergingen.

»Ich weiß nicht. Ich war so berührt und hab plötzlich Sterne gesehen.«

David seufzte. »Vielleicht sollten wir das wirklich mal untersuchen ... Du wirst mir zu oft ohnmächtig, Kleines.«

»Die haben hier auf Aruba bestimmt auch gute Ärzte«, entgegnete ich zuversichtlich.

David nickte und wir machten uns gemeinsam auf den Weg zurück zur Villa ... Dort hatte man inzwischen eine kleine Show auf der Terrasse vorbereitet. Ein Feuerschlucker unterhielt die Gäste höchst spektakulär, bis das Galadinner serviert wurde.

Nach dem Essen verringerte sich die Anzahl der Personen auf den engsten Kreis und auch Ronan zog sich zurück. Wobei mir auffiel, dass Ronan immer wieder zwischendurch kurz von der Bildfläche verschwand und wieder auftauchte. Und ich erklärte es mir damit, dass er vermutlich in die Organisation der Hochzeit mit eingebunden war. Die Servicekräfte waren heute vier junge Damen. Sie kümmerten sich engagiert um die Wünsche der Gäste.

Lilienné atmete auf, als Santiago auch die beiden Sicherheitsleute, die für die Bewachung der Haifischbecken zuständig waren, aus der Villa verbannte. Ohne sie konnte man die versperrten Glasabdeckungen nicht öffnen. Aber wie ich später erfuhr, war es gar nicht nötig, dass eine von uns heute mit Haien schwamm. Es waren ganz andere Dinge geplant, um Santiago zu erfreuen. Die Mädchen hatten sich auf der Bootsfahrt gemeinsam mit Damian Geschenke überlegt, die sie Santiago zur Feier des Tages machen wollten. Doch davon wusste ich noch nichts ...

***

Für den nächsten Show-Act versammelten wir uns im kleinen Separee. Santiago begab sich mit den Männern auf ein Sofa, während wir Mädchen zu seinen Füßen auf einem weichen Teppich unseren Platz fanden. Uns gegenüber erstreckte sich eine Bühne mit Spiegelwänden und drei silbernen Pole-Dance-Stangen. Edward präsentierte die kommende Darbietung feierlich. Danach wurde die Beleuchtung gedimmt, Nebel strömte über die Bühne und dramatische Musik sorgte für Spannung, bis aus den Nebelschwaden plötzlich drei halbnackte Männer auftauchten. Geschmeidig wie Schlangen schraubten sie sich an den Stangen in die Höhe. Es waren Turner aus Russland mit wahrlich begnadeten Körpern. Sie lieferten eine atemberaubende Show an den Stangen wie auch auf dem Boden. Es schien, als kannten sie keine Schwerkraft, als wären sie federleicht und ihre Körper aus Gummi, obwohl die kräftigen Muskelpakete dem deutlich widersprachen.

Ich staunte nicht schlecht, als sie nur mit den Händen an der Stange ihre angespannten Körper waagrecht in der Luft balancierten und drehten. Nach einer Weile gingen sie zu artistischen Einlagen auf dem Boden über. In elastischen weißen Turnhosen und mit bloßem Oberkörper bogen sie sich in alle Richtungen. Zu dritt ergab das Ganze obszöne Figuren, die ständig wechselten. Unweigerlich drängte sich bei jeder zweiten die Frage auf, wie weit sich diese Muskelpakete tatsächlich zusammenfalten konnten, und wie das Ganze wohl ohne diese Turnhosen ausgesehen hätte ... Zwischendurch wagte ich verstohlen einen Blick hinter mich und sah, dass auch Santiago und David gebannt und fasziniert im Zauber dieser Vorstellung gefangen waren.

Doch schließlich verbeugten sich die Akteure, sie bekamen Applaus und verließen danach die Bühne. Wir hörten die Eingangstür und dass sie von jemandem abgeholt wurden. Santiago seufzte schwer und befand, dass nun Zeit für seine Geschenke wäre!

Er ging hinaus in den großen Salon und holte sich einen neuen Drink an der Bar. Danach setzte er sich auf ein elegantes Sofa, von dem aus man den schönsten Ausblick auf das große Aquarium hatte, das in der Nähe des Kamins als Raumtrennung fungierte und mit Zierfischen und bunten Korallen bestückt war.

Als Damian wieder bei uns war, durfte Alice als Erste ihr Geschenk an Santiago überreichen. Sie öffnete einen silbernen kleinen Koffer, in dem sich eine enge transparente Gummihaut befand, die, wie ich gleich darauf feststellen sollte, für sie selbst gedacht war. Alice ließ sich von Damian darin luftdicht einschließen, wie eine Mumie mit beiden Händen an ihren Seiten und bis hinauf zum Scheitel. Schnell betrachtet sah sie aus wie vakuumverpackt. Und etwas steif saß sie nun auf dem

Sofa, zwischen David und Santiago. Als einzige Verbindung zur Außenwelt gab es einen daumendicken Schlauch, der in der Nähe ihres Mundes durch das Gummi nach außen ragte.

Alice wirkte leicht nervös, was sich vielleicht dadurch erklärte, dass Santiago nun das Ende dieses Schlauchs in die Hand bekam und nach Belieben zudrücken konnte, um ihr die Atemluft zu blockieren. Lilienné bot sich an, währenddessen seinen Schwanz zu verwöhnen ... Doch Santiago wollte zuerst alle Geschenke sehen, bevor er sich mit uns vergnügte.

Also trat Natalie vor. Sie kniete nieder und reichte ihm eine kleine rote Schmuckschatulle. Darin befanden sich ein winziger Brillant-Ring und ein silbernes Kettchen. Natalie hatte mit Damian vereinbart, dass David ihr heute Abend vor unser aller Augen ein Piercing stechen würde. Santiago gab sich hoch erfreut, obwohl er Piercings bei seinen Mädchen normalerweise ablehnte, aber nachdem er mit Natalie nicht mehr zusammen war, entschied er sich spontan für die schmerzhafteste aller Varianten, das Klitoris-Piercing.

Auf eigenen Wunsch wollte Natalie dabei stehen bleiben. Sie nahm selbst ihr hübsches Kleid zur Seite und David machte sich an die Arbeit. Ich musste mich setzen, damit mir nicht schwindelig wurde, während ich den kleinen Eingriff mit ansah. Aber David brauchte keine fünf Minuten, dann funkelte ein hübscher Ring an ihrer Klitoris und ein paar Tränen liefen über Natalies Wangen. Sie hatte keinen Ton von sich gegeben, als David ihren kleinen Knubbel durchstochen hatte. Bloß ihr linkes Knie hatte gezittert.

Während der Vor- und Nachsorge überfiel Santiago leichte Langeweile und er begann, mit dem Luftschlauch in seiner Hand zu spielen. Alice wand sich in ihrem Gummikostüm. Ihre Augen waren panisch weit aufgerissenen, während sich das transparente Plastik dicht an ihren Körper saugte und keine Luft von außen durchließ ... Dann reichte man Santiago das lange Kettchen, das zu Natalies Intim-Piercing gehörte, und er durfte es selbst daran einhängen. Er war behutsam und zärtlich, doch ihm war die Lust deutlich anzumerken, als sich ihr Schmerz durch den sanften Zug verstärkte. Santiago bewegte das Kettchen in alle Richtungen und beobachtete den Ausdruck in Natalies Gesicht mit sadistischer Faszination und lustvoller Andacht.

Mir wurde immer unbehaglicher zumute. Mittlerweile hatte mir Lilienné von all den Plänen erzählt, die sie auf der Yacht geschmiedet hatten, und ich ahnte, dass ich mir schleunigst etwas einfallen lassen musste. Doch die Geschenke, die Natalie und Alice ihm gemacht hatten, waren für mich kaum zu überbieten. Ich wollte mir an meinem letzten Abend weder irgendwelche Körperteile durchstechen noch meinen Atem von ihm regulieren lassen.

Dann bekam ich mit, dass Lilienné in ihren Plänen soeben umdisponiert hatte. Sie wollte ursprünglich für Santiago mit Krokodilsklemmen und kleinen Gewichten an ihren Brüsten Schnurspringen, doch das erschien ihr nach der Vorführung von Natalie nicht mehr spektakulär genug. Also bat sie Damian zur Seite, um sich mit ihm zu besprechen. Ich bekam mit, wie er ihr erklärte, dass sie für ihre Pläne Davids Einverständnis bräuchte, also holten sie auch ihn hinzu. Doch, was auch immer sie diesmal im Schilde führte, David weigerte sich vehement.

Inzwischen spielte Santiago wieder mit dem Luftschlauch. Die Männer diskutierten leise, Alice wand sich in Angst und Panik, doch letztlich sah es so aus, als hätten die Männer sich geeinigt und Lilienné sich durchgesetzt.

Damian holte einen klassischen Holzsessel, kippte ihn vor Santiago nach vorn um, sodass die Rückenlehne auf der Sitzfläche des Sofas neben ihm auflag. Lilienné kniete sich unmittelbar dahinter, platzierte ihre schlanken Arme ausgestreckt auf dem Holz der Lehne und Damian fixierte ihre Hände mit Klebeband, sodass sie selbst ihre Finger nicht mehr bewegen konnte.

Santiago wirkte genauso skeptisch und ahnungslos wie wir alle, bloß Lilienné grinste verschwörerisch. Sie ließ sich sogar von Damian ihre langen blonden Haare zu einem Pferdeschwanz binden, damit ihr Gesicht nicht verdeckt war. David öffnete ein frisches Päckchen dünner Nadeln und nahm einen silbernen Stab zur Hand. Dann verdrehte er in einem Ausdruck von Widerwillen die Augen und sah noch einmal zu Santiago. »Sag gleich, wenn dir das nichts gibt!«, ermahnte er ihn.

Santiago nickte.

David setzte die erste dünne Nadel unter Liliennés kleinem Fingernagel an. Sie sprach ein zaghaftes »Bitte« und daraufhin schlug David vorsichtig mit dem Stab auf die Nadel, sodass das feine Metall unter ihren Fingernagel glitt. Lilienné schrie wie am Spieß. Sie verkrampfte sich, bebte und stöhnte spektakulär.

David blickte prüfend zu Santiago.

Der war fasziniert. Er streichelte über Liliennés Gesicht und überlegte ...

Sie keuchte und himmelte ihn ergeben an.

»Mach weiter!«, befahl er schließlich.

Lilienné lächelte.

Ein Fingernagel nach dem anderen kam an die Reihe. Kleine Spieße fuhren in ihre empfindliche Haut. Es waren nur ein paar Millimeter, doch die schienen schmerzhaft genug. Santiago vergaß Natalie und Alice, er war gebannt von Liliennés Einsatz, von ihrer Bereitschaft, sich für seine Lust zu geißeln. Er bewunderte ihre Hingabe und den eisernen Willen, dieses Leid für ihn zu ertragen.

Damian erklärte ihm inzwischen, dass er die feinen Nadeln, die bereits unter ihren Nägeln steckten, auch sanft berühren und bewegen konnte, was sofort weitere Reaktionen bei Lilienné hervorrief. Ihr brach der Schweiß aus. Mit hochrotem Kopf stöhnte sie wie in Ekstase. Und ab der dritten Nadel war auch Santiago massiv erregt. Er streckte seine Hand nach mir aus, ich kniete vor ihm nieder, er öffnete seine Hose und, ohne dass ich viel tun musste, ergoss er sich bei der sechsten Nadel in meinen Mund.

Die Überreichung der Geschenke war damit beendet. Lilienné ersparte sich vier weitere Nadeln. Santiago räkelte sich auf dem Sofa, als wäre er müde, während Damian alle Mädchen aus ihrer jeweiligen Zwangslage befreite.

Ich atmete auf und meinte, noch einmal glücklich davongekommen zu sein. Vielleicht zählte, sein Sperma zu schlucken, neuerdings auch als Geschenk?

Die meisten von Santiagos Freunden hatten sich bereits stillschweigend zurückgezogen. Und als sich David nun zu Santiago setzte, um mit ihm intim zu werden und liebevoll Zärtlichkeiten auszutauschen, wurden auch wir Mädchen ins Nebenzimmer geschickt.

# NachtSchnorcheln

Natalie stand nachdenklich an einer der Terrassentüren und blickte nach draußen.

»Tut es sehr weh?«, fragte ich sie leise.

Sie sah mich an und schüttelte den Kopf.

»Und ... willst du es drin lassen?«

»Nur bis zur Verabschiedung«, flüsterte sie. »Vielleicht auch noch für den Flug. Aber zu Hause nehme ich es wieder raus. Ich möchte kein Piercing haben.«

Ich nickte. »Sagst du mir deine E-Mail-Adresse? Ich würde dir gern schreiben, wenn ich ihn eines Tages verlasse ...«

Natalie lächelte und verriet mir ihre Adresse. Sie war nicht so schwierig und ich konnte sie mir leicht einprägen. Doch im Hintergrund sah ich, wie Santiago unerwartet den Raum betrat und sich an Damian wandte. Nachdem er sich kurz mit ihm ausgetauscht hatte, kam er auf mich zu und ich wusste sofort, dass das nichts Gutes zu bedeuten hatte.

Santiago lächelte, schlang besitzergreifend einen Arm um meine nackte Taille und ließ mir keine andere Wahl, als ihm zu folgen. Wir kehrten zurück in den Raum der verwegenen Geschenke, wo David mittlerweile mit freiem Oberkörper auf dem Sofa saß. Doch er drängte mich weiter zur großen Terrassentür. Seine Augen waren tiefschwarz und er war sichtlich erregt. Mir schauderte und unweigerlich fiel mir wieder ein, dass ich mich noch gar nicht bei ihm entschuldigt hatte. Aber irgendwie war dafür jetzt keine Zeit.

Santiago lächelte und kam mit seinem Mund dicht an mein Ohr. »Ich vermisse dein Geschenk!«, raunte er. Seine Finger berührten mich am Hals.

Ich schluckte. In meiner Fantasie spürte ich bereits Nadeln, die meine Brüste durchbohrten, Hände, die mich in ein Haifischbecken tauchten, Krokodilsklemmen ... doch er begann mich lasziv zu küssen. Ängstlich und wie versteinert stand ich vor ihm, während er mich mit seiner Zunge beglückte und reizte, ohne mir selbst zu nahe zu kommen. Er gab mir keine Gelegenheit, mit seinen Lippen zu verschmelzen. Wieder lächelte er. Und nun befahl er mir, mein Kleid und meine Schuhe auszuziehen.

Als ich komplett nackt war, musste ich mich ausgestreckt auf den kalten Steinboden legen und Damian trat näher. Sie fassten mich zu zweit an Händen und Füßen und plötzlich bekam ich Panik. Ich sah, dass die Abdeckung des großen Aquariums geöffnet war!

»NEIN!«, schrie ich. Ich sollte doch nicht etwa da hinein?! Waagrecht ausgestreckt hoben sie mich in die Höhe.

»Ist es wegen vorhin?«, keuchte ich aufgebracht. »Es tut mir leid. Es war keine Absicht! Es tut mir so leid!«

Santiago reagierte nicht und im nächsten Moment hatten sie mich hoch über die Glaskante gehievt und ich platschte ins Wasser. Sofort stieß ich mir die Knie an den Korallen. Im nächsten Moment tauchte ich mit dem Kopf wieder auf und versuchte, mich mit Händen und Füßen unter mir abzustützen, doch da waren bloß scharfkantige Korallen. Gleichzeitig bemerkte ich voller Entsetzen, dass sich die Abdeckung des Aquariums schloss. Sie senkte sich elektrisch immer tiefer, drückte auf meinen Scheitel und während ich noch schnell nach Luft schnappte, tauchte sie mich erbarmungslos unter.

Aus einem Reflex heraus hielt ich den Atem an und blickte

unter Wasser nach draußen. Santiago und Damian standen vor dem Aquarium und beobachteten mich. Sie warteten ab, was ich nun tun würde. Erst nach ein paar endlosen Sekunden deutete Damian mit seinem Zeigefinger nach oben. Ich drehte mich, tastete mit meinen Händen, und schließlich bemerkte ich, dass an der Oberfläche noch ein Luftraum von wenigen Zentimetern war. Wenn ich mich also umdrehte, sodass mein Bauch nach oben zeigte, konnte ich Mund und Nase aus dem Wasser strecken und atmen. Diese Technik wurde für meine nächsten Minuten zur Lebensaufgabe. Mit gespreizten Zehen und Fingern klammerte ich mich rücklings an den spitzen Korallen fest und atmete an der Oberfläche. Immer, wenn mich die Kraft verließ, hielt ich die Luft an und blickte durch das Glas wieder nach draußen, in der Hoffnung, sie hätten vielleicht bald genug von dem grausamen Spiel.

Doch zu meiner Ernüchterung musste ich beobachten, wie Damian von der Bildfläche verschwand und Santiago sich auf das Sofa begab. Bei meinen nächsten fassungslosen Blicken wurde er mit David intim, sie küssten und streichelten einander. Santiago öffnete seine Hose und David begann, ihm einen zu blasen! Ich schnappte nach Luft und wollte nicht glauben, dass sie mir das antaten. Als ich wieder hinsah, waren Santiagos halb weggetretene Blicke auf mich gerichtet. Er atmete durch den offenen Mund und hatte seine Hand auf Davids Hinterkopf gelegt. Wieder wirbelte ich im Aquarium herum und stieß mich erneut an einer Koralle.

Jedes Mal hatte ich Angst, mit Fingern oder Füßen keinen Halt mehr zu finden, um mich aus dem Wasser stemmen zu können. Ausgerissene Pflanzen schwammen an der Oberfläche und behinderten mich im Gesicht genau wie meine langen Haare. Dafür wurden die kleinen Fische immer dreister und begannen bereits an meinem nackten Körper zu knabbern, sobald ich nur ein paar Sekunden stillhielt. Ich hoffte, dass er sich an meinem Anblick ergötzen konnte und dass es bald ein Ende hatte. Ich meinte, dass die Luft hier drin immer weniger wurde, oder ich immer entkräfteter. Einerseits wollte ich gar nicht mehr nach draußen sehen, andererseits konnte ich nie lange in einer Stellung verharren.

Doch plötzlich war auf der anderen Seite vom Glas helle Aufruhr. David erhob sich, als hätte man ihn gestört und Santiago richtete seine Hose. Eilig schnappte ich wieder nach Luft, um länger etwas sehen zu können. Zwei Kellnerinnen hatten Dienstschluss, und ich konnte nicht glauben, dass man Santiago deswegen störte. Etwas gereizt stand er auf, David versuchte, ihn zu beruhigen und einzulenken. Dann schob sich Damian mit dem Rücken vor mich ... Wieder wirbelte ich herum und plötzlich sah ich Ronan!

Mich traf fast der Schlag. Sofort hechtete ich an die Oberfläche, ich hustete Wasser und musste mich erst von dem Schock erholen. Dann tauchte ich wieder unter und blickte nach draußen. Ronan zeigte mit seiner gestreckten Hand auf mich und kam Santiago mehr als aufgebracht entgegen. Er fuhr sich durch die Haare und schüttelte fassungslos und erbost seinen Kopf. Ich hatte noch nie solchen Zorn in seinem Gesicht gesehen. Santiago hatte noch immer seine Hose zur Hälfte offen und begann ebenfalls, heftig zu gestikulieren, die beiden anderen Männer drängten sich dazwischen ... und ich musste wieder Luft holen.

Verzweifelt hing ich an der Wasseroberfläche und konnte mich kaum beruhigen. Doch das war nötig, um tiefer einatmen und die Luft anhalten zu können. Ich merkte, dass ich weinte, aber ich wollte nicht auch noch einen Kloß in meinem Hals ... Schließlich schaffte ich es, noch einmal unterzutauchen.

Nun redeten sie zu dritt auf Santiago ein und es hatte den

Anschein, als würde gleich alles außer Kontrolle geraten, denn sie fassten einander bereits mit Händen an. Damian hielt Ronan vom Aquarium fern, gleichzeitig hielt er Santiago mit Ronan auf Distanz. Auch David hielt Santiago fest. Ronan sah mich noch einmal kurz an und seine Gesichtszüge wurden immer kriegerischer. Doch plötzlich riss Santiago seine Hände in die Höhe und trat zurück, als wollte er bloß noch der ganzen Bedrängnis entfliehen. Ich schoss an die Oberfläche und kreischte nach Luft – hatte viel zu lang durchgehalten.

Nun merkte ich auch, dass sich die Abdeckung des Aquariums inzwischen gehoben hatte. Mir zitterten die Arme und Beine, während ich mich ein letztes Mal auf den Korallen rücklings abstützte. Damian fasste mit beiden Armen unter mich und hob mich aus dem Wasser. Er war auf einen Sessel gestiegen und stellte mich triefend nass und splitternackt auf den Boden.

Von Santiago war weit und breit nichts mehr zu sehen.

Ronan kam aus dem Vorraum und bot mir einen Bademantel an. Bibbernd schlüpfte ich hinein.

David konnte ich ansehen, dass es ihm leid tat. Sein Gesicht sprach Bände, er bückte sich sofort zu meinen Knien und besah die Kratzer von den Korallen. »Das gehört verarztet«, meinte er.

»Wir haben einen Arzt im Resort«, entgegnete Ronan mit Nachdruck.

David nickte und dirigierte uns umgehend zur Tür. »Er soll sie besser über Nacht behalten und beobachten«, empfahl er allen Ernstes und ohne mit der Wimper zu zucken. »Es reicht, wenn sie morgen Vormittag wieder hier ist. Santiago und ich werden sie erst gegen Mittag erwarten.«

Fassungslos starrte ich David an.

»Was soll das?«, fragte Damian verwirrt.

David sah ihm unerschrocken ins Gesicht. »Sie wird Santiago morgen verlassen!«

Damian fielen fast die Augen aus dem Kopf.

Mein Herz raste wie verrückt.

»Es ist mir lieber, wenn sie heute Nacht nicht hier ist«, erklärte David weiter, an Ronan gerichtet. »Vielleicht kann ihr der Arzt einen dramatischen Verband machen, damit wir morgen notfalls eine Erklärung dafür haben. Korallen können sehr giftig sein.« Er lächelte bedeutungsvoll.

»Ich werde mich um sie kümmern«, versprach Ronan.

David nickte.

Ronan nahm mich auf seine Arme und verließ mit mir die Villa.

Ich konnte mein Glück kaum fassen. Nach ein paar Schritten legte ich meine Arme um Ronans Hals, um seinem Gesicht etwas näher zu sein, während wir die langen verschlungenen Wege durch die Anlage gingen. Er sprach die ganze Zeit über kein Wort. Im Lift ließ er mich zu Boden und drückte den Knopf für das Penthouse. Ich sah ihm an, dass er noch immer entsetzt war, über alles, was er gerade gesehen und erlebt hatte. Aber es brauchte gar keine Worte. Ich schmiegte mich an ihn und war glücklich. Als der Lift stoppte, nahm er mich erneut auf seine Arme und brachte mich ins Penthouse, bis unter seine Dusche.

»Wie spät ist es?«, fragte ich ihn leise.

»Halb drei«, sagte er.

Ich nickte ... So spät schon? ... Ronan nahm mir den Bademantel ab und ich setzte mich auf den Fliesenboden. Er gab mir die lauwarme Dusche in die Hand und versprach, dass er gleich zu mir kommen würde, er wolle nur zuerst den Arzt rufen.

Ich fand das übertrieben. Meine Kratzer taten kaum noch weh. Aber wenn alle der Meinung waren, ich bräuchte Verbände ...

Schnell spülte ich das ekelige Fischwasser von meinem Körper und überlegte, ob ich dieser überraschend glücklichen Wendung trauen konnte. David musste sich verdammt sicher gewesen sein, dass Santiago mich heute nicht mehr sehen wollte. Aber schließlich war es ja auch seine Hochzeitsnacht. Und es hatte von Anfang an geheißen, dass sich die beiden irgendwann zurückziehen würden. Lieber hätte ich zwar noch einen Tag gewartet, aber jetzt, wo es sich so ergeben hatte, freute ich mich dennoch ganz unbeschreiblich über diese Fügung und ich beschloss, mich zu entspannen und mich nicht mit Ängsten verrückt zu machen.

Nach ein paar Minuten war Ronan wieder bei mir. Er hatte sich ausgezogen, trug nur noch schwarz-silber gestreifte Boxershorts. Aufmerksam reichte er mir ein Lotusblüten-Shampoo und hielt mir die Dusche, damit ich meine Haare waschen konnte.

»Ich lasse dich morgen nicht allein, wenn du mit ihm Schluss machst!«, sagte er plötzlich.

Ich nickte und wollte jetzt nicht darüber reden. »Komm zu mir ...«, hauchte ich sehnsüchtig. Er sollte sich mit mir nass machen.

Ronan zierte sich, war voller Sorgen.

»Es geht mir gut«, versicherte ich ihm, erhob mich und zog ihn mit mir. Ich blickte in seine schönen Augen und fasste vorsichtig an seine Boxershorts. Er sollte sie für mich ausziehen. »Ich hab dich schon nackt gesehen«, flüsterte ich mit einem verliebten Lächeln. »Bitte, Ronan.«

Er seufzte und senkte kurz nachdenklich seinen Blick. Aber dann stieg er zu mir unter die Dusche. Seine Shorts fielen auf den Boden und ich wünschte, ich hätte mehr Zeit gehabt, um seinem Körper die Anerkennung zu schenken, die seine Schönheit in meinen Augen verdient hatte. Ich wollte ihn küssen … vom Gesicht bis zu den Füßen … Ich wollte ihn in Zärtlichkeiten hüllen, und wahrscheinlich wollte er dasselbe, aber er ließ mich vorsichtig spüren, dass dafür jetzt nicht der richtige Zeitpunkt war. Wir kamen uns näher, streichelten und küssten einander, aber bei allem, was darüber hinausging, hielt er sich zurück. Ronan war bedacht darauf, sich nicht zu verlieren. Und ich bewunderte seine Selbstbeherrschung. Wäre ich ein Mann gewesen, mir hätte man alles angesehen.

Als wir uns abgetrocknet hatten, bekam ich einen dunkelroten Seiden-Kimono. Er selbst schlüpfte in einen schwarzen Bademantel und gab mir einen Fön, damit ich meine Haare trocknen konnte.

Mit neuer Fülle in meinem Haar kam ich schließlich aus dem Bad und Ronan führte mich in sein Schlafzimmer. Neben seinem Bett blieb er mit mir stehen. Er zog eine Schublade auf und wollte mir offensichtlich etwas zeigen. Überrascht erblickte ich mein Dessous-Model-Bild.

»Du hast es aufgehoben?«, fragte ich.

Er lächelte.

Blöde Frage. War mir in meiner Verlegenheit so rausgerutscht. Ronan senkte seine Lippen an meinen Hals, begann mich mit kleinen Küssen zu übersähen. Sofort war ich wieder in seinem Bann gefangen, aber ich spürte auch, dass ich wahnsinnig werden würde, wenn er mich heute die ganze Nacht nur küssen wollte.

»Du warst in New York, bei David«, hauchte ich.

Ronan nickte und im selben Moment klingelte es an der Tür. Es war der Arzt …

Nachdem ich mich auf dem Doppelbett ausgestreckt hatte, holte Ronan ihn ins Schlafzimmer. Er stellte ihn mir vor, danach gab ich meine Wunden zur Begutachtung frei.

»Korallen?«, fragte Dr. Norton erstaunt.

Ich nickte. »Ich hoffe, keine giftigen!«

»Um diese Uhrzeit?«, fragte er skeptisch.

»Ja, wir waren Nachtschnorcheln!«, erklärte Ronan.

»Ohne Taucherbrillen?«

Ronan sah ihn verwirrt an.

»Ich sehe keine Abdrücke von Brillen in ihren Gesichtern!«, entgegnete Dr. Norton.

Ronan seufzte leicht ungehalten. »Meine Zimmerpflanzen waren es jedenfalls nicht!«

Ich musste lachen. Was war er jetzt? Detektiv oder Arzt?

»Sie werden nicht glauben, was ich schon alles erlebt habe!«, erklärte Dr. Norton lethargisch, während er meine Wunden versorgte. »Aber das hier sieht mir tatsächlich wie eine frische Korallenverletzung aus. Es wird eine Zeit lang jucken und eventuell verzögert heilen, aber sonst ist es unbedenklich.« Abschließend klebte er zwei große Pflaster auf meine Knie.

»Warten Sie!«, unterbrach ihn Ronan. »Wir hätten lieber Verbände.«

Dr. Norton sah ihn verwirrt an.

»Oder machen wir es anders«, vereinfachte Ronan die Situation. »Lassen Sie mir das Material dafür hier und ich lege ihr morgen in der Früh die Verbände an.« Als er noch hinzufügte, dass alles auf die Rechnung gesetzt werden sollte, war Dr. Norton kopfschüttelnd einverstanden. Danach begleitete Ronan ihn galant zur Tür.

Ich seufzte erleichtert, als er kurz darauf wieder zu mir ins Bett kam. Ronan fuhr sich durch die Haare, rutschte neben mich und raunte: »Gehen Sie immer ohne Brille Nachtschnorcheln, Miss?«

Ich grinste. Er hatte ja keine Ahnung, wie gut ich im Nachtschnorcheln war ... Blind und freihändig! Er konnte mich sogar auspeitschen währenddessen, wenn er mochte. Aber das würde er noch früh genug erfahren, ich wollte ihn nicht am ersten Abend schon verschrecken.

»Gehen Sie immer mit einem dicken Bademantel ist Bett?«, fragte ich verschämt.

»Nur wenn die Frau verwundet ist«, gab er zurück.

Mist! »Ich bin nicht verwundet«, beteuerte ich. »Dr. Columbo hat mich geheilt!«

Ronan lächelte und zog mich an sich. »Zahira, ich hab Angst um dich, wenn du morgen da runter gehst, um ihm zu sagen, dass du ihn verlassen willst. Ich hab ihn heute erlebt ... und ehrlich, ich würde ihm nicht gern etwas erklären müssen, was er nicht hören will. Die Männer dort in der Villa sind alle schwer einzuschätzen. Auch der mit den langen Haaren. Der hält felsenfest zu ihm.«

»Damian!«, sagte ich. »Das ist sein erster Leibwächter.«

»Wofür braucht er Leibwächter? Damit ihn die Frauen nicht erschießen, mit denen er einmal zusammen war?«

Ich lächelte versöhnlich. »Ich würde ihn nicht erschießen wollen!«, betonte ich. »Es reicht, wenn ich mit ihm Schluss mache. Die Leibwächter braucht er vermutlich, weil er so vermögend ist. Oder es ist Prestige. Keine Ahnung.«

Ronan nickte. »Empfindest du noch etwas für ihn?«

Ich zuckte mit den Schultern. Genau konnte ich das selbst nicht sagen. Aber da fiel mir wieder ein, dass mich möglicherweise ein gewaltiges Problem mit ihm verband, auch wenn die Wahrscheinlichkeit gering war, aber ich musste einen Schwangerschaftstest machen. »Ich will mit ihm Schluss machen«, versicherte ich Ronan. »Aber ich möchte ihm nicht wehtun. Es liegt mir etwas daran, im Guten mit ihm auseinanderzugehen.«

»Warum? ... Er macht sich über deine Gefühle doch auch keine Gedanken!«

»Das musst du mir überlassen!«, verwehrte ich mich. »Ich mache mir über seine Gefühle Gedanken, weil ich ihn einmal geliebt habe.«

Ronan nickte. »Jetzt nicht mehr?«

Ich schüttelte den Kopf und wunderte mich selbst, wie leicht mir das fiel.

Ronan streichelte über meine Haare. »Ich glaube das erst, wenn ich es sehe, Zahira.«

Ich wünschte, Ronan hätte einfach mit mir schlafen können. Aber er lag im Bademantel neben mir! Vorsichtig drehte ich mich in seinen Armen und rollte mich auf seinen Körper. Mein Kimono öffnete sich dabei etwas und ich spürte das flauschige Frottee seines Bademantels auf meiner nackten Haut, während ich in sein hübsches Gesicht sah.

»Bist du auch verwundet?«, fragte ich.

Er zwinkerte unsicher und zögerte mit einer Antwort. »Ich mag deine Haare«, sagte er. Sie waren zu beiden Seiten über meine Schultern auf ihn gerutscht.

»Ich mag den Gürtel von deinem Bademantel«, hauchte ich, bewegte meine Hüften sanft auf dem dicken Knoten und blickte dabei sehnsüchtig in seine Augen.

Ronan lächelte. »Wer sagt dir, dass das der Gürtel ist?«

Gespielt erschrocken wollte ich unter mich blicken ... doch er hielt mich blitzartig in meinen Haaren und am Oberarm fest!

Mein Herz bebte, als ich fühlte, wie stark sein Griff sein konnte. Auch seine Augen fesselten mich. Wenn er so weitermachte, hatte ich Santiago bis morgen vergessen. »Ich bin willenlos, wenn du mich so anfasst«, hauchte ich.

»Dann sollten wir dafür sorgen, dass dich kein anderer mehr so anfasst«, raunte er.

Ich nickte. Damit konnte ich leben. Ich wollte nur ihn.

Er kam mir entgegen und begann, mich zu küssen, heiß

und begierig. Gleichzeitig drehte er sich langsam über mich. »Ich will dir nicht wehtun«, sagte er und schob vorsichtig ein Bein zwischen meine wunden Knie, hörte aber nicht auf, mich zu küssen. Sein Bademantel öffnete sich. Glücklich empfing ich seine nackte Haut, seine Hitze und sein Gewicht auf mir. Von mir aus hätte er noch viel schwerer sein können. Auf seine Unterarme gestützt, belastete er mich kaum und sein mächtig erregtes Glied legte sich wie von selbst zwischen meine Beine. »Ich wollte das nicht tun«, schnaubte Ronan, »solange du noch ihm gehörst. Und ich wollte mehr Zeit für dich haben ... Zahira, das geht alles viel liebevoller.«

»Nein«, stöhnte ich. »Ich will dich jetzt. Bitte!«

Ronan fasste in die Schublade seines Nachttisches und holte ein Kondom heraus.

Entsetzt sah ich ihn an. »Wozu?«

»Das klären wir morgen«, sagte er. »Lass es mich heute so machen. Bitte.«

»Bist du krank?«, fragte ich erschrocken.

»Nein.« Er lächelte amüsiert und streifte das Kondom über.

Noch nie hatte jemand mit Kondom mit mir geschlafen! Alle Männer von Ivory waren umfassend getestet und Santiago hatte mich auch nie an jemand anderen verliehen. Aber ich hatte solches Verlangen nach Ronan, dass mir alles egal war. Er drang gefühlvoll in mich ein und ich vergaß meine Bedenken. Ich hätte vor lauter Lust und Wohltat an seiner Schulter schreien können. Ronan nahm eine Bewegung auf, die es nicht gebraucht hätte. Allein sein Körper mit meinem vereint, fühlte sich unglaublich an. Ich meinte, mit jeder Faser meines Körpers zu erzittern, zu beben und nach ihm zu gieren. Gleichzeitig schnürte sich meine Kehle überwältigt zu, ihn endlich in mir zu fühlen. Mir kamen die Tränen. Ich wusste zwar, dass Ronan es nicht leiden konnte, wenn ich weinte, aber ich konnte es nicht unterdrücken. Wenn es doch bloß schon einen Tag später gewesen wäre ... Ich hatte solche Angst vor Santiago. Angst, dass meine Träume nicht in Erfüllung gehen konnten. Angst, dass morgen alles schief laufen oder er mich nicht gehen lassen würde.

Ronan sah meine Tränen und begann, sie von meinen Wangen zu küssen, während er sich weiter sanft in mir bewegte. Ich schluchzte, fasste in seine Haare und erwiderte seine Küsse voller Ehrfurcht. »Ich liebe dich«, hauchte ich. Ich wollte, dass er das wusste!

»Ich bin bei dir«, raunte er. »Und ich werde auch morgen bei dir sein.« Dann zog er sich langsam aus mir heraus und nahm das Kondom ab. Er rutschte an meine Seite und schloss mich in seine Arme.

Verdutzt sah ich ihn an. »Warum hörst du auf?«

»Ich möchte nicht, dass du dabei weinst.«

Ich hatte es befürchtet. »Es tut mir leid«, hauchte ich. »Ich war nur überwältigt. Es tut mir leid.«

»Nein, das braucht es nicht«, flüsterte er. »Das ist alles zu viel für heute.« Zärtlich streichelte er mit seinen Lippen über mein Gesicht. »Wir haben noch Tausende andere Male!«

Ich nickte traurig, aber einsichtig. Und ich hoffte von ganzem Herzen, dass er damit recht behalten würde.

Ronan zog eine Decke über uns und hielt mich weiter in seinen Armen. Irgendwann drehte ich mich zur Seite, sodass wir beide bequemer einschlafen konnten, ohne dass er mich loslassen musste. Wohlig fühlte ich seinen Atem in meinen Haaren, die Wärme seines ganzen Körpers an meinem Rücken und seine kräftigen Arme, die mich umschlangen.

Erst, als ich in der Früh erwachte, war er fort.

Ich sah ihn draußen auf der Terrasse beim Frühstück. Leise schnappte ich meinen Kimono und huschte ins Bad. Ich sprang unter die Dusche, putzte meine Zähne, und als ich mir die Gästezahnbürste in den Mund steckte, stellte ich überrascht fest, dass mir heute überhaupt nicht schlecht war, obwohl meine Nervosität alle Rekorde sprengte.

Schließlich hüllte ich mich wieder in dunkelrote Seide und ging hinaus zu Ronan. Er begrüßte mich lächelnd mit einem Kuss, und als ich mich setzte, war ich sofort gebannt von der imposanten Aussicht. Ich hatte vergessen, ob es der vierte oder fünfte Stock war, aber man hatte von hier oben herrliche Sicht auf den Strand, das Meer und das ganze Resort. Sogar Santiagos Villa konnte man sehen.

Wir frühstückten unter einem großen Sonnenschirm und Ronan erzählte mir von seinen Zukunftsplänen ... Er meinte, dass er das Resort voraussichtlich in einem halben Jahr aufgeben und in ein anderes weit entferntes Land gehen würde. Es wäre noch nicht sicher, wohin genau, aber er wollte wissen, ob ich mir vorstellen könne, mit ihm zu gehen. Dazu beteuerte er, dass es auf jeden Fall wieder ein Sechs-Sterne-Resort sein würde, das er leiten würde. Und er versprach mir auch, dass es mir gefallen werde. Ein anderes Angebot wolle er nicht annehmen.

Ich hörte mir alles an und sagte spontan zu, denn ich vertraute ihm und wusste, ich konnte mit ihm, egal wo, glücklich sein. Außerdem hatte ich das Gefühl, je weiter ich in Zukunft von Santiago weg sein würde, desto besser.

»Sagst du mir jetzt noch, warum wir gestern ein Kondom verwenden mussten?«, fragte ich leicht beleidigt.

Er lächelte. »Ist das so ungewöhnlich? Ich weiß nicht, ob du verhütest und auch nicht, mit welchen Männern du in letzter Zeit Sex hattest.« Bedeutungsvoll blickte er hinunter zur Villa.

»Du hättest mich fragen können!«, sagte ich.

»Es ist nie gut, in der Situation zu fragen. Aber ich frage dich gern jetzt!«

Ich seufzte. »Ich bin gesund. Frag David! Und ich verhüte. Das kannst du auch David fragen. Er war bis heute mein Arzt! Und mit den ganzen fremden Männern in der Villa hatte ich nichts zu tun!«

Ronan nickte.

»Und du?«, fragte ich.

»Meinen Arzt muss ich dir erst vorstellen.« Er lächelte. »Aber ich bin auch gesund und hatte mit dem Treiben in der Villa nichts zu tun.«

Ich grinste. »Also lassen wir das Kondom heute Abend weg?«

Ronan willigte mit einem Lächeln ein.

Ich war erleichtert. Aber ich war auch immer noch nervös. Als wir unser Frühstück beendet hatten, begleitete er mich hinunter an den Strand. Ich hatte wieder den Bademantel angezogen, mit dem ich gestern gekommen war, doch mitten auf dem Weg fiel uns ein, dass wir die Verbände vergessen hatten. Kurz musste ich überlegen, aber dann versicherte ich Ronan, dass es bestimmt nicht so schlimm wäre – Santiago würde noch schlafen. Und ich erklärte ihm auch, dass ich lieber allein mit ihm reden wollte. Ronan sollte nicht dabei sein, wenn ich mit ihm Schluss machte. Wider Erwarten gelang es mir, ihn zu überzeugen.

Wir verabschiedeten uns vor der Villa, Ronan wünschte mir aufrichtig alles Gute. Er küsste mich und sagte, er würde an mich denken und wäre im Herzen bei mir.

# Euphorie

Am Eingang der Villa empfing mich David.

»Ich hab keine Verbände«, sagte ich schuldbewusst.

Er nickte, nahm mich an die Hand und wir gingen in eines der Separees. Dort bat er mich auf ein Sofa und kniete vor mir nieder.

Bestürzt sah ich ihn an. »Was ist passiert?«

»Nichts«, beruhigte er mich. »Ich will nur mit dir reden.« Vorsichtig nahm er die Pflaster von meinen Knien. »Es ist besser, wenn du die Wunden offen lässt. Je schneller sie trocknen, desto schneller werden sie heilen.«

»Ist Santiago schon wach?«, fragte ich.

»Ja«, antwortete David. »Er weiß auch, dass Defoe dich zum Arzt gebracht hat und dass du über Nacht weg warst. Aber er hat keine Vermutung, was Defoe betrifft. Er verurteilt bloß meine übertriebene Fürsorge, dich wegen ein paar Kratzern eine Nacht lang ärztlich überwachen zu lassen.« Sanft blies er über meine Wunden und streichelte meine Schenkel.

»Musst du vor mir knien?«, fragte ich gequält.

Er lachte, fasste an meine Hüften und zog mich noch näher an sich heran. »Ja. Zahira, ich möchte mit dir reden. Ich hab lange überlegt, wie ich es dir am besten sagen soll, aber fairerweise möchte ich, dass du es weißt, bevor du dich von ihm trennst.«

Ich schluckte.

Betrübt senkte David seinen Blick. »Vielleicht hat es dir Ronan schon erzählt ...«

»Was?«, hauchte ich.

David fuhr sich durch die Haare und ich merkte, wie schwer es ihm fiel, sich auszudrücken. Dann sah er mich wieder an. »Zahira ... das, was du während der letzten drei Wochen auf Ivory erlebt hast ... ist eigentlich nicht meine Art. Das gehört definitiv nicht zu den Reformen, die ich durchsetzen wollte, und es tut mir sehr leid.«

Entgeistert sah ich ihn an. »Was heißt das?«

David gab keine Antwort.

»Du hast das wegen Ronan getan?!«

»Nein, ich hab es für dich getan! Aber du hättest allein nicht die Kraft gehabt, von Santiago wegzukommen, auch wenn du mit der jetzigen Situation noch so unglücklich gewesen wärst.«

Fassungslos starrte ich ihn an. »Und Ronan weiß davon?!«, japste ich.

David schüttelte den Kopf. »Er weiß nur, dass es dir zuletzt auf Ivory nicht besonders gut ergangen ist.«

»Aber Alice ist es nicht viel besser ergangen!«

»Mach dir keine Sorgen um Alice. Sie und Lilienné haben eine völlig andere Motivation als du. Sie sind beide psychisch viel stärker ... und waren auch nie verliebt in mich.«

Mir drehte sich alles im Kopf. Wovon sprach David überhaupt? Wusste er auch von der Wasserhölle? »Meinst du das Frühstücks- und Abendritual ... oder sonst noch was?«, fragte ich bange.

»Gab es denn sonst noch etwas?«, fragte David.

»Nein!«, entgegnete ich erschrocken.

David durchbohrte mich mit skeptischen Blicken ... aber vermutlich sah er auch, dass ich aufgebracht und verwirrt war ...

»Zahira!«, fuhr er fort. »Das soll dich aber nicht von deinen Plänen abbringen. Santiago wusste nicht, dass hier die Erlösung auf dich wartet. Er hätte euch auch ohne Grund so behandelt! Er nimmt keine Rücksicht darauf, wie es seinen Mädchen seelisch geht.«

Wem sagte er das?! »Und Ronan?« Jetzt dämmerte mir erst, was ich ihm verzeihen sollte!

»Ronan tut es genauso leid wie mir«, betonte David. »Es hat ihm fast das Herz gebrochen, so einem Plan zuzustimmen, aber er wollte dich unbedingt. Und er möchte auch nicht zulassen, dass jetzt im Nachhinein alle Verantwortung dafür bei mir liegt.«

Ich atmete schwer. Wie edel. »Aber es hätte doch schon genügt, dass ich wusste, dass Santiago und du heiraten würdet ...«, schluchzte ich.

»Zahira, nein. Das hätte es nicht. Du wärst bei uns geblieben und hättest dich gequält. Und vielleicht wärst du daran zerbrochen, ich weiß es nicht. Ronan liebt dich. Er liebt nur dich allein. Und er würde alles für dich tun.«

Ich nickte. Noch immer wirbelten Hunderte Fragen durch meinen Kopf.

David streichelte über meine Arme. »Ich hoffe, du kannst mir verzeihen? Und ich hoffe noch viel mehr, du kannst ihm verzeihen!«

»Ja«, hauchte ich verwirrt. »Ich denke ja.«

David seufzte. »Santiago ahnt, was du von ihm willst. Er wartet unten am Strand auf dich. Damian wird dir ein Kleid geben und dich begleiten.«

»Okay«, hauchte ich.

David küsste meine Hände und wünschte mir Glück.

Im Wohnzimmer bekam ich ein kurzes Kleid und ein Höschen. Damian überließ mir sogar die Auswahl der Farbe und ich entschied mich für Rot, weil es mich an den Kimono erinnerte, den ich kurz zuvor noch auf Ronans Terrasse getragen hatte. Erst auf dem Weg zum Strand fiel mir ein, dass ich ein ähnlich rotes Kleid bei meiner ersten Begegnung mit Santiago im Flugzeug getragen hatte. Damian gab mir auch meine gläsernen High Heels. Ich musste sie im Sand nicht tragen, aber ich sollte sie zumindest mitnehmen.

Sofort fiel mein Blick auf Santiago. In schicken Blue Jeans und einem lässigen weißen Hemd wartete er an der Brandung und starrte hinaus auf das Meer. Damian blieb in der Nähe der Villa stehen und ließ mich auf den letzten Metern allein.

Mein Puls beschleunigte sich deutlich, während ich mit den Schuhen in der Hand nervös baumelte und mir letzte Gedanken machte, was ich sagen sollte. Ich hatte meine Schweigegeldvereinbarung im Kopf, den unabschätzbaren Wert der High Heels und Santiagos einstige Drohung, er würde mich auf Ivory gefangen halten und mir würde nie jemand helfen, von dort wegzukommen, solange er nicht genug von mir hätte.

Santiago lächelte undefinierbar, als er mich sah. Ich ging zu ihm und er taxierte meinen ganzen Körper.

»Was ist mit deinen Knien passiert?«, fragte er herausfordernd.

Ich unterdrückte den Zwang, meine Augen zu verdrehen. »Ich hab sie mir an Korallen gestoßen.«

Santiago nickte. »Du solltest besser aufpassen ... das nächste Mal.«

Ich fuhr mir durch die Haare und hasste dieses heimtückische Prickeln, das seine Demütigungen in meinem Körper erzeugten. »Wenn meine Sterne gut stehen, wird es kein nächstes Mal geben«, entgegnete ich.

»Deine Sterne?« Er lächelte verzückt. »Bin ich für deine Sterne verantwortlich?«

Ich nickte.

Er kam mir näher, fasste an mein Kinn und hauchte: »Für alle deine Sterne?«

Wieder spürte ich dieses betörende Prickeln und die vertraute Macht seiner Ausstrahlung. Gleichzeitig erschien er mir jedoch so fremd, als hätte ich ihn Monate nicht mehr gesehen. »Ich möchte dich verlassen«, sagte ich.

»Tatsächlich? ... Jetzt, wo David wieder hier ist! Hast du dich mit ihm gestritten?«

Ich zischte verächtlich. »Nein, hab ich nicht.«

»Warum dann?«

»Ich kann nicht mehr!«

Er sah mich mitleidig an. »Soweit ich mich erinnern kann, haben wir eine Vereinbarung, die dich ziemlich fest an mich bindet und die aussagt, dass es relativ egal ist, ob du nicht mehr willst oder kannst!«

»Ja, ich weiß«, hauchte ich, »aber ...«

»Kein ›Aber‹«, unterbrach er mich und seine Stimme war immer noch sanft und verführerisch, »wenn du unsere Vereinbarungen nicht einhältst, warum sollte ich dann dafür sorgen, dass all die Sterne auf deinem kleinen Firmament hell erleuchtet sind?«

»Weil ich ... Weil ich auch alles für dich gegeben habe«, entgegnete ich. »Und weil du mich einmal geliebt hast! Du hast mich genauso geliebt, wie du jetzt Lilienné liebst!«

Santiago schwieg ... Es entstand eine kleine Pause, in der er nachdachte. Zwischendurch sah er mich an, als wäre ich ihm auch plötzlich fremd ... Dann nahm er einen goldenen Kugelschreiber aus der Brusttasche seines Hemdes, mit der nächsten Handbewegung schlug er einen kleinen Block auf mein Dekolleté und begann zu schreiben. Ich beobachtete seine Gesichtszüge, während er das tat, und versuchte, meinen Atem zu beruhigen. Santiago wirkte konzentriert, aber die Hand, die schrieb, bewegte sich fahrig, exzentrisch. Dann riss er einen Zettel ab und reichte ihn mir mit einem freundlichen Lächeln ...

Eine Million Dollar.

»Danke«, hauchte ich.

»Werde ich dich bei einem Jahrestreffen sehen?«, fragte er.

Ich schüttelte den Kopf.

Santiago schien überrascht – sogar leicht verunsichert. Dann blickte er den Strand hinauf und ich erinnerte mich, dass er das vorhin schon mal getan hatte.

»Ist *er* der Grund?«, wollte er wissen.

Ich folgte seinen Blicken und erschrak. Ronan stand in einiger Entfernung unter den Palmen und beobachtete uns. Ich wollte Santiago augenblicklich widersprechen, aber er hielt mir sofort den Mund zu! »Ich will es nicht hören!«, knurrte er.

Verzweifelt schnaubte ich durch seine Finger – und gab schließlich auf. Er hätte mir doch nicht geglaubt.

Aber nun lächelte er verschwörerisch und legte eine Hand in meinen Nacken. »Ich finde, wir sollten uns noch angemessen voneinander verabschieden. Meinst du nicht?« Mit der anderen Hand öffnete er die Lasche an seinem Gürtel und den obersten Knopf seiner Hose. Dann schwenkte sein Blick wieder in meine Augen. Er sah mich auffordernd an und verstärkte den Griff in meinem Nacken, als wollte er mich zu Boden zwingen.

»Nein ...«, hauchte ich.

Santiago lächelte herablassend. »Willst du denn deine Schuhe nicht?«

Ich schloss meine Augen und atmete aufgebracht. Ich würde ihm hier, vor Ronan, am Strand, keinen blasen! So sehr der Abschied auch schmerzte und ich meine High Heels liebte. Sie waren mein Andenken an Ivory und ich wollte sie behalten, ich konnte mir nicht mal vorstellen, sie jemals zu verkaufen, egal, wie viel sie wert wären, für mich hatten sie sentimentalen

Wert. Aber als ich nach ein paar tiefen Atemzügen meine Augen wieder öffnete, war Santiagos Miene bitterernst!

Schweren Herzens reichte ich ihm meine High Heels. »Er ist nicht der Grund!«, beteuerte ich trotzig. »Es ist David! Deine Hochzeit mit David! Sie hat all meine Hoffnung zerstört!« Ich schluchzte gekränkt und hauchte: »Ich hab dich geliebt!«

Santiago nickte. Er ließ mich los und nahm die High Heels an sich. Zuerst wirkte er nachdenklich ... aber plötzlich holte er aus und warf einen nach dem anderen so weit er konnte aufs offene Meer hinaus!

Emotionslos sah er danach in meine Augen. »Wenn du deinen Reisepass möchtest, und deine Dokumente, dann sehen wir uns bei meiner Abreise an der Rezeption. Du wirst mich dort liebevoll küssen, danach bist du frei!«

Ich nickte.

Santiago richtete seinen Gürtel und ließ mich allein am Strand zurück.

Ich konnte kaum fassen, dass mir nichts passiert war! Zitternd legte ich eine Hand auf meinen Bauch und empfand unsägliche Erleichterung. Danach lief ich ein paar Meter neben der Brandung auf und ab. Immer wieder blickte ich aufs Meer hinaus, doch schließlich trennte ich mich von der Vorstellung, meine Schuhe noch einmal wiederzusehen. Ich musste zurück zum Hotel, um den Scheck, den ich verkrampft in Händen hielt, in einem Safe zu verwahren.

Ronan wartete bereits am Wegrand auf mich. Ich machte ihm keine Vorwürfe, dass er in meiner Nähe geblieben war. Hätte Santiago nicht die High Heels ins Meer geworfen, hätte er mir vermutlich noch irgendwie anders seine Macht beweisen müssen. Auch ohne Ronan. Und vielleicht waren die Schuhe das geringere Übel. Als ich Ronan davon erzählte, versprach er, später alle seine Taucher in die kleine Bucht zu schicken.

An der Rezeption angekommen, ersuchte ich ihn um ein Zimmer. »Nur für die nächsten paar Stunden!«, erklärte ich. »Bis Santiago fort ist. Und ... kannst du mir etwas Bargeld leihen? Ich hab keine Schuhe.«

Ronan gab mir fünfhundert Dollar und eine Key-Card für eine Suite. Er meinte, die Geschäfte hier wären sehr exklusiv und teuer. Ich vereinbarte mit ihm, dass wir uns später, bei Santiagos Abreise, in der Lobby treffen würden, obwohl mir lieber gewesen wäre, er hätte auf diese eine persönliche Verabschiedung verzichten können, auch wenn es sich bei Santiago um einen VIP-Gast handelte. Beklommen musste ich ihn vorwarnen, dass ich Santiago höchstwahrscheinlich küssen würde. Ronan war nicht glücklich darüber, aber er meinte, dass er noch ein Mal ein Auge zudrücken würde.

Wir trennten uns und ich brachte meinen Scheck in den Safe. In den Boutiquen in der Nähe der Lobby kaufte ich High Heels im selben Farbton wie mein rotes Kleid. Ich besorgte auch ein wenig Make-up und fand sogar eine kleine Handtasche, eine Clutch, die perfekt zu Kleid und Schuhen passte, damit ich Geld und Key-Card nicht ständig offen mit mir herumtragen musste.

Zurück in der Suite machte ich mich zum letzten Mal hübsch – für Santiago. Es war ein bedrückendes Gefühl, mich in Kürze von ihm, David und dem Rest von Ivory verabschieden zu müssen, auch wenn meine Freude über Ronan und die Aussicht auf ein Leben mit ihm deutlich überwog. Wenn ich ehrlich war, war ich auch ein wenig gekränkt, dass Santiago nicht mal ernsthaft versucht hatte, mich zu halten.

Am Ende war ich eine halbe Stunde zu früh fertig und reichlich nervös. Ich beschloss, unten bei den Geschäften zu warten und vielleicht noch eine Kleinigkeit zu essen. Doch als ich aus dem Lift stieg, ermahnte mich das Schicksal mit einem überdeutlichen Wink. Mein Blick fiel auf eine weiße Tür mit grünem Kreuz und der Aufschrift »Arzt und Apotheke«. Obwohl ich diesen Weg nun schon dreimal entlanggegangen war, hatte ich sie nie bemerkt. Jetzt blieb ich davor stehen und verspürte den starken Drang, hineinzugehen.

Die ganze Zeit über hatte ich es geschafft, meine größte Sorge zu verdrängen, aber jetzt wollte ich es wissen. Ich klopfte und fast hätte ich mich noch einmal anders entschieden, als Dr. Norton öffnete! Sofort versicherte ich mich seiner ärztlichen Schweigepflicht, vor allem Mr Defoe gegenüber. Erst danach wagte ich, nach einem Schwangerschaftstest zu fragen. Er gab mir einen von der neuesten Sorte, die sogar die Woche anzeigen konnte. Ich bezahlte zwanzig Dollar und zog mich auf die komfortable Toilette in der Eingangshalle zurück. Im Eiltempo überflog ich den Beipacktext. Auch der Test war schnell erledigt. Ich schob das Stäbchen wieder in die Hülle und musste drei Minuten warten ...

Der »Highscore« auf dieser Anzeige war »schwanger 3+«. Und nachdem meine Nacht mit Santiago am Strand bereits über drei Wochen zurücklag, würde ich wohl entweder damit oder mit »nicht schwanger« rechnen müssen. Alles andere kam nicht in Frage. Es gab keinen anderen Mann und keinen zweiten Liebesakt. Ich spürte direkt, wie meine Knie weich wurden, während ich auf die Uhr blickte. Noch einmal nahm ich den Beipacktext zur Hand und las, dass das Ergebnis mindestens zwölf Stunden auf dem Display verbleiben würde. Schließlich waren die drei Minuten um, und ich brachte es nicht fertig, nachzusehen. Ich warf die Verpackung in den Müll, steckte das nackte Teststäbchen in meine Clutch und ging kreidebleich hinaus in die Lobby.

Leicht wackelig auf den Plateaus meiner neuen High Heels machte ich ein paar Schritte, dann setzte ich mich in die Lounge nahe dem Eingang. Ich entdeckte Ronan an der Rezeption. Er zwinkerte mir zu und lächelte liebevoll. Ich wusste, dass er damit sagen wollte, dass er bei mir war und dass alles gut werden würde. Doch ich hatte Angst. Die Mädchen kamen bereits mit Edward und David. David entschuldigte sich bei mir und meinte, er dürfe mich nicht mehr küssen. Santiago hätte es verboten. Dafür umarmte er mich innig.

Danach zeigte er mir einen Koffer und ein Beauty-Case. Beides würden sie mir hierlassen. Eine komplette Zwillingsausstattung für einen Sommerurlaub. Er sagte, er hätte mir auch die Telefonnummer von Jana hineingelegt. Ich hatte ihn vor ein paar Tagen danach gefragt.

All die Informationen zogen wie ein dichter Nebel an mir vorüber. Ich konnte dem kaum folgen, was er sagte, denn zum ersten Mal gelang es mir plötzlich, eine Vision zuzulassen, die ich mir noch nie zuvor erlaubt hatte. Santiagos Ansichten in Bezug auf Fortpflanzung und Erziehung hatten mich völlig verblendet und abgeschreckt. Doch nun stellte ich fest, dass mich unter gewissen Umständen der Gedanke an ein Baby von Santiago regelrecht verzückte. Ich spürte richtig, wie Euphorie, Freude, Rührung und Demut in mir aufstiegen, während ich mir vorstellte, ein Baby von ihm unter meinem Herzen zu tragen oder in meinen Händen zu halten. Er dürfe es nur bloß nie erfahren!

Bestimmt hätte Santiago Mittel und Wege, eine Unpässlichkeit dieser Art aus der Welt zu schaffen. Vielleicht würde er mich zwingen. Vielleicht würde er mir Geld bieten. Egal, was es war, ich wollte es nicht wissen. Ich war zwar erst achtzehn Jahre und meinem Empfinden nach viel zu jung, aber für ein Baby von Santiago hätte ich meine gesamte Lebensplanung neu überdacht.

Ronan wäre ein guter Vater. Und er würde mir vergeben.

David umarmte mich. Ich sah ein letztes Mal in seine endlos

schönen jadegrünen Augen und bedankte mich für seine Liebe und für alles, was er für mich getan hatte.

Völlig aufgelöst wegen David, verabschiedete ich mich danach von Edward, Marcus und den Mädchen, doch ich konzentrierte mich nur darauf, meine Clutch festzuhalten, während ich Hände schüttelte und Umarmungen bekam. Mir war, als hinge mein ganzes Leben davon ab, dass nicht am Ende durch ein Missgeschick dieses Stäbchen auf den Boden fiel.

Die erste Limousine fuhr bereits vor. Und erst jetzt erschienen Santiago und Damian.

Sie registrierten mich kurz. Zuerst kam Damian zu mir, da Santiago noch eine Zigarette rauchte. Auch er gab mir bloß eine freundschaftliche Umarmung und keinen Kuss. Damian betonte ausdrücklich, er würde sich sehr freuen, mich bei den Jahrestreffen zu sehen. Den Kuss und noch vieles mehr könnten wir dann nachholen. Ein verlockendes Angebot. Aber vermutlich hatte Santiago ihn zu dieser Äußerung angestiftet und ich nahm mir ganz fest vor, für immer darauf verzichten zu wollen.

Einen Moment lang stand ich allein, wartete auf ein Zeichen, oder darauf, dass Santiago zu mir kommen würde. Damian war inzwischen an der Rezeption und erledigte letzte Formalitäten. Santiago rauchte entspannt seine Zigarette ... Mir zitterten die Hände. Ich wusste, jetzt hätte ich Gelegenheit, noch schnell das Testergebnis anzusehen, bevor er mich küssen würde. Doch mein Herz sprang fast aus meiner Brust, als ich bloß darüber nachdachte, und ich hatte schreckliche Angst, danach meine Gefühle nicht mehr unter Kontrolle zu haben. Also verwarf ich die Idee wieder.

Dann war Damian fertig und Santiago zertrat seine Zigarette auf dem edlen Fußboden. Er hatte, wie es schien, auf Damian gewartet. Und nun kam er endlich auf mich zu.

Er wirkte betrübt, streichelte über meine Wange und fasste zärtlich in meine Haare. Nervös blickte ich zu ihm auf und erwartete einen Kuss.

»Du hast mich vorhin zurückgewiesen ... am Strand ... «, raunte er. »Das ist kein schöner Abschied!«

»Du hast dafür meine Schuhe ins Meer geworfen«, entgegnete ich.

Er lächelte. »Ja ... aber ... du bist gar nicht traurig ...« Seine Stimme klang seltsam melodisch.

Verunsichert sah ich ihn an.

Santiagos Hand begann mich im Nacken zu massieren. »Ich mag es nicht, wenn man mich zurückweist«, raunte er, danach senkten sich seine Lippen auf meine und ich küsste ihn liebevoll – wie er es verlangt hatte. Aber dann schwenkte sein Blick zu Damian und er gab ihm ein Zeichen. »Ich mag es gar nicht ...«, betonte er noch einmal, während ich zusah, wie Damian zu Ronan ging und ihn etwas fragte. Ronan zeigte auf eine Glastür hinter uns und im selben Moment wurde Santiagos Griff in meinem Nacken fest. Er zwang mich, ihm zu folgen.

Der Raum hinter der Glastür war ein winzig kleines Lesezimmer. Damian blieb davor stehen, während Santiago mich hineindrängte und bereits erregt atmete. Auch seine Handgriffe wurden immer grober. »Ich will keinen Ton von dir hören!«, fauchte er.

Er hielt mich am Hals fest. Mit einem Ruck zerriss er mein Höschen. Ich stöhnte auf und hätte fast meine Tasche fallen lassen! Unbeeindruckt hob er mich auf einen schmalen Mauersims, öffnete seine Jeans und im nächsten Moment stieß er in mich!

Ich unterdrückte einen Schrei und Santiago begann, mich rücksichtslos mit harten Hüftbewegungen gegen die Wand zu ficken. Er keuchte und war aufgebracht. Ich spürte seinen Zorn und seine Wut, aber ich wusste, es waren auch Verletztheit und gekränkter Stolz dabei, weil ich ihn verlassen wollte. Es fühlte sich an, als wollte er mich bestrafen und sich auch noch an mir abreagieren. Aber ich liebte seine Begierde, ich liebte seine Leidenschaft und stöhnte genau wie er. Und ich war mir sicher, dass ich dieselbe Lust empfand, auch wenn es für mich kaum zu ertragen war.

Mir schoss durch den Kopf, dass er Ronan am Strand tatsächlich nur als Vorwand benutzt hatte und nicht wirklich etwas ahnte, sonst hätte er befürchten müssen, dass ich ihm letzte Nacht untreu gewesen war, und dann hätten wir jetzt nicht ungeschützten Sex. Er ahnte also nichts. Eine Erkenntnis, die mich beruhigte. Ich wollte ihn nicht unnötig verletzen. Sein Schwanz in mir fühlte sich wundervoll an, auch wenn er brutal war, aber seine anfängliche Gewalt ließ langsam nach. Santiago begann, mich in den Hals zu beißen und begierig zu küssen. Er stieß nun tiefer und beherrschter in mich. Ich fing an, es zu genießen, doch ich rutschte fast vom Sims. Er merkte es und legte sich unerwartet meine Arme um die Schultern. Gleichzeitig schlang ich meine Beine um seine Hüften und plötzlich ging alles viel leichter. Doch nun hatte ich ein anderes Problem. Ich sah die Clutch in meinen Händen, direkt hinter seinem Nacken. Damian war außer Sichtweite, Santiago mit leidenschaftlichen Bissen an meinem Hals beschäftigt und ich selbst vermutlich geistig nicht zurechnungsfähig ... denn plötzlich hatte ich den Mut und das brennende Verlangen, nachzusehen. Ich wollte es *jetzt* wissen, und nicht dann, wenn ich ihn nicht mehr spüren konnte, nicht mehr umarmen und küssen konnte.

Es waren zwei kleine Handgriffe. Ein Verschluss. Ein Stäbchen ... und ein Blick.

Sofort schossen mir Tränen in die Augen. Irgendwie schaffte ich es gerade noch, alles wieder zu verschließen. Dann fiel die

Clutch zu Boden und ich schluchzte schrill. Santiago hatte sich nur kurz umgesehen, doch er behielt seinen Rhythmus bei und küsste mich sofort weiter. Vermutlich dachte er, es wäre der Abschiedsschmerz, der mich nun übermannte. Er liebte mich und wurde immer begieriger, während bei mir die Tränen flossen und ich kaum noch Luft bekam. Aber es war kein Schmerz, der mich übermannte. Es waren die größte Euphorie und Freude, die ich jemals empfunden hatte. Ich fasste in Santiagos Haare und in seinen Nacken und war dankbar, dass er all meine Berührungen in diesem Moment zuließ. Wir küssten einander in tiefer gegenseitiger Begierde. Erst, als es für mich zu berauschend wurde, löste er sich von meinen Lippen, und mit einem letzten triumphalen Stöhnen ergoss er sich in mich.

Ich schluchzte aufgelöst, hysterisch, und konnte mich kaum beruhigen – selbst, als wir uns bereits voneinander getrennt hatten. Santiago betrachtete mich mit einem wohlwollenden Lächeln, während er seinen Gürtel straffte. Offensichtlich war das nun eine Reaktion, wie er sie angemessen fand und erwartet hatte. Er hob mir sogar die Clutch auf und ich nahm sie eilig wieder an mich. Ein letztes Mal streichelte er über meine tränenbedeckte Wange, dann verließen wir das Lesezimmer.

Santiago steckte sich eine Zigarette an, die ihm von Damian in einer aufmerksamen Geste gereicht worden war. David war ebenfalls noch in der Lobby, und nach ein paar letzten Worten verabschiedeten sie sich gemeinsam von Ronan.

In rosa Wolken gehüllt ging ich mit etwas Abstand hinter ihnen her. Ich sah, wie sie zu dritt durch das große Eisentor nach draußen schritten. Eine weiße Limousine stand abfahrbereit auf dem Vorplatz. Santiago stieg als letzter in den Wagen und entgegen all meiner Erwartungen drehte er sich noch ein Mal nach mir um und lächelte. Er wirkte glücklich und zufrieden – denn er hatte mich bestraft.

Ich freute mich, ihn so zu sehen und dieses Bild von ihm für immer in meinem Herzen tragen zu dürfen. Und ich freute mich noch ungleich mehr ... über meinen »Highscore«!

## * Lilienné *
## Verzweifelte Sehnsucht

Die Sonne war auf Ivory längst untergegangen. Der Vollmond leuchtete ins Zimmer. Man konnte Edwards nackten Oberkörper sehen, seine schönen Muskeln, seine Haare – alles war wie von einem graublauen Schleier überzogen und schimmerte samtig, verführerisch. Über die verlockenden Kurven und Erhebungen an seinen Hüften wollte ich erst gar nicht nachdenken! Zum Glück hatte er sie mit einem dünnen Laken bedeckt …

Das Leben war ungerecht! Edward lag bequem ausgebreitet auf dem riesigen Doppelbett und schlief, während ich bereits seit Stunden an die Wand gefesselt war! Santiago hatte ihm großzügig seine eigenen Räumlichkeiten zur Verfügung gestellt, solange er sich selbst noch mit David auf Hochzeitsreise befand. Aber … aber Edward durfte doch nicht erwarten, dass ich die gesamte Nacht hier geduldig ausharren und ihm beim Schlafen zusehen würde! Er kannte mich doch! Und er musste wissen, dass seine kleine Lilienné irgendwann die Beherrschung verlieren würde …

»EDWARD!«

In einem Ausbruch von Zorn und Verzweiflung schrie ich seinen Namen. Mir war klar, dass ich damit nicht viel erreichen würde, aber ich hatte die Geduld verloren! Meine Handgelenke schmerzten. Meine Füße taten weh. Ich war müde, konnte meinen Kopf nicht mehr halten und wollte mich einfach nur zu ihm legen, auf das große Doppelbett ... Wann gab es schon mal die Chance für uns, so viele Stunden und Nächte ungestört miteinander zu verbringen?! Er würde doch nicht etwa aus gekränktem Stolz oder überzogener Eifersucht alles kaputt machen?!

Edward hatte sich durch meinen Schrei gehörig erschrocken. Er sog zischend Luft ein und drehte sich im Bett herum. Und als ihm schließlich klar wurde, wodurch er erwacht war, waren seine Blicke sofort wieder erfüllt von Strenge und Missgunst.

»Edward, bitte ...«, flehte ich ihn an. »Ich kann nicht mehr, meine Arme sind eingeschlafen und ich kann in den High Heels nicht mehr stehen ... «

Er drehte sich auf den Rücken und rieb sich mit beiden Händen über sein Gesicht. Einen Moment lang sah es so aus, als würde er über meine Bitte nachdenken. Mit kummervollem Blick starrte er an die Decke ...

Doch dann seufzte er theatralisch. »Liliennè!« Er wälzte sich aus dem Bett und kam zu mir. Und seine Miene verhieß nichts Gutes. Erzürnt fuhr seine Hand an meine Kehle und er fauchte mir ins Gesicht: »Was bildest du dir ein, mich im Schlaf zu stören?!«

Ich schluckte beschwerlich und brachte keinen Ton hervor. Es stand außer Frage, dass er mir noch immer nicht verziehen hatte. Nie hätte ich gedacht, dass er so dermaßen eifersüchtig und gleichzeitig so nachtragend sein konnte ...

Es war wohl noch immer dieser kleine Flirt in der Bar auf Aruba, den er mir unterstellte und den er mir nicht verzeihen wollte. Dabei hatte ich überhaupt nichts Böses getan. Ich war in Edward verknallt und wollte keinen anderen. Das sollte er doch mittlerweile wissen! Vorwurfsvoll blickte ich in seine Augen.

Edward schnaubte und ließ mich los. Doch in der nächsten Sekunde traf eine kräftige Ohrfeige mein Gesicht. Kurz fehlte mir die Orientierung. Meine Wange brannte. Edward ging zum Nachttisch und holte einen Knebel. Ich wollte noch etwas sagen, da steckte er mir schon den Ball in den Mund und verschloss die Riemen in meinem Nacken.

Ohne ein versöhnliches Wort legte er sich wieder ins Bett. Er machte leise Musik an und drehte sich zur anderen Seite. Ich protestierte und winselte in meinen Knebel. Aber er reagierte nicht mehr. Und wenig später war er eingeschlafen.

Irgendwann gab ich auf, mich durch Töne bemerkbar zu machen. Ich konnte nicht glauben, dass er mir das antat. Die ganze Nacht bekam ich kein Auge zu! Nun schmerzten auch noch meine Kiefer und mein Nacken. Speichel lief aus meinem Mund und tropfte auf den edlen Holzboden ...

Ich dachte an Alice und daran, dass sie von Edward bereits ein eigenes Zimmer in der Villa zugewiesen bekommen hatte. Meins war noch unbewohnt. Vermutlich durfte ich es erst beziehen, wenn Edward sich wieder beruhigt hatte. Doch sein Vergeltungsdrang war offenbar noch nicht befriedigt.

In den Morgenstunden, als bereits ein Hauch von Tageslicht das Zimmer erhellte, blühte mir die nächste Überraschung. Edward hatte kaum die Augen aufgeschlagen, als er nach Alice läutete. Dabei hatte er sich nur an das Kopfende des Bettes strecken und den silbernen Knopf drücken müssen. Nachdem Alice in Cheyennes ehemaligem Zimmer schlief, würde sie das Signal erreichen. Und wie vermutet stand sie ein paar Minuten später bei uns in der Tür. Sie trug noch ihr Nachthemd, ihre langen schwarzen Haare hatte sie über ihre Schultern gebreitet und ihr üppiges Dekolleté zog Edwards Blicke auf sich.

»Zieh dein Nachthemd aus und komm zu mir!«, befahl er unverfroren.

Ich brummte in meinen Knebel. Alice war kurz verunsichert. Sie blickte zu mir und konnte sich vermutlich ebenfalls nicht erklären, warum Edward, der mich doch sonst stets bevorzugte, plötzlich so niederträchtig behandelte. Meine Knie zitterten. Ich konnte in den High Heels wirklich nicht mehr stehen, hatte bloß darauf gewartet, dass er endlich erwachen und mich erlösen würde, und nun sollte sich alles noch weiter hinziehen?

Edward breitete einen Arm aus und hob die Decke ein Stück, woraufhin Alice splitternackt zu ihm ins Bett hüpfte.

Ich schnaubte und konnte meinen Atem kaum beruhigen. Doch auch Alice erging es nicht viel besser. Edward hatte sie in seine starken Arme geschlossen und zu küssen begonnen. Nebenbei streichelte er über ihren Körper. Er massierte ihre Brüste und vermutlich wusste er, dass er mich speziell damit besonders eifersüchtig machen konnte. Alice hatte die größten Brüste von allen Mädchen, die ich bisher auf Ivory gesehen hatte, und ich war vermutlich die Letzte, die auf diesem Gebiet mithalten konnte. Aber ich war auch viel zierlicher als Alice. Und ich wagte zu sagen, dass Edward und Santiago mich wegen völlig anderer Qualitäten schätzten. Trotzdem schmerzte es, Edward mit einem anderen Mädchen beobachten zu müssen.

Er hatte die Decke mittlerweile komplett zur Seite gezogen, sodass ich Alice' nackten Körper in seiner ganzen Länge ausgestreckt neben ihm sehen konnte. Auch Edward war splitternackt, er hatte ein Bein über ihre Schenkel gelegt. Ich wusste, dass sie seine Männlichkeit nun auf ihren Hüften fühlen konnte und der Gedanke machte mich rasend. Edward hielt sie in seinen Armen und die beiden küssten einander leidenschaftlich, während er ihre Brüste knetete und mit seinen Lenden sanfte Wellenbewegungen auf ihrem Körper vollzog. Alice wand sich begierig. Ihr Körper reagierte auf all seine Berührungen unverschämt mit zügelloser Leidenschaft, ihr Brustkorb bewegte sich heftig und ihre Möpse wogten im selben Rhythmus.

Edward hatte ihre Nippel gereizt, bis sie hart von ihr abstanden. Dann glitt seine Hand tiefer zwischen ihre Schenkel, er fühlte ihre Feuchtigkeit und massierte sie beherzt. Alice stöhnte in höchsten Tönen. Sie hatte überhaupt keine Scheu und keinen Anstand, obwohl sie genau wusste, dass ich zusah! Sie himmelte ihn sehnsüchtig mit ihrem Blick an, als wollte sie ihn anflehen, mit ihr zu schlafen. Doch Edward ließ sich davon nicht beeinflussen, er trieb ihre Erregung immer mehr in die Höhe, ohne ihr letztendlich zu nahe zu kommen. Obwohl man ihm seine Lust bereits deutlich ansehen konnte. Sein schöner Schwanz hatte sich aufgestellt, er lag mächtig auf Alice' Körper, und wenn Edward seine Hüften bewegte, massierte er damit ihren Unterbauch. Ich dachte daran, wie sehr ich es liebte, wenn er das bei mir tat ...

Doch Alice' Töne holten mich schnell wieder aus meinen Träumen. Die Verzweiflung über ihr unerfülltes Verlangen entlockte ihr mehr und mehr sehnsüchtige Laute. Ihre Augen waren glasig und ihr Atem ging immer schneller. Regelmäßig musste Edward von ihrer kleinen Spalte ablassen, um eine Entladung ihrer Gefühle zu verhindern. Ich wusste ja nicht, dass das alles erst das Vorspiel war und dass er vorhatte, sich noch viel ausgiebiger mit ihr zu vergnügen. Ich dachte, jeden Moment wäre es soweit und er würde entweder in sie eindringen oder sie anderswie kommen lassen. Aber plötzlich richtete er sich auf und holte ein paar Schnüre aus dem Nachttisch ...

Alice lag noch immer erhitzt und völlig aufgelöst vor ihm. Auch sie war verwirrt über die plötzliche Unterbrechung. Und nun musste sie zusehen, wie er die Bänder um ihre Nippel band. Er schnürte sie ab wie kleine Perlen. Und obwohl Alice' Hände frei waren, wehrte sie sich nicht. Vermutlich gefiel ihr der Gedanke, dass er ihr noch mehr Aufmerksamkeit schenken und mit ihr spielen wollte. Als nächstes betätigte Edward eine

Fernbedienung und von der Decke kam ein Seil, an dessen Ende ein Metallring hing. Er senkte sich genau über der Mitte des Bettes. Edward fädelte die Schnüre von Alice Brüsten hindurch und verband sie auf der anderen Seite mit ihren großen Zehen. Sie musste ihre Beine etwas anheben und stillhalten, bis er ihre Zehen ausreichend umwickelt hatte. Als er fertig war, konnte sie ihre Füße allerdings nicht mehr ablegen. Die Schnüre waren eindeutig zu kurz, um entspannt auf dem Rücken liegen zu können. Schnell nahm Alice ihre Hände zu Hilfe, um das Gewicht ihrer Beine halten zu können, und schließlich fand sie eine Position, in der sich ihre Kräfte die Waage hielten.

Man konnte sehen, dass ihre Bauchmuskeln hart angespannt und ihre Knie nicht ganz durchgestreckt waren. Ihre Beine schwebten ein gutes Stück über der Matratze. Das Seil, das um ihre rechte große Zehe gewickelt war, lief durch den Ring über ihr und zog schmerzhaft an ihrem rechten Nippel. Dasselbe tat das Seil von ihrer linken Zehe mit ihrem linken Nippel. Edward streichelte kurz über ihren Kopf, und als er merkte, dass sie stets versucht war, ihre Beine abzuwinkeln, um die Anstrengung zu verringern, fesselte er ihre Knöchel zusätzlich mit einem Seil an das Fußende des Bettes, sodass es ihr nicht mehr gelang, während ein zusätzliches Seil um ihren Hals verhinderte, dass sie sich aufsetzten konnte.

Doch dann kam er erst zum eigentlichen Teil des Spiels und ich spürte sofort, dass es mich erregte, dabei zuzusehen, aber ich fing auch an, Alice zu beneiden und wollte am liebsten in ihre Rolle schlüpfen ...

Edward holte zwei kleine Zackenklemmen aus dem Nachttisch. Auch sie waren durch eine lange Schnur miteinander verbunden. Und nun musste Alice ihre Zunge herausstrecken. Er zwickte eine Klemme auf ihre Zungenspitze, dann führte er das Seil durch den Ring und verband das andere Ende mit dem wohl empfindlichsten Punkt ihres Körpers. Alice schrie wie am Spieß, als er die Krokodilsklemme auf ihrem Kitzler zuschnappen ließ. Der Adrenalinschub hatte sofort neue Kräfte in ihren Bauchmuskeln mobilisiert, wodurch sie sich nun wieder etwas aufbäumen konnte, um den schmerzhaften Zug an ihren Brüsten zu mildern. Doch sowohl Edward als auch ich wussten, dass es nur eine Frage der Zeit war, bis ihre Energie wieder nachlassen würde. Edward hatte das Seil so kurz und straff gezogen, dass sie in jeder Entspannungsphase unweigerlich mit herausgestreckter Zunge an ihrem Kitzler zog.

Abschließend fesselte er noch ihre Hände an die Seiten, um zu verhindern, dass sie sich selbst befreite. Dann stand er auf und blickte kurz zu mir, um zu sehen, wie ich es fand.

Bestimmt konnte er erkennen, dass auch ich schwerer atmete. Alice' Anblick war mehr als verführerisch. All die Schnüre, die in unterschiedliche Richtungen liefen – Alice war wie in einem Spinnennetz gefangen, wobei die meisten Seile an ihren sensibelsten Stellen zogen und all ihr Schmerz und ihre Qualen von ihren körperlichen Kräften abhingen. Solange sie ihren Kopf und ihre Beine halten konnte, war es vermutlich erträglich, doch nach ihrem Wimmern und dem Zittern ihrer Muskeln zu schließen, war der Zeitpunkt nicht weit entfernt, wo sie sich wohl oder übel mit stärkeren Schmerzen anfreunden musste. Ihre Zunge war bereits weit herausgestreckt, dennoch konnte sie ihren Kopf nicht ablegen, und ihr Kitzler bebte. Gleichzeitig sanken ihre Beine immer tiefer und ihre Brüste wurden langgezogen. Ihre abgebundenen Nippel traten hervor wie überreife rote Beeren, die danach lechzten, gepflückt zu werden. Und immer, wenn sie versuchte, mit langer Zunge ihren Kopf abzusenken, verstärkte sich der teuflische Zug an ihrem Kitzler, der sie sofort wieder motivierte, es nicht zu tun und noch weiter durchzuhalten.

Man konnte sehen, wie die Sehnen und Adern an ihrem Hals hervortraten, wie ihr Atem stoßweise ging und ihr Kopf zitterte. Und jedes Zittern übertrug sich von ihrer Zungenspitze über die straff gespannte Schnur direkt auf die Zackenklemme, die an ihrer kleinen Lustperle saß.

Unwillkürlich überkam mich ein listiges Grinsen und ich hoffte, dass ihr die Lust auf meinen Liebsten nun wieder vergehen würde. Ich wünschte mir, dass Edward möglichst lange dieses Schauspiel beobachten und sich mit mir gemeinsam an ihrem Anblick ergötzen würde. Doch Alice lallte und flehte mit herausgestreckter Zunge unverständliche Worte. Als sie nur noch spastisch zitterte und zuckte, setzte Edward sich wieder zu ihr, einen Vibrator in der Hand! Es war bloß ein kleiner, wie ein Kugelschreiber, der dafür gedacht war, mit seiner runden Spitze einen ausgewählten Punkt zu stimulieren. Edward legte eine Hand unter Alice Kopf, um ihr etwas Erleichterung zu verschaffen, gleichzeitig berührte er mit dem Vibrator die Zackenklemme an ihrem Kitzler.

Wieder packte mich die Eifersucht. Alice war sofort Feuer und Flamme für diese Stimulation. Sie stöhnte und blickte angespannt flehend in Edwards Augen. Ich sah, dass er die Position mit dem Vibrator mehrmals wechselte und ihre zartrosa Haut auch direkt berührte, oder tiefer zwischen ihre Schamlippen glitt und mit Vorliebe von unten gegen ihren Kitzler stieß und drängte, bevor er sich wieder mit der Zackenklemme befasste. Alice wimmerte in höchsten Tönen und mit orientierungslosen Blicken. Ihre ganze Intimzone glänzte mittlerweile vor Feuchtigkeit. Und dann war es plötzlich unvermeidlich. Alice verfiel in wilde Zuckungen und schrie ... ihr ganzer Körper vibrierte und ihr Becken bewegte sich in wilden Spasmen. Durch die herausgestreckte Zunge sah das alles sehr spektakulär aus, aber es hatte auch extrem anregende Wirkung auf Edward und mich. Sein Schwanz zuckte prall geschwollen, während auch mir zwischen den Beinen immer heißer wurde.

Aber Edward war noch nicht fertig. Als die heftigsten Wellen bei Alice vorüber schienen, entfernte er die Zackenklemme von ihrem Kitzler, was ihr einen weiteren spitzen Schrei entlockte. Aber nun konnte er ihr kleines malträtiertes Lustzentrum ohne Einschränkungen stimulieren. Der schmale Vibrator legte sich nun direkt auf ihren Kitzler und Edward brachte sie sofort zu einem weiteren Höhepunkt. Wieder zuckten ihre Beine und Alice konnte dabei selbst zusehen, wie ihre Nippel dadurch langgezogen und ihre Brüste geschüttelt wurden.

Der Schweiß brach ihr aus allen Poren und sie flehte Edward an, es nicht mehr zu tun. Ihre Worte waren reichlich undeutlich, was zum Teil an der verbliebenen Krokodilsklemme in ihrem Mund lag, aber sie war mittlerweile auch schon fix und fertig. Als er sie zum nächsten Orgasmus brachte, blieb sie mit dem Kopf auf dem Laken liegen und wurde nur noch geschüttelt. Ihr Brustkorb bog sich. Wimmernd flehte sie um Gnade. Aber Edward ließ mit dem kleinen Vibrationsstift nicht von ihrem Kitzler ab und zwang sie zu einem vierten und fünften Höhepunkt, bis Alice der Speichel aus dem Mund lief und sie wollüstig röchelte.

Schließlich hatte Edward genug. Er befreite sie mit zwei Handgriffen, den Rest musste sie allein machen. Doch sie blieb erschöpft liegen. Edward hingegen kam zu mir. Wie erwartet, berührte er mich prüfend zwischen den Beinen. Er fasste in mein Höschen und ließ seine Finger kurz durch die überschäumende Feuchtigkeit in meiner kleinen Spalte gleiten. Gleichzeitig schenkte er mir ein süffisantes Lächeln. »Du weißt, das hätte dein Spiel sein können!«, raunte er.

Ich nickte betroffen und er massierte mich ein paar Sekunden verführerisch. Dann zog er seine Hand aus meinem Höschen und löste auch meine Fesseln.

Unweigerlich fiel ich zu Boden. Meine Füße hatten die ganze Nacht über in diesen abartig hohen High Heels gestanden, meine Arme waren taub ... und ich komplett entkräftet.

»Zieht euch um! In zehn Minuten treffen wir uns unten. Wir gehen laufen!«, verkündete Edward.

***

Ein paar Tage hatte ich noch mit Edwards mieser Laune zu kämpfen, dann endlich hatte er sich beruhigt. Aber anders als erwartet, bekam ich kein eigenes Zimmer von ihm. Wir bewohnten weiter gemeinsam Santiagos Schlafgemach und zu meiner Bestürzung verhielt er sich nun wieder, als wären wir bereits seit Jahren verheiratet! Er hatte kaum Interesse an Sex, und wenn, dann war es bei weitem nicht so leidenschaftlich, wie ich mir das vorstellte.

»Was ist passiert? Begehrst du mich nicht mehr?«, stellte ich ihn eines Abends zur Rede, »... oder wirfst du mir noch immer diesen Mann in der Bar vor? Ich hab dir hundertmal erklärt, dass es mir leid tut und ich nichts von ihm wollte.«

Edward schüttelte ärgerlich den Kopf und seufzte. »Das ist nicht das Einzige Lilienné. Es hat sich einfach alles verändert. Meine Gefühle für dich haben sich verändert. Ich hab Bilder von dir in meinem Kopf, die ich einfach nicht mehr löschen kann.«

»Bilder? Welche Bilder?«, fragte ich schockiert.

Er lächelte und sah mich an, als sollte ich das selbst wissen. Natürlich hatte ich auf Aruba bereits bemerkt, dass irgendetwas zwischen uns nicht stimmte. Es war bestimmt schwer für ihn, mich mit anderen Männern zu beobachten. Speziell die frivole Orgie bei Santiagos Junggesellenabschied erfüllte mich mit schlechtem Gewissen. Da waren mehrere Männer gewesen, denen ich mich hatte hingeben müssen. Aber immerhin hatten sie Kondome benutzt ... Vielleicht war es aber auch mein aufopferndes Hochzeitsgeschenk an Santiago gewesen, das er so verachtenswert fand. Ich erinnerte mich, dass er nicht mal hatte hinsehen können, als David die feinen Nadeln unter meinen Fingernägeln angesetzt hatte ... Und am Tag davor hatte ich mit allen männlichen Gästen halb nackt flirten müssen ... Bestimmt hatte er auch das gesehen.

»Es ist auf Aruba passiert ... Hab ich recht?«, mutmaßte ich.

Edward legte seinen Handrücken auf der Stirn ab und blickte mit ausdrucksloser Miene an die Decke. Nach einiger Zeit nickte er.

Mir kamen die Tränen. Er hatte tatsächlich sein Interesse an mir verloren ...

»Als ich dich zum ersten Mal gesehen hab«, begann er zu erklären, »warst du wie eine zarte Blume, die gerade im Begriff war, sich zu öffnen, und du hast gesprüht vor Übermut, Neugier und Liebeshunger. Du warst so begierig auf alles, was dich hier erwartet, und gleichzeitig so zerbrechlich, dass ich das Gefühl hatte, ich musste dich beschützen. Wie gern wäre ich der Erste gewesen, der dich berührt ... Aber das stand nie zur Debatte ... Damit musste ich leben. Du hattest ja nur Augen für Santiago ...«

»Edward, ich hab dich vom ersten Tag an gesehen!«, unterbrach ich ihn.

»Ja. Ich weiß!«, entgegnete er pikiert. »Ich werfe dir auch Santiago nicht vor. Er war schließlich der Grund, warum du hierhergekommen bist. Ich werfe dir gar nichts vor. Es ist meine Schuld. Ich hab damals, als ich begann, für dich zu empfinden, einfach vergessen vorauszudenken. Ich hab vergessen, mich selbst daran zu erinnern, dass du eines Tages genauso enden würdest wie alle anderen ... dass er dich wie sie zu seiner Nutte machen würde.«

»Wie kannst du so etwas sagen!«, empörte ich mich.

»Weil es die Wahrheit ist, Lilienné. Sieh dich an. Du fickst alle Männer, die er dir vorsetzt, wenn er es von dir verlangt!«

»Edward, ich hatte keine andere Wahl auf Aruba. Aber du weißt doch selbst, dass das nicht der Alltag ist auf Ivory!«

Er nickte und sah mich endlich wieder an. »Ja. Lilienné. Ich hab gesagt, ich mache dir keine Vorwürfe. Aber ich bekomme die Bilder nicht mehr aus meinem Kopf. Du bist genau wie alle anderen ... seine Leibeigene ... und seine Hure!«

Ich konnte nicht glauben, was er sagte. Er hatte noch nie so abfällig über mich gesprochen. Damit schadete er ja theoretisch auch Santiagos Konzept und seiner Philosophie. Ich fragte mich, ob es vielleicht einen Hintergedanken bei seinen Worten gab. »Ist das ein Spiel?«, fragte ich schüchtern. »Gefällt es dir, mich als Hure zu bezeichnen?«

Edward schnaubte verächtlich. »Willst du denn spielen?«

Ich schüttelte den Kopf. »Nein. Ich möchte wissen, was du wirklich für mich empfindest!«

Doch Edward stand auf und verließ kurz das Zimmer. Zurück kam er mit einem kleinen Käfig. Ich glaubte meinen Augen nicht zu trauen. Käfige dieser Art hatte ich zuletzt im Fernsehen gesehen, als man Affen auf einem LKW darin transportiert hatte. Nun stellte Edward den Käfig mitten auf das Bett und ich wich erschrocken zurück, betrachtete die wenigen dicken Eisenstangen, die man grob zu einem Würfel geschmiedet hatte. Es gab keine Bodenplatte und keine Wände. Bloß Stangen und große Zwischenräume. An der Oberseite war ein Riegel. Edward öffnete ihn und befahl mir, mich in den Käfig hineinzusetzen und klein zu machen.

Ein letzter winziger Hoffnungsschimmer blieb mir, dass vielleicht doch alles nur von ihm provoziert und geplant war ... vielleicht eine Art Rollenspiel, in dem er mich mit Worten beschmutzen und seine Überlegenheit auskosten wollte.

Also kletterte ich artig in den kleinen Käfig. Ich kniete etwas schmerzhaft auf den dicken Stäben und kauerte mich klein zusammen. Als ich mich nach vorn beugte, legte sich mein Hals zwischen zwei Stäbe und Edward schloss das Gitter von oben. Ich hatte meine Arme nach hinten gebogen und konnte sie danach nicht mehr bewegen. Also war nun mein ganzer Körper klein zusammengefaltet, bis auf meinen Kopf, der an der Vorderseite aus dem Käfig ragte. Meine langen Haare hingen mir ins Gesicht. Ich versuchte, sie zu schütteln und auf eine Seite zu werfen, um Edward ansehen zu können. Doch unerwartet half er mir. Er nahm meine blonden Locken zusammen und kurz darauf musste ich feststellen, dass er das bloß tat, um mich zu knebeln. Widerwillig öffnete ich meinen Mund und empfing den vertrauten dicken Gummiball, während er die Lederriemen an meinem Hinterkopf verschloss. Danach hörte ich ein leises Summen, es ruckelte an meinem Käfig und plötzlich hob es mich in die Höhe! Edward hatte das elektrische Seil von der Decke gelassen und mit einem Karabiner an meinem Käfig befestigt. Als ich zirka einen Meter über dem Bett schwebte, stoppte die Automatik. Edward gab dem Käfig einen Schubs und ich drehte mich im Kreis.

Ich murrte in meinen Knebel und nach ein paar Umdrehungen musste ich meine Augen schließen, damit mir nicht schwindelig wurde. Als ich sie wieder öffnete und der Käfig sich annähernd ausgependelt hatte, sah ich Edward unter mir liegen. Er hatte sich ausgezogen und berührte sich selbst.

Ich konnte nicht glauben, dass er das tat. Er konnte doch mit mir schlafen, wenn ihm danach war! Warum musste ich ihm zusehen, wie er sich selbst berührte?! War das seine Art, mir zu zeigen, wie verachtenswert er mich fand? Dass er gut und gern auf mich verzichten konnte? Dass er mich nicht mehr liebte und sich lieber selbst berührte?

Wie eine Schildkröte hing ich über ihm, nackt, in ein kleines Gehäuse gepresst, und kaum fähig, meinen Blick von Edward abzuwenden. Ich sah, wie er seinen Schwanz bearbeitete und es dabei keineswegs eilig hatte. Er streichelte sich selbst genüsslich, seine Hand glitt über die stattliche Erektion ... mal massierte er seine Hoden, dann wieder den gesamten Phallus bis zur Eichel. Er machte langsame fließende Bewegungen, bis seine Finger irgendwann eine Faust formten und sich nur noch dem vorderen Ende widmeten. Ich sah, wie sich seine Bauchmuskeln anspannten, sein Hals und sogar seine Beine, während er das Tempo langsam erhöhte. Nahezu ständig blickte er dabei in meine Augen. Anfangs waren seine Blicke noch strafend, doch nun meinte ich sogar eine gewisse Traurigkeit darin zu sehen. Je erregender seine Selbstbehandlung wurde, desto mehr Gefühl und Leidenschaft lag in seinen Gesichtszügen. Seine Augen glänzten feucht und seine Brauen waren schmerzlich verzerrt. Auch die Anstrengung spiegelte sich in seinem Gesicht wieder. Ich liebte ihn. Und wie gern hätte ich ihm geholfen. Aber nun musste ich erstmals erfahren, wie stur Edward sein konnte.

Seine Lippen öffneten sich und sein Atem ging schwer. Während seine Hand nun immer hastiger über seinen Schwanz rieb, verspannte sich sein ganzer Körper. Seine stolzen Muskeln traten hervor, sein Sixpack, seine kräftige Brust- und Schultermuskulatur, und die drahtigen Sehnen seiner Arme. Ich wusste kaum, wo ich hinsehen sollte, war es doch eigentlich sein Schwanz, der mich am meisten faszinierte und der in Kürze vermutlich für eine spektakuläre Darbietung sorgen würde ... Ich wartete darauf, dass Edward sich vor meinen Augen ergießen würde und empfand es kaum noch als Strafe, diese Handlung mit ansehen zu müssen, obwohl ich mir eingestehen musste, dass auch ich mittlerweile unsäglich erregt war. Ich fühlte ein Prickeln und Ziehen zwischen meinen Beinen, ein lüsternes Zucken und eine angenehme Hitze, die auf Feuchtigkeit schließen ließ. Aber ich konnte meine Hände nicht bewegen. Verzagt seufzte ich und wimmerte ... und plötzlich musste ich feststellen, dass etwas Speichel an meinem Knebel vorbei aus meinem Mund lief. Er bildete lange Fäden, tropfte, und rann genau auf Edwards Hals. Auch er hatte es bemerkt, aber er reagierte nicht. Er ließ es einfach geschehen und blickte weiterhin unverwandt in meine Augen! Oh Gott, ich wollte ihn nicht ansabbern! Aber ich konnte nichts dagegen tun, mir blieb nichts anderes übrig, als es beschämt zu ertragen, während ich Edwards Vorführung genoss ... Die Spitze von seinem Schwanz hatte sich bereits violett verfärbt, sie glänzte feucht und war zum Bersten geschwollen. In immer kürzeren Abständen pumpte sie durch den Ring seiner Finger. Er wusste, dass es mich verrückt machte, das mit anzusehen. Immer wieder stellte ich mir vor, seine Finger wären meine Muschi, die seine Erektion umschloss. Kurz meinte ich, ein kleines Lächeln bei Edward zu erkennen. Sein Mund stand offen, ich konnte seine Zunge sehen, sie bewegte sich aufreizend und lasziv. Und es war kaum zu ertragen, als er seine Lippen ableckte, als wollte er mich mit anstößigen Gesten quälen. Doch dann wurde mir erst bewusst, warum er das tat! Er leckte meinen Speichel ab, der auf ihn hinabgetropft war! Aus purer Verzweiflung schrie ich in den Knebel. Ich wollte Edward in meine Arme schließen und mit ihm vereint sein. Ich wollte ihn küssen, mit seinem Körper verschmelzen ...

Wieder lächelte er verhalten, doch auch seine Erregung schien nun auf dem Gipfel und plötzlich hielt die Hand an seinem Schwanz eisern still. Edward richtete sich auf und kam mit seinen Hüften direkt vor mein Gesicht. Die Höhe war optimal und ich dachte, er wollte mir in den Mund spritzen … doch er drehte den Käfig um, drang in mich ein und in derselben Sekunde ergoss er sich! Sein Schwanz war zwischen den Gitterstäben hindurch in meine feuchte Spalte geglitten, er hatte einmal in mich gepumpt, dann war es geschehen.

Edward zog sich wieder zurück, entfernte meinen Knebel und ich musste seinen Schwanz sauberlecken. Offenbar genoss er es, dass er diesen Käfig nach Belieben drehen und sich an all meinen Enden einfach bedienen konnte.

Zum Schluss ließ er sich erschöpft auf das Bett fallen. »Hat es dir gefallen, meine kleine Nutte?«, fragte er dreist.

Ich brummte. Sinnigerweise hatte er mir zuvor den Knebel wieder angelegt.

Er lächelte nun unverhohlen. »Du wirst nie darauf kommen, was ich jetzt mit dir mache …«, stellte er in den Raum.

Sein Lächeln wurde immer breiter und unverschämter. Dennoch konnte er mir keine Angst einjagen. Ich wusste, dass all die Spiele, die er auf Lager hatte, meinen Abenteuern mit Santiago nur schwer das Wasser reichen konnten. Auch in punkto Schmerzen lag meine Latte weit höher als er jemals bereit wäre, mit mir zu gehen. Also hatte ich nicht wirklich etwas zu befürchten. Doch seine nächste Aussage verunsicherte mich nun doch ein wenig …

»Santiago hat vor Antritt unserer Reise noch einen kleinen Umbau in Auftrag gegeben. Ist dir das nicht aufgefallen?«

Ich dachte kurz nach, aber dann musste ich den Kopf schütteln.

Edward presste seine Lippen aufeinander und rollte sich aus dem Bett. »Dann zeige ich's dir jetzt«, meinte er.

Ich sah, dass er die Fernbedienung für das Seil nahm, und dachte, er würde mich absenken und befreien, doch plötzlich bewegte ich mich samt dem Käfig in seine Richtung. Edward streifte einen Bademantel über, ging zur Tür und mein Käfig folgte ihm! Inzwischen hatte er sich auch tatsächlich etwas abgesenkt – genau genommen, viel zu weit, denn ich befand mich bloß noch eine Handbreite über dem Boden!

»Das Seil läuft in einer Schiene«, erklärte Edward.

Jetzt wurde mir auch plötzlich klar, warum man bei Santiago diese neumodische Tür eingebaut hatte, die bis zur Decke reichte! Das hatte ich bemerkt. Nur die Schiene war mir nicht aufgefallen.

Als Edward über den Flur in Richtung Bad ging, schwebte ich neben ihm her, wie ein kleiner Hund, der bei Fuß ging. »Dieses System erstreckt sich in alle wichtigen Räume«, erklärte er weiter. »Ich kann dich damit auch an den Frühstückstisch befördern. Das war ein Wunsch von Santiago. Und wenn ich dich im Erdgeschoß ganz hinauf an die Decke ziehe, schwebst du in sieben Metern Höhe. Die Aussicht von dort ist bestimmt phantastisch.«

Ich stöhnte einen Protestlaut in den Knebel.

»Keine Sorge, wir gehen ins Bad«, beruhigte er mich.

Edward öffnete die Tür und auch hier hatte man neuerdings den Türrahmen entfernt und das Türblatt bis hinauf an die Decke gezogen, sodass die Schiene ungehindert durchlaufen konnte.

Neben seinen Füßen schwebte ich weiter, vorbei an einem großen Spiegel, und mir lief kurz ein Schauer über den Rücken, als ich mich selbst darin erblickte. Durch diese Gitterstäbe sah ich aus wie ein kleines geschnürtes Paket mit Kopf. Auch der rote Knebel war mir ins Auge gestochen. Edward hatte meine Haare am Hinterkopf so ungeschickt zusammengebunden, dass sie einen seltsamen Höcker bildeten.

Vor den Waschtischen blieben wir stehen. Ich blickte auf die goldene Verkleidung des Siphons, während das Wasser plätscherte und ich vermutete, dass Edward sich das Gesicht wusch.

»Du solltest dich auch waschen ...«, meinte er beiläufig.

Ich brummte.

»Hier!«, ergänzte er und fuhr mit zwei Fingern in meine Muschi. Wieder brummte ich. Es war erniedrigend, dass meine Intimzone genau zwischen zwei Gitterstäben frei lag und ich meine Position nicht ändern konnte.

»Hast du da unten etwa einen Spiegel?«, fragte Edward. Und erst jetzt fiel mir auf, dass ich tatsächlich in der goldenen Säule vor mir mein Gesicht erkennen konnte – wenn auch verzerrt. »Willst du wissen, wie du aussiehst?«, hakte er nach. Mein Käfig ruckte und plötzlich gewann ich an Höhe. Ich passierte den Waschtisch und tauchte frontal vor dem großen Spiegel auf. Unweigerlich musste ich beschämt meine Augen schließen.

Edward drehte mich und fasste in mein Gesicht. »Kannst du dich nicht ansehen?«, raunte er amüsiert.

»Ich hasse dich!«, blökte ich in meinen Knebel und konnte dabei von Glück reden, dass er mich nicht verstanden hatte.

»Siehst du die Schiene da oben?«, fragte er weiter und zeigte mit erhobenem Finger an die Decke über dem Whirlpool.

Ich verdrehte mir den Hals und musste zustimmend nicken.

»Dort fahren wir dich jetzt hin!« Kaum hatte er es ausgesprochen, setzte sich mein Käfig in Bewegung. Mir schauderte. Durch die Hitze und den Dampf, den es hier im Bad gab, lag die Vermutung nahe, dass der Pool bereits befüllt war. Und kurz darauf bestätigte sich mein Verdacht. Während Edward mit der Fernbedienung in der Hand die geschwungene Treppe hinaufstieg, seinen Bademantel ablegte und geschmeidig ins Wasser glitt, segelte ich ihm auf direktem Weg entgegen. Edward tauchte kurz unter und strich seine Haare zurück. Danach senkte er den Käfig direkt vor sich soweit ab, dass ich fast die Wasseroberfläche berührte. Er wollte mich doch nicht untertauchen?! Entspannt lehnte er sich zurück und behielt die

Fernbedienung in seiner Hand. »Hol mal tief Luft!«, meinte er.

Ich schüttelte panisch den Kopf, schrie und flehte ihn mit meinem Blicken an.

Er lächelte und nickte. »Santiago wird das von dir verlangen. Meinst du nicht, wir sollten es üben?«

Verzweifelt wimmerte ich in den Knebel und blieb dabei, meinen Kopf zu schütteln.

»Na gut, wie du willst«, raunte er schließlich. »Trotzdem werde ich dich waschen.« Er senkte den Käfig noch ein paar Zentimeter tiefer. Ich tauchte ins Wasser, nur mit Anstrengung konnte ich gerade noch meine Nase an die Luft halten. Edward drehte mich vor sich um und begann, mich zwischen den Beinen zu waschen. Seine Hand glitt zwischen meine Schenkel und einzelne Finger drangen in mich ein.

»Ich könnte mir vorstellen, dass Santiago sich hier im Pool auch zu zweit mit dir vergnügen wird«, erklärte Edward, während er mich nun zärtlich berührte. »Der Käfig ist wie gebaut dafür, ein Mädchen von beiden Enden gleichzeitig zu bedienen. Die Frage ist nur, ob er das über oder unter Wasser tun wird!«

Ich summte einen kläglichen Laut.

»... und ob er als Zweiten David oder mich wählen wird ...«, fügte Edward hinzu.

Seine Finger zogen sich abrupt zurück. Er hievte mich ein Stück aus dem Wasser, drehte mich vor sich um und sah mir von Angesicht zu Angesicht in die Augen. »Wenn du Glück hast, wählt er David.«

Ich sah die Kälte in Edwards Blick und mir kamen die Tränen. Es bestand kein Zweifel. Er verachtete mich. Gekränkt erinnerte ich mich an den Moment, als ich vor ein paar Wochen nach meinem Herzenswunsch gefragt worden war ... und daran, dass ich mir gewünscht hatte, Santiago anfassen zu dürfen und mit ihm und Edward eine Nacht zu dritt verbringen zu dürfen. Wenn ich Edward nun vor mir sah, dann hatte sich mein Wunsch soeben verändert. Er liebte mich nicht mehr. Und wenn das so war, dann hatte er auch meine Liebe nicht mehr verdient! Ich wünschte, er hätte mir den Knebel abnehmen können, dann hätte ich es ihm ins Gesicht gesagt. Aber vermutlich sah er, wie aufgebracht und enttäuscht ich war und tat es deshalb nicht. Er wollte mich offensichtlich ungestraft kränken und verletzen ... Edward wartete, bis ich meinen Blick demütig senkte, dann ließ er von mir ab.

Er stieg aus dem Wasser und ließ mich hängen, bis er sich selbst fertig abgetrocknet und angezogen hatte. Danach brachte er den Käfig in der Mitte des Badezimmers auf den Boden. Er öffnete den Karabiner und den Deckel. »Du schläfst ab heute in einem eigenen Zimmer!«, entschied er kühl und verließ den Raum.

***

Die folgenden paar Tage waren die schlimmsten von allen. Noch nie hatte ich Santiago so sehr vermisst. Und noch nie hatte ich mich auf Ivory so allein gefühlt. Obwohl wir zu dritt waren, gemeinsame Mahlzeiten zu uns nahmen, Sport machten oder Baden gingen, hatte ich das Gefühl, gottverlassen zu sein und von niemandem wirklich beachtet zu werden.

Es waren Tage, an denen ich mich unfassbar in Santiago verliebte, an denen ich mich nach seiner Berührung verzehrte, nach seiner Dominanz, seiner Wertschätzung und der sicheren Anerkennung für meine Hingabe. Es waren Tage, an denen ich mir nichts auf der Welt so sehr wünschte, wie seine Rückkehr.

# * Lilienné *
## Aufreizend verpackt

»NEIN!«, platzte es aus mir heraus.

Ich stand mit Edward im Badezimmer und er wollte mir doch tatsächlich klar machen, dass ich Santiago nicht persönlich empfangen durfte!

Endlich war die lange Wartezeit vorüber, Damian hatte bereits von Miami aus angerufen und die Ankunft der *Evita* in einer Stunde angekündigt. Aus welchem Grund auch immer waren sie heute nicht mit dem Helikopter unterwegs, sondern hatten sich für eine Yacht entschieden, und jetzt durfte ich nicht auf den Bootssteg, um ihn zu empfangen? Schlimmer noch, Edward wollte mich wieder in den kleinen Käfig stecken! Ich hatte einiges ertragen während der letzten zwei Wochen, aber das überschritt Edwards Kompetenzen!

»Und was ist mit Alice?!«, fauchte ich ihn an. Ich hatte kein Verständnis für eine Ungleichbehandlung.

»Alice bleibt bei mir«, entgegnete er knapp.

»Sie darf ihn begrüßen und ich nicht?!«, empörte ich mich. »WARUM?!«

»Weil *ich* es so entscheide, Lilienné!«

Ich zischte entrüstet.

»Sieh es so ...«, meinte er, »du hast weit größere Chancen auf Sex. Santiago ist erschöpft von der Reise. Er wird baden wollen. Und er wird sich freuen, dich dabei aufreizend verpackt serviert zu bekommen, während Alice heute vermutlich nur seine Hand küssen wird.«

»Ich kann auch in hübschen Dessous im Bett auf ihn warten!«, entgegnete ich.

»Nein, Lilienné.«

Mir graute, denn mir wurde immer bewusster, dass er sich bereits festgelegt hatte. »Ich möchte nicht in den Käfig«, verweigerte ich ein letztes Mal.

Edward presste seine Lippen aufeinander. »Zwing mich nicht, dich zu schlagen!«

Ich nickte, grenzenlos enttäuscht von ihm, und hauchte: »Doch.«

Edward zwinkerte kurz nervös ... dann traf mich seine rechte Hand schmerzhaft auf der Wange. Ich verlor das Gleichgewicht und fiel vor ihm auf die Knie. Er schlug mich ein zweites und drittes Mal. Vermutlich kannte er mich gut genug, um zu wissen, dass eine Ohrfeige nicht ausreichen würde, um meinen Willen zu brechen. Aber noch immer verweigerte ich meinen Platz in diesem Käfig und versuchte, mich zu wehren – obwohl ich mir keine Chancen ausrechnete, gegen Edward zu gewinnen. Unsere letzten Minuten wurden zu einem Kampf. Ich wehrte mich, so gut ich konnte. Edward rief mehrmals erbost meinen Namen, um mich zur Besinnung zu bringen, zerrte mich an den Haaren und bog gewaltsam meine Arme hinter den Rücken ... bis er mich endlich in diesem Käfig hatte. Eilig versperrte er den Riegel.

Um mir den Knebel in den Mund zu stecken, musste er kurz meine Nase zuhalten. Und fast war es für mich eine Erlösung, als ich merkte, dass es keinen Sinn mehr hatte, sich zu wehren, dass ich nun endlich aufgeben konnte. Als er mich in diesem verfluchten kleinen Gefängnis in die Höhe hievte, kämpfte ich mit den Tränen. Edward vermied den Blick in meine Augen.

Geschäftig brachte er noch etwas Creme auf meine Wangen auf, an den Stellen, wo er mich geschlagen hatte, dann fuhr der Käfig mit mir in Richtung Whirlpool und pendelte sich in der hinteren Ecke ein. Heißer Dampf stieg mir ins Gesicht. Der Pool war erst vor eine halben Stunde mit frischem Wasser befüllt worden. Gekränkt und enttäuscht hörte ich, wie Edward das Bad verließ.

Ich malte mir aus, wie er mit Alice hinunter an den Anlegesteg ging, wie Santiago braungebrannt und lächelnd auf sie zuschritt und die beiden in seine Arme schloss. Auch wenn ich wusste, dass es höchstwahrscheinlich nicht ganz so laufen würde, die Vorstellung war so verführerisch, sie schmerzte und stürzte mich in einen See aus Selbstmitleid. Mir war einfach nur zum Heulen zumute, ich konnte es nicht erwarten, Santiago endlich für mich zu haben.

Nachdem ich mich bestimmt eine gute halbe Stunde geduldet hatte, hörte ich Stimmen auf dem Flur. Ich wünschte mir, dass Edward recht behalten und Santiago wirklich Lust auf ein Bad haben würde. Andernfalls hoffte ich, dass er mich wenigstens hier abholen würde. Er konnte mich doch nicht vergessen haben! Hatte es nicht einmal geheißen, ich wäre seine Favoritin? Wie lange wollte er noch warten, mich zu begrüßen?

Kurz war es ruhig auf dem Flur, dann hörte ich erneut Stimmen. Diesmal kamen sie näher … und endlich öffnete sich die Tür. Erleichtert fielen meine Augen auf Santiago! Er trug ein eisblaues Hemd und eine weiße Hose, war braungebrannt, endlos attraktiv und sah keineswegs erschöpft aus. Auch er bemerkte mich sofort und lächelte, als er meine jämmerliche Zwangslage erkannte. Vermutlich hatte Edward mich angekündigt. Ich wimmerte ungeduldig in den dicken Knebel, doch Santiago hielt erst für David die Tür auf, der ebenfalls elegant gekleidet war, als er das Badezimmer betrat. Sie unterhielten sich leise und entspannt, während sie in der Nähe der weißen Sitzmöbel ihre Kleidung ablegten. Eigentlich hätte ich mich nun beruhigen können, aber mein Herz raste aufgeregt. Ich hatte für Santiago noch nie so viel empfunden wie an diesem Tag. Die Aussicht auf seinen Körper, seine Umarmung und seine Zuneigung waren alles, woran ich denken konnte.

Endlich kamen sie die Treppe herauf, Santiago stieg mit David ins Wasser und kam ohne Umwege zu mir. Bis zu seinen Oberschenkeln stand er im warmen Nass, als ich endlich von Angesicht zu Angesicht in seine Augen sehen konnte. Mein Atem ging schwer und ich wimmerte in meinen Knebel. Nur beiläufig war mir bewusst, dass er nicht nur mein Gesicht, sondern auch meine Brüste und meinen ganzen Körper, nackt und klein geschnürt wie ein Paket, vor sich sehen konnte. Aufgeregt zwinkerte ich, denn immer wieder liefen Tränen aus meinen Augen.

Santiago betrachtete mich wohlwollend, dann kam er mir näher und begann, mich zärtlich im Gesicht zu küssen. Seine weichen Lippen schmiegten sich an meine Stirn, meine Wangen und meine Augenlider. Ich inhalierte seinen Duft, sein betörendes Aftershave, atmete immer schwerer und bekam kaum genügend Luft durch die Nase.

»Wie sehr hab ich dir gefehlt?«, raunte er verführerisch.

Ich spürte, wie seine Stimme mich erzittern ließ. Gequält wimmerte ich in meinen Knebel, woraufhin er mich weiter lasziv küsste. »Hat Edward dich nicht gut behandelt?«, hauchte er mitleidig und sah wieder in meine Augen.

Bestürzt schüttelte ich den Kopf. »Nicht gut« war gar kein Ausdruck! Aber woher wusste er das?

Santiago lächelte verschmitzt.

Dann drehte er den Käfig vor sich um und augenblicklich schoss mir schreckliche Hitze ins Gesicht. Auf Augenhöhe hatte ich ihm meine Intimzone noch nie präsentieren müssen. Zu allem Übel berührte er nun auch noch meine Schamlippen. Ein Finger glitt entlang meiner Spalte und zwischen meine kleinen Fältchen. »Ja, du hast mich vermisst«, schmeichelte Santiago zufrieden.

Er berührte mich prüfend und ich hatte ich das Gefühl, auch Davids Finger zu spüren. Sie sagten nichts, drängten bloß meine Schamlippen auseinander, massierten und inspizierten mich. Hektisch blickte ich in alle Richtungen, fühlte mich wie bei einer Fleischbeschau. Einer der beiden zwirbelte auch recht grob meinen Kitzler zwischen seinen Fingern!

»Ich hab dir ja gesagt, sie hat sehr schöne Proportionen«, meinte Santiago.

Von David hörte ich nichts.

Nach ein paar weiteren Handgriffen ließen sie von meiner Spalte wieder ab. Ich hörte ein Keuchen. Oder war es doch ein Stöhnen? Sie küssten einander … und plötzlich glitten sie neben mir ins Wasser. Spielerisch balgten und drehten sich David und Santiago, jeweils gefangen in den Armen des anderen und in wilden, leidenschaftlichen Küssen. Offenbar hatten sie meinen Käfig zuvor kräftig angeschubst, denn ich drehte mich wie verrückt und es gelang mir kaum, dem Geschehen zu folgen. Auch all meine Gedanken zu dieser seltsamen Begrüßung verloren sich in dem Wirbelsturm. In Kürze war mir so schwindelig, dass ich meine Augen schließen musste. Es dauerte endlos lange, bis sich mein Käfig auspendelte. Und als ich meine Augen wieder öffnete, stand Santiago plötzlich vor mir.

Er nahm mir den Knebel ab und ich gierte nach Luft. Ich wollte ihm so vieles sagen, aber ich war komplett durcheinander, und nun begann er, mich leidenschaftlich zu küssen. Beiläufig streichelte er über meine Brüste, dann sah ich, dass er sich selbst im Schritt berührte. Er war mächtig erregt.

»Gib mir die Fernbedienung!«, ersuchte er David.

Kurz darauf senkte sich der Käfig tiefer.

»Warte, bis sie sich beruhigt hat. Ihr ist bestimmt noch schwindelig«, empfahl David.

»Sie kann sich mit meinem Schwanz im Mund beruhigen!«, brummte Santiago. Und kaum hatte er es ausgesprochen, zwängte er seine Erektion in meinen Mund. Ich würgte und röchelte ... So sehr ich mich auch nach ihm gesehnt hatte, ich meinte, an seiner Größe zu ersticken.

Dann zog er sich heraus und senkte den Käfig unter Wasser! Ich hatte kaum Gelegenheit, Luft zu holen, als ich in einem Reflex meinen Mund aufriss und sofort wieder seinen Schwanz im Hals hatte. Er musste sich vor mir hingekniet haben, gab mir ein paar langsame tiefe Stöße ... Erst danach durfte ich auftauchen. Hysterisch kreischte ich nach Sauerstoff. Doch bevor ich etwas sagen konnte, war ich schon wieder unter Wasser. Er machte es noch einmal. In meiner Panik ruderte ich hektisch im Käfig herum, riss an den Gittern und fuhr in alle Richtungen ... Im allerletzten Moment zog er sich aus meiner Kehle zurück und beförderte mich an die Oberfläche, bis ich schließlich nur noch schrie und keuchte. Dann plötzlich klappte der Käfig auf ... Ich kippte und fiel ins Wasser. Jemand hatte den Verschluss geöffnet.

Als ich wieder auftauchte, war ich endlich alle Einschränkungen los. »FUCK!«, schrie ich aus tiefstem Entsetzen und strich hastig die Haare aus meinem Gesicht. Als ich mich wieder besonnen hatte, erschrak ich selbst. War das eben meine Stimme gewesen?!

Doch nun stand Santiago vor mir ... Er schmunzelte und zog eine Augenbraue hoch. »Nicht die feine Art ...«, tadelte er mich.

Ich keuchte und versuchte, unterwürfig zu lächeln.

»Du hast dich nicht verändert«, schmeichelte er, während er sich weiter unbeirrt selbst berührte und sein Gesicht hochmütige Züge annahm. »Heißt das, du empfindest keine Freude, mich zu sehen?«, raunte er streng.

»Doch, ich hab dich vermisst«, entgegnete ich.

Er lächelte, aber irgendetwas sagte mir, dass er das so nicht hören wollte. »Ich wollte nicht unhöflich sein«, hauchte ich eilig. »Ich hab dich schmerzhaft vermisst. Du kannst dir nicht vorstellen, wie sehr!« Er hatte ja keine Ahnung, was ich mit Edward durchgemacht hatte!

Ich sah, wie Santiago mit einer Reaktion zögerte. Also rutschte ich ihm auf Knien näher – bereit, dort weiterzumachen, wo wir gerade aufgehört hatten ...

Er ließ es geschehen und streichelte lobend über meinen Kopf, während ich sein Glied mit Zunge und Lippen eifrig verwöhnte. Ich saugte und schmatzte. Nach ein paar intimen Liebkosungen hatte ich das Gefühl, ihn wieder für mich gewonnen zu haben. Und tatsächlich ... Jetzt wollte er mit mir in eine ruhige Ecke des Whirlpools, wo er sich auf einer Doppelliege bequem neben David ausstrecken konnte.

Ich durfte mich auf ihn setzen! Bereitwillig glitt ich unter Wasser auf seinen Körper, spreizte meine Schenkel und ließ mich langsam auf seinen Schwanz sinken. Glücklich strahlte ich Santiago an, dankbar für die Ehre. Seine Größe dehnte mich angenehm. Anfangs bewegte er sich mit mir und ich musste aufpassen, ihn nicht versehentlich zu berühren, er nahm meinen Kopf an seine Schulter und mit einigen starken Hüftbewegungen drang er tief in mich ein. Ich stöhnte und fühlte, wie sich seine Dominanz und seine Macht in mir ausbreiteten, wie sie meinen Körper vereinnahmten und mich gleichzeitig all meiner Sorgen und Gedanken beraubten. Ich fühlte nur noch, ihm zu gehören und war ihm unendlich dankbar dafür.

Erst nach ein paar Minuten sollte ich mich aufrichten und mich allein weiterbewegen. Er wollte, dass ich auf ihm ritt, langsam und bedächtig. Ich solle es für ihn nicht zu früh enden lassen, meinte er. Ein Hauch von Stolz erfüllte mich, als mir bewusst wurde, welch verantwortungsvolle Aufgabe ich nun hatte. Und ich nahm mir vor, mir alle Mühe zu geben, ihn ebenso glücklich zu machen, wie ich es gerade war. Heimlich rechnete ich mir auch aus, was ich wohl als Dank dafür fordern konnte. Schon seit Wochen spekulierte ich damit, ihn einmal berühren zu dürfen, und ich liebäugelte mit der Versuchung, es einfach ohne Erlaubnis zu tun ... vielleicht während er schlief oder in einer sexuell aufgeheizten Stimmung ... Doch es gab Gerüchte unter den Mädels, dass er auf eine solche Regelverletzung unvorstellbar drastisch reagieren konnte. Gerüchte, die sogar mich bis jetzt immer davon abgehalten hatten.

Bis zur Taille unter Wasser, stütze ich also die Hände auf meinen eigenen Oberschenkeln ab und bewegte mein Becken in langsamen Schwüngen. Ich spürte, wie meine Muschi seinen Schwanz fest umklammert hielt und geschmeidig hoch und tief glitt, sich an seiner schönen Form erfreute. Ich bewegte mich, wie ich glaubte, dass es für ihn am angenehmsten war und ließ seinen Schwanz auch öfters bis zur Spitze herausgleiten, ohne die Verbindung zu verlieren, bloß, um seine sensibelste Zone stärker zu reizen. Und jedes tiefere Eindringen löste auch bei mir himmlische Gefühle aus. Ich genoss es, dabei an mir nach unten zu sehen und zu beobachten, wie sich der stolze Phallus unter Wasser in mich schob. Aber noch mehr genoss ich es, Santiago dabei ins Gesicht zu sehen. Jede kleinste Regung, die mir einen Hinweis auf seine Erregung gab, erfüllte mich mit Stolz. Am meisten aber mochte ich es, wenn er seine Augen für ein paar Sekunden entspannt schloss und sich mir hingab.

David hingegen vermied es, mich anzusehen. Vielleicht

dachte er, es wäre mir unangenehm. Besonders als Santiago mich aufforderte, meine Hände aus dem Wasser zu nehmen und meine Brüste für ihn verführerisch zu kneten und zu massieren. Für David hatte er zwischendurch mehrmals ein schelmisches Lächeln, weil er vermutlich wusste, dass der sich für so etwas nicht begeistern konnte. Dafür nahm er nach einer Weile dessen Hand und küsste sie zärtlich. »Ich möchte morgen nach *Avaloon* fahren«, schnurrte er. »Edward hat uns bereits angekündigt.«

David nickte.

»Zwei Jungen für dich. Vier Mädchen für mich«, raunte Santiago. »Ich finde das Angebot sehr fair von mir.«

David lächelte. »Es war *mein* Angebot! Und ich hoffe, du erinnerst dich noch daran, dass alle ein eigenes Zimmer und ein Bett bekommen!«

»Zu zweit!«, korrigierte ihn Santiago. »Die Mädchen werden zu zweit schlafen. Drei Zimmer müssen ausreichen für das weibliche Geschlecht. Und wenn es lesbische Übergriffe gibt, wird es Strafen hageln. Wofür haben wir Kameras?!« Demonstrativ bedachte er mich mit einem warnenden Blick.

»Du nimmst neue Mädchen dazu?«, hauchte ich entsetzt.

Blitzartig packte er meine Hände, hielt sie zusammen, und knallte mir eine Ohrfeige ins Gesicht. »Wer hat dir erlaubt, zu sprechen? Du bewegst dich und schweigst!«

Ich erschrak ... Perplex von seinen Plänen hatte ich tatsächlich vergessen, meine Hüften zu bewegen. Gleichzeitig merkte Santiago nun, dass ich meinen Knebel noch um den Hals trug und kurzerhand schob er ihn wieder hoch, sodass sich der rote Ball zwischen meine Kiefer zwängte und ich nichts mehr entgegnen konnte. Artig bewegte ich meine Hüften weiter, schob seinen Schwanz tiefer in mich und massierte nebenbei lustvoll meine Brüste.

»Sie will es immer wieder wissen«, seufzte Santiago. »In ihrer ersten Nacht im Keller hätte sie fast Zahira verführt ... Ich hab mir das Video angesehen ... Du glaubst nicht, in welch unterschiedliche Rollen sie schlüpfen kann. Als wäre sie schizophren ...«

Beschämt blickte ich David an.

Der sah nun ebenfalls in meine Augen und nickte zögerlich.

»Ihr ist auch völlig egal, ob sie dabei erwischt wird«, fuhr Santiago fort. »Wenn sie mal einen teuflischen Plan hat, nimmt sie dafür jede Strafe von mir in Kauf.«

David senkte seinen Blick und nickte erneut. Ich sah, dass er nachdachte und mir wurde angst und bange. Das durfte er mir nicht antun! Santiago wusste nicht, dass uns ein Geheimnis verband, welches mich mit schlechtem Gewissen erfüllte. Ich hatte es ihm nie erzählt, und wie es aussah, David auch nicht.

»Beweg dich!«, donnerte Santiago ... weil ich schon wieder mit meinen Gedanken woanders war. »Du solltest sie mal erleben, wenn sie in die Rolle der kindlichen Verführerin schlüpft. Edward hat sie auch um den Finger gewickelt ...«

David seufzte. »Ja ... Ich denke, das hab ich schon erlebt.«

»Tatsächlich?!« Abrupt schwenkte Santiagos Aufmerksamkeit in Richtung David.

Ich schrie in meinen Knebel.

Doch David warf mir bloß einen entschuldigenden Blick zu und begann zu erzählen: »Es war am Tag meiner Rückkehr nach Ivory, bei den Gesprächen mit den Mädchen, als ich mit ihnen um die Insel gegangen bin. Sie war die Einzige, die dabei dreist versucht hat, mich zu verführen ...«

Santiago starrte David unverwandt an. Ich gab mir inzwischen allergrößte Mühe, seinen Schwanz so kunstvoll wie möglich zu reiten. Meine letzte Hoffnung war, dass ein Orgasmus ihn vielleicht ablenken würde.

»Mit Erfolg?«, fragte Santiago.

»Wie du sagst«, entgegnete David, »sie hat so etwas wie ein zweites Wesen in sich. Ich glaube, es ging ihr um den Kick, weil ich homosexuell bin, und sie hätte vermutlich jede Hürde genommen, um diese Trophäe heim zu tragen.«

»Ihr hattet Sex?«, fragte Santiago.

»Nicht direkt ...« David lächelte verlegen. »Sie hatte es bloß auf meinen Schwanz abgesehen, schon nach den ersten paar Metern – sie wollte blasen, unmissverständlich. Irgendwo auf der anderen Seite der Insel hatte sie mich dann soweit, dass wir an den Strand abbogen. Und es war ... wie soll ich sagen ... Sie hat eine Begeisterung an den Tag gelegt, wie wenn du einem kleinen Jungen Disneyworld zeigst.«

Ich brummte in meinen Knebel und spürte, wie ich hochrot anlief.

»Und hat sie dich befriedigt?«, wurde Santiago deutlicher.

David lachte. »Ja ... Ich denke, so kann man das nennen.«

Wie sollte ich mit diesen Vorwürfen bloß die ganze Zeit Santiagos Schwanz reiten und meine Brüste zur Schau massieren?!

»Es tut mir leid«, entschuldigte sich David umgehend bei Santiago. »Ich hätte das nicht zulassen dürfen. Und ich weiß, dass ein solcher Vorfall allein meine Schuld ist, aber erstens war ich mit dir noch nicht wieder fix zusammen, und zweitens war sie wirklich endlos charmant und verführerisch. Ich glaube, sie hätte den Papst rumgekriegt.«

Santiago sog hörbar tief Luft ein.

Ich hatte Tränen in den Augen, knetete artig meine Brüste und hoffte, dass die Tatsache, dass sich sein Schwanz in mir noch immer knochenhart anfühlte, zu bedeuten hatte, dass er mich nach wie vor mochte ... Treuherzig und zu tiefst ergeben blickte ich in seine dunklen Augen.

»Gut zu wissen, dass du David auch als Trophäe siehst«, raunte er schließlich. »Da verbindet uns etwas.«

Ich schüttelte entschieden den Kopf. Ich wollte doch gar nichts von David!

Santiago nickte. »Du lässt mich jetzt kommen, dann reden wir weiter!«

Ich schluchzte dankbar und etwas erleichtert. Allzu aufgebracht schien er deswegen ja nicht zu sein. Motiviert und mit neuem Schwung widmete ich mich wieder meiner Aufgabe, obwohl meine Kräfte bereits nachließen. Meine Oberschenkel schmerzten unsäglich und auch, dass die beiden Männer mir nun schweigend zusahen, machte die Sache für mich nicht leichter.

Nach einer Weile begann Santiago, David zu küssen. Er versank in leidenschaftlicher Innigkeit mit ihm und ich konnte mich inzwischen mit den Händen am Poolboden abstützen, während ich weiter ein anspruchsvolles Tempo hoppelte. Als sie sich wieder trennten, keuchte ich bereits erschöpft ...

»Lass mich mit ihr allein«, flüsterte Santiago David zu.

Der seufzte. »Dabei ist mir nicht ganz wohl.«

Santiago lächelte. »Sei unbesorgt, ich tu ihr nichts.«

David zögerte.

»Ich bring eine Frau nicht um, weil sie deinen Schwanz lutscht«, wurde er direkter. »Außerdem ist sie meine Favoritin und wird es auch bleiben. Schließlich haben wir große Pläne mit ihr ...«

Verzückt riss ich meine Augen auf und konnte kaum glauben, was er gesagt hatte.

»Okay«, hauchte David nun überzeugt. Er stieg aus dem Whirlpool und wenig später hörten wir die Tür.

Mein Liebster nahm mir den Knebel ab.

»Danke«, hauchte ich.

»Schhh...«, tadelte er mich und zog mich an seine breite Brust. Er hielt mich in seinen Armen und stieß nun wieder aktiv in mich. Ich konnte mich fallen lassen, mich all den süßen Gefühlen hingeben, die er in mir auslöste. Mein Atem ging immer schneller. Auch Santiago stöhnte nun erregt, er genoss es ganz offensichtlich, mit mir allein zu sein und sich impulsiv an mir auszutoben ... bis sich irgendwann sein Höhepunkt ankündigte. In den letzten Sekunden tastete er hinter meinem Rücken nach einer Hand von mir, verschränkte seine Finger mit meinen ... und drückte zu!

Ich schrie ... Der Schmerz schoss ungebremst durch meinen Körper. Meine Finger waren zwischen den seinen wie in einem Schraubstock eingeklemmt. Er presste meine zarten Gelenke zusammen, sodass mir fast schwindelig wurde. Gleichzeitig verstärkte er den Druck seiner Oberarme und sein Schwanz pumpte noch kräftiger in mich. Ich bebte vor Schmerzen und schrie ein zweites Mal. Instinktiv wollte ich flüchten, doch er hielt mich eisern fest und ergoss sich mit einem Urschrei, der das ganze Bad erfüllte.

Wimmernd nahm ich meine verletzte Hand an mich, als er sie endlich freigegeben hatte. Santiago lächelte mitfühlend und begann, mich zu küssen. Ich wusste, dass ich das aushalten musste und dass er jetzt stolz auf mich war. Gleichzeitig war ich erleichtert, ihn befriedigt zu haben und, wie er sagte, seine Favoritin zu sein. Zum ersten Mal empfand ich richtig große Gefühle für ihn. »Ich liebe dich«, hauchte ich.

Er nickte. »Ja, Baby.«

In meinem Bauch flogen Schmetterlinge. »Verzeihst du mir das mit David?«, fragte ich hoffnungsvoll. »Ich will nichts von ihm! In meinem Herz ist nur Platz für einen Mann. Nur für dich!«

Santiago nickte. »Ich weiß, dass du David nicht aus tiefstem Herzen liebst. Ich weiß auch, dass er bei dir keine Chancen gegen mich hat ... Da hatte ich mir bei Edward schon mehr Sorgen gemacht.«

Ich schluckte. »Brauchst du nicht. Meine Gefühle für Edward waren ein Irrtum.«

Santiago zog eine Augenbraue hoch, als würde er diese Aussage beachtlich finden. »Schön, das zu hören.«

Ich lächelte.

Er erwiderte es. »Ich hätte dich mitnehmen sollen, Lilienné. Ich hätte dich nach Hawaii mitnehmen sollen. David hätte es verstanden.«

Verzückt schmiegte ich mich an ihn und küsste ihn am Hals. »Hat dir David von meinem Herzenswunsch erzählt?«, fragte ich leise.

»Ja«, entgegnete Santiago. »Der war dann auch ein Irrtum, nehme ich an.«

»Nicht ganz.«

»Nicht ganz?«, hauchte er.

Sehnsüchtig blickte ich in seine schönen Augen. »Irgendwann möchte ich dich anfassen dürfen.«

Santiago schnaubte und ihm war sofort ein deutliches Unbehagen anzumerken.

»Natalie durfte es auch! Und Zahira! Warum geschieht das immer erst bei einem Abschied? Ich möchte dich jetzt anfassen dürfen, wo ich noch mit dir zusammen bin! Bitte! Nur ein paar Minuten lang ...«

Er seufzte schwer und fuhr sich durch die Haare. »Lilienné, es ist nicht so, dass ich das meinen Mädchen einfach willkürlich erlaube oder nicht. Ich hab meine Gründe dafür und die musst du respektieren.«

»Wie kann ich Gründe respektieren, wenn ich sie nicht kenne?«, beklagte ich mich. Ich wollte das unbedingt jetzt klären. Wenn morgen womöglich vier neue Mädchen hinzukommen sollten, dann hatte er vielleicht wieder nur Augen für die Neuen und dann wären meine Anliegen unwichtig. Wer wusste schon, ob ich morgen noch seine Favoritin war?

»Du musst mir glauben, Lilienné. Ich hatte mal eine wirklich schwere Zeit in meinem Leben, die gewissermaßen dafür verantwortlich ist. Aber ich werde das sicher nicht vor dir ausbreiten. Ich möchte von meinen Mädchen nicht angefasst werden, darüber gibt es keine Diskussion. Du magst dir das vielleicht sinnlich und romantisch vorstellen, für mich ist das anders!«

Ich nickte und fand es beachtlich, dass er sich mir zumindest so weit anvertraute, auch wenn ich mir kaum vorstellen konnte, dass er in seinem Leben tatsächlich mal eine schwere Zeit gehabt hatte. Schließlich war er in Luxus und Reichtum geboren. Das wusste ich von Estelle. »Okay«, hauchte ich mit einer selbstlosen Portion an Verständnis und gab für heute auf.

Santiago wollte, dass ich auf seiner Brust liegen blieb. Er streichelte noch eine Weile über meine Haare. Ich fühlte, dass er nachdachte. Und ich hoffte das Allerbeste …

# Neue Perspektiven

Ronan wäre ein guter Vater. Und er würde mir vergeben.Ich hatte mir alles so einfach vorgestellt …

Als Santiago das *Seven Seas* verlassen hatte, hatte ich einen Nervenzusammenbruch.

Noch in der Empfangshalle ließ Ronan den Arzt kommen, und sie brachten mich ins Penthouse, obwohl ich Ronan mehrmals gebeten hatte, mir doch meine eigene Suite noch für ein paar Tage zu lassen. Als Kompromiss bot er mir das Gästezimmer an. Er meinte, es wäre nur zu meinem Besten, er wolle mich bei sich haben und ich bekäme auch bei ihm jegliche Privatsphäre und Erholung, die ich mir wünschte.

Dr. Norton diagnostizierte bei mir eine heftige Stressreaktion und den Verdacht auf ein Burnout. Er verabreichte mir über mehrere Tage hinweg Infusionen zur Beruhigung und Vitamine, damit ich wieder zu Kräften kam. Dabei war ich froh, dass ich jedes Mal auch ein paar Minuten mit ihm allein zubringen durfte, um ihn über meinen sonstigen Zustand aufzuklären. Natürlich versicherte er mir weiterhin seine Verschwiegenheit, was mein kleines süßes Geheimnis betraf.

Da Ronan die meiste Zeit arbeiten musste, engagierte er eine Angestellte vom Zimmerservice, die sehr einfühlsam für mich sorgte. Die junge Dame brachte mir Essen, Getränke und Obst, und sie half mir im Bad, wenn mein Kreislauf nicht mitspielen wollte. Einmal täglich gab sie sich auch Mühe, mich dazu zu bewegen, wenigstens eine halbe Stunde an der frischen Luft auf der Terrasse zu verbringen.

Aber ich konnte nicht.

Auch Ronan kam öfters, um nach mir zu sehen. Manchmal setzte er sich zu mir ans Bett und hielt meine Hand. Aber ich wollte seine Umarmung nicht! Ich konnte nicht mit ihm reden und war auch absolut nicht aufnahmefähig.

Was sie auch taten, mir war alles zu viel.

Immer wieder plagte mich mein Gewissen und in meinem Gefühlsleben herrschte absoluter Ausnahmezustand. Ich kämpfte viel härter mit der Trennung, als ich ursprünglich vermutet hätte. Es tat noch immer weh, dass Santiago nicht mal versucht hatte, um mich zu kämpfen. Ich fühlte den fürchterlichen Schmerz der Trennung, aber nicht bloß aus der Perspektive einer jungen Frau, die von ihrem Liebsten verlassen wurde, sondern auch aus der Sicht des ungeborenen Kindes, dem der Vater nun für immer weggerissen wurde. Und dafür war *ich* verantwortlich! Ich machte mir schreckliche Vorwürfe und hatte Zweifel, ob meine Entscheidung wirklich die richtige war.

Schließlich hatte auch Ronan eingesehen, dass man mit mir nicht reden konnte und dass ich tatsächlich meine Ruhe brauchte. Er kam einmal täglich zu mir, meist spät abends nach Geschäftsschluss, und manchmal hielt er auch nur meine Hand.

»Zahira, es sind jetzt schon zwei Wochen vergangen ...«, meinte er eines Tages mit Bedacht.

Ich nickte betroffen, doch ich konnte nicht reden. Von Ivory war ich es gewohnt, meine Probleme stets mit mir selbst auszumachen. Irgendwann würde alles wohl von allein wieder besser werden. Ich schluchzte und wischte ein paar Tränen aus meinen Augen. Und erstmals kam mir der Gedanke, dass es vielleicht für das Baby nicht von Vorteil wäre, wenn ich ständig traurig war. Davon abgesehen kam ich um die Tatsache nicht herum, dass ich Ronan brauchte. Ich musste mich ihm anvertrauen! Etwas zaghaft ergriff nun erstmals ich seine Hand und sah, dass er erleichtert aufatmete, auch wenn er dadurch kein bisschen glücklicher wirkte. »Zahira, ich weiß nicht, womit du solche Probleme hast, aber bitte sag mir, wenn *ich* es bin!«, meinte er.

Ich schluckte und war überrascht, dass er so dachte.

Ronan streichelte über meine Wange. »Ich würde mir wünschen, dass es dir bald besser geht. Du musst wieder auf die Beine kommen. Wir haben es so schön hier. Du solltest die Zeit genießen.«

»Ich weiß«, hauchte ich.

Ronan lächelte liebevoll. »Ich mache mir auch Vorwürfe«, gestand er und rang nach Worten. »Das, was vor zwei Wochen in der Lobby passiert ist ... Ich weiß nicht, wie es für dich ausgesehen hat, aber ich muss es dir erklären! Als Santiagos Leibwächter zu mir kam und mich nach einem Raum fragte, wo man ungestört sein konnte ... Bitte glaub mir, ich wusste nicht, wozu er den braucht!«

Ich schluckte und schüttelte den Kopf. Das hatte ich ja gar nicht angenommen. »Weißt du denn jetzt, wozu er ihn gebraucht hat?«, fragte ich leicht verunsichert.

»Ja. Die meisten Räume in der Lobby sind mit einer Kamera ausgestattet, auch die Bibliothek.«

Meine Augen wurden größer. »Dort war eine Kamera?!«

Ronan nickte.

»Du hast uns beobachtet?!«, fragte ich entsetzt.

Er lächelte entschuldigend. »Zahira, es war nur zu deiner Sicherheit. Mir war durchaus klar, dass ich keinen Einfluss darauf haben durfte, was er mit dir macht. Aber bei all meiner Liebe, ich hätte auch meine Grenzen gekannt.«

Entgeistert starrte ich Ronan an und konnte es nicht fassen.

»Zahira. Ich war besorgt«, erklärte er weiter. »Besser gesagt, ich war außer mir vor Sorge. Und wenn ich dich schon in den letzten Minuten mit ihm allein lassen sollte, dann wollte ich wenigstens eine gewisse Kontrolle darüber behalten. Ich hätte dich aber auch heldenhaft retten und dich vor ihm beschützen können. Wäre dir das lieber gewesen?«

»Nein«, murrte ich. Vielleicht hatte er ja recht. Für ihn war das alles bestimmt auch nicht einfach. Trotzdem hätte ich nicht gewollt, dass er mich mit Santiago beim Sex beobachtet! Das war eine Verletzung meiner Intimsphäre!

»Zahira, bitte verzeih mir!« Bestärkend drückte Ronan meine Hand. »Und mach dir keine Gedanken. Ich hab nicht viel gesehen. Das Bild ist schlecht, die Kamera war hinter euch und ich hatte nur seinen Rücken im Blick.«

Betreten nickte ich.

Ronan lächelte und kam mir näher. Er schob meine Decke ein Stück zur Seite und nahm mich in seine Arme. Ich war erleichtert, als ich merkte, wie gut sich das anfühlte ...

Ich umarmte ihn ebenfalls, spürte seine Wärme, seinen Herzschlag und seine ruhigen Atemzüge.

Nach ein paar innigen Momenten setzte er sich wieder auf und flüsterte: »Schläfst du heute bei mir?«

Erschrocken schüttelte ich den Kopf. Ich konnte nicht bei ihm schlafen, solange er das Schlimmste noch nicht wusste. »Ich kann nicht«, hauchte ich.

»Aber du bist dir sicher, dass du kein Problem mit mir hast?«, fragte er.

»Ja. Ich liebe dich ... und ich will dich nicht verlieren!«

Ronan war kurz sprachlos über meine plötzliche Direktheit. »Okay ...«, meinte er schließlich, »dann schläfst du aber ab morgen bei mir. Sonst muss ich wieder den geheimen Griff anwenden bei dem du willenlos wirst ... Du erinnerst dich?« Warnend fasste er etwas strenger an meinen Arm.

Ich musste verlegen schmunzeln und stimmte zu. Ein Tag Galgenfrist sollte ausreichen. Morgen würde ich ihm alles beichten.

Ronan lächelte. »Weißt du, was lustig ist?«, meinte er.

Ich schüttelte den Kopf.

»In der Bibliothek ... da gab es einen kurzen Moment, in dem ich mir sogar mehr Sorgen um Santiago machte als um dich. Ich dachte, jetzt bringst du ihn um! Du hattest die ganze Zeit deine Handtasche hinter seinem Kopf gehalten ... und mittendrin hast du sie plötzlich geöffnet und irgendetwas Längliches herausgezogen ... Ich dachte, jetzt jagst du ihm ein Messer in den Rücken. Ich bekam es direkt mit der Angst zu tun!« Ronan schnaubte belustigt. »Was war das, Zahira?«

Mein Herz stolperte. »Das war kein Messer«, entgegnete ich spontan und auf einmal verspürte ich den Mut, vielleicht doch gleich jetzt mit der Sprache herauszurücken. »Du hast gerade genau ins Schwarze getroffen ...«, gestand ich zögerlich, »aber ich weiß nicht, wie ich dir das beichten soll.«

»Ich wusste nicht, dass du mir etwas beichten musst«, raunte Ronan.

Ich nickte beklommen und setzte mich auf. »Ich muss mir dir reden, Ronan. Ich muss dir so vieles erzählen. Aber das ist nicht einfach.«

Ronan nahm meine Hand. »Du kannst mir alles erzählen, Zahira. Und ich werde es verstehen.«

Mitleidig blickte ich in seine Augen und schüttelte den Kopf. »Das wirst du nicht verstehen ...«

Er war skeptisch und lenkte ab. »Komm mit mir auf die Terrasse. Es ist wunderschön draußen, wir sind auch ganz allein ... nur ein paar Kerzen und der Sternenhimmel. Ich freue mich, wenn du reden möchtest, und die frische Luft wird dir gut tun.«

Ronan gab mir den roten seidigen Kimono und ich zog ihn über mein Nachthemd. Bevor wir hinausgingen, holte ich die kleine Handtasche unter meinem Kissen hervor.

»Möchtest du etwas trinken?«, fragte er aufmerksam. »Ich habe Champagner da.«

»Nein danke«, entgegnete ich, auch wenn ich jetzt am liebsten eine ganze Flasche allein geleert hätte. Es erschien mir unpassend, dieser Situation eine feierliche Stimmung zu verleihen.

»Stört es dich, wenn ich etwas trinke?«, fragte er höflich.

Ich schüttelte widerstrebend den Kopf und Ronan öffnete die Flasche. Er goss sich ein Glas ein und wir setzten uns in bequeme Korbmöbel mit weichen Kissen.

»Warum hast du deine Tasche mitgenommen?«, fragte er interessiert.

»Kann uns hier sicher niemand hören?«

»Nein.« Er lachte. »Aber wenn du Angst vor Spionen in den Palmenkronen hast, kannst du ja flüstern.«

Ich nickte und öffnete langsam den Verschluss meiner Clutch. Millionen Gedanken gingen mir durch den Kopf. Ich wollte Ronan nicht verlieren! Bestimmt war jetzt auch nicht der richtige Zeitpunkt, er hatte Lust auf Romantik und Champagner und wir hatten noch nicht mal über uns gesprochen! Mir zitterten die Knie, doch schließlich zog ich das besagte Stäbchen heraus und zeigte es ihm.

Sein freundliches Lächeln versiegte in der Sekunde. Er nahm es an sich und drehte es in seiner Hand. Die Anzeige darauf war noch immer zu sehen. Harte Falten gruben sich in seine Stirn. »Du bist schwanger?«, hauchte er.

Ich nickte.

Ronan blickte kurz hoch in den Sternenhimmel, bevor er mich wieder ansah. »Wieso das?! Ich dachte, du verhütest! Er ... er wird doch wohl an Verhütung denken, wenn er Hunderte Frauen gleichzeitig hat!«, empörte er sich.

»Ja, das tut er auch!«, beteuerte ich. »Aber offensichtlich ist da ein Fehler passiert. Der Arzt, den wir vor David hatten, hat vergessen, mich zu impfen!«

Ronan zischte. »Wie aussagekräftig ist so ein Test? Hast du einen zweiten gemacht?«

»Nein. Aber ich bin schwanger. Ich hab schon seit zwei Monaten keine wirksame Verhütung mehr. Und seit geraumer Zeit ist mir öfters übel.«

Ronan stellte sein Glas zur Seite und rieb sich mit einer Hand über das Gesicht. »Und seit wann weißt du es?«

»Noch nicht lange. Das war das Stäbchen, das ich hinter Santiagos Rücken aus meiner Clutch gezogen und angesehen hatte.«

»Das war das Stäbchen?! ... Hast du keinen besseren Moment dafür gefunden?«

»Nein. Es war der beste Moment, den ich mir vorstellen konnte. Und es war unfassbar schön für mich, diesen Moment mit ihm teilen zu können!«

Ronan starrte mich wortlos an.

»Es tut mir leid«, hauchte ich. »Ich wollte dich jetzt nicht verletzen.«

»Wer sagt dir, dass das Kind von Santiago ist?«, fragte er noch immer aufgebracht. »Du hattest doch bestimmt nicht nur mit ihm Sex! Und wieso lässt er dich jetzt sitzen, nach so einer Nachricht?«

»Es ist von Santiago! Ich hatte nur mit ihm richtigen Sex! Aber ich konnte es ihm nicht sagen, Ronan! Du hast ja keine Ahnung, was es bedeutet, von ihm schwanger zu sein. Santiago will keine Kinder. Zumindest nicht jetzt. Und nicht von mir. Er hat da ganz eigene Ansichten und würde mich bestimmt zu einer Abtreibung zwingen.«

Ronan fuhr sich mit beiden Händen gleichzeitig durch die Haare und stand auf. Seufzend schritt er auf der Terrasse ein paar Meter auf und ab. Als er sich etwas beruhigt hatte, setzte er sich wieder zu mir. »Du musst auf jeden Fall einen zweiten Test machen und einen Arzt aufsuchen.«

Ich nickte.

Ronan streichelte über mein Knie und in seinem Gesicht lag noch immer Verzweiflung. »Wie stellst du dir das jetzt vor? Willst du ihm das Kind verheimlichen?«

»Ja.«

»Für wie lange?«

»Am liebsten für immer!«, entgegnete ich. »Er darf es nicht erfahren. Santiago hat auch erschreckende Ansichten, was Kindererziehung betrifft. Er würde es mir wegnehmen und in ein Heim stecken. Es würde Nannys bekommen und eine Ausbildung, fern ab von seinen Eltern, ohne meine Wärme, meine Liebe oder jeglichen Kontakt zu mir! Er selbst würde es vielleicht an manchen Wochenenden besuchen.«

»Mein Gott, woher weißt du das alles?«, fragte Ronan erschüttert.

»Wir hatten auf Ivory mal ein Gespräch darüber, als sich eines der Mädchen ein Kind von ihm wünschte. Die Informationen stammen aber alle von David.«

Ronan wirkte betroffen. Vermutlich wusste sogar er, dass Informationen von David als äußerst vertrauenswürdig einzustufen waren. »Du möchtest das Kind also bekommen, es allein aufziehen und seine Existenz Santiago komplett verschweigen?«, fragte Ronan.

Ich nickte.

»Mit mir?«, hauchte er.

Erneut nickte ich. »Wenn du das auch möchtest, würde es mich unfassbar glücklich machen. Aber denke bitte nicht, dass das alles von mir so geplant war. Ich habe es selbst erst viel zu spät erfahren und musste alle Entscheidungen in der Sekunde treffen.«

Ronan seufzte schwer.

»Wenn du das alles nicht möchtest«, fügte ich hinzu, »gehe ich zurück nach New York und schlage mich allein durch. Aber ich werde Santiagos Kind bekommen und es von ihm fernhalten, zumindest bis es achtzehn ist!«

»Und dann? Mit achtzehn willst du es ihm präsentieren?«

»Ja vielleicht. Ich denke, ja. Dann hat er keine Macht mehr.«

Ronan wirkte ziemlich überfordert mit der gesamten Situation, doch er dachte nach.

Ich fragte mich, ob er meine Entscheidung zu grausam fand. »Liebst du mich noch?«, flüsterte ich.

Er zischte lächelnd. »Dich ja. Mit dem kleinen Satansbraten in deinem Bauch hab ich meine Probleme! Hast du dir schon mal überlegt, dass ein Kind Eigenschaften und Charakterzüge von beiden Elternteilen erbt?«

Ich lächelte zuversichtlich. »Du wirst einen guten Einfluss auf ihn haben!«

Ronan senkte seinen Blick und seufzte. »Zahira, lässt du mir einen Tag Zeit, um darüber nachzudenken? Ich muss nachdenken, ob ich noch ein Kind möchte! Inzwischen solltest du wirklich einen zweiten Test machen.«

»Ja«, hauchte ich und umarmte ihn. Ich war von meinem Sessel auf meine Knie und zwischen seine Beine gerutscht, um noch näher bei ihm zu sein.

»Du wirst ›ja‹ sagen«, flüsterte ich hoffnungsvoll in sein Ohr und schmiegte zärtlich meine Lippen an seinen Hals.

Mit liebevollen kleinen Küssen übersäte ich ihn. Und während seine warmen Hände sich beschützend auf meinen Rücken legten, spürte ich, dass er nickte.

***

Weitere zwei Wochen vergingen. Der zweite Test ergab dasselbe wie der erste, »Schwanger 3+«, und Ronan stimmte zu, Santiagos Kind gemeinsam mit mir großziehen zu wollen. Mir fiel ein Stein vom Herzen, wie er größer nicht sein konnte, und endlich schien sich mein Leben zum Guten zu wenden.

Wir besuchten auch einen anerkannten Gynäkologen in der Hauptstadt, um festzustellen, ob soweit alles in Ordnung war und um einen genauen Geburtstermin errechnen zu lassen. Jede Nacht schlief ich nun bei Ronan und war dankbar für seine schützenden Arme, auch wenn ich darüber hinaus noch nicht viel von ihm wollte. Ich konnte mir einfach nicht vorstellen, mit ihm zu schlafen, während ich Santiagos Baby unter meinem Herzen trug. Und bis jetzt hatte sich Ronan auch damit begnügt, dass ich ihn ebenfalls nur umarmte und küsste. Doch ich wusste, dass er sich insgeheim mehr erhoffte und vermutlich darauf wartete, dass ich irgendwann schwach werden würde.

Wenn Ronan arbeiten musste, vertrieb ich mir einsam die Zeit im Penthouse. Noch immer hatte ich Probleme mit unserer Terrasse, denn wie ein Mahnmal stach mir von hier oben die große Villa ins Auge, in der Santiago gewohnt hatte. Sie brachte mich ständig dazu, über meine Entscheidungen nachzudenken und mich zu fragen, ob es nicht vielleicht doch eine andere Lösung für meine Probleme gab ... bis eines Tages Ronan mit einem Geschenk nach Hause kam ...

»Ich hab zwei Überraschungen für dich«, meinte er und stellte ein weißes Paket mit silbernen Zierschleifen auf unseren Esstisch. »Ich wollte es dir früher nicht geben, aber ich denke, jetzt ist der richtige Zeitpunkt.«

»Warum ist jetzt der richtige Zeitpunkt?«, fragte ich neugierig.

»Öffne es! Dann sag ich dir alles andere«, drängte er.

»Okay ...«

Ich nahm es und zog an den Schleifen, entfaltete das Papier und stieß auf einen Karton mit äußerst wertvollem Inhalt. »Meine High Heels! Ihr habt sie gefunden?!«, jubelte ich.

Ronan lächelte zaghaft. »Ja. Sie lagen ziemlich genau an der Stelle, die ich den Männern beschrieben hatte. Und sie waren unversehrt.«

»Danke!«, hauchte ich. Ergriffen nahm ich einen der Schuhe an mich, um zu sehen, ob auch wirklich noch alles dran war ... Und das Gefühl, diesen gläsernen High Heel plötzlich wieder in meinen Händen zu halten, überwältigte mich regelrecht! Doch es erfüllte mich nicht nur mit Freude, es jagte mir auch dunkle Schauer durch den Körper. Ich dachte an Santiago, spürte, wie mein Puls sich beschleunigte und meine Hände zu zittern begannen ... Unweigerlich stiegen Tränen in meine Augen.

»Siehst du, genau das meine ich!« Ronan reagierte sofort und nahm mir den Schuh aus der Hand. Erschrocken sah ich zu, wie er ihn zurück in die Verpackung legte, den Deckel verschloss und zum Safe ging. »Wir haben sie schon vor drei Wochen gefunden«, erklärte er. »Aber ich wollte dich damit nicht belasten.« Sorgfältig verstaute er den Karton im Safe.

»Ich kann damit umgehen«, versicherte ich Ronan. »Es war nur meine Freude ...«

»Das glaube ich nicht, Zahira. Ich glaube, diese Schuhe erinnern dich an sehr vieles, und ich weiß nicht, ob es für dich die richtige Therapie ist, in alten Erinnerungen zu schwelgen. Du solltest viel mehr an die Zukunft denken. An unsere Zukunft!«

Einsichtig nickte ich, während er mich hinaus auf die Terrasse führte, um mir die zweite Überraschung anzuvertrauen. »Ich habe heute eine Zusage von der Konzernleitung bekommen«, erklärte er. »Ein Top-Angebot aus Indonesien. Sie wollen mich dort in der Geschäftsleitung für ein Sechs-Sterne-Resort. Meiner Ansicht nach ist es bereits fix. Das Ganze soll in zwei Monaten über die Bühne gehen. Ich selbst habe in diesem Resort schon einen Urlaub verbracht, aber ich würde es mir trotzdem gern mit dir gemeinsam ansehen. Was hältst du davon, mit mir nächste Woche zu verreisen?«

»Nach Indonesien?«, fragte ich.

»Bali«, meinte er.

»BALI?!«

Er lachte. »Ja. Hast du schon Freunde dort?«

Ich konnte mich kaum einkriegen vor Freude und fiel Ronan um den Hals. »Reisfelder! Tempel! Vulkane! Und eine bunte Unterwasserwelt!«, keuchte ich.

»Ja. Nicht ganz«, beschwichtigte Ronan. »Das Hotel liegt nicht am Strand. Es ist im Landesinneren, auf einem kleinen Berg mitten im Dschungel, aber du kannst das Meer sehen. Und wir werden ein Auto haben. Ich kann mit dir an den Strand fahren, so oft du willst.«

Hektisch wischte ich die Freudentränen aus meinem Gesicht. »Dschungel ist auch okay«, japste ich. »Dschungel ist toll!«

Ronans Brustkorb vibrierte vor Lachen. »Ich hätte nicht gedacht, dass du dich über Bali so freust.«

Ich nickte und sah glücklich strahlend in seine Augen. »Ich hab schon lang von Bali geträumt«, erklärte ich ihm. »Von mir aus kannst du auch gleich zusagen. Ich bin begeistert.«

»Das ist schön«, schmeichelte Ronan. »Wir werden aber trotzdem hinfliegen, du brauchst Abwechslung und musst endlich mal weg von hier!«

***

Manchmal fand ich es faszinierend, wie gut mich Ronan kannte und wie geschickt er es beeinflussen konnte, dass es mir besser ging. Mit der Nachricht, dass wir voraussichtlich nach Bali auswandern würden, hatte sich meine allgemeine Betrübtheit vorübergehend in Luft aufgelöst und meine schlimmsten Depressionen waren wie weggewischt. Ich war endlich dazu bereit, mit Ronan Pläne zu schmieden und in die Zukunft zu schauen.

Auch mein eigenes Leben, meine Finanzen und persönlichen Angelegenheiten bekam ich so langsam wieder auf die Reihe. Inzwischen war ein weiteres Paket für mich eingetroffen, und, obwohl mich dessen Inhalt weit stärker hätte berühren müssen, als die High Heels es getan hatten, stürzte ich diesmal nicht gleich in ein Gefühlschaos.

Das Paket kam über New York von Ivory. Ich wusste nicht, wer es geschickt hatte, aber darin befanden sich Dinge, die mir gehörten, wie mein Diamantring, ein schwarzer Monokini mit Santiagos Emblem am Dekolleté, ein rotes, ein weißes und ein violettes Designerkleid, meine Wohnungsschlüssel, ein Foto und ein Schriftstück. Ich war richtig perplex über die Auswahl dieser Dinge, denn jedes davon hatte eine Geschichte und persönliche Bedeutung für mich … Das rote Kleid war mein eigenes, das ich damals bei unserem Kennenlernen im Flugzeug getragen hatte, das weiße hatte mir Santiago nach New York schicken lassen, mit der Bitte, es bei unserem ersten Date für ihn zu tragen. Mit dem violetten Kleid war ich reumütig zu ihm zurückgekehrt und den Diamantring hatte er mir zum achtzehnten Geburtstag geschenkt. Besonders freute ich mich über den schwarzen Monokini, denn das edle Emblem mit seinem Namen in Weißgold wirkte wie ein Orden. Mit Sicherheit wusste er nicht, dass ich bei diesem Monokini mehr an Natalie denken musste als an ihn. Ich erinnerte mich sofort an das aufregende Erlebnis mit ihr auf der *Sea Star* und eine reiche Auswahl an Glasdildos. Ob er ihr wohl den blassrosa Monokini geschenkt hatte? Zum ersten Mal fragte ich mich, wie Ronan eigentlich über Zärtlichkeiten zwischen zwei Mädchen dachte. Und nachdem er beim Auspacken unbedingt dabei sein wollte, konnte ich dieses Thema auch prompt ansprechen ... »Findest du es eigentlich abstoßend, wenn zwei Mädchen Sex miteinander haben?«, fragte ich ihn freiheraus.

Er lächelte. »Nein. Wie kommst du darauf?«

»Einfach so ... Santiago mochte es nicht.«

»Bist du bisexuell?«, fragte Ronan.

»Nein, aber ich hab schon mal ein Mädchen geküsst und ... irgendwie ergab es sich, dass wir uns gegenseitig mit einem Dildo befriedigt haben.«

Er nickte verständnisvoll, kam mir etwas näher und raunte: »Ich mag es nur nicht, wenn du von Mädchen und Dildos fantasierst, bevor du an mich denkst! Ich hoffe doch, dass du zu mir kommst, wenn du irgendwann in deinem Leben wieder mal Lust auf Sex hast.«

Ich seufzte. Das war deutlich. »Ja«, hauchte ich.

Ronan küsste mich auf den Mund und ging hinaus auf die Terrasse. Ich wusste, irgendwann würde ich ihm nicht mehr entkommen und nahm mir vor, bei Gelegenheit im Internet zu recherchieren, welche Auswirkungen Sex in der Schwangerschaft haben konnte. Doch vorerst packte ich weiter meine Andenken aus.

Zum Glück stand Ronan nun nicht mehr neben mir, denn beim Anblick des Fotos kamen mir ein paar Tränen. Ich hatte mir so sehr gewünscht, dieses Foto eines Tages zu bekommen, mir aber beim besten Willen nicht träumen lassen, dass dies in Erfüllung gehen würde. Die Aufnahme war an einem äußerst denkwürdigen Abend bei einem romantischen Lagerfeuer am

Strand entstanden. Santiago hatte extra einen renommierten Fotografen engagiert, um mit allen Mädchen das traditionelle jährliche Gruppenbild machen zu lassen, aber durch glückliche Umstände ergab es sich, dass der Fotograf spontan abdrückte, als ich für ein paar Sekunden ganz allein in Santiagos Armen lag. Obwohl Santiago normalerweise absolut nicht bereit war, für sinnliche oder romantische Fotos zu zweit zu posieren, hatte ich dieses seltene Glück genossen. Ich wusste noch, dass ich Tränen in den Augen hatte, als ich mit meinem Gesicht auf seiner nackten Brust gelegen und er seine Arme um mich geschlossen hatte. Und dieses Glitzern konnte man auf dem Foto sehen. Zum ersten Mal sah ich Santiagos Blick, und ich liebte ihn. Er war dunkel, streng, verführerisch und sexy. Es war das einzige Foto, das ich nun von ihm besaß. Mit Sicherheit konnte ich Ronan nicht zumuten, dass ich es irgendwo aufhängte, aber ich beschloss, so bald wie möglich einen würdigen Platz dafür zu finden. Und sei es in einem Tagebuch oder künftigen Baby-Album.

Eigentlich hatte ich die Vermutung gehabt, dass es David war, der all diese Dinge für mich zusammengestellt hatte, da nur er so gut einschätzen konnte, woran mein Herz wirklich hing, aber wenn ich länger überlegte, konnte es auch Damian gewesen sein.

Ich hatte es mir für den Schluss aufgehoben, das Schriftstück, das ganz am Boden der Schachtel lag, zu studieren und hoffte, dass dort keine böse Überraschung auf mich lauern würde. Es war der Zettel, den ich damals, kurz vor meiner Brandmarkung, unterschrieben hatte. Aber nachdem ich ja bereits auf Ivory mit Jana über diese zweifelhaften Verträge gesprochen hatte, stand kaum noch etwas Neues für mich drin. Das meiste davon hatte sich auch bereits erübrigt, einzig die »Regelungen nach dem Ausscheiden« kamen für mich noch in Betracht, und auch die besagten bloß, dass ich über Ivory nichts ausplaudern durfte, was einen der aktuell oder ehemals dort lebenden Männer, diverse Gäste oder Angestellte, in ein schlechtes Licht rücken könnte. Die Formulierung war reichlich unpräzise und sehr vielseitig interpretierbar. Ich vermutete also, dass Santiago damit beabsichtigte, bei einem Rechtsstreit so gut wie alles gegen mich auslegen zu können.

Aber ich machte mir nicht weiter Gedanken darüber, denn egal, was kommen würde, ich nahm mir vor, wenn überhaupt, dann ausschließlich mit Ronan über Santiago zu reden.

Und Ronan konnte ich vertrauen.

***

Während der nächsten Tage packte ich meine Koffer für Bali. Kurz bevor wir abreisten, ließ mich Ronan noch an seinen Laptop und ich erledigte endlich, was ich schon lange tun wollte. Ich schrieb E-Mails an meine Eltern, an Natalie und an Jana. Bei meinen Eltern hatte ich mich zuletzt vor ungefähr zwei Monaten gemeldet und es war wirklich höchste Zeit, mal wieder ein Lebenszeichen von mir zu geben. Ich nahm mir auch vor, meinen Vater so bald wie möglich in Europa zu besuchen.

Mit Jana hatte ich vor einer Woche sogar telefoniert. David hatte mir ja ihre Telefonnummer gegeben. Sie konnte kaum fassen, dass ich mich freiwillig von Santiago getrennt hatte, vor allem, weil ich ihr ja auch von Ronan nie etwas erzählt hatte. Ich versprach ihr, dass ich auch sie mal besuchen würde, doch insgeheim wusste ich, dass ich dieses Versprechen nicht so schnell einlösen konnte. Allein das Risiko, bei ihr vielleicht zufällig mit Santiago zusammenzutreffen, war mir viel zu hoch. Genauso sollte sie von meiner Schwangerschaft nichts erfahren. Und sie erzählte mir auch tatsächlich, dass Santiago bereits bei ihr aufgetaucht war! Kurz nach seiner Rückkehr von Hawaii. Er war mit David und vier Leibwächtern auf dem Anwesen, wo sie jetzt lebte, aufgefahren und wollte sie zum Essen in ein teures Lokal ausführen. Aber sie hatte sich gewünscht, die zwei Stunden, die er ihr zugestand, mit ihm allein in ihrem Bett verbringen zu dürfen. Sie wollte einfach nur in seinen Armen liegen und reden. Und er hatte ihr den Wunsch erfüllt.

Ein letzter Anflug von Eifersucht packte mich, als sie mir das erzählte, und ich musste mich selbst daran erinnern, dass es zwar schmerzte, das zu hören, ich aber ein ungleich wertvolleres Geschenk von ihm bekommen hatte, für das ich ihm auf ewig dankbar sein musste.

Ich konnte mir noch nicht mal vorstellen, dass das Baby, das in etwa sechs Monaten zur Welt kommen würde, zur Hälfte aus Santiagos Erbmaterial bestand. Und ich hatte noch nicht mal darüber nachgedacht, dass ich dieses Ergebnis unserer Schöpfung, das auch sein Fleisch und Blut war, würde anfassen dürfen! Ich würde es ohne Einschränkungen in meinen Armen halten, liebevoll berühren und zärtlich streicheln dürfen. Niemand konnte mir das verbieten.

Unweigerlich fragte ich mich, ob mich das wohl über die unzähligen schmerzlichen Momente, in denen ich mir sehnsüchtig gewünscht hatte, Santiago anfassen zu dürfen, hinwegtrösten würde? Manchmal hatte ich direkt das Gefühl gehabt, dass es ihm leid tat, dass er meinem Wunsch nach Berührungen nicht nachgeben konnte. Ich hatte aber auch immer gespürt, dass es für ihn eine unsägliche Überwindung darstellte, wenn er es mir kurzfristig doch erlaubt hatte. Der Traum, sich bedenkenlos fallen lassen zu können, würde wohl für immer ein Traum bleiben.

# Bali

Nach einem anstrengenden Flug, drei Zwischenstopps und einer Reisezeit von insgesamt zwanzig Stunden, landeten wir letztendlich wohlbehalten auf dem Flughafen von Denpasar. Dank der Organisation des *Seven Seas Resorts* erwartete uns dort ein bestelltes Taxi, ein Luxus-Van mit Klimaanlage, und man stellte dem Fahrer sogar einen eigenen Tour-Guide zur Seite, der unserer Sprache mächtig war und uns auf dem Weg zum Resort ein wenig mit der Insel vertraut machen sollte.

Dennoch war mein erster Eindruck von Bali geradewegs ein Schock. Auf der Fahrt durch die Hauptstadt Denpasar gelangten wir von einem Verkehrschaos ins nächste, Hunderte Mopeds drängten sich an uns vorbei, ich sah ganze Familien auf desolaten Gefährten, ohne Helm und meist zu dritt oder zu viert auf einem Roller. Sie strömten auf den engen Fahrbahnen in beide Richtungen, kämpften um ein Weiterkommen zwischen hupenden Autos und Bussen. Unter all dem Gewirr auch Fahrräder, Fußgänger, Straßenverkäufer und frei laufende Hunde. An fast jeder Ampel versuchte man, uns etwas zu verkaufen. Und auch die Häuser sahen völlig anders aus als erwartet, sie waren schlicht, farblos und in einem Zustand, wie ich nie hätte wohnen wollen. Keine Spur von westlichem Lebensstandard, detailverliebtem Stil oder balinesischer Farbenpracht. Ich sah Schmutz, Baracken und Baustellen, nur ganz selten mal ein gut erhaltenes Gebäude oder neueres Hotel.

Ronan erklärte mir, dass diese Zustände und das Verkehrsaufkommen in diesem Teil der Hauptstadt alltäglich wären und die Leute, obwohl es nicht so aussah, immer noch ihr System darin fanden und ich mir keine Sorgen zu machen brauchte …

Trotzdem war ich froh, als wir Denpasar endlich verließen. Über die Westküste und einige touristische Orte setzte sich unsere Fahrt fort in Richtung Norden. Ich sah das Meer und lange Sandstrände. Mit jedem Badeort, den wir hinter uns ließen, wurde die Umgebung idyllischer. Die Dörfer wurden kleiner und langsam offenbarte sich Bali so, wie ich es aus den schönsten Dokumentationen kannte.

Diana, unser Guide, dessen Namen ich für einen Mann höchst ungewöhnlich fand, erklärte uns, dass es auf Bali mehr Tempel als Häuser gab. Jede Familie hatte ihren eigenen und zusätzlich gab es noch viele öffentliche, heilige Stätten und alte Gebetszentren, die mittlerweile Sehenswürdigkeiten waren. Am berühmten Tempel von Tanah Lot, dessen Lage ich besonders bewunderte, hielten wir kurz an. Wie ein Märchenschloss stand er auf einer kleinen Felseninsel der Küste vorgelagert und konnte nur bei Ebbe über eine schmale Sandbrücke erreicht werden. Wir spazierten durch einen kleinen Markt. Ronan kaufte uns etwas zu trinken und eine frische Mango. An einem anderen Marktstand gab es eine ungewöhnliche Attraktion. Ein ausgewachsener Flughund hing kopfüber wie eine Fledermaus auf einem Holzgestell und ließ sich von Touristen füttern. Mit einem Zahnstocher reichte man ihm saftige Mangostücke, die er auch prompt verschlang.

Nach einer kurzen Pause führte uns Diana über einen Pfad hinunter zum Meer, wo man den Tempel ganz aus der Nähe sehen konnte. Ich zählte fünf Dächer und erfuhr, dass die Anzahl der Dächer auf einem Tempel immer ungerade sein musste und der höchste sogar über elf Dächer verfügte. Weil die

Sandbrücke gerade überschwemmt war und wir nicht hinüber konnten, führte uns Diana stattdessen in eine Höhle, die er die »Schlangenhöhle« nannte. Bei Flut zogen sich dorthin die »heiligen« Schlangen zurück, sie vergruben sich im Sand und nachdem ein Mann eine für uns ausgegraben hatte, durften wir sie streicheln. »Das bringt Glück«, meinte Ronan. Also überwand ich mich, es ihm gleichzutun.

»Fahren wir jetzt zum Resort oder bleiben wir noch irgendwo stehen?«, fragte ich Ronan, als wir wieder zurück im Taxi waren.

»Wenn du nicht möchtest, bleiben wir nirgends mehr stehen«, entgegnete er.

Ich nickte und lehnte mich an seine Schulter. Die beschwerliche Reise hatte mich ziemlich angestrengt und nun sehnte ich mich nach einer Dusche und einem Bett.

Etwas schläfrig sah ich einige Reisfelder an uns vorüberziehen, das satte Grün, und am Horizont den ersten Vulkan im Nebel. Wir durchquerten das Landesinnere, Palmenwälder, kleine Dörfer, und die schmale Straße führte uns über ein paar beträchtliche Anstiege. Aber noch bevor ich einschlafen konnte, hatten wir unser Ziel erreicht. Ronan küsste mich auf die Stirn. »Wir sind da, mein Schatz«, hauchte er.

Das Taxi hielt vor einem tempelähnlichen Gebäude, das jedoch modern und traditionell gleichzeitig wirkte. Einerseits verfügte es über Elemente aus Glas mit goldenen Verzierungen und Schriftzügen des Hotels, doch es war auch ganz traditionell aus Stein gemauert und über und über mit Moos bewachsen. Unmittelbar dahinter erhob sich ein reich bepflanzter Hügel und ich sah ein paar Strohdächer und weiße Segeltücher zwischen der Vegetation hervorblitzten, die auf eine Bungalow-Anlage schließen ließen.

Dann betraten wir die lichtdurchflutete Lobby des Resorts, wo man uns mit Blumenschmuck, Cocktails, exotischen Tempelklängen und Tänzerinnen in einheimischer Tracht empfing. Es roch nach Räucherstäbchen und auf dem Boden waren mehrere kleine Körbchen ausgelegt, die man als Opfergaben für die Götter mit Blüten und Früchten dekoriert hatte. Ronan begrüßte einen Herren in Hoteluniform und begann ein angeregtes Gespräch, doch ich war erleichtert, als er ziemlich schnell veranlasste, dass wir erst mal ein Zimmer bekamen, damit ich mich ausschlafen konnte.

Eine Angestellte führte uns vom Hauptgebäude über ein paar Treppen und schmale Brücken zu einem Bungalow auf dem Hügel. Die Aussieht von hier oben war wundervoll, aber so erschöpft wie ich war, fiel ich, ohne sie wirklich zu würdigen, in das blütenweiße Himmelbett.

***

Ich träumte von Cheyenne. Es war das dritte Mal, dass ich von ihm träumte, und ich erinnerte mich selbst im Schlaf daran, dass ich ihn in meinen Gedanken in letzter Zeit sträflich vernachlässigt hatte. Es tat mir unvorstellbar leid und ich wollte es wieder gutmachen, denn es lag mir nichts ferner, als ihn jemals zu vergessen.

Es war ein leidenschaftlicher Traum. Wir waren in einem riesigen Tempelkloster. Ich lag splitternackt auf einem blütenweißen Tuch auf dem Boden, genau dort, wo all die kunstvollen Kieselsteinmosaike in einem prachtvollen Stern zusammenliefen. Rund um mich standen betende Mönche. Sie waren ebenfalls weiß gewandet und bildeten einen großen Kreis. Ich sah, dass Cheyenne einer von ihnen war, und als ich meine Beine in seine Richtung öffnete, trat er aus der Menge hervor ... Er ließ seine Kutte fallen und kam zu mir. Die Mönche beteten laut weiter, während er geschmeidig niederkniete und meine Hüften ergriff. Ich hob meine Beine, schlang sie um seinen Hals und blickte in seine honiggelben Augen. Voller Verlangen schob ich mich ihm entgegen. Zum Zeichen meiner Unterwerfung streckte ich meine Arme über den Kopf und überkreuzte meine Handgelenke, während er selbstbewusst in mich eindrang. Mit beherzten Stößen bewegte er dabei meinen ganzen Körper. Meine Wirbelsäule rutschte über die kleinen holprigen Steine und sogar das dünne Laken war plötzlich verschwunden! Mein Rücken schmerzte.

Am Anfang versuchte ich, auszuweichen und mich gegen die kraftvollen Stöße zu wehren, doch je mehr ich mich aufbäumte, drehte und wand, umso heftiger tat es weh. Cheyenne lächelte liebevoll. Bestimmt sah er, dass es für mich kein Vergnügen war, aber das Ritual der Mönche verlangte nach meinem Schmerz. Ich hörte mich selbst wimmern und stöhnen, blickte in sein schönes Gesicht, bewunderte seinen athletischen Körper, der mich mit seinen Energien forderte, und versuchte, mich dem Ritual wehrlos hinzugeben. Immerhin war es Cheyenne, und ich wollte mit ihm vereint sein.

Langsam begann ich, es zu genießen, die Schmerzen wurden erträglich und eine heftige Erregung verströmte sich in meinem Unterleib. Wieder stöhnte ich, diesmal laut – vor Lust und Leidenschaft. Ich fühlte kräftige Hände, die mich in eine Umarmung zogen. Meine Lippen berührten eine behaarte Männerbrust … und sie roch nach Ronan!

Schweißgebadet schlug ich meine Augen auf. Ich wischte über mein Gesicht und suchte verwirrt nach etwas Distanz.

Ronan lächelte.

»Ich hab geträumt«, erklärte ich.

Er nickte. »Das hab ich mir fast gedacht. Darf ich wissen wovon?«

»Ich … ich hatte Sex … Es war in einem Kloster und viele Mönche haben uns zugesehen. Es war seltsam, aber es hat mir wohl gefallen.« Erfüllt von schlechtem Gewissen lächelte ich Ronan an. Warum erzählte ich ihm das überhaupt?

»Komm mit ...«, flüsterte er und nahm meine Hand.

Er musste mich ausgezogen haben, als ich geschlafen hatte, denn ich trug nur noch meinen Slip. Aufmerksam reichte er mir ein großes gelbes Tuch mit orangefarbigen Mustern. »Das nennt man hier Sarong«, erklärte er und wickelte ihn gekonnt zweimal um meinen Körper.

Er selbst schlang sich ebenfalls einen solchen Sarong um die Hüften. Danach gingen wird durch die Bambusvilla hinaus ins Freie und den Hügel ein Stück hinunter in ein anderes Gebäude. Das war wohl der Wellness-Bereich, denn bereits im zweiten Raum strömte uns Wasserdampf entgegen. Es roch nach Blüten und süßen Früchten. Zwei junge Balinesinnen baten uns auf hölzerne Stühle, wo in kleinen Trögen zuerst unsere Füße gewaschen und danach massiert wurden. Direkt daneben erwartete uns bereits ein randvolles Blütenbad. Die beiden Frauen hatten den Arbeitsablauf genau einstudiert, denn sie bewegten sich exakt synchron. Ich genoss die zärtlichen Finger meiner Masseurin, waren doch meine Füße ohnehin eine heikle Schwachstelle an meinem Körper.

Zwischendurch beobachtete ich auch die andere junge Dame und mir fiel auf, wie sehr ich sie dafür beneidete, dass sie vor Ronan knien und seine Füße in Wasser baden und massieren durfte. Ich hoffte, er würde einmal mit mir allein hierhergehen, sodass wir uns gegenseitig verwöhnen konnten.

Fertig gewaschen stiegen wir in das Blütenbad. Ronan meinte, er hätte es nicht zu heiß befüllen lassen, wegen meiner Schwangerschaft. Als ich in dem kreisrunden Steinbecken bis zu meinen Knien im warmen Blütenwasser stand, blickte ich kritisch auf meinen Bauch und streichelte darüber. »Findest du, man sieht schon etwas?«

Ronan lächelte. »Nein.«

Ich nickte, aber ich vermutete stark, er wollte vielleicht nur freundlich sein und mir versichern, dass ich immer noch sehr schlank war. Zufrieden rutschte ich an seine Seite und schlang ein Bein über seinen Körper – glücklich, dass er nach dieser Fußwaschung nun endlich mir gehörte.

Wenig später wurden wir auf bequemen Liegen massiert und wieder beneidete ich die junge Dame, als ich beiläufig zu Ronan sah, für die zärtlichen Dienste, die sie an seinem Körper leisten durfte.

Als wir endlich fertig waren, ausgiebig erholt und entspannt, hüllten wir uns wieder in unsere Sarongs und Ronan führte mich aus dem Spa-Bereich.

»Hat es dir gefallen?«, meinte er.

Ich nickte.

Wir gingen an unserer Villa vorbei und über Treppen immer höher den Hügel hinauf. »Das klingt nicht sehr begeistert«, beanstandete Ronan.

Ich zuckte mit den Schultern.

»Was hast du?«, fragte er einfühlsam.

Beklommen überlegte ich, ob ich ihm wohl zeigen durfte, dass ich eifersüchtig war. Aber schließlich waren wir ja nicht auf Ivory. »Ich mag es nicht, wenn eine andere Frau deine Füße wäscht«, sagte ich schüchtern.

Ronan blieb stehen und lächelte. »Möchtest du denn meine Füße waschen?«

Ich nickte. Doch im selben Moment wurde mir ganz seltsam zumute. War das verwerflich? Hätte ich das nicht sagen sollen? Warum hatte ich nicht gesagt, dass ich ihn massieren wollte?

Ronan küsste mich zärtlich und lächelte geheimnisvoll, dann gingen wir weiter. Auf dem Gipfel angekommen, standen wir vor einer wunderschön gezimmerten Holztreppe, die sich rund um den dicken Stamm eines mächtigen alten Baumes in Richtung Himmel wand. Neugierig sah ich nach oben und erblickte ein Baumhaus. Ronan deutete einladend, ich solle vorausgehen. Während ich die Treppe langsam in die Höhe stieg, hatte ich Tränen in den Augen und ich fragte mich, ob Ronan wohl gesandt worden war, um alle meine Träume zu erfüllen.

Oben angekommen, wurde meine Begeisterung gleich noch viel größer. Es war ein Baumhaus der Luxusklasse. Durch die offenen Türen sah man hinein in den schmucken kleinen Wohnraum, eine Küche in türkisblau, ein Himmelbett, Flachbildfernseher und zwei Relax-Sofas aus Bambus. Doch auch die Terrasse hatte einiges zu bieten. Hier gab es ein muschelförmiges Strandsofa mit türkisblauen Kissen und herrlichem Ausblick über Hügel und Wälder, vorbei an einem Vulkan und bis hinunter aufs Meer! Ergriffen blieb ich stehen und fühlte, wie Ronan von hinten seine Arme um mich schlang. »Kannst du dir vorstellen, hier zu leben?«, fragte er.

Ich drehte mich in seinen Armen um und nickte.

Er nahm mein Gesicht in seine Hände und begann, mich zu küssen. Seine Begierde wurde immer leidenschaftlicher und ich wusste, dass jetzt der Moment war, wo ich mich ihm nicht mehr verweigern konnte. Einmal noch ließ er von meinen Lippen ab und sah in meine Augen ... und es war wie die unausgesprochene Frage, ob er mit mir schlafen durfte.

»Darf ich dafür morgen deine Füße waschen?«, fragte ich, nicht mehr ganz bei Sinnen und als ob ich ihm eine Bedingung stellen wollte.

Er nickte und an seinem Blick sah ich, dass er wusste, wie viel mir eine solche Kleinigkeit bedeutete.

»Darf ich sie jetzt auch küssen?«, hauchte ich leise.

Ronan schluckte. Er dachte kurz nach, dann küsste er mich auf die Lippen und nickte erneut.

Leicht nervös ließ ich mich an seinem Körper langsam nach

unten sinken und genoss dabei jeden Zentimeter ... Mein Mund und meine Lippen strichen über seine leicht behaarte Brust, ich fühlte seine Erektion durch den dünnen Sarong und sah mit verklärtem Blick kurz zu Ronan auf. Danach berührte meine Stirn seinen rechten Oberschenkel, sein Knie und schließlich war ich an meinem Ziel angelangt. Ich kniete vor ihm und küsste nacheinander den Rist seiner beiden Füße. Mit einer Hand hielt ich sie jeweils zärtlich fest, damit mir diese Füße bloß niemals mehr jemand wegnehmen würde. Als ich wieder aufstand, hatte ich das wundervolle Gefühl, ihm zu gehören. Jetzt konnte er alles mit mir machen. Aber Ronan war von Natur aus zärtlich. Er liebte mich auf dem Muschelsofa unter freiem Himmel und ich hatte den Eindruck, dass er acht gab, mich oder das Baby nicht zu verletzen.

Währenddessen musste ich an David denken. Und an Santiago. Plötzlich hatte ich eine ganz klare Vision darüber, dass ich nur wenige Monate später einen gesunden Jungen zur Welt bringen würde.

Und, so viele Gedanken ich mir bis dahin gemacht hatte, wie ich mein Kind wohl taufen würde – wie ich mit der Verantwortung umgehen sollte, Santiagos Kind ohne seine Mitsprache einen Namen geben zu müssen –, genauso unerwartet traf es mich jetzt wie ein Geistesblitz. Ein Name, bei dem ich erstmals das Gefühl hatte, meiner Verantwortung gerecht zu werden, ein Name, mit dem ich rundum glücklich sein könnte und der hoffentlich eines Tages auch all jenen, die mir etwas bedeuteten, gefallen würde. Wie eine göttliche Eingebung leuchteten die fünf Buchstaben in meinem Herzen, während Ronan mit mir schlief ... Diego.

# Geliebter Schmerz

Diego wurde in New York geboren …

Obwohl wir zu diesem Zeitpunkt bereits fix auf Bali wohnten, hatte ich mich für die amerikanische Metropole entschieden – zum einen aus medizinischen Gründen, weil ich es einfach für die sicherste Variante hielt, dann hatte ich immer noch meine Wohnung dort, und ich dachte auch, Santiago würde es im Fall des Falles begrüßen, wenn sein Sohn von Geburt an amerikanischer Staatsbürger wäre.

Etwas schwerer fiel es mir, Ronan von meiner Einstellung zu überzeugen und es kostete mich sogar ein paar Auseinandersetzungen mit ihm, besonders als sich abzeichnete, dass er zum Geburtstermin mit Sicherheit nicht in New York würde sein können. Die Konzernleitung des *Seven Seas Resorts* hatte exakt in dieser Woche ein Konferenz auf Bali anberaumt, wo er persönlich anwesend sein musste, wie auch schon die zwei Wochen davor für die heiklen Vorbereitungsarbeiten.

Mir kam diese Entwicklung jedoch sehr entgegen, denn ich hatte ziemlich bald während meiner Schwangerschaft beschlossen, so hart es klang, Ronan bei der Geburt nicht dabeihaben zu wollen. Mein anfänglicher Vorschlag, nach New York zu gehen und die Sache allein durchzuziehen, hatte wie ein heimlicher Wunsch ständig in mir geschlummert und mich nie wirklich losgelassen. Als mir dann auch noch ein schamanischer Heiler auf Bali Komplikationen bei der Geburt voraussagte, stand mein Entschluss für New York fest.

Dass der weise alte Mann auf Bali eventuell sogar recht behalten könnte, bestätigten mir Ärzte anschließend bei Untersuchungen, als sie mir eine sehr hohe Wahrscheinlichkeit für eine Steißgeburt ausrechneten. Mit jeder Woche die verging, wurde es offensichtlicher. Diego lag verkehrt und er wollte sich partout nicht umdrehen, auch nach größten Bemühungen, unzähligen Gymnastik-, Dehn- und Yoga-Übungen, die dies bewirken sollten. Schließlich war auch Ronan einverstanden, dass ich mich wohl besser in die Hände von Experten nach New York begeben sollte. Somit ging mein sehnlicher Wunsch in Erfüllung.

Ronan und ich reisten einen Monat vor dem Geburtstermin nach New York und sahen uns das weltbekannte *Weill Cornell Medical Center* des *Presbyterian Hospitals* als möglichen Ort für eine Entbindung an. Nachdem er sich überzeugt hatte, dass ich mich dort wirklich in besten Händen befand, ließ er mich eine Woche später in New York zurück. Ich richtete mich vorerst in meiner Wohnung ein und es waren wundervolle letzte Tage ... allein mit dem Baby in meinem Bauch. Bei allen Untersuchungen, die ich machen ließ, riet man mir zu einem Kaiserschnitt, den ich allerdings ablehnte. Genauso, wie ich manch andere Dinge ablehnte, die eine Erleichterung oder Beschleunigung der Geburt betrafen. Kurz bevor es schließlich soweit war, führte ich deswegen heftigste Diskussionen mit den Ärzten, doch ich wusste, dass es mein Recht war, dass sie meine Wünsche respektierten! Und ich war mir auch sicher, dass ich nichts – absolut nichts – gegen die Schmerzen brauchen würde. Dass das Baby durch mein Becken passte, wenn auch nur knapp, hatte man mittels Ultraschall sichergestellt, und abgesehen von der Steißlage, die zwar eine Erschwernis, aber kein Hindernis darstellte, gab es nichts, was gegen eine normale Geburt sprach. Ich wollte keine PDA, keine Schmerzmittel und keine Opiate. Sogar gegen Akupunktur hatte ich mich ausgesprochen. Ich wollte mich der vollkommenen Natürlichkeit einer Geburt hingeben und ein letztes Mal den Schmerz fühlen, den er in mir ausgelöst hatte. Ich wollte ein letztes Mal Santiago fühlen.

Und schließlich hatte ich auch meine Ärzte überzeugt.

Diego kam an einem Sonntagnachmittag zur Welt. Er wog drei Kilo, zweihundertfünfzig Gramm und maß zweiundfünfzig Zentimeter.

Ich hatte fast zehn Stunden in den Wehen gelegen, wobei jedoch erst die beiden letzten Stunden wirklich schlimm waren. Aufgeregte Mediziner schwirrten um mich herum, und ich bemerkte, dass ganz zum Schluss plötzlich alles sehr schnell gehen musste. Es war allerdings auch der erlösende Abschluss, der mir selbst die größten Glücksgefühle bereitete – als einer der Ärzte den kleinen Babykörper bereits fast vollständig in seinen Händen hielt und schließlich noch das Köpfchen aus mir herausrutschte. Schon zuvor hatte ich mich phasenweise in einem rauschähnlichen Zustand befunden, in dem mir kaum bewusst gewesen war, was geschah, welche Kräfte mein Körper mobilisierte und wie sehr ich mich verausgabte. Aber der Abschluss war mein Highlight – ein geradezu orgastisches Erlebnis – für das es sich definitiv zu kämpfen gelohnt hatte.

Und als sie mir Diego zeigten, war mein Glück vollkommen. Er war so verletzlich, so zart, makellos schön und kerngesund. Der Kummer darüber, dass Santiago ihn jetzt – wo das Wunder vollbracht war – nicht sehen konnte, erfasste mich erst ein paar Stunden später, als ich mich allein in meinem Zimmer befand. Doch ich weinte nicht nur deswegen. Ich weinte auch, weil Diego unfassbar schöne saphirblaue Augen hatte ... und ich ihn trotzdem über alles liebte!

***

Zwei Jahre nach Diego kam Larissa zur Welt. Sie war mein Sonnenschein und der größte Liebesbeweis, den ich Ronan machen konnte. Er hatte sich ein Kind von mir gewünscht, nachdem er ein Jahr lang zugesehen hatte, was ich mit Diego aufführte.

Diesmal stimmte ich auch einer Hausgeburt auf Bali zu. Sie verlief ungleich einfacher und war binnen zwei Stunden mit einer Hebamme vollbracht.

Larissa hatte sich für den Zeitpunkt ihrer Ankunft exakt dasselbe Datum – denselben Tag und denselben Monat – wie Diego ausgesucht. Ein seltsamer Zufall ...

Und eigentlich hätte Ronan diesmal dabeisein sollen, doch mein Problem war, dass ich Diego bis dahin noch nie allein gelassen hatte. Wenn er nicht gerade schlief, hatte ich ihn nahezu ständig auf dem Arm. Ich trug ihn immer mit mir herum, und viele, die uns kannten, hatten sich während des ersten Jahres schon Sorgen gemacht, dass der Junge vermutlich nie laufen lernen würde, da seine Füße kaum je den Boden berührt hatten. Natürlich war das übertrieben. Mittlerweile konnte Diego laufen. Doch das Letzte, was ich konnte, war, ihn irgendjemandem anzuvertrauen, der auf ihn aufpassen sollte. Mit Ausnahme von Ronan.

Ich verfluchte die Hebamme, als sie meinte, es wäre okay, wenn auch Diego bei der Geburt im selben Raum mit dabei wäre, denn ich hatte das Gefühl und die große Angst, ihn damit zu traumatisieren. Auf gar keinen Fall wollte ich, dass er mich leiden sah oder schreien hörte. Schließlich befahl ich Ronan, mit Diego von unserem Bungalow so weit wegzugehen, dass das unter keinen Umständen passieren würde. Und er war einverstanden. Falls es irgendwelche Komplikationen gegeben hätte, hätte man ihn geholt.

Doch es gab keine. Larissa war perfekt.

Meine beiden Kinder waren perfekt.

***

Die kommenden Jahre waren wohl die schönsten meines Lebens. Auch wenn ich unterschwellig öfters das Gefühl hatte, gewisse Bedürfnisse und Sehnsüchte, die zeitweise in mir aufflackerten, zu unterdrücken, sie hatten nie eine nennenswerte Größe erreicht, sodass ich sie über die Bedürfnisse und Sehnsüchte meiner Kinder gestellt hätte.

Auch Ronan gab sich alle Mühe, seine kleine Familie glücklich zu machen. Wir bewohnten eine der größten Villen am Hügel, etwas abgelegen vom restlichen Resort, hatten ein Kindermädchen, eine Haushaltshilfe, gelegentlich einen romantischen Abend zu zweit und keine finanziellen Sorgen. Wir beide fuhren teure Autos, wobei ich meines hauptsächlich dafür benötigte, unsere Kinder täglich in den nächstgelegenen Ort zu bringen, wo Larissa den Kindergarten und Diego mittlerweile eine englische Privatschule besuchte.

Es war ein herzerweichendes Erlebnis, die beiden dorthin zu begleiten, und ich hätte diese tägliche Pflicht nie im Leben einem Kindermädchen abtreten wollen. Als Larissa geboren wurde, hatte ich mir noch riesige Sorgen gemacht, wie Diego reagieren würde, wenn plötzlich eine kleine Schwester da war, die einen Teil meiner Aufmerksamkeit abbekam. Doch offensichtlich hatte es sich ausgezahlt, dass ich ihn während seiner ersten beiden Lebensjahre mit meiner Liebe förmlich überschüttet hatte, denn als Larissa zur Welt kam, reagierte er völlig anders als erwartet. Er war überhaupt nicht eifersüchtig. Im Gegenteil, er betrachtete sie, genau wie ich, als unser Geschenk. Anfangs vielleicht wie eine Puppe, doch auch später ließ seine Fürsorge nicht nach. Er liebte seine kleine Schwester, beschützte sie und gab stets acht, dass sie nirgendwo benachteiligt wurde – sei es beim Spielen, beim Essen oder wenn es einfach nur um den besten Sitzplatz im Auto ging. Und wenn wir morgens unsere Runde fuhren, dann wollte er stets zuerst sie in den Kindergarten bringen, bevor ich ihn in die Schule bringen durfte. Wir stiegen gemeinsam aus und begleiteten sie durch den großen Park. Dabei war meine Anwesenheit nahezu unnötig. Diego nahm Larissa an die Hand und zu zweit gingen sie vor mir her ... wie ein kleines Liebespaar ... den langen Weg durch die Anlage ... bis in den Umkleideraum des Kindergartens. Es war ein Bild für Götter, offensichtlich dachte er, weil er diese Einrichtung bereits zwei Jahre vor ihr besucht hatte, kenne er sich aus und hätte dadurch eine gewisse Verantwortung. Zum Abschied küsste er sie stets auf die Stirn. Das hatte er vermutlich von unserem Kindermädchen gesehen, denn Ronan und ich küssten unsere Kinder immer noch auf den Mund. Wieder zurück im Jeep durfte Diego für das letzte Stück der Fahrt neben mir sitzen.

Eines Tages fragte er mich: »Wird sie einmal in meine Schule gehen?« Er hatte wohl schon mitgekriegt, dass nur sehr wenige Kinder aus dem örtlichen Kindergarten anschließend die internationale Schule besuchten.

»Natürlich wird sie in deine Schule gehen«, antwortete ich. »Sie soll ja auch in Englisch und Französisch unterrichtet werden, so wie du.«

Er nickte und machte sich Gedanken, die er mit mir nicht teilte, aber ich merkte, dass ihn irgendetwas beschäftigte. Ich führte ihn zur Schule, und als ich die beiden wieder abholte, war fröhliche Stimmung. Wir aßen ein Eis im Dorf und fuhren danach wieder hinauf zum Resort.

Doch als wir ein paar Tage später Larissa wieder im Kindergarten abgeliefert hatten und zurück im Auto waren, meinte Diego: »Es wird leichter, wenn sie erst mal schulpflichtig ist.«

Ich starrte ihn entgeistert an, weil diese Äußerung so befremdlich wirkte, dass ich mir überhaupt nicht erklären konnte, wie er dazu kam. Ich wusste nicht mal, woher er das Wort »schulpflichtig« hatte! Doch er zeigte sonst keine Reaktion und blickte bloß gedankenverloren aus dem Fenster.

Es war das erste Mal, dass mir sein Verhalten seltsam erschien. Aber dabei sollte es nicht bleiben ...

Diego liebte es auch, Larissa in der Früh einen Zopf zu flechten. Ich fand es beachtlich für sein Alter, dass er das schon konnte, da sie ihn vom Scheitel weg eingeflochten trug. Aber eines Tages erzählte mir eine Betreuerin aus dem Kindergarten, dass sie nahezu jeden Morgen Larissas Frisur wieder auflösen und lockerer flechten müssten, weil sie sonst ständig über Kopfschmerzen klagte. Ich sprach mit beiden Kindern darüber und erklärte vor allem Diego, dass er ihr den Zopf zu streng machte. Dann sah ich ihm ein paarmal dabei zu. Doch er konnte es nicht anders. Und schließlich wollte ich, dass er es aufgab und mich machen ließ oder wir für Larissa eine neue Frisur fanden. Schließlich konnte sie ihr Haar auch mit einer Spange zurückbinden oder einen einfachen Zopf tragen. Doch bei der Diskussion geriet er in eine solche Rage, dass er mit seinen sechs Jahren in Tränen ausbrach. Er lief im Gesicht hochrot an und schien mich mit seinen Blicken töten zu wollen. Larissa saß auf ihrem kleinen Schemel und sah mich komplett verstört und angsterfüllt aus großen Augen an. Ich wusste sofort, dass ich diesmal zuerst sie trösten musste. Doch als ich es tat, lief er davon.

In meiner Verzweiflung bat ich Ronan, mit Diego zu reden und schließlich einigten wir uns gemeinsam mit Larissa, dass ich ihr in Zukunft den Zopf flechten würde, den ihr Bruder so sehr an ihr liebte und den sie selbst auch unbedingt so wollte.

Diego sprach ohnehin nie viel, aber an diesem Morgen sprach er weder im Auto noch als er sie an der Hand in den

Kindergarten führte. Erst, als er danach wieder allein neben mir saß, sagte er: »Wenn sie erst mal in meine Schule geht, wird alles leichter.«

»Was wird leichter?«, fragte ich entsetzt. »Diego, du musst dich nicht um ihre Frisur kümmern und wir müssen sie auch nicht jeden Tag gemeinsam in den Kindergarten bringen. Es ist mein Job als Mutter, das zu tun. Wenn du willst, fahren wir ab morgen zuerst dich zur Schule! Larissa wird stolz sein, ihren großen Bruder dorthin begleiten zu dürfen.«

Diego senkte seinen Blick und seine Miene verzerrte sich schmerzlich, als wäre er gekränkt darüber, dass ich ihn nicht verstand!

Mitfühlend streichelte ich über seine Haare. »Was wird leichter?«, hauchte ich.

Er sah mich an und kämpfte mit den Tränen. »Dann muss ich mir nicht den ganzen Tag Sorgen um sie machen!«

Erst jetzt wurde mir klar, dass er scheinbar ein Problem damit hatte, dass Larissa erstmals unter fremden Leuten war, während sie zu Diegos Kindergartenzeit den ganzen Tag bei mir zu Hause verbracht hatte. Ich nahm ihn auf meinen Schoß, um ihn zu trösten, und erklärte ihm, dass er sich um sie nicht zu sorgen brauchte, sie wäre im Kindergarten gut aufgehoben, das wisse er doch selbst.

Aber er erklärte mir im Gegenzug, dass es »sehr hart« im Kindergarten wäre, und er wisse, wie sehr Mädchen oft von Jungs oder anderen Mädchen geärgert würden.

»Larissa hat mir noch nie etwas davon erzählt«, beruhigte ich ihn. »Und sie wird lernen, sich selbst zu helfen.«

Einigermaßen konnte ich ihn damit beschwichtigen. Aber mir fiel auf, dass er sie von da an regelmäßig am Nachmittag befragte, was genau sie im Kindergarten erlebt hatte. Auch Ronan sprach noch mal mit ihm und die Lage entspannte sich allmählich wieder. Bloß manchmal, wenn ich im Auto seinen kummervollen Blick miterleben musste, wünschte ich mir, dass sie bald endlich in seine Schule ging, wo er sehen konnte, dass es ihr gut erging.

Ich fragte mich, woher er diese Einstellung hatte. Und natürlich dachte ich manchmal an Santiago, wenn ich ihn ansah. Speziell in letzter Zeit streifte mich manchmal ein eisiger Schauer, wenn ich in seine Augen blickte. Da waren plötzlich braune Sprenkel, die sich aufdringlich durch das schöne Saphirblau zogen!

Eigentlich hatte ich mir vorgenommen, Diego von klein auf einfühlsam damit vertraut zu machen, dass er zusätzlich zu Ronan noch einen biologischen Vater hatte. Aber irgendwie kam nie der richtige Zeitpunkt, denn wenn wieder alles rund lief, war ich bloß noch glücklich und dankbar und wollte den Frieden durch nichts zerstören. So verbohrt, wie Diego in manchen Dingen sein konnte, hatte ich Angst, ihm zusätzlich zu Larissa mit einem biologischen Vater noch eine zweite Last aufzubürden.

Schließlich war Ronan einverstanden, es ihm erst später zu erklären, wenn er etwas reifer wäre. Vielleicht hatten wir beide auch Angst, dass Ronan dann seinen guten Einfluss auf Diego verlieren könnte, mit dem er ihn bisweilen jedes Mal zurück auf den Boden brachte, wenn er sich etwas nicht Machbares in den Kopf gesetzt hatte.

Im Großen und Ganzen hielt ich das alles für Phänomene frühkindlicher Entwicklung, ein verpeiltes Rollenverhalten, übertriebene Geschwisterliebe, und vielleicht auch etwas Eifersucht. Mir war sehr lange nicht bewusst, was in Diego wirklich vorging und was in ihm, trotz all meiner Liebe und Zuwendung, langsam und kontinuierlich heranwuchs. Während er die Grundschule besuchte, war ich tatsächlich auch noch manchmal mit mir selbst und meinen Gefühlen beschäftigt ...

Ich liebte Ronan. Ich liebte ihn sehr. Darum kränkte es mich zunehmend, dass bei uns auf sexueller Ebene nie dieses Feuer entflammt war, das ich mit anderen Männern zuvor schon erlebt hatte. So sehr Ronan sich auch bemühte, auf meine Sehnsüchte oder Neigungen einzugehen, ich merkte, dass es bei ihm nicht aus Überzeugung kam und das machte für mich einen gewaltigen Unterschied. Ich wollte ihn nicht darum bitten müssen, gewisse Dinge zu tun, denn allein durch die Frage verlor das Ganze für mich an Reiz. Meine tiefsten Sehnsüchte zu befriedigen, funktionierte anders.

Irgendwann gab ich mich schließlich damit zufrieden, nur noch »normalen« Sex zu haben. Doch ich lag oftmals danach mit Tränen in den Augen neben Ronan im Bett und glaubte vor Sehnsucht nach dem gewissen Prickeln zu sterben. Ich hatte Angst, es irgendwann nicht mehr auszuhalten. Und irgendwann kam es, wie es kommen musste ... Ich spürte, dass es sich nicht mehr vermeiden ließ. Es tat mir unheimlich leid für Ronan, aber ... ich wollte nur noch ausbrechen.

***

Anfangs dachte ich an einen Seitensprung. Vereinzelt gab es Männer in unserem Resort, die mich interessierten. Doch, mit einem Gast etwas anzufangen, war in meiner Position an Ronans Seite ein Tabu. Noch dazu, wo er auch seine Söhne aus erster Ehe zu uns nach Bali geholt hatte. Patrick arbeitete im Managementbereich des Resorts und Leon führte eine Tauch- und Surfschule nicht weit von uns. Wir kannten viele Leute. Und viele Leute kannten uns. Allein schon dadurch war ein Verhältnis in meiner Umgebung ein Ding der Unmöglichkeit!

Dann dachte ich an das berüchtigte Jahrestreffen, das Santiago für seine Ex-Geliebten veranstaltete. So eindringlich, wie mich David einst in New York davor gewarnt hatte, konnte ich mir ausrechnen, dass ich dort auf meine Kosten kommen würde. Aber meine generelle Angst, Santiago gegenüberzutreten, oder dass er mir vielleicht ansehen könnte, dass ich inzwischen zwei Kinder geboren hatte, war viel zu groß. Ronan meinte zwar, ich wäre schlanker und schöner denn je, dennoch fürchtete ich, dass mich bei einem Blick in Santiagos Augen mein Gewissen gnadenlos verraten würde. Und das durfte ich nicht riskieren.

Dann gab es aber auch Jude, der mich in meinen Fantasien beglückte ... dessen Telefonnummer ich allerdings nicht mehr hatte.

Und dann gab es Amistad ... »Komm zu mir nach Atlanta, du findest mich in der Klinik. Es ist ganz leicht ... Ich hätte gern noch mehr Spaß mit dir gehabt.«

Die Worte, die er mir zum Abschied mitgegeben hatte, zogen mich weit mehr als nur lustvoll an. Sie waren magisch. Und wieder glaubte ich zu sterben, wenn ich an Amistad dachte und meine Sehnsucht dabei fühlte. Zum ersten Mal berührte ich mich selbst, während ich neben Ronan im Bett lag. Ich brauchte mir nicht mal vorzustellen, dass Amistad mir Schmerzen zufügte, es genügte bereits, an ihn zu denken ... an seine unerbittliche Dominanz, seinen festen Blick und seine verführerische Stimme ... Ich seufzte leise und kam binnen Sekunden zu einem Orgasmus, der die ersehnten Feuerwerke durch mein Gehirn schießen ließ und trotz aller Beherrschung tausendmal besser war als jeder Blümchensex.

Zu Tränen gerührt hielt ich Amistad in meinem Herzen fest. Ich wollte nach Atlanta. Und kaum war dieser Gedanke geboren, gab es auch kein Zurück mehr.

***

Jetzt kam es mir plötzlich zugute, dass Ronan von Anfang an darauf bestanden hatte, dass ich regelmäßig drei Wochen pro Jahr eine Auszeit nahm. Ich besuchte dann gemeinsam mit den Kindern meine getrennt lebenden Eltern in Spanien. Fallweise reiste ich auch allein weiter, um mich mit Jana oder Natalie in den Staaten zu treffen.

Jana lebte mittlerweile in Champaigne, Illinois. Sie hatte mich ganz zu Beginn meiner Zeit auf Bali einmal besucht! Um genau zu sein ... ich hatte sie nach Bali geholt, nachdem mir in den ersten Monaten meiner Schwangerschaft ein schamanischer Heiler empfohlen worden war, der mich wahrlich beeindruckt hatte ...

Er hielt seine Zeremonien in einem kleinen Tempel in den Bergen ab. Man musste viel Zeit mitbringen, denn es gab keine Termine. Zuschauer waren jeweils eine Handvoll Leute, die selbst auf eine Behandlung warteten. Sie saßen rund um das kleine Tempelgebäude auf einfachen Matten auf der Wiese, während der Heiler seiner Arbeit nachging. Und bei einem meiner ersten Besuche passierte es, dass unmittelbar vor mir eine junge Frau an der Reihe war, die angeblich ein paar Wochen zuvor plötzlich über Nacht erblindet war! Der Schamane führte eine aufwändige Zeremonie an ihr durch, zerstieß Kräuter und Blüten in einem Mörser, stellte einen Tee daraus her, den er ihr zu trinken gab, gleichzeitig gab er ihr ein paar Tropfen einer exotischen Frucht in die Augen, dann legte er seine Hände auf, und nach einer Stunde, nachdem sie sich auf einer Matte liegend ausgeruht hatte, war sein Werk vollbracht. Die junge Frau konnte tatsächlich wieder sehen! ... Das faszinierte mich ungemein und obwohl ich wusste, dass es ein großes Risiko in sich barg, Jana zu mir zu holen, da sie von meiner Schwangerschaft nichts mitbekommen durfte, wollte ich diese Chance nicht verschenken. Ich rief Jana an und sie war einverstanden, diesen Versuch, der nicht mehr als ein Strohhalm der Hoffnung war, zu wagen. Also organisierten wir für sie einen begleiteten Flug nach Bali.

Mein Babybauch war damals fast noch nicht sichtbar, dennoch vermied ich innige Umarmungen und trug zur Sicherheit weite Kleider. Ich brachte Jana gleich am ersten Nachmittag zu dem Tempel des Heilers. Und obwohl ich nicht damit gerechnet hatte, war ich sehr glücklich, als er meinte, er müsse sie für ein paar Tage behalten. Er führte ein ähnliches Ritual wie bei der ersten jungen Frau durch. Jedoch erhielt Jana vom ihm eine Auswahl von Blüten, Früchten, Kräutern und Reis direkt auf die geschlossenen Augen aufgetragen. Das Gemisch hatte er diesmal allerdings nicht im Mörser zerstoßen, sondern selbst in seinem Mund gekaut! Ich fand das etwas ekelig, aber wenn es half, sollte es mir recht sein. Zur Fixierung wickelte er ein paar Tücher um Janas Kopf, dann legte er ihr seine Hände auf und gab ihr abschließend einen bitteren Tee zu trinken. Danach sollte sie sich in einem Ruheraum des Tempels hinlegen. Der Heiler versprach, sich gut um sie zu kümmern und erst nach vier Tagen dürfe ich sie wieder abholen.

Wie gewohnt gab ich eine anonyme Spende für ihn in einen Bambuskorb. Doch ich rechnete nicht mit dem Wunder …

Als ich Jana vier Tage später abholte, erwartete sie mich bereits auf dem Parkplatz des Tempels. Wir fielen einander heulend in die Arme. Sie konnte tatsächlich sehen! Sie konnte sehen, als ob nie etwas passiert wäre!

Der Schamane meinte, er hätte eine sehr starke Entgiftung bei ihr durchgeführt und alle Selbstheilungskräfte aktiviert, die die Götter ihr gegeben hatten.

Jana blieb noch zwei Tage bei uns und es gelang mir mit viel Geschick, meine Schwangerschaft vor ihr zu verheimlichen. Wir spazierten durch Reisfelder, schmiedeten Pläne für ihre Zukunft und besprachen, wann wir uns wiedersehen wollten. Am letzten Tag unternahm ich mit ihr noch eine geführte Besichtigungstour. Dann flog sie zurück nach Florida.

Als Santiago von ihrer Heilung erfuhr, hatte er seine Mitleids-Besuche sofort eingestellt. Nicht ein einziges Mal war er bei ihr aufgetaucht, auch nicht, um seine Erleichterung oder Freude über dieses wundervolle Ereignis kundzutun. Am Telefon erzählte sie mir, dass sie damit aber gut leben konnte. Ihre Familie wäre ihr nun wichtiger und sie hätte bereits einen längeren Urlaub in Südafrika bei ihrem Vater geplant. Jana hatte ihre Eltern in der Zeit auf Ivory schließlich genauso vernachlässigt wie ich meine.

Zum Glück legte Ronan weit größeren Wert auf intakte Familienverhältnisse als ich, denn so kam es, dass ich mich – wenn auch mit etwas Überwindung – vor ein paar Jahren mit meiner Mutter ausgesöhnt hatte ...

»Ich hatte mir immer so einen kleinen süßen Jungen gewünscht!«, jubelte sie euphorisch, als ich mit dem nur wenige Monate alten Diego auf dem Arm vor ihrer Tür stand. Ihre eigenen Zwillingsmädchen waren nur knapp drei Jahre älter als er.

Sie war maßlos begeistert von Diego. Aber zur Aufsicht überließ ich ihn ihr erst als er vier war – gemeinsam mit Larissa. Beide waren gern dort.

Und auch diesmal hatte ich es genauso geplant. Bloß diesmal würde ich nicht nach Illinois oder L. A. weiterreisen. Diesmal wollte ich nach Atlanta!

»Genieße deine Zeit!«, meinte Ronan, der von meinen genauen Plänen nichts ahnte. »Ich möchte, dass deine Mum mich jeden Tag anruft!«, verlangte er, nachdem er aus Erfahrung wusste, dass ich es mit regelmäßigen Anrufen nicht so hatte, vor allem, wenn ich in den Staaten war – zum Teil wegen der ungünstigen Zeitverschiebung und zum Teil, weil ich wirklich Abstand brauchte. Aber offenbar waren ihm die Kinder mittlerweile wichtiger als ich.

Nachdem ich Diego und Larissa bei meiner Mutter abgegeben und zwei Tage mit ihnen dort verbracht hatte, flog ich weiter nach Atlanta. Ich stieg die erste Nacht in einem einfachen Hotel am Stadtrand ab und plante für den nächsten Morgen einen kurzen Ausflug nach Sandy Springs, wo ich das Grab von Cheyenne besuchen wollte. Wenn ich schon in der Nähe war, wollte ich die Gelegenheit nutzen. Dann fand ich aber heraus, dass es in Sandy Springs mehrere Friedhöfe gab – ich würde also vermutlich allein den richtigen nicht finden. Aber ich wusste auch, dass Amistad damals die Beerdigung organisiert hatte, also änderte ich meine Pläne kurzfristig, und beschloss, doch zuerst in die Klinik zu fahren ...

Vor lauter Aufregung und Vorfreude hatte ich die halbe Nacht nicht geschlafen. Dabei wusste ich nicht mal, ob ich Amistad im Spital tatsächlich antreffen würde. Ich wollte mich ganz bewusst nicht vorweg telefonisch ankündigen, fand es viel spannender, unser Wiedersehen dem Schicksal zu überlassen und Amistad gegebenenfalls damit zu überraschen. Ich hoffte von ganzem Herzen, er hätte Freude, mich zu sehen. Immerhin war ich mittlerweile bereits fünfundzwanzig!

# Blindes Vertrauen

Aufgeregt schlüpfte ich in mein violettes kurzes Sommer-Kleid, das ich als Andenken von Ivory bekommen hatte und welches immer noch endlos sexy und betörend an mir aussah. Amistad hatte mich darin zum ersten Mal gesehen – am Hafen von Miami, als ich reumütig zu Santiago zurückgekehrt war. Ich dachte, vielleicht würde er sich daran erinnern ... Der kostbare Stoff war am Saum und an der Seite leicht zerrissen, was daran lag, dass ich mit einer Kette und einem Betonklotz um den Hals ins Meer gestürzt war. Klatschnass hatte mich Santiago danach auf die *Symphonie* bringen lassen, wo seine fünf Männer mich körperlich in Besitz nehmen mussten. Amistad war einer von ihnen gewesen. Und ich dachte, vielleicht würde er sich an meine reumütige Rückkehr erinnern. So viel Wert ich auf ein tadelloses Äußeres, meine Haut und meine Haare auch legte, bei diesem Kleid war das anders. Die leicht zerfetzten Teile, die einem unweigerlich sofort ins Auge fielen, waren ein Ausdruck meiner Seele. Ich wollte ihm das auf den ersten Blick zeigen. Und was andere Leute dachten, war mir egal.

Mit großen Augen stand ich vor der Informationstafel am Eingang zur Klinik und las:

*Amistad McFarlane MD, MSc.*
*Professor of Neurology and Psychiatry*
*Chair & Psychiatrist-in-Chief / Department of Psychiatry*
*Director / Neurology Residency Training Programm*

Sein Name stand ganz oben auf der Tafel. Ich hatte nicht damit gerechnet, dass es so leicht sein würde, ihn zu finden. Nun hatte ich doch leichte Bedenken, was mein Erscheinungsbild betraf, wenn ich daran dachte, dass ich vielleicht in ein Sekretariat oder zur Direktion gehen musste. Wenigstens hatte ich mich für edle High Heels entschieden. Im Lift schüttelte ich noch mal extra Volumen in meine Haarmähne und hoffte, dass man mir hauptsächlich auf meine Haare, meine Beine und ins Gesicht sehen würde.

Wie befürchtet empfingen mich zwei Sekretärinnen der Direktion in konservativen Business-Kostümchen und baten mich durch einen Vorraum in ein schmuckes Wartezimmer. Ich hatte ihnen ganz bewusst bloß meinen zweiten Nachnamen genannt und gesagt, dass es privat wäre. Wenn ich keinen Termin hätte, könnten sie mich nur irgendwann zwischendurch einschieben, hatten sie gemeint. Aber immerhin wusste ich jetzt, dass Amistad im Haus war, und ich hatte kein Problem damit, auf ihn zu warten.

Dankend setzte ich mich auf eine grüne Ledercouch und blickte auf eine große Tür mit grüner Lederbespannung und goldenen Nieten. Eine der Sekretärinnen stellte einen Fruchtsaft und Mineralwasser auf den gläsernen Tisch vor mir. Ich merkte, dass sie mehrmals irritiert auf mein Kleid blickte, doch sie wagte offenbar nicht, mich darauf anzusprechen. Sie lächelte bloß und war auffallend freundlich und zuvorkommend.

»Miss Castilla ...«, flötete sie etwas später, während sie die große Bürotür für mich aufhielt.

Mein Herz machte einen Satz. Nun doch etwas nervös und wackelig auf den Beinen betrat ich gemeinsam mit ihr das Büro.

»Herr Professor, Miss Castilla!«, verkündete sie förmlich, machte auf der Stelle kehrt und schloss die Tür leise hinter mir.

Da war er. Amistad. Er saß hinter einem wuchtigen Schreibtisch in einem ebenso wuchtigen Chefsessel, etwas zurückgelehnt und auf das Display seines Handys konzentriert.

»Sofort!«, meinte er abwesend.

Ich schlich ein paar Schritte weiter bis zur Mitte des großen Büros und blieb dort abwartend stehen. Amistad sah fast unverändert aus, groß und attraktiv, er trug einen hellen Anzug, Hemd, Krawatte und edle Manschettenknöpfe. Es war schön, ihn zu sehen. Sein kräftiges blondes Haar war neuerdings etwas länger, es brachte ein paar große Wellen und Strähnen hervor, die ich so noch nicht kannte. Und sein blonder Dreitagebart schmeichelte den groben Gesichtszügen, die ich so sehr an ihm liebte.

Für den Bruchteil einer Sekunde sah er zu mir hoch und danach wieder auf sein Handy, bevor sein Blick ein zweites Mal hochschnellte und mich nun nicht mehr losließ.

Verlegen fuhr ich durch meine Haare.

Amistad lehnte seinen Kopf zurück und sah mich an. Seine Blicke wanderten über mein Kleid und meine Beine und als er wieder hochsah, hatte er ein kleines Lächeln im Gesicht. »Zahira«, hauchte er.

Ich nickte und war gerührt. Er wusste meinen Namen noch.

Amistad legte sein Handy weg. »Wie komme ich zu der Ehre?«, fragte er charmant.

Doch ich brachte keinen Ton heraus. Während ich mit Freudentränen kämpfte, stand er auf und kam mit langsamen Schritten auf mich zu. Und so fest ich mir auch vorgenommen hatte, nicht gleich bei der Begrüßung vor ihm auf die Knie zu fallen – es gelang mir nicht. Als er bei mir angekommen war, sank ich zu Boden und küsste seine Füße. Am liebsten hätte ich mich vor ihm auf dem Boden ausgestreckt und wäre nie wieder aufgestanden. Doch er bückte sich und half mir hoch. »Ich hatte nicht mehr mit dir gerechnet«, gestand er.

»Du bist doch schon seit Jahren von Santiago weg. Was treibt dich gerade jetzt in meine Arme?«

Seine Arme? Das klang sehr verlockend ... Aus nächster Nähe war auch seine Ausstrahlung noch viel überwältigender als noch kurz zuvor. Und er duftete hinreißend.

»Sag schon, warum kommst du gerade jetzt?«, verlangte er lächelnd. »Wo lebst du? Hast du einen Mann?«

Ich nickte versonnen. »Er ist zärtlich zu mir«, antwortete ich.

Amistad lachte. »Wie lange schon?«

»Sieben Jahre«, hauchte ich.

Amistad zog seine Mundwinkel nach unten. »Respekt. Wieso trennst du dich nicht?«

»Ich kann nicht. Ich liebe ihn.«

»Nein, du liebst ihn nicht«, mutmaßte er. »Du benutzt ihn für irgendetwas ... Vermutlich willst du deine Seele reinwaschen. Wo lebt ihr?«

»In Indonesien.«

»Kann man das genauer definieren?«

Ängstlich schüttelte ich den Kopf.

»Sieh an. Ein Geheimnis? ... Ist es jemand aus Santiagos Kreis?«

»Nein. Aber ich könnte nicht ruhig schlafen, wenn ich wüsste, dass er meine Adresse hat.«

»Ich bin nicht er!«, betonte Amistad.

»Ich weiß! Aber ich bin vorsichtig!«, gab ich zurück.

Amistad seufzte. »Und was möchtest du von mir?«

Was für eine Frage?! Er wusste genau, was ich wollte ... In aller Ruhe besah er nun mein Kleid und ließ eine Hand über meine Hüften streichen. Als ich nicht antwortete, drängte er mich ein paar Schritte rückwärts, und als ich die Wand hinter mir spürte, begann er, mich ungefragt zu küssen. Sofort regten sich Hunderte Schmetterlinge in meinem Bauch. Er küsste mich völlig anders als Ronan, viel aufdringlicher und besitzergreifender. Ich fühlte, wie meine Knie auf der Stelle weich wurden und alles in meinem Körper sich nach mehr von ihm sehnte.

»Kenne ich das Kleid?«, raunte er in einer kurzen Pause.

»Ja ... Es war unser erstes Mal«, keuchte ich.

»Auf der Yacht?«, fragte Amistad.

Ich nickte.

Er fasste unter mein Kleid und atmete erregt. »Und was willst du mir damit sagen?«

Sehnsüchtig stöhnte ich, während seine Finger bereits in meiner Feuchtigkeit wühlten. Aber ich konnte es nicht aussprechen.

»Ist es das, was du von mir willst?«, raunte er.

Ich nickte.

Amistad nahm einen tiefen Atemzug. »Dann hab keine Angst, zu schreien ...«, meinte er. »Die Wände sind hier schalldicht isoliert wie in einer Gummizelle!« Noch ein Mal sah er prüfend in meine Augen, ob ich verstanden hatte ... Im nächsten Moment hob er mich hoch und schleuderte mich quer über seinen Schreibtisch, sodass die meisten Utensilien darauf rücksichtslos fortgefegt wurden.

Ich schrie, stöhnte und sah mich erschrocken um. Meine Füße hatten den Boden verloren.

Mit einem Handgriff zerriss Amistad mein schönes Kleid, danach das Höschen und den BH. Einer Schatulle direkt neben mir entnahm er ein Kondom. Und während meine Beine an seinen breiten Schultern Halt fanden, öffnete er seine Hose und streifte das Kondom über. Entschlossen und kraftvoll wollte er in mich eindringen, doch ich rutschte auf dem Tisch davon.

Daraufhin fasste er mich am Hals, sodass ich nicht mehr wegkonnte, während er seine breite Eichel gnadenlos in mich zwängte ... immer tiefer, bis sich seine volle Größe in mir versenkte hatte.

»Nimmst du die Pille?«, fragte er.

»Nein!«, keuchte ich. »Wir haben nicht so viel Sex ... Und Ronan passt auf ...«

»Ronan?« Augenblicklich versetzte er mir einen brutalen Stoß, der mich aufschreien ließ. »Du erwähnst keinen anderen Mann mehr, während ich Sex mit dir habe!«, ermahnte er mich.

Ich stöhnte, wollte mich entschuldigen, aber ich brachte kein Wort heraus.

»Es ist perfekt, wenn du keine Pille nimmst!«, raunte Amistad und drehte meine Beine auf eine Seite. Nach drei besonnenen Stößen, drehte er sie auf die andere Seite und plötzlich fühlte ich einen höllischen Schmerz. Ich schrie und wollte flüchten. Aber nun hielt er mich in Seitenlage fest.

»Ja. Genau dort wollte ich hin!«, schnurrte er. »Kann es sein, dass du bald Eisprung hast?«

Er hatte einen Bereich in meinem Inneren getroffen, der unsagbar schmerzte. Sein Schwanz war ohnehin schon eine Zumutung, doch nun glaubte ich fast, vor Schmerzen das Bewusstsein zu verlieren. Ich schrie und keuchte nach Luft, verkrampfte mich und brach in hitzigen Schweiß aus. Aber Amistad verfolgte seinen Rhythmus wie eine Maschine und ohne Rücksicht auf meine Reaktion. Er hielt meinen Körper in Seitenlage fixiert und quälte mich mit seiner Härte. Sein Kolben glitt jedes Mal tief in mich und genau über den Punkt, der mir wehtat. Ich bebte vor Schmerzen, fühlte ein Ausstrahlen über meine Hüfte bis in mein linkes Bein. Schon öfters hatte ich beim Eisprung Schmerzen in der Leistengegend verspürt, doch noch nie hatte ein Mann versucht, diesen Punkt von innen mit seinem Schwanz zu treffen. Ich hechelte und fühlte mich in Abschnitten an meine erste Entbindung erinnert. Noch unzählige Male drang er tief in mich ... und dann endlich stöhnte auch er. Einige letzte beherzte Stöße ... dann war er gekommen. Amistad zog sich aus mir zurück und ich blieb aufgelöst liegen.

Als er sich wieder angezogen hatte, half er mir vom Tisch und ich sank zitternd zu Boden – eine Hand fest gegen meinen Unterleib gepresst. Als er einen Fuß direkt vor mich stellte, wusste ich, dass ich ihn küssen sollte. Zuerst musste ich mich zwingen, doch dann stieg er mit seinem anderen Fuß sanft auf meinen Rücken und während ich mich für ihn auf dem Boden ausstreckte, hatte ich endlich das Gefühl, nach dem ich mich so sehr gesehnt hatte. Ein Gefühl absoluter Ergebenheit. Unzählige Tränen flossen aus meinen Augen, während ich seinen Schuh auf meinem Rücken spürte. Ich dachte an Ronan und schämte mich. Doch ich dachte auch an mich selbst ... und fühlte mich glücklich.

Vorsichtig drehte mich Amistad nun auf den Rücken. Er beugte sich zu mir herab und streichelte über mein erhitztes Gesicht. »Wenn du das nicht aushältst«, meinte er, »dann darfst du mich nicht mit solchen Signalen reizen. Dein Kleid hatte mich inspiriert.«

»Ich halte es aus«, schniefte ich. Er hatte ja keine Ahnung, was ich alles aushielt, und dass ich schon zwei Kinder zur Welt gebracht hatte!

Amistad nickte. »Schade, dass du nicht länger Zeit hast! Wenn du verheiratet bist, musst du bestimmt wieder nach Hause. Andernfalls hätte ich dich mit zu mir nehmen können und wir hätten alles etwas langsamer angehen und mehr genießen können.«

»Ich hab länger Zeit!«, wandte ich ein.

Überrascht zog Amistad eine Augenbraue hoch.

»Und ich bin nicht verheiratet!«, fügte ich hinzu. »Ronan

gibt mir jedes Jahr eine kleine Auszeit und ich könnte auch eine Woche hierbleiben.«

Amistad streichelte über meinen Bauch und dachte nach. »Unter einem Monat geht bei mir gar nichts«, meinte er. »Wenn du vier Wochen bleiben kannst, sind wir im Geschäft.«

»Vier Wochen!?« Erschrocken setzte ich mich auf und versuchte, mich mit den Resten von meinem Kleid zu bedecken. Doch vergeblich, es war komplett zerrissen. »Ich kann keine vier Wochen bleiben«, stöhnte ich. »In spätestens zwei Wochen muss ich wieder zu Hause sein!«

Amistad presste seine Lippen aufeinander und nickte verständnisvoll. »Dann eben nicht!«

»Nein!«, hauchte ich. »Bitte! Lass mich zwei Wochen bei dir bleiben!«

Er lächelte. »Zahira. In zwei Wochen fange ich mit dir gar nichts an! Du weißt vermutlich nicht, wovon ich spreche, aber ich kann's dir gern erklären. Setzen wir uns!«

Er half mir hoch und wies mich auf einen Armlehnenstuhl, während er selbst auf der anderen Seite des Schreibtisches in seinem Chefsessel Platz nahm. Ich spürte noch immer leichte Schmerzen, die seine gezielte Gewalt in mir hinterlassen hatte und presste eine Hand gegen meinen Unterleib.

Amistad schob penibel ein paar Dinge auf seinem Schreibtisch zurecht. »Ich bin einer von fünf Teilhabern eines Anwesens nicht weit von hier«, begann er zu erklären. »Es heißt *Avaloon* und ich kann dir versprechen, dass du mit deinen Bedürfnissen bei uns gut aufgehoben wärst ... Abgesehen von meinen Partnern und mir gibt es eine Reihe anderer attraktiver Männer dort, die sich gern mit Mädchen oder Jungen vergnügen. Es läuft alles sehr elitär und diskret ab. Wir haben oft hochrangige Persönlichkeiten zu Gast, deren Identitäten geschützt werden müssen. Auch rechtlich und medizinisch gewähren wir sehr hohe Sicherheitsstandards. Du müsstest dir also keine Sorgen machen, was deine Gesundheit, dein Ansehen oder deine Beziehung betrifft.«

»Was ist das für ein Anwesen?«, fragte ich.

Amistad seufzte. »Es ist ein renoviertes altes Schloss mit einer großen Parkanlage. Als Nebenerwerb führen wir eine Art Ausbildungsstätte für junge Leute, die gern als Sex-Sklaven auf Zeit an prominente Persönlichkeiten verkauft werden möchten. Die Mehrheit ist allerdings bei uns, um Urlaub zu machen, Abstand zu gewinnen vom Alltag, und die eigenen sexuellen Neigungen nach Herzenslust auszuleben. Ich sage ja, es wäre perfekt für dich. Allerdings dauert die Eingewöhnung meist schon eine Woche. Zumindest beim ersten Mal. Du musst erst mit den Regeln und Gepflogenheiten vertraut werden. Das geht nicht so schnell, Zahira.«

Ich schluckte. »Ist das ähnlich wie auf Ivory?«

»Nein. Das kannst du nicht vergleichen. Wir sind ein organisiertes Unternehmen! Unter der Hand ist *Avaloon* mit dieser Klinik hier verbunden, wir haben sehr viele Ärzte und Juristen dort und pflegen weltweite Kontakte zu uns nützlichen Organisationen. Insgesamt zeichnet sich der Betrieb durch seine nahezu grenzenlosen Möglichkeiten aus. Vor allem ist es nicht die Willkür eines einzelnen Mannes, die dich dort quält, sondern die Willkür vieler Personen, sowie die Härte der Maßnahmen, die sich von der von Ivory deutlich abhebt, die du dir allerdings vorweg auf einer Skala selbst aussuchen kannst.«

»Das klingt verlockend«, flüsterte ich.

Amistad lächelte. »Ich weiß.«

Ich sah in seine Augen und fing an zu schmelzen. »Ich kann keine vier Wochen bleiben, Amistad«, flüsterte ich. »Ich ... ich hab zwei kleine Kinder.«

Er sah mich an und war zum ersten Mal in dieser Unterredung kurz sprachlos. »Tatsächlich?«, fragte er.

Ich nickte.

»Okay ...«, seufzte er. »Hätte ich dir jetzt nicht angesehen, und darauf kann ich auch keine Rücksicht nehmen. Aber da ich weiß, dass du zumindest schon eine gewisse Grundkenntnis hast – durch mich und durch Ivory – sind drei Wochen mein äußerstes Angebot.«

Ich lächelte, kämpfte mit meiner Neugier, meiner Lust und meinen mütterlichen Pflichten. Sieben Jahre lang hatte ich zurückgesteckt, hatte ich da nicht ein gewisses Recht, ein einziges Mal wenigstens an meine ganz persönlichen Bedürfnisse zu denken? Vielleicht würde mich der Aufenthalt auf diesem Schloss ja so extrem fordern, dass ich danach wieder sieben Jahre aushalten konnte? Also fragte ich Amistad, ob ich kurz telefonieren durfte. Ich sprach mit meinen Eltern und mit Ronan, erzählte beiden etwas von einem einzigartigen Yoga- und Meditationsseminar, und willigte schließlich ein.

Amistad nahm meine Entscheidung mit Wohlgefallen zur Kenntnis. Er bat mich sitzen zu bleiben, während er telefonierte. Kurz darauf erschienen eine Krankenschwester und ein Pfleger in seinem Büro und ich hätte vor Scham sterben wollen, als er mich mitsamt dem Stuhl umdrehte, sodass sich ihnen mein sichtlich desolater Zustand, mein zerrissenes Kleid und mein halbnackter, abgekämpfter Körper offenbarte. Gleichzeitig kamen auch Amistads Sekretärinnen zurück und machten sich eilig daran, alle Akten und Utensilien vom Boden aufzusammeln, um sie wieder fein säuberlich auf dem Schreibtisch zu arrangieren. Ich hätte im Erdboden versinken wollen, als eine von ihnen sogar das benutzte Kondom aufhob, das er achtlos zu Boden geworfen hatte!

Alles zusammen fühlte sich bereits wie ein kleiner Vorgeschmack an, war in Wahrheit aber nicht der Rede wert, verglichen damit, was mir während der nächsten drei Wochen in diesem Schloss widerfahren sollte.

Auch Amistad nahm kein Blatt vor den Mund, als er sich mit einer Direktive an die Krankenschwester wandte: »Wir machen eine Aufnahme«, erklärte er vor allen Anwesenden. »Ich möchte sie in zwei Tagen fertig haben – für die geschlossene Anstalt von *Avaloon.*«

***

Bereits in der Klinik von Atlanta wurden eine ganze Reihe Untersuchungen, Blutabnahmen, Abstriche, Leistungstests und wirklich seltsame körperliche Vermessungen an mir vorgenommen. Noch nie zuvor hatte jemand mit medizinischen Geräten die Weite und Tiefe meiner Vagina oder mit ansteigenden Probefüllungen das maximale Fassungsvermögen meiner Harnblase ermittelt. Auch die Kontrolle über meinen Darm wurde mit unterschiedlichen Mengen an Einläufen getestet ... Ich musste das Haltevermögen unter Beweis stellen, indem ich währenddessen Fragebögen, Rechenaufgaben oder kurze Intelligenztests absolvierte, bevor ich mich jeweils wieder entleeren durfte. Anschließend wurde ich einer fachmännischen Rektoskopie unterzogen. Bloß für die Mundhöhle gab es keine standardisierten medizinischen Geräte. Ein Zahnarzt maß die Weite meiner Kiefer mit einer Spreizzange. Er maß auch die Zeit, die es brauchte, bis bei mir ein Krampf oder eine Kiefersperre eintrat. Zum Glück konnte er beides mit geschulten Handgriffen auch wieder lösen. Doch um die Tiefe meiner Mundhöhle zu ermitteln, hatte er nur handelsübliche Dildos, von kurz bis mittellang, und der Durchmesser war enorm! Ich musste sie jeweils vollständig in mich aufnehmen, sodass meine Lippen das Ende noch ansatzweise umschlossen, und jeweils minutenlang durchhalten. Währenddessen stellte mir der Zahnarzt Fragen, die ich mit Kopfnicken oder –schütteln beantworten sollte und deren einziger Sinn es war, zu sehen, ob ich mich bei all der Erniedrigung auch richtig konzentrieren konnte, während er die Anzahl meiner Würgereflexe notierte.

***

Am zweiten Tag wurde ich zu einem Gespräch mit einem Neurologen gerufen. Er nahm meine familiären Daten, einen Teil meines Lebenslaufs und allgemeine Dinge auf. Beim Geburtsdatum von Diego schummelte ich aus Sicherheitsgründen um ein ganzes Jahr.

Dann musste ich einen psychologischen Test absolvieren, bei dem ich an diverse Messgeräte angeschlossen war. Man zeigte mir Bilder und Videos, völlig ohne Zusammenhang – Ärztevideos, Operationen, aber auch erotische Videos und teilweise sehr grausame, bis hin zur Tötung von Tieren. Die ganze Zeit über hatte ich einen kleinen zylinderförmigen Sensor in meiner Muschi. Mal bekam ich Kopfhörer und befand mich in einer Dunkelkammer, dann wieder musste ich mir Symbole merken und man erschreckte mich mit lauten Tönen. Zum Schluss gab es eine umfassende Akte über mich und kurz bevor mich Amistad abholte, erreichten all die Demütigungen ihren Gipfel, indem man mir eine blütenweiße Zwangsjacke anlegte!

Eine Schwester bürstete meine Haare und zauberte mir eine Hochsteckfrisur, bei der sie nur eine einzelne lange Nadel verwendete, um sie festzustecken, während der Pfleger zwei breite Gurte der Jacke von vorn durch meinen Schritt zog und hinter meinem Rücken unter meinen Händen fixierte.

Zuerst hoffte ich, ich würde eine dazu passende Hose bekommen, doch dieser Gedanke war weit gefehlt. Meine eigenen High Heels aus schwarzem Lackleder waren das einzige Accessoire, das man mir zugestand.

Amistad erschien in einem dunklen Maßanzug, schmal und

hochgeschlossen, wie der eines Priesters. Er lächelte verzückt, als er mich erblickte. Mein Herz raste. Ich sollte doch nicht etwa in diesem Aufzug mit ihm mitgehen?

»Du siehst sehr hübsch aus«, schmeichelte er.

»Ich durfte mich nicht schminken!«, beklagte ich mich.

Amistad blies amüsiert Luft aus. »Das ist okay, in *Avaloon* schminken sich Frauen nur bei gesellschaftlichen Events.«

»Bekomme ich eine Hose?«, fragte ich.

»Du musst verzeihen«, meinte er, »auch das ist nicht vorgesehen.« Gleichzeitig fasste er an meinen vermummten Oberarm und machte eine Andeutung, dass wir nun gehen würden.

»Meine Sachen!«, japste ich. »Mein Handy!«

»Deine Handtasche nehme ich. Der Rest wird nachgeliefert«, erklärte Amistad.

Ich seufzte missmutig. Meine Reisetasche, die man vom Hotel hierher gebracht hatte, musste ich nun zurücklassen. Die ersten paar Schritte lief ich nur zögerlich, doch dann gab ich auf und blieb artig an Amistads Seite.

Auf dem Flur begegneten wir ein paar Patienten, die mich von Kopf bis Fuß mit kritischen Blicken musterten, als wäre ich eine drogensüchtige Psychopathin, die in eine Anstalt gebracht wurde. Bloß die anwesenden Schwestern hatten ein warmes Lächeln für mich. Nach ein paar Metern öffnete Amistad endlich eine Brandschutztür und wir gelangten über ein stillgelegtes Treppenhaus und einen Hinterausgang aus dem Gebäude. Erst auf dem Parkplatz begegneten wir wieder Menschen. Eilig hielt uns ein schwarz gekleideter Mann die Tür einer Limousine auf. Und als ich das glatte kühle Leder der Sitzbank unter meinen nackten Schenkeln fühlte, konnte ich endlich wieder aufatmen. Nun waren wir allein.

»Wozu die Zwangsjacke?«, hauchte ich pikiert, als mein erster Schock etwas nachgelassen hatte.

»Es geht weniger um die Abreise hier, als um die Ankunft dort!«, erklärte er. »Wir haben gewisse Standards.«

Ich seufzte und hielt das Ganze für lächerliche perverse Spielchen.

Das Taxi bog vom Parkplatz auf die Hauptstraße und reihte sich in den fließenden Verkehr. Amistad las inzwischen meine Befunde. »Wie ist es dir ergangen?«, fragte er interessiert.

Ich zischte verächtlich. Wenn er auch nur einen Bruchteil davon wusste, was ich während der letzten zwei Tage durchgemacht hatte, war diese Frage der blanke Hohn.

»Deine Werte sind gut«, lobte er mich. »Sie sind nicht herausragend, aber sie sind gut, und ich bin überrascht. Psychologisch betrachtet hast du weit mehr Potential, als du selbst vielleicht vermuten würdest.«

»Was heißt das?«, fragte ich.

»Nichts«, meinte Amistad. »Das würde nur dann relevant werden, falls du dich entschließen solltest, hierzubleiben.«

»Hier bleiben? Für immer? Gibt es denn Leute, die auf dem Schloss leben?«

Amistad lachte. »Ja. Das haben wir auch. Ich lebe schließlich selbst hier. Ich habe Mädchen, und vereinzelt auch junge Männer, die mir ihr Leben geschenkt haben.«

Mir stockte der Atem. »Und das Potential hätte ich auch?«

»Mach dir keine Gedanken«, beruhigte er mich. »Ich werde nichts von dir verlangen, was du nicht möchtest. Wir haben drei Wochen vereinbart, du hast eine Familie und du wirst schon bald wieder nach Hause fahren.«

Familie ... »Darf ich eigentlich mein Handy behalten?«, fragte ich bange.

»Nein.«

»Aber ich muss erreichbar sein!«, klagte ich. »Für meine Eltern und für Ronan!«

»Damit bist du kein Einzelfall«, erklärte Amistad. »Wir haben einen Mediendienst, der sich darum kümmert. Sie überwachen dein Handy rund um die Uhr und im Bedarfsfall wirst du binnen zehn Minuten informiert und kannst zurückrufen. Wenn es nicht zu häufig vorkommt, habe ich kein Problem damit.«

»Danke«, hauchte ich und beruhigte mich ein wenig. »Ich hab noch ein Anliegen ...«, fiel mir ein. »Ich wollte vorgestern Cheyenne auf dem Friedhof besuchen, aber ich wusste nicht, wo er bestattet ist. Kannst du mit mir irgendwann dorthinfahren?«

Amistad seufzte schwer. »Wir werden sehen«, meinte er. »Heute ist Dienstag, vielleicht ergibt sich am Wochenende eine Gelegenheit. Aber ich kann es dir nicht versprechen.«

Ich nickte.

Wenig später musste ich schmunzeln, als ich mir vorstellte, dass er mich womöglich in dieser Zwangsjacke zum Friedhof führen würde. Aber soweit ich es bis jetzt beurteilen konnte, erschien mir Amistad recht vernünftig, verständnisvoll und auch kompromissbereit. Ich hatte das Gefühl, ihm vertrauen zu können. Und für mich selbst beschloss ich, dass nun der Moment gekommen war, wo ich meine Zeit bei ihm einfach genießen wollte. Wenn es Mädchen gab, die ihm ihr Leben schenkten, dann war er bestimmt ein achtenswerter, toller Mann, und seiner Aussage nach, gab es noch mehr Männer seinesgleichen auf diesem Schloss ... Erfüllt von prickelnder Vorfreude ließ ich mich zur Seite sinken und schmiegte mein Gesicht in Amistads Schoß. Während ich meine Augen schloss, legte er seine Hand auf meinen Hals. Ich spürte den wohligen Druck seiner Finger und fühlte mich geborgen. Dennoch nahm ich mir ganz fest vor, niemals einem Mann mein Leben zu schenken, was auch immer das bedeuten mochte.

Ein paar Minuten später stoppte die Limousine. Ich setzte

mich auf und sah mich um. Wir waren offensichtlich durch eine Einfahrt in den Schlosshof gefahren, denn rings um uns ragte das frisch gestrichene herrschaftliche Gebäude in die Höhe. Es säumte einen schön angelegten englischen Garten, saftig grüne Rasenflächen, weiße Kieswege, Springbrunnen und japanische Ziersträucher. Wir stiegen aus dem Wagen. An einer breiten Marmortreppe wurden wir von zwei jungen Männern in schwarzer Kleidung empfangen. Sie verbeugten sich vor Amistad. Er erwiderte die Begrüßung nur mit einem Blick, ließ aber seine Hand in meinem Nacken. Wir schritten vorbei an zwei Löwenstatuen die Treppe hinauf in das Entre des Schlosses.

»Sollte ich irgendwo stehen bleiben«, flüsterte Amistad eindringlich, »kniest du neben mir nieder und bringst deine Stirn auf den Boden!«

»Okay«, hauchte ich.

»Und in diesem Haus sprichst du mich mit ›Sir‹ an!«, ergänzte er streng.

»Ja ... Sir«, flüsterte ich und musste verlegen lächeln.

»Diese Anrede gilt hier für alle Männer, die schwarz gekleidet sind!«, raunte er.

Ich nickte.

Gemeinsam betraten wir eine prunkvolle Empfangshalle. Rote Teppiche, Marmor und Kristalllüster fielen mir sofort ins Auge. Sie schmückten die hohen Räumlichkeiten stilvoll, genau wie die zwei geschwungenen Treppen mit ihren edlen Geländern, die in die oberen Etagen führten. Ein eindrucksvolles Entre! Vornehme Ruhe erfüllte den Raum, obwohl wir nicht allein waren. Einige Personen unterhielten sich leise, standen in Grüppchen und führten Gespräche, oder waren auf den breiten Treppen unterwegs. Die Männer trugen einheitlich eng anliegende schwarze T-Shirts und lange Hosen, während die jungen Frauen in römischem Stil mit langen weißen Röcken und gerafften Oberteilen unterwegs waren – bauchfrei, und mit Verzierungen an den Schultern geschmückt. Ich sah viele Aufsteckfrisuren wie meine. Doch vereinzelt auch offene Haare. Aber keine von ihnen musste eine Zwangsjacke tragen, die gerade mal mit zwei Riemen den Schritt bedeckte!

Amistad bog mit mir in einen breiten Flur im Erdgeschoß und während wir die edlen Marmorböden entlangschritten, passierte es immer wieder, dass einzelne Mädchen vor Amistad niederknieten. Sie kauerten sich klein zusammen, bis sie mit ihrer Stirn den Boden berührten.

»Warum tun sie das?«, fragte ich ihn leise. »Und warum nur manche und nicht alle?«

Er lächelte. »Es knien nur die nieder, die ein lustvolles Erlebnis mit mir verbindet«, erklärte er.

Dann kamen wir zum ersten Mal an einem jungen Mann vorbei, der eine weiße Hose trug. Sein Oberkörper war frei. Auch er kniete vor Amistad in derselben Weise nieder.

Die Männer in schwarz, denen wir begegneten, nickten ihm bloß ehrerbietig zu. Wir passierten unzählige geschlossene Türen und die Uneinsichtigkeit dieser Räume machte mich neugierig. Was sich wohl hinter diesen Türen verbarg?

Plötzlich begegneten wir einem Mann, den Amistad mit einem Kuss auf die Wange begrüßte. Er hatte blonde Haare, sah auffallend gut aus und wir blieben kurz stehen. Die beiden Männer berührten einander zärtlich im Nacken und zelebrierten geradezu ihre Begegnung. Gerade noch rechtzeitig erinnerte ich mich daran, dass ich niederknien sollte. Aber es dauerte bloß ein paar Sekunden, dann trat Amistad sanft mit seinem Schuh gegen meine Schulter, ich durfte wieder aufstehen und wir gingen weiter.

»Sehr schön!«, lobte er mich.

Am Ende des Flurs stiegen wir in einen Lift und als sich die Türen nach einer kurzen Fahrt wieder öffneten, waren wir mitten in einem herrschaftlichen Büro, das einem kaiserlichen Wohnzimmer alle Konkurrenz machte. Drei Männer standen an einem Kamin und ich hatte den Eindruck, dass auch Amistad zuvor nicht genau gewusst hatte, auf wen er hier treffen würde. Und zum ersten Mal sah ich nun einen Mann in einem hochgeschlossenen schwarzen Anzug, genau wie Amistad ihn trug, und auch er sah damit aus wie ein Priester. Doch seine Miene war eiskalt und furchteinflößend.

Sofort hatte ich unterschwellig das Gefühl, dass Amistad mich vor diesem Mann beschützen wollte. Sein Griff in meinem Nacken verstärkte sich und er zog mich dezent zur Seite, doch dessen Aufmerksamkeit war längst erregt. Er kam zu uns und inspizierte mein Gesicht. Ich konnte nicht niederknien, weil Amistad mich festhielt. Dann küsste der Fremde Amistad vor meinen Augen auf beiden Wangen. Als er sich danach wieder mir zuwandte, schob er mit zwei Fingerspitzen mein Kinn zur Seite und blickte auf mein Brandmal ... Mein Puls beschleunigte sich ...

»Eine Neun?«, fragte er Amistad erwartungsvoll.

»Nein«, entgegnete der bestimmt. »Sie ist nur zu Besuch hier.«

Der Fremde nickte und man konnte direkt mit ansehen, wie sein Interesse abrupt von ihm abfiel. Über den Lift verließ er den Raum.

Amistad entspannte sich wieder. Er legte meine Akten auf einen Schreibtisch, setzte sich an den Computer und schob eine CD in ein seltsames technisches Gerät, das leise schnurrend irgendetwas produzierte. Danach telefonierte er und bat mich in einen anderen Bereich des Raumes, wo man einen gynäkologischen Stuhl vor einer breiten Glaswand aufgestellt hatte. Ich hatte damals noch keine Ahnung, was es mit diesen Verglasungen hier im Schloss auf sich hatte und war noch einigermaßen unbefangen.

Zwei Männer in Weiß kamen, vermutlich Ärzte. Amistad blieb bei mir, und sie halfen mir in dieser Zwangsjacke auf den Stuhl und fixierten meine Beine. »Dir wird jetzt ein kleiner Mikrochip eingesetzt«, erklärte Amistad. »Darauf sind all deine Daten, deine Vorlieben, Neigungen und deine aktuellen persönlichen Grenzen abgespeichert, damit es keine Verwechslungen gibt.« Er hielt mir mit einer Pinzette ein kleines klobiges Ding vor die Nase, das die Form einer Revolverkugel hatte, während einer der Männer in Schwarz breite Gurte über meine Zwangsjacke spannte, sodass ich mich überhaupt nicht mehr bewegen konnte!

»Der Chip wird über deine Harnröhre in die Blase eingeführt«, erklärte Amistad weiter. »Und er bleibt dort, bis wir ihn wieder herausholen. Das Einführen selbst ist leicht schmerzhaft. Sieh es als Mutprobe oder Aufnahmeprüfung, und verzeih, wenn der Arzt, der das durchführt, sich vielleicht etwas mehr Zeit dafür lässt, als unbedingt notwendig wäre. Ist der Chip erst mal drin, wird er dir kaum noch Probleme bereiten.« Amistad lächelte versöhnlich und strich eine einzelne Haarsträhne aus meinem Gesicht.

Danach wurde auch mein Kopf mit breiten Gurten fixiert, wobei der erste, der quer lief, durch meinen offenen Mund gezogen wurde und als Knebel diente. Ich ächzte hysterisch, denn eigentlich hätte ich noch klären wollen, woher bitte jemand meine »aktuellen persönlichen Grenzen, Vorlieben und Neigungen« wusste, wenn mich nie jemand dazu befragt hatte?! Doch es war zu spät. Ich konnte nicht mal mehr meinen Kopf schütteln, so streng hatte man ihn von allen Seiten mit Gurten fixiert. Amistad stand direkt neben mir und ich sah in seine Augen, aber mit dem breiten Riemen in meinem Mund brachte ich kein verständliches Wort heraus.

Schließlich erhielt Amistad eine Nachricht auf sein Handy und als er daraufhin nickte, begann einer der Herren in Weiß zwischen meinen Beinen mit seiner Arbeit. Er schob die Gurte meiner Zwangsjacke ein Stück auseinander, sodass mein Intimbereich freilag. Dann befestigte er schmerzhafte Klemmen an meinen Schamlippen, ich fühlte einen Zug in alle Richtungen und dass er mich öffnete, ein kühles Spray, Desinfektion ... Amistad streichelte beruhigend über meine Haare. Man zeigte mir, wie der projektilartige Chip an der Spitze eines langen dünnen Metallstabs befestigt wurde, bevor der Arzt damit den Eingang meiner Harnröhre berührte.

Ich keuchte aufgeregt und wimmerte. Nie im Leben würde dieser Stöpsel durch meine Harnröhre passen! Der Arzt wartete. Amistad streichelte mich und dann kam plötzlich der zweite Arzt mit einer dünnen Feder und kitzelte mich damit an der Nase. Ich wollte ausweichen, doch mein Kopf war genauso starr fixiert wie mein Unterleib. Binnen Sekunden dachte ich, ich würde wahnsinnig. Er kitzelte mich nicht nur von außen, sondern drang damit auch in meine Nasenlöcher ein! Ich riss meine Augen auf und kreischte, glaubte, mein Gehirn würde unter all diesen Reizen, denen ich nicht entkommen konnte, zerbersten. Doch er ließ sich davon nicht beirren, schob sie abwechselnd in meine Nasenlöcher, drehte sie und zog sie langsam wieder heraus. Mir liefen Tränen in Strömen aus den Augen und plötzlich spürte ich auch einen ziehenden Schmerz in meiner Harnröhre. Das Projektil war in mich eingedrungen und bewegte sich nun genauso rhythmisch vor und zurück wie die Federn in meiner Nase. Mein ganzer Körper verkrampfte sich, bebte und zitterte. Während der eine Arzt meine Harnröhre malträtierte, tat es der andere mit meinem Riechorgan.

Und sie hörten nicht auf. Speichel lief schäumend aus meinem Mund, zwischendurch musste ich mehrmals niesen, starr und unbewegt, aber die kitzelnde Feder wurde ich dabei nicht los. Irgendwann befestigte er sie mit einem Klebestreifen unterhalb meiner Nase, sodass der feine Fächer weiterhin in mich ragte und bei jedem Atemzug seinen Kitzelreiz entfaltete. Auch die Tortur in meiner Harnröhre wurde immer ausgeklügelter. Der Mann in Weiß vergnügte sich offensichtlich mit unterschiedlichen Techniken und jedes Mal, wenn ich dachte, ich hätte es geschafft, und er wäre in meiner Blase angekommen, zog er sich wieder zurück bis fast an den Eingang, wo er erneut mit rhythmischen Bewegungen begann.

Meine Schreie wurden immer verzweifelter und erbärmlicher. Schweißüberströmt zitterte mein ganzer Körper in unsäglichen Qualen auf diesem Stuhl. Alles in mir sträubte sich. Es kam mir vor wie eine Ewigkeit.

Dann endlich stand der Mann zwischen meinen Beinen auf. Er sah mir ins Gesicht und zog betont langsam den blanken Stab aus meiner Harnröhre ... Amistad löste den Klebestreifen mit der Feder von meiner Oberlippe und ich nieste ein letztes Mal. Die weiß gekleideten Männer überprüften kurz die Funktion des Chips auf ihren Mobiltelefonen, danach verschwanden sie wortlos.

Meine Gurte wurden gelöst und auch die Zwangsjacke hatte nun ausgedient. Einer der Herren half mir heraus, reichte mir ein feuchtes Tuch und ein weißes Kleid. Ich war noch völlig neben der Spur und begriff nur langsam, dass ich mich frisch machen und anziehen sollte. Rock und Oberteil waren auf dem Rücken über einen schmalen Streifen zu einem Kleid verbunden. Fertig gestylt sah ich aus wie all die anderen Mädchen im Schloss.

Amistad sortierte geschäftig ein paar Unterlagen auf seinem

Schreibtisch. Danach kam er wieder zu mir. »Wir gehen eine Runde im Garten spazieren«, meinte er. »Dann erkläre ich dir, wie hier alles abläuft.«

Ich spürte noch das Brennen in meiner Harnröhre. Doch ich wischte mir tapfer die letzten Tränen aus meinen Augen und nickte. Bevor wir losmarschierten, musste ich ihm noch die Namen der Personen aufschreiben, über deren Anrufe auf meinem Handy ich informiert werden wollte. Dann blieben all meine persönlichen Dinge bei ihm zurück, Amistad schlang einen Arm um meine nackte Taille und wir stiegen in den Lift.

# KaltBlütig

Auf dem Weg in den Garten kamen wir diesmal durch einen Flur, der ein Stück breiter wirkte als der erste. Es gab möblierte Inseln in der Mitte, bequeme Sitzgelegenheiten, Trinkbrunnen, Palmen, Statuen aus Marmor, eine Bar für Getränke, und vieles mehr, was den Aufenthalt hier angenehm machte.

»Hier wird auch dein Zimmer liegen«, erklärte Amistad und plötzlich schritten wir wieder an einer breiten Verglasung vorbei. Davor standen einige Männer und hinter dem Glas lag ein nacktes gefesseltes Mädchen auf dem Boden. Ich erschrak und wollte eigentlich lieber darüber hinwegsehen, doch hinter der nächsten Verglasung kniete ein gefesseltes Mädchen, das von einer Dildo-Maschine in den Mund gefickt wurde. Wieder standen Männer davor und nun sah ich erstmals, dass einige von ihnen onanierten. Je weiter wir gingen, desto größer wurde mein Entsetzen und umso beängstigender die Zwangslage der jeweiligen Mädchen. Sie lagen, standen oder hingen aufgespreizt, gefesselt, geklammert und gequält, in einer Box, auf einer Reckstange oder an herabhängenden Seilen. Plötzlich zog mich Amistad ein Stück zur Seite – fast wäre ich zwischen all den herumstehenden Männern auf etwas draufgetreten – und erst jetzt wurde mir klar, woher die ganzen Schreie und Jammerlaute kamen, denn die Mädchen, die ich bisher gesehen hatte, befanden sich alle hinter Glas. Aber nun war der rote Teppichboden von Holzplatten unterbrochen und stellenweise ragte ein Kopf aus dem Boden! Man sah bloß das schmerzverzerrte Gesicht und die Frisur der jeweiligen Person. Ich zählte sieben Mädchen und zwei junge Männer. Sie kämpften mit Qualen, wimmerten und schrien. Ich hatte keine Ahnung, was man ihnen unterhalb dieser Holzplatten antat. Aber es gab genügend Schaulustige, die von dieser Attraktion so sehr fasziniert waren, dass es zu sexuellen Handlungen kam.

Amistad schob mich weiter und schließlich gelangten wir durch eine Tür ins Freie. Ich atmete schwer ... konnte überhaupt nichts sagen, war bloß geschockt.

Amistad hielt mich in seinem Arm dicht an seinem Körper und wir verließen über einen Kiesweg und ein großes Tor den Hof. Dahinter begann erst der richtige Park – Wiesen, hohe Bäume und verschlungene schöne Wege. Doch es dauerte gut zehn Minuten, bis ich das Gesehene soweit verdaut hatte, dass ich wieder einen klaren Gedanken fassen konnte.

Auch Amistad merkte, dass ich mich irgendwann erholt hatte und wir blieben auf einer kleinen Lichtung stehen. Ich wusste noch immer nicht, was ich von all dem halten sollte. Eigentlich hatte ich mich ja bereits entschieden, wenn auch äußerst unwissend, aber ich wollte jetzt keinen Rückzieher machen.

»Hast du Zweifel bekommen?«, fragte Amistad.

Ich deutete ein Nein.

Ein kleines Lächeln zuckte in seinem Mundwinkel und ich spürte, dass er stolz auf mich war. Zum Zeichen seiner Anerkennung küsste er mich leidenschaftlich. Ich empfing seine Hitze und seine männliche Energie, die mich sofort erregte, und hoffte von ganzem Herzen, dass mir seine Zuwendung während der nächsten drei Wochen noch öfters vergönnt sein würde.

Ich strahlte glücklich, als er sich wieder von mir löste und auch er lächelte nun offen. »Dann gehen wir weiter«, meinte er. »Ich erkläre dir die wichtigsten Regeln.«

Wir nahmen nun einen asphaltierten Weg, wo uns vereinzelt Leute begegneten. »Die Mädchen, die hier spazieren gehen«, erklärte er, »haben Ausgang. Auch du darfst zwei Stunden pro Tag in den Park. Wenn dir ein Mann begegnet, blickst du demütig zu Boden. Das ist dein Gruß. Sollte dir eine Frau in Schwarz begegnen, gilt dasselbe. Wir haben einen guten Anteil an Frauen mit sadistischer Veranlagung hier. Sie tragen meist schwarze klassische Kostüme und residieren im Schloss in einem eigenen Trakt, wo auch die devoten Männer untergebracht sind. Zu Überschneidungen, Austausch und Gastbesuchen kommt es nur in geringem Maße. Darauf möchte ich jetzt nicht weiter eingehen. Sollte dir also im Park ein Mann in Schwarz begegnen, grüßt du ihn demütig und wenn du siehst, dass er sein Handy zückt, bleibst du stehen. Er kann auf seinem Mobiltelefon deinen Chip ablesen. Er sieht darauf, wie du klassifiziert bist, wo du dein Zimmer hast, welche Erfahrungen und Neigungen du hast. Während er deinen Chip liest, darfst du ihm auch ins Gesicht sehen. Es ist dir allerdings nicht erlaubt, ein Gespräch zu beginnen. Falls er etwas wissen möchte, wird er dich fragen. Wenn er weitergeht, kannst du auch weitergehen. Verstanden?«

»Ja«, hauchte ich, obwohl sich plötzlich unzählige Fragen bei mir aufwarfen.

»Hast du die korrekte Anrede vergessen?«, tadelte mich Amistad.

»Nein … nein, Sir!« Ich musste schmunzeln, weil es mir so schrecklich ungewohnt erschien, ihn plötzlich »Sir« zu nennen. Aber ich nahm mir vor, mich beim nächsten Mal daran zu erinnern.

»Gut«, meinte Amistad. »Zum Frühstück bekommst du in deiner Zelle einen Brei und am späten Nachmittag gibt es ein gemeinsames Essen im großen Speisesaal. Dort ist ein exquisites Selbstbedienungsrestaurant untergebracht, wo du dir aussuchen kannst, was du möchtest. Mit Mädchen darfst du nicht sprechen, und wenn dir Männer begegnen, gilt dasselbe wie hier im Park. Es kann durchaus vorkommen, dass sich einer beim Essen zu dir setzt und sich mit dir unterhält. Das ist gestattet. Du selbst darfst dich jedoch nur an einen leeren Tisch oder zu anderen Mädchen an den Tisch setzen.«

»Okay ... Ja, Sir!«, entgegnete ich. Und plötzlich spürte ich eine erschreckende Distanz zwischen Amistad und mir. Ich mochte es nicht, ihn »Sir« zu nennen. »Darf ich noch etwas fragen, Sir?«, nuschelte ich kleinlaut.

»Natürlich«, meinte Amistad.

»Wer bestimmt darüber, was hinter dieser Glaswand mit mir geschieht, Sir?«

»Alle Achtung!«, raunte Amistad. »Das ist tatsächlich die wichtigste Frage von allen. Ich wollte sehen, ob du von selbst darauf kommst.«

»Ich sollte mir doch auf einer Skala aussuchen dürfen, wie weit man bei mir gehen kann!«, fügte ich hinzu. »... Sir!«

Amistad lachte und streichelte lobend über meinen Kopf. »Ja, das ist richtig. Was in deiner Zelle mit dir geschieht, können ausschließlich Männer bestimmen, die deiner Klassifikation entsprechen. Ich hab dich jetzt mal auf Level sechs eingestuft, und ich denke, damit liegen wir richtig. Möchte ein Mann aus Level sieben oder acht mit dir spielen, muss er sich an Praktiken aus Level sechs halten.«

»Und was, Sir, ist in Level sechs erlaubt?«

»Das ist schwer auf einen Punkt zu bringen«, meinte Amistad. »Aber du kannst dich auf mich verlassen, ich weiß, was dir gefällt.«

Ich war entsetzt. »Aber ich möchte es vorher wissen!«, empörte ich mich und blieb stehen. Im selben Moment traf mich ein Stromstoß im Unterleib, der mir regelrecht die Füße unter dem Körper wegzog. Ich fiel, rang nach Luft und krümmte mich auf dem Boden.

»Du hast schon wieder die Anrede vergessen!«, ermahnte mich Amistad.

Der Chip! Der Mikrochip hatte offenbar einen Sender!

Amistad packte mich am Arm und half mir hoch. Meine Beine schmerzten, als hätte ich mir alle Muskeln gezerrt.

»Ich habe den Auslöser dafür an meinem Ring«, erklärte Amistad. »Damit kann ich dich jederzeit schocken. Also gib acht, dass dir kein Fehler mehr passiert!«

»Es ... es tut mir leid ... Sir«, japste ich.

Er legte seinen Arm um meine Taille und wir gingen weiter, als wäre nichts geschehen. Wieder waren all die Fragen in meinem Kopf wie weggewischt.

»Siehst du das Gebäude dort oben auf dem Hügel?«, fragte er nach einiger Zeit.

»Ja, Sir«, hauchte ich demütig.

»Das ist die Ausbildungsstätte, Pavillon A. Die Bewohner von dort haben einen eigenen Park und eine eigene Zufahrt. Pavillon A ist auch der öffentliche Teil, für den *Avaloon* bekannt ist. Das Gebäude direkt neben unserem ist der Pavillon B. Dort sind alle Personen mit den Leveln eins bis fünf untergebracht. Innerhalb der Gebäude gibt es kaum Vermischungen, aber im Park wirst du vielen davon begegnen. Gerade die von den niedrigeren Leveln lieben es, ihre Neigung im Freien auszuleben. Heute ist es schon zu spät, deshalb sind so wenige Leute unterwegs, aber normalerweise siehst du hier alles Mögliche.«

Ich nickte.

Amistad blickte zu mir herab und wirkte nun wieder etwas versöhnlicher. »Möchtest du noch etwas wissen?«, hauchte er mit warmer Stimme.

»Ja, Sir ... Welche Vorlieben und Neigungen sind auf meinem Chip gespeichert, Sir?«

»Das hat dich im Detail nicht zu kümmern«, entgegnete er. »Beides wurde in psychologischen Tests ermittelt. Wir wissen, was dich erregt und wovor du etwas größere Scheu hast. Wenn man dich quälen möchte, wird man Letzteres wählen, wenn man dich belohnen möchte, wird man sich an deinen Fetisch halten.«

Meinen Fetisch? Es war mir neu, dass ich so etwas wie einen Fetisch hatte! »Ich habe einen Fetisch, Sir?«, entgegnete ich erstaunt. »Dürfte ich vielleicht wissen, welchen?«

Amistad lächelte. »Ich glaube nicht, dass ich dir das sagen muss. Du wirst ja wohl wissen, welche Praktik dich am meisten erregt, was dich binnen Sekunden zum Glühen bringt ... wo dir die Säfte einschießen, wenn du bloß daran denkst, es tun zu dürfen.« Ungläubig blickte er mich an.

Ich zuckte mit den Schultern und fragte: »Blasen?«

Amistad brach in Gelächter aus und blieb stehen. »Du weißt es wirklich nicht?«

Ich schüttelte den Kopf.

»Zahira, du hast einen Fuß-Fetisch!«, meinte er. »Vielleicht sogar einen Schuh-Fetisch, das weiß ich nicht, aber dazu brauche ich keine psychologischen Tests, das hab ich auf Ivory schon nach ein paar Minuten gesehen. Und Santiago wusste es auch. Dich erregt kaum etwas so sehr, wie vor einem Mann auf dem Boden zu liegen und seinen Fuß auf deinem Körper zu fühlen ... auf deiner Brust, deinem Rücken, in deinem Gesicht oder ... am liebsten zwischen deinen Beinen!«

Ich schluckte und starrte ihn entgeistert an. Jetzt, wo er es sagte ... Er hatte vermutlich recht ...

»Fass dir an die Muschi!«, befahl Amistad.

»Jetzt?!«, hauchte ich.

»Ja. Jetzt!«, knurrte er.

Ich stand ihm gegenüber und raffte etwas mühselig mein langes weißes Kleid in die Höhe. Mit einem Finger glitt ich zwischen meine Schamlippen und stieß auf reichlich glitschige Feuchtigkeit. Beschämt stieg mir Röte ins Gesicht. Ich ließ das Kleid wieder fallen und Amistad verlangte, dass ich den Finger ablutschte.

»Hast du noch Zweifel?«, fragte er.

Ich schüttelte den Kopf.

Amistad lächelte und ich zog den Finger aus meinem Mund. Offenbar genügte es schon, über meinen Fußfetisch zu reden ...

Auch wollte ich wissen, ob und wie viele Leute heute hinter der Glaswand gestanden hatten, als ich den Chip eingesetzt bekam.

»Ich schätze, knapp vierzig«, entgegnete Amistad.

Mir schauderte.

»Wenn wir einen Neuzugang haben«, erklärte er, »kommen meist sehr viele Schaulustige. Sie wollten dich kennenlernen. Später verteilt sich das. Wie du gesehen hast, stehen vor den einzelnen Zellen nie so viele Personen. Es hängt aber auch von den Attraktionen ab, die stattfinden. Die Information läuft bei uns über das hausinterne soziale Netzwerk. Das funktioniert ähnlich wie Facebook. Die eingetragenen Sadisten werden über alle stattfindenden Ereignisse auf ihrem Handy informiert und schauen bei Interesse einfach vorbei, bei größeren Veranstaltungen ist eine Anmeldung erforderlich.«

»Und wer bestimmt jetzt, was mit mir geschieht, Sir?«, fragte ich.

Amistad zog mich enger an sich. »Für die kommenden zwei Tage habe ich ein Programm für dich festgelegt. Es ist eine

Art Reinigung und gehört zur Eingewöhnung. Danach …« Er blickte auf sein Handy und lächelte, »für danach gibt es bereits eine Liste von Anmeldungen, wer sich alles mit dir vergnügen möchte!«

Ich nickte. »Und die Mädchen im Boden, Sir? Von denen man nur den Kopf gesehen hat?«

»Das kann dir auch passieren«, meinte Amistad. »Das ist eine beliebte Praktik aus Level sechs.«

Mir schauderte schon wieder. »Wo wohnen die Männer, Sir?«

»Die Zimmer der Upper Class liegen im Südflügel mit Blick auf den Park. Ich zum Beispiel wohne im fünften Stock!« Er zeigte auf eine Dachterrasse. »Ich bin aber auch fallweise in meinem Wochenendhaus in Sandy Springs. So, jetzt haben wir genug geredet. Wenn du bereit bist, bringe ich dich in deine Zelle.«

Ich nickte und schmiegte ein letztes Mal mein Gesicht an seine Schulter. Wir gingen durch den Hof zurück in Pavillon C.

***

Vor meiner Zelle drängte sich eine Gruppe von Leuten und sogar eine Frau war anwesend. Sie trug Schwarz, wie die Herren, und glitzernde High Heels. Ich blickte durch das Glas und sah einen nackten jungen Mann, der mich in meiner Zelle offensichtlich erwartete.

Für Amistad machten die Schaulustigen den Weg frei, ich blieb dicht hinter ihm und jemand öffnete für uns die Glastür. Als wir eintraten, gab es, von dem Nackten abgesehen, nicht viel Spektakuläres … Es war ein schlichter gefliester Raum. An der Vorderseite reichte die Glasfront vom Boden bis zur Decke. Auf der gegenüberliegenden Seite lief über die gesamte Länge ein niedriger Sockel mit einigen kreisrunden Vertiefungen, in denen silberne Schüsseln eingepasst waren.

Der junge Mann empfing mich mit einer ausführlichen

Erklärung. Er verbeugte sich kurz vor Amistad, danach begann er zu reden und ich musste ihm ständig in den Schritt sehen, denn er trug ein seltsames durchsichtiges Plastikgehäuse auf seinem Penis.

»Ich bin Stanley, dein persönlicher Betreuer für die nächsten drei Wochen«, stellte er sich vor. »Das hier ist dein kleines Reich. Es verfügt über alles Lebensnotwendige. An der Decke siehst du Tageslichtlampen, die Schlitze einer Klimaanlage und Überwachungskameras, hier auf dem Sockel diverse sanitäre Einrichtungen. In die erste Schüssel bekommst du täglich deinen Frühstücksbrei, in der zweiten findest du Trinkwasser mit Vitaminen, daneben ein Waschbecken, ein Bidet und unterhalb der gläsernen Deckel eine Toilette für die kleine und für die große Seite, jeweils mit Spülung. Wir trennen die beiden Geschäfte strikt und ersuchen dich, das zu beachten.« Nun musste er lächeln, da ich ihm wiederholt auf den Penis gesehen hatte. »Das ist ein Hardcover«, erklärte er. »Es ist mir nicht erlaubt, eine Erektion zu bekommen. Auch meine Hoden sind in einen solchen Käfig gezwängt. Beides hat kleine Zacken an den Innenseiten, sodass es zu keiner unerwünschten Regung kommen kann, während ich dich versorge.«

»Okay«, hauchte ich und wandte verwirrt meinen Blick von ihm ab. Als ich auf die große Glasfront blickte, stellte ich fest, dass sie von innen verspiegelt und komplett undurchsichtig war.

»Stanley wird die Reinigung bei dir durchführen und ich werde euch jetzt allein lassen!«, verkündete Amistad.

Ich nickte.

»Du darfst ausnahmsweise meine Hand küssen«, entgegnete er.

Also kniete ich nieder und bedeckte seinen Handrücken mit kleinen Küssen. Er streichelte noch einmal über meine Haare und verließ danach den Raum.

Als ich wieder aufstand, bat mich Stanley, mein Kleid abzulegen. Ich schlüpfte heraus und hängte es auf den einzigen Haken, den es hier an der Wand gab.

»Ich bin Zahira«, sagte ich, nachdem mir endlich aufgefallen war, dass ich vergessen hatte, mich vorzustellen.

»Ich weiß.« Er belächelte meine Höflichkeit. »Amistad hat dich angekündigt.«

»Wie alt bist du?«, fragte ich ihn, nachdem er mir reichlich jung erschien.

»Zweiundzwanzig. Ich bin Arzt in Ausbildung und du kannst mir vertrauen.«

Ich nickte und seufzte beklommen. Jünger als ich ... Das war ja abartig! Plötzlich fühlte ich mich noch um einiges nackter und entblößter! Stan öffnete mit einem geheimnisvollen Patent eine Schublade in der Sockelverkleidung und zog drei verschiedene Schläuche und ein paar Gurte heraus.

»Was machen wir?«, fragte ich.

»Du kniest dich jetzt auf den kleinen Teppich hier!« Er zeigte auf das kleine rote Fleckchen vor der Glasfront. »... und beugst dich vornüber.«

»Sehen die Leute von draußen alle zu?«, fragte ich ängstlich, als ich die Pose eingenommen hatte.

»Vermutlich!«, meinte er schlicht und benetzte meinen Popo mit etwas Gleitgel. Danach führte er, mit einer Selbstverständlichkeit, als täte er das jeden Tag, den ersten Schlauch in meine enge Höhle. Der zweite weit dünnere Schlauch war ein Katheder für meine Blase. Ich musste mich dafür auf den Rücken legen und meine Beine spreizen. Danach fixierte er die beiden mit ein paar Klebestreifen auf meinen Oberschenkeln. Das jeweils freie Ende der langen Schläuche wurde mit Anschlüssen in der Wand verbunden.

Ich hasste es, schon wieder einen leichten Schmerz in meiner

Harnröhre fühlen zu müssen. Doch das Schlimmste kam erst mit dem dritten dünnen Schlauch, der sollte nämlich in meine Nase! Ich musste ganz still halten. Stanley hatte eine bestimmte Technik und schob den Schlauch schnell tiefer. Ich fühlte ihn im Rachen, würgte und schluckte panisch. Aber er schob ihn unbeirrt weiter, bis schließlich fast ein halber Meter in mir verschwunden und er in meinem Magen angekommen war.

»Durch diesen Schlauch bekommst du eine Nährlösung«, erklärte er, »die beiden anderen sind für deine Reinigung. Du wirst sehen, es wird auch Flüssigkeit in dich hineingespült und wieder abgesaugt. Eventuell wird man dir nicht erlauben, dich sofort wieder zu entleeren. Es gibt kleine Ballons, die sich in deinem Inneren aufblasen und eine ungewollte Entleerung verhindern. Was genau und wann etwas mit dir geschieht, bestimmen die Männer draußen vor dem Glas. Die sanitären Anlagen, die ich dir bereits erklärt habe, wirst du also während der nächsten zwei Tage noch nicht brauchen. Alles, was du zu tun hast, ist, auf diesem Teppich liegen zu bleiben und es mit dir geschehen zu lassen.«

Mein Herz klopfte unruhig. »Das wird von draußen gesteuert?«, fragte ich entsetzt.

»Ja«, meinte er. »Jeweils eine Person darf die Bedienung übernehmen.« Zur Sicherheit klebte Stanley den Schlauch mit der künstlichen Ernährung an meiner linken Wange noch fest. Das freie Ende verband er ebenfalls mit einem Anschluss in der Wand. Meine Hände fesselte er hinter meinem Rücken, sodass ich keinen der Schläuche mehr erreichen oder entfernen konnte. »Ich rate dir sehr, hier auf dem Teppich zu bleiben, damit du nicht unabsichtlich an einem der Schläuche zerrst. Das könnte schmerzhaft sein!«, warnte er mich.

Ich nickte.

Stan verließ den Raum und verschloss die Glastür.

Ängstlich drehte ich mich auf dem Teppich in eine sitzende Position und fühlte auch schon eine warme Flüssigkeit in meinen Magen rinnen. Offensichtlich war jetzt Zeit für das Abendessen.

Ich entdeckte eine digitale Zeitanzeige auf dem Bedienfeld neben der Tür. Sie zeigte einundzwanzig Uhr. Mein Bauch blähte sich unter der Nahrungszufuhr auf. Die Menge war besorgniserregend und meine Haltung wurde immer aufrechter. Dann begann es in meinem Darm zu blubbern. Klares Wasser lief in mich, ich konnte es an ein paar Luftblasen im transparenten Schlauch erkennen. Vorsichtig legte ich mich auf den Rücken. Aber mit meinen gefesselten Händen fand ich keine bequeme Stellung. Verzweifelt keuchte ich und wimmerte. Und etwas ungeschickt richtete ich mich wieder auf. Ich kam auf meine Knie und beugte mich vornüber, bis ich mit einer Wange den Boden berührte. Das war die bequemste Stellung. So war mein Bauch annähernd entlastet, während weiterhin Flüssigkeit in meinen Darm lief. Und als ich mich bis zum Bersten gefüllt fühlte, begannen erste Spasmen mich zu quälen. Meine intimsten Muskeln drängten nach Entleerung. Aber wie angekündigt, hatte sich ein kleiner Ballon in mir aufgeblasen, der nun wie ein Stöpsel wirkte und mir etwas Angst einjagte, bis mein Darm irgendwann plötzlich wieder unter demütigendem Blubbern und Gurgeln erleichtert und entleert wurde. Und das war bloß der Anfang eines Spieles, das mich fast die ganze Nacht über beschäftigte ...

Zwischendurch gelang es mir, ein paar Stunden zu schlafen, dann weckte mich wieder eine plötzlich einsetzende Füllung, die wild glucksend meinen Unterleib durchströmte, kurz angehalten und wieder abgesaugt wurde. Manchmal betraf es auch meine Blase, die sich daraufhin bis zu einem Maximum ausdehnte und mich auf dem kleinen Teppich halb wahnsinnig werden ließ, bevor der Druck wieder leichter wurde. Offensichtlich hatten die Männer hinter dem Glas keine Hemmungen, mich von allen drei Seiten gleichzeitig zu befüllen. Wie im vierten Monat schwanger wölbte sich mein Bauch nach vorn, er drückte und raubte mir den Atem. Ich hechelte und wälzte mich herum, suchte jeweils die beste Stellung, immer wenn eine Füllung mich plagte.

Als bereits Stunden vergangen waren, öffnete sich in meinem größten Leidensdruck plötzlich die Tür. Ich lag auf dem Boden, schweißüberströmt.

Es war Stanley. »Du machst das sehr gut«, lobte er mich leise. »Siehst du den kleinen Punkt hier?« Er deutete auf das verspiegelte Glas und einen winzigen grünen Lichtpunkt, der unruhig darauf herumtanzte.

»Ja«, keuchte ich.

»Konzentriere dich auf den Punkt und lass ihn nicht mehr aus den Augen!«, befahl er. »Draußen steht ein Mann hohen Ranges. Wenn du tust, was ich gesagt habe, siehst du genau in seine Augen.«

Ich schluchzte verzweifelt und nickte.

Als Stanley gegangen war, heftete ich meine ganze Konzentration auf diesen Punkt. Er hielt nun annähernd still und ich konnte ihn gut fixieren. Eine neue Kombination aus Füllungen und Spülungen durchflutete den Körper, der längst nicht mehr mir gehörte, doch erstmals empfand ich nun eine gewisse Erregung dabei, wenn ich mir vorstellte, dass hinter dieser Glaswand ein Mann stand, der all das mit mir anstellte und dem ich dabei in die Augen sehen durfte. Auch wenn ich nicht wusste, wer er war. In meinen Gedanken konnte ich mir ausmalen, wen ich wollte, und das lenkte mich ein wenig ab ... Zuerst war ich hin und hergerissen zwischen einem Ebenbild von Santiago – oder Ronan. Vor allem Ronan erfüllte mich mit einem lustvollen Prickeln, wenn ich ihn mir hier in dieser Umgebung vorstellte. Manchmal, wenn er seine Haare zurückgekämmt trug, sah er Santiago zum Verwechseln ähnlich, und ich war verleitet, eine Kombination aus beiden als meinen ultimativen Wunschmann zu erschaffen ... Doch dann dachte ich plötzlich an David. Er war Arzt wie angeblich die meisten hier. Und auch ein Bild von David als souveräner, gütiger Sadist erschien mir in meinen Träumen unheimlich reizvoll ... Ich stöhnte erregt, während ich meinen Fantasiebildern nachhing und kontinuierlich ein Blubbern durch meinen Darm lief. Dann dehnte sich meine Blase schmerzvoll, meine Blicke wurden flehend, bettelnd ... und nach einer gewissen Wartezeit erleichterte der geheimnisvolle Unbekannte meinen Körper wieder. Er wiederholte das Spiel mehrmals und überschritt dabei nie meine letzte Schmerzgrenze. Ich spürte, dass er alle Möglichkeiten und Rechte an meinem Körper besaß, aber dennoch mit Bedacht handelte.

Als ich nach einiger Anstrengung wieder zum Bersten gefüllt war und ein Anflug von Angst mich übermannte, öffnete sich die Tür erneut. Stanley kam herein, löste meine Handschellen und befahl mir, mich aufzurichten. »Knie dich vor die Glasfront und leg deine Handflächen auf die Scheibe!«, raunte er.

Zögerlich tat ich, was er verlangte, während er meine Hände mit zwei breiten Klebestreifen auf dem Spiegelglas festklebte. Angestrengt konzentrierte ich mich auf den grünen Punkt und versuchte, ihn nicht aus den Augen zu verlieren. Er war nun ein wenig in die Höhe gestiegen.

Stanley kniete sich dicht neben mich und fasste ungeniert zwischen meine Beine. Zielsicher berührte er meine kleine Lustperle und begann, sie beherzt zu reiben. Ich stöhnte auf und zuckte zusammen. All die Reize in meinem Unterleib waren nun zu viel! Wellen von Gänsehaut überzogen meinen

Körper wie feine Nadeln, die mich folterten. Aber Stanley machte weiter. Ich flehte verzweifelt und blickte auf den grünen Punkt. Er hingegen senkte seinen Blick hinter meinem Rücken. »Du bist so feucht, Baby«, flüsterte er und küsste mich zwischen die Schulterblätter.

Verzweifelt wimmerte ich und fragte mich, wer ihm das Recht gab, mich »Baby« zu nennen, wenn er doch viel jünger war als ich?! Mein Brustkorb hob und senkte sich nun hektisch unter meinen heftigen Atemzügen. Ich stöhnte hilfesuchend, wusste, dass ein Orgasmus mit diesem Ausmaß an Füllungen nicht zu ertragen sein würde. Doch gerade als ich es dachte, wurde der Druck in meiner Blase minimal leichter und Stanleys Finger umkreisten meine kleine Perle nur noch mit etwas Zurückhaltung.

»Er kann dich jetzt hören«, meinte Stan, ohne mich anzusehen. »Flehe ihn an, kommen zu dürfen!«

Ich stöhnte und versuchte, mein Bewusstsein davon abzulenken, dass drei Schläuche aus meinem Körper ragten und mich zu einem hilflosen Objekt degradierten, das über seine Funktionen selbst nicht bestimmen durfte. Es gelang mir nur schwer.

Doch dann blickte ich zu dem grünen Punkt auf und keuchte sehnsüchtig: »Bitte, darf ich kommen?«

»SIR!«, fauchte Stan scharf hinter meinem Rücken.

»SIR!«, rief ich kläglich. »Bitte, Sir, darf ich kommen?!«

Stans Zunge begann nun zwischen meinen Schulterblättern zu kreisen, genauso verführerisch und zärtlich wie seine Finger zwischen meinen Beinen ...

Gänsehaut, stechendes Prickeln, Kontraktionen in meiner Blase, in meinem Darm ... Ich keuchte ungeduldig und konnte mich kaum noch halten ... »Bitte, Sir! Bitte, darf ich kommen?«, japste ich in höchsten Tönen.

Aufgeregt zuckte mein Becken, versuchte Stans Finger zu kontrollieren ... immer schneller, verzweifelter ... »Bitte, Sir!«, flehte ich.

Und plötzlich nahm Stan sein beherztes Spiel auf meiner kleinen Perle wieder auf. Ein Lustschrei brach aus meiner Kehle. Im selben Moment begann eine fremdbestimmte Entleerung meines Darms und wilde Kontraktionen erfüllten meinen Unterleib, die nun vorwiegend meinem Orgasmus zuzuschreiben waren. Mein Körper bebte und zitterte, mein Kopf flog hin und her, wobei sich nun auch meine Blase leerte, die Erleichterung war gewaltig. Ich glaubte fast, das Bewusstsein zu verlieren, während meine Perle weiterhin malträtiert wurde und meine Hände an der Scheibe festklebten, sodass mir kein Spielraum blieb, mich in meiner Ekstase vollständig zu entfalten. Erst als die letzten Wellen verebbt waren, löste Stan meine Hände und ich sank erschöpft auf dem kleinen Teppich zusammen. Alles um mich herum drehte sich ...

»Die Reinigung geht jetzt weiter«, meinte er und fesselte meine Hände erneut hinter meinem Rücken. Danach hielt er sich kurz zwei Finger auf sein eigenes Ohr und ich bemerkte, dass er darunter ein kleines schwarzes Hörgerät trug!

»Du hast den grünen Punkt im Orgasmus aus deinen Augen verloren«, rügte er mich. »Der Herr, den du damit enttäuscht hast, wird dich dafür mit einem Stromstoß bestrafen.«

»Nein!«, keuchte ich. »Bitte nicht!«

»Am besten, du bleibst in Seitenlage auf dem Boden liegen«, meinte Stan.

Eine schreckliche Erinnerung an den Stromstoß im Park tauchte in meinen Gedanken auf. Um nichts in der Welt wollte ich das noch mal erleben! Wie viele Leute hatten wohl einen Auslöser für den Microchip in meiner Blase?! Oder stand am Ende Amistad hinter dieser Glaswand? Er würde doch wohl nicht ein zweites Mal die Kaltblütigkeit aufbringen, mich so bestialisch zu schocken?! Gerade jetzt, nach meinem Orgasmus, wo in meinem Unterleib alles noch wohlig kribbelte, gut durchblutet und empfindlich war.

Stanley verschwand und ich blieb allein auf meinem Teppich zurück. Minuten vergingen, in denen ich unsägliche Angst hatte. Nervös blickte ich auf die Spiegelfläche. Es dauerte ... Meine Panik wurde immer größer, ich verspannte mich, bis aus jeder Pore meines Körpers neuer Schweiß trat. Dann plötzlich tauchte der grüne Punkt wieder auf. Ich konnte ihn mit meinen Augen gut erfassen ... Er hielt ganz still. Ich dachte an David, Ronan und Santiago, schenkte ihnen meinen flehentlichsten Blick und hoffte auf Gnade ... Doch der Sender löste aus ...

# KörperGold

»Wie geht's dir? Hast du Hunger?«, fragte Stanley, als er mich am darauffolgenden Tag endgültig von allen Schläuchen befreite.

Ich schniefte erschöpft und nickte. Nachdem ich auch noch Abführmittel bekommen hatte und unzählige Spülungen meinen Körper durchlaufen hatten, fühlte ich mich nun so leer wie noch nie. Bestimmt hatte ich auch abgenommen.

»Ein Mal musst du noch tapfer sein«, meinte Stanley. »Danach möchte einer der Herren mit dir im Park spazieren gehen.«

Ängstlich sah ich ihn an und bemerkte, dass er eine große Kartuschen-Pistole mitgebracht hatte, die bis zum Anschlag mit einer dunkelbraunen Masse gefüllt war. »Was ist das?«, fragte ich.

Stan steckte einen daumendicken Schlauch zur Verlängerung an das vordere Ende der Kartusche befahl mir schon wieder, mich vornüber zu beugen. Mit etwas Gleitgel versehen schob er den Schlauch tief in meinen Darm. »Du bekommst die gesamte Ladung verabreicht«, erklärte er und zog den Auslöser der Kartusche, wodurch die Masse kraftvoll in mich gepresst wurde. »Es ist die ehrenwerte Ausscheidung eines hochrangigen Sadisten. Wir nennen es hier ›Körpergold‹. Du kannst stolz darauf sein! Das Volumen umfasst zwei Tagesmengen, aber so leer wie du bist, wirst du es vollständig aufnehmen können. Du wirst es acht Stunden bei dir behalten. Erst danach darfst du es wieder abgeben.«

Ich glaubte, meinen Ohren nicht zu trauen. Grenzenlos angewidert fühlte ich den wachsenden Druck in meinem Darm, während er den Schlauch langsam zurückzog.

»Es ist warm«, wimmerte ich gedemütigt.

»Ja«, entgegnete Stan. »Körperspenden werden mit vierzig Grad verabreicht.«

Als er den Schlauch schließlich herauszog, war ich bis aufs Äußerste gefüllt. Ich musste mich konzentrieren, um die natürliche Reaktion meiner Nerven jetzt nicht zuzulassen. Gleichzeitig fühlte ich mich bis auf die Knochen beschämt und angewidert, die Exkremente einer anderen Person in mir zu tragen. »Ist das nicht giftig?«, fragte ich Stan.

Er lächelte. »Nein. Der Spender erfreut sich bester Gesundheit.«

Stanley gab mir das Kleid und ich durfte mich anziehen. »Hast du Durst?«, fragte er weiter.

Skeptisch sah ich zu, wie er eine hellgelbe Flüssigkeit in ein großes Glas füllte und eilig verneinte ich seine Frage. Mittlerweile konnte ich mir denken, was das nun wieder war.

»Dann trink wenigstens die Hälfte davon«, meinte Stan und reichte mir das Glas. »Wir nennen es ›Körpertau‹! Knie dich dabei vor die Glasscheibe und merk dir diesen Platz für jegliche Art von Züchtigungen in der Zukunft!«

Nachdem ich an besagter Stelle den lauwarmen Urin, der längst nicht so schlimm schmeckte, wie ich mir das vorgestellt hatte, zur Hälfte getrunken hatte, durfte ich mich am Waschbecken erfrischen. Ich bekam eine Zahnbürste, Zahnpasta und ein mildes Waschgel für Hände und Gesicht.

»Wenn du von deinem Spaziergang wieder zurück bist, trinkst du den Rest«, erklärte Stan. »Und bedenke, je länger du wartest, umso intensiver wird der Duft des Körpertaus. Aber es bleibt dir selbst überlassen, wann du ihn trinkst und wie kräftig du das Aroma möchtest.« Er lächelte wohlwollend.

Ich nickte.

Stan öffnete die Tür und legte mir noch ein schmal zusammengefaltetes Tuch wie ein Stirnband um. Auf dem Flur nahm mich ein schwarz gekleideter Mann in Empfang. Er grinste herablassend, bot mir danach seinen Ellenbogen und ich durfte mich bei ihm unterhaken. Nur beiläufig registrierte ich einige andere Männer, die vor meiner Zelle verweilten, ihre Hosen soeben schlossen und ihre Gürtel wieder straff zogen. Einer von ihnen trug sogar eine Gesichtsmaske.

»Amistad hat dir noch nicht viel erklärt«, raunte der Fremde. »In Zukunft, wenn du mich begrüßt, kniest du nieder und küsst meine Schuhe!«

»Das wusste ich nicht, Sir!«, entschuldigte ich mich.

»Du kannst es gleich nachholen«, entgegnete er und schritt mit mir durch eine Tür nach draußen in den Hof und weiter in den großen Park.

»Wenn dich ein Mann besucht oder aus deiner Zelle holt«, erklärte er, »küsst du seine Schuhe. Wenn er geht oder dich zurückbringt, darfst du niederknien und seine linke Hand küssen. Sollte dich später einmal ein denkwürdiges Erlebnis mit einem Herren verbinden, so kannst du ihm bei einer Begegnung im Schloss oder im Park deinen Respekt erweisen, indem du niederkniest und demütig deine Stirn zu Boden bringst. Das ist jedoch eine freiwillige Geste, zu der dich keiner zwingt!«

»Okay, Sir«, hauchte ich und dachte daran, wie viele Mädchen bei meiner Ankunft hier vor Amistad auf die Knie gefallen waren.

»Nur zu deiner Information, mein Name ist Duke«, raunte er. »Du wirst ihn aber nicht benutzen.«

»Ja. Sir. Danke, Sir!«

Duke lächelte. Er ließ mich mitten auf dem Weg von seinem

Arm und wir blieben stehen. »Sehr gut«, meinte er. »Dann kannst du mich jetzt begrüßen.«

Vorsichtig mit meinen High Heels und dem engen Kleid kniete ich nieder und küsste seine glänzend polierten Schuhe. Als ich wieder aufstand, nickte er zufrieden.

Wir gingen weiter. »Meine Aufgabe ist es, Amistads Einschulung bei dir zu vervollständigen. Kennst du schon die Unterscheidungskriterien der einzelnen Level?«

»Nein, Sir«, antwortete ich. »Und mich würde auch interessieren, warum ich jetzt plötzlich ein Stirnband tragen muss, und warum der Mann vor meiner Zelle eine Maske trug, und ob Sie, Sir, bei meiner Züchtigung gerade eben zugesehen haben ... und ob Sie wissen, von wem das Körpergold ist, das ich verabreicht bekommen habe?« Ich seufzte. Nun hatte ich all meinen Mut zusammengenommen, um die ganzen Fragen loszuwerden.

Duke lächelte und erstmals nahmen seine harten Gesichtszüge einen mitfühlenden Charakter an. Er legte einen Arm um mich, genau wie Amistad es vor zwei Tagen getan hatte, dann begann er, ein paar grundlegende Dinge zu erklären, die Amistad mir verschwiegen hatte, und mir lief es heiß und kalt über den Rücken ...

»Du hast ganz schön viele Fragen«, meinte er und zückte sein Handy, um sich offenbar noch etwas schlau zu machen, doch dann zeigte er mir das Display, das sich jetzt in einen Spiegel verwandelt hatte. »Die Körperspenden sind von Amistad«, erklärte er. Fassungslos blickte ich in den Spiegel und entdeckte gleichzeitig dessen Namen als großen goldenen Schriftzug auf meinem Stirnband. »Wenn du ihn in den kommenden Tagen siehst, solltest du dich bei ihm dafür bedanken. Und ja, ich war bei der Verabreichung dabei und falls es dich interessiert, ich fand deine selbstlose Hingabe sehr reizvoll. Man merkt, dass du Einiges gewohnt bist.«

Noch immer starrte ich wie gebannt in den Spiegel, wo Amistads Name Gold auf Schwarz prangerte. Ich war mir nicht ganz sicher, ob sich das Körpergold in mir nun besser anfühlte, jetzt, wo ich wusste, dass es von Amistad war und nicht von irgendeinem Fremden. »Aber wozu sein Name auf meiner Stirn, Sir?«, fragte ich naiv.

Duke lächelte. »Es ist eine Genugtuung für den Spender und dient als Erkennungsmerkmal. Mädchen, die ein schwarzes Stirnband mit goldenem Schriftzug tragen, zeigen, dass sie Körpergold des jeweiligen Herren verwahren.«

Gedemütigt schnappte ich nach Luft, und immer noch fiel es mir schwer, meinen Ausscheidungsdrang angesichts der großen Menge an Füllung unter Kontrolle zu halten.

»Die Sache mit den Masken ist nicht so leicht auf einen Nenner zu bringen«, fuhr Duke fort. »Es gibt hausinterne Sanktionen, aber auch immer wieder Leute, die von sich aus nicht erkannt werden möchten, das ist ganz individuell. Viel wichtiger wird für dich die Unterscheidung der Level. Fast neunzig Prozent der Mädchen hier in Pavillon C sind in Level sechs angesiedelt, genau wie du. Doch es ist eine unausgesprochene Leidenschaft aller Sadisten, Personen aus niedrigeren Leveln zu Praktiken aus einem höheren Level zu verführen. Zur Sicherheit hat jedes Mädchen einen Mentor. Deiner ist Amistad. Solange er einem Levelsprung nicht zustimmt, kannst du es auch nicht tun.«

Ich nickte erleichtert. Dukes kräftiger Unterarm, der meine Taille umfasste, ließ mein Herz schneller schlagen. Ich fragte mich, warum Amistad gerade ihn ausgewählt hatte, um mich weiter einzuschulen.

»Die Level eins bis fünf sind für dich nicht wirklich von Bedeutung«, fuhr Duke fort. »In diesen Leveln sind herkömmliche BDSM-Praktiken nach Härtegrad gestaffelt, doch sie alle verbindet die Verwendung eines Codeworts, mit dem eine Aktion jederzeit abgebrochen werden kann. Das gibt es ab Level sechs nicht mehr. Deine einzige Grenze ist der Level selbst. Innerhalb des Levels bist du den Sadisten ausgeliefert. Level sieben unterscheidet sich von deinem, indem es dauerhafte körperliche Veränderungen in Kauf nimmt. Genau genommen ist dein Brandmal eine Praktik aus Level sieben. In deinen Erfahrungen steht auch etwas über das erzwungene Tragen von High Heels, was eine Schädigung der Füße hervorrufen kann. Auch das, sowie gezielte Schnitte, Narben, Tätowierungen oder andere optische Veränderungen, bis hin zu Schönheitsoperationen fallen in Level sieben. Amistad zum Beispiel verführt seine Mädchen gern zu Silikonbrüsten.« Er sah mir in den Ausschnitt und lächelte bedeutungsvoll.

Ich schluckte. »Ich lass mir sicher nicht die Brüste machen!«

»Es zwingt dich ja keiner!«, entgegnete Duke. »In erster Linie musst du selbst einem Levelsprung zustimmen und sei es nur für ein einzelnes Ereignis. Und solltest du dich eines Tages für Level sieben entscheiden, dann dürften auch nur maximal zehn Prozent deines Körpers verändert werden. Es gibt eine strenge Kommission, die darüber wacht. Auf die Art oder Weise der Veränderung hättest du jedoch keinen Einfluss mehr. Sollte jemand planen, die zehn Prozent zu überschreiten, dann wäre wieder dein ausdrücklicher Wunsch und die Zustimmung deines Mentors notwendig.«

Mittlerweile rechnete ich es Amistad hoch an, dass er mich in Level sechs eingestuft hatte. Ich war mir sicher, diesen Level niemals zu verlassen.

»In Level acht«, fuhr Duke fort, »beziehen Sadisten ihre Lust daraus, bei bestimmten chirurgischen Eingriffen zuzusehen, die eine herkömmliche Schönheitsoperation übersteigen. Meist handelt es sich bei den Patienten um Leute von auswärts, Freaks oder Masochisten, die einen Eingriff vor Publikum vornehmen lassen möchten. Wir arbeiten hier mit Organisationen zusammen, die uns Leute dafür bringen. Da diese voyeuristische Leidenschaft sehr stark sexuell motiviert ist, sind es vorwiegend Operationen wie Geschlechtsumwandlungen, Beschneidungen oder Kastrationen, die verlangt und auch entsprechend von uns geschätzt und honoriert werden.«

Geschlechtsumwandlungen? Kastrationen? Meine Knie fühlten sich plötzlich an wie Gummi, ich schwankte und konnte kaum noch gehen ...

»Es ist wohl besser, wir setzen uns«, sagte Duke, als er das mitbekam.

Ich nickte dankbar. An der nächsten Parkbank hielten wir an, ich setzte mich und besann mich kurz wieder auf die Kontrolle meiner körperlichen Reflexe.

Auch Duke setzte sich. »Wenn sich ein Mädchen entscheidet, Level acht anzunehmen«, betonte er, »bedeutet das aber nicht, dass sofort operiert wird. Es geht viel mehr um das Wissen, um die Möglichkeit und die Freiheit, die dann beide Seiten genießen. Grundsätzlich werden auch in den Leveln sieben und acht hauptsächlich Praktiken aus Level sechs gelebt. Die Erweiterung bezieht sich nur auf einzelne Anlässe. Eine Kastration zum Beispiel ist ein großes Event, zu dem auch Gäste von auswärts kommen ...«

Entsetzt sah ich ihn an. »Wieso, Sir ... wieso um Himmels Willen lässt sich jemand freiwillig kastrieren?«

Er lächelte gütig. »Für uns auf *Avaloon* ist das ein rein masochistischer Akt und ein Beweis tiefster Hingabe«, erklärte Duke. »Doch die Leute, die sich zur Verfügung stellen, haben unterschiedlichste Motive. Manche lassen sich auch aus gesundheitlichen Gründen Geschlechtsorgane entfernen, manche aus religiösen Gründen und manche bloß für die finanzielle Entschädigung, die wir bieten. Unsere Sponsoren hier sind sehr großzügig. Und es gibt kaum etwas, was es nicht gibt. Wir haben auch Männer, die sich für ihre Domina anstelle der Hoden den Penis entfernen lassen. Das ist ein weit größeres Opfer als eine Kastration, denn ihre Lust bleibt dann bestehen, doch sie bleibt auf ewig ungestillt! Ein solches Opfer wird von uns natürlich entsprechend gewürdigt. Der Andrang bei diesen Events ist besonders groß. Und wir zahlen nach körperlichen Maßen. Je voluminöser Hoden oder Penis eines solchen Mannes, umso höher die finanzielle Entschädigung. Auch die vereinbarte Dauer des Events ist für den Wert entscheidend. Oft werden die Betroffenen noch zur Schau erregt und im Publikum findet dann eine Abstimmung statt, ob dem Trieb und seiner Erfüllung ein letztes Mal stattgegeben werden soll oder nicht. Es gibt einen Cocktail-Empfang, großes Buffet und die Gäste vergnügen sich. Genauso haben wir aber auch Mädchen, die sich freiwillig beschneiden lassen, um auf ihre Erfüllung beim Sex für immer zu verzichten, sodass die Lust zum größten Teil auf der Seite des Mannes bleibt. Sie erfahren tiefste Befriedigung durch dieses Geschenk an ihren Herren.«

Sprachlos saß ich auf der Parkbank und fand es geradezu wahnwitzig, dass Amistad zwar nicht persönlich, aber in gewissem Sinne doch ganz nahe bei mir war. Ich hatte seinen Körpertau getrunken und sein Körpergold glühend heiß in mir, als müsste ich es ausbrüten. Gleichzeitig hatte er diesen Duke auserkoren, um mir all die Grausamkeiten zu verkünden, die er mir offenbar selbst nicht sagen wollte. Mein Atem ging schwer. Ich war entsetzt. Doch das größte Entsetzen stand mir noch bevor. »Ist Level acht der höchste Level?«, fragte ich und im letzten Moment fiel mir gerade noch ein, diesen Botschafter des Grauens »Sir« zu nennen!

Duke sah in meine Augen und zögerte. Dann wandte er seinen Blick von mir ab und meinte: »Nein. Es gibt noch zwei weitere Level.«

Ich stieß die Luft aus und wollte ich es nicht glauben. »Zwei, Sir?« Was sollte es denn noch Schlimmeres geben, als dass sich jemand den Schwanz abschneiden ließ?!

»Ja«, raunte er. »Aber ich denke, ich muss auf keine Details mehr eingehen. Ich habe dir gesagt, dass Sadisten gern handeln. Manchmal wird einem Betroffenen in letzter Minute auch angeboten, anstelle des Geschlechtsteils ein anderes Opfer zu bringen. All jene Dinge fallen in Level neun. Und der Gipfel aller Hingabe ist der letzte und höchste Level zehn.«

»Ich will es nicht hören, Sir!«, unterbrach ich ihn als mir plötzlich einfiel, dass Amistad bereits in der Klinik damit geprahlt hatte, dass es hier auf *Avaloon* Mädchen gäbe, die ihm »ihr Leben geschenkt« hatten! Diese Formulierung erlangte plötzlich erschreckende Bedeutung.

Duke nahm meine Hand. »Warum nicht?«, fragte er.

»Welchen Level hat Amistad?«, fragte ich erregt.

»Du siehst es an seiner Kleidung. Und vergiss nie wieder, mich ›Sir‹ zu nennen!«, rügte er mich.

Ich wurde bleich und nickte.

»Level sechs trägt graue Gürtel, Level sieben anthrazitfarbene, Level acht schwarze, Level neun silberne und bei Sadisten aus Level zehn sieht man gar keine Gürtel, sie tragen hochgeschlossene schwarze Anzüge.«

Mir lief es heiß und kalt über den Rücken. In meinem Bauch rumorte es ganz bedrohlich. Aber Duke hörte nicht auf zu sprechen. »Es gibt nur wenige Sadisten, die mit Level zehn in *Avaloon* eingetragen sind. Derzeit sind es acht an der Zahl, drei der fünf Teilhaber, zwei weitere Männer aus dem Schloss und drei Männer von auswärts.«

»Amistad«, hauchte ich entsetzt.

Duke nickte.

»Er hat ... «, stotterte ich. »Er hat mir sogar gesagt, dass ihm einige Mädchen hier auf *Avaloon* ihr Leben geschenkt hätten ...«

Duke belächelte meine Panik. »Du darfst das nicht so wörtlich nehmen. Ich hab dir erklärt, die meisten der Level über dem sechsten leben hauptsächlich von der Möglichkeit, dem Wissen und der Freiheit, die beide Seiten dann genießen. Frauen, die sich für Amistad in Level zehn verschreiben – und davon gibt es nur äußerst wenige – leben in seiner Gunst. Sie sind ihm restlos verfallen und das genießt er sehr. Das heißt aber nicht, dass es jemals zu einer entsprechenden Handlung kommen wird. Manchmal wird auch bloß mit der Angst um diese Möglichkeit gespielt. Natürlich vor Publikum. Aber Amistad geht sehr gewissenhaft mit seiner Macht um und er ist bei den Mädchen überaus beliebt. Die meisten Level zehn Events kommen aber von auswärts. Es gibt genügend Menschen, die sich zu einem solchen Schritt entschließen und selbst keine Möglichkeiten sehen. Eine finale Zeremonie hier auf dem Schloss scheint dagegen sehr attraktiv.«

»Ich muss ganz dringend auf die Toilette, Sir!«, keuchte ich.

»Du musst verzeihen, aber genau das darf ich dir jetzt nicht erlauben«, entgegnete Duke.

»Bitte!«, flehte ich wimmernd und krümmte mich vornüber.

»Komm mit!«, befahl er.

Duke half mir hoch und nun musste ich auch noch an seiner Seite Schritt halten!

Steifbeinig lief ich neben ihm her. Es waren bloß ein paar Meter, dann tauchte vor uns ein kreisrunder gepflasterter Platz auf. »Knie dich in die Mitte dieser weißen Steinplatten und gib dir Mühe, dich zu beherrschen. Du möchtest doch, dass Amistad stolz auf dich ist.«

Völlig zerstreut tat ich, was er verlangte. Vor den Augen einiger Spaziergänger sank ich in meinem weißen engen Kleid in der Mitte dieses Platzes auf meine Knie. Duke ließ mich eine Zeit lang allein, ohne zu wissen, ob ich mich bis dahin im Griff oder vielleicht die Beherrschung endgültig verloren haben würde. Doch die Scheu, dieses blütenweiße bodenlange Kleid in aller Öffentlichkeit zu beschmutzen, war viel zu groß. Mir schauderte, als einige Personen rund um den Platz stehen blieben, mein Erkennungsmerkmal lasen und daraufhin gespannt warteten. Doch meine Muskeln verkrampften sich nun fast automatisch und gaben mir Sicherheit. Nach ein paar Minuten war ich wieder Herrin meines Körpers und wurde von Duke abgeholt.

Auf dem Weg zurück ins Schloss unterhielten wir uns nicht mehr. Offensichtlich hatte Duke seinen Part erfüllt.

***

Zurück in meiner Zelle musste ich den Rest von Amistads Körpertau trinken. Demütig kniete ich vor der Glasfront nieder und trank den Urin eines Mannes aus Level zehn! Während der Duft des zartgelben Nektars in meine Nase stieg, dachte ich an James Bond 007 »Licence to kill«. Jeder Schluck fiel mir schwerer, ein wenig stillte es aber auch meinen unsäglichen Hunger. Als ich ausgetrunken hatte, legte ich mich wieder auf den Teppich und war schrecklich müde. Ich hoffte, dass es erlaubt war, mit dem weißen Kleid auf dem Boden zu liegen. Das Körpergold hatte sich mittlerweile in meinen Verdauungstrakt integriert und fühlte sich nicht mehr fremd an. Als ich den letzten Schrecken annähernd verkraftet hatte, konnte ich endlich ein paar Stunden schlafen – nachholen, was mir fehlte.

***

Nachdem diese Maßnahme schließlich durchgestanden war und ich acht Stunden hinter mich gebracht hatte, kam Stanley zurück. Ich hatte bereits eigenständig die sanitären Anlagen für die kleine Seite benutzt. Die Vorstellung, dass mir dabei jemand zugesehen hatte, hatte ich verdrängt. Doch nun stand wohl das »große Geschäft« auf dem Plan. »Die Zeit ist um, du darfst dich erleichtern«, meinte Stan. »Warte kurz, wir bekommen dazu Besuch.«

Ich hoffte, dass das ein Scherz war. Doch im selben Moment betrat ein Mann mit grauem Gürtel meine Zelle. Während er näher kam und mich auffordernd ansah, kniete ich nieder und küsste seine Schuhe.

Danach musste ich das weiße Kleid ausziehen. Er öffnete einladend einen der sanitären Glasdeckel und wies mich an, Platz zu nehmen. Ich konnte es nicht fassen. Er wollte mir tatsächlich zusehen. Nackt und wie benommen setzte mich auf die silberne Toilettenschüssel. Der Fremde blieb neben mir stehen und streichelte über meinen Kopf. Dabei trat er etwas zur Seite, sodass man mich auch von außen gut sehen konnte. Mir schauderte. Doch der Drang war mittlerweile so groß, dass ich nichts mehr zurückhalten konnte. Ich wollte es nur noch so schnell wie möglich hinter mich bringen. Und meine Entleerung war mächtig. Der Fremde fasste an mein Kinn und zwang mich, währenddessen in seine Augen zu sehen. Aber meine Blicke waren wohl glasig, denn auch das Bild von ihm blieb für mich verschwommen … bis schließlich ein erleichtertes Seufzen über meine Lippen kam.

Ich durfte die Toilette spülen, mich säubern und schließlich den Herren aus Level sechs wieder verabschieden. Immer befremdlicher erschien mir, welche Neigungen Menschen haben konnten! Zum Glück sollte dies die erste und auch letzte Körperspende bleiben, die mir hier auf *Avaloon* zuteilwurde.

Ich konnte noch immer nicht glauben, was man mir über Amistad erzählt hatte. Auch weil für mich so vieles offen blieb.

Duke hatte Andeutungen gemacht, die einen gewissen Rahmen zur Auslegung ließen, und ich konnte mir nicht sicher sein, was ich mir effektiv darunter vorzustellen hatte. Vor allem in Bezug auf Amistad hatte er sich auf keine gezielten Anschwärzungen eingelassen.

Am nächsten Morgen bekam ich Frühstücksbrei in der Schüssel, und ein Gefühl von »Big Brother« stellte sich ein, an das ich mich allmählich gewöhnte ... Essen, Trinken, Zähne putzen, die Benutzung der Toilette – eine undefinierbare Menschenmenge sah mir jeweils dabei zu. Sogar eine Dusche gab es in meiner Zelle! Die Bodenplatten waren von einem Metallrost unterbrochen, das Wasser kam wie Regen aus kleinen Düsen in der Decke, die auf Belastung des Gitters reagierten. Shampoo stand auf dem Waschtisch. Badetuch, Föhn und Bürste gab es in einer zugänglichen Schublade. Fast konnte man sich hier wohlfühlen. Nach ein paar Tagen hatte ich sogar schon meine kunstvolle Hochsteckfrisur, für die man nur eine einzige lange Nadel brauchte, einwandfrei heraus.

Einzig die Nachtruhe war ein Problem. Ich hatte keine Matratze. Bloß das kleine Fleckchen von einem weichen Teppich, das für meinen Körper nur ausreichte, wenn ich mich klein zusammenkauerte. Und man hatte mir mittlerweile beigebracht, dass ich mich, sobald ich meine Zelle betrat, nackt ausziehen musste. Im Raum selbst war es warm und angenehm. Dennoch hätte ich mich in der Nacht lieber zugedeckt. Aber es gab Sadisten, die zu ungewöhnlichsten Zeiten ihren Trieben nachgingen und für sie musste man stets verfügbar sein ... Es war ein mulmiges Gefühl, nicht zu wissen, welche Gürtel die Herren vor der Glaswand trugen. Das bekam ich erst mit, wenn sich meine Tür öffnete ... Ich schlief in Etappen, denn immer wieder weckte mich jemand, kam zu mir in die Zelle, aufgeladen mit sexueller Begierde, die ich abarbeiten musste, oder jemand gab mir über den Lautsprecher Befehle, was ich für ihn tun sollte. Meist waren es Männer aus Level sechs oder sieben, die sich mit mir vergnügten.

***

Nach einer Woche dachte ich, ich hätte nun fast alles erlebt. Ich hatte sogar schon meine Premiere auf dem Flur hinter mir, wo mein Körper bis zum Hals im Boden steckte, man mich unterhalb mit den Hieben eines Rohrstocks an den empfindlichsten Stellen quälte, während mein Gesicht von begeisterten Voyeuren mit Sperma bespritzt wurde. Am schlimmsten jedoch fand ich die Strombehandlungen …

Es gab Sadisten in Level sechs, die eine Art Zauberstab besaßen, der bei Hautkontakt Stromschläge verursachte. Oft sah man sogar das elektrische Blitzen und man hörte einen kleinen zischenden Knall. Die Berührungen waren äußerst schmerzhaft und meist krümmte ich mich auf dem Boden, während der jeweilige Mann über mir stand und meine empfindlichsten Stellen suchte, um dem Publikum vor der Glaswand eine möglichst spektakuläre Show zu bieten. Was nicht bedeutete, dass er selbst keine Erregung empfand. Eine solche Show endete meist mit einem reichhaltigen Erguss auf meinem Körper oder in meinem Mund.

Einmal gab man mir den Zauberstab auch zur Selbstgeißelung in die Zelle. Ich musste mich an Stellen berühren, von denen ich selbst dachte, dass sie am schmerzhaftesten wären. Mit gespreizten Beinen saß ich auf dem kleinen Teppich vor der Spiegelfront, berührte meine Nippel, die Innenseiten meiner Schenkel oder Stellen in meinem Gesicht, bis hin zu meiner Zungenspitze. Von außen sah man es an meiner körperlichen Reaktion, es warf mich oft zurück, entriss mir einen Schrei oder trieb mir die Tränen in die Augen. Doch ich konnte niemandem etwas vorspielen, denn die Herren wussten genau, welche Stellen hochsensibel waren. Und ich selbst spürte es am meisten an meinem Pulsschlag, der immer wieder in die Höhe schoss und mir den Atem raubte. Neben den teuflischen Schmerzen gab er ein gutes Maß dafür ab, wie sehr ich litt. Berührte ich eine Stelle, die bloß schmerzte und meinen Puls nicht in die Höhe trieb, musste ich schleunigst eine andere suchen, denn wenn sich die Zuseher vor dem Glas langweilten, erhielt ich einen Stromschlag über den Chip und das war definitiv zu vermeiden.

Einmal hatte sich bei einer solchen Sanktion meine Blase unwillkürlich entleert. Stan machte mich darauf aufmerksam, wenn das öfter passierte, würde man mich einen größeren Chip in einer Kapsel schlucken lassen. Diese Kapsel bliebe dann in meinem Magen und auch die Stromstöße, die mich für ein Fehlverhalten strafen sollten, würden dann die Mitte meines Körpers treffen und noch schmerzhafter sein. Das wollte ich auf keinen Fall riskieren. Also nahm ich lieber das geringere Übel in Kauf und wählte mit dem Zauberstab bereitwillig meine kleine empfindliche Perle, meinen allersensibelsten Punkt, der bei einem Stromschlag wahrlich Garant für heftige Reaktionen war und die Sadisten vor dem Glas vermutlich zufrieden stellte. Ich gab acht, ihn als einzigen Fixpunkt in regelmäßigen Abständen in das Spiel mit einzubauen.

***

Ein anderes Mal bekam ich eine Plexiglaskugel über den Kopf gestülpt. Sie bestand aus zwei Hälften, die dicht verschlossen wurden. Die Aussparung für meinen Hals war eng, wie maßgeschneidert. Dennoch konnte ich schlucken, da die strengen Gummilamellen unterhalb meines Kehlkopfes lagen. Über einen transparenten Schlauch war die Kugel mit einem Anschluss in der Decke verbunden. Dass dieses Glasbehältnis dicht war, merkte ich, als es plötzlich mit Wasser gefüllt wurde!

Ich hatte meine Hände frei und konnte in meiner Zelle auch herumlaufen, doch die Schlösser der Kugel waren nicht zu öffnen, der Schlauch zu hart, um ihn zuzudrücken, und selbst an meinem Hals lief nicht mal ein Tropfen Wasser aus der Kugel. Ich bekam Todesangst, während das Wasser im Inneren stieg. Die Kugel wurde bis zum Anschlag befüllt und ich musste ein paar Sekunden aushalten, bevor sie sich über ein Ventil in meinem Nacken wieder entleerte. Dieser Vorgang wiederholte sich mehrfach. Es war egal, was ich tat oder in welche Position ich meinen Körper brachte, das System funktionierte in jeder Lage.

Und obwohl ich wusste, dass es nichts brachte, versuchte ich jedes Mal in den Momenten meiner größten Panik die Kugel loszuwerden, ich kämpfte hysterisch, als wollte ich mir den Kopf abreißen, bis endlich das Wasser abrupt wieder abgesaugt wurde und ich nach Luft kreischen konnte.

Stan gab mir nach einer Weile den Tipp, je kooperativer ich mich verhalten würde, umso gnädiger wären die Sadisten vor der Glasfront. Ich sollte also mein Gesicht nicht abwenden oder im Raum zu weit nach hinten gehen. Dankbar befolgte ich seinen Rat und nach ein paar Durchgängen versuchte ich sogar schon, um Gnade zu betteln, indem ich mich direkt vor der Glasfront auf die Knie begab und sie meinen Kampf aus unmittelbarer Nähe beobachten ließ. Vielleicht hatte ich es dieser Entscheidung auch zu verdanken, dass mir kurz darauf ein Vibrator gereicht wurde, mit dem ich mich befriedigen durfte, während sich das Spiel fortsetzte.

Eine kleine Abwandlung erfuhr ich später, als man kein Wasser mehr zuführte, mir aber stattdessen den Sauerstoff blockierte. Mir wurde immer schwindeliger, doch genau in dieser Phase hatte ich sogar noch einen Orgasmus, bei dem ich fast das Bewusstsein verlor. Der Schweiß brach mir aus und das Glas der Kugel beschlug durch meine heftigen Atemzüge so stark, dass das Kondenswasser, das herablief, sogar die Sicht wieder annähernd klärte. Meine Beine zitterten, mein ganzer Körper bebte und ich kam spektakulär. Kurz bevor meine Sinne schwanden, wurde schließlich wieder Frischluft eingepumpt.

Aber ersticken konnte man hier auf viele Weisen ... in einer Plastiktüte, einem Luftballon, einem Eimer Wasser oder ganz einfach durch die Hand eines Mannes. Offenbar war es eine beliebte Praktik aus Level sechs, den Mädchen hier Todesangst einzujagen. Und es gelang ihnen immer wieder, obwohl ich eigentlich darauf vertrauen konnte, dass mir nichts passieren würde. Amistad hatte in meinem Steckbrief offenbar auch keine Rücksicht darauf genommen, dass ich schlechte Erfahrungen mit Erstickungsspielen hatte.

***

Für mich verging die Zeit in dieser Zelle wie im Flug. Ich war ständig beschäftigt und immer wieder freute ich mich auf das einzige große Essen des Tages, denn ich hatte nahezu ständig einen Mörder-Hunger. Beim ersten Mal hatte mich Stan noch ins Restaurant begleitet, um mir alles zu zeigen und zu erklären. Danach durfte ich allein gehen. Punkt siebzehn Uhr öffnete sich meine Tür automatisch. Ich durfte mein Kleid anziehen, meine High Heels und gemeinsam mit Bewohnerinnen der Nachbarzellen den Weg zum Restaurant antreten.

Es war nach dem Rundgang im Park das zweite Highlight des Tages, denn während ich in meiner Zelle vom Leben draußen nie etwas mitbekam, hatte ich hier die Chance, sehr viele Leute in Ruhe zu betrachten. Oft machte ich ein Spiel daraus, Männer in Schwarz zu beobachten, von hinten oder von der Seite, und anhand ihrer Mimik oder Gestik die Farbe ihrer Gürtel zu erraten. Häufig hatte ich recht, doch das lag wohl daran, dass Grau und Anthrazit die am stärksten vertretenen

Farben waren. Leider konnte man bei den Mädchen den Level nicht so leicht erkennen. Manchmal sah man Spuren von Striemen, blaue Flecken, Piercings oder Tätowierungen. Aber jedes dieser Anzeichen konnte schließlich auch auf einen einmaligen Levelsprung zurückzuführen sein. Es gab auch Mädchen, die psychisch etwas verwirrt wirkten, zittrig oder zerstreut. Manche hatten auch tiefe Ringe unter den Augen. Vor allem den Hochsteckfrisuren mangelte es in solchen Fällen an Perfektion.

Im Restaurant war Selbstbedienung. Man nahm sich ein Tablett und wählte aus einer reichen Auswahl an Menüvorschlägen. Die Sitzgelegenheiten erstreckten sich über zwei Säle mit vielen Nischen, geschützten Bereichen und hoher Bepflanzung zur Auflockerung. Je nach Wetterlage war auch die Terrasse im Freien geöffnet. Amistad hatte ich hier nur ein einziges Mal zu Gesicht bekommen. Er saß mit zwei anderen Männern an einem Tisch und schenkte mir ein kleines wohlwollendes Lächeln.

Auch nach zwei Wochen hier auf *Avaloon* kannte ich noch keine anderen Mädchen. Ich durfte ja mit niemandem sprechen. Bloß mit einem Mädchen hatte ich mal freundliche Blicke ausgetauscht. Sie war blond, hatte auffallend viele Sommersprossen um die Nase und erinnerte mich ein wenig an Natalie.

Um entspannt meine Mahlzeit genießen zu können, wählte ich regelmäßig einen Zweiertisch in der Nähe eines Trinkbrunnens. Bis jetzt war ich dort auch immer allein geblieben und sehr froh darüber gewesen. Denn ich hatte mitbekommen, dass es beim Essen ein perfides Ritual gab und ich glaubte, mittlerweile das System durchschaut zu haben ...

Es gab Männer, die sich zu Mädchen an den Tisch setzten, mit ihnen freundlich redeten, Champagner und vielleicht auch eine zweite Nachspeise spendierten, als wäre es ein romantisches Date. Aber wenn das gemeinsame Essen zuende war und der

Gönner in schwarzer Kleidung sich erhob, legte er in einzelnen Fällen die Tischkarte um. Ich konnte nie erkennen, warum er das tat, ob es reine Willkür war oder ob er einen Grund dafür hatte, aber es war wie ein geheimes Zeichen. Anschließend beobachtete ich, dass Mädchen, denen das passierte, später beim Verlassen des Restaurants einen anderen Weg einschlugen. Sie zogen sich in einen verglasten Raum gleich neben dem Eingang zurück, wo bereits mächtig erregte dunkelhäutige Männer auf sie warteten.

Fassungslos sah ich zu, wie ein Mädchen nach dem anderen kopfüber an den Füßen aufgehängt wurde. Die Männer traten an sie heran und stießen ihre Schwänze in die Kehlen der Mädchen, wobei passierte, was passieren musste. Ihre Mägen entleerten sich wie von selbst. Sie hatten gar keinen Einfluss darauf. Nach vier oder fünf beherzten, tiefen Stößen und nachdem sie sich von der gesamten Mahlzeit befreit hatten, wurden sie wieder zu Boden gelassen. Sie durften sich reinigen und am Ausgang erhielten sie ein Glas Pfefferminztee, danach mussten sie hungrig in ihre Zellen zurückkehren.

Besonders schlimm traf es jene, die an mehreren aufeinanderfolgenden Tagen ausgewählt wurden. Ich beobachtete zum Beispiel das hübsche blonde Mädchen mit den Sommersprossen mit immer wieder demselben Mann, der sich zu ihr setzte. Vermutlich hoffte sie jeden Tag, dass er die Tischkarte zum Schluss nicht umlegen würde ... Sie war freundlich zu ihm, lächelte charmant und einige Male hielt er sogar ihre Hand! Aber als er aufstand, tat er es dennoch.

Wenn sich also ein Mann zu einem Mädchen an den Tisch setzte, war es immer wieder seine alleinige Entscheidung, ob sie das Essen des Tages behalten durfte.

Ich selbst hatte mit meinem Tisch zu Beginn großes Glück. Es sah so aus, als wollte keiner der Sadisten neben dem Trinkbrunnen sitzen.

# Level Acht

Eines Abends wurde ich wieder einer gründlichen Reinigung unterzogen. Sie dauerte allerdings nur eine Stunde. Anschließend erhielt ich einen seidigen Kimono anstelle meines Kleides, und ich durfte mich schminken!

»Es ist ein Event der Stufe acht«, erklärte Stan. »Man hat fünfzehn Mädchen aus diesem Trakt bestellt. Ihr sollt das Buffet präsentieren.«

»Stufe acht?«, fragte ich entsetzt. »Ich will bei keiner Operation zusehen!«

»Wirst du nicht!«, entgegnete Stan. »Ihr seid nur für die Eröffnung gebucht. Und falls dich wirklich einer der Herren mitnehmen sollte, werden dir die Augen verbunden.«

»Wozu soll ich dann mit?«, fragte ich.

Stan lachte. »Da sieht man wieder, dass du noch absolut keine Ahnung hast, welche Bedürfnisse die Männer hier haben!«

Ich verkniff mir eine weitere Frage und war etwas pikiert über seine schnippische Art. Unvermittelt fiel mein Blick auf seinen Penis.

»Wie lange musst du das Hardcover eigentlich tragen?«, fragte ich.

Er lächelte. »Bis zum Glücksrad!«

»Was ist das Glücksrad?«

Stan seufzte. »Das ist ein gesellschaftliches Event, das jeden Sonntagmorgen in einem der Festsäle stattfindet. Jeder Teilnehmer darf das Glücksrad selbst drehen und je nachdem wie die Kugel fällt, darf man das Hardcover danach für zwanzig Minuten abnehmen oder nicht. Mit etwas mehr Glück darf sich der Betroffene in dieser Zeit sogar selbst berühren. Und mit sehr viel Glück, bekommt man jemanden zugewiesen, der das für einen tut. Dreht man zusätzlich einen Joker, ist sogar eine Entladung erlaubt. Andernfalls wird eine solche streng bestraft.«

»Du liebe Zeit! Und das alles vor Publikum?«, fragte ich.

»Ja«, meinte er. »Es ist nicht viel anders als bei dir. Man gewöhnt sich daran.«

Ich nickte gedankenverloren.

Wenig später verließen wir meine Zelle und ich schloss mich einer Gruppe von Mädchen in weißen Kimonos an. Wir liefen lange Wege durch das Schloss, bis wir einen prunkvollen Festsaal erreichten. Die hohen Räumlichkeiten dort waren hell erleuchtet, Kristalllüster warfen ihr Licht auf glänzende Marmorböden. Alles wirkte sehr herrschaftlich, die stilvollen Möbel, die hohen weißen Terrassentüren mit ihren Rundbögen und Gittersprossen, und auch der Ausblick auf den nächtlich beleuchteten Garten bezauberte mich.

»Bleib hinten bei den Letzten!«, flüsterte mir aufgebracht eine zarte Stimme zu. Als ich mich umdrehte, erkannte ich das Mädchen mit den Sommersprossen.

Etwas verwirrt entschied ich kurzerhand, ihr zu vertrauen. Ich verlangsamte meine Schritte und reihte mich zu den Letzten aus unserer Gruppe.

Sie nickte unmerklich und lächelte. Wenn das bloß mal gut ging. Offenbar hatte sie schon mehr Erfahrung als ich. Ein Mann mit grauem Gürtel führte uns in den nächsten Raum, wo bereits ein reiches Buffet aufgetischt war. Ich sah mich um und entdeckte einen mächtigen Brunnen in der Mitte des

Saales. Eine weiße Männerstatue stand darin auf einem Podest, umgeben von Wasser. Sie stellte einen nackten griechischen Adonis dar, stolz und muskulös. Nur ein Körperteil passte nicht ganz zu seinen Proportionen. Er hielt ihn mit zwei Fingern seiner rechten Hand und aus dem etwas schmächtigen, leicht gekrümmten Penis lief klares Wasser in das Bassin. Selbst dieser Strahl wirkte jämmerlich und krumm.

Die ersten Mädchen, die hier eintrafen, bekamen Silbertabletts überreicht – eine nach der anderen, insgesamt waren es zehn. Danach dirigierte man die restlichen Mädchen zum Buffet.

»Kelly!«, rief jemand die Kleine mit den Sommersprossen.

Sie musste ihren Kimono abgeben und sich auf einen der Buffettische legen. Anschließend wurde auf ihrem Körper Essen drapiert.

Ein anderes Mädchen beorderte man auf einen Nebentisch und ihr Körper musste für die Präsentation der Früchte herhalten. Die Nächste hob man auf einen runden Glastisch, und ich glaubte, meinen Augen nicht zu trauen, als ich erkannte, dass dieser Tisch ein überdimensionales Cocktailglas darstellte, dass sie darin angekettet wurde und neben ihr bereits einige Schüsseln mit heißer Schokolade bereitstanden! Das hatte ich doch auf Ivory schon erlebt!

»Hey!«, rief einer der Herren. »Wovon träumst du?«

Erschrocken sah ich mich um. Er meinte mich.

»Wie heißt du? Bist du neu?«, fragte er weiter.

»Zahira«, sagte ich.

Er führte mich zum Brunnen und ich musste mich splitternackt auf die Brüstung legen, wobei die Breite der Marmoroberfläche mehr schlecht als recht für mich ausreichte. Sie war auch unangenehm hart und kühl. Meine Hände hingen seitlich herab und wurden unter mir zwischen den Säulen mit klassischen

Handschellen verbunden. Danach musste ich kurz warten.

Ich blickte zur Seite und sah, wie die Mädchen mit den Tabletts instruiert wurden. Jedes der runden Silbertabletts verfügte über eine Zackenklemme an der Kante, mit der es an einem Nippel seiner Trägerin befestigt wurde. Von unten mit Händen gestützt sollten die Mädchen also je zwei Tabletts an ihre Brüste geheftet balancieren.

Dann verstellte mir ein Servierwagen die Sicht und zwei junge Männer mit Kochmützen begannen, mich mit Sushi in allen Variationen zu belegen ... Häppchen für Häppchen platzierten sie eng aneinandergereiht auf meinen Beinen, meinem Bauch und meiner Brust. Fasziniert hob ich den Kopf und sah ihnen zu. Es gab auch Sashimi, wobei das nicht direkt auf meine Haut gesetzt wurde. Offenbar musste der bloße rohe Fisch besser gekühlt werden, also breiteten sie im Spalt meiner Beine der Länge nach eine Folie aus und befüllten sie mit Eis. Darauf kamen dann die Fischscheibchen in kleinen Tassen. Zur Sicherheit wurden meine Fußknöchel noch mit einer breiten Manschette verbunden, sodass sie eng beisammenblieben. In die Zwischenräume meiner Zehen steckten die Hilfsköche acht lange Maki-Spieße. Ich musste mich konzentrieren, meine Füße ruhig zu halten, weil es anfangs etwas kitzelte. Doch dann gab es einen anderen Effekt, der mich sofort ablenkte. Einer der beiden jungen Männer verteilte eine ganze Kelle triefend nasser Ingwer-Blättchen auf meiner glatt rasierten Scham. Der Saft aus dem Einlegewasser lief mir sofort in alle Ritzen und ich musste meine Beine nun noch bewusster schließen, damit wenigstens die Blättchen obenauf liegen blieben.

Den Mädchen mit den Tabletts erklärte man nun, dass sie später Getränke aufgeladen bekämen, die sie an die Gäste verteilen sollten. Ihre Arme würden sie erst wieder entspannen können, wenn ein Tablett gänzlich leer wäre. Wenn sie wollten, durften sie es dann kurz loslassen, wobei der Schmerz, den das Gewicht und die Zackenklemmen dann verursachen würden, nicht abzusehen war.

Für einen Moment dachte ich, ich hätte tatsächlich Glück gehabt, aber gerade, als mir das durch den Kopf ging, befestigte der zweite Hilfskoch ebenfalls Zackenklemmen an meinen Nippeln und ich sog scharf Luft durch meine Zähne, weil es schrecklich schmerzte.

»Das ist für den Kaviar!«, erklärte er und montierte dünne Kettchen daran, die seitlich von mir herabhingen und an deren Enden wiederum silberne Gondeln, befüllt mit reichlich Lachskaviar, eingehängt wurden.

Gequält und beschämt beobachtete ich, wie meine Nippel durch das Gewicht der beiden Gondeln der Schwerkraft folgen mussten und äußerst unattraktiv auseinandergezogen wurden. Ich dachte, das würde nun so bleiben, doch der vermeintliche Hilfskoch holte eine Schnur aus seiner Jacke hervor, umwickelte damit meine Nippel einzeln und zog sie anschließend mit einer Schlinge zusammen, bis sie sich wieder an ihrer natürlichen Position befanden. Mir schossen Tränen in die Augen. Allein das Abschnüren meiner zarten Knospen unterhalb der Zackenklemmen war schmerzhaft genug, doch das Spannen entgegen dem Zug der Gondeln, jagte mir schmerzhafte Blitze durch den Körper. Leicht benommen davon legte ich nun meinen Kopf ab und wartete sehnlichst auf den Moment, wo diese Qualen wieder leichter wurden. Inzwischen bekam ich am Rande mit, dass die beiden das restliche Sushi auf meinen Brüsten verteilten. Abschließend wurde mit Zitronenscheiben, Mandarinenspältchen und dekorativen Salatblättchen alles noch hübsch garniert.

Als ich zur Seite blickte, beobachtete ich, wie man den anderen Mädchen hohe Champagnergläser auf die Tabletts lud und auch ihnen Hitze ins Gesicht schoss. Ich zischte und lächelte verzweifelt mit einem Anflug von Galgenhumor.

Aber ich war noch nicht mal fertig! Die Köche richteten nun meinen Kopf wieder zentriert aus. Ich sollte starr zur Decke blicken, meinten sie, und meinen Mund öffnen. Einer von ihnen gab mir eine kleine tiefe Schüssel in den Mund und der andere befüllte sie mit Sojasauce. Als ich das Glas von unten mit meiner Zunge abtastete, stellte ich fest, dass es sich fast wie ein Dildo anfühlte, rund und glatt. Doch der Durchmesser war übermenschlich. Ich konnte kaum noch schlucken. Meine Zähne berührten das Glas und meine gespannten Lippen begrenzten den Rand der Schüssel.

Zum Abschluss strichen die beiden Köche grüne Wasabi-Paste auf meine Stirn. Sie machten mich darauf aufmerksam, dass ich meinen Kopf nicht bewegen dürfe, da sonst die Sojasauce aus meinem Mund liefe. Danach rollten sie den Servierwagen wieder fort.

Ich wimmerte. Mit dem Blick zur Decke konnte ich fast nichts mehr sehen! Meine Brüste schmerzten am allermeisten. Doch auch meine Muschi brannte von dem saftig triefenden Ingwer und nun stieg mir auch noch Wasabipaste in die Nase! Warum hatte ich es nicht in die Obst-Abteilung geschafft?!

Als die Veranstaltung begann, wurden die Räumlichkeiten etwas abgedunkelt. Musik ertönte und die Gäste fanden sich ein. Ich hörte Männer- und Frauenstimmen, mehrere Leute, die sich leise unterhielten. Soweit mein Sichtfeld reichte, sah ich vorwiegend schwarze Kleidung, doch dann entdeckte ich vereinzelt auch Mädchen in Weiß unter den Gästen. Sie waren hübsch zurechtgemacht und gehörten, wenn ich es richtig deutete, meistens zu einem der Männer. Sofort flackerte Eifersucht in mir auf, als ich darüber nachdachte, dass Amistad mich ebenfalls als seine Abendbegleitung hierher hätte mitnehmen können! Aber noch wusste ich nicht, ob er selbst überhaupt eingeladen war ...

Immer schmerzhafter verdrehte ich mir die Augen, um etwas sehen zu können. Anfangs tranken die Gäste Champagner, doch dann begannen die ersten, sich am Buffet zu bedienen. Und es dauerte nicht lange, bis ein paar Männer auch zu mir kamen. Leider konnte ich die Farben ihrer Gürtel nicht ausmachen, weil die Brüstung dafür zu hoch war. Aus meiner Sicht wirkten die Outfits alle gleich – eng anliegende Shirts und schwarze elegante Sakkos.

Der erste Herr griff zu silbernen Stäbchen, nahm sich Sushi und Sashimi. Etwas unsanft bediente er sich mit einem Löffel an der rechten Kaviargondel, sie begann zu schaukeln und ich stöhnte gequält. Danach fühlte ich eine Berührung an meiner Muschi und eine Bewegung bei den Ingwer-Blättchen, bevor er um einen neuen kleinen Löffel bat, den man ihm auch sofort reichte. Er tauchte ihn in die Sojasauce in meinem Mund, beträufelte sein Essen damit und nahm sich noch etwas Paste von meiner Stirn. Mit einem undefinierbaren Blick in meine Augen verabschiedete er sich von mir. Währenddessen bedienten sich bereits die nächsten. Der Ablauf wiederholte sich mehrmals, bis die ersten begannen, die Ingwerblättchen mit den Stäbchen nicht nur von mir runterzunehmen, sondern sie zuerst einmal durch alle Fältchen meiner Schamlippen zu ziehen! Einen Herrn gab es sogar, der den Ingwer daraufhin vor meinen Augen genüsslich verspeiste. Wenn sich mehrere Männer gleichzeitig bedienten, hatte ich fast ständig Stäbchen in meiner Muschi – mit oder ohne Ingwer, ich konnte es kaum noch unterscheiden, meine zarte Haut brannte und pulsierte.

Plötzlich sah ich Amistad! Er hatte doch tatsächlich seinen Arm um eine vollbusige Blondine geschlungen. Verhalten lächelnd kam er zu mir und streichelte liebevoll über mein

Haar. Ich konnte mit dem breiten Glas in meinem Mund seine Begrüßung nicht erwidern, zwinkerte nur und war mit meinen Blicken zwischen ihm und der hübschen Blonden hin und her gerissen. Sie trug als Einzige, so weit ich hier im Raum sehen konnte, ihre wallenden Haare offen. Die beiden nahmen sich kein Sushi. Nach einer Weile küsste Amistad seine Begleitung vor meinen Augen auf die Schläfe und sie gingen weiter.

Die Zeit verstrich und ich fror an meinen Beinen. Die Sashimi-Kühlung strahlte eisig auf mich ab. Gelegentlich erfasste mich Schüttelfrost, der bis in meine Haarwurzeln kroch. Aber auch meine Kiefer schmerzten mit der Zeit in ihrer stark gespreizten Haltung. Wieder beschäftigte ich mich damit, Leute zu beobachten ...

Einige Männer mit massiven Gesichtsmasken gingen an mir vorüber. Diese hatten auffällig lange gebogene Nasen, die mich an Vögel und den Maskenball von Venedig erinnerten. Erneut packte mich ein Schüttelfrost, der meine Zähne klappern ließ. Ich wimmerte ungeduldig. Doch dann passierte plötzlich etwas, was ich schon gar nicht mehr bedacht hatte. Unvermittelt stand ein kahlköpfiger großer Mann neben mir, in einem hochgeschlossenen schwarzen Anzug!

Mein Herz überschlug sich. Ich hoffte inständig, dass er bloß Sushi wollte! Doch es sah nicht danach aus. Interessiert betrachtete er mich – mein Gesicht und meinen Körper. Ich registrierte ebenfalls sein Äußeres – seine Glatze, den braunen Teint und seine strahlend blauen Augen – und überlegte, ob ich ihn attraktiv fand. Doch das alles hatte überhaupt keine Bedeutung. Über seinen Level konnte man ja schlecht hinwegsehen!

Als seine Aufmerksamkeit wieder in meinem Gesicht gelandet war, griff er zu einem Löffel, nahm reichlich Wasabi-Paste von meiner Stirn und rührte sie in die Sojasauce in meinem Mund. Der Löffel erzeugte ein gläsernes Klirren, das auch den meisten der Gäste nicht verborgen blieb. Es war fast, als wollte er Aufmerksamkeit erregen, um eine Rede zu halten. Immer noch hatte ich Zweifel, dass es ihm bloß um das Sushi ging. Das Klirren übertrug sich durch meine Zähne schmerzhaft in meinen Kopf. Endlich legte er den Löffel zur Seite. Doch dann fasste seine Hand skrupellos an meinen Hals. Und während er mich festhielt, begannen seine Augen gefährlich zu funkeln. Eine dominante Handlung, die mich in meinen Ängsten nur noch bestätigte, andererseits konnte ich mich auch nicht dagegen wehren, dass ich gleichzeitig starke Erregung verspürte, während er das tat. Ich hoffte nur, er wusste, welchen Level ich hatte und dass ich seine Neigungen bei Weitem nicht teilte!

Vermutlich hatten wir ähnliche Gedanken, denn er zückte nun sein Handy und schlug nach. Mit der anderen Hand hielt er mich weiter am Hals fest und in seinem Gesicht konnte ich absolut keine Reaktion ablesen, während er meine intimsten Geheimnisse studierte. Seine Züge blieben unbeeinflusst hart und streng. Danach steckte er das Mobiltelefon wieder weg und nun fixierten mich seine blauen Augen nachdenklich. Seine Finger massierten inzwischen meinen Hals und erneut lief ein eisiger Schauer durch meinen Körper. Dann hob er die kleine Glasschüssel aus meinem Mund und ich konnte endlich meine Kiefer vorsichtig bewegen.

»Danke, Sir«, hauchte ich kleinlaut.

Er nickte und fasste dafür streng in meine Haare. Es war ein Griff, der mich unmittelbar an Santiago erinnerte. Er hob meinen Kopf und kurz hatte ich Ausblick auf das restliche Sushi auf meinem Körper. Ängstlich seufzte ich. Im nächsten Moment schüttete er die Wasabi-Soja-Sauce in mein Gesicht, ließ das Glas fallen, fasste an die dünne Schnur zwischen meinen Nippeln und zog sie hoch. Ich schrie wie von Sinnen. Der Wasabi brannte in meinen Augen und vermutlich waren alle Sushis von mir gefallen, so sehr hatte ich gezuckt und an meinen Handschellen gerissen! Auch die Sashimi-Schüsseln klirrten zu Boden. Ich kreischte und schrie noch immer, aber er ließ die Schnur nicht los. Sein kleiner Finger hakte darunter fest, meine Nippel schmerzten unvorstellbar, ich verkrampfte mich und bog mich ihm entgegen. Mein ganzer Körper drohte von der Brüstung zu rutschen. Ich wusste überhaupt nicht, wohin in meinem Schmerz, und vermutlich waren bereits alle Leute auf uns aufmerksam geworden ... als er endlich losließ.

Ich sank zurück, keuchte und wimmerte. Unzählige Männer standen um mich herum. Und nun war auch Amistad wieder da. Dezent nahm er den Herren aus Level zehn zur Seite und sprach mit ihm. Er berührte ihn am Arm und flüsterte in sein Ohr. Mein Peiniger tat dasselbe, während sich die anderen Leute nun wieder verteilten. Erst danach wandte sich Amistad wieder an mich. »Das ist Fraser«, erklärte er mit sanfter Stimme und streichelte über meinen Kopf. »Er möchte gern die Eröffnung mit dir gestalten.«

Verängstigt sah ich ihn an.

Amistad lächelte. »Normalerweise bringen sich Herren seines Ranges nicht mehr persönlich in das Programm mit ein. Das ist eine Ehre, Zahira.«

Ich schluchzte. Ehre hin oder her! Sein Körpergold war auch eine »Ehre«! Aber ich hatte vermutlich keine Chance, dankend abzulehnen.

Zwei Herren befreiten mich bereits von meinen Fesseln. Sie nahmen mir auch die Kaviargondeln und die Ketten ab, bloß die Krokodilsklemmen sollten auf Frasers Wunsch an meinen Nippeln verbleiben. Aufgelöst wollte ich von der Brüstung steigen, doch Amistad wies mich in die andere Richtung. »Spring ins Wasser und wasch dich!«, befahl er.

»Im Brunnen?!«, schnaubte ich entsetzt.

»Ja, es ist sauberes Wasser!«

Skeptisch drehte ich mich zur anderen Seite und rutschte schließlich von der Brüstung. Das Wasser reichte mir bis zu den Knien und fühlte sich an meinen eisgekühlten Beinen nicht mal kalt an. Eilig tauchte ich unter, befreite mich von Wasabi, Sojasauce und Fischresten. Dann kniete ich mich wieder hin, drückte mein Haar aus und wusch mich gründlich zwischen den Beinen. Der Ingwer brannte noch immer. Hektisch rieb ich mit meiner ganzen Hand über meine Muschi. Erst nach ein paar verzweifelten Versuchen, dieses Brennen loszuwerden, bemerkte ich, dass mir die Adonis-Statue die ganze Zeit auf den Kopf pinkelte. Als ich mich erschrocken umsah, schmunzelten ein paar Männer.

Danach rief man mich aus dem Wasser. Und zum ersten Mal hatte ich eingeschränkte Sicht in den zweiten Veranstaltungssaal und bekam beiläufig mit, dass dort ein junger Mann nackt an eine Säule gefesselt war. Er hatte eine Erektion und schien sich dafür zu schämen.

Als ich wieder auf dem Trockenen stand, gab mir jemand meine High Heels. Ich sollte sie anziehen und so wie ich war, nackt und tropfnass, auf dem Boden niederknien.

Fraser schritt ungeduldig vor mir auf und ab. Ich hoffte von ganzem Herzen, dass er mittlerweile wusste, dass er sich an die Einschränkungen meines Levels halten musste. Dann brachte man endlich eine silberne Platte aus der Küche, auf die er anscheinend gewartet hatte. Einer der jungen Männer mit Kochmütze stellte sie neben mir auf dem Boden ab. Und bereits auf den ersten Blick ekelte es mich unvorstellbar. Da lag ein toter Aal auf Eis, daneben ein genauso toter Kugelfisch und acht Austern. Ob die noch lebten, konnte ich nicht sagen.

Austern waren mein letzter Wille. Es gab kaum etwas, das ich mehr verabscheute.

Ich bekam mit, wie sich viele Schaulustige rund um mich verteilten, dann sollte ich mich nach vorn beugen, mein Gesicht seitlich drehen und auf den Boden legen. Einer der jungen Hilfsköche nahm den Aal und trat hinter mich. Ich fühlte eine Berührung und mir schauderte. Sie war kühl und glitschig, er drängte den Aal zwischen meinen Pobacken! Am liebsten wollte ich auf und davon laufen, aber ich wagte nicht, mich zu bewegen. Einer der Herren packte mich an den Haaren und zwang mich, Frasers Schuhe zu küssen, während ich meine Haltung nicht aufgab. Kurz hielt mir der Fremde sogar die Nase zu und es dauerte etwas, bis ich begriff, dass ich Frasers Schuhe nicht nur zaghaft küssen, sondern begierig ablecken und fast verschlingen sollte. Ich musste meinen Mund weiter öffnen, lutschen und saugen. Erst dann ließ er meine Haare wieder los. Ich fühlte das glatte Leder, jede Naht, die dünnen Schuhbänder und auch seitlich den Rand der Sohle. Ich kam nicht umhin, dass mich diese Erniedrigung auch erregte ... Gleichzeitig drängte der Koch hinter mir den Aal in meine enge Höhle, schob ihn tiefer und ich musste mir eingestehen, dass ich neben all dem Ekel sogar ein wenig Gefallen daran fand. Es fühlte sich an, wie ein immens langer anschmiegsamer Dildo. Und zum Schluss ragte noch immer ein Stück Schwanz aus meinem Popo. Ähnliches passierte mit dem toten Kugelfisch, nach ein paar Versuchen und heftigem Drängen schlüpfte er in meine Vagina und verschwand darin bis auf den Schwanz! Ich fühlte die voluminöse Füllung in mir – und den kleinen Fächer an meinen Schamlippen. Doch inzwischen war ich komplett benebelt und sinnlich verzaubert von den Reizen der Schuhe in meinem Mund. Erst als Fraser sie wegzog, erwachte ich zögerlich aus meiner Trance.

Nun hob jemand das Tablett für ihn auf. Fraser nahm eine Auster. Mit einer speziellen Gabel löste er sie aus der Schale und ließ sie auf den Boden klatschen. Dann trat er zurück, nahm die nächste und machte dasselbe. Während er das tat, schritt er langsam rückwärts. Als er am Ende des Festsaals angekommen war, hatte er den ganzen Weg mit Austern für mich ausgelegt.

»Du wirst eine nach der anderen vom Boden schlürfen!«, befahl eine herrische Stimme zu meiner Linken. Gleichzeitig schnalzte eine Peitsche so dicht neben mir auf den Boden, dass ich den Lufthauch spürte. Es war Duke! Und schon wieder holte er aus ... Doch diesmal traf er mich quer über den Rücken. Ich brach zusammen und schrie ... Kaum hatte ich Luft geholt, wollte ich am liebsten davonlaufen und unternahm sogar einen Versuch.

»HALT! Bleib hier!«, fuhr Duke mich an und knallte die Peitsche auf den Boden. »Untersteh dich!«

»Ich kann keine Austern essen, Sir«, jammerte ich kläglich.

»Du hast keine Erlaubnis, zu sprechen!«, ermahnte er mich und verpasste mir einen zweiten schmerzhaften Hieb quer über den Rücken.

Ich schrie. Doch nun zögerte ich. Meine Arme zitterten. Einen dritten Hieb wollte ich nicht einstecken müssen.

»FANG AN!«, schrie Duke.

Ich sah Amistad an und spürte, dass die Stimmung im Saal nun etwas sehr Bedrohliches hatte. Alle blickten auf mich. Da war plötzlich noch ein weiterer Herr in einem hochgeschlossenen schwarzen Anzug. Er trug eine schwarze Vogelmaske. Und ich war mir nicht sicher, ob sich die Herren mehr an den Austern oder am Befehlston und der Peitsche von Duke erfreuten. Ich war es jedenfalls nicht gewohnt, Kommandos in dieser Lautstärke zu erhalten.

Wieder ein schmerzhafter Treffer. Ein Schrei brach aus meiner Kehle und ich krümmte mich. Es war der schärfste Hieb bisher und er hatte mich an der Rückseite meiner Oberschenkel erwischt. Ohne weiter nachzudenken, machte ich mich nun doch an die erste Auster ... Ich senkte meine Lippen zu Boden, umschloss das schlitzige glibberige Ding und schlürfte es in meinen Mund. Angewidert blickte ich zu Fraser und versuchte, zu schlucken. Keinesfalls wollte ich beißen oder anfangen, darüber nachzudenken. Doch die Masse fühlte sich an wie die Eingeweide eines toten Fisches. Ein ekeliges Aroma stieg mir in die Nase ... und ich konnte nicht schlucken ... Jedes Sperma in diesem Raum wäre mir lieber gewesen.

Fraser sah mich eiskalt an und erhob nun erstmals seine eigene Stimme. Sie war sehr männlich und strahlte Ruhe aus. »Mach weiter!«, befahl er Duke. »Sie lässt sich zu viel Zeit.«

Erschrocken schluckte ich die Auster und sofort traf mich wieder ein Peitschenhieb. Ich würgte und krabbelte zur nächsten. Unweigerlich genierte ich mich für meine mit Fisch gefüllten Öffnungen und den Anblick, den ich von hinten abgeben musste. Duke peitschte weiter. Ich schlürfte das nächste glibberige Ding in meinen Mund und konnte noch gar nicht glauben, dass das erste nicht wieder hochgekommen war. Jede einzelne Auster war nun ein Kampf von Würgen, Schlucken und brennenden Hieben auf meiner Haut. Bei jeder zweiten kam mir auch tatsächlich die vorige wieder hoch, der widerliche Saft schoss mir in die Nase, Tränen stiegen mir in die Augen und ich konnte es kaum bewerkstelligen, mich nicht hier vor allen Leuten zu übergeben. Zwischendurch zwangen mich die schmerzhaften Hiebe mehrmals zu einer Pause. Ich krümmte mich und zitterte bereits am ganzen Körper. Diese Peitsche war nichts für Anfänger, sie war genauso lang und dick wie die, die Amistad auf Ivory benutzt hatte. Mittlerweile trieben mich die Schläge auch nicht mehr voran, sie behinderten mich eher auf meinem Weg und ließen mir kaum Zeit, mich mit den Austern zu befassen. Drei glibberige Dinger lagen noch vor mir. Ich kam Fraser immer näher.

Amistad schritt langsam neben mir her und bei jedem Blick in sein Gesicht, verspürte ich den Willen, ihn nicht enttäuschen zu wollen. Doch dann, kurz vor der siebenten Auster, schlug mich Duke so hart, dass ich kurz Sterne sah. Sein Schlaginstrument hatte sich um meinen Rücken gewickelt und war über die Zackenklemmen geschnalzt, als wollte er sie abschlagen. Der Schmerz an meinen Nippeln war bestialisch, wie eine Explosion, und für einen Moment verlor ich jegliche Kontrolle über meinen Körper, er kontrahierte, und ohne mein Zutun schoss der Aal aus mir heraus und flutschte über den Marmorboden. Als ich mich umblickte, erreichte die Demütigung ihren Gipfel, als ich das schwarze lange Ding hinter mir liegen sah. Grenzenlos beschämt wollte ich mich der nächsten Auster zuwenden, aber Duke hielt mich mit der Peitsche zurück. »Nein, bleib so«, meinte er ruhig.

Und erst jetzt begriff ich, dass es ihnen offensichtlich darum gegangen war! Sie hatten den Aal gewollt!

»Mach es dir selbst!«, raunte Duke. »Und sieh dabei Fraser an! Leg deine Wange auf den Boden und berühr dich! Wir wollen auch den Kugelfisch!«

Fraser trat langsam an meine linke Seite und ich glaubte meinen Ohren nicht zu trauen. Ich sollte mich hier im Kreis unzähliger Männer tatsächlich selbst befriedigen? Es war etwas völlig anderes, wenn man plötzlich keine Glaswand mehr hatte, die einem von der Gesellschaft trennte. Aber wie es schien, würde ich mir dadurch die letzten zwei Austern ersparen, also legte ich mein Gesicht auf den Boden und befolgte den Befehl. Immer wieder glitten meine Finger dabei auch über den

Schwanz des toten Fisches und ich überlegte, ob ich ihn nicht vielleicht geschickt herausziehen und einen kleinen Orgasmus vortäuschen konnte. Doch der Blick in Frasers Augen brachte mich schnell davon ab, mir hier etwas zu Schulden kommen zu lassen. Ich musste es auf ehrliche Weise versuchen. Also rieb ich meine kleine Perle und fühlte meine wachsende Erregung. Hitze stieg in mir auf, ich wimmerte und stöhnte. Meine Finger flogen über meine Schamlippen und mit dem kleinen Fischschwanz und der angenehmen Füllung in meiner Muschi ging es auch ganz schnell. Ich japste einen Lustschrei und bebte innerlich. Ein paar heftige Wellen der Erregung durchströmten meinen Unterleib und ich fühlte, wie sich meine Augen in der Ekstase verdrehten und Fraser kurz verloren ... doch ich stellte erschrocken fest, dass der Kugelfisch noch in mir war.

Amistad schien nun leicht nervös. Fraser gab eine Anweisung an ein paar herumstehende Männer. Die packten daraufhin meine Beine und drehten mich in eine andere Position. Ich lag nun auf dem Rücken und zwei der Herren hielten meine Beine vor Fraser gespreizt.

»Nochmal!«, meinte Duke und schüttete mir ein Glas Champagner über den Körper.

Ängstlich befeuchtete ich meine Finger und begann, mich erneut zu reiben. Nun wollte ich mir nicht mehr vorstellen, was passierte, wenn es wieder nicht gelang. Aber diese Position war fast noch schrecklicher als die erste! Sie erinnerte mich schon wieder an Diegos Geburt. Nur, dass ich diesmal einen heftigen Orgasmus brauchte! Der Herr hinter mir packte meine Haare und hob meinen Kopf, damit ich mir selbst dabei zusehen konnte. Ich rieb mich hektisch, panisch ... begann zu wimmern und zu zittern. Aber meine verzweifelten Blicke gehörten auch Fraser. Ob dieser Mann wohl durch irgendetwas zu erweichen war? ... Ich stellte mir vor, mit ihm zu schlafen, und plötzlich durchströmte mich heftige Lust. Ein wundervoller Orgasmus kündigte sich an, aber kurz bevor er sich entladen konnte, fassten zwei Männer an meine Nippel und lösten die Zackenklemmen ab. Ich schrie ... und ich kam ...

Bereits mit der ersten Welle der Lust flutschte der Kugelfisch aus mir. Ich schrie noch mal, dankbar und erleichtert. Keuchend wand ich mich auf dem Boden, mein Becken zuckte wieder und wieder, bis es mir irgendwann gelang, meine Hand von dem kleinen Knubbel zu nehmen, der für meine Ekstase verantwortlich war.

Als ich es überstanden hatte, gaben die Männer meine Beine frei. Fraser sah auf die Uhr und nickte einem anderen Mann zu. Die Mehrheit der Schaulustigen machte sich auf den Weg in den zweiten Saal, während ich mich in meine Zelle zurückziehen durfte. Ich war dankbar, dass mich keiner der Herren mitgenommen hatte, dass ich nicht sehen musste, was sie mit dem gefesselten jungen Mann im zweiten Saal machten.

Auf dem Weg in meine Zelle überlegte ich, wie Fraser ausgerechnet auf Austern gekommen war. Wusste Amistad, dass ich sie verabscheute? Oder hatte man das auch in diesen psychologischen Tests herausgefunden? Wie auch immer. Wenigstens war mir inzwischen nicht mehr übel davon.

In meiner Zelle duschte ich mich ganz penibel und gründlich, um mich von allem Fischgeruch zu befreien. Doch das reichte offenbar nicht. Als ich auch meine Zähne geputzt hatte, kam Stanley. Er erklärte mir, dass man meine Zelle nun auf einhundert Grad aufheizen würde, wie eine Sauna. Ich müsse dreimal zwanzig Minuten schwitzen und zwischendurch immer wieder duschen. Erst danach, wäre das Thema »Fischgeruch« erledigt.

Und so geschah es auch.

# EntHüllungen

Die darauffolgenden Tage war ich unfassbar beliebt. Es war, als ob ich auf dieser Veranstaltung Werbung für mich selbst gemacht hätte. Immer wieder kamen Männer zu mir in die Zelle, die ihre Lust an mir stillen wollten. Die ersten drängten sich bereits am selben Abend. Ich hatte noch nasse Haare und gerade mal die drei Saunagänge hinter mir, als sie um Einlass baten. Die Veranstaltung musste eben erst zu Ende gewesen sein, denn sie hatten es besonders eilig, sich nun Erlösung zu verschaffen. Während ich vor einem dieser Männer kniete und an seinem Schwanz saugte, ging mir so einiges durch den Kopf. Hätte ich zuvor noch gern die Austern gegen das Sperma einiger Männer im Saal getauscht, so bekam ich jetzt beides. Ich merkte, dass ich in Zukunft besser aufpassen musste, was ich mir wünschte.

Manche meiner Besucher bestanden auch darauf, dass ich dieselben Zackenklemmen trug wie bei dem Event. Einer von ihnen hatte sogar eine kurze Schnur dabei. Er befestigte die Enden an meinen beiden Nippelklemmen, zog sie hoch und legte die Schlinge über seinen Penis, während ich ihn oral verwöhnte.

Viele berührten auch meine Schamlippen, küssten mich und fragten mich, wie sich der Kugelfisch in meiner Vagina angefühlt hatte.

Ich war froh, dass ich bei Amistad in der Klinik mitbekommen hatte, wie sorgfältig all die gesundheitlichen Tests waren, die auch die Männer durchlaufen mussten ... und dass ich mich bei allem, was geschah, wirklich darauf verlassen konnte, hier nach drei Wochen wieder genauso gesund rauszugehen, wie ich gekommen war. Die ganze Organisation war gut durchdacht und ich vertraute Amistad. Er hatte mir sogar ein Verhütungsmittel für ein Monat gespritzt, obwohl er meinte, dass »normaler« Geschlechtsverkehr in meinem Level nicht üblich wäre. Er tat es aber dennoch, zu meiner Sicherheit, denn die Männer hier würden angeblich keine Kondome benutzen. Insgeheim hoffte ich, dass er es nicht ohne Hintergedanken tat und er selbst vielleicht Interesse an mir hatte. Ich wollte so gern ein zweites Mal mit ihm schlafen. Diesmal vielleicht etwas genussvoller. Und meine Hoffnung steigerte sich eines Tages ganz enorm, als Stanley verkündete: »Zieh dein Kleid an. Amistad will dich in seinem Büro sehen!«

Es war Morgen, ich hatte gerade geduscht und noch nicht gefrühstückt. Eilig steckte ich meine Haare fester zusammen, blickte noch einmal in den Spiegel und verließ anschließend mit Stanley meine Zelle. Nervös trat ich im Aufzug von einem Fuß auf den anderen. Etwas ungewöhnlich war es schon, dass Amistad mich dafür ausgerechnet in seinem Büro sehen wollte. Hatte es nicht geheißen, er hätte auch eine Wohnung hier im Schloss?

»Danke. Lassen Sie uns allein!«, raunte Amistad, nachdem Stanley mich vorgeführt hatte.

Amistad lehnte mit verschränkten Armen und überkreuzten Beinen an seinem Schreibtisch und seine Miene hatte etwas höchst Sonderbares an sich. Obwohl er mit seiner Körperhaltung die übliche Dominanz signalisierte, wirkte er fahrig und zerstreut. Hektische Lidschläge unterbrachen die Strenge seiner Blicke.

Als Stanley das Büro verlassen hatte, kniete ich kurz nieder und brachte meine Stirn zu Boden. Gleichzeitig hoffte ich, dass bei mir zu Hause oder mit meinen Kindern nichts passiert war, und es fiel mir unheimlich schwer, mit dieser größten Sorge nicht gleich herauszuplatzen. Wenn ich richtig rechnete, war es schon wieder vier Tage her, seit man mich das letzte Mal zum Telefon gerufen hatte ... Aber war er deswegen so aufgebracht?

Als ich wieder vor ihm stand, trafen mich befremdliche Blicke. »Ich kann es nicht glauben!«, fauchte er.

»Was denn?«, fragte ich schüchtern. »Sir ... wenn ich etwas falsch gemacht habe ...«

»Lass das!«, unterbrach er mich scharf. »Hör jetzt auf, mich ›Sir‹ zu nennen, wenn wir allein sind!« Abrupt riss er seine Arme auseinander und befreite sich von der Anzugsjacke, als wäre plötzlich gleißende Hitze in ihm ausgebrochen. Er warf sie hinter sich über den Schreibtisch und wandte sich wieder mir zu. »Wann ist dein Sohn geboren?«, fragte er streng.

Oh mein Gott! Wie kam er denn darauf? Entgeistert starrte ich ihn an und dachte sofort an mein Handy. Ich hatte ganz bewusst keine privaten Fotos darauf gespeichert. Wie konnte er also ahnen, dass etwas mit Diegos Geburtsdatum nicht stimmte? Vor lauter Schreck brachte ich kein Wort heraus.

»Zahira! Du hast um ein ganzes Jahr gelogen!«, empörte er sich. »Und nicht nur das. Ich hab mich natürlich gefragt, warum du das tust, keine Mutter irrt sich so drastisch beim Alter ihres Kindes, doch dann fiel es mir plötzlich wie Schuppen von den Augen! Und, was soll ich sagen ... Zahira, das darf doch nicht WAHR SEIN! Ich bin FASSUNGSLOS!«

»Ich ... ich weiß nicht, was du meinst«, hauchte ich kleinlaut und mir wurde schrecklich übel.

Amistad presste seine Lippen aufeinander und schüttelte den Kopf. »Du weißt genau, was ich meine! Tu nicht so, als hättest du nie nachgerechnet! Diego wurde in meiner Zeit auf Ivory gezeugt! Bei deiner Verhütung muss irgendetwas schiefgelaufen sein!«

»Diego wurde nicht auf Ivory gezeugt!«, widersprach ich selbstbewusst. »Es war gleich danach. Ich hatte mich gerade von Santiago getrennt und ... Diego ... er ist eine Frühgeburt. Er kam im siebten Monat zur Welt.«

Amistad lächelte bedrohlich. »Lüg mich nicht an!«

Mein Herz raste, aber meine Blicke blieben standhaft, und ich schwieg.

Doch dann fasste er hinter sich und hielt mir einen Zettel vor die Nase. Es war ein Original-Befund des *Presbyterian Hospitals* in New York, aus dem vermutlich hervorging, dass Diego keine Frühgeburt war.

Ich wurde bleich. »Wie kommst du dazu?«, hauchte ich.

»Wir haben dich überprüft, Zahira!«, brummte er. »Normalerweise durchleuchten wir nur die Männer, die sich hier auf *Avaloon* betätigen möchten, aber ich habe mir angewöhnt, es gelegentlich auch bei den Mädchen zu tun.«

Ich nickte wie weggetreten.

»Auch deine Adresse stimmt nicht! Du wohnst schon ewig nicht mehr in New York!«, fuhr er mich an. »Hast du mir nicht etwas von Indonesien erzählt?! Aber New York hat uns wenigstens zu diesen Spitalsdaten hier geführt. Dein Familienname ist ja zum Glück nicht all zu häufig! Doch die Frage aller Fragen bleibt, Zahira! Wessen Sohn ist DIEGO?!«

Ich schluckte ... »Ich kann dazu nichts sagen, Amistad! Es gibt Dinge, die wirklich nur mich privat betreffen und über die ich keine Auskunft geben möchte!« Mit aller Gewalt wollte ich ihm die Stirn bieten.

Aber es war längst zu spät. Amistad fasste ein zweites Mal hinter sich und warf ein ganzes Paket von Fotos vor meine Füße. Es waren DIN-A4-Drucke, die meine Kinder zeigten!

Ich fiel auf die Knie und nahm sie an mich …

Diego beim Spielen! Diego beim Essen! Diego am Pool, bei meinen Eltern! Diego bei einem Nachmittagsschläfchen, auf einer Gartenliege, mit Larissa! Alles Aufnahmen aus Spanien, die ich selbst noch nicht kannte! Ich brach in Tränen aus … »Bist du von allen guten Geistern verlassen?«, schluchzte ich entsetzt. »Du hast meine Familie beobachten lassen?!«

Amistad knurrte. »Nachdem ich als möglicher Vater in Betracht kam, wirst du ja hoffentlich verzeihen, konnte ich es nicht lassen. Und ich kann dir sagen, du hast mir eine Woche schlafloser Nächte beschert! Aber wie ein Vaterschaftstest jetzt ergeben hat, ist Diego NICHT mein Kind!«

»VATERSCHAFTSTEST?!«, schrie ich. »Womit? Wo ist mein Sohn?!«

»Keine Sorge! In Spanien! Es hat niemand etwas mitbekommen.«

»Bitte?! Wie kannst du nur?! Und wie kommst du überhaupt zur Adresse meiner Eltern?!«, empörte ich mich.

»Über die Telefonnummer. Du hast schließlich zweimal mit deinen Kindern telefoniert.«

Mir verschwammen die Bilder vor den Augen.

Amistad fuhr sich durch die Haare. »Wer ist der Vater, Zahira?«

Alles in mir krampfte sich zusammen. Ich sah ihn flehend an und schüttelte den Kopf.

»Es ist Santiago«, mutmaßte er. »Du brauchst es nicht zu leugnen. Wenn man etwas genauer hinsieht, ist es unbestreitbar. Der Kleine ist ihm wie aus dem Gesicht geschnitten. Und anders kann ich mir auch dein Theater nicht erklären.«

Betroffen senkte meinen Blick und wusste, dass das auf ihn wie ein Geständnis wirken würde.

»Großer Gott!«, stöhnte Amistad.

Ich sah ihn wieder an und nickte.

»Du hast ein Kind von Santiago und er weiß es nicht?!«

Verschreckt schüttelte ich den Kopf. »Er würde mir Diego wegnehmen!«

»Und du glaubst, dass du damit durchkommst? ... Also, ich bin mir nicht sicher, ob ich das für mich behalten kann?«

Mein Herz schlug nun Stakkato. »Du hast Kontakt zu Santiago?«, fragte ich bestürzt.

Amistad lächelte. »Santiago geht in *Avaloon* ein und aus. Manchmal holt er Mädchen von der Ausbildungsstätte. Manchmal stattet er aber auch uns hier einen Besuch ab. Im Schnitt kommt er zweimal im Jahr.«

Entsetzt sah ich ihn an. »WAS?! Wieso sagst du mir das nicht?! Ich möchte nicht auf ihn treffen! Wenn ich das gewusst hätte, wäre ich niemals hierhergekommen!«

»Du wärst nicht auf ihn getroffen!«, unterbrach er mich. »Selbst wenn du es gewollt hättest. Santiago kündigt sich an! Und er möchte keinem seiner Mädchen hier begegnen. Ich hab das organisatorisch durchaus im Griff, Zahira. Du bist nicht die Erste, die von Ivory zu mir kommt. Wäre er überraschend angereist, hätte ich dich sofort von *Avaloon* weggeschickt. Darauf kannst du dich verlassen.«

»Ich bin nicht die Erste?«, fragte ich erstaunt. »Wer kommt noch zu dir?! Kenne ich sie?«

»Dazu kann ich keine Auskünfte geben. Aber bei seinem Verschleiß, denke ich, ist die Chance gering, dass du Einzelne kennst. Vor allem, seit sich *Avaloon* bei den Jahrestreffen herumgesprochen hat.« Amistad lächelte überheblich.

»Aber Santiago hätte eine Maske tragen und bei meinen Züchtigungen zusehen können, ohne dass ich es weiß!«, klagte ich.

»Das tut er nicht, glaub mir! Er hat absolut kein Interesse,

Mädchen zu sehen, die er schon mal als Gespielinnen hatte. Er will ständig neue Gesichter. Vielleicht gibt es ein oder zwei Ausnahmen, aber das ist eine andere Geschichte. Kommen wir doch zurück zu dir! Was sollte mich also davon abhalten, Santiago diese unabschätzbar wertvolle Information zukommen zu lassen?«

Ich spürte Panik in mir hochsteigen. Nun musste mir schnell etwas einfallen. Doch gerade in diesem Moment hatte ich einen Geistesblitz, der mir Rettung versprach. »Ich weiß wirklich nicht, warum gerade du so scharf darauf bist, ihm das zu erzählen? Willst du dich von ihm verklagen lassen?«, entgegnete ich mutig. »Vielleicht ist dir nicht bewusst, dass die Sache mit der fehlenden Verhütung einzig und allein dein Verschulden war! David hat mir den Eintrag im Ärztebuch gezeigt. Es passierte am Tag, als Cheyenne von uns ging. Du hattest in der Aufregung und bei all dem Trubel vergessen, mich zu impfen!«

»Das kann nicht sein, Zahira!«, meinte Amistad.

»Doch! Ich erinnere mich an kaum etwas so genau, wie an diesen Tag. Und du hast mich nicht geimpft! Auch an keinem der darauffolgenden Tage! Du hast es schlicht und einfach vergessen!«

Amistad war sprachlos, und ich setzte noch einen drauf: »Was glaubst du, wie Santiago das wohl findet? Er wollte doch vor fünfzig keine Kinder! Und wenn, dann hätte er sich die Frau dazu bestimmt lieber selbst ausgesucht! Also gehe ich mal davon aus, dass sich seine Freude in Grenzen halten wird und er dir viel eher mit Schadensersatzklagen und Schmerzensgeldforderungen kommen würde!«

Amistad kniff seine Augen zusammen und dachte kurz nach. »Da könntest du recht haben ...«

»Ich habe ganz bestimmt recht!«, bekräftigte ich. »Santiago würde dir die Hölle heiß machen!«

Amistad lächelte und wand sich etwas in die Enge getrieben. »Okay«, meinte er schließlich. »Angenommen, ich schweige ... Willst du ihm seinen Sohn auf ewig vorenthalten?«

Ich erhob mich vom Boden und legte die Fotos auf den Tisch. »Nein«, beteuerte ich. »Wenn Diego volljährig ist und eine Ausbildung hat, darf er selbst entscheiden, ob er seinen Vater kennenlernen möchte oder nicht. Ich werde Santiago nicht schlecht machen, aber in gewissen Dingen werde ich kein Blatt vor den Mund nehmen, schließlich muss ich mich rechtfertigen, warum ich früher keinen Kontakt zulassen wollte.«

Amistad sah mich skeptisch an. »Das bedeutet dann für mich nur einen Aufschub von ein paar Jahren!«

Ich lächelte. »Wenn es soweit ist, werde ich bezeugen, dass du mich geimpft hast. Dann war eben der Impfstoff defekt.«

»Du willst mich also erpressen?«

»Nein«, hauchte ich aufrichtig.

»Ich lasse mich von dir nicht erpressen, Zahira. Bei uns steht Aussage gegen Aussage und ich würde mich an deiner Stelle nicht darauf verlassen, dass er im Zweifelsfall einer Frau glaubt.«

Ich schluckte. »Dann bitte ich dich eben, Amistad, tu es nicht!«

Er lächelte süffisant. Aber ich war mir sicher, dass Santiago im Zweifelsfall mir glauben würde! Die Wahrscheinlichkeit für einen defekten Impfstoff war verschwindend gering im Vergleich zu einem Ärztefehler. Und selbst wenn er mich geimpft hatte, konnte er einen falschen Impfstoff erwischt haben. Das Ergebnis war schließlich nicht zu bestreiten! Bestimmt war sich auch Amistad über seine schlechten Karten im Klaren. Aber vermutlich durfte man ihn nicht verlieren lassen. »Es weiß doch niemand von Diego«, bestärkte ich ihn. »Und falls deine Spione von ihm wissen, so können sie doch keinen Zusammenhang mit Santiago herstellen, oder? Für dich steht also gar nichts auf dem Spiel, aber wenn du es Santiago verrätst, würde das mein Leben zerstören. Du würdest mich und meine ganze Familie unglücklich machen. Bitte tu mir das nicht an, Amistad!« Ich spürte Tränen in meine Augen schießen, so sehr hatte ich mich in dieses Horrorszenario hineinversetzt.

Amistad nickte mitfühlend und nach einer kleinen Pause meinte er: »Okay. Dein Geheimnis ist vorläufig bei mir sicher.«

»Was heißt vorläufig?«, fragte ich.

»Dein Geheimnis ist bei mir sicher!«, korrigierte er sich.

Dankbar und zufrieden fiel ich ihm um den Hals.

***

Nach einer innigen Umarmung erklärte Amistad: »Du bist nicht mehr lange bei uns. Deine drei Wochen sind fast um ... Ich schlage vor, ich werde dich heute Abend abholen und wir verbringen die letzten Tage gemeinsam in meinem Wochenendhaus in Sandy Springs. Dann können wir auch Cheyenne einen Besuch abstatten ...«

Glücklich strahlte ich ihn an. Doch im selben Moment vibrierte sein Handy. Amistad beugte sich über den Schreibtisch zu seiner Jacke und nahm das Gespräch entgegen. Es schien etwas Unerwartetes vorgefallen zu sein, denn er musste sofort aufbrechen ...

»Setz dich und fass nichts an!«, meinte er zu mir und deutete auf seinen Chefsessel. »Ich schicke Stanley. Er bringt dich zurück in deine Zelle.«

Amistad schlüpfte in sein Sakko und stieg in den Fahrstuhl.

Ich setzte mich in seinen großen Ledersessel und wippte nervös hin und her, fand es spannend, allein in Amistads Büro zu sein. Geradezu leichtsinnig von ihm. Zwar war alles pedantisch aufgeräumt, PC und Laptop ausgeschaltet und auf den ersten Blick war nichts zu sehen, was mein Interesse wecken konnte. Aber bestimmt verwahrten sie hier irgendwo geheime

Unterlagen. Andererseits gab es vielleicht auch Kameras und er war sich deshalb so sicher, dass ich nichts anfassen würde.

Ich dachte an Santiago und fragte mich, wie lange er wohl schon nach *Avaloon* kam … Kannte er Amistad seit seiner emotionalen Krise, als ich damals mit David von Ivory geflohen war? Oder war er davor schon mal hier gewesen? Etwas gelangweilt drehte ich mich mit dem Chefsessel im Kreis und stieß dabei unabsichtlich mit einem High Heel gegen den Tisch. Plötzlich leuchtete Amistads Laptop hell auf. Ich hatte durch die Erschütterung den Bildschirmschoner deaktiviert!

Mit dezenten Stielaugen schielte ich auf das Dokument, das nun angezeigt wurde. Es war die Kartei eines gewissen »Jeff Baisley« aus Level acht! Sie beschrieb seine Körpermaße, Größe und Gewicht. Sein Gesundheitsstatus wurde in Form einer fünfteiligen Ampel ausgewiesen, deren Farben von Rot, über Rotbraun, Orange und Gelb bis Grün reichten. Der Status von Mr Baisley war mit Grün markiert. Darunter gab es eine Rubrik mit persönlichen Vermerken. Und noch ein Stück weiter unten die Rubrik »Fetisch«. Hier leuchteten mir drei Begriffe entgegen, mit denen ich nicht viel anfangen konnte: »Sissy-Boy, Time-Play, Sounding.«

Offensichtlich gab es von jedem der Männer hier eine Akte mit Daten und Vorlieben, so wie sie bei uns Mädchen auf dem Chip gespeichert war. Trotzdem hätte ich nicht gewagt, meine Hände an Amistads Laptop zu legen und nach einer bestimmten Person zu suchen. Dafür fiel mir plötzlich ein, dass ich bei meiner Umdrehung mit dem Bürostuhl hinter mir eine Kommode mit beschrifteten Schubladen gesehen hatte. Eilig drehte ich mich um und erblickte tatsächlich Schubladen, versehen mit großen goldenen römischen Zahlen von eins bis zehn! Das mussten die Level sein! Darunter gab es eine alphabetische Ordnung. Je höher die römische Zahl, desto geringer die Anzahl der zugehörigen Schubladen. Bei römisch zehn gab es sogar nur eine einzige! Würde ich hier Amistads Akte finden?

Aufgeregt suchte ich nach Kameras im Raum und entdeckte tatsächlich eine direkt über mir an der Decke. Sie war jedoch vom Schreibtisch weg auf den Fahrstuhl gerichtet. Also rutschte ich unauffällig mit dem Stuhl ein Stück nach rechts und zog mit meiner Schuhspitze die Schublade auf, die sich nicht weit über dem Boden befand. Zum Vorschein kamen Hängeregister mit aufgesteckten Namensschildern. Amistads Name war gleich der erste! Mein Herz pochte aufgeregt. Doch ich blieb ruhig und zog sie weiter auf ... »Don Vito«, »Fraser«, »Hank«, »Nathan«, »Randolf« und dahinter »Santiago«!

Oh mein Gott! Was sollte ich bloß tun? ... Ich hatte schreckliche Angst, erwischt zu werden, doch nie wieder bekäme ich wohl die Chance, Santiagos intimste Akte und seine wahren, medizinisch ausgetesteten Neigungen zu erfahren! Also beschloss ich, meine Zeit nicht mit Amistads Akte zu vergeuden und fasste stattdessen sofort nach der von Santiago. Sie war die Vorletzte. Hinter ihm gab es nur noch einen »Veith Lucian«. Ich kniete mich auf den Boden und zog seine Unterlagen auf meine Knie. Wehmütig verweilte ich nicht zu lange bei dem Foto von ihm und blätterte schnell weiter zu den aufschlussreichen Seiten. Die Einteilung sah genauso aus wie auf dem Laptop. Und Santiago hatte tatsächlich Level zehn! Mir schauderte. Ich übersprang seine Maße. Sein Gesundheitsstatus war grün. Bei persönlichen Notizen war etwas von »VIP-Escort«, »Distance« und »Brandmal-Ausschluss« erwähnt. Doch dann fielen meine Augen auf die Rubrik, die ich gesucht hatte: »FETISCH«. Ich zitterte am ganzen Körper, als ich die darauffolgenden Worte las: »Kastration«, »Russian Roulette«, »Atemkontrolle u. l.« und ... »Augenlicht«!

Oh mein Gott! Vermutlich hätte mich »Russian Roulette« am meisten beunruhigen sollen, oder die Abkürzung »u. l.« hinter »Atemkontrolle«, doch das war es beides nicht. Es war »Augenlicht«! Was zum Teufel sollte das heißen? Zum hundertsten Mal sah ich mich veranlasst, mir die Frage zu stellen, ob das mit Jana damals wirklich nur ein Unfall gewesen war! Augenlicht ... Wie konnte man so etwas bloß als Fetisch bezeichnen? Mir kamen die Tränen ... Ich suchte nach einer Erklärung der Begriffe. Aber bevor ich etwas fand, hörte ich bereits den Aufzug.

Eilig ließ ich die Akte in die Schublade fallen, schob sie zu und setzte mich auf den Stuhl. Der Bildschirm auf dem Laptop war wieder schwarz.

Stanley kam und brachte mich in meine Zelle.

# Sandy Springs

Am späten Nachmittag erhielt ich Besuch von einem Herren mit grauem Gürtel. Stanley stellte ihn mir als Roger vor. Doch ich konnte mir hier längst schon nicht mehr alle Namen merken. Jedenfalls hatte mich Stanley für ihn vorbereitet. Mitten in meiner Zelle musste ich nackt, mit gespreizten Beinen und gefesselten Händen stehen. Während meine Füße weit voneinander entfernt an Ringen im Boden befestigt waren, lagen meine Handgelenke über dem Kopf in einer Kette, die von der Decke hing. Eine äußerst unbequeme Stellung, da ich mit den High Heels nach außen zu kippen drohte und ständig dazu verleitet war, mehr Gewicht auf meine Hände zu bringen. Doch auch die Kette schmerzte an meinen Handgelenken.

Nachdem Stanley meine Zelle verlassen und die Tür geschlossen hatte, kam Roger mir näher. Zuerst war sein Ausdruck ernst, doch dann lächelte er und trat einen Schritt von mir zurück. Ich atmete aufgeregt und fragte mich, was mich nun erwarten würde und wie viele Leute wohl von draußen durch die Glaswand zusahen. Plötzlich holte er aus und schlug meine Brust. Seine flache Hand klatschte lautstark auf meine linke Seite.

Ich schrie, da ich erschrocken war. Doch auch der Schmerz verströmte sich langsam. Daraufhin griff Roger nach einem breiten Klebeband aus einer der Schubladen, riss einen Streifen ab und klebte mir den Mund zu.

Schließlich stellte er sich wieder mir gegenüber auf und schlug erneut zu. Diesmal traf es die rechte Seite. Meine Brust wippte schmerzhaft nach, doch er gönnte mir keine Pause. Von da an ohrfeigte er abwechselnd meine beiden Brüste, sodass sie nicht mehr zur Ruhe kamen. Ich schnaubte und stöhnte in meinen Knebel. Mit jedem Schlag wurde es schmerzhafter. Ich sah, wie meine zarte Haut sich langsam rötete und die Farbe an Intensität immer mehr zunahm.

Ab einem gewissen Moment liefen mir die Tränen aus den Augen, denn ich fand es schrecklich demütigend, auf einen Körperteil geschlagen zu werden, den man selbst als besonders schön und wertvoll empfand. Es war, als würde Roger damit eine tiefe Verachtung meiner Weiblichkeit demonstrieren. Noch mehr schämte ich mich aber dafür, dass ich deswegen weinen musste.

Irgendwann gab er seinen wechselseitigen Rhythmus auf und widmete sich nur noch einer Seite. Das machte die Schmerzen intensiver. Ich flehte ihn mit feuchten Augen an, wimmerte und schniefte. Immer wieder fiel ich mit meinen Handgelenken in die Ketten, weil meine Füße mich nicht mehr tragen wollten. Doch als er kurz stoppte, wurde meine Hoffnung schnell enttäuscht. Roger trank bloß einen Schluck Wasser und wechselte danach zur anderen Seite.

Meine Brüste waren mittlerweile stark gerötet, meine Knospen standen steif von mir ab, als wollten sie anklagend auf den Schuldigen zeigen, der mir das antat. Als Roger das bemerkte, schnippte er geringschätzig mit einem Finger mehrmals dagegen. Dann befand er die Farbe meiner Brüste als »dekorativ und schön durchblutet«, trank noch einen Schluck Wasser und nahm mir das Klebeband ab.

Er gab mir ebenfalls zu trinken, hielt das Glas an meine Lippen, doch als ich nicht schnell genug schlucken konnte, goss er den Rest über meinen Körper. Danach streichelte er verzückt über meine Wange. Sein Lächeln wirkte bedrohlich. Er kam mir näher und begann, mich zärtlich zu küssen. Unweigerlich musste ich mich seinem Kuss hingeben, seiner Zunge Einlass gewähren und ihre Zärtlichkeit erwidern. Währenddessen berührte er mich mit zwei Fingern zwischen den Beinen. Noch immer hatte ich meine Schenkel gespreizt und mit Sicherheit konnte er fühlen, dass ich erregt war.

Wieder lächelte er. Dann stellte er das Glas zur Seite und verließ den Raum. Stanley kam und befreite mich von allen Fesseln.

Ich sank auf den Boden und wimmerte. Gekrümmt fiel ich zur Seite und konnte meine Brüste selbst kaum berühren, so sehr schmerzten sie. Mittlerweile schämte ich mich aber nicht mehr für mein Leid, obwohl ich wusste, dass sie mich von draußen beobachteten.

Nicht viel später öffnete sich meine Tür erneut und mein verschleierter Blick fiel auf Amistad. Noch immer lag ich wie ein krankes Reh auf meinem kleinen Teppich.

»Was ist los?«, fragte er. »Ich dachte, du hättest dich hübsch gemacht ... für mich!«

Erst jetzt erinnerte ich mich wieder, dass er mich ja abholen und mit in sein Wochenendhaus nehmen wollte. Ich hatte bei der letzten Züchtigung alles vergessen, sogar meine große Frage, was man hier auf *Avaloon* unter dem Fetisch »Augenlicht« verstand. Zerstreut küsste ich den Boden vor Amistads Füßen. »Bitte um zehn Minuten, Sir, dann kann ich mich schminken und hübsch machen«, ersuchte ich ihn.

»Nein, schlüpf in dein Kleid, wir fahren so!«, entgegnete er.

Schnell wischte ich die Spuren der letzten Tränen aus meinem Gesicht und schlüpfte in das weiße Kleid. Wieder fühlte ich den Schmerz beim Kontakt mit der Seide und zögerte, das

Oberteil in meinem Rücken zu verschließen. Doch Amistad war mir behilflich. Abschließend zog er die Haarspange aus meiner Frisur, sodass die Mähne über meine Schultern fiel. Danach legte er seinen Arm um mich und wir verließen das Gebäude.

Im Schlosshof wartete ein Chauffeur vor einer schwarzen Limousine auf uns.

»Dein Gepäck ist im Kofferraum«, erklärte Amistad. »Du wirst nicht mehr hierher zurückkommen.«

Ich nickte.

Der Chauffeur hielt uns die Tür auf. Amistad stieg zuerst in den Wagen und als ich neben ihm Platz nahm, bemerkte ich, dass zu seiner anderen Seite bereits eine junge Frau saß.

Amistad küsste sie auf den Mund. »Das ist Charlene«, stellte er sie vor. »Charlene, Zahira.«

Die blonde Schönheit nickte mir zu.

Mein Blick fiel sofort auf ihr Dekolleté. Es war aufdringlich üppig und mit Sicherheit kein Naturschauspiel. Ein draller Busen, gestützt von hautenger Seide. Im Gegensatz zu meinem Kleid war ihres jedoch schillernd goldfarben. Amistad hatte wirklich einen eigenartigen Geschmack ... Jetzt fiel mir wieder ein, dass ich es leider versäumt hatte, seine Karteikarte zu lesen!

Während der Fahrt sprachen wir nicht viel. Gern hätte ich etwas fragen wollen, doch die Unebenheiten der Straße machten meinen Brüsten zu schaffen. Jede Bewegung schmerzte. Bei Charlene hingegen bewegte sich kaum etwas. Wenn ich an mir selbst herabblickte, sah ich noch immer die starken Rötungen auf dem Dekolleté. Amistad telefonierte die meiste Zeit. Zwischendurch drückte er seiner Begleitung einen zärtlichen Kuss auf die Wange. Mir legte er auf dem letzten Drittel der Fahrt bloß die Hand auf den Oberschenkel.

Schließlich fuhren wir durch ein breites Tor in eine Einfahrt.

Eine prächtige moderne Villa erstreckte sich vor uns. Wir stiegen aus der Limousine und ein gutaussehender junger Mann nahm mein Gepäck. Er war halb nackt und braun gebrannt. Gemeinsam betraten wir das Foyer.

»Du kannst die Schuhe anbehalten! Hi Elena!«, begrüßte Amistad ein Mädchen in goldenen Dessous. Durch einen breiten Flur, der offenbar einem expressionistischen Künstler als Galerie diente, schritten wir in den Wohnbereich. Auch hier saßen zwei hübsche vollbusige Mädchen in goldenen Desssous auf einer cremefarbigen Couch.

»Warte hier!«, meinte Amistad. »Ich gehe mich umziehen. Mädels, macht inzwischen eine Flasche Champagner auf. Zahira bleibt übers Wochenende bei uns.«

Während er mit dem jungen Mann und meinem Gepäck hinter einer Tür verschwand, kam ein weiteres Mädchen, offenbar aus der Küche. Sie trug ein Tablett mit hohen Champagnergläsern. Die Mädchen strömten auseinander, insgesamt waren es jetzt fünf. Während sich Charlene ebenfalls bis auf die Dessous entkleidete, brachten die anderen Champagner, Kaviar, Eiswürfel, Servietten und kleine langstielige Löffel.

»Ich bin Tatjana, das sind Mila, Darja und Elena«, erklärte eine von ihnen.

*Russinnen*, dachte ich, *Amistad hat schon immer eine Schwäche für Russinnen gehabt. Und an Brustimplantaten dürften sie einander zu übertreffen versuchen.*

Wenn man diese Mädchen halbnackt sah, wirkten ihre Brüste nun im Vergleich zu den schlanken Taillen gleich noch viel spektakulärer. Ich genierte mich fast für meine kleinen roten Möpse in diesem weißen bodenlangen Kleid, das mich obenrum wie eine Bandage bedeckte.

»Amistad möchte auf die große Couch!«, wusste Tatjana.

Wir alle folgten ihr auf die unterste Ebene des riesigen

Wohnbereichs. Hier erstreckte sich eine monumentale Couch kreisförmig wie eine Arena vor einem Kamin und bot bestimmt zwanzig Personen Platz. Kleine gläserne Tische säumten einen dekorativen flauschigen Schafwollteppich, der den zentralen Mittelpunkt bildete. Er hatte Form und Größe eines gehäuteten Schafs, das zur Dinosaurierzeit gelebt haben musste. Die Mädchen stellten Kaviar und Gläser auf den kleinen Tischchen ab. Wir setzten uns, und als Amistad zurückkam, überreichte ihm Tatjana die Champagnerflasche. Er platzierte dafür ein kleines Ölfläschchen auf einem der Tische.

Amistad trug nun eine glänzende weiße Jogginghose mit großen goldenen Sternen und ein ärmelloses weißes Shirt, das seine Muskeln stark betonte. Er nahm Tatjana die Flasche ab und ließ den Korken knallen. »Habt ihr euch schon bekannt gemacht?«, fragte er und goss uns allen ein.

Die Mädchen lächelten und nickten.

»Zahira hat gerade eine schlimme Züchtigung hinter sich«, fuhr er fort. »Zeig den Mädchen, wovon ich spreche!«, meinte er an mich gerichtet.

»Ich soll mich ausziehen?«

Amistad lehnte sich zurück, grinste und nickte.

Verhalten stand ich auf und Tatjana half mir mit dem Kleid. Als es zu Boden gefallen war, stand ich im Höschen vor meinem kleinen Publikum und die Mädchen starrten betroffen auf meine kleinen »gut durchbluteten« Möpse.

Amistad reichte mir ein Glas Champagner und befahl mir, es auszutrinken. Dann schenkte er mir nach und ich musste stehenbleiben, bis ich auch das getrunken hatte.

»Wir wollen sie ein bisschen verwöhnen«, raunte er schließlich. Und mit einem Kopfnicken deutete er auf das Ölfläschchen. »Zieh das Höschen aus und knie dich auf den Teppich!«

Nachdem ich zwei Gläser Champagner auf Ex getrunken

hatte, rauschte das Blut nun glühend heiß durch meine Oberschenkel. In der Mitte des Teppichs kniete ich nieder und die Mädchen begannen, mich mit Öl einzureiben. Zärtlich glitten ihre Finger über meine Brüste, meine Schultern, die Taille hinunter und zwischen meine Beine. Unzählige Hände berührten mich gleichzeitig. »Der schöne Teppich ...«, hauchte ich, als die ersten Tropfen auf das Plüsch fielen.

»Mach dir keine Gedanken«, meinte Amistad. »Der ist dafür gemacht und wird regelmäßig gereinigt.«

Ich seufzte ... All die Hände waren zärtlich und mit meinen Brüsten gaben sie sich besondere Mühe. Als ein Mädchen mein Gesicht zu massieren begann, schloss ich meine Augen und lehnte mich nach hinten an ihren Körper. Ich fühlte eine Hand zwischen meinen Beinen und sie begann, mich lustvoll zu verwöhnen. Mein Herz schlug schneller und ich stöhnte, aber bevor es zu leidenschaftlich wurde, zog sie sich wieder zurück. Und als ich meine Augen öffnete, kniete plötzlich Amistad vor mir. Er lächelte listig, während die anderen Mädchen nicht aufhörten, mich zu streicheln.

»Wenn du nächstes Jahr wieder zu mir kommst«, raunte er, »möchte ich, dass du darüber nachdenkst, ob du nicht doch irgendwann meinem Schönheitsideal entsprechen willst. Es wäre nur ein kleiner Ausflug in Level sieben, eine Operation, die auf *Avaloon* hoch angesehen ist, ein wundervolles Event, und wenn du dir meine Mädchen ansiehst, auch ein hübsches Ergebnis. Ein D-Körbchen würde dir gut stehen, bei deiner zierlichen Figur. Charlene hat Doppel-D und sie hat sich sogar zwei Rippen entfernen lassen, um zierlicher zu wirken. Bei uns auf *Avaloon* arbeiten nur die besten Chirurgen. Du hättest also nichts zu befürchten. Und wenn du möchtest, bekommst du danach auch ein Video, wo du sehen kannst, wie viele Männer du mit der Zeremonie beglücken konntest, während du in Narkose lagst. Das Einführen der Implantate ist für sie der lustvollste Akt. Manchmal muss der Chirurg auch zwei oder drei Größen probieren, bevor man sich auf ein Implantat einigt. Mich persönlich würde aber das fertige Ergebnis am meisten beglücken. Und ich wüsste, dass du es für mich getan hast.«

»Nein ...«, hauchte ich entsetzt. »Ich lass mir meine Brüste nicht machen!«

»Warum nicht?«, meinte Amistad. »Denkst du noch immer an Santiago? Hast du Angst, ihm nicht mehr zu gefallen, falls du ihn mal triffst?«

»Nein. Ich weiß nicht. Ich möchte einfach keinen Fremdkörper in mir haben«, erklärte ich.

»Wenn du es für mich tust, wird es dich befriedigen«, betonte Amistad. »Es ist eine sehr starke Form der Hingabe, seinen Körper für jemanden verändern zu lassen.«

»Ich weiß«, hauchte ich. »Ich kann aber nicht. Ich möchte auch meinen Kindern so nicht gegenübertreten.«

Amistad nickte. »Ich werde dich nicht dazu zwingen, Zahira. Aber du musst dann auch in Zukunft damit rechnen, dass ich dich im Ausgleich für deine geringen Maße immer wieder demütigen werde. Und da ist das Schlagen der Brüste noch eine relativ harmlose Form. Du wirst kleine Gewichte an deine Nippel gezwickt bekommen, sodass deine Brüste unattraktiv hängen. Ich werde dich zwingen, damit oben ohne durch den Park zu gehen. Zeitweise werden wir deine Brüste mit Schnüren umwickeln, sodass sie wie kleine jämmerliche Kugeln von dir abstehen. Ich habe auch schon Mädchen an ihren abgebundenen Brüsten aufgehängt.«

Ich nickte beklommen.

»Das ist dir also lieber?«, fragte Amistad.

»Ja«, hauchte ich. »Mach, was du willst, aber ich lasse mich nicht operieren.«

»So ein Dickkopf«, meinte er schließlich. »Wir werden ja sehen, ob du es dir mit den Jahren nicht anders überlegst. Dein Alter arbeitet für mich. Irgendwann bist du vierzig und wirst mich um eine Operation anflehen.«

»Bist du jetzt böse?«, fragte ich.

»Nein«, meinte er lächelnd. »An meinen Plänen mir dir hat sich nichts geändert. Zieht eure High Heels aus!«, befahl er den Mädchen. »Unsere Kleine hat einen Fußfetisch, das wollen wir doch ein wenig auskosten. Und verbindet ihr die Augen! Wir spielen ein Spiel, Zahira. Ich möchte wissen, ob du meine Füße von den Füßen der Mädchen unterscheiden kannst, wenn sie über deine Haut streichen. Immer wenn du mich erkennst, sagst du meinen Namen!«

»Okay«, hauchte ich.

Nachdem Darja meine Augen verbunden hatte, sollte ich mich auf dem Rücken ausstrecken. Meine Haut war noch ölig und die Füße der Mädchen glitten langsam über mich. Mit mäßigem Druck strichen sie über meinen Bauch und zauberten ein wundervolles Gefühl von Ergebenheit in mein Herz. Es war aufregend, sich so vielen Personen gleichzeitig hinzugeben. Ein paar von ihnen wanderten tiefer, entlang meiner Schenkel, und eine von ihnen höher an meinen Hals. Als mich ein weiterer Fuß im Gesicht berührte, war ich mir sicher, es mit einem Mann zu tun zu haben. »Amistad«, hauchte ich wohlig versonnen, bekam jedoch keine Antwort. Seine Haut war eine Spur rauer und sein Auftritt eine Spur forscher. Er strich über meine Wangen, mein Kinn und meine Lippen. Ich versuchte, ihn zu küssen, und während seine Zehen zwischen meine Lippen drängten, begann ein anderer Fuß, mich an intimer Stelle zu penetrieren.

Allein das Wissen, das diese fordernden Glieder Zehen und Füße waren, anstelle von Fingern, bereitete mir starke Lust.

Ich ließ sie in mich eindringen und stöhnte begierig. Während ich an einer großen Zehe saugte, verwöhnte mich ein anderer Fuß mit schnellen Stößen intim. Kurz fragte ich mich, ob ich richtig getippt hatte, und nicht vielleicht jener Fuß zwischen meinen Schenkeln der von Amistad war. In ihrer forschen Art fühlten sich beide gleich an.

»Dreh dich auf den Bauch!«, befahl Amistad. Und seine Stimme kam tatsächlich von etwas weiter unten.

Folgsam drehte ich mich in Bauchlage und meinen Kopf zur Seite. Wieder drangen sie in mich ein, während nun die anderen Mädchen sanften Druck auf meinen Rücken ausübten. Eine von ihnen streichelte auch über meinen Kopf. Ich lutschte an einer Männerzehe, leckte über ihren Rist und fühlte kleine krause Haare. »Amistad«, hauchte ich abermals. Ich war mir sicher. Doch auch der andere Fuß zwischen meinen Beinen verzückte mich mit seiner dominanten Technik. Er versuchte, in mich zu stoßen oder wählte meinen Hintereingang, um mit dem großen Zeh hineinzudrängen. Mittlerweile war ich überströmt von glitschiger Feuchtigkeit. Ich stöhnte und meine Finger krallten sich in das Schafsfell. Ich hob mein Becken, um dem großen Zeh die Arbeit zu erleichtern und ihn vielleicht etwas tiefer zu dirigieren. Tatsächlich glitt er ein Stück in meine feuchte Lustgrotte und die Penetrationen waren einfach zu köstlich. »Darf ich kommen? Bitte! Darf ich kommen?«

»Ja«, raunte Amistad. Und ich wusste längst nicht mehr, woher seine Stimme kam. Ein tosender Orgasmus durchströmte meinen Unterleib. »JA ... JA ...«, keuchte und stöhnte ich.

Danach ergriffen sie meine Hände und drehten mich auf den Rücken ... Alle Füße verschwanden von meinem Körper. Jemand legte sich auf mich, schwer und muskulös, eindeutig ein Mann. Im selben Augenblick spürte ich seine Härte, er schob sich vorsichtig in meine Spalte, wo es noch zuckte und pulsierte.

»Amistad«, floss über meine Lippen. Doch ich war mir nicht sicher, denn sein Schwanz war nicht monströs genug ... Ich war kurz davor, meine Augenbinde abzunehmen, aber er hielt meine Hände fest und begann, mich zu küssen. Unsere Lippen verschmolzen miteinander, unsere Zungen tanzten im Einklang. Er war liebevoll und zärtlich, während er mich mit langsamen Hüftschwüngen beglückte. Ich wollte mich gedankenlos hingeben, doch ich wollte auch wissen, mit wem ich es zu tun hatte. »Bitte ...«, flehte ich. »Bitte darf ich etwas sehen?«

Niemand reagierte. Geschmeidige Lippen küssten mich am Hals. Ich mochte das Gewicht seines Körpers, seinen Duft, seinen Rhythmus, seinen Schwanz. »Bitte«, flehte ich erneut.

»Nimm ihr die Augenbinde ab!«, befahl Amistad. »Aber halte sie fest, sonst ist es vorbei!«

Ich glaubte, mich verhört zu haben und mir schwante Schlimmes. Vielleicht war er hässlich, alt, oder trug eine furchteinflößende Maske. Auf nahezu alles war ich gefasst. Bloß auf das nicht ...

Mein Liebespartner vollzog noch einige bedachte Stöße, die ich genießen konnte ... Dann nahm er meine Hände über meinem Kopf zusammen und begann, mich wieder am Hals zu küssen. Während er das tat, löste er mit der anderen Hand die Schleife meiner Augenbinde ... Sie fiel von mir ab und er küsste mich weiter ... Ich sah schöne blonde Haare, eine kräftige Schulter, zart gebräunte Haut ... und als er mit seinem Gesicht vor meines kam ... sah ich CHEYENNE!

Wie von der Tarantel gestochen wollte ich fliehen. Ich kreischte, riss meine Arme aus seinen Händen und gebärdete mich unter ihm so, dass er mich nicht halten konnte. Mir war, als hätte ich einen Geist gesehen! Mitten in meinem hysterischen Anfall ließ er mich los und ich flüchtete stolpernd bis zur Couch. Erneut kreischte ich in meine Hände.

Amistad und die Mädchen lachten.

Was hatte das zu bedeuten? »Ist das sein Zwillingsbruder?«, keuchte ich aufgeregt.

Nun lachte auch Cheyenne. Amistad schickte seine Mädchen in ein anderes Zimmer und ich konnte es noch immer nicht glauben …

»Wieso lebt er?«, fragte ich entsetzt.

Cheyenne erhob sich langsam und bedeckte seine Blöße mit einem flauschigen weißen Morgenmantel. Amistad reichte ihm ein Glas Champagner.

Ich zitterte am ganzen Körper. »Ist das Cheyenne?«, fragte ich ängstlich. Sie hatten mir zu viel zu trinken gegeben. Ich musste fantasieren! Ein Wunschtraum, ja, es musste ein Wunschtraum sein. Einer von vielen. Vielleicht konnte mich jemand pieken?

»Natürlich ist es Cheyenne«, erklärte Amistad seelenruhig. »Soviel ich weiß, hat er keinen Zwillingsbruder. Komm zu mir!« Freundlich breitete er einen Arm aus.

Ich setzte mich auf Amistads Schoß, direkt neben Cheyenne. Beklommen betrachtete ich ihn wie einen Alien, während ich noch immer aufgebracht nach Luft schnappte.

»Geht's dir gut?«, fragte mich Amistad. »Oder willst du eine Infusion? Ich dachte, mit zwei Gläschen Champagner verkraftest du das leichter.«

»Er lebt«, hauchte ich. »Wieso lebt er?«

»Weil ich es so wollte!«, entgegnete Amistad. »Cheyennes Selbstmord war nur ein Vorwand. Ich hab ihn damals von Ivory weggeholt. Er wäre neben Santiago zerbrochen.«

»BITTE? Bist du verrückt?! Ihr habt ihm das alles nur vorgespielt?!«

»Ja.« Amistad zog seine Augenbrauen zusammen. »Ich hatte keine andere Wahl. Santiago hätte ihn nie im Leben gehen lassen. Gleichzeitig hat er unmenschliche Dinge von ihm verlangt und ihn psychisch erpresst und genötigt.«

»Aber Santiago hat ihn geliebt!«, widersprach ich. »Er wäre vor Kummer fast gestorben, nachdem das passiert ist.«

Amistad lachte. »Zahria, ›vor Kummer sterben‹ sieht anders aus. Das kam nur dir so vor. Er hat sich gehen lassen und er ist ein guter Schauspieler für euch Mädchen. Du wirst nie verstehen, was in ihm wirklich vorgeht!«

»Aber wie konntet ihr so etwas vortäuschen?! Was, wenn Santiago ihn hätte sehen wollen?«

»Damit hatte ich eigentlich gerechnet«, entgegnete Amistad. »Und wir hatten alles dafür vorbereitet. Cheyenne lag nach einem vermeintlichen Herzschuss blutüberströmt im Bett. Mit der richtigen Medikation kannst du Puls, Herzschlag und Atmung für eine halbe Stunde so drosseln, dass niemand etwas merkt. Nicht mal Damian wurde misstrauisch. Polizei und Ambulanz waren von mir bezahlt. Ich sagte ihnen, es wäre eine Übung. Die Manipulation des Überwachungsvideos übernahm ein Freund von mir. Ich hab an alles gedacht, Zahira. Es gibt sogar ein wunderschön gepflegtes Grab mit Cheyennes Namen hier in Sandy Springs und soviel ich weiß, war Santiago vor ein paar Jahren auch einmal dort, um einen Kranz niederzulegen.«

Mir schauderte. Ich fühlte mich noch immer, als würde ich träumen und verstand nicht, wie man so etwas einem Menschen antun konnte. »Hast du Santiago geliebt?«, fragte ich Cheyenne.

»Ja«, entgegnete er aufrichtig.

»Natürlich hat er ihn geliebt«, erklärte Amistad. »Du hast ihn ja auch geliebt. Aber Liebe rechtfertigt nicht die Opfer, die Santiago verlangt. Du hattest Glück ... So, wie du es mir geschildert hast, gelang es David rechtzeitig, dich von Ivory wegzuholen. Andere Mädchen haben nicht so viel Glück. Manche laufen bei ihm mit Tausenden Schmetterlingen im

Bauch und Herzchen in den Augen ins offene Messer. Glaub mir, er kennt kein Erbarmen, wenn es darum geht, seine abgründigsten Fantasien zu verwirklichen. Er denkt auch, nur lieben zu können, wenn man ihm alles gibt. Mit Cheyenne hatte er grausame Pläne. Aber ich bin sein Mentor. Ich musste ihn dort rausholen.«

Ich spürte Tränen in meine Augen steigen. Auch wenn ich Santiagos vermeintliche Grausamkeit noch immer nicht hundertprozentig realisieren konnte, und auch gar nicht wahrhaben wollte, so war ich doch zumindest überwältigt und glücklich, dass Cheyenne lebte. »Wer weiß darüber Bescheid?«, fragte ich Amistad.

»Niemand«, entgegnete er. »Wie gesagt, die Einsatzkräfte dachten, es wäre eine Übung unserer Leibwächter für den Ernstfall. Mein Freund mit dem Überwachungsvideo würde mich nie verraten. Und meine Mädchen hier wissen gar nichts – nicht mal, warum du gerade eben so geschrien hast. Sie fanden es bloß lustig, weil Cheyenne ja eigentlich hübsch ist.«

»Aber ich weiß jetzt Bescheid!«, entgegnete ich.

»Ja.« Amistad lächelte. »Ich würde sagen, unsere Lage ist ausgeglichen. Ich behalte dein Geheimnis für mich. Und du behältst mein Geheimnis für dich. Abgesehen davon empfindest du, denke ich, genug für Cheyenne, um das Beste für ihn zu wollen. Wenn Santiago rausbekäme, dass wir ihn betrogen haben … Du kannst mir glauben, er würde mich ausschalten und Cheyenne zurückgewinnen. Dann wäre er jedoch verloren. Wenn du dir das für Cheyenne wünschst … Dann bitte!«

»Nein«, hauchte ich. »Keinesfalls. Dein Geheimnis ist bei mir sicher. Für immer!«

Amistad lächelte zufrieden. »Cheyenne empfindet übrigens ähnlich für dich. Und es war sein Wunsch, dass ich dich gegen Ende deines Aufenthalts von *Avaloon* mit hierherbringe. Er wollte dich sehen. Das mit deinem Geheimnis hat sich somit optimal ergeben.«

»Sie hat ein Geheimnis, das mit unserem mithalten kann?«, fragte Cheyenne überrascht.

Zögernd blickte ich zu Amistad.

»Nein. Das muss er nicht wissen!«, meinte er.

»Okay«, hauchte ich, presste meine Lippen aufeinander und hob entschuldigend meine Schultern – in Richtung Cheyenne.

»Dann dürft ihr euch jetzt zurückziehen«, befand Amistad. »Ich denke, Cheyenne möchte noch etwas zu Ende bringen.«

Ich lächelte, folgte Cheyenne in sein Schlafzimmer, und auf dem Weg dorthin, kniff ich mich selbst in den Po, um auch wirklich sicher zu sein, dass es diesmal kein Traum war.

# Dark Room, Baby

Ich hatte in jenem ersten Jahr auf Schloss *Avaloon* weit mehr für mein Seelenheil bekommen, als ich erhofft hatte ...

Cheyenne lebte! Mein Aufenthalt in Pavillon C, die Diskretion, die Exklusivität, sowie Härte und Form der einzelnen Züchtigungen waren für mich befriedigend. Bis dahin hätte ich nie gedacht, dass man in dieser Kürze meine tiefsten Begierden und Sehnsüchte so anhaltend stillen konnte. Fast vier Jahre hielt ich danach mit Ronan aus, ohne auch nur ein einziges Mal darüber nachzudenken, nach *Avaloon* zurückzukehren.

Auf der anderen Seite hatte ich aber auch manche Einblicke bekommen – in Bezug auf Santiago, Amistad und gewisse Events –, die mich lange Zeit regelrecht verfolgten und die ich freiwillig lieber nicht vertiefen wollte. Ich fürchtete mich davor, eines Tages etwas über Santiago zu erfahren, was mein Bild von ihm dauerhaft schädigen konnte.

Doch dann veränderte sich plötzlich etwas in meinem idyllischen balinesischen Familienleben. Ronan bekam ein Angebot aus Singapur. Der Geschäftsführer eines berühmten, alt eingesessenen Resorts stand kurz vor der Pensionierung und Ronan war von der Konzernleitung auserkoren worden, jenes Unternehmen weiterzuführen. Ein Angebot, das er fast nicht ausschlagen konnte. Und nachdem wir beide fanden, dass auch unsere Kinder in Singapur weit bessere Ausbildungsmöglichkeiten hätten, willigten wir ein. Kurz bevor Diego in eine höhere Schule wechselte, übersiedelten wir von der balinesischen Landidylle in die Großstadt Singapur.

Ronans Söhne aus erster Ehe blieben auf Bali. Patrick hatte bereits eine achtenswerte Position im Management des *Seven Seas Resorts* und auch Leon wollte sich von der Surfschule, die er aufgebaut hatte, nicht mehr trennen. Als Kompromiss planten wir, für zumindest drei Tage im Monat nach Bali heimzukehren, um die schönen Strände und das Beisammensein mit der ganzen Familie zu genießen.

Leider konnten wir diesen Plan nicht immer einhalten. Ronan war von Beginn an verstärkt in seinem Geschäft eingesetzt. Es war ihm kaum noch möglich, sich für seine Familie frei zu nehmen. Larissa und Diego besuchten nun Ganztagsschulen und hatten viel zu lernen, während ich mich manchmal direkt langweilte, denn im Gegensatz zu allen anderen, war ich zweifellos unterbeschäftigt. Theoretisch hätte ich allein nach Bali fliegen können, aber das hätte Ronans Söhnen nicht viel gebracht. Anfänglich versuchte ich noch, ein letztes Mal als Model fußzufassen. Doch mit knapp neunundzwanzig Jahren, gänzlich fehlender Reisebereitschaft und einem aufdringlichen Brandmal am Hals, liefen meine Bemühungen meist ins Leere. Ich bekam maximal ein oder zwei schlecht bezahlte Jobs im Monat. Kurzum, ich langweilte mich ohne Ende, verbrachte meine Zeit mit Shoppen, Fitness und der Organisation der spärlichen Freizeit meiner Kinder.

Larissa hatte mit Ballett begonnen, und während Diegos Interesse in Bali noch hauptsächlich dem Surfsport gegolten hatte, so wechselte er in Singapur von einer asiatischen Kampfsportart zur nächsten. Nach Taekwondo und Judo, waren wir schließlich bei Aikido angelangt. Er hatte wirklich Talent, wollte alles ausprobieren, und ich hatte natürlich nichts dagegen, fand es sogar gut, wenn er sich bereits in seinen jungen Jahren selbst gut verteidigen konnte. Speziell in der Großstadt, dachte ich, konnte das nicht schaden.

In meinem Liebesleben stellte ich jedoch eine leicht besorgniserregende Entwicklung fest. Ronan und ich waren vielfach zu gesellschaftlichen Events eingeladen. Gab es keine Geschäftsessen von seiner Seite, so waren wir mit der Ausländergemeinschaft von Amerikanern in Singapur unterwegs. Wir lernten viele Leute kennen, und bald schon merkte ich, dass sich zwar offenbar keine Modelagenten mehr für mich begeistern konnten, das Interesse der Männer generell an mir jedoch nicht nachgelassen hatte! Fast jeden Monat gab es einen anderen attraktiven Mann in meinem Umkreis, der meine Aufmerksamkeit mit seinen Komplimenten eroberte. Ein jeweils lustvolles Ereignis, von dem ich mich nach außen hin jedoch so gut es ging zu distanzieren versuchte. Obwohl Ronan und ich nicht verheiratet waren, wollte ich ihm nach wie vor die Schmach ersparen, zu der allgemein großen Zahl an betrogenen Männern zu gehören. Das hatte er nicht verdient. Er war ein guter Vater und ermöglichte mir und unseren Kindern alles, was wir uns erträumten. Dazu liebte ich auch all die exklusiven Reisen, die uns jedes Jahr an ein anderes Traumziel und rund um die Welt führten ... Costa Rica, Neuseeland, Hawaii ... wo immer die *Seven Seas* Hotelkette eine Niederlassung hatte. Deshalb versuchte ich, all die potentiellen Anwärter für einen Seitensprung aus meiner Realität fernzuhalten und meine verwegenen Leidenschaften und Begierden bloß in meinen geheimsten Fantasien zu leben. Doch es half nichts. Ronan und ich hatten uns auf sexueller Ebene auseinandergelebt. Und schließlich rückte wieder *Avaloon* ins Fadenkreuz meiner Begierde.

Und so waren es bloß vier Jahre, in denen ich das berüchtigte Schloss nicht betreten hatte, als ich dorthin zurückkehrte ...

Amistad empfing mich erneut mit offenen Armen. Und von da an besuchte ich ihn regelmäßig für drei ganze Wochen im Jahr. Er hatte all seine Versprechen gehalten. Ich hatte mein Level nie verlassen und war auch Santiago nie begegnet. Jeweils das letzte Wochenende meines Aufenthalts durfte ich in Sandy Springs mit Cheyenne verbringen. Und ich glaubte damals wirklich, das endgültige Rezept für mein Seelenwohl und eine funktionierende Beziehung mit Ronan gefunden zu haben.

Bis schließlich bei einem meiner Aufenthalte das passierte, wovor ich mich so sehr gefürchtet hatte ...

***

Meine Augen hatten ihn bereits eingefangen, als er das Restaurant betrat. Er war unfassbar schön. Groß, dunkelhaarig, tiefbraune Augen und Wimpern wie Schmetterlingsflügel. In seinem hochgeschlossenen schwarzen Anzug schritt er auf eine Dame bei der Selbstbedienung zu und bestellte bei ihr leise seine Mahlzeit, während er sich gleichzeitig nach einem freien Platz umsah ... Vielleicht hätte ich meine Blicke abwenden sollen, doch es war zu spät, schon hatte er mich hinter dem Trinkbrunnen, an meinem altbewährten Tisch, an dem ich bisher stets allein geblieben war, entdeckt. Und wie es schien, fühlte sich der schöne Fremde ebenfalls von meinem Äußeren angezogen. Er nannte der Dame vom Buffet die Tischnummer und kam mit langsamen Schritten auf mich zu. Zum ersten Mal wurde mir in diesem Restaurant extrem unbehaglich zumute. Ich stellte mich widerstrebend darauf ein, meine Speisen heute womöglich nicht bei mir behalten zu dürfen.

Der Herr im schwarzen Anzug begrüßte mich mit einem Lächeln und nahm daraufhin mir gegenüber Platz. Schweigend holte er sein Handy hervor, um meine Daten, meine intimsten Lüste und Erfahrungen offenzulegen.

»›Zahira‹ – ein schöner Name!«, schmeichelte er. »Dreiunddreißig Jahre, perfekte Maße, schöne Haut. Ich hätte dich weit jünger geschätzt …«

»Danke«, hauchte ich.

Sein Name war »Veith Lucian«, doch das erfuhr ich erst später, als einer der Wachebeamten im Keller ihn freundlich grüßte.

»Genieße dein Essen«, forderte er mich auf. »Ich hab dir noch eine Nachspeise bestellt.«

Ich schluckte. So sehr mir dieses indische Curry mit Kichererbsen, Tofu und Reis bis dahin auch geschmeckt hatte … in der Sekunde verging mir der Appetit. Doch ich ließ mir nichts anmerken und aß tapfer weiter.

Der Fremde sah mich an. Er bewunderte mein Brandmal und lächelte verzückt …

»Sehe ich ihm ähnlich?«, fragte er neugierig.

»Wem?«, entgegnete ich. Und als er keine Antwort gab, schickte ich eilig die höfliche Anrede »Sir« hinterher. Mein Herz raste.

Veith Lucian nickte verhalten.

Falls er Santiago meinte, dann musste ich ihm zustimmen. Nicht nur, dass er ihm ähnlich sah, er hatte auch die gleiche verführerisch tiefe Stimme, den samtigen Unterton und die betörende Dominanz in seiner Aussprache. Vermutlich wusste er sogar, dass mir das alles gefiel. Unweigerlich wurde mir heiß im Gesicht.

»Ihr Steak, Sir!«, unterbrach uns die Kellnerin. »Kobe-Rind, medium-rare, an Palmherzen, mit getrüffeltem Roquefort-Gratin.«

Veith Lucian lehnte sich kurz zurück, ließ mich aber nicht aus den Augen, während die Servierkraft den Teller einstellte. Dann kam er mir wieder näher und berührte nun mit zwei Fingern mein Brandmal. Zärtlich strich er darüber und ich fühlte prickelnde Gänsehaut über meinen Rücken laufen.

»Santiago …«, schnurrte er. »Ich sehe ihm doch ähnlich?«

»Ja«, hauchte ich. »Ja, Sir.«

Er nickte. Ein wenig später fragte er missmutig: »Wie kommt man bloß darauf, dich in Level sechs einzustufen?«

»Ich wollte nicht höher, Sir!«

Er belächelte meine Antwort, doch das Lächeln wurde ungeniert zu einem breiten Grinsen, während er Messer und Gabel ergriff und in das vorwiegend blutige Steak schnitt. »Wie lange warst du bei ihm?«

»Ein knappes Jahr, Sir, mit einer kurzen Unterbrechung.«

Der Schönling tat überrascht. »Eine Unterbrechung? Wie kam es dazu?«

Ich stockte. Bestimmt durfte ich ihm nicht sagen, dass ich mit David, Santiagos Geliebten und jetzigem Ehemann, durchgebrannt war. Genau genommen durfte ich über Santiago überhaupt kein schlechtes Wort verlieren. »Ich habe Schweigepflicht, was Ivory betrifft, Sir. Ich weiß auch, dass Santiago gelegentlich hier ist. Und ich werde diese Regel nicht brechen.«

»Das ist sehr rühmlich …«, schmeichelte er. »Warst du je seine Favoritin?«

»Ja. Sir«, entgegnete ich leise, aber unfassbar stolz.

»In deinen Akten steht, du hast dich nicht gewehrt, als es soweit war …« Vorsichtig griff er nun nach meiner Hand. Seine dunklen Augen fixierten mich, und ich merkte, dass auch sein Atem nun deutlich tiefer ging, als wäre er erregt. Aber ich hatte absolut keine Ahnung, wovon er sprach.

»Als es wie weit war?«, hauchte ich und erntete dafür ein kleines herablassendes Lächeln.

»Als er deinen Atem begrenzt hat … Du hast dich nicht gewehrt. Du wolltest für ihn sterben.« Seine Pupillen wurden weit. Und kaum hatte er es ausgesprochen, fühlte es sich an, als würde mir schon wieder jemand die Luft abschnüren. »Das ist die höchste Form der Hingabe«, erklärte Veith Lucian weiter. »Du gehörst in Level zehn, wenn du solche Lüste verspürst.«

Erschrocken schüttelte ich den Kopf. »Ich verspüre solche Lüste nicht! Es war nur damals, er ... er hatte mich verführt ... und ich war nicht mehr ganz bei Sinnen!«

Veith Lucian blieb ganz ruhig. »Ja, das ist die Kunst der Sadisten aus Level zehn. Manche brüsten sich sogar damit, solche Fähigkeiten zu haben. Allerdings ist es auch in deiner Situation nicht ganz einfach. Wenn du einmal diese Höhenluft geschnuppert hast, macht dich alles, was darunter liegt, kaum noch glücklich. Du wirst es wieder wollen. Zumindest ansatzweise. Vielleicht wirst du es sogar von mir wollen ... Die Legende sagt, wenn du einen Mann aus Level zehn erst einmal geküsst hast, entkommst du seinem Charme nicht mehr ...«

Bestürzt fühlte ich, dass seine Worte mich erregten. Ich wurde so feucht, wie schon lange nicht mehr, und meine intimsten Muskeln zuckten aufgeregt ... Doch ich wollte mir nichts anmerken lassen und nahm beschämt die letzten paar Bissen von dem indischen Curry zu mir. Danach legte ich den Löffel zur Seite. »Amistad ist mein Mentor«, entgegnete ich selbstbewusst. »Und er würde einem Levelsprung nicht zustimmen!«

Veith lächelte. »Mag sein. Aber wir müssen ja nichts überstürzen. Außerdem ist Amistad zurzeit gar nicht verfügbar. Er ist gestern zu einer Gala nach Sydney geflogen.«

Ich nickte erleichtert.

»Amistad kann ich übrigens sehr gut widerstehen!«, prahlte ich ein wenig später.

»Das kannst du nur, weil er es zulässt«, entgegnete Veith kühl. »Wenn er dich wollte, hättest du keine Chance!«

Ich schluckte und dachte an einige Situationen auf Ivory, wo ich seiner Verführung tatsächlich nicht widerstehen konnte. Aber Praktiken aus Level zehn waren immer noch etwas anderes.

Inzwischen kam die Kellnerin, räumte meinen Teller ab und brachte mir dafür eine doppelte Portion heiße Waffeln, sanft gebräunt, mit Erdbeeren, Schlagsahne, Vanilleeis und reichlich Schokoladensauce.

»Das kann ich unmöglich essen!«, stöhnte ich.

»Du kannst«, entgegnete Veith.

Ich zischte. »Sie werden danach die Tischkarte umlegen!«

»Vielleicht«, meinte er gelassen, während er nun mein rechtes Handgelenk massierte.

Ich nahm die Dessertgabel mit Links und beiläufig fiel mir auf, dass er es offenbar inzwischen akzeptiert hatte, dass ich ihn nicht mehr in jedem einzelnem Satz »Sir« nannte. Zumindest hatte es keine Konsequenzen für mich. Im Gegenteil ...

»Du hast sehr schöne Handgelenke«, schmeichelte er, »Handgelenke, Ellenbogen ... und Schultern!«

Leicht verwirrt verfolgte ich, wie er all diese Körperstellen an mir berührte und verführerisch drückte.

»Sind Sie Arzt?«, fragte ich.

Er lächelte. »Ja. Chirurg. Aber unabhängig davon, hast du sehr schöne Gliedmaßen, und ich kann es kaum erwarten, nachher deine Sprunggelenke, Knie und Hüften in der Bewegung zu sehen.«

Mein Herz donnerte wie wild gegen meine Rippen! Was sollte das bedeuten? Welch abartigen Fetisch hatte dieser Mann? Ich begann, die Nachspeise hinunterzuschlingen, da ich annahm, ohnehin keine Chance zu haben, dem nachfolgenden Ritual zu entkommen. Vielleicht würde er sein Interesse an mir verlieren, wenn er mich kotzen sah!

Während ich weiter Eis, Waffeln und Sahne schlürfte, zog er mit seinem Daumen jeden Knöchel meines rechten Handgelenkes nach. Neugierig prüfend sah er mir zwischendurch in die Augen. »Hat dir schon mal jemand gezeigt, wie Santiago hier auf *Avaloon* seine Begierden stillt?«

»Gezeigt?«, fragte ich bange.

»Ja«, entgegnete Veith. »Santiago hat ein paar Mädchen hier und nachdem ich ihm sehr nahe stehe und er nur zweimal im Jahr anwesend sein kann, erlaubt er mir, sein Eigentum gelegentlich auch zu benutzen.«

Ich schluckte und würgte an einem großen Bissen warmer Waffeln.

»Wenn du möchtest, kann ich dir nachher zwei oder drei seiner Mädchen zeigen«, bot er offenherzig an.

»Was hab ich davon, seine Mädchen zu sehen?«, fragte ich.

Er lächelte. »Das siehst du dann, wenn du sie siehst.«

Mein Herz konnte sich gar nicht mehr beruhigen und ich merkte, dass auch Veith Lucian mit seinen Fingern den Puls an meinem Handgelenk fühlte. Jetzt war es so weit, jetzt musste ich mich entscheiden, wie viel ich wirklich über Santiago wissen wollte. Jetzt oder nie. Amistad war weit weg. Jetzt musste ich mich entscheiden, doch mir fehlte der Mut. Ich hatte das Gefühl, meine Beine überhaupt nicht mehr zu spüren. Doch schließlich sagte ich zu.

Veith grinste. »Schön. Dann lass uns doch darüber reden, was ich davon habe, wenn ich dir diesen Gefallen tue.«

»Ich werde meinen Level nicht verlassen!«, entgegnete ich selbstbewusst.

Veith nickte. »Okay ... dann werde ich mich, so gut es geht, an deinen Level halten. Du wirst keinen Schaden davontragen. Aber du sollst einen kleinen Vorgeschmack darauf bekommen, was mir gefällt.«

So gut es geht? Das schien mir sehr vage formuliert. »Ich möchte an meinem Körper keine ... keine dauerhaften Veränderungen ... welcher Art auch immer!«, stellte ich klar. »Und ich möchte auch keine Todesangst haben!«

»Okay«, willigte er ein. »Das wird beides nicht passieren.«

Ich nahm widerstrebend die letzten Bissen meiner Nachspeise.

Veith Lucian nickte zufrieden. Er lehnte sich zurück, wartete kurz, bis die Kellnerin abgeräumt hatte. Dann legte er die Tischkarte um.

Ich musste mich beherrschen, um die Augen nicht zu verdrehen. Aber ich hatte es geahnt. Nachdem er sich erhoben hatte, stand auch ich auf. Galant ließ er mich vorausgehen, und ich fragte mich, ob er nun meine Beine oder meinen Gang inspizierte ... und wozu er das tat. Beim Verlassen des Restaurants bog ich in das Zimmer des Grauens, wo ich bisher nur andere Mädchen beobachtet hatte. Veith Lucian blieb vor der Glasfront stehen.

»Zieh dein Kleid aus!«, befahl ein Herr am Eingang.

Ich tat, was er verlangte und schritt danach an zwei kopfüber hängenden Mädchen vorbei. Ein Gehilfe legte meine Beine in eine Schlinge und fesselte meine Hände hinter dem Rücken. Ich musste mich auf den Boden setzen und wurde nackt mit den Füßen voran in die Höhe gezogen. Als ich fast einen Meter über dem Boden hing, trat ein dunkelhäutiger Mann an mich heran. Seine Erektion war mächtig.

»Wehr dich nicht dagegen!«, meinte der Gehilfe und tätschelte mich an der Schulter. »Öffne dich für den schönen Schwanz, dann geht es am leichtesten.«

Der Schwarze kam mir näher und während ich meinen Mund öffnete, fassten seine großen Hände an meinen Kopf. Seine Stange glitt in meinen Mund und tief in meine Kehle, sodass mein Magen automatisch kontrahierte. Und kaum hatte ich einmal gewürgt, war ich einen guten Teil des Essens wieder los. Erneut schob er sich langsam tief in mich und zog sich wieder zurück, damit ich nicht erstickte. Das wiederholte er, bis mein Magen gänzlich geleert war und mein Körper sich nur noch in nutzlosen Kontraktionen wand.

Als ich es überstanden hatte, keuchte ich erschöpft. Der Gehilfe ließ mich wieder zu Boden. Ich durfte mich in Ruhe waschen, Nase und Zähne putzen und auch ein Glas Pfefferminztee trinken.

Gründlich erfrischt schlüpfte ich wieder in mein Kleid und wollte den Ort des Grauens verlassen. Doch da betrat plötzlich Veith Lucian den Raum. Er bat mich zurück zu dem kleinen Marmorbecken, in dem ich eben noch mein Gesicht gewaschen hatte. Wortlos ließ er die steinerne Schüssel mit frischem Wasser volllaufen. Dann packte er mich an den Haaren und ich ahnte sofort, dass er mich untertauchen wollte.

»NEIN!«, protestierte ich aufgeregt. »Ich hab gesagt, ich möchte keine Todesangst haben!«

»Die musst du nicht haben«, raunte er. »Vertrau mir!«

Zögerlich ließ ich mich von seiner Hand führen. Seine Finger verteilten sich an meinen Hinterkopf, er verstärkte langsam den Druck und tauchte mein Gesicht vorsichtig unter Wasser, ohne dass meine Haare nass wurden. Und, als würde ich einer tiefen inneren Eingebung folgen, ließ ich meine Hände wehrlos und versuchte, ihm zu vertrauen. Mir erschien sein Kraftaufwand wohldosiert und kontrolliert, sodass ich immer noch abbrechen konnte, wenn ich wollte. Aber ich wollte nicht ... Es fühlte sich gut an, von ihm gehalten und unter Wasser gezwungen zu werden ... Und schon nach ein paar Sekunden ließ er mich wieder los.

Ich wischte das Wasser aus meinem Gesicht – und damit auch ein paar Tränen. Wie lange schon hatte ich diese Hingabe nicht mehr empfunden?! Und wie gut sie sich anfühlte ...

»Ich wollte nur, dass du den Druck meiner Hand spürst«, raunte er, »und dass du mir vertrauen kannst.«

Ich nickte demütig, sah seine Lippen und wollte sie küssen.

Veith Lucian lächelte und ich merkte, dass er darüber nachdachte, mir diesen Wunsch zu erfüllen. Kurz zögerte er. Doch dann küsste er mich. Seine Lippen bedeckten meine, sie waren warm und geschmeidig. Hingebungsvoll verschmolz ich mit seinem Mund, mein Gesicht schmolz in seinen Händen und meine Seele an seiner Brust. Als ich die Augen wieder öffnete, hatte ich das Gefühl, ihm zu gehören ...

Aber das durfte nicht passieren!

Leicht verzaubert folgte ich ihm nun den Flur entlang. Wir stiegen in einen Lift und Veith begann erneut, mich zu küssen.

»Ich werde mit dir schlafen«, erklärte er leise. »Zuerst zeige ich dir Santiagos Mädchen, dann fahren wir in meine Wohnung im vierten Stock, wo wir ungestört sind.«

Seine Ankündigung bereitete mir Herzklopfen. Aber seine Küsse berauschten mich noch viel mehr ... Ich überlegte, wie alt er wohl war. Vierzig? Eindeutig jünger als Ronan ... Fast zu jung für mich.

»Entspricht das auch deinen Wünschen?«, hakte er nach.

Ein sehnsüchtiges Seufzen floss über meine Lippen. »Ja ...«

Der Lift hielt im zweiten Untergeschoss.

»Mr Veith Lucian! Herzlich willkommen,«, begrüßte ein uniformierter Mann meine Begleitung, wobei er sich ehrerbietig verneigte.

Veith nickte.

Daraufhin zückte der Wachebeamte einen Schlüssel. »Darf ich bitten ...«

»Nein, wir brauchen heute Sektor sieben!«, entgegnete Veith.

Der Mann nickte und griff anstandslos nach einem anderen Schlüssel. Wir folgten ihm ein paar Schritte, dann öffnete er eine große Eisentür für uns. »Bitte sehr!«

Ich konnte kaum realisieren, dass es auf Schloss *Avaloon* ebenfalls einen Keller gab, in dem man Mädchen gefangen hielt – genau wie auf Ivory. Doch dieser Keller war weit größer und luxuriöser; bereits der Flur, ausgelegt mit flauschig weichen roten Teppichböden; Ledersofas, locker im Raum verteilt, angenehme Beleuchtung, und vor allem keine kleinen Zellen! Die Räume der Mädchen hier verfügten über große Glasfronten, durch welche man auch die geschmackvolle Einrichtung sehen konnte. Die erste Zelle war unbewohnt, doch ich sah die überaus großzügigen Raummaße, schöne Bilder, Spiegel, ein gemütliches Sofa, Bücherregale, einen Schminktisch, ein kuscheliges Bett und eine matte Glastür, hinter der sich vermutlich ein Sanitärraum versteckte. Alles in allem, ein Luxus von dem man im Keller von Ivory nur träumen konnte.

»Komm weiter, dieses Zimmer ist nicht belegt«, ermahnte mich Veith, nachdem ich versonnen stehen geblieben war und in meinen alten Erinnerungen schwelgte …

Im nächsten Zimmer, das genauso groß und hübsch aussah wie das erste, saß ein Mädchen mit verschränkten Beinen auf dem Bett. Ihre Hände lagen zu Fäusten geballt in ihrem Schritt und mit dem Oberkörper wippte sie unruhig vor und zurück.

»Was hat sie?«, fragte ich betroffen.

Veith zögerte … »Sie hat psychische Probleme. Sie ist schon vier Jahre hier.«

»Vier Jahre?! Und darf sie nie raus?«

»Doch. Die Mädchen werden sehr gut behandelt. Spezielle Personal-Trainer kümmern sich um sie, wenn ihre Herren keine Zeit für sie haben. Sie gehen dann auch aus, essen in schönen Lokalen, fahren in die Natur, treiben Sport oder anderes …«

Skeptisch betrachtete ich dieses Mädchen. Durch die langen blonden Haare, die zerzaust über ihr Gesicht hingen, konnte ich kaum etwas sehen. Aber ich bezweifelte, dass dieses Mädchen Sport trieb oder in schöne Lokale ausgeführt wurde. »Sie sieht nicht so aus, als könne sie Sport treiben«, flüsterte ich.

»Nein … du hast recht. Das war auch allgemein gesprochen. Dieses Mädchen macht gerade eine schwierige Phase durch und wird medikamentös behandelt.«

»Eine schwierige Phase?«, fragte ich.

»Ja. Ich hab dir gesagt, sie hat psychische Probleme. Aber wir kriegen das in den Griff. Santiago zahlt sehr viel für sie und Amistad ist ihr Arzt. Komm jetzt weiter …«

Sie gehörte also tatsächlich Santiago? … Ich schluckte und machte mir meine Gedanken. Aber was sie erlebt hatte, dass sie jetzt eine »schwierige Phase« durchmachte, wollte ich lieber nicht wissen. Und vermutlich hätte ich an dieser Stelle auch lieber umkehren sollen, denn was danach kam, war noch viel schlimmer …

Wir gingen weiter zur nächsten Glasfront, hinter der sich ein ebenso komfortabel ausgestattetes Zimmer befand. Hier waren zwei Mädchen untergebracht. Eine hatte lange haselnussbraune Haare, die andere war aschblond. Beide trugen High Heels und kurze zartrosa Kleider, die mich an die edlen Spitzen-Nachhemden von Ivory erinnerten. Jedenfalls ganz Santiagos Geschmack.

»Das sind Schwestern«, erklärte Veith. »Aileen und Christiné, sie haben gerade Besuchszeit. Eigentlich bewohnt Aileen den nächsten Raum. Aber zwei Stunden pro Tag dürfen sie gemeinsam verbringen. Eine Sonderlösung. Normalerweise erlaubt Santiago so etwas nicht, aber diese Mädchen liegen ihm speziell am Herzen. Und da es Schwestern sind, hat er keine Befürchtungen, sexuell hintergangen zu werden. Abgesehen davon gibt es natürlich auch Kameras …«

Ich nickte wissend. Er hatte sich also nicht verändert.

»Was machen sie da?«, fragte ich.

»Ich glaube, sie sortieren ihren Schmuck«, meinte Veith.

Die Mädchen standen in der Nähe des Schminktisches und

hantierten mit einem funkelnden Collier und ein paar goldenen Armreifen. Geduldig sah ich ihnen zu und beobachtete, wie eine der anderen das Collier umlegte. Christiné hielt ihre Haare hoch und Aileen verschloss den teuren Schmuck in ihrem Nacken. Die Mädchen waren jung, vielleicht neunzehn oder zwanzig Jahre alt, extrem hübsch und ich konnte an ihrem Äußeren nicht viel Unterschied zu den Mädchen von Ivory erkennen. Ich sah nicht mal ein Brandmal. Dennoch war irgendetwas seltsam in deren Bewegungen und auch in der Art, wie sie miteinander kommunizierten.

Nach ein oder zwei Minuten holte Veith sein Handy hervor und gab eine kurze Nummer ein, die offenbar eine Verbindung zu den Lautsprechern im Raum der Mädchen herstellte.

»Aileen! Christiné! Seid doch so nett und kommt zur Spiegelfront. Ich habe einen Freund hier, der euch sehen möchte!«

Aileen schlug sich die Hand aufs Herz. Kurz darauf lachte sie. Sie war erschrocken. Nun lachten beide Mädchen. Sie legten den Schmuck wieder ab, nahmen einander an der Hand und kamen zu uns. Auf dem Weg fuhren sie sich nervös durch die Haare, dann streckten sie ihre Hände aus, und wie ich feststellen musste, taten sie das, um nicht gegen die Spiegelfront zu laufen!

Nun griff ich mir selbst aufs Herz ... Als sie das Glas berührten, sah es so aus, als ob sie blind wären! Aber nicht nur das. Ihre Augen sahen exakt gleich aus. Es war ein sehr dunkles Braun, das es nur selten gab. Und sie sahen vollkommen gleich aus!

»Was ist mit ihren Augen?«, fragte ich ängstlich.

Veith lächelte. »Was denkst du?«

»Ich ... ich weiß es nicht«, stotterte ich. »Sind sie blind?«

»Ja«, raunte Veith. »Das sind nicht ihre Augen. Es sind Glasaugen. Die Mädchen hatten ursprünglich blaugraue Augen. Diese hier wurden jedoch originalgetreu nach Santiagos Vorbild gefertigt. Sie sehen exakt aus wie seine eigenen.«

Mir blieb fast das Herz stehen! »Und konnten sie davor sehen?«, fragte ich.

»Natürlich. Sonst wäre es ja kein Opfer gewesen.«

Ich fühlte, wie sich mein Magen hob. Schnell wandte ich mich zur Seite und krümmte mich vornüber. Aber ich konnte nicht mehr erbrechen. Ich wollte nicht hören, was ich gehört hatte! Und ich wollte nicht sehen, was ich gesehen hatte!

Veith half mir wieder hoch und nahm mich in seine Arme, aber ich wehrte mich. »Nein, bitte! Lassen Sie mich los!«

»Schhh ... ganz ruhig!«, brummte er. »Was kümmert dich Santiago? Du bist fertig mit ihm. Du musst ihm nie wieder begegnen! Vergiss ihn einfach!«

»Aber die Mädchen!«, keuchte ich. »Was ist mit den Mädchen? Er hat ... Er hat ... Ich kann nicht glauben, dass er ...«

Veith streichelte beruhigend über meinen Kopf. »Du wirst doch nicht an der Freiwilligkeit zweifeln, unter der das geschehen ist?«

»Ich ... ich weiß nicht ... ich möchte nur noch weg von hier!«

»Ja. Wir fahren in meine Wohnung«, raunte er.

»Nein, ich möchte weg! Ich möchte *Avaloon* verlassen! Bitte!«

»Tut mir leid, Kleines«, entgegnete er. »Aber du hast mir etwas versprochen. Ich habe meinen Teil der Abmachung gehalten und du wirst deinen Teil halten!«

Oh mein Gott! Was hatte ich mir da nur eingebrockt? Wie war ich bloß auf die Idee gekommen, in Verhandlungen mit jemandem aus Level zehn zu treten?! Ich wollte mir nicht mal vorstellen, woran sich dieser Mann sexuell erfreute!

Flotten Schrittes verließen wir Trakt sieben. Mein Herz klopfte laut. Als wir vor dem Lift standen, atmete ich tief durch und versuchte, mich zu sammeln. Doch es herrschte das reinste Chaos in meinem Gehirn. Aber dann kam mir eine verzweifelte Idee in meiner Not. »In welchen Trakt wollte uns die Wache ursprünglich bringen?«, fragte ich.

»Trakt acht«, antwortete Veith. »Dort sind meine Mädchen untergebracht.«

»Darf ich sie sehen?«, fragte ich mutig.

Veith lachte. »Nein.«

Die Lifttüren öffneten sich und wir stiegen ein. Als ich meine Augen schloss, erschienen die Gesichter von Aileen und Christiné vor mir! Und ich sah Santiago. Ich stellte mir eine grauenhafte Operation vor und mir wurde schon wieder speiübel ... Nie hätte ich gedacht, dass es jemanden gab, der ein solches Opfer einfordern und es dann auch noch als sexuell stimulierend empfinden konnte! Und noch viel weniger hatte ich gehofft, dass dieser »Jemand« der Vater meines Sohnes war! Mir schauderte. Warum hatte ich mich nur auf Veith eingelassen? Ich wollte nicht wissen, was ich jetzt wusste. Und ich wollte nicht tun, was ich jetzt tun musste ... Ich wollte mich ihm nicht hingeben! ... Aber welche anderen Möglichkeiten hätte ich denn gehabt? Wenn Veith Lucian mit mir schlafen wollte, konnte ich schlecht Nein sagen, und solange er sich an die Vorschriften meines Levels hielt, gab es nichts zu beanstanden. Niemand würde kommen, um mich zu retten!

Der Lift hielt in der vierten Etage. Wir betraten eine herrschaftliche Wohnung mit Blick auf die höchsten Bäume im Park. Veith begrüßte zwei Mädchen, die hier auf ihn warteten. Er küsste sie charmant auf die Wange und flüsterte einer von ihnen zu: »Dark Room, Baby.«

Die Mädchen trugen schwarze Dessous. Auch ihre Haare waren pechschwarz und fielen offen über ihre Schultern. Ich überlegte, ob sie Ähnlichkeit mit mir hatten und ob Veith vielleicht generell schwarzhaarige Mädchen bevorzugte.

»Ich bin in zehn Minuten soweit«, erklärte er. Und mit einem listigen Lächeln vertraute er mich seinen beiden schwarzen Bräuten an. »Du gehst mit ihnen und befolgst ihre Anweisungen!«

Ich nickte leicht verzweifelt und hoffte, die Mädchen hätten vielleicht Mitleid mit mir und könnten mich beruhigen.

Durch eine doppelt gesicherte Tür betraten wir einen finsteren Raum. Obwohl eine der beiden Licht anmachte, änderte sich nicht viel an meinem ersten Eindruck. Hier gab es keine Fenster und kaum Beleuchtung. Der schwarze Teppichboden war auch an den Wänden verlegt, die Decke matt schwarz und sämtliche Einrichtung hielt sich an diesen düsteren Stil. Ein schwarzes großes Bett, schwarze Bezüge, schwarze Vorhänge, bloß zur Zierde, schwarze Seile und Ketten hingen von der Decke. Es gab sogar ein schwarzes Waschbecken und dazu passende Keramikvasen mit schwarz blühenden Rosen.

»Zieh dich aus«, flüsterte eines der beiden Mädchen. Und freundlich half sie mir mit dem Kleid. »Am besten, du legst dich auf das Bett«, meinte sie.

Etwas beschämt kletterte ich splitternackt über schwarze Seidenlaken auf das riesige Lederbett. Und kaum hatte ich mich auf dem Rücken ausgestreckt, waren die beiden Mädchen auch schon bei mir. Eine von ihnen öffnete meine High Heels, die andere hielt schwarze Latex-Strümpfe bereit. Zu zweit halfen sie mir in die Gummi-Haut. Die Strümpfe reichten mir fast bis an die Hüfte. Ich wälzte mich im Bett herum, bis sie endlich richtig saßen. Danach wurden meine Arme in überlange Handschuhe gezwungen, ebenfalls pechschwarz, hauteng und aus Latex. Während die beiden Mädchen sie in mühevoller Arbeit bis hoch an meine Schultern zogen, schwenkte mein Blick zur Seite und ich entdeckte zwei dubiose Gestalten, bodenlang verhüllt von schwarzen Seidenlaken. In der Mitte zwischen ihnen ein massiver Kerzenständer für eine einzelne große Kerze, ebenfalls in Schwarz.

»Fertig!«, raunte eine der beiden Bräute.

Sie betrachteten mich kurz und stiegen danach eilig aus dem Bett. »Na komm schon!« Aufgeregt deuteten sie mir, ebenfalls aufzustehen.

Ähnlich beschämt wie zuvor kletterte ich nun schwarz bestrumpft und behandschuht aus dem Bett. Meinem Gefühl nach war ich noch immer splitterfasernackt. Alle wichtigen Stellen, mein Rumpf, meine Brüste und mein Unterleib waren frei geblieben.

»Hierher!« Die Mädchen lotsten mich zu dem vermeintlichen Kerzenständer. Ich musste mich mit dem Schritt über die kleine Abtropftasse stellen, in der normalerweise das herabrinnende Wachs aufgefangen wurde. In der Mitte ragte ein kleiner Stumpf aus der Tasse empor, der so kurz und rund war, dass man nie und nimmer eine Kerze darauf aufspießen konnte. Doch dafür war er gar nicht gedacht! Die Tropftasse ließ sich in ihrer Höhe verstellen und die Mädchen schoben sie so hoch, bis ich aufsaß und gerade noch auf Zehenspitzen stehen konnte. Danach drehten sie an einer kleinen Kurbel im Fuß des Kerzenständers, sodass der schlanke Stumpf zu wachsen begann. Ein länglicher Kolben glitt zwischen meine Schamlippen und langsam in meine Muschi!

»Es ... es ist genug!«, stotterte ich aufgeregt, als ich Angst bekam.

Die Mädchen stellten ihr Bemühen ein und als ich mich leicht bewegte, stellte ich fest, dass der massive gusseiserne Kerzenständer im Boden fest verankert war. Sie hatten mich aufgespießt! Ich konnte hier nicht mehr weg!

»Du darfst nicht sprechen!«, warnte mich eine von ihnen. »Wenn er dich anfasst, beweg dich nicht! Und wenn er dich ins

Bett trägt, fass ihn nicht an, vor allem, falls es zu Sex kommt, schling deine Beine nicht um ihn! Das kann er nicht leiden. Am besten, du stellst dir vor, du wärst bewusstlos!«

»Okay«, hauchte ich und nickte ängstlich. Mit ähnlichen Berührungsphobien hatte ich ja schon Erfahrung.

Bevor die Mädchen mich verließen, knipsten sie das Licht aus. In völliger Finsternis stand ich nun zwischen den beiden dunklen Gestalten. Mein Herz schlug mir bis zum Hals. Ich wusste, wenn ich meine Arme ausstreckte, hätte ich sie theoretisch berühren können, aber ich wagte nicht, mich zu bewegen. Ich wagte kaum, zu atmen.

Ein paar Minuten verstrichen. Es kam mir vor wie eine Ewigkeit. Dann öffnete sich die Tür. Ein schwacher Lichtstrahl fiel in den Raum, aber ich konnte nur Umrisse erkennen, danach das Geräusch der sich schließenden Tür und gedämpfte Schritte auf dem Teppich. Die letzten spärlichen Geräusche wurden schnell von dem hämmernden Pulsschlag in meinen Ohren übertönt. Als plötzlich das Licht anging, fand ich mich im getönten Lichtstrahl eines kleinen Spots wieder. Er war genau auf mich gerichtet, ohne mich dabei zu blenden. Zwei weitere dumpfe Spots beleuchteten die Gestalten neben mir. Sie waren noch immer schwarz verhüllt.

Veith hingegen hatte sich inzwischen umgezogen. In einem samtigen schwarzen Morgenmantel kam er nun direkt vor mich. Ich sah krause dunkle Haare auf seiner Brust, fühlte seine Ausstrahlung, seine Wärme. Dennoch zitterte ich vor Angst. Vorsichtig hob er nun eine Hand und streichelte zärtlich über meinen Hals, über meine Brüste und meine Taille. Eisige Gänsehaut ließ meine Nippel frivol abstehen. Bewundernd betrachtete er meinen Oberkörper, während er ihn behutsam in sanfte Berührungen hüllte. Ich befolgte den Rat der Mädchen, blieb still und unbewegt. Doch ich merkte zweifellos, wie sehr

Veith die Berührungen und meinen Anblick genoss. Vorhin hatte er noch meine schönen Gliedmaßen bewundert, nun konnte er sie alle nicht mehr sehen. Ich verstand sein Denken nicht. Doch er schien meinen Anblick zu genießen. Als seine Lippen sich geschmeidig auf meinen Hals senkten, fühlte ich sogar seine Härte an meinem Venushügel. Er öffnete seinen Morgenmantel und während er mich weiter am Hals küsste, begann sich sein Schwanz an mir zu reiben. So sehr ich auch mit meinen Gefühlen kämpfte, die Tatsache, dass ich hier intim aufgespießt vor ihm stand und nicht zurückweichen konnte, hatte ihren Reiz! Ich konnte kaum erwarten, dass Veiths Lippen meinen Mund fanden, um sich mit mir zu vereinigen. Ich atmete schwer, doch schließlich durfte ich mich für seine Zunge öffnen. Sie war heiß und fordernd. Seine Hände glitten über meinen Rücken. Er hielt mich an der Taille, und während er von meinen Küssen wieder abließ, hob er mich vorsichtig in die Höhe, der schlanke Kolben glitt aus meiner Muschi, Veith fasste unter meine Knie und trug mich zu dem edlen schwarzen Lederbett.

Er legte mich in der Mitte ab, ließ den Morgenmantel zu Boden gleiten und kam langsam über mich ... Wieder schenkte er mir bewundernde Blicke. Doch außerhalb des Lichterscheins konnte ich kaum etwas sehen. Nur mein Rumpf warf noch Lichtreflexe auf, der Rest verschwand im Dunkel des Raumes. Aber mein Oberkörper war auch das einzige, worauf Veith sich konzentrierte. Er liebkoste meine Brüste und fasste immer wieder mit beiden Händen um meine schmale Taille. Er berührte meinen Bauch und meinen Unterleib. Gefühlvoll weckte er meine Begierde ... Als seine Hände wieder höher strichen und meinen Hals umfassten, musste ich sehnsüchtig stöhnen ...

»Gefällt es dir?«, raunte er.

»Ja ...«, hauchte ich leise.

Aber auch Veiths Verlangen hatte nun ein gutes Maß erreicht. Erneut begann er, mich zu küssen, und gleichzeitig drang er in mich ein. Sein warmer pulsierender Schwanz glitt in meine feuchte Spalte. Es fühlte sich an, als hätte ich schon ewig auf ihn gewartet. Ich stöhnte, erfüllt von Lust und Begierde. Mit kräftigen Bewegungen schob er sich in mich, wieder und wieder, und während er über mir war, fiel es mir unfassbar schwer, meine Arme und Beine nicht um ihn zu schlingen. Aber noch immer beträchtlich eingeschüchtert, wollte ich unter gar keinen Umständen einen Fehler begehen. Die schwarzen Bräute hatten mich gewarnt. Ich durfte ihn nicht berühren.

Mit immer schneller werdenden Stößen beglückte er meinen Unterleib. Ich stöhnte, mochte seine bedachte Gewalt, seine Härte und die Bestimmtheit, mit der er mich nahm. Hitze verströmte sich zwischen uns. Sein Atem streichelte über meinen Hals. Fasziniert von der Lust, die sich stetig in mir steigerte, fiel mir nicht auf, dass er inzwischen irgendeinen Schalter betätigt haben musste. Denn als ich zur Seite blickte, hoben sich plötzlich die schwarzen Hüllen von den lebensgroßen Skulpturen.

»Eines Tages wirst du mich glücklich machen«, stöhnte Veith.

Ich nickte und wimmerte, gefangen in einer undefinierbaren Lust. Aber nach und nach kamen nun Gestalten zum Vorschein, die meine Aufmerksamkeit auf sich zogen. Ich konnte es vor Neugierde kaum erwarten ... Wie in einem Albtraum fielen mir wieder Santiagos Mädchen im Keller ein und der unfassbare Schauer, der mich dabei durchströmte, brachte mich fast zu Höhepunkt.

»HAA...« Ich schrie und blickte kurz schockiert in Veith Lucians dunkle Augen.

Aber, wieder ansatzweise zurück in der Realität, wollte ich mir nicht vorstellen, was mich unter diesen schwarzen Laken erwartete. Zuerst sah ich die massiven Gusseisen-Füße von Kerzenständern. Doch das Tuch hob sich weiter, es hing an einem elektrischen Seil an der Decke, und entblößte weibliche Formen aus Stein oder Gips, ich konnte es nicht sagen. Perfekte Proportionen, schmale Taillen, stehende Brüste und zarte Schultern. Doch ihnen fehlten Arme, Beine und Kopf! Es waren bloß Büsten! Im selben Moment, als ich sie in ihrer Unvollständigkeit erfasste, kam Veith zum Höhepunkt. Sein Samen verströmte sich in mir. Veith stöhnte enthusiastisch und blieb danach schwer auf mir liegen.

Als er sich erholt hatte, führte er mich aus dem Bett zurück zu meinem gusseisernen Kerzenständer. Er hob mich wieder auf den schlanken Kolben, der nun geschmeidig in mich glitt, bis ich auf der Tropftasse aufsaß. Erschrocken blickte ich nach links und rechts und sah die beiden steinernen Frauenbüsten, genauso platziert wie mich selbst. Durch die gezielte Beleuchtung und das schwarze Latex, sah man von meinem Körper auch nicht viel mehr! Es war ein schauriges Gefühl, sich selbst als Büste dargestellt zu wissen. Veith fesselte auch meine Arme hinter meinem Rücken und strich meine langen Haare nach hinten, damit er meine Schultern unverdeckt sehen konnte. Dann legte er sich wieder ins Bett und betrachtete noch eine Weile seine drei Kunstwerke – zwei Büsten aus Stein und eine aus Fleisch und Blut – bis er schließlich einschlief.

# Teuflisches Blut

Grenzenlos geschockt und angewidert trat ich die Heimreise nach Singapur an. Auf dem langen Flug versuchte ich, mit meinen Gefühlen wieder einigermaßen ins Reine zu kommen. Ich hatte *Avaloon* Hals über Kopf verlassen, nachdem mich Veith Lucians Mädchen mitten in der Nacht aus meiner Zwangslage befreit hatten. Nicht mal Amistads Rückkehr hatte ich abgewartet. Es gab ein Sonderprogramm für überstürztes Abreisen, bei dem einem der kleine Mikrochip nahezu schmerzlos entfernt wurde, man bekam alle persönlichen Gegenstände ausgehändigt und ein Taxi zum Flughafen bereitgestellt. Ich wollte bloß noch weg. Und mittlerweile war ich mir auch sicher, nie wieder einen Fuß in dieses Schloss zu setzen. Wenn das, was mir Veith Lucian im Keller vor Augen geführt hatte, tatsächlich der Wirklichkeit entsprach, dann wollte ich meinem Sohn am besten niemals erklären müssen, wer sein Vater war! Der Umgang mit Diego war schwer genug und ich hatte dieses heikle Familienthema ohnehin schon ewig hinausgeschoben. Ich hatte immer gefürchtet, Diego könnte uns entgleiten, wenn er hörte, dass Ronan nicht sein leiblicher Vater war und ich ihn von Anfang an in gewisser Weise belogen hatte. Mir graute vor dieser Beichte. Und je mehr Jahre vergingen, desto schlimmer wurde es. Doch nun, nach meinem letzten Aufenthalt auf Schloss *Avaloon*, verwarf ich meine Pläne gänzlich.

Zurück in Singapur sprach ich mit Ronan und auch er hatte nichts dagegen, sich weiterhin als Diegos Vater auszugeben.

Wenn es sein musste, würde er diese Rolle auch für immer spielen.

Also schwiegen wir beide.

Weitere Jahre vergingen ...

Und im Nu war Diego neunzehn.

***

Die letzten Ferien verbrachten wir auf Bali. Diego stand kurz vor dem Abitur und ich hatte meine Strategie in punkto Familienaufklärung beibehalten.

Ich mochte die Urlaube in unserer wunderschönen alten Heimat – die langen Sandstrände, das türkisblaue Meer und die Zeit, die wir dann füreinander hatten. Bali war der einzige Ort, wo auch Diego ein wenig zugänglicher war. Wir wohnten in einer Bungalow-Anlage direkt am Strand in der Nähe von Leons Surf- und Tauchschule. Mittlerweile gab es zwei Resorts, die sich hier anschlossen und die Dienste der Wassersportschule nutzen. Ein gutes Geschäft für Leon.

Da unsere Kinder inzwischen leidenschaftlich gern Kite-Surften, verbrachte ich die meiste Zeit mit ihnen am Strand. Auch Larissa war eine begnadete Kite-Surferin, und wenn für Diego nicht genügend Wind war, dann saß er oft allein am Strand und sah ihr einfach nur zu. Das war stets meine Gelegenheit, mit ihm ein vertrauliches Gespräch zu führen. Eine der besten Gelegenheiten.

Im Großen und Ganzen war ich riesig stolz auf meine Kinder. Sie entwickelten sich prächtig. Larissa wurde immer hübscher, sie war nun siebzehn und Vorzugsschülerin, hatte eine sehr sensible, aber auch fröhliche und selbstbewusste Natur. Ich liebte es, Zeit mit ihr zu verbringen. Wir mochten dieselben Filme, interessierten uns beide für Fitness, Reisen und Mode und wurden beim Shoppen gelegentlich sogar für Schwestern gehalten!

Aber auch Diego wurde immer erwachsener und attraktiver. Er war bereits ein stattlicher junger Mann – groß, dunkel und gut gestylt. Mittlerweile überragte er mich um fast zwanzig Zentimeter! Der Umgang mit ihm hingegen gestaltete sich immer schwieriger, auch wenn ich das nicht immer wahrhaben wollte. Ronan und ich fanden, Diego hatte gerade in seiner Pubertät sehr hart mit sich selbst zu kämpfen gehabt. Obwohl er durch seinen Sport und die Schule viele Freunde gewonnen hatte, sonderte er sich trotzdem gern von allen Gleichaltrigen ab, und man konnte manchmal fast den Eindruck gewinnen, er wäre ein Außenseiter. Er verkroch sich dann tagelang in seinem Zimmer oder nervte Larissa mit übertriebener geschwisterlicher Eifersucht. Wenn man ihn dann wieder mit seinen Freunden sah, schien er der Beliebteste von allen zu sein.

Irgendwann fand ich es seltsam, dass er nicht mit Mädchen ausging. Er kam aber auch nie mit einem Mädchen nach Hause. Mit Ronan oder mir wollte er über sein Liebesleben nicht sprechen. Sein »Privatleben«, wie er es nannte, ginge uns nichts an. In Singapur hatten wir dafür umso mehr Stress mit seiner Schule. Diego hatte im vergangenen Jahr unzählige Stunden gefehlt, wodurch er nun die letzte Klasse wiederholen musste, um einen Abschluss zu bekommen. Niemand wusste, wo er sich in der fraglichen Zeit herumgetrieben hatte, und vor uns wollte er sich wiedermal nicht rechtfertigen, da er schließlich »schon erwachsen wäre«. Wenn ich ihm dann erklärte, dass wir für seinen Unterhalt aufkämen, für ihn verantwortlich wären und ein Recht darauf hätten, zu wissen, wo er sich herumtrieb, gab er an, beim Sport gewesen zu sein. Ich war mir nicht sicher, ob das stimmte.

Noch schwerer als seine eigene Pubertät, machte ihm jedoch die Pubertät von Larissa zu schaffen. Wir führten endlose Diskussionen, wohin, mit wem und wie lange sie ausgehen durfte, was sie anziehen und wen sie nach Hause mitbringen durfte. Von Jungs wollte Diego generell nichts hören. Aber er kontrollierte auch, mit welchen Freundinnen sie sich traf und in wessen Gesellschaft sie sich befand. Am Abend, wenn Larissa zu Bett ging, gab er ihr immer noch einen Kuss auf die Stirn. Und wenn er mal vergaß, kam sie zu ihm und holte sich ihren Gutenachtkuss artig ab. In Clubs durfte sie nur, wenn er mitging. Ich konnte nicht wirklich etwas dagegen einwenden, denn durch sein Kampfsporttraining war er ihr bester Bodyguard. Ich fragte Larissa oft, ob ihr der ganze Zirkus um ihr Wohlergehen unangenehm wäre, doch sie versicherte mir, dass sie gern mit ihm diskutiere, und im Grunde fühlte sie sich geschmeichelt von seiner Fürsorge. Sie mochte es wohl, von ihrem großen Bruder so sehr geliebt und beschützt zu werden. Manche ihrer Freundinnen wären sogar neidisch, weil er so gut aussah, meinte sie. Also hörte ich schließlich auf, mir deswegen den Kopf zu zerbrechen.

Nichtsdestotrotz hatte ich mir für diesen Urlaub wiedermal vorgenommen, nun endgültig zu ergründen, warum Diego noch immer keine Freundin hatte ...

***

Larissa war mit dem Surfbrett draußen auf dem Meer, doch der Wind war an jenem Nachmittag nicht sehr stark und Diego saß allein auf einer Liege. Mit einem dünnen Sarong über meinen Bikini gewickelt gesellte ich mich zu ihm.

»Wie lange ist sie schon draußen?«, fragte ich.

»Vielleicht zehn Minuten ...«, meinte er.

Schweigend sahen wir Larissa eine Weile zu, wie sie Wind und Wellen geschickt meisterte ...

»Sie macht das toll!«, sagte ich schließlich. »Ich bin so stolz auf sie.«

Diego lächelte. »Sie hatte ja auch den besten Lehrer!«

War klar, dass er sich selbst meinte.

»Ja. Ich bin auch stolz auf dich!«, schmeichelte ich ihm.

Diego sah mich an und zog eine Augenbraue hoch. »Worüber willst du reden?«

Ich seufzte. Er hatte mich wiedermal durchschaut. »Ich weiß nicht ... nichts Bestimmtes«, gab ich vor. »Vielleicht über Larissa. Sie wird immer hübscher ... Und sie erzählt mir immer weniger über Jungs. Weißt du, ob sie schon einen Freund hat?«

»Sie hat noch keinen«, entgegnete er.

Ich war überrascht. »Ehrlich? Woher weißt du das? Redet sie mit dir darüber?«

Diego verzog keine Miene. »Ich wüsste es, wenn sie einen hätte. Das könnte sie nicht verbergen. Ich würde es ihr anmerken.«

»Woran? Und warum merke ich bei dir nichts?«

Er zischte und schenkte mir einen herablassenden Blick. »Weil es euch nichts angeht.«

Leicht pikiert sah ich wieder Larissa zu.

Doch ich wollte mich damit nicht abfinden. »Diego, wir wissen doch beide, dass du gut aussiehst ... Du bist attraktiv, überall beliebt und auch nicht schüchtern. Ich mache mir einfach Sorgen! ... Willst du dich der Frauenwelt vorenthalten oder woran liegt es?«

»MAMA BITTE!«, fuhr er mich an.

»Diego ... Ich möchte dir nur sagen, dass du über alles mit mir reden kannst! Und falls du Männer attraktiver fändest als Frauen, dann wäre ich wirklich die Letzte, die ein Problem damit hätte. Ich werde dich immer lieben, egal welche Gefühle du hast!«

Diego fasste sich gequält an die Schläfen. »Mama, ich bin nicht schwul!«, stöhnte er. »Mein Privatleben geht euch nur einfach nichts an!« Missmutig setzte er sich vier Plätze weiter auf eine freie Liege.

Nach ein paar Minuten stand ich auf und ging zu ihm. Ich kniete vor ihm im Sand nieder und streichelte durch seine schönen schwarzen Haare. »Es tut mir leid«, versicherte ich ihm und küsste ihn auf die Wange. »Ich werde dich nie wieder so ausfragen, versprochen.«

Diego nickte versöhnlich.

Ich ließ ihn allein, ging zurück zu unserem Bungalow und hoffte, er würde es bald wieder vergessen. Irgendwann würde sich diese Frage ja wohl hoffentlich von allein lösen.

Doch genau an diesem Abend passierte mir noch etwas höchst Unangenehmes ...

Ich war mit Ronan zum Essen aus gewesen und als wir zurückkehrten, wollte Ronan bereits zu Bett gehen, während ich noch eine Weile mit meinem Laptop auf unserer Terrasse saß. Ich nahm an, Larissa und Diego wären in ihren Zimmern und würden bereits schlafen ... als ich plötzlich Stimmen im Garten hörte. Zuerst dachte ich an andere Urlauber, die sich vergnügten, doch dann klang es, als ob eine Frau kläglich wimmerte und in Not wäre. Also schnappte ich mir eine Taschenlampe und stieg leise die Treppe hinunter in den Garten. Die Geräusche wurden langsam lauter. Und als ich an der Zaunmauer um die Ecke blickte, ertappte ich Diego mit einem blonden Mädchen mitten in Aktion!

Ich erschrak unfassbar und blieb wie versteinert auf der Stelle stehen. Das Mädchen sah mich an, während Diego seinen Kopf abgewandt hatte und mich nicht bemerkte. Sie weinte und wimmerte. Er tat ihr sichtlich weh! Mit einer Hand hielt er sie am Hals fest, während er mit der anderen ihre Hände fixiert hatte. Und die Bewegungen seines Körpers waren unverkennbar.

Über alle Maßen schockiert konnte ich mich noch immer nicht bewegen, als das Mädchen plötzlich ein paar Worte stöhnte und Diego daraufhin erschrocken aufsah ... Wie weggetreten sah er mich an! Im selben Moment fuhr ich herum und ergriff die Flucht. Ich lief die Treppe hinauf in unseren Bungalow. Im Badezimmer ließ ich kaltes Wasser über meine Handgelenke rinnen, um mich zu beruhigen ... Ich konnte nicht fassen, was ich gesehen hatte! Und es dauerte kaum zwei Minuten, als ich plötzlich die Eingangstür hörte. Diego. Er kam zu mir ins Bad, schien gefasst, doch das war weit gefehlt. Offensichtlich hielt er sich nur unter Kontrolle, bis er die Tür hinter sich geschlossen hatte.

»WAS SOLL DAS!«, fauchte er im Flüsterton – vermutlich, um Ronan oder Larissa nicht zu wecken.

»Diego! Ich hab das Mädchen wimmern gehört!«, rechtfertigte ich mich.

Daraufhin fuhr er mir mit einer Hand an den Hals und presste mich gegen die Fliesenwand! »Du spionierst mir nach!?«, knurrte er.

Ich war so schockiert, dass ich kein Wort herausbrachte.

Doch er wartete auf gar keine Antwort. Er nahm die Hand weg und schlug mir mit der anderen ins Gesicht! Und, als täte er das nicht zum ersten Mal, fing er mich gleichzeitig auf, bevor ich mit dem Kopf aufs Waschbecken knallte. In seiner Rage drückte er mich erneut gegen die Wand und drohte mir: »Mach das nie wieder!«

Dann ließ er mich los und verschwand in sein Zimmer.

Ich zitterte am ganzen Körper, sank auf die Knie und brach in Tränen aus. Ich war schon von vielen Männern geschlagen worden, auch wesentlich härter, aber dennoch, so verletzt hatte mich noch keiner! Es war, als ob Santiago zurückgekehrt wäre! Nein, es war schlimmer! Ich wusste überhaupt nicht, wie ich damit umgehen sollte, was ich ihm sagen und wie ich ihn zur Rede stellen sollte. Er musste sich doch dafür entschuldigen!

Sollte ich es Ronan erzählen? … Nach ein paar Minuten stellte ich fest, dass ich mich viel zu sehr schämte, um es auch nur irgendwem zu erzählen … Also behielt ich es für mich.

Und vermutlich dachte Diego ähnlich, denn am nächsten Morgen beim Frühstück gab es einen Moment, in dem ich – bei einem Blick in seine mittlerweile tiefbraunen Augen – bemerkte, dass es ihm doch irgendwie unangenehm war. Aber auch er erwähnte diesen Vorfall nie wieder.

Natürlich war es falsch, jeden Schandfleck seines Charakters mit den teuflischen Genen zu rechtfertigen, die er in sich trug und für die vermutlich nur ich ihn genauso sehr lieben konnte wie für all seine guten Seiten. Bestimmt hatte ich mit meinem Erziehungsstil einen guten Teil dazu beigetragen, dass er so war, wie er war. Und es tat mir manchmal auch leid, dass ich es nicht besser hinbekommen hatte … Vor allem, weil ich merkte, dass er teilweise selbst darunter litt.

Vermutlich wäre es nun endgültig an der Zeit gewesen, ihm die ganze Wahrheit zu erzählen. Wie es schien, war Diego reif genug. Dann hätte er sich selbst auch einiges erklären können, was ihn bisher vielleicht verwirrt hatte … Aber gerade jetzt – drei Monate vor seinem Abitur – wollte ich nichts aufs Spiel setzen.

# BlumenBall

Wieder zurück in Singapur vibrierte eines Abends unerwartet mein Handy und ich erblickte darauf den Namen »Darja«. Sofort versuchte ich, mir nichts anmerken zu lassen und zog mich in eines der Zimmer zurück, um ungestört telefonieren zu können.

Bisher war es erst einmal passiert, dass Amistad mich auf meinem Mobiltelefon angerufen hatte. Das war vor einigen Jahren gewesen, kurz nach meiner überstürzten Abreise von *Avaloon*. Er hatte wissen wollen, was vorgefallen war und ob es notwendig wäre, jemanden zurechtzuweisen. Ich hatte ihm damals zwar von Veith Lucian erzählt, aber bei Weitem nicht die ganze Wahrheit ... Veith hatte mit mir geschlafen, ich hatte Angst bekommen und überreagiert – war die offizielle Version. Ich wollte nicht, dass er über meine Kellerbesichtigung Bescheid wusste, oder dass ich Santiagos Gespielinnen gesehen hatte. Nach dem Anruf hatte ich seine Rufnummer unter dem Decknamen »Darja« abgespeichert, um bei Ronan keinen Verdacht zu schüren. Aber er hatte sich all die Jahre nicht gemeldet.

Nun waren wir gerade von Bali heimgekehrt, als er unerwartet anrief.

»Zahira, schön dich zu hören! Wie geht es dir?«, meinte er freundlich.

Als ich ihm im Flüsterton erklärte, dass er nächstes Mal ruhig eine SMS schicken könne, um mich vorzuwarnen, reagierte er amüsiert. Er meinte, er wolle nichts Unsittliches von mir ...

»Ich möchte dich einladen«, fuhr er fort. »Ich feiere nächste Woche auf Schloss *Avaloon* meinen fünfzigsten Geburtstag. Die Feier findet im Zuge des jährlichen Blumenballs statt und es wäre schön, wenn du auch Zeit hättest. Oder formulieren wir es vielleicht anders: Auch wenn wir uns schon länger nicht mehr gesehen haben, erwarte ich, dass du kommst!«

Ich schnaubte. »Nächste Woche? Weißt du, das ist reichlich kurzfristig und ich glaube ehrlich gesagt auch nicht, dass ich wegen einer Geburtstagsfeier nach Amerika fliegen kann.«

»Mach dich nicht lächerlich, Zahira. Deine Kinder sind schon groß. Oder täusche ich mich? Du wirst doch mal spontan für zwei Tage verreisen können. Ich zahl dir die Tickets und lass dich vom Flughafen abholen.«

»Darum geht es nicht!«, antwortete ich.

»Was ist es dann?«

»Ich ... Ich möchte mit *Avaloon* nichts mehr zu tun haben! Ich will dort nicht mehr einchecken, mich untersuchen lassen oder ... von irgendjemandem quälen lassen. Ich will das nicht mehr, Amistad!« Mittlerweile hatte ich genug Ärger mit Diego. Aber das wollte ich ihm nicht sagen.

»Dazu wird es nicht kommen!«, versprach Amistad. »Ich ersuche dich nicht, in *Avaloon* einzuchecken, du sollst bloß zu meiner Geburtstagsfeier erscheinen, und dazu sind keine großen Untersuchungen notwendig. Spiele finden ausschließlich unter den Schlossbewohnern statt. Für Freunde, die ich zu meiner Geburtstagsfeier einlade, werden wir einen Schnelltest machen, eine simple Blutuntersuchung. Mehr nicht.«

»Wird Cheyenne kommen?«, fragte ich.

»Nein ... Du weißt doch, dass ich ihn von *Avaloon* fernhalte.«

»Und Santiago?«

»Santiago zählt nicht zu meinen Freunden!«, betonte er.

Ich seufzte schwer ...

»Zahira, ich werde nur einmal fünfzig und mir liegt sehr viel daran, dass du kommst!«, bestärkte er mich. »Die Feier ist am Samstag. Es wäre gut, wenn du vor neunzehn Uhr hier bist. Gib mir Ende der Woche deine Reisedaten durch und ich lasse dich vom Flughafen abholen. Du bekommst auch ein Gästezimmer im Schloss, damit du dich bequem umziehen kannst.«

»Im Keller?«, fragte ich scherzhaft.

Er lachte. »Nein. Im vierten Stock, dem Trakt, wo die luxuriösen Wohnungen liegen.«

Wieder seufzte ich, aber gleichzeitig verspürte ich auch einen gewissen Reiz, der von der Vorstellung ausging, einmal einer prunkvollen Feier auf Schloss *Avaloon* beizuwohnen und selbst nicht in Gefahr zu sein. In meiner Fantasie sah ich mich mit Amistad und Veith Lucian tanzen ...

»Na gut ... «, willigte ich schließlich ein.

»Heißt das, du kommst?«

»Ja, ich denke, ich kann mich hier für zwei Tage abseilen ... Was soll ich anziehen?«

»Ein Ballkleid wäre angebracht. Manche tragen richtig pompöse barocke Ballkleider. Aber wie du willst – modern ist auch gut. Die Stile vermischen sich.«

»Okay«, hauchte ich.

»Sehr gut. Dann bis Samstag! Ich rechne mit dir, Zahira.«

Ich schnaubte ein Lächeln und beendete das Gespräch.

Etwas seltsam erschien es mir schon, dass er so übermäßig viel Wert darauf legte, dass ich zu seiner Feier kam. Geradezu aufdringlich! Aber ich konnte mir keinen Reim darauf machen. Vielleicht machte er sich Sorgen, weil Diego bereits neunzehn war und ich angekündigt hatte, Santiago irgendwann in seine Vaterschaft einzuweihen. Hatte er Angst? Wollte er sich bei mir einschmeicheln? Oder ging es ihm wirklich nur um meine Gesellschaft bei der Feier?

***

»Ms Navarro-Castilla« stand auf dem Schild, das ein junger Mann in der Menschenmenge auf dem Flughafen von Atlanta in die Höhe hielt. Ich folgte ihm zu einer schwarzen Limousine und bereits eine halbe Stunde später fuhren wir durch die Tore von *Avaloon* in den Schlosshof.

Der Mann trug mein Gepäck und begleitete mich durch einen Seiteneingang zu einem Ärztezimmer, wo ich zwei Röhrchen Blut abgeben musste. Danach fragte der Arzt, ob ich nicht noch schnell und unkompliziert zu einem intimen Abstrich und einer Speichelprobe bereit wäre, um mir im Fall des Falles Unannehmlichkeiten zu ersparen. Ich dachte kurz nach, dachte an Amistad, und sagte schließlich zu. Auch die beiden weiteren Tests waren schnell erledigt und meine Begleitung brachte mich über einen Lift in die Wohnung im vierten Stock, die Amistad für mich bereitgestellt hatte.

»Ich hole Sie in einer Stunde hier ab, Miss!«, meinte er an der Tür. »Ich darf Sie dann in den Ballsaal führen.«

»Danke, Sir!«, gab ich zurück und fiel kurz darauf in das weiche Daunenbett. Müde und erschöpft vom Flug hätte ich auch gleich schlafen können. Aber nach einer kurzen Verschnaufpause, hüpfte ich unter die Dusche. Die Vorfreude, mich nun für Amistad und den Blumenball von *Avaloon* hübsch stylen zu können, überwog schließlich doch.

Von einem neuen Designer aus Singapur hatte ich ein wahrlich prunkvolles Kleid mitgebracht. Es war aus smaragdgrünem Taft, schulterfrei und im Bereich des Korsetts mit Blüten und Perlen bestickt. Von der Taille abwärts fiel es in drei gerafften Lagen ausladend bis auf den Boden. Mit etwas Mühe konnte ich es selbst im Rücken verschließen. Und als ich fertig geschminkt und frisiert war, klopfte es auch schon an meiner Tür.

Ich legte mein teils hochgestecktes Haar über eine Schulter

nach vorn und fand im Spiegel, dass die Farbe des Kleides ganz wundervoll zu meiner auf Bali nachgebräunten Haut passte. Auch der junge Mann nickte mit einem wohlwollenden Lächeln. Dann bot er mir seinen Arm und begleitete mich zum Lift.

Auf dem Weg zum Ballsaal begegneten uns ein paar andere Gäste und mit Unbehagen fiel mir auf, dass alle maskiert waren! »Warum tragen sie alle Masken?«, fragte ich meine Begleitung.

»Es ist der Maskenball!«, entgegnete er.

»Maskenball?«, fragte ich erstaunt. »Ich dachte Blumenball?« Hatte Amistad sich etwa versprochen?

»Nein, Maskenball!«, wiederholte er höflich, während sich die Türen zum großen Saal bereits öffneten.

Ich blickte auf eine riesige Menschenmenge, und tatsächlich, sie alle trugen Masken! Während die Männer ihr Gesicht vollständig hinter den bereits bekannten venezianischen Vogelmasken verbargen, bedeckten die Frauen bloß ihre Augenpartie hinter filigranen Schmuck-Masken.

»Warum hat Amistad mir nicht Bescheid gesagt?«, klagte ich. »Dann hätte ich mir eine Maske besorgt!«

»Das werden wir gleich klären«, beruhigte er mich, während wir zielstrebig durch die Menschenmenge schritten. Mysteriöse Augenpaare hinter schwarzen und weißen Vogelmasken sahen mir nach … Doch schließlich breitete ein großer blonder Mann seine Arme aus. »Zahira!« Es war Amistads Stimme hinter der Visage eines weißen Vogels.

Er umarmte mich. »Hübsch siehst du aus. Du hast dich nicht verändert!«

»Danke«, hauchte ich. »Warum hast du mir nicht gesagt, dass es ein Maskenball ist?!«

»Das spielt keine Rolle, Zahira. Aber ich erkläre es dir gleich! Komm mit, wir gehen in eine ruhige Ecke.« Auf dem Weg dorthin nahm er selbst seine Maske ab. Wir setzten uns unterhalb einer geschwungenen Treppe auf ein weißes Ledersofa. Ich wandte mich Amistad zu, und er begann zu erklären ... »Ich hatte Sorge, du würdest nicht kommen, wenn ich von einem Maskenball spreche. Du hattest schließlich schon einmal Angst, Santiago könnte sich hinter einer solchen Maske verbergen.«

Skeptisch nickte ich.

Amistad lächelte. Doch dann nahm er meine Hände in seine ... und sein Griff wurde fester! »Zahira, ich bin wirklich froh, dass du hier bist! Ich habe ein sehr ernstes Thema mit dir zu besprechen und will dir nicht lange etwas vormachen ... Ich bin bereits zweiundfünfzig – und das seit letztem Sommer. Die Feier heute war in der Tat ein Vorwand. Ich musste sicher gehen, dass du kommst.«

Augenblicklich zwängte sich ein Kloß in meinen Hals und ich schluckte schwer. »Warum?«

»Vor einem halben Jahr ist etwas passiert, worüber ich mit dir reden möchte. Aber ich weiß auch, dass wir eine Vereinbarung haben, und Cheyennes Wohlergehen liegt mir nach wie vor über alles am Herzen. Nun ... ich wollte dich fragen, wann du dir vorgestellt hast, Santiago über seinen Sohn aufzuklären ... Wie alt ist er jetzt?«

»Neunzehn«, entgegnete ich, während die Gedanken bei mir panisch im Kopf kreisten. »Und ich bin mir nicht sicher ...« stotterte ich. »Diego hatte gerade eine anstrengende Phase ... Er musste in der Schule wiederholen und macht jetzt bald seinen Abschluss – in drei Monaten. Er weiß selbst noch nichts von seinem Vater und ich überlege noch, ob ich es ihm überhaupt sagen soll! Aber ... Was ist passiert? Vor einem halben Jahr?«

Amistad seufzte schwer. Dann versuchte er zu lächeln, aber es gelang ihm nicht ganz. »Zahira ... Santiago ist heute hier ... und ich möchte ... dass du es ihm sagst!«

Mir fielen fast die Augen aus dem Kopf. Für einen Moment stand mein Herz still, ich wollte flüchten, doch Amistad hielt mich an den Händen fest.

»Nein!«, wimmerte ich. Das konnte er doch nicht tun! Plötzlich bekamen all die Vogelmasken rund um mich äußerst bedrohliche Züge!

»Beruhige dich!«, raunte Amistad. »Er ist nicht hier. Er wartet im Roten Salon.«

Ich konnte kaum mehr still sitzen.

»Zahira, reg dich nicht auf! Vergiss nicht, du hast mich nach wie vor mit Cheyenne in der Hand! ... Und du kannst mir glauben, meine Lage ist noch viel prekärer als deine! Aber wir werden eine gemeinsame Lösung finden. Ich werde dir jetzt etwas sehr Persönliches über Santiago erzählen.«

Ich atmete panisch, aber ich nickte.

Amistad schien nun ein wenig erleichtert und begann zu erzählen: »Santiago kam vor etwa einem halben Jahr zu mir und verlangte etwas wirklich Menschenunmögliches! ... Er wollte sich selbst klonen lassen! Dabei wollte er auf mein Repertoire an Ärzten, Rechtsanwälten und Spezialisten zurückgreifen, elegant alle Gesetzte umgehen und mit dem nötigen Kleingeld hier auf *Avaloon* das Unvorstellbare vollbringen!« Amistad schnaubte. »Und das will er heute noch! Dieses kranke Vorhaben kann man ihm jedoch nicht vollends anlasten, denn wie ich später erfahren habe, ist er massiv verzweifelt. Ich wusste nichts davon, aber vor vier Jahren hat er anscheinend erfahren, dass er zeugungsunfähig ist. Es dürfte bei ihm auf Medikamentenmissbrauch, Alkohol, Drogen, illegale Potenzmittel oder was auch immer zurückzuführen sein ... Jedenfalls kann er heute keine Kinder mehr zeugen. Ein paar Jahre lang hat er nun versucht, mit diesem Schicksal zurechtzukommen. Doch dann machten ihm Freunde mit der Klon-Technologie wieder den Mund wässrig. Und schließlich fiel ihm nichts Besseres ein, als damit zu mir zu kommen!«

Ich schluckte. »Er ist unfruchtbar?«

»Ja«, entgegnete Amistad. »Sag dieses Wort bloß nicht in seiner Gegenwart!«

Ich konnte in dem Moment noch gar nicht begreifen, was das für Diego bedeutete. Er würde damit für immer und ewig der einzige Nachkomme von Santiago sein, vorausgesetzt er hatte keine anderen unehelichen Kinder. »Und du willst ihm nicht helfen?«, fragte ich.

Amistad lachte. »Zahira. Da hilft ihm keiner!«

»Aber ... aber wieso kannst du seine Bitte dann nicht einfach abschlagen?«

»Er droht mir und er erpresst mich!«, erklärte Amistad. »Er möchte *Avaloon* auffliegen lassen, wenn wir ihm nicht helfen. Und ich hänge als Teilhaber an vorderster Front natürlich voll mit drin!«

»Oh mein Gott. Ich dachte, ihr seid rechtlich gut abgesichert?«

»Das sind wir auch«, entgegnete Amistad. »Bloß Sadisten aus Level zehn haben fallweise Einblicke, die uns eventuell schaden könnten. Und da gehört Santiago leider dazu.«

»Und du glaubst, wenn er erfährt, dass er bereits einen Sohn hat, dann ist er glücklich?«

»Ja. Was für eine Frage?! Ich bin mir ziemlich sicher, in seinem tiefsten Inneren glaubt er selbst nicht daran, dass dieses Klonprojekt auch nur irgendeine Chance hat. Er will einfach seinen Zorn an jemandem auslassen und mit Drohungen und Konsequenzen gewaltig auf die Pauke hauen. Seinen Zorn und seine Kälte spüren wir auf *Avaloon* übrigens schon seit einigen Jahren. Er war sogar einmal mit David hier ... Aber das Zusammentreffen mit dir heute habe ich sehr geschickt geregelt.

Ich habe ihm versprochen, ihm heute eine Person zu liefern, die ihm einen gesunden Nachkommen schenken wird. Das kann er sich zwar nicht vorstellen, aber er wäre damit seiner eigenen Aussage nach zufrieden und würde seine Erpressungen fallen lassen. Mehr weiß Santiago über diese ›mysteriöse‹ Person allerdings nicht. Ich wollte dir die Möglichkeit geben, es ihm selbst zu sagen. Im Ausgleich dafür bitte ich dich, den Deal mit Cheyenne für dich zu behalten ... Es tut mir wirklich leid, Zahira, dass es jetzt so gekommen ist. Aber ich hab getan, was ich konnte. Ich hab ihn ein halbes Jahr lang mit diesen Klon-Fantasien hingehalten. Länger ging nicht.«

Ich befreite meine Hände aus seinem festen Griff und wischte eine Träne aus meinem Gesicht. Bis an meine Grenzen überfordert, wusste ich nicht, was ich von diesem Plan halten sollte. Ich hatte mir im Detail überhaupt noch keine Gedanken gemacht, wie ich die Geschichte Santiago jemals beibringen sollte!

»Geht's dir gut?«, fragte Amistad. »Wenn du bereit bist, dann bringe ich dich jetzt zu ihm.«

»Nein!«, verweigerte ich. »Ich bin natürlich NICHT bereit! Wie kannst du mir so etwas antun? Ich hatte nicht mal einen Tag Zeit, um darüber nachzudenken oder ... oder die richtigen Worte zu finden!«

»Du wirst die richtigen Worte finden, Zahira. Mach dir keine Sorgen, und vergiss nicht, du bist diejenige, die alle Trümpfe in der Hand hält! Santiago wird dir dankbar sein! Und ich bin es, solange du dich weiterhin an unsere Abmachung bezüglich Cheyenne hältst. Ach ja, es wäre auch nett, wenn du ihm erklärst, dass ich von Diego ebenfalls erst seit einem Monat weiß. Offiziell hab ich es bei meinen Ermittlungen zu seinem Kinderwunsch herausgefunden.«

Ich nickte missmutig.

Amistad tätschelte aufmunternd mein Knie.

»Ich möchte noch kurz in den Spiegel sehen ...«, sagte ich.

Amistad war einverstanden und begleitete mich durch den Ballsaal. Nun waren mir all die Vogelmasken rund um mich plötzlich egal. Vor dem Spiegel legte ich meine Haare nochmal hübsch zurecht und kontrollierte meine Schminke. Meine Hände zitterten. Ich hatte keine Wahl ... wenn ich es Santiago nicht beichtete, dann würde Amistad es tun!

»Gehen wir?«, fragte er schließlich.

Ich nickte.

Wir schritten einen festlichen Flur entlang, wo maskierte Männer und Frauen Champagner tranken und sich angeregt unterhielten. Vor einer riesigen doppelten Tür warteten zwei Securities, die uns nun von Kopf bis Fuß durchsuchten. Als mir der eine von ihnen mit seinen bloßen Händen die Beine entlang hoch bis in den Schritt fuhr, fühlte ich mich zurückversetzt an den Pier von Miami und den Tag, als ich schon einmal zu Santiago zurückgekehrt war ... Dann tastete er meine Haare ab, ich musste auch meinen Mund öffnen. Erst danach gewährte man uns Einlass.

Mein Herz überschlug sich in meiner Brust. Der kleine stillgelegte Ballsaal war nur spärlich beleuchtet, doch ich sah ihn sofort – Santiago. Er stand am anderen Ende bei den Fenstern, mit vier weiteren Männern, vermutlich Bodyguards. Einer von ihnen war wohl Damian, die anderen kannte ich nicht. Sie alle trugen Masken. Auch Santiago war maskiert, doch seine Statur, seine Haltung und seine Frisur waren genauso unverkennbar wie sein Kleidungsstil. Er glänzte als Einziger mit einem Frack und breiter Bauchbinde, die über und über mit Diamanten besetzt war. Als er uns erblickte, fuhr er sich affektiert durch die Haare. Er trat aus der Mitte hervor, und während seine Männer klassische weiße Vogelmasken trugen, verbarg er sein Gesicht hinter der düsteren Maske eines schwarzen Falken.

»Willst du mich verarschen?«, waren die ersten Worte, die er hervorbrachte.

»Nein, gewiss nicht!«, entgegnete Amistad. »Lass sie erzählen. Dann wirst du anderes denken!« Kurz legte er seine Hand auf meine Schulter. »Ich lass euch allein!«

»Nein!«, flehte ich.

»Doch«, hauchte Amistad und küsste mich auf die Schläfe. Dann war er fort.

Mit zitternden Knien stand ich nun in einem Raum mit dem Mann, den ich vor zwanzig Jahren folgenschwer hintergangen hatte. Auf einmal war die Angst, er könnte mir alles ansehen, wie weggewischt. Ich wünschte sogar, er hätte es gesehen, dann wäre ich der Bürde entkommen, es aussprechen zu müssen. Mein Atem ging schwer. Mein Brustkorb hob und senkte sich heftig. Ich sah, dass Damian sich Santiago zuwandte und ihm etwas ins Ohr flüsterte. Erst danach erhob Santiago seine Stimme ...

»Zahira!« Sein Tonfall klang melodisch und ich bildete mir ein, er war erfreut. »Wie ungewohnt, dich in einem großen Kleid zu sehen! Ich hätte dich fast nicht erkannt, aber du bist erwachsen geworden! Komm näher!« Einladend streckte er eine Hand nach mir aus.

Ich machte ein paar Schritte auf ihn zu und als sich dabei mein Kleid bewegte, sah er meine smaragdgrünen High Heels.

»Wo sind deine Schuhe?«, fragte er prompt. »Hast du sie verkauft?«

Ich zischte. »Du hast sie bei unserem letzten Date ins Meer geworfen ... falls du dich erinnerst!«

Dass Ronan sie gefunden und bis heute für mich in einem Banksafe verwahrt hatte, ging ihn nichts an.

»Richtig!«, jubelte er und kam mir den letzten Schritt entgegen. Unverfroren kämmte er mit den Fingern durch meine Haare, sodass meine Hochsteckfrisur auseinanderfiel. »Was für ein Abschied!«, raunte er selbstverliebt und sogar durch die Maske fühlte ich sein sadistisches Grinsen. »Wie gemein ich doch sein konnte ... Liegt es daran, dass du heute nicht mehr weißt, wie man mich angemessen begrüßt?« Auffordernd trat er einen Schritt zurück.

Mir war plötzlich schrecklich kalt. So kalt hatte sich seine Aura noch nie angefühlt! Mit etwas Überwindung tat ich ihm den Gefallen und sank demütig vor ihm auf die Knie. Eisige Schauer durchfuhren mich, während ich seine auf Hochglanz polierten Lackschuhe küsste. Unvermittelt fiel mir wieder das Grauen ein, das ich fünf Jahre zuvor hier im Keller gesehen hatte, und all meine Bedenken, die daraus erwachsen waren. Wäre mein wohlbehütetes Geheimnis erst einmal ausgesprochen, konnte ich es nie wieder rückgängig machen! Ich bekam Panik. Schließlich stand ich wieder vor ihm und blickte auf die schwarze Raubvogelmaske.

»Also? Was willst du mir sagen?«, meinte er abschätzig. »Hast du irgendwelche Hexenkräfte entwickelt, die Wunder vollbringen können?«

Ich lächelte – verlegen, hilflos ...

Doch plötzlich erschrak ich. Das war es!

Das war die Lösung! Im Blitztempo prasselten Ideen auf mich ein, die ich gar nicht mehr aufhalten konnte ...

»Ja!«, entgegnete ich selbstbewusst. »Ich hab in der Tat Kräfte, die dir ein Wunder bescheren können ... Hast du das von Jana gehört?«

Er schien verwirrt. »Jana? Was meinst du?«

»Jana kann wieder sehen!«, sagte ich.

Santiago holte tief Luft. »Ach so, Jana! Ja, die Kleine hat

ihr Augenlicht wieder, das habe ich gehört. Es ist aber schon ewig her. Soviel ich weiß, war sie damals bei irgendeinem Wunderheiler auf Bali ...«

»Sie war nicht bei ›irgendeinem‹ Wunderheiler auf Bali!«, entgegnete ich. »Sie war bei *mir* auf Bali und sie hat es *mir* zu verdanken, dass sie heute wieder sehen kann!«

Er zischte verächtlich. »Zahira, was soll das?! Was bildet sich Amistad eigentlich ein, dich mit solchen Flausen zu mir zu schicken?!«

»Flausen?«, entgegnete ich empört. »Du hast ja keine Ahnung, was damals passiert ist und was ich mir inzwischen alles angeeignet habe, wie sich mein Leben verändert hat und über welche Fähigkeiten ich heute verfüge. Aber bitte, wenn du mir nicht glaubst, dann lassen wir es halt sein. Es ist nicht mein Schicksal, das mir übel mitspielt. Es ist deines! Ich könnte dir helfen, genau wie Jana! Aber wenn du es nicht zulässt, ist es wohl besser, ich gehe wieder!« Mit einem Anflug von neuem Stolz wandte ich mich von ihm ab und schritt auf die Tür zu.

»Warte!«, rief er. »Nicht so schnell! Sag mir zuerst, wovon du sprichst!«

Innerlich lächelte ich, aber ich ließ mir davon nichts anmerken, als ich mich zu ihm umdrehte. »Das Ritual bei Jana hat vier Tage gedauert. Mit etwas Geduld, könnte ich auch dir helfen.«

Santiago schnaubte. »Welches Ritual? Und was sind das für Fähigkeiten, die du dir anmaßt, Zahira?!«

Langsam ging ich wieder auf ihn zu. »Ich maße mir nichts an. Ich spreche von fernöstlichen Heilmethoden, Schamanismus, Lichtheilung und Energiearbeit. Ich bin viel herumgekommen in den letzten Jahren, und hab ganz wundervolle Techniken kennengelernt. Anfangs wusste ich auch nicht, dass ich dafür geeignet bin. Ich bin mit Jana eher zufällig darauf gestoßen, aber offensichtlich ist es meine Begabung. Und ich würde mich sehr glücklich schätzen, sie bei dir anwenden zu dürfen.«

Santiago schwieg und ich spürte nun erstmals, dass er doch beeindruckt war.

»Würdest du vielleicht deine Maske abnehmen?«, fragte ich freundlich und distanziert. »Ich würde mich viel leichter tun, wenn wir von Angesicht zu Angesicht reden könnten.«

Santiago räusperte sich. »Du willst mich sehen? Was glaubst du, wie viele meiner Verflossenen das gern möchten? Ich erlaube das nicht, Zahira! Der Maskenball kommt mir hier sehr gelegen.«

Vorgeblich verständnisvoll nickte ich. »Vielleicht machst du bei mir ja eine Ausnahme.« Insgeheim fragte ich mich, ob er sich vielleicht für sein Alter schämte. Bestimmt hatten die Zeit und das Leben in seinem Gesicht Spuren hinterlassen. Seine vollen Haare jedenfalls saßen in alter Perfektion, und die silbernen Strähnen an den Schläfen taten dem Idealbild keinen Abbruch.

»Zahira, ich glaube, du stellst dir das alles zu einfach vor«, unterbrach er meine Gedanken und nun klang er erstmals leicht verzagt. »Ich war schon bei unzähligen Ärzten und Halunken, die mir nicht helfen konnten! Du kannst dir nicht vorstellen, was ich über mich ergehen lassen musste! Und in meinem Fall wird auch eine ›Lichtheilung‹ oder irgendein anderer schamanischer Hokuspokus nicht viel nützen. Wo kein Korn, da keine Ernte! Egal, wie begabt du sein magst!«

»So darfst du das nicht sehen!«, entgegnete ich. »Es gibt Dinge zwischen Himmel und Erde, von denen du gar keine Vorstellung hast. Und du unterschätzt auch bei weitem deine eigenen Fähigkeiten und Möglichkeiten. Jana war anfangs auch skeptisch. Amistad hatte ja mit ihr halb Amerika bereist, die teuersten Ärzte und Spezialisten aufgesucht und niemand konnte ihr helfen! Aber sie hat mir vertraut und sich darauf eingelassen. Wenn du das auch tust, dann schwöre ich dir bei meinem Leben, dass unsere Bemühungen Früchte tragen werden!« Zuversichtlich lächelte ich und war nun selbst ein wenig überwältigt von meiner Argumentation. Amistad hatte recht gehabt, die richtigen Worte würden kommen ...

Und dann geschah plötzlich das Unerwartete. Wie es schien, hatte ich Santiago überzeugt, denn unvermittelt fasste er an seinen Hinterkopf und nahm die Maske ab!

Meine Knie verloren augenblicklich an Standfestigkeit. Ich hatte mit vielem gerechnet, bloß nicht damit, dass er mit den Jahren noch um Einiges attraktiver geworden war! Ich konnte es kaum glauben und starrte wie gebannt auf sein Antlitz, sah seine dunklen Augen, die jenen von Diego zum Verwechseln ähnlich waren und nun hoffnungsvoll feucht glänzten, seine markanten Brauen, die jeder Mimik mehr Ausdruck gaben, seine schönen Lippen, den sonnigen Teint seiner Haut und ein paar mehr harte Falten – alles, was ich so sehr an ihm liebte ...

»Ich weiß das sehr zu schätzen«, hauchte ich ergriffen.

Santiago nickte mit einem kleinen Lächeln. Er war sichtlich geschmeichelt von meiner offenen Faszination. »Und was wollen wir jetzt tun?«, fragte er mit einem verführerischen Augenaufschlag.

Ich schluckte. »Wenn ... wenn du gleich damit anfangen willst, wäre es schön, wenn wir auf ein Zimmer gehen könnten, um ungestört zu sein und damit du dich bequem hinlegen kannst. Ich sage Amistad schnell Bescheid, hole noch ein paar Utensilien und komme nach.«

»Okay, wir gehen in meine Wohnung!«, raunte Santiago. »Amistad soll dich dann hochbringen!«

Ich nickte, verkniff mir ein freudiges Lächeln, und vage hatte ich jetzt auch wieder Amistads Aussage im Sinn, dass *ich* diejenige war, die alle Trümpfe in der Hand hielt ...

***

Als ich den kleinen Ballsaal verlassen hatte, suchte ich eilig nach Amistad. An einer Bar fand ich ihn, allein, mit einem Glas Champagner. Schnell informierte ich ihn darüber, was ich getan hatte! Amistad fragte mich im Gegenzug, ob ich noch ganz bei Trost wäre, Santiago ein solches Theater vorzuspielen! Doch schon im nächsten Atemzug fragte er sich offen, wie schlimm es eigentlich um Santiago und sein Gemüt mittlerweile tatsächlich stand, dass er mir ein solches Theater abkaufte!

»Ich werde ihn nicht enttäuschen!«, versicherte ich Amistad. »Du weißt doch, dass es für ihn auf jeden Fall gut ausgehen wird. Er wird bekommen, was er möchte. Aber bitte hilf mir!«

Amistad nickte verhalten. »Was brauchst du?«

»Ich brauche Öl! Irgendein Aroma- oder Massageöl!«

»Okay, wir haben Massageräume im Wellnessbereich. Dort gibt es ein ganzes Sortiment von Ölen. Komm mit!«

Dankbar folgte ich Amistad in einen anderen Trakt des Schlosses. Im Vorraum des Massagezentrums fanden wir einen kleinen Shop, wo ich zwei verschiedene Duftöle aussuchen durfte. Dann entdeckte ich noch Stimmgabeln, die man für »Sound and Vibration Healing« brauchte. So etwas hatte ich auf Bali mal selbst mitgemacht und als besonders angenehm empfunden! Zum Schluss packte ich noch eine dünne Gummi-Unterlage in einen Korb, um bei meiner Behandlung auch richtig viel Öl verwenden zu können.

»Hast du alles?«, fragte Amistad.

»Ja. Jetzt brauche ich nur noch mein Handy, denn darauf habe ich die richtige Musik gespeichert!«

Also gingen wir schnell bei meinem Zimmer vorbei, um das Handy zu holen. Danach brachte mich Amistad zu Santiagos herrschaftlicher Wohnung.

Wieder durchsuchte mich ein Bodyguard, bevor ich eintreten durfte. An der Tür nahm mich Damian in Empfang. Er trug keine Maske mehr und ich lächelte vor Freude, ihn zu sehen. Auch er hatte sich nicht viel verändert, all seine charakteristischen Züge waren noch da und er wirkte noch immer sehr attraktiv auf mich. Vielleicht lag es daran, dass ich inzwischen selbst älter geworden war.

»Zahira, ich bin mir nicht ganz sicher, was ich davon halten soll, was du hier mit Santiago treibst ...«, flüsterte er mir leise zu.

Ich nickte verständnisvoll. »Vertrau mir, ich kann ihm wirklich helfen.«

Damian presste seine Lippen aufeinander und nickte. Wir gingen gemeinsam in den nächsten Raum ... Ich liebte mein prunkvolles Kleid! Offenbar schenkte es mir genügend Selbstsicherheit und vermittelte Autorität, sodass man mich ernst nahm!

Santiago lächelte, als er mich mit dem Korb sah. »Wie läuft das jetzt ab?«, wollte er wissen. »Was machst du mit mir?«

»Es ist ein Achtsamkeitsritual«, verkündete ich naseweis, weil ich diesen Begriff mal irgendwo gehört hatte. »Ich schenke dir positive Energie und Liebe. Das ist alles. Du brauchst überhaupt nichts zu tun, außer ruhig dazuliegen, am besten in einem Bett.«

»Dann gehen wir ins Schlafzimmer!«, entschied er.

»Okay«, hauchte ich und folgte ihm. »Wie geht es David?«, fragte ich neugierig auf dem Weg dorthin. »Bist du noch mit ihm zusammen? Seid ihr glücklich?«

»Zahira, hier geht es nicht um David! Es geht um mich!«, entgegnete er streng.

Ich nickte und verzichtete auf jede weitere Frage dazu.

»Es wäre aber besser, wenn wir allein sind«, beanstandete ich, als ich bemerkte, dass auch Damian uns gefolgt war.

Santiago lächelte und sah seinen ersten Leibwächter und langjährigen Freund fragend an.

»Was hast du in dem Korb?«, fragte Damian.

Der Reihe nach legte ich meine Utensilien auf einem Sideboard ab. »Ich werde dich nicht mit einer Stimmgabel umbringen!«, versicherte ich Santiago. »Aber wenn du allein Angst vor mir hast oder du dich mit Damian wohler fühlst, dann kann er auch ruhig hierbleiben. Für den Rest der Sitzung wäre es aber wichtig, dass du mir vertraust.«

»Wir haben noch gar nicht über Geld gesprochen«, meinte Santiago. »Was verlangst du für die Behandlung?«

»Du bezahlst mich in deinem Ermessen!«, entgegnete ich. »Und nur, wenn wir Erfolg haben!«

Santiago nickte. »Okay. Damian ... Lass uns allein!«

»Es sind hier überall Kameras!«, warnte mich Damian, bevor er ging.

Ich nickte.

»Jetzt wäre es fein, wenn du dich ausziehen könntest«, erklärte ich Santiago. »Und ich hoffe, du erlaubst, dass auch ich mein Kleid ablege, damit ich mich besser bewegen kann und es nicht ölig mache.« Gleichzeitig drehte ich das Thermostat neben der Tür etwas höher, sodass es im Raum schnell wärmer werden würde. Dann machte ich indische Tempelmusik auf meinem Handy an.

Santiago setzte sich auf die Bettkante und begann, sein Hemd aufzuknöpfen. Den Frack und die schmucke Bauchbinde hatte er bereits abgelegt. »Sehe ich das richtig«, fragte er, »wenn wir Erfolg haben, wirst du mein Kind gebären? Oder willst du meine Zeugungsfähigkeit allgemein wieder herstellen?«

Ich lächelte und hängte mein Kleid über einen Sessel. Dann schlüpfte ich aus den High Heels und kniete in meinen hübschesten smaragdgrünen Dessous vor ihm nieder. »So genau kann man das nicht sagen ...«, erklärte ich geduldig. »Ich habe keinen Einfluss darauf, wie es geschieht. Wäre es für dich denn vorzustellen, dass ich die Mutter deines Kindes sein könnte?«

Santiago blickte kurz auf mein Dekolleté und meine schmale Taille. »Ja«, hauchte er. »Wie alt bist du nochmal?«

Ich lachte. »Achtunddreißig, aber die meisten schätzen mich etwas jünger.«

Mit zwei Fingern fasste er an mein Kinn, damit ich ihn ansah, und die Berührung war wie ein Flashback in vergangene Zeiten. »Ich hätte dir achtundzwanzig gegeben«, raunte er. »Aber trotzdem hab ich Sorge, nicht das Optimale für mein Kind zu tun, wenn ich so weit vom perfekten Alter abweiche!«

»Du musst keine Sorge haben!«, versicherte ich ihm. »Es wird das Optimale für dein Kind geschehen! ... Vielleicht ist es sogar schon geschehen!« Langsam stand ich wieder auf und wollte nun die feine Gummiunterlage auf dem weinrot bezogenen Bett ausbreiten. Doch Santiago hielt mich davon ab.

»Ich leg mich sicher nicht auf eine Gummiunterlage!«, meinte er.

»Es wäre aber besser, sonst wird vielleicht das Laken oder die Matratze ölig!«

»Das ist mir egal. Wenn die Matratze ölig ist, wird sie ausgetauscht!«

»Okay. Dann leg dich bitte einfach quer auf das Bett.«

»Nackt?«, fragte er.

»Ja«, entgegnete ich. »Aber keine Sorge, ich werde dich zudecken und immer darauf achten, dass du zugedeckt bleibst!«

Santiago legte sich wie gewünscht auf den Rücken und ich bedeckte ihn bis zur Hüfte mit einer dünnen weinroten Satindecke. Danach kniete ich mich neben ihn und gab vor, mich nun völlig auf mich selbst zu besinnen und in eine tiefe innere Ruhe zu begeben.

Wir hörten die indischen Tempelklänge und zum ersten Mal kam es mir nun vor, als ob ich tatsächlich spürte, dass Santiagos Aura, sein Geist oder seine Seele sich auf mich einließen, dass all seine Vorbehalte verschwunden waren und irgendetwas verzweifelt bei mir nach Hilfe suchte.

Als ich meine Augen wieder öffnete, rieb ich meine Handflächen aneinander, bis sie Wärme ausstrahlten, dann strich ich über seinen Körper, ohne ihn direkt zu berühren – als würde ich bloß seine Aura streicheln. Ich ließ ihn an mehreren Stellen meine Wärme spüren und fand, dass er vor allem im Bereich des Kopfes selbst starke Hitze abstrahlte.

»Du willst mich doch nicht berühren?«, fragte er verunsichert.

Ich lächelte. Wie hatte er gedacht, würde das Öl wohl auf die Laken kommen? »Ich bin kein naives junges Mädchen, das es sexuell auf dich abgesehen hat!«, betonte ich. »Unser Ziel ist deine Heilung und das wird erst funktionieren, wenn du mir vertraust!«

Santiago seufzte schwer und schloss seine Augen.

Vorsichtig nahm ich nun das Aromaöl und verteilte es in meinen Händen. An seinen Schultern begann ich mit der ersten Berührung, und nachdem dies ohne Probleme gelang, fuhr ich fort, ihn zärtlich zu massieren. Während es nun angenehm warm im Raum war, spendete ich ihm einfühlsam eine hawaiianische Luna-Massage, da ich die für die energetisch wertvollste und schönste aller Massage-Techniken hielt. Ich hatte diese Art von Massage in Singapur und Costa Rica selbst schon mehrmals bekommen und wusste, dass sie äußerst liebevoll war und dem Gebenden sehr viele Freiräume ließ. Also baute ich zwischendurch auch ein paar Elemente ein, wo ich ihm in der Leistengegend oder im Herz-Bereich einfach nur die Hände auflegte.

Nachdem sein ganzer Körper ölig und wieder mit einem weichen Laken bedeckt war, kniete ich mich hinter ihm auf den Boden und begann, seinen Kopf zu massieren. Dabei genoss ich es einfach, Santiago berühren zu dürfen. Ich strich mit warmen öligen Fingern vorsichtig über sein Gesicht und seine Kopfhaut und massierte sanft unzählige Energiepunkte seines Schädels. Ich sah, dass er sich immer mehr entspannte, ausgedehnter und ruhiger in den Bauch atmete. Es gab sogar einen Moment, in dem er fast einschlief ... Das merkte ich daran, dass er leicht zuckte und erschrak, als er wieder zu sich kam. Und danach war er eindeutig wach ...

»Kannst du auch beeinflussen, dass es ein Junge wird?«, fragte er mit belegter Stimme.

Ich musste lächeln. Sollten wir wetten? »Wir können das Geschlecht nicht beeinflussen«, sagte ich, während ich mittlerweile seine Füße zärtlich massierte. »Wichtig ist, dass du für alles offen bist. Erst wenn du bereit bist, ein Kind mit all deiner Liebe zu empfangen, egal ob Junge oder Mädchen, wird es zu dir kommen. Und ich glaube, das ist der entscheidende Punkt! Du musst deinem Kind ein Fundament aus Liebe anbieten. Ich spüre sehr viele dunkle Bereiche in deinem Leben. Die Resonanz davon zeigt sich in schwarzen Flecken auf deiner Aura, und solange du die nicht beseitigst, wird dein Kind dich nicht als Vater wählen!«

Santiago schluckte. »Du kannst mir nicht sagen, dass ich mein Kind nicht lieben würde!«, raunte er betroffen.

»Das meine ich nicht«, erklärte ich geduldig und griff nun zu der Stimmgabel. Ich schlug sie an und hielt sie an einen Punkt auf seiner Stirn, den man auch »das dritte Auge« nannte. »Ich meine, du musst deinem Kind eine liebevolle Atmosphäre schaffen und das soll nicht bloß oberflächlich geschehen, sondern es soll wahrhaftig passieren und aus deinem Herzen kommen. Wenn du auf deine innere Stimme hörst, wirst du wissen, wo die dunklen Bereiche in deinem Leben liegen. Falls es ein Mädchen ist, das eine Ankunft in deinem Leben plant, wäre es auch wichtig, eine Situation auf Ivory herzustellen, wo Frauen genauso respektiert, geachtet und wertgeschätzt werden wie Männer. Eine ungeborene Seele spürt, worauf sie sich einlässt, und du kannst sie nicht täuschen. Es hat also keinen Sinn, irgendwelche oberflächlichen Änderungen durchzuführen. Es muss alles aus deinem Herzen kommen und mit reinem Gewissen zu vertreten sein.« Mir wurde kurz schwindelig, während ich sprach, weil ich selbst gar nicht glauben konnte, wie souverän ich über Dinge sprechen konnte, von denen ich kaum Ahnung hatte. Der Reihe nach hielt ich die vibrierende Stimmgabel auf unterschiedliche Punkte seines Körpers. Dann setzte ich mich wieder neben ihn und widmete mich seinen Lenden. Zärtlich strich ich mit der Stimmgabel auch über seinen Penis.

»Du kannst von mir doch nicht verlangen, dass ich mein ganzes Leben ändere«, stöhnte Santiago nun. »Ich hab auf Ivory erst vor fünf Jahren eine eigene Villa für die Mädchen bauen lassen!«

»Ich verlange gar nichts von dir!«, entgegnete ich. »Es liegt allein bei dir. Du hast einen Wunsch an das Universum und es ist nicht meine Entscheidung, ob er dir erfüllt wird. Ich kann dir nur sagen, ich spüre bereits eine ganz wundervolle, kostbare Seele, die zu dir möchte! Sie ist hell und leuchtend und es absolut wert, dein Leben in eine positive Richtung zu verändern!«

Santiago wand sich. »Zahira« Er sah mich an und hatte Tränen in den Augen. Ich wollte ihn am liebsten in meine Arme schließen und küssen.

»Ich weiß, es ist schwer«, sagte ich. »Und die Veränderung

bezieht sich nicht nur auf Ivory, ich sehe viele Schandflecken auch außerhalb, die deiner Liebe bedürfen! Aber du wirst es schaffen! Das Universum sagt mir, ich soll dir drei Monate Zeit geben. Wenn du dir wirklich Mühe gibst und die Liebe zulässt, die aus deinem Herzen strömt, wird dir alles gelingen und in drei Monaten wird dein Wunsch erfüllt werden.«

»Wie sicher ist das?«, hauchte er, während eine Träne aus seinem Augenwinkel lief.

Ich nickte, um ihm Zuversicht zu schenken. »Sehr sicher. Ich kann es spüren. Es wird gutgehen. Bald bist du stolzer Vater!«

Santiago griff nach meiner Hand, dann berührte er mich im Gesicht und zog mich an sich. Er umarmte mich innig und ich spürte dabei seine aufrichtige Liebe.

Aber ich spürte nicht nur das, ich spürte auch eine gewaltige Erektion unter dem Laken, die vermutlich durch das Vibrieren der Stimmgabel entstanden war.

»Wenn du möchtest, kannst du mich jetzt lieben«, flüsterte ich offenherzig. »Ich hab bei meiner Ankunft den großen Test gemacht.« Obwohl ich mir sicher war, dass man ihn darüber bereits informiert hatte.

»Zieh dich aus«, hauchte er und schob das Laken von sich.

Schnell schlüpfte ich aus meinen Dessous ... Er zog mich auf sich, und ich ließ ihn ganz langsam in mich eindringen. Seine Härte nach so vielen Jahren wieder in mir zu fühlen, war überwältigend. Behutsam kreiste ich mit meinem Becken zur indischen Tempelmusik. Vielleicht dachte er, das gehöre zum Ritual oder es würde die Chancen auf Nachwuchs erhöhen? Ich schmunzelte. Santiago küsste mich leidenschaftlich und begierig. Er wühlte in meinen Haaren und knetete meine Brüste, während ich mich langsam bewegte, damit ich möglichst lange etwas davon hatte.

»Du bist wunderschön«, hauchte er zwischendurch.

Ich lächelte geschmeichelt. Dafür, dass ich vermutlich die reifste Frau war, mit der er jemals geschlafen hatte, war das ein echtes Kompliment!

Doch dann drehte er sich über mich, sodass seine Lenden den Rhythmus bestimmen konnten. Unsere Körper rutschten ölig aufeinander, aber das war kein Hindernis, im Gegenteil, es fühlte sich so prickelnd an wie noch nie ... Schnell hatte sich das Öl über meinen ganzen Körper verteilt und meine Haut glänzte genauso anmutig wie seine. Und je mehr ich seinen Händen zu entgleiten drohte, umso fester hielt er mich.

»Hast du jetzt deine fruchtbaren Tage?«, fragte er keuchend.

»Ja«, hauchte ich. »Heute ist der beste Tag, den du dir vorstellen kannst!«

Von da an merkte ich, dass er sich nun besondere Mühe gab. Er vergaß auch nicht, mich die ganze Zeit zu küssen und dabei besonders viel Liebe und Zärtlichkeit mit einfließen zu lassen, während er mich mit seinen Händen so fest hielt, als wolle er mich nie wieder hergeben ... Heute war der beste Tag meines Lebens!

Als er sein wertvolles Erbgut versprüht hatte, wollte er, dass ich flach liegen blieb, während er sich kurz zurückzog, um zu duschen. Frisch duftend kam er danach wieder zu mir ins Bett. Er nahm mich in seine Arme, küsste mich auf die Stirn und wollte nun mit mir gemeinsam einschlafen.

Noch immer war ich rutschig von all dem Öl – die Laken und die Kissen, alles roch nach Blüten, und duftete ... Es duftete nach unserer Liebe.

***

Am nächsten Morgen vereinbarte ich mit Santiago, dass ich in drei Monaten mit einer höchstwahrscheinlich guten Nachricht zu ihm nach Ivory kommen würde. Bis dahin bräuchte ich allerdings meine Ruhe und er ebenfalls.

Ich schrieb ihm noch den Titel eines Mantras auf, das er sich so oft wie möglich anhören sollte. Die Klänge von »Ek Ong Kar« vertrieben negative Energien und würden ihm helfen, die richtigen Entscheidungen für sein Leben zu treffen. Darüber hinaus wäre es auch förderlich, wirklich etwas mehr Ruhe in sein Leben einkehren zu lassen und gelegentlich zu meditieren.

Von meinen ganzen Ratschlägen leicht überfordert, nahm er den Zettel an sich.

Ich sollte Damian noch meine Handynummer geben, wobei er mir versprach, sie nur im Notfall zu benutzen. Im Ausgleich dafür bekam ich Damians Nummer.

Wo ich wohnte, wusste nur Amistad, und dabei wollten wir es belassen.

Anschließend fuhren wir gemeinsam zum Flughafen, weil Santiagos Check-In-Zeit nahe bei meiner lag und er darauf bestand, mich in seiner Stretch-Limousine mitzunehmen.

»Es wäre mir wohler, wenn ich dir zwei Leibwächter mitgeben könnte ... wo auch immer du wohnst ...«, meinte er beim Abschied.

»Ich hab einen Mann, der auf mich aufpasst!«

Er nickte gefasst ... und irgendwie kam er mir jetzt schon ein wenig verändert vor. Dann küsste er mich auf die Wange und hauchte: »Mach mich stolz!«

Ich lächelte.

Er drückte mich noch einmal an sich. Dann trennten sich unsere Wege. Santiago stieg in den Flieger nach Miami und ich war unterwegs nach Hause.

# Ivory

Zurück in Singapur war mir anfangs recht unwohl zumute. Ich fürchtete, Santiago könnte uns ausspionieren, mich beobachten und verfolgen lassen, oder meine Kinder kidnappen. Doch nach zwei Wochen – nachdem nichts passiert war – beruhigte ich mich. Ich hoffte, Amistad würde mich vorwarnen, falls er meine Adresse wirklich weitergeben sollte. Aber das passierte alles nicht …

Dafür war ich eines Nachmittags mit Larissa in der Mall des berühmten *Marina Bay Sands* Hotels unterwegs, da sie ein Kleid für den Schulball brauchte, und als sie sich nach vier Stunden endlich für ein hübsches Modell entschieden hatte, beschlossen wir, unseren Shopping-Tag mit einem Cocktail auf der Dachterrasse ausklingen zu lassen. Kurz vor Sonnenuntergang saßen wir im Bistro mit Ausblick auf die wunderschöne Marina Bay. Wir hatten gerade unsere Drinks bestellt, als mein Handy klingelte …

Ich war zuerst etwas erschrocken, als ich auf dem Display »Ivory« erblickte! Das war das Pseudonym unter dem ich Damians Nummer eingespeichert hatte. Leicht angespannt entschuldigte ich mich bei Larissa und ging ein paar Meter von ihr fort, damit ich ungestört telefonieren konnte. Doch, womit ich am allerwenigsten gerechnet hatte … als ich das Gespräch entgegennahm, meldete sich David!

Ich hatte ihn zwanzig Jahre nicht gehört, aber seine Stimme erkannte ich auf Anhieb. »Hi, meine kleine Prinzessin, wie geht's dir?«

Ich fühlte, wie mein ganzer Körper vor Glück vibrierte. »David! Wie schön, dich zu hören!«, jubelte ich leise. »Mir geht's gut, danke ... Aber wie geht's dir?! Santiago wollte mir vor zwei Wochen nicht mal verraten, ob er noch mit dir zusammen ist!«

David lachte. »Da wird ihn doch nicht immer noch eine alte Eifersucht plagen?!«

Nun musste ich auch lachen. »Wer weiß ...«

David seufzte. »Dabei könnte er sich so langsam mal auf der Tatsache ausruhen, dass ich zu alt bin für solche Eskapaden. Heute würde ich maximal deine Hexenkräfte buchen, Zahira. Und das ist auch der Grund, warum ich anrufe. Bitte erklär mir, was du da mit ihm machst?!«

»Wieso?«, hauchte ich bange.

Er zischte. »Zahira, wenn du ihm irgendeinen Denkzettel verpassen willst, dann möchte ich dich warnen, verbrenn dir nicht die Finger! Er steigert sich da in etwas rein, das ist gewaltig! Ich erkenne ihn nicht wieder! Seit zwei Wochen sitzt er täglich eine Stunde im Penthouse, wie ein alter Yogi im Lotussitz in Meditationshaltung, und zieht sich irgendeine fernöstliche Mantramusik rein! Dann hat er sich von seinen vierzehn Frauen, zwei ausgesucht, die er nun ›aufrichtig lieben‹ möchte. Abgesehen davon will er unzählige bauliche Veränderungen auf Ivory durchführen. Was soll das, Zahira! Glaub mir, wenn er aus diesem Traum jemals erwacht, wird das heftige Wellen schlagen! Er ist sehr sensibel beim Thema ›Kinderwunsch‹ und ehrlich gesagt, ich bin es auch! Und ich möchte nicht, dass du hier irgendeinen Unfug mit ihm treibst. Soweit er von eurem Treffen erzählt hat, sieht es aber ganz danach aus!«

»Nein, David! Bitte glaub mir, ich treibe keinen Unfug! Also, zumindest nicht ohne Hintergedanken. Es ist schwer zu erklären und bestimmt auch schwer nachvollziehbar, aber ich verspreche dir, ich werde ihn nicht enttäuschen!«

David schwieg für einen Moment ... Dann räusperte er sich und seufzte. »Zahira, ein anderer Gedanke ... Als ich nach Santiagos Treffen mit dir und seiner ganzen Aufgewühltheit kürzlich etwas in mich gegangen bin und über dich nachgedacht habe, da ist mir eingefallen, dass du mir doch damals auf Aruba von einer gewissen Befindensstörung berichtet hattest, die ich als unbedenklich abgetan hatte! Könnte dein Vorgehen damit zu tun haben?«

Ich lächelte. »Ja, David.«

Er seufzte und ich spürte, dass es ein wahrhaft glückliches Seufzen war. »Tatsächlich! Aber das ist ja unglaublich!«

»Ja, ich weiß!«, hauchte ich.

»Aber ... bist du dir auch ganz sicher, dass ...«

»Ich bin mir tausendprozentig sicher!«, unterbrach ich ihn. »Aber bitte, David, sag ihm nichts. Ich brauche hier noch die letzten Wochen für uns allein. Bitte!«

»Keine Sorge«, meinte David. »Ich wollte bloß nicht, dass du mit Gefühlen spielst, die du vielleicht unterschätzt. Aber dann sieht die Situation natürlich völlig anders aus! Dann verstehe ich dich ... und, Zahira, du kannst dich auf mich verlassen!«

»Danke, David«, hauchte ich.

Es war kurz still, aber dann fragte er doch vorsichtig noch einmal nach ... »Und willst du mir nicht zumindest ein oder zwei Details verraten, die in meinem Fall jetzt vermutlich jeder gern wissen würde?«

Ich lachte. »Nein, David. Es soll eine Überraschung werden. Vielleicht nur so viel, du wirst geflasht sein, und bei all meiner Liebe ... ich könnte ihn manchmal erschlagen!«

David lachte herzlich. »Alles klar! ... Ich bin jetzt schon stolz auf dich! Aber dann sehen wir uns in zirka zwei Monaten?«

»Ja«, entgegnete ich.

»Zahira, das ist eine unfassbar wundervolle Nachricht!«, gab er mir zum Abschied mit.

Doch zuvor, weil ich David gerade an der Strippe hatte, verabredete ich mit ihm noch den genauen Tag, an dem ich kommen würde, sodass er am Pier von Miami ein Speedboot für mich bereitstellen konnte. Gleichzeitig ersuchte ich ihn auch um einen Helikopter, ebenfalls von Miami aus, der aber zwei Stunden nach mir auf Ivory landen sollte.

David verstand sofort, was ich plante, und versprach, sich darum zu kümmern.

***

Als schließlich der große Tag gekommen war, waren wir alle sehr nervös. Diego hatte sein Abitur zum Glück bestanden. Er hatte – nach seiner »Ehrenrunde« – sogar eine Auszeichnung erreicht! Doch was mir selbst fast noch mehr bedeutete, Ronan hatte mir inzwischen die unvorstellbar große Last abgenommen, Diego in seine wahre Familiengeschichte einzuweihen. Er konnte das viel besser als ich. Ronan machte bei Diego Vieles besser als ich ...

In jenem letzten Fall hatte er ihm Argumente geliefert, die Diego verstehen ließen, warum ich früher keinen Kontakt zu seinem Vater herstellen wollte, ohne Santiago dabei gänzlich schlecht zu machen. Als Diego anfangs aufgebracht reagierte, erinnerte Ronan ihn an sein eigenes Temperament, an seine Ausraster und an Gelegenheiten, wo er selbst die Beherrschung verlor. Für ein alleinstehendes Mädchen im Alter von neunzehn Jahren wäre es nicht leicht gewesen, gegen einen dominanten und mächtigen Mann, wie Santiago es war, privat oder gerichtlich vorzugehen. Und ich hätte auch später in jedem einzelnen Jahr Angst gehabt, ihn dadurch für immer zu verlieren. Schließlich verstand Diego, dass ich es aus Liebe getan hatte. Trotzdem wollte er nun auch keinen Tag länger zuwarten, seinen wahren Vater kennenzulernen. Mittlerweile wusste er immerhin, dass er auf einer Privatinsel vor der Küste von Miami lebte – ein kleines Detail, das Santiago gleich noch viel glamouröser und spannender erscheinen ließ.

Für unseren angekündigten Besuch auf Ivory entschied ich allerdings, dass Ronan auf keinen Fall mitkommen sollte. Ich wollte nicht, dass Santiago sich vielleicht an Ronan erinnerte und dadurch irgendwelche falschen Schlüsse zog. Diego entschied, dass Larissa mitkommen würde – was mir überhaupt nicht in den Kram passte! Aber Diego wollte sie nicht allein bei Ronan in Singapur lassen. Abgesehen davon sollte sie ebenfalls in den Genuss kommen, das »Imperium« seines Vaters mit eigenen Augen zu sehen. Also flogen wir schließlich zu dritt ...

Das wichtigste Dokument, das ich auf dieser Reise mitführte, war wohl der Vaterschaftstest, den ich der Zusammenarbeit mit Amistad zu verdanken hatte. Er hatte ihn heimlich mit ein paar Haaren von Diego und Santiago durchführen lassen. Und zu 99,987 Prozent galt die Vaterschaft als erwiesen. Mir fiel ein Stein vom Herzen, als ich das Dokument schließlich in Händen hielt, auch wenn ich Santiagos Vaterschaft nie bezweifelt hatte.

Mit Amistad hatte ich während der vergangenen Wochen mehrmals Kontakt gehabt. Er informierte mich auch darüber, dass Santiago inzwischen seinen gesamten Bestand an Mädchen in *Avaloon* aufgelöst hätte. Auf meine Frage, was genau »aufgelöst« zu bedeuten hatte, meinte er, Santiago wäre an jenem Tag persönlich nach *Avaloon* gekommen. Er hätte mit jedem einzelnen Mädchen aus Sektor sieben Gespräche über deren Zukunft, deren Wünsche und Träume geführt, danach überaus großzügige Abfindungen verteilt und die Mädchen ersucht, nie wieder das Schloss zu betreten! Einige von ihnen musste man regelrecht zwingen, *Avaloon* zu verlassen!

»Zahira, du weißt, dass all diese Mädchen schwer verliebt in ihn waren!«, hatte mir Amistad zu bedenken gegeben.

Ich wusste es. Schließlich musste Amistad auch seine eigenen Level-zehn-Kandidatinnen irgendwie rechtfertigen. Aber ich kannte auch Santiago und seinen unwiderstehlichen Charme, gerade, wenn es um schmerzliche Abschiede ging. Trotzdem freute ich mich über diese Nachricht.

***

Wir landeten an einem Freitagvormittag mit dem Gepäck für ein Wochenende in Miami. Das Klima war angenehm sommerlich. Als erstes fuhren wir in ein zentral gelegenes Hotel, das ich für uns gebucht hatte, denn ich wollte mit meinen Kindern auf keinen Fall eine Nacht auf Ivory verbringen müssen. Wenigstens Larissa und ich sollten im Hotel schlafen. Dann gab ich Diego ausreichend Geld für ein Taxi, sodass er mit seiner Schwester etwas später zum Privatflughafen fahren konnte, wo Santiagos Helikopter wartete.

Bevor ich jedoch losfuhr, diskutierten wir eine geschlagene halbe Stunde, was jeder von uns anziehen würde! Diego wollte einen schwarzen Anzug tragen, was mir etwas übertrieben erschien, er sich jedoch nicht ausreden ließ. Larissa hingegen musste ich überzeugen, diesmal auf ein kurzes Sommerkleid und High Heels zu verzichten. Sie war hübsch genug mit ihrer süßen Jungmädchenfigur, ihrem langen schwarzen Haar, ihren blauen Augen und ihrem unschuldigen Lächeln. Ihr feines Gesicht war wie ein romantisches Sommermärchen und wahrlich zum Verlieben. Jede Kosmetikfirma hätte sie wohl mit offenen Armen empfangen. Zum Glück hatte sie keine Ambitionen, Model zu werden! Aber ich wollte auch Santiago nicht in Versuchung führen. Larissa sollte heute mir zuliebe ausnahmsweise einmal lange Jeans, eine halbwegs züchtige Bluse und flache Schuhe tragen. Den genauen Grund konnte ich ihr nicht erklären, aber wenigstens Diego verstand mich und überzeugte Larissa.

Ihrem kleinen Dickschädel stand ich als Mutter manchmal wahrlich hilflos gegenüber. Zeitweise erinnerte sie mich dabei an mich selbst und ich fragte mich direkt, ob mein Vater wohl gegen mich angekommen wäre, hätte er jemals herausgefunden, dass ich hier auf Ivory gewohnt hatte. Vermutlich nicht. Ich war von Santiago wie besessen gewesen, das überstieg jede Vernunft. Vom ersten Kuss an! Ich hätte mit meinen Eltern gebrochen, wäre entgegen aller Einwände hiergeblieben und vermutlich auch noch abgrundtief stolz darauf gewesen!

Zum Glück aber hatte ich heute Diego, er kam mit Larissa gut zurecht, suchte für sie eine hübsche Bluse, sportliche Schuhe und dunkelblaue Jeans aus dem Gepäck. Nachdem ich mit der Auswahl zufrieden war, entschied ich mich selbst jedoch sehr wohl für ein kurzes Sommerkleid und High Heels. Schließlich würde ich nicht nur Santiago, sondern auch David wiedersehen! Ich küsste meine Kinder zum Abschied und fuhr mit einem Taxi zum Hafen.

Wie vereinbart warteten am Ende des ersten Piers Santiagos Männer auf mich. Es waren zwei ausnehmend schöne, sportliche, junge Bodyguards in dunklen Anzügen vor einer schnittigen Yacht.

»Ivory?«, fragten sie mich.

»Ja!«, entgegnete ich erfreut.

Daraufhin wollten sie meinen Ausweis sehen und bevor wir losfuhren, wurde ich noch in gewohnter Weise durchsucht. An Bord musste ich mich zum ersten Mal angurten und sitzen bleiben, während sie ohnehin recht langsam fuhren! Santiago wurde älter, dachte ich. Oder waren das neue Sicherheitsvorkehrungen?

Kurz vor unserer Ankunft belauschte ich ein Telefongespräch. Offensichtlich mussten wir uns ankündigen. Mein

Herz schlug schneller, als wir uns der Insel näherten. Bereits vom Meer aus sah man die große Villa und nicht weit entfernt eine zweite, die genauso strahlend weiß und modern vor dem langgezogenen Palmenhügel in die Höhe ragte. Das musste die Villa der Mädchen sein, von der Santiago gesprochen hatte. Die breite Bucht und der Sandstrand sahen noch fast so aus wie früher.

Als wir näher kamen, erblickte ich Santiago höchstpersönlich am Bootsanlegesteg. Er schritt bereits ungeduldig auf und ab. Nun raste mein Herz wahrhaftig! Nervös zupfte ich an den Trägern meines türkisblauen Designerkleides, als die Motoren der Yacht endlich verstummten. Die Männer warfen die Seile aus und Santiago streckte mir zuvorkommend seine Hand entgegen. Eine höchst ungewöhnliche Geste! Ich nahm sie und stieg mit einem großen Schritt zu ihm auf den Steg.

»Zahira!«, schmeichelte er erfreut.

»Hi!«, entgegnete ich mit einem Lächeln. Dann wollte ich vor ihm niederknien, aber er hielt mich davon ab. »Nein, lass!«, meinte er.

Und während er mich nun an einem Arm festhielt, inspizierte er meinen ganzen Körper. Dann fasste er freudestrahlend an meinen Bauch. »Los, sag schon! ... Hatten wir Erfolg?«

Mit großen Augen starrte ich ihn an. Dann fiel mir erst wieder ein, dass er sich ja offenbar erhoffte, dass ich schwanger war!

»Es ... es deutet alles darauf hin!«, entgegnete ich lächelnd. »Aber lass uns doch zuerst die Insel besichtigen, bevor wir darüber sprechen! Ich würde gern sehen, was sich alles verändert hat, seit ich zum letzten Mal hier war!«

»Es deutet alles darauf hin?«, fragte er erschrocken. »Was heißt das? Hast du denn noch keinen Test gemacht?!«

Ich schüttelte den Kopf. »Nein, wir brauchen keinen Test. Ich weiß, dass du sehr viel geleistet hast! Das kann ich spüren!

Und deine Aura fühlt sich jetzt ganz wundervoll an. Lass mich einfach sehen, was hier alles passiert ist, dann kann ich dir von unserem Erfolg berichten.«

Er wirkte äußerst skeptisch. »Das ist Erpressung, Zahira.«

»Nein!«, verwehrte ich mich. »Es hat ja keinen Einfluss auf das Ergebnis! Ich bin kein Richter, der irgendetwas bewertet. Ich möchte bloß die Insel sehen. Das ist ein Gefallen, um den ich dich bitte, mehr nicht! Ich dachte, du wärst vielleicht stolz, mich herumzuführen!«

Santiago zögerte und ich bekam Angst, mir könnte nun alles entgleiten ... »Du vertraust mir doch noch?«, fragte ich ihn. »Ich bin gerade erst angekommen. Bitte gib mir ein oder zwei Stunden Zeit, mich hier wohlzufühlen, bevor ich dir die frohe Botschaft verkünde. Und vielleicht sollte auch David dabei sein.«

»Okay«, meinte er schließlich. »Aber es ist eine frohe Botschaft?«, hakte er nach.

»Es ist definitiv eine frohe Botschaft!«, entgegnete ich.

Er nickte und begann, wieder glücklich zu strahlen. »Dann, komm mit, wir fahren mit dem Buggy!«

Am anderen Ende des Steges stand ein offenes rotes Gefährt für uns bereit, das vermutlich eine Luxusversion unter den Buggys war. Wir stiegen ein und düsten den alten Schotterweg hinauf, der nun eine richtige, asphaltierte Straße war! Auf dem Paradeplatz vor der Villa wurde Santiago kurz langsamer. Er meinte, hier hätte sich nicht viel verändert. Wenn ich einverstanden wäre, würden wir zuerst zum Haus der Mädchen fahren.

Freudig gespannt stimmte ich zu, und auch der Inselrundweg war mittlerweile asphaltiert! Eine prächtige Palmenallee führte schnurstracks zur zweiten Villa, die der ersten sehr ähnlich war. Sie erstreckte sich auf drei Ebenen, hohe Glasscheiben zierten die Front und das zurückversetzte Penthouse ließ auf eine Dachterrasse schließen. Auch hier gab es einen großen Vorplatz, auf dem sogar ein Helikopter und zwei weitere Buggys parkten.

Wir hielten an und stiegen aus. »Es macht dir doch nichts aus, meine Mädchen zu sehen?«, fragte er leicht verunsichert.

»Nein, keine Sorge!«, beteuerte ich tapfer. »Wie viele sind es denn?«

»Vierzehn!«, entgegnete er gelassen. »Zwölf hier. Zwei im anderen Haus.«

»Aha«, hauchte ich und atmete tief durch. Wer hatte mir nochmal gesagt, je älter Männer würden, umso interessanter würden junge Frauen? Am besten viele junge Frauen?

Santiago lächelte verschmitzt.

Die große Glasfront öffnete sich für uns.

»Edward!«, platzte es aus mir heraus. Ich konnte es nicht glauben. Edward war noch immer bei Santiago?! Etwas wehmütig stellte ich fest, dass er einen Teil seiner wundervollen Lockenpracht eingebüßt hatte, starke Geheimratsecken zeichneten sich an seinem Haaransatz ab, die ihn nun deutlich älter erscheinen ließen. Aber davon abgesehen, war er immer noch ein gutaussehender Mann! Ich rechnete kurz nach und gab ihm jetzt vierundvierzig Jahre ...

»Edward leitet das Haus der Mädchen!«, erklärte Santiago.

Zur Begrüßung reichte Edward mir die Hand. »Freut mich, dich zu sehen!«, meinte er distanziert.

»Ich gebe Zahira eine kleine Führung. Du kannst uns gern begleiten!«, lud Santiago ihn ein.

Daraufhin tippte Edward etwas in seine Uhr.

»Wir haben jetzt Computeruhren«, erklärte Santiago und zeigte mir stolz sein eigenes weißgoldenes Exemplar, das mit Brillanten besetzt war. »Edward hat vermutlich gerade die

Mädchen informiert, dass ich im Haus bin.«

Ich nickte beeindruckt und sah mich inzwischen um. Im Empfangsbereich gab es eine große Wohnlandschaft, wo zwei hübsche blonde Mädchen Kaffee tranken und immer wieder zu uns herüberlächelten. Auf der anderen Seite erblickte ich, genau wie in Santiagos erster Villa, eine Bar und einen Esstisch, der sich hier allerdings u-förmig über drei Seiten erstreckte.

Gemeinsam schritten wir nun die breite Marmortreppe hinauf in den ersten Stock, und ich erfuhr, dass jedes der Mädchen hier ein eigenes Zimmer hatte!

»Kathleen!«, rief Santiago eine von ihnen, die wir in ihrem privaten Reich beim Sortieren ihrer Kleidung überrascht hatten. Daraufhin kam sie zu uns, kniete nieder und küsste Santiagos Schuhe. Als sie wieder vor ihm stand, strich er ihre langen Haare zur Seite, damit ich ihren Hals sehen konnte. »Sie ist neu«, erklärte er. »Siehst du, wir machen kein Brandmal mehr. Das ist ein Tattoo, es ist nicht so schmerzhaft und die Mädchen bleiben bei Bewusstsein!«

»Wow!« Ich nickte mäßig begeistert. Die gläsernen High Heels trugen sie schließlich immer noch. Aber ich nahm mir vor, Santiago nicht zu kritisieren. Ich hatte versprochen, nicht über seine Reformen zu urteilen.

Nachdem ich ein paar der luxuriös ausgestatteten Zimmer gesehen hatte, führte er mich auf die große Dachterrasse. Hier trafen wir auf die übrigen Mädchen – blond, brünett, rot, braun, schwarzhaarig ... alles war dabei, sogar eine Asiatin. Jede einzelne verfügte über zierliche Modelmaße, wallende lange Haare und kaum eine von ihnen zählte wohl mehr als zwanzig Jahre. Santiagos Geschmack hatte sich nicht verändert. Ich fühlte mich ein wenig zurückversetzt in die Zeit, als ich selbst noch im Bikini am Pool für ihn posiert hatte. Beklommen fuhr ich mir durch die Haare ... Was die Mädchen wohl dachten? Einige von ihnen starrten auf mein Brandmal. Santiago hingegen lächelte stolz angesichts seiner Schar an Mädchen.

»Hast du etwas von Lilienné gehört?«, fragte ich Edward, als ich einen Augenblick mit ihm allein war.

»Lilienné?«, fragte er.

»Ja, die kleine Blonde, die auch bei der Hochzeit damals dabei war!«, half ich ihm auf die Sprünge. »War sie lange hier?«

»Ach, Lilienné!« Er lächelte und konnte sich nun offensichtlich erinnern. »Ja, sie war ungefähr drei Jahre hier. Wir hatten danach noch einmal Kontakt. Bei einem Jahrestreffen erzählte sie mir, dass sie jetzt an der Westküste lebe und bald einen bekannten Filmregisseur heiraten würde. Das ist aber bestimmt schon zehn Jahre her!«

»Tatsächlich?!«, entgegnete ich. »Das freut mich für sie. Ich hoffe, es geht ihr gut.«

Als Santiago wieder bei uns war, bat ich ihn, das Penthouse von innen sehen zu dürfen. Doch hier reichte ein kurzer Blick auf die riesige weiße Kuschelfläche, die nach wie vor für Spiele und Orgien genutzt wurde. Die Mädchen hätten neuerdings aber auch einen Yoga-Lehrer, der mit ihnen »Nackt-Yoga« praktizierte. Jede Woche studierten sie eine Abfolge von Asanas ein, die sie dann im Penthouse vor den Männern präsentieren durften.

»Das kling reizvoll«, schmeichelte ich.

Santiago lächelte wissend.

Anschließend fuhren wir in den Keller. Hier hatten die größten Umbauten stattgefunden. Zu Beginn hätte es hier kleine kahle Zellen aus Kopfsteinpflaster mit uneinsichtigen Schiebetüren gegeben, erklärte Edward. Die habe man während der letzten drei Monate zugunsten einer großen Wellness-Landschaft entfernt. Jetzt gab es Wasserbetten, Infrarotkabinen, Saunen und vieles mehr ...

Ein feuchter Hitzeschwall erfasste mich, als Santiago kurzerhand die Tür zu einem türkischen Hamam öffnete, das gerade in Betrieb war. Er stellte mir vier splitternackte, gut gebaute junge Männer vor, die sich angeblich alle unter Edward um die Mädchen kümmerten. Verschwitzt wie sie waren, sprangen sie der Reihe nach auf und schüttelten mir die Hand. Leicht beschämt waren meine Blicke zwischen Brust- und Bauchmuskeln und anderen delikaten Stellen ihrer Körper hin- und hergerissen.

Dann kamen wir zu einem nierenförmigen Indoor-Pool mit Tageslichtspots und reicher tropischer Bepflanzung. Hier massierte gerade ein junger Bodyguard den eingeölten Luxuskörper seines Kollegen. Fast alle Mädchen und auch ein Teil der Männer hätten vor zwei Monaten mit Massage-Ausbildungen begonnen, erklärte Santiago, und sowohl David als auch er ließen sich hier häufig massieren oder im Hamam verwöhnen. Ein neuer Lebensstil, meinte Santiago, der ihn durchaus beglücke.

Ich dachte, unsere Führung wäre nun zu Ende, aber Santiago bestand darauf, mir noch den hintersten Bereich im Keller zu zeigen, der auf mich allerdings sehr technisch wirkte. Hier ragte ein dickes Rohr aus der Mauer bis in die Mitte des Raumes. An seiner Mündung war es zur Hälfte aufgeschnitten und ein durchsichtiger Schlitten lag darin. »Weißt du, was das ist?«, fragte er gespannt.

Ich hatte keine Ahnung, aber sein blasiertes Grinsen verhieß nichts Gutes.

Der Schlitten hatte die Form einer riesigen Kapsel, die genau in das Rohr passte.

»Bis vor drei Monaten habe ich mir damit die Mädchen in die andere Villa schicken lassen«, meinte er grinsend.

Ich schlug mir die Hände vors Gesicht.

»Das funktioniert mit Pressluft! Wie Rohrpost!«, erklärte er unbeirrt weiter. »Die meisten hatten Angst davor, weil das

Rohr so weit unterhalb der Erdoberfläche verläuft. Zwei der Mädchen mussten wir jedes Mal leicht betäuben, um sie in die Kapsel legen zu können. Aber damit haben wir jetzt auch aufgehört. Wir verwenden die Anlage nur noch für Güter. Die Mädchen fahren mit den Buggys, die du oben auf dem Parkplatz gesehen hast.«

Ich nickte noch immer leicht fassungslos.

»Wärst du nicht schwanger«, meinte Santiago, »würde ich dich dieses System zu gern mal ausprobieren lassen!« Er lächelte verschmitzt. »Du hattest doch immer eine große Leidenschaft für Dinge, die mir Freude bereiten ...«

Ich lächelte zurück und dankte im Stillen, dass er glaubte, ich sei schwanger!

Zu meiner Erleichterung machten wir uns wieder auf den Weg nach oben. Vor dem Haus machte mich Santiago noch darauf aufmerksam, dass auch der Helikopter für die Mädchen zur Verfügung stand. Sie durften seit Neuestem, nach Edwards Genehmigung und in Begleitung ihrer persönlichen Bodyguards, selbständig Ausflüge nach Miami oder Fort Lauderdale unternehmen. Das war nun wirklich eine gewaltige Bereicherung, wie ich fand!

Schließlich fuhren wir mit dem roten Buggy zurück zur anderen Villa ... Ich sah auf die Uhr und bemerkte, dass in spätestens einer halben Stunde Diego und Larissa eintreffen würden. Es wurde also Zeit, dass ich Santiago darauf vorbereitete ...

***

Als wir die Empfangshalle betraten, schien die Villa wie ausgestorben. »Ist David nicht zu Hause?«, fragte ich.

»Doch!«, entgegnete Santiago. »Vielleicht macht er sich noch schön für dich!«, meinte er zynisch lächelnd.

Santiago tippte etwas in seine Computer-Uhr und ich hatte

das Gefühl, dass er irgendeinen einen Plan verfolgte, den ich noch nicht ganz durchschaute … Aber ich hatte ja auch einen Plan. Hoffentlich kreuzten sich die beiden nicht!

Gemächlich kam nun Damian die Treppe herunter. Ich begrüßte ihn und Santiago bat uns beide zu einer gemütlichen Sitzgruppe. Wir nahmen Platz und Santiago meinte, er hätte jetzt lange genug gewartet, nun wäre Zeit für die frohe Botschaft!

Ich erschrak. »Warten wir nicht auf David?«

»Nein!«, entgegnete Santiago. »David und ich haben beschlossen, dass du es mir allein sagen darfst.«

Entsetzt starrte ich ihn an. Wieso durfte ich David nicht sehen?! Abgesehen davon war es eine halbe Stunde zu früh! »Ich … ich wollte aber noch die letzten beiden Mädchen sehen und … und vielleicht auch den Keller hier!«, stotterte ich.

»Was willst du im Keller?«, fragte er.

»Ich weiß nicht … Ich glaube, es hat sentimentale Gründe.«

»Im Keller gibt es nichts zu sehen!«, entgegnete Santiago. »Er sieht genauso aus wie früher. Acht leere Zellen!«

Ich nickte und lächelte. »Darf ich ihn trotzdem sehen?«

Santiago seufzte schwer genervt. »Also gut, wenn du möchtest! Damian, warte hier!«

Wir standen auf und gingen hastig den Flur unter der Treppe entlang. Als erstes öffnete Santiago die Tür zum Fitness-Raum. »Darf ich vorstellen … Sandra und Loreen!« Er zeigte mir zwei hübsche Latina-Mädchen, die an den Geräten trainierten.

»Sind das deine Favoritinnen?«, fragte ich.

»Gewissermaßen«, raunte er kurzangebunden.

Dann schritten wir weiter den Flur entlang bis zum Lift, den er ebenfalls mit seiner neuen Uhr steuerte. Wir stiegen ein und fuhren in den Keller.

»Bist du jetzt aufgebracht?«, fragte ich ihn im Lift.

»Ich lasse mich nicht hinhalten, Zahira!«, brummte er.

Die Türen öffneten sich und die düstere Kellerbeleuchtung ging an. Augenblicklich wurde mir leicht schwindelig vor lauter Erinnerungen, die hier auf mich einprasselten. Alles war noch wie früher, die Nischen mit den flackernden elektrischen Kerzen, die Gewölbe an der Decke, der süßliche Geruch und das leise Wasserplätschern.

Santiago packte mich am Handgelenk, damit ich endlich weiterging. Wir schritten an den ersten Zellen vorbei und bei der vierten Schiebetür zog er mich plötzlich in den kleinen kahlen Raum. Etwas ungestüm drängte er mich gegen eine Ziegelwand. »Ist es das, was du wolltest?«, fragte er aufgebracht.

Konnte er sich tatsächlich erinnern, dass das damals meine Zelle gewesen war? Ich nickte ergriffen.

Santiago hielt mich fest und schmiegte seinen Körper gegen meinen. »Ich werde den Keller hier nicht aufgeben«, raunte er. »Es gibt noch immer Mädchen, die das wollen. Und du kannst mich nicht als schlechten Menschen hinstellen, nur weil ich jungen Mädchen ihre geheimen Wünsche erfülle!«

»Ich habe ja nichts gesagt …«, hauchte ich, während ich seinen Körperdruck wohlig auf mir fühlte, wie auch sein Bein zwischen meinen Schenkeln.

»Nein«, meinte er. »Du kannst auch nichts sagen, weil du es ja selbst immer wieder wolltest! Und ich denke, du genießt es heute noch.« Die letzten Worte hauchte er in mein Ohr, sodass mir prickelnde Gänsehaut über den Rücken lief. Es fühlte sich immer noch heiß an, wenn er mir so nahe kam – als würde er ein Aphrodisiakum verströmen. Ich gab keine Antwort.

»Macht dich das an, wenn ich dich bedränge?«, fragte er scheinheilig. Gleichzeitig hielt er mich nun im Nacken fest und an der Taille, während er seinen Unterleib gegen mich presste.

»Ja«, hauchte ich. Allein sein Atem an meinem Ohr machte

mich verrückt.

»Zahira ... Ich will es sehen!«, verlangte er.

»Was?«, hauchte ich verwirrt.

»Fass dir zwischen die Beine, ich will sehen, ob du feucht bist!« Offenbar wollte er sich neuerdings selbst die Finger nicht mehr schmutzig machen ...

Leicht benebelt fasste ich unter mein kurzes türkisblaues Kleid, in mein türkisblaues Höschen, und stieß dabei auf reichlich Feuchtigkeit. Beklommen stellte ich fest, dass ich es immer noch aufregend fand, mich von ihm erniedrigen zu lassen, selbst jetzt, wo ich die dunkelsten Schandflecken seines Lebens kannte. Beschämt zeigte ich ihm meine glänzenden Finger.

Santiago lächelte. »Hattest du gedacht, du wärst inzwischen immun gegen mich?«

Ergeben senkte ich meinen Blick und schüttelte den Kopf. »Darf ich dich etwas fragen?«, hauchte ich.

Er hob zärtlich mein Kinn an und nickte.

Ich spürte seine Hand an meiner Wange und glaubte, an ihr zu zerfließen. Mit aller Anstrengung musste ich meine Gedanken ordnen. »Stimmt das Gerücht, das man sich auf *Avaloon* erzählt«, fragte ich kurzatmig. »Wenn ein Mädchen einen Mann aus Level zehn auch nur einmal geküsst hat, entkommt sie seinem Charme nicht mehr?«

»Wieso hast du Zweifel daran?«, fragte er lasziv.

Ich schüttelte den Kopf. »Ich hab keine Zweifel. Aber ich frage mich manchmal, ob du damals, als du mich im Flugzeug zum ersten Mal geküsst hast, schon wusstest, dass ich dir verfallen würde, dass ich hierherkommen, mit dir schlafen und auch einem Brandmal zustimmen würde?«

Er lächelte mitleidig. »Ja. Ich wusste es ... Das war schließlich der Grund, warum ich dich geküsst habe. Du weißt, ich gehe sonst nicht gern das Risiko ein, ein ungetestetes Mädchen anzurühren. Aber ich hab an deinen verschämten, sehnsüchtigen Blicken gesehen, dass du Jungfrau warst.«

Ich nickte ... Dass ich nicht getestet war, war dann wohl auch der Grund, warum er mich heute nicht anfasste ...

Aber nun senkte er seine Lippen an meinen Hals und küsste mich verführerisch und heiß, und plötzlich biss er mich in den Nacken! »Ich will jetzt endlich mein Geschenk, Zahira!«, fauchte er. »Ich werde nicht länger warten! Ich will wissen, ob wir erfolgreich waren!« Daraufhin sah er mich bitterernst an.

Ich nickte hektisch. »Okay, gehen wir nach oben!«

»Wieso willst du nach oben? Sag es mir hier! Zahira, so langsam bekomme ich Zweifel an deinen Fähigkeiten. Ich hab alles getan, was du wolltest ...« Er ließ mich los und begann wild zu gestikulieren. »Die beiden Mädchen, die du oben gesehen hast, sind meine zwei Auserwählten, die nicht verhüten. Ich hab in den letzten Monaten mein Bestes bei ihnen gegeben. Aber ohne Erfolg! Letzte Woche war ein Arzt hier, der meinen Samen erneut untersucht hatte und meinte, es hätte sich nichts verändert! Zahira! Sag mir jetzt, ob du schwanger bist!«

Ängstlich blickte ich auf die Uhr. Es war soweit. Wir mussten nach oben! »Ich bin nicht schwanger«, flüsterte ich, »aber ich hab deinen Sohn mitgebracht. Er wartet oben auf dich!«

»BITTE?«, fuhr er mich an.

»Es ist, wie ich es sagte!«, hauchte ich.

Santiago schien nun gänzlich verwirrt.

»Komm schnell, wir müssen nach oben!«, drängte ich und lief voraus in Richtung Lift.

»Ich bin mir noch nicht sicher, ob du diesen Tag überleben wirst!«, knurrte Santiago im Aufzug.

Ich wusste, seine Geduld war am Ende.

Aber als sich die Türen öffneten, hörten wir bereits den herannahenden Lärm des Helikopters. Durch das Wohnzimmer eilten wir hinaus ins Freie, wo Damian mit dem Handy und drei weiteren Männern auf dem Paradeplatz wartete. Santiago schritt hastig auf ihn zu. »Wer ist das?«

»Das sollst du Miss Castilla fragen, meinte der Pilot!« Damian zeigte auf mich.

Ich lächelte bedeutungsvoll und zuckte mit den Schultern.

Santiago gab seine Landeerlaubnis.

Inzwischen freute ich mich wie ein kleines Kind vor dem Weihnachtsbaum, während der Helikopter sich näherte. Und kurz bevor er landete, ging noch mein größter Wunsch in Erfüllung. Ich erblickte David! Er kam von drinnen, war schick gekleidet und hatte eine verspiegelt Sonnenbrille auf. Schnell fiel ich ihm um den Hals. Doch der Lärm war nun ohrenbetäubend. David lächelte und wir küssten uns zur Begrüßung auf die Wangen, aber dann hatte ich keine Zeit mehr für ihn. Der Helikopter hatte aufgesetzt!

Diego öffnete die Tür und stieg als erster aus. Ich hatte Larissa aufgetragen, noch sitzen zu bleiben, bis ich ihr ein Zeichen gab. Ich stand neben Santiago, als unser Sohn unter dem Wind der langsam ausschwingenden Rotoren zu uns kam. Er strich sich mehrmals eitel durch seine Haare ...

Santiago wirkte komplett außer Gefecht. Vermutlich hatte er ein Baby erwartet, das vom Himmel geschickt hier landen würde. Doch dann waren die Rotoren endlich still und Diego stand in seinem adretten schwarzen Anzug vor uns.

Bis über beide Ohren glücklich strahlte ich Santiago an. »Das ist dein Sohn ... Diego!«, stellte ich ihn vor. »Diego, das ist Santiago ... dein Vater!« Vor Rührung kippte mir bei den letzten Silben fast die Stimme weg.

»Das ist nicht dein Ernst?«, stöhnte Santiago.

Ich lächelte. »Doch ...«

»Und er ist von uns?!«, fragte er verwirrt.

Ich nickte. »Es … es war unsere romantische Nacht … hier am Strand … auf einer der Liebesinseln, als du mir sagtest, wir würden gemeinsam David zurückholen … Kannst du dich erinnern?«

Santiago war wie versteinert. »Wie kann das sein?«, hauchte er.

»Amistad meinte, bei mir hätte die Verhütung versagt.«

Nun begannen Santiagos Augen ebenfalls zu glänzen. Er wandte sich von uns ab und fuhr sich mit beiden Händen gleichzeitig durch die Haare.

Ich war stolz bis über beide Ohren.

David war nicht weniger ergriffen. Er wischte sich bereits eine Träne von der Wange – während Diego charmant alle umstehenden Leute anlächelte und sich sichtlich geschmeichelt fühlte.

Dann wandte sich Santiago uns wieder zu. »Gibt es … einen Beweis dafür?«, fragte er.

Ich lächelte. »Siehst du denn nicht, wie ähnlich er dir ist?«

Nun betrachtete er Diego, als wäre er geblendet. Dann nickte er … Und endlich trat er näher und schloss ihn in seine Arme.

Ich schniefte und versuchte, stark zu bleiben. Ich wollte hier nicht vor Rührung zusammenbrechen. Beiläufig gab ich Larissa das Zeichen, dass sie nun auch aussteigen durfte.

Als Santiago sich von Diego löste, wischte auch er sich ein paar Tränen ab. »Du hast das die ganze Zeit für dich behalten?!«, hauchte er fassungslos.

»Ich hatte keine andere Wahl!«, entgegnete ich. »Wenn du dich erinnern kannst, du hattest völlig unmenschliche und gefühllose Mutter-Kind-Pläne!«

»Ja, aber …«

»WAS ›aber‹?!«, fiel ich ihm ins Wort. »Du hättest mir meinen SOHN WEGGENOMMEN! WAS WILLST DU!? Hätte ich ihn abtreiben sollen, weil du noch keine fünfzig warst?!

Oder weil ich blaue Augen hatte? Hätte ich ihn wegen dir in ein Heim stecken sollen?!«, fauchte ich und geriet dabei direkt in Rage.

Santiago griff sich aufs Herz. »Zahira ... mir ist das alles etwas zu viel im Moment ...«

»Verzeih mir!«, hauchte ich.

»Wer ist das Mädchen?«, fragte Santiago nun.

»Das ist Larissa, meine Tochter! Sie hat einen anderen Vater. Diego wollte aber seine Schwester unbedingt mitnehmen.«

Sofort wandte sich Santiago wieder seinem Sohn zu. Zärtlich fasste er ihm ins Gesicht. »Wie alt bist du?«, fragte er fasziniert.

»Neunzehn!«, entgegnete Diego.

Santiago nickte, hielt sich die Hand vor den Mund und konnte es offensichtlich kaum glauben.

Nun kam auch David, um den Neuankömmling in seine Arme zu schließen. »Es ist unfassbar«, meinte er zu Santiago. »Er sieht aus wie du früher!«

Santiago nickte.

***

Die darauffolgenden drei Stunden saßen wir im Wohnzimmer beisammen und ich erzählte Santiago alles, was er über seinen Sohn wissen musste. Von der komplizierten Geburt, von der ich sogar ein Video für ihn hatte, über seine Kinderkrankheiten, unsere unterschiedlichen Wohnorte, seine Schulbildung und seine Hobbys ... bis hin zu seinem Abitur. David ließ uns dabei wieder allein und Santiago reagierte überraschend gelassen auf die Tatsache, dass ich ihm seinen Sohn fast zwanzig Jahre lang verheimlicht hatte. Er beschwerte sich bloß, dass er meinetwegen nun drei Monate lang hier auf Ivory einen Heidenaufwand betrieben hätte, um ein, wie ich es wollte, »Fundament aus Liebe« zu schaffen. Woraufhin ich ihm erklärte, dass ich neunzehn Jahre lang einen Heidenaufwand betrieben hätte, um seinem Sohn ein Fundament aus Liebe, eine sorgenfreie Kindheit und eine gute Ausbildung zu bieten. Er hingegen bekäme jetzt einfach ein fertiges Meisterstück serviert! Und wäre ich vor fünf Jahren auf *Avaloon* nicht so grenzenlos schockiert gewesen, dass Santiago Level zehn angehörte und über einen eigenen Sektor im Keller verfügte, hätte ich vielleicht auch schon früher mit der Sprache rausgerückt.

Santiago konnte das alles verstehen. Vielleicht hatten auch die vielen Mantra-Meditationen dazu beigetragen, dass er nun einen anderen Blickwinkel auf manche Dinge hatte. Jedenfalls beendeten wir das Gespräch sehr friedlich. Und am Ende zählte nur noch die Freude für Santiago, schließlich doch stolzer Vater eines so perfekt gelungenen, leiblichen Sohnes zu sein.

Aber vielleicht spekulierte er auch damit, dass es gar nicht notwendig war, mich für irgendwelche Fehler zu bestrafen, da er immer noch ein Ass im Ärmel hatte, das mich ohnehin mehr verletzen würde als alles andere ...

# Auf immer und ewig

Der Abend auf Ivory verging schnell. Santiago gab für Diego und Larissa noch eine zweite Führung durch die Villa der Mädchen, während ich mit Damian die Zeit am Strand verbrachte. Ich wollte mir Santiagos Gespielinnen nicht nochmal ansehen und hoffte, dass er meinen Kindern den Anblick der Rohrpost-Anlage ersparte.

David ließ sich an diesem Abend nicht mehr blicken. Ich fand das seltsam und machte mir direkt Sorgen, dass irgendetwas mit ihm nicht stimmte. Damian versicherte mir aber, dass es David gut ginge, er wäre bloß mit den Jahren noch etwas ruhiger geworden.

Als die Sonne untergegangen war, fuhren wir schließlich zurück ins Hotel. Ich hatte Santiagos Einladung, mit den Kindern auf Ivory zu bleiben, freundlich abgelehnt und nach einer kurzen Diskussion hatte er sogar eingewilligt. Er gab uns dafür zwei seiner Leibwächter mit, die vor unserer Tür Wache schieben mussten. Zudem vereinbarten wir ein Wiedersehen für den nächsten Tag. Santiago versprach den Kindern, dass sie bei guten Wetterverhältnissen Kite-Surfen durften, wenn sie wollten. Er hätte das allerbeste Equipment für sie! Natürlich ließen sich das Diego und Larissa nicht zweimal sagen. Und Damian kündigte auch eine Willkommensfeier und Barbecue zu späterer Stunde auf der Dachterrasse an. Also fuhren wir am nächsten Morgen wieder auf die Insel ...

Wir machten es uns auf einem der überdachten Kingsize-Betten am Strand gemütlich. Ich erklärte Diego, dass er hier, auf einer dieser Liebesinseln, gezeugt worden war, und auch Larissa fand diesen Ort mit den prachtvollen Palmen im Hintergrund und dem wundervollen Ausblick auf das Meer besonders romantisch.

Santiago kam gleich nach uns an den Strand und diesmal hatte er auch seine beiden Favoritinnen, Sandra und Loreen, dabei. Sie trugen silbrig glitzernde Monokinis und die obligatorischen gläsernen High Heels. Generös ließ er tropische Früchte, Austern und Champagner bringen. Und wieder hatte er Leibwächter für meine Kinder bestellt. Sie begleiteten sie mit eigenen Surfboards raus aufs Meer. Aber auch von Edwards Gruppe durften einige Mädchen Wassersport treiben und sie wurden ebenfalls von jungen Männern begleitet. Um Sicherheit brauchte man sich hier also keine Sorgen zu machen.

Sobald meine Kinder draußen in den Wellen waren, wollte Santiago, dass ich mich zu ihm und seinen Mädchen setzte. Er hatte noch ein paar Fragen bezüglich Diego, interessierte sich für Fotos auf meinem Handy und wir sprachen über ein geplantes Studium. Ich fand es sehr ungewohnt, aber auch amüsant, dass er sich die ganze Zeit über, während wir sprachen, massieren ließ. Offenbar hatte er nun endgültig einen guten Teil seiner Berührungsphobie abgelegt. Die beiden Mädchen massierten sehr zärtlich und vorsichtig, abwechselnd seine Füße, seine Arme oder seinen Kopf. Dann tranken wir wieder Champagner und Santiago offenbarte mir, dass er sich wünschte, dass Diego so bald wie möglich zu ihm nach Ivory zog. Auch wenn das für seine Ausbildung ein Fernstudium bedeuten würde ...

Doch mitten in der Unterredung wurden wir unterbrochen. David erschien unerwartet am Strand! Und als ich ihn erblickte, ging mein Herz auf. Er war ganz in weiß gekleidet.

Seine blonden Haare trug er wie in seinen besten Tagen modisch aufgestellt und im Nacken kurz geschoren. Durch die enge Hose sah man, dass er noch genauso schlank war wie eh und jäh. Und wieder trug er diese verspiegelte Sonnenbrille.

»David! ... Setz dich zu uns!«, lud Santiago ihn freudig ein.

Ich strahlte und machte Platz, sodass er zu uns auf die Bambus-Plattform steigen konnte.

David ließ sich neben Santiago auf der Matratze nieder, und bevor er sich bequem zurücklehnte, küsste er ihm ergeben die Hand.

Ich wusste nicht, was diese übertriebene Geste sollte, konnte mir kaum vorstellen, dass er Santiago seit zwanzig Jahren bei jeder Begegnung hier auf der Insel die Hand küsste! Vermutlich war es Theater für mich. Vielleicht hatte Santiago es sogar angeordnet.

»Ist Edward mit den Mädchen draußen?«, fragte David.

»Ja. Diego und Larissa sind auch dabei!«, entgegnete ich stolz.

David lächelte. »Etwa Kite-Surfen?«

»Ja. Diego surft seit seiner Kindheit und sogar Larissa liebt das Kite-Surfen. Die beiden sind auf Bali aufgewachsen und ich habe mich immer dafür eingesetzt, dass sie viel Sport ...«

Während ich sprach, griff Santiago plötzlich zur Seite und nahm David die Sonnenbrille ab ... und ich erschrak unsagbar! Sofort war ich mir sicher, dass er das so geplant hatte, denn im selben Moment wurde klar, was mit David die ganze Zeit los gewesen war! Ich stieß einen hysterischen Schrei aus und fiel dabei fast von der Plattform. Verständlicherweise hatte ich erwartet, Davids heißgeliebte jadegrüne Augen zu sehen! Doch was ich tatsächlich erblickte, war ein jadegrünes und ein *braunes* Auge!

Selbst, als ich mich wieder eingekriegte, konnte ich mich kaum beruhigen. *Avaloon ... Sektor sieben ...*, schoss mir durch den Kopf!

David war sofort bei mir und hielt mich fest. »Was ist mit dir los?«, fragte er. »So hat ja noch niemand reagiert!«

Da erst wurde mir bewusst, dass sie schließlich beide nicht ahnen konnten, dass ich Santiagos Mädchen aus Sektor sieben kannte und somit eine ganz entsetzliche Tat hinter Davids Anblick vermutete. Aber das war mir jetzt völlig egal. Ich schob mich an David vorbei und stürzte auf Santiago zu. »WAS HAST DU GETAN!«, schrie ich ihn an und wollte am liebsten auf ihn einprügeln. Eine Ohrfeige ging knapp an seinem Gesicht vorbei, denn er wirbelte augenblicklich herum, warf seinen Körper schwer auf mich und hielt mir die Hände zusammen. Ich glaubte fast, unter ihm zu ersticken.

»Hör auf!«, rügte ihn David.

»Wie ... konntest ... du so etwas tun!«, jammerte ich, als ich wieder etwas Luft bekam.

»Ich weiß nicht, wovon du sprichst!«, entgegnete Santiago.

Ich schluchzte. »Ich war in *Avaloon*! Und ich weiß, was du getan hast!«

Santiago lächelte süffisant. »Ja, und? Was hat das mit David zu tun?«

Ich konnte nicht glauben, dass er jede Schuld von sich wies. »Du hast mit David das Gleiche gemacht!«, fauchte ich ihn an.

»Und selbst wenn!«, entgegnete Santiago. »Ich wüsste nicht, was dich das angeht! Unsere Liebe ist groß! Weit größer, als du es dir vorstellen kannst!«

Ich zischte und war fassungslos. Dann sah ich zu David. Aber auch der konnte mich nicht verstehen. »Zahira, ich weiß nicht, was dich so aufregt! Das ist eine Schönheitsoperation, die bereits in halb Amerika gemacht wird«, erklärte er in aller Ruhe. »Eine Iris-Transplantation ... Es war ein Liebesbeweis, ein Geschenk an Santiago!«, betonte er.

»Du kannst auf dem Auge sehen?!«, fragte ich irritiert.

»Ja natürlich!«, entgegnete David.

Ich schluchzte und sah wieder Santiago an, der mich immer noch festhielt. Trotzdem! Wie konnte man David nur das schöne Grün aus den Augen nehmen lassen! Eine abscheuliche Tat! Ich heulte.

Santiago grinste voller Genugtuung. Dann ließ er mich los und ich gab mir Mühe, mich zu beruhigen. Wir saßen noch eine Weile beisammen. Die beiden Männer ließen sich nun von den Mädchen die Füße massieren, während ich mich langsam an Davids Augen gewöhnte.

Santiago wollte, dass ich von Diegos Schulerfolgen und besonderen Begabungen berichtete. Dann meinte David, er würde gern mit mir eine Runde um die Insel fahren. Die Yacht, mit der wir gekommen waren, lag noch immer am Steg. Santiago hatte nichts dagegen, die Kinder würden ohnehin noch länger surfen. Und ich freute mich, ein wenig mit David allein sein zu können.

Wir spazierten gemeinsam zum Bootsanlegesteg. David hatte einen jungen Bodyguard gebeten, mitzukommen und die Yacht zu steuern, sodass wir uns entspannt unterhalten konnten.

Doch jedes Mal aufs Neue, wenn ich ihm in die Augen sah, traf es mich wieder wie ein Blitz. »Es ist, als würde mich zur Hälfte Santiago ansehen! Als würde er mich ständig beobachten, wenn ich mit dir spreche!«, erklärte ich David mein unbehagliches Gefühl. Wir lagen auf einer großen Kuschelliege am Sonnendeck der Yacht, die auch noch »Aileen« hieß, genau wie eines der blinden Mädchen aus Sektor sieben! Ich fragte mich, ob David das wusste. Erst jetzt fiel mir der Zusammenhang mit der anderen Yacht auf, die mich gestern nach Ivory gebracht hatte und »Christiné« geheißen hatte! Aber David schien sehr ruhig und ausgeglichen ... Wenn er nicht mich ansah, blickte er hinauf in den wolkenverhangenen

Himmel … während ich die ganze Zeit über bloß von seinem Antlitz fasziniert war.

»Wo hat man die Operation gemacht?«, fragte ich David.

»Auf *Avaloon*!«, entgegnete er.

Ich wusste es. »War das ein organisiertes Event? Haben andere Leute dabei zugesehen, als man es machte?«

David lächelte entschuldigend. »Zahira, das geht dich nun wirklich nichts an. Ich habe dir gesagt, es war ein Liebesbeweis. Und mir geht es gut. Das sollte dir reichen!«

»Ich habe deine Augen geliebt!«, trotze ich. »Alle beide!«

David nickte und lächelte mich an. »Schön.«

»Und ich glaube, ich liebe dich noch immer.«

»Du glaubst es?«, fragte er.

Ich nickte.

David zog eine Augenbraue hoch. »Wie geht es Ronan? Ist er gut zu dir?«

Ich seufzte. »Ja. Aber wir sind schon so lange zusammen und ich merke immer öfter, dass wir uns in vielen Dingen auseinandergelebt haben. Diegos Abitur war wohl unsere letzte gemeinsame Herausforderung. Larissa ist viel einfacher. Sie lernt brav und schafft alles ohne Probleme. Ich weiß nicht, ob unsere Beziehung, jetzt wo Diego erwachsen ist, noch lange halten wird!«, gestand ich ihm.

»Vielleicht wird sie jetzt besser«, meinte David, »wenn ihr mehr Zeit für euch habt.«

Ich nickte betrübt und wusste selbst nicht, wieso wir jetzt von Ronan sprachen! Ich lag im Bikini neben David, er hatte eine Hand in meinen Haaren und kraulte meinen Hinterkopf. Immer wenn er mich ansah, war er kurz davor, mich an seine Schulter zu ziehen, sodass ich ihn umarmen konnte.

»Es ist faszinierend«, meinte David. »Ich empfinde für dich noch das Gleiche wie früher … Aber wenn du mich nur noch

›zur Hälfte‹ liebst, dann werde ich dich wohl besser nicht küssen.«

Ich schmunzelte und war nun wehmütig zwischen seinen Lippen und seinen Augen hin- und hergerissen, völlig gleich, welche Farbe sie hatten! Eine Aufforderung, die auch David verstand. Und so schnell gestern alles mit Santiago im Keller gegangen war, so langsam passierte es nun mit David ... Mit unsäglicher Vorfreude sank ich wie in Zeitlupe auf seine Lippen. Sie waren zart und geschmeidig. Freudig gewährte ich seiner Zunge Einlass. Und auch er küsste mich verführerisch und langsam. Es war, als ob wir jeden kleinsten Kontakt, jede Bewegung mit einer Vielzahl von Erinnerungen verbanden und in vollen Zügen genießen wollten. Ich dachte an unsere ersten gemeinsamen Erlebnisse hier auf der Insel, an unsere geheime Liebe, unsere Flucht und an die schöne Zeit mit ihm in New York ... David streichelte sanft über meinen nackten Rücken, meine Hüften und meinen Po. Ich wollte, dass dieser Kuss niemals endete und bedauerte zutiefst, dass es auf Ivory keine Gesundheitstests wie auf *Avaloon* gab, sodass er jetzt bedenkenlos mit mir schlafen konnte. Schwer atmend lösten wir uns wieder voneinander, und als ich mich daraufhin in seine Arme kuschelte, pochte mein Herz aufgeregt.

»Ich wünsche mir für dich, dass du glücklich wirst«, meinte David nach einer Weile, »wenn nicht mit Ronan, dann mit einem anderen Mann. Vielleicht mal mit einem jüngeren.«

Ich nickte berührt. »Ja«, hauchte ich, und kurz überlegte ich, ob ich es ihm sagen sollte, aber bei dem verständnisvollen Klang seiner Stimme konnte ich ihm nichts vorenthalten. »Ich glaube, ich hab da auch schon jemanden in Aussicht«, flüsterte ich. »Er ist blond, so wie du. Zärtlich und dominant. Er ist ein ganz wundervolles Abenteuer.«

Mehr durfte ich David aber nicht verraten. Nicht mal Amistad wusste, dass ich mich während der letzten Jahre, in meiner dreiwöchigen Auszeit in den Staaten, regelmäßig mit Cheyenne getroffen hatte. Er wusste nicht, dass Cheyenne mich liebte. Und David durfte es erst recht nicht wissen. Es gab Geheimnisse, die viel zu heikel waren, um sie auch nur irgendjemandem anzuvertrauen.

»Das freut mich für dich!«, raunte David und küsste mich auf die Schläfe. »Ich finde es auch sehr genial, was du mit Santiago angestellt hast. Er hat sich tatsächlich verändert während der letzten Wochen. Wir hatten schon oft überlegt, eine Art Wellnesstempel bauen zu lassen, aber jetzt hatte er endlich den Anstoß dafür. Ich denke, auch deine magische Wohlfühl-Massage hat ihm diese Entscheidung erleichtert.« David lächelte. »Es ist halt doch angenehm, von den Mädchen massiert zu werden. Was seine anderen Einsichten betrifft, darfst du dir aber nicht zu viele Hoffnungen machen. Ich glaube nicht, dass seine ›spirituelle Periode‹ von großer Dauer sein wird. Überhaupt jetzt, wo sein Wunsch in Erfüllung gegangen ist, wird er nicht mehr viel Sinn darin sehen.«

»Ja, ich weiß!«, entgegnete ich. »Mir ging es aber auch hauptsächlich um Diegos ersten Besuch hier. Ich wollte nicht, dass er seinen Vater als herzlosen Tyrann erlebt. Und das ist mir, glaube ich, gelungen. Wie sich Santiago in Zukunft für seinen Sohn darstellen will, bleibt ihm überlassen. Diego ist reif genug, um sich seine eigene Meinung zu bilden. Ich kann ihn nicht ewig beschützen.«

David lächelte. »Sehr weise!«

Ich schmunzelte und kuschelte mich ein letztes Mal an ihn, denn dann war unsere Rundfahrt auch schon zu Ende.

***

Die Yacht legte wieder am Steg an und wir gingen an Land. Aus der Ferne konnte ich bereits sehen, dass die Kite-Surfer noch immer draußen waren. Der Wind war stärker geworden. Und weil David und ich nun etwas froren, beschlossen wir, mit einem Buggy hinauf zur Villa zu fahren, um wärmere Kleidung zu holen.

Doch als wir die Eingangshalle betraten, empfingen uns zwei von Santiagos Leibwächtern. »Würden Sie bitte einen Moment hier warten!«, raunte der eine.

David und ich tauschten ahnungslose Blicke, der Leibwächter telefonierte auf seinem Handy und wir vertraten uns inzwischen die Beine. Zufällig bemerkte ich, dass ich auf einem der kleinen Teppiche stand, wie man sie damals für die Glasbodenparty verlegt hatte. Und neugierig wie ich war, konnte ich es nicht lassen, diesen Teppich ein wenig zu verrutschen. Ich wollte wissen, ob es den Hohlraum darunter noch gab, oder was Santiago daraus gemacht hatte ...

Doch mich traf fast der Schlag, als ich mein Vorhaben in die Tat umsetzte ... Der Hohlraum darunter war noch da – flach und länglich, genau passend für ein zierliches Mädchen. Aber er war nicht leer! Unter der Glasfläche tummelte sich, quietschfidel und lebendig, vermutlich aufgeschreckt durch das plötzlich einfallende Tageslicht, eine grässliche, dicke Schlange!

Oh mein Gott! Sofort schob ich den Teppich wieder zurecht und blickte nervös um mich, aber niemand hatte mich gesehen. Das durfte doch nicht wahr sein!

»Santiago erwartet Sie beide im Penthouse«, verkündete nun einer der Leibwächter, begleitet von einem freundlichen Kopfnicken in Richtung David.

Unwillkürlich durchströmte mich ein Anflug von Angst, als ich das hörte. Ich dachte, Santiago wäre noch unten am

Strand! Aber David schenkte mir ein beruhigendes Lächeln und nahm meine Hand, während uns die beiden Bodyguards durch das Wohnzimmer zum Lift begleiteten.

Innerlich fühlte ich ein Zittern, als wir die Stockwerke hochfuhren. Ein Zittern, das längst nicht mehr der Schlange zuzuschreiben war. Und leider wusste ich mittlerweile, dass ich mich auf mein Bauchgefühl in dieser Villa weitestgehend verlassen konnte. Ich wünschte, es hätte mich nur dieses eine Mal getäuscht!

Die Türen öffneten sich im Penthouse und gaben den Blick frei auf die riesige weiße Kuschelfläche. Für einen Moment war ich verwundert, weil niemand außer uns hier war – hatte es doch geheißen, Santiago würde uns im Penthouse erwarten –, aber ich war auch ein wenig erleichtert. Von draußen strahlte uns Sonnenlicht entgegen und hüllte den Raum in eine warme friedliche Stimmung.

Santiago hatte wohl Verspätung, dachte ich. Dann bückte ich mich, um meine Schuhe auszuziehen. Doch während ich das tat, bemerkte ich, dass die beiden Bodyguards vor dem Lift Stellung bezogen, als wollten sie den Ausgang versperren! Und als ich mich wieder erhob, sah ich David plötzlich mit erschreckender Blässe wie versteinert neben mir stehen. Er hatte seine Schuhe noch nicht ausgezogen, stattdessen war sein Blick starr auf die Terrasse gerichtet!

In der Sekunde wandte ich mich ebenfalls um und blickte nach draußen.

»Zahira! Ich wusste das nicht ... «, beteuerte David auf der Stelle.

Ich meinte, meinen Augen nicht zu trauen – gegen die Sonne hatte man leichte Probleme, ein deutliches Bild auszumachen, doch mit dem Schrecken, der nun auch mich erfasste, gelang es mir ohne weiteres ...

Ich erblickte Santiago, ganz versonnen in eine Zärtlichkeit mit einem Mädchen vertieft! Und zuerst dachte ich, es wäre eine seiner Gespielinnen, die so berauscht an seinen Lippen hing ... weil ich dieses Kleid nicht kannte ... und wegen der gläsernen High Heels! ... Doch es war LARISSA!

---


»Die Jagd«
Die Internet-Story
mit dem Gutschein-Code
MP6TBKPCJ
erhalten Sie auf
www.blue-panther-books.de
diese exklusive Zusatzgeschichte als E-Book
in den Formaten PDF, E-PUB und Kindle.
Registrieren Sie sich einfach online oder
schicken Sie uns die beiliegende
Postkarte ausgefüllt zurück!


---

# Weitere erotische Geschichten:

## Alex Lain **SexDiener**

Sein größter Wunsch: beherrscht zu werden ...

Unterwerfung ist sein Leben.
Er ist nicht glücklich, wenn er nicht dienen kann.

Er stellt das Dienen über alles. Selbst wenn er dadurch seinen Job und seine Freunde vernachlässigt.

Wenn seine Meisterin ihn ruft, muss er kommen. Er gibt sich den fantasievollen Spielen der Herrschaft hin ... und wird süchtig danach.

Dankbar für jede Erniedrigung!

## Sara Bellford
## LustSchmerz Erotischer SM-Roman

Sir Alan Baxter hat eine Passion:
Er sammelt Frauen!

Er will sie um ihretwillen besitzen

Sie wollen vom ihm gedemütigt und geliebt werden

Gemeinsam zelebrieren sie die schönsten Höhepunkte aus Lust, Schmerz und Qual ...

## Julia Hope
## Lass mich kommen!
**Erotischer SM-Roman**

Ihr Freund | Ihre Schülerin | Ihre Dauergeilheit ...

Ihre Schülerin führt sie an den Rand des Orgasmus.

Ihr Freund verbietet ihn ihr.

Aber sie kann nicht anders, als alle bizarren Einfälle ihrer Schülerin und ihres Freundes auszuführen und so ständig geil zu sein.

Und sie will endlich kommen ...

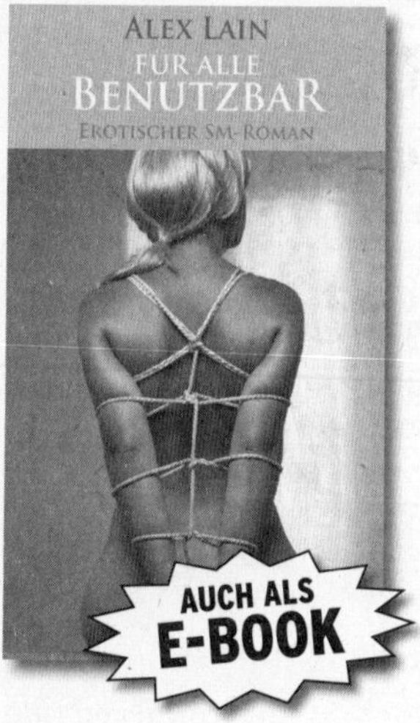


# Leseprobe: Alex Lain Für alle BenutzBar

... Der Tag verlief ganz im Zeichen des kommenden Abends. Sarah erledigte zwar ihre geplanten Arbeiten, war jedoch mit dem Kopf ganz bei Tom und ihrem Treffen. Sie überlegte, wie der Abend wohl verlaufen würde, malte sich romantische Szenen aus, die von zwischenzeitlicher Benutzung abgelöst wurden. Während des gesamten Tages befand sie sich in einer Art Schwebezustand, aus dem sie nicht mehr wieder rausgehen wollte.

Nachdem sich Sarah lange im Badezimmer aufgehalten hatte, schlüpfte sie in einen schwarzen Lackmini, zurrte eine schwarz-weiße Lackkorsage eng an ihren Oberkörper und streifte über die halterlosen Strümpfe und ihre hochhackigen, schwarzen Lack-Overknees. Um nicht wie eine Nutte auf der Straße herumzulaufen, warf sie ihren beigen Frühjahrsmantel über und sah darin recht bieder aus. Dass sie darunter Lack ohne Höschen trug, konnte schließlich niemand ahnen.

Schon von weitem sah Sarah, dass vor Toms Haus einige Fahrzeuge parkten. Das Haus schien jedoch verlassen zu sein, denn im vorderen Teil brannte kein Licht. Nur die schwachen Lichter der Gartenbeleuchtung warfen ihren trüben Schein trotzig in die Schwärze der Nacht. Da sie noch drei Minuten Zeit hatte, schlenderte sie ein wenig die Straße entlang, ohne etwas Interessantes zu entdecken.

Um Punkt zwanzig Uhr stand sie mit gesenktem Blick auf der Fußmatte und wartete, dass ihr die Tür geöffnet wurde. Beinahe im gleichen Augenblick stand Tom hinter ihr und kitzelte sie. Sarah stieß einen kurzen, hellen Schrei aus und wand sich zwischen seinen Fingern. Ausgelassen zog er sie an sich und küsste sie über ihre Schulter wild und leidenschaftlich. Dann kreuzte er seine Unterarme über ihren Schlüsselbeinen und flüsterte ihr sanft ins Ohr: »Baby, du siehst in diesem Sherlock Holmes Mantel einfach umwerfend aus!« Er lachte und drehte sich mit ihr im Kreis. »Habe ich dir schon gesagt, wie sehr ich dich mag, Kleines?«

Sarahs Herz schwoll an und drohte in ihrer Brust zu zerbersten. Sie wollte sich umdrehen, sich an ihn schmiegen und küssen, doch er hielt sie in ihrer Position fest.

»Wenn wir da jetzt hineingehen, dann bist du mein Baby, auf das ich stolz sein will. Das mir zeigt, dass es für mich da ist, mir gehorcht und mich in allen Lagen respektiert. Wirst du das schaffen? Machst du das für mich, Baby?«

Sarah versteifte sich kurz in seinen Armen, die ihr plötzlich zu eng wurden. Sie hatte das dringende Bedürfnis, sich aus der Umklammerung zu befreien, um atmen zu können. Doch sie stand still wie eine Maus vor der Schlange und hielt den Atem an. Ohne es zu wollen, hörte sie sich »Jawohl, mein Gebieter« sagen.

Er küsste sie freudig auf die linke Wange, nahm ihre Hand und zog sie wie eine willenlose Puppe zur Tür hinein.

Im Vorraum zog er ihr den Mantel aus. Sie nahm Zigarettendunst sowie ein leichtes alkoholisches Aroma wahr, was aus einem der hinteren Zimmer kommen musste. Daraus schlussfolgerte sie, dass Tom Besuch hatte und sie ihre Dienste anbieten musste. Oder wollte er sie vorführen? Waren auch andere Frauen zugegen? Submissive? Dominante? Welche Altersgruppe würde sie empfangen? Unzählige Fragen drängten sich in ihrem Kopf um die Vormachtstellung, doch sie alle blieben unbeantwortet. Tom nahm sie wieder an die Hand und steuerte auf den Partyraum zu, in dem leise Musik zu hören war. Sarahs Herz schlug im dreifachen Rhythmus der Latinoklänge, die nun laut hörbar waren.

Schwungvoll riss Tom die Tür auf und stellte seine Sklavin in die Mitte des Raumes. »Meine Herren, das ist Sarah«, erklärte er lautstark, um die Unterhaltungen zu unterbrechen. »Sie wird jetzt ihren prachtvollen Körper für euch tanzen lassen!«

Während Sarah sich mit geschlossenen Augen auf den Rhythmus der Musik einstellte, bestaunten die drei anwesenden Herren, die geschätzte dreißig Jahre alt waren, das Tanzobjekt mit schief gelegtem Kopf und gekräuselten Lippen.

Sarah begann zu tanzen und im gleichen Augenblick grölten die drei Männer. Das war wie im Zirkus bei den Tanzbären!, schoss es ihr durch den Kopf, ließ sich von den Gedanken jedoch nicht von ihrer Aufgabe abhalten. Wie erwartet, dauerte es nicht lange und zwei Hände packten sie am Arsch. Sie öffnete die Augen und sah sich einem blonden Mann gegenüber, der sie fest an sich drückte, um mit ihr zu tanzen. Gekonnt wanderten seine Hände unter den Lackmini und spreizten ihre Pobacken, gleichzeitig lehnte er sich nach hinten und zog sie mit. Tanzend drehte er sich den beiden anderen klatschenden Männern zu, die nun vollen Einblick auf ihre bloßgelegte Scham und den blanken Arsch hatten. Sie beugten sich ein wenig nach vorn und befingerten die samtig-rosafarbene Lustgrotte der jungen Sklavin. Doch noch ehe einer der Finger in ihrer Spalte verschwinden konnte, drehte sich der Mann wieder weg und rieb seinen Schwanz an ihrem Unterleib. Während er sie einige Pirouetten drehen ließ, stülpe er den Lackmini hoch, sodass die Zusehenden in schneller Folge ihren nackten

Arsch sowie ihre glatt rasierte, weiße Pflaume sehen konnten. Sie fühlte sich wie ein Stück Torte auf dem Drehteller, das von Passanten gierig begutachtet wurde.

Als das Lied zu Ende war, holte der Blonde Sarahs Brüste aus der Korsage und prüfte ihre Festigkeit. Auch ein gezielter Griff in ihre Spalte war eine Prüfung. »Schön eng!«, sagte er lachend und schob ihr den glänzenden Finger mit ihrem Saft grob in den Mund. Wie auf Kommando kamen die anderen beiden auf die Sklavin zu und steckten ihr ebenfalls jeweils einen Finger in die Pussy, während die andere Hand die Festigkeit ihrer Titten prüfte.

Der Blonde zog sie jedoch ein Stück weit weg und drückte ihren Kopf weit nach unten, sodass sie mit den Händen den Boden berührte. Mit einem gekonnten Druck zwischen ihren Knöcheln öffnete er ihre Beine, sodass sie weiter in der Grätsche stehen musste. Ihr blanker Arsch war nun frei zugänglich und schon spürte sie einen Finger in ihrer Rosette. Dann zwei weitere in ihrer Möse und auch noch einen an ihrer Lustperle. Gierige Hände erforschten ihren Leib und die straffe Haut, als wäre sie nichts weiter, als ein Lustobjekt männlicher Begierde. Inmitten dieses Spiels zog sie der Blonde hoch und die Finger der anderen beiden glitten aus ihren Öffnungen. Er tanzte wieder ein wenig mit ihr und hatte dann eine glorreiche Idee. »Wer von euch möchte die Reise nach Jerusalem spielen? Dieses Dreckstück hier wird unser Sessel sein …« Grinsend nahm er den leeren Holztisch aus der Ecke und legte ihn mit der Platte auf einen anderen massiven Tisch, sodass die Tischbeine in die Höhe ragten.

Mit einem kurzen Pfiff beorderte er Sarah zu sich, riss ihr die Kleider vom Leib und setzte sie an die Kante des Tisches. Dort zog er ihr noch die Overknees aus, sodass sie splitternackt vor den fremden Herren auf dem Tisch sitzen musste. Es war demütigend und anregend zugleich, völlig nackt von Fremden angestarrt zu werden.

Während sich der Blonde mit ihrem Hals beschäftigte und diesen mit beiden Händen etwas fester massierte, bat er Tom um vier kurze Seile. Er blickte ihr in die Augen und verstärkte den Druck auf ihren Hals. Sarahs Luftzufuhr wurde stark gemindert und sie versuchte krampfhaft, Luft einzusaugen. Panik stieg in ihr hoch und sie wollte sich aus dem Griff befreien, doch seine Hände waren wie Stahlklammern. Verzweifelt schlug sie mit den Beinen und Armen aus, doch ihr Peiniger schlang blitzschnell ein Bein um ihre Beine und hielt sie fest. Die rudernden, schlagenden Arme schien er nicht zu registrieren. Er drückte sich an ihr Knie und rieb seinen prallen Schwanz daran. Immer tiefer sah er ihr mit starrem Blick in die Augen und weidete sich an ihrer Panik, ersticken zu müssen. Als Tom mit den Seilen ins Zimmer trat, ließ er seine Hände vom Hals über ihre Brüste gleiten und ging zwei Schritte auf seinen Freund zu, um die Seile entgegenzunehmen.

Sarah sprang vom Tisch, rieb sich den Hals und atmete vorn übergebeugt kräftig durch. Tom registrierte kurz diese Haltung, fand sie jedoch offensichtlich völlig in Ordnung und ließ sich gemütlich neben der Stereoanlage auf der Couch nieder.

Der Blonde schob Sarah ungeachtet ihrer Haltung auf den Tisch zurück, packte ihre Beine an den Knöcheln und hob sie gespreizt in die Höhe. Direkt am Ende des Tischbeines fixierte er ihren linken Knöchel mit dem Seil, kurz darauf auch den rechten. Vorsichtig zog er ihren Arsch so weit an die Tischkante, dass er ein klein wenig über die Platte ragte. Mit der Hand fuhr er nun über ihre weit geöffnete Spalte und wischte beiläufig die Feuchtigkeit an ihrer Wange ab.

Dann schnappte er sich ihre Arme und fixierte die Handgelenke ebenfalls an den Tischbeinen, direkt an der Tischplatte, sodass sie sich hinten abstützen konnte, aber jedem, der direkt vor ihr stand, in die Augen sehen musste. Ihre glatte, rosa

Lustgrotte war nun zu einem offenen Tor geworden und jeder konnte sie ungehindert befingern, ficken, lecken oder etwas in sie stecken. Bedrückende Scham überfiel sie, als alle drei ihr direkt in die Möse starrten. Der Blonde überprüfte, ohne ihr noch mal ins Gesicht zu sehen, ein letztes Mal die Position ihres Arsches und rief Tom ein beschwingtes »Los geht's!« zu.

Tom rieb sich die Hände und drehte die Musik, die inzwischen verstummt war, wieder auf. Die drei Männer, die neben Sarah standen, tanzten nun um den Tisch, an den sie gefesselt war. Jeder versuchte, so lange wie möglich vor ihr zu verweilen, musste dann aber weiter, wenn der nächste von hinten drängte. Als die Musik erstarb, packte der Mann, der ihr am nächsten stand, rasch seinen Schwanz aus und schob ihn ohne jede Vorwarnung in ihr zartes Loch. Mit heftigen Stößen pumpte er in sie und grinste. Doch recht rasch ertönten wieder heiße Latinoklänge und er musste aufhören, sich an der jungen Stute zu erfreuen. Da er seinen Schwanz nicht wieder in die Hose zurückschob, holten auch die anderen beiden ihre Schwänze heraus und ließen sie aus dem Reißverschluss herausstehen.

Schon nach sehr kurzer Zeit verstummte die Musik und der Blonde war an der Reihe. Er stieß seinen harten Kolben in Sarahs trockene Rosette, sodass ihr kurz die Luft weg blieb. Ohne auch nur eine Sekunde auf ihre zusammenzuckende Reaktion zu achten, fickte er lachend in sie hinein. Sarahs Rosette schien wie ein Feuerring zu brennen und je mehr sie sich verspannte, desto schmerzhafter wurde dieser Ritt. ...

Wie es weitergeht, erfahren Sie im
Taschenbuch oder E-Book:
»Alex Lain – Für alle benutzbar«

## LESEPROBE:
## JOANNA GREY
# BEFREIE MICH, VERSKLAVE MICH

... Laura gehorchte und beobachte fasziniert, wie Mario das Seil um ihre Handgelenke wickelte. Zuerst schlang er es ein paar Mal außen rundherum, dann fixierte er es mit einem Knoten und zog es zwischen ihren beiden Händen durch, sodass es das quer dazu laufende Seil umschloss. Mit einem weiteren Knoten brachte er sein Werk zum Abschluss. Laura versuchte ihre Hände ein wenig zu bewegen, um festzustellen, wie viel Bewegungsfreiheit sie noch hatte. Es war nicht besonders viel. Sie konnte die Hände zur Faust schließen, aber damit waren ihre Möglichkeiten auch schon ziemlich erschöpft. Und vor allem, so erkannte sie, würde es ihr absolut unmöglich sein, sich allein von diesen Fesseln zu befreien. Sie konnte die Hände nicht einmal drehen, ganz zu schweigen davon, dass sie den Knoten mit ihren Fingern erreichen könnte. Ein Gefühl der Erregung stieg in ihr hoch, und das Pochen zwischen ihren Beinen kehrte heftig zurück. In gespannter Erwartung, was als Nächstes passieren würde, blickte sie zu Mario auf. Sie hatte geglaubt, er wäre fertig damit, sie zu verschnüren. Offenbar ein Irrtum. Er hatte ihr nur kurz Gelegenheit gegeben, sich davon zu überzeugen, wie wirkungsvoll die Fesseln waren. Nun hob er ihre Hände an dem immer noch relativ langen Seilende hoch und zog sie ihr hinter den Kopf. Dadurch, dass sie ihre Unterarme nur wenig auseinandernehmen konnte, wurde sie gezwungen, den Kopf zu senken. Ein netter Nebeneffekt, sicher ganz nach Marios Geschmack. Demutshaltung inklusive, sozusagen. Mario zog das Seil indessen zwischen ihren Schulterblättern nach unten und schlang es unter der Brust einmal um ihren Oberkörper. Schließlich verknotete er es straff auf ihrem Rücken mit dem von ihren Händen nach unten laufenden Seilstück. Laura testete abermals ihre Beweglichkeit aus. Hatte sie vorhin schon das Gefühl gehabt ihm ausgeliefert zu sein, fühlte sie sich nun komplett wehrlos.

Mario erfreute sich daran, Laura zu beobachten, wie sie erfolglos an den Fesseln zerrte. Leider würde er sich noch ein wenig damit gedulden müssen, ihre Hilflosigkeit entsprechend auszunutzen, indem er ihr zeigte, wie sehr sie ihm tatsächlich ausgeliefert war. Aber das waren keine geeigneten Phantasien für ihr erstes Mal. Er wollte ihr nicht gleich zu viel auf einmal zumuten. Sie würde schon noch früh genug erfahren, was es wirklich bedeutete, von seiner Gnade abhängig zu sein.

»Geh zum Bett und knie dich darauf.«

Folgsam ging sie zum Bett, wo sie allerdings feststellte, dass das ohne Hilfe der Arme bei einem so hohen Bett nicht ganz trivial war. Es sah gewiss ziemlich unbeholfen aus, aber wenigstens fiel sie dabei nicht auf die Nase. Mario hatte sich auf der gegenüberliegenden Seite des Bettes aufgestellt und warf ihr einen strengen Blick zu. »Hast du nicht etwas vergessen?«

Laura sah ihn zwar schuldbewusst an, schien aber keine Ahnung zu haben, was sie sich zu Schulden hatte kommen lassen. Also klärte Mario sie auf. »Ich habe dir vorhin verboten, deine Beine zu schließen. Hast du das etwa so schnell schon wieder vergessen? Oder widersetzt du dich mir vorsätzlich?«

»Nein! Ich … ich hab nur nicht daran gedacht«, antwortete Laura hastig, während sie schon dabei war, ihre Beine auseinanderzuschieben. Ihr Herzschlag beschleunigte sich, als Mario um das Bett herumschritt und sich hinter ihr aufstellte, wo sie ihn nicht sehen konnte. Sie spürte seine Hand auf ihren Armen, dann wurde sie vornüber auf das Bett gedrückt, sodass sie auf der Stirn lag. Die andere Hand legte er auf ihren Hintern, den sie ihm so obszön präsentierte. Sie war sich noch nie so nackt und so hilflos vorgekommen. Bei dem Gedanken daran, dass sie ihm gerade einen ausgezeichneten Blick auf ihre intimsten Stellen bot, begann sie sich unter seinem Griff zu winden, doch er hielt sie eisern fest. Da sie schon nicht loskam, setzte sie sich auf ihre Unterschenkel, um sich zumindest nicht so offen zu präsentieren. Unerwartet zuckte ein brennender Schmerz durch ihren Hintern, begleitet von einem lauten Klatschen, als seine Hand auf sie niedersauste.

»Halt still.«

Er hatte die Stimme nicht erhoben, im Gegenteil, er hatte relativ leise gesprochen. Aber es lag so viel Autorität in seinen Worten, dass Laura sofort jeglichen Widerstand aufgab und ihren Hintern wieder brav in die Höhe streckte. Die Überraschung darüber, dass er sie tatsächlich geschlagen hatte, tat ihr Übriges. Als er wieder die Hand auf ihren Po legte, zuckte sie leicht, doch sie ließ es geschehen. Seine Hand strich über ihre Pobacke und fand den Weg zu der Furche, die ihren wohlgerundeten Hintern teilte. Wieder zuckte sie zusammen, als er sie dort berührte, aber sie widerstand dem Impuls, sich wegzuducken. Seine Finger glitten ihre Spalte hinunter. Als er ihr Geschlecht erreichte, entrang sich ein erstickter Laut ihrer Kehle. Mit zwei Fingern teilte er ihre Schamlippen und begann zärtlich um ihre Klitoris herumzustreicheln. Lauras Anspannung ließ nach, und sie konzentrierte sich ganz auf die Empfindungen, die seine Finger bei ihr auslösten. Doch gerade als sie begann, es so richtig zu genießen, zog er abrupt seine Hand weg.

»Sieh mal einer an. Meine Sklavin ist feucht geworden. Ist es das, was du vor mir verstecken wolltest?«

Laura spürte die Hitze in ihre Wangen schießen und war dankbar dafür, dass Mario in ihrer momentanen Position nicht sehen konnte, wie sie schon wieder knallrot anlief. Verzweifelt rang sie nach Worten, doch er unterbrach sie, bevor sie etwas Sinnvolles hervorbringen konnte.

»Schon gut. Ich habe das Gefühl, dass deine Antwort dich bloß weiter in Schwierigkeiten bringen wird. Du brauchst ausnahmsweise nicht zu antworten. Ich werde die Strafe anhand der offensichtlichen Fakten bemessen. Da es dein erstes Vergehen war, werde ich milde mit dir sein. Du bekommst vier Schläge mit der Hand.«

Gerade noch konnte Laura einen entsetzten Protest zurückhalten. Vermutlich würde die Strafe härter ausfallen, wenn sie sich darüber beschwerte, da Mario dies wohl als weiteren Ungehorsam einstufen würde. Und selbst wenn nicht, würde er wohl kaum mit sich handeln lassen. Soviel hatte sie mittlerweile schon begriffen. Zumal er der Ansicht war, ohnehin schon eine milde Strafe verhängt zu haben. Sie schloss die Augen und versuchte sich für das zu wappnen, was gleich auf sie zukommen würde. Dann traf sie der erste Schlag. Er war nicht so fest wie der von vorhin, aber es tat trotzdem ein wenig weh. Der zweite Schlag landete auf derselben Stelle, und das Brennen wurde intensiver. Auch der dritte und vierte Schlag trafen dort auf und entlockten ihr schließlich einen leisen Unmutslaut. Der unmittelbare Schmerz ließ jedoch sofort nach, und zurück blieb das Gefühl von prickelnder Hitze auf ihrer Haut. Die zarte Berührung von Marios Hand ließ sie unwillkürlich zusammenzucken, da sie mit weiteren Schmerzen rechnete. Doch stattdessen begann er ganz sanft ihr leicht gerötetes Fleisch zu liebkosen. Es war ein unglaublich intensives Gefühl, seine zarten Küsse auf ihrer nun so sensiblen Haut zu spüren. Noch während er sie weiter mit Küssen bedeckte, wanderte seine Hand wieder zwischen ihre Beine. Als er ihre Spalte entlangfuhr, stellte Laura erstaunt fest, dass sie anscheinend noch feuchter geworden war. Sie hätte es nie für möglich gehalten, dass es ihr gefallen könnte, den Hintern versohlt zu bekommen. Seine Finger begannen gekonnt ihre Perle zu umspielen und heizten ihre Lust weiter an. Stöhnend reckte sie sich ihm entgegen. Es dauerte nicht lange, bis ein Zucken ihren Körper durchlief und ein Orgasmus sie erschütterte. Die Anspannung fiel von ihr ab, und sie sank in sich zusammen. Mario löste den Knoten auf ihrem Rücken und entfernte das Seil um ihre Brust. Behutsam hob er ihre immer noch gefesselten Hände über ihren Kopf. Erleichtert, sich wieder relativ frei bewegen zu können, ließ Laura sich zur Seite rollen und streckte sich auf dem Bett aus. Mario legte sich hinter sie, schlang seinen Arm um ihren Bauch und zog sie an sich. Dankbar für diese liebevolle Zuwendung schmiegte sie sich an ihn.

Während Mario mit seiner Hand die Kurven ihres nackten Körpers streichelte, überlegte er, was er nun mit ihr machen sollte. Er hätte gern noch ein wenig mit ihr gespielt, aber vielleicht war es besser, es für heute einmal dabei zu belassen. Für seine Begriffe mochte nicht besonders viel passiert sein, aber für Laura gab es sicher einiges zu verarbeiten. Vor allem in Anbetracht dessen, dass sie in sexuellen Dingen generell über die Maßen schüchtern zu sein schien. Natürlich war ihm klar, dass er von ihr nicht erwarten konnte, sich bereits beim ersten Mal so selbstverständlich vor ihm zu präsentieren, wie eine erfahrene Sklavin es tun würde. Aber dennoch war es etwas überraschend für ihn gewesen, dass sie sich gar so vor ihm geniert hatte. Vielleicht sollte er mit ihr darüber reden, um ein besseres Gefühl dafür zu bekommen, was er sich erlauben konnte und was sie schockieren würde. Er musste mit ihr sowieso noch das Gespräch über Sicherheit und Grenzen nachholen. Normalerweise führte er das immer gleich zu Beginn, aber in diesem Fall hatte er es für vertretbar gehalten es aufzuschieben, bis Laura sich auch wirklich über die Bedeutung dessen, was sie zu besprechen hatten, im Klaren war.

Er zog den Schlüssel zu dem Halsband aus seiner Tasche, öffnete den Verschluss und entfernte es von Lauras Hals. Verwunderung lag in ihrem Gesicht, als sie sich zu ihm drehte.

»Fürs Erste bin ich zufrieden mit dir. Ich werde dich jetzt aus meinen Diensten entlassen.«

Er legte seine Hand auf ihre Wange und gab ihr einen sinnlichen Kuss, den sie ohne Zögern erwiderte. Dann machte er sich daran, ihre Hände zu befreien. Das Seil hatte leichte Abdrücke unterhalb ihrer Handgelenke hinterlassen. Ein Hauch von Faszination lag in Lauras Blick, als sie mit den Fingerkuppen über das Muster auf ihrer Haut strich.

»Wenn man zum Fesseln ein Seil verwendet, bleiben meistens Abdrücke auf der Haut zurück. Das muss dich nicht beunruhigen. Es ist nicht anders, als wenn deine Sportsocken ein Rippenmuster auf den Beinen hinterlassen. Falls du allerdings einmal das Gefühl haben solltest, das Seil sitzt zu fest und behindert die Durchblutung, musst du es mir sofort sagen. Wenn wir schon dabei sind, sollten wir uns sowieso noch ein wenig über die Themen Sicherheit und Einvernehmlichkeit unterhalten.«

Laura setzte sich auf und betrachtete Mario skeptisch. »Was bedeutet das?«

»Nun, ich habe dir doch erzählt, dass die Bandbreite bei BDSM ziemlich groß ist. Jeder hat unterschiedliche Vorlieben und Grenzen. Normalerweise frage ich meine Partnerin zu

Beginn, was sie besonders erregt und was für sie auf keinen Fall in Frage kommt. Ich gehe allerdings davon aus, dass du dazu noch nicht allzu viel sagen kannst. Oder gibt es etwas, das du grundsätzlich ablehnen würdest?«

Nachdenklich fuhr Laura mit den Zähnen über ihre Unterlippe, ehe sie verlegen fragte: »Wirst du ... wirst du mich wieder schlagen?«

»Ja.

Wie es weitergeht, erfahren Sie im
Taschenbuch oder E-Book:
»Joanna Grey – Befreie mich, versklave mich«


# Erotische Hörbücher:

**Sara Bellford**
**LustSchmerz**

Sir Alan Baxter hat eine Passion:
Er sammelt Frauen!

Er will sie um ihretwillen besitzen

Sie wollen vom ihm
gedemütigt und geliebt werden

Gemeinsam zelebrieren sie die
schönsten Höhepunkte aus Lust,
Schmerz und Qual ...

# Weitere erotische Geschichten:

## Skyler Red
## Sexuelles Erwachen

Ich erwache wie aus einem Traum,
als ich meine Ehe beende.

Erstaunt stelle ich fest, dass das Leben voller Sex sein kann, wenn man es nur will.

An mir entdecke ich völlig neue lustvolle und gierige Seiten, die ich nun mit meinem Spanischlehrer auslebe

Er ermutigt mich, meine verruchteste und geilste Seite zu zeigen und sie mit ihm oder anderen Männern zu praktizieren ...

Ich bin sexuell erwacht!

## Allegra Bellmont
## SexLovers

Sechs erotische Geschichten voller Sex,
Verlangen und Leidenschaft:

Ob mit dem heißen Feuerwehrmann,
dem geheimnisvollen Biker im »Paradies«,
dem Freund des Sohnes am Pool
oder mit der eigenen Stieftochter ...

Lassen Sie sich retten und verführen ...

## Mary Cordis
## Sex auf Abwegen

Sie hat alles erreicht, ist erfolgreich, hat eine Familie und einen fürsorglichen Mann.
Dennoch ödet sie das Leben in New York an ...

... bis ein Unbekannter in ihr Leben tritt, dem sie sich bedingungslos hingibt, alle Tabus bricht und bereit ist, alles aufzugeben.

Sie erlebt Stunden der Leidenschaft mit hemmungslosem Sex an der Seite ihres Lovers, der sie fast in den Wahnsinn treibt.

Doch es kommt anders als sie denkt ...